ASIÁTICOS PODRES DE RICOS

KEVIN KWAN

ASIÁTICOS PODRES DE RICOS

Tradução de
Ana Carolina Mesquita

3ª edição

EDITORA RECORD
RIO DE JANEIRO • SÃO PAULO
2018

CIP-BRASIL. CATALOGAÇÃO NA PUBLICAÇÃO
SINDICATO NACIONAL DOS EDITORES DE LIVROS, RJ

K98a
3ª ed.
    Kwan, Kevin, 1973-
    Asiáticos podres de ricos / Kevin Kwan; tradução de Ana Carolina Mesquita. – 3ª ed. – Rio de Janeiro: Record, 2018.
    490 p.; 23 cm.

    Tradução de: Crazy Rich Asians
    ISBN 978-85-01-08172-8

    1. Romance cingapurense (americano). 2. Livros eletrônicos. I. Mesquita, Ana Carolina. II. Título.

18-52951
    CDD: 895.9
    CDU: 82-31(592.3)

Leandra Felix da Cruz – Bibliotecária – CRB-7/6135

TÍTULO EM INGLÊS:
CRAZY RICH ASIANS

Copyright © 2013 by Kevin Kwan

Texto revisado segundo o novo Acordo Ortográfico da Língua Portuguesa.

Todos os direitos reservados. Proibida a reprodução, no todo ou em parte, através de quaisquer meios. Os direitos morais do autor foram assegurados.

Direitos exclusivos de publicação em língua portuguesa somente para o Brasil adquiridos pela
EDITORA RECORD LTDA.
Rua Argentina, 171 – Rio de Janeiro, RJ – 20921-380 – Tel.: (21) 2585-2000, que se reserva a propriedade literária desta tradução.

Impresso no Brasil

ISBN 978-85-01-08172-8

Seja um leitor preferencial Record.
Cadastre-se no site www.record.com.br e receba informações sobre nossos lançamentos e nossas promoções.

EDITORA AFILIADA

Atendimento e venda direta ao leitor:
mdireto@record.com.br ou (21) 2585-2002.

Para os meus pais

Shang Loong Ma – fez fortuna + **Wang Lan Yin** – fumava ópio 24 horas por dia, 7 dias por semana
China e Cingapura

OS YOUNGS
Sir James Young + **Shang Su Yi** – herdeira da fortuna

Cingapura

Felicity Young + **Harry Leong**
Cingapura

Harry Leong Jr. + **Cathleen Kah**
Cingapura

Dr. Peter Leong + **Dra. Gladys Tan**
Kuala Lumpur, Malásia

Alexander Leong
(ainda solteiro)[6]
Cingapura

ASTRID LEONG + **Michael Teo**
(um filho, Cassian)
Cingapura

Catherine Young + **M.C.[2] Príncipe Taksin Aakara**
Bangcoc, Tailândia e Lausanne, Suíça

M.R.[3] Jessadabodindra Aakara (James)
Bangcoc, Tailândia e Lausanne, Suíça

M.R. Mahinthrathirat Aakara (Matthew)
Bangcoc, Tailândia e Lausanne, Suíça

M.R. Athitaya Aakara (Adam)
Bangcoc, Tailândia e Lausanne, Suíça

Philip Young + **Eleanor Sung**
Sydney, Austrália, e Cingapura

NICHOLAS YOUNG
(que namora RACHEL CHU)
Nova York

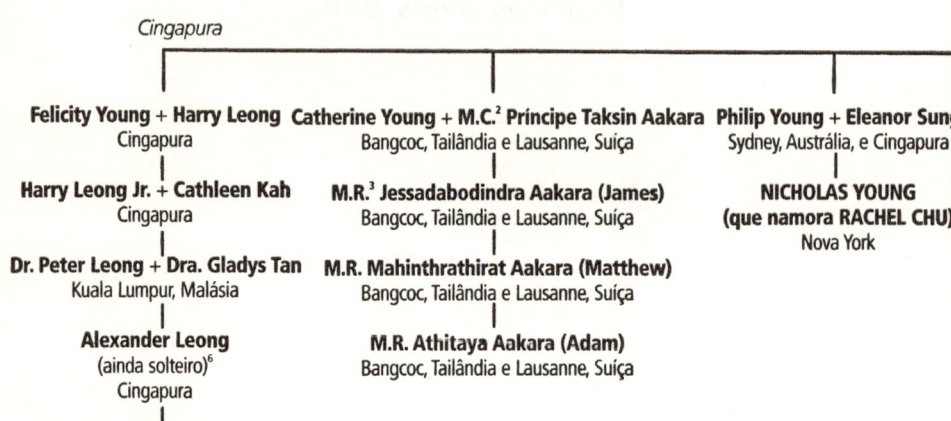

[1] É isso que acontece quando você faz uma plástica no rosto na Argentina.

[2] M.C. é abreviação de Mom Chao, título reservado aos netos do rei Rama V, da Tailândia (1853–1910) e classe mais jovem que ainda é considerada pertencente à nobreza. Em inglês, poderia ser traduzido como "Sua Alteza Serena". Assim como muitos integrantes da família real tailandesa, passam uma parte do ano na Suíça, onde o golfe e o trânsito são melhores.

[3] M.R. é a abreviação de Mom Rajawongse, título dos filhos de um Mom Chao do sexo masculino. Em inglês, poderia ser traduzido como "O Honorável". Os três filhos de Catherine Young com o príncipe Taksin se casaram com mulheres da nobreza tailandesa. Uma vez que os nomes dessas mulheres são impressionantemente compridos, impronunciáveis para quem não fala tailandês e, além de tudo, irrelevantes para esta história, foram omitidos.

[4] Planeja fugir para Manila com sua babá, a fim de competir no Campeonato Mundial de Karaokê.

[5] É famosa por espalhar fofocas com mais rapidez do que o noticiário da BBC.

[6] Porém teve pelo menos um filho ilegítimo com uma mulher malaia (que agora mora em um condomínio de luxo em Beverly Hills).

[7] Atriz de novela de Hong Kong que, segundo alguns boatos, é a garota de peruca vermelha em *O tigrão pega no dragão II*.

[8] Mas, infelizmente, guarda mais semelhança com o lado de sua mãe, os Chows.

O CLÃ DOS YOUNGS, T'SIENS E SHANGS
(uma árvore genealógica simplificada)

OS SHANGS
Alfred Shang – herdeiro da fortuna + **Mabel T'sien**
(apelidada de "Tia Túnel de Vento" pelos parentes mais jovens)¹

Cingapura e Surrey, R.U.

Victoria Young   **Alexandra "Alix" Young + Dr. Malcolm Cheng**   **Sir Leonard Shang + Lady India Heskeith**
Cingapura e Londres   Hong Kong   Cingapura e Surrey, R.U.

EDISON CHENG + Fiona Tung   **Prof. Charles Shang + Anne Lygon**
(três filhos)   Cingapura e Buckinghamshire, R.U.
Hong Kong
                                       Frederick Shang + Hon. Penelope Curzon
Cecilia Cheng – passa mais tempo   Cingapura e Gloucestershire, R.U.
com seus cavalos do que com o filho
+ **Tony Moncur** (um filho, Jake)⁴   **Cassandra Shang**
                                       (apelidada de "Rádio Um da Ásia")⁵
Alistair Cheng (namora Kitty Pong)⁷ Cingapura, Londres e Surrey, R.U.
Hong Kong

OS T'SIENS

T'sien Tsai Tay + Rosemary Young
(irmã de SIR JAMES YOUNG)
Cingapura

Mabel T'sien + Alfred Shang
(irmão de SHANG SU YI)
Cingapura e R.U.

Richard "Dickie" T'sien + Nancy Tan
dona da maior coleção mundial de bolsas Judith Leiber
Cingapura, Hong Kong e Marbella, Espanha

Mark T'sien + Bernadette Ling
prima da beldade da alta sociedade Jacqueline Ling⁸
(um filho, Oliver T'sien de Londres)
Cingapura e Pequim, China

Anna May T'sien + George Yeoh
Vancouver, Canadá

Clarence T'sien (mais conhecido como "Pobre Tio Clarence")⁹ + **Bettina Kah**
Honolulu, Havaí

---

⁹ Vendeu suas propriedades de Cingapura nos anos 1980 por vários milhões e se mudou para o Havaí, mas lamenta o tempo todo, dizendo que hoje seria um bilionário "caso tivesse esperado só mais alguns anos".

Prólogo: Os primos

•

LONDRES, 1986

Nicholas Young afundou o corpo na poltrona mais próxima no saguão do hotel, sentindo-se exausto depois do voo de 16 horas que partiu de Cingapura, seguido do trajeto de metrô desde o Heathrow e da difícil caminhada pelas ruas alagadas. Sua prima Astrid Leong tremia estoicamente ao seu lado. Tudo porque a mãe dela, Felicity, a *dai gu cheh* (ou "grande tia", em cantonês) de Nick, disse que era um pecado pegar um táxi para percorrer apenas nove quarteirões, obrigando todo mundo a fazer o caminho do metrô da Estação de Piccadilly até o hotel a pé.

Qualquer um que, por acaso, estivesse assistindo a essa cena provavelmente notaria apenas um garotinho de 8 anos excepcionalmente educado e um fiapo de menina sentados em silêncio num canto, mas a única coisa que Reginald Ormsby via de onde estava, no balcão elevado da gerência do hotel, eram duas criancinhas chinesas manchando o tecido de damasco das poltronas com seus casacos encharcados. E, a partir daí, a situação só piorou. Três mulheres chinesas se secavam freneticamente com lenços de papel, ao lado das crianças, enquanto um adolescente vinha arrastando os pés como um louco pelo piso de mármore axadrezado em preto e branco, deixando rastros de lama com seus tênis.

Ormsby desceu correndo as escadas do mezanino, sabendo que seria capaz de despachar aqueles estrangeiros com mais eficiência do que qualquer um de seus funcionários que trabalhavam na recepção.

— Boa noite. Sou o gerente do hotel. Em que posso ajudá-los? — disse ele bem devagar, exagerando na pronúncia de cada palavra.

— Ah, sim. Boa noite. Nós temos uma reserva — respondeu a mulher, num inglês perfeito.

Ormsby olhou para ela, surpreso.

— Em nome de quem?

— Eleanor Young e família.

Ormsby congelou: reconheceu o nome, principalmente porque a família Young havia reservado a Suíte Lancaster. Mas quem poderia imaginar que a tal "Eleanor Young" seria *chinesa*? E como, afinal, ela fora parar ali? Talvez o Dorchester ou o Ritz tivessem aceitado — quem sabe? — gente daquela natureza, mas esse era o Calthorpe, propriedade dos Calthorpe-Cavendish-Gores desde o reinado de George IV e, para todos os propósitos e efeitos, o lugar era administrado como um clube particular para famílias que apareciam na *Debrett's* ou no *Almanach de Gotha*. Ormsby analisou as mulheres em desalinho e aquelas crianças encharcadas. A marquesa de Uckfield estava hospedada no hotel para passar o fim de semana, e ele não podia nem imaginar o que a elegante mulher pensaria quando toda *aquela gente* aparecesse para tomar o café da manhã no dia seguinte. Então, tomou uma rápida decisão.

— Lamento muitíssimo, mas não estou localizando nenhuma reserva com esse nome.

— O senhor tem certeza? — indagou Eleanor, admirada.

— Certeza absoluta — retrucou Ormsby, com um enorme sorriso.

— *Alamak*,* eles não estão encontrando nossa reserva — suspirou Eleanor.

— Como assim? Será que você fez a reserva em outro nome? — perguntou Felicity.

— Não, *lah*. Por que eu faria isso? Fiz a reserva no meu nome — disse Eleanor, irritada. Por que Felicity sempre supunha que ela era uma incompetente? Eleanor virou-se de novo para o gerente.

---

* Gíria malaia utilizada para demonstrar surpresa ou exasperação; algo como "ai, meu Deus" ou "minha nossa". *Alamak* e *lah* são os termos coloquiais mais usados em Cingapura. (*Lah* é um sufixo que pode ser usado no final de qualquer frase para indicar ênfase, mas não existe uma boa explicação para o seu uso, *lah*.)

— Senhor, poderia, por gentileza, verificar mais uma vez? Eu confirmei a reserva há dois dias. Era para estarmos na maior suíte do seu hotel.

— Sim, eu sei que as senhoras reservaram a Suíte Lancaster, mas não consigo localizar seu nome em lugar algum — insistiu Ormsby.

— Desculpe, mas, se o senhor sabe que reservamos a Suíte Lancaster, por que não podemos simplesmente subir?

Que inferno! Ormsby amaldiçoou seu deslize.

— Não, não; a senhora interpretou mal. O que eu quis dizer é que a senhora *pode ter* achado que reservou a Suíte Lancaster, porém não consigo localizar nenhum registro dessa reserva. — Ele virou as costas para elas por um instante, fingindo remexer alguns papéis.

Felicity inclinou o corpo por sobre o balcão de carvalho envernizado e puxou o livro de reservas com encadernação de couro. Folheou as páginas.

— Olhe! Está escrito bem aqui: "Sra. Eleanor Young — Suíte Lancaster por quatro noites." O senhor não está vendo?

— Madame! Isso é PARTICULAR! — vociferou Ormsby, furioso, assustando os dois recepcionistas novatos, que olharam, incomodados, para o chefe.

Felicity examinou o homem calvo de rosto vermelho e, subitamente, a situação tornou-se bastante clara. Como não enfrentava esse tipo de superioridade desdenhosa desde a infância, no passado remoto em que Cingapura era apenas uma colônia, achava que essa espécie de racismo evidente já não existia mais.

— Senhor — disse ela, educadamente, embora com bastante firmeza —, este hotel nos foi altamente recomendado pela Sra. Mince, esposa do bispo da Igreja Anglicana de Cingapura, e eu *claramente* vi o nosso nome em seu livro de reservas. Não sei que espécie de brincadeira é essa, mas nós viemos de muito longe e nossos filhos estão cansados e com frio. *Insisto* para que o senhor honre o compromisso de nossa reserva.

Ormsby ficou indignado. Como aquela chinesa de permanente *à la Thatcher* e sotaque "inglês" ridículo *ousava* falar com ele daquela maneira?

— Lamento, mas simplesmente não temos nenhum quarto disponível — declarou.

— O senhor está me dizendo que não há mais nenhum quarto vago no hotel inteiro? — insistiu Eleanor, incrédula.

— Exatamente — respondeu ele, curto e grosso.

— E para onde podemos ir a uma hora dessas? — perguntou Eleanor.

— Para Chinatown, quem sabe? — desdenhou Ormsby. Aquelas estrangeiras já haviam tomado muito do seu tempo.

Felicity voltou ao local onde sua irmã caçula, Alexandra Cheng, estava tomando conta da bagagem.

— Até que enfim! Mal posso esperar para tomar um banho quente — disse Alexandra, impaciente.

— Na verdade, esse homem detestável está se recusando a nos dar o quarto reservado! — exclamou Felicity, sem fazer qualquer esforço para esconder sua fúria.

— O quê? Por que motivo? — perguntou Alexandra, completamente confusa.

— Creio que tem alguma coisa a ver com o fato de sermos chinesas — respondeu Felicity, como se não conseguisse acreditar no que ela mesma estava dizendo.

— *Gum suey ah!** — exclamou Alexandra. — Vou conversar com ele. Tenho mais experiência em lidar com esse tipo de gente por morar em Hong Kong.

— Alix, nem se dê ao trabalho. Esse homem é um típico *ang mor gau sai!*** — exclamou Eleanor.

— Mesmo assim! Este, em tese, não é um dos hotéis mais exclusivos de Londres? Como podem, então, tratar as pessoas dessa maneira sem que nada aconteça? — perguntou Alexandra.

— Exatamente! — vociferou Felicity. — Os ingleses em geral são muito amáveis e, em todos esses anos que venho para cá, nunca fui tratada assim!

---

* Em cantonês, "que desgraça!".
** Charmoso coloquialismo do dialeto *hokkien* que pode ser traduzido como "cocô de cachorro" (*gau sai*) "ruivo" (*ang mor*). Usado para se referir a todos os ocidentais, em geral é abreviado simplesmente para *"ang mor"*.

Eleanor assentiu em concordância, muito embora, por dentro, achasse que, em parte, a culpa daquele fiasco era de Felicity. Se ela não fosse tão *giam siap** e os tivesse deixado pegar um táxi no Heathrow, eles teriam chegado menos desalinhados ao hotel. (É claro que não ajudava em nada o fato de que ela se sentia na obrigação de não andar tão bem-arrumada quando viajava com suas cunhadas, que estavam sempre malvestidas, isso desde aquela viagem para a Tailândia, em que todos as confundiram com suas empregadas.)

Edison Cheng, o filho de 12 anos de Alexandra, aproximou-se, sem cerimônia, das mulheres, bebendo refrigerante em um copo alto.

— Espere aí, Eddie! Onde você arrumou isso? — exclamou Alexandra.

— No bar, é claro.

— E pagou com que dinheiro?

— Não paguei, mandei que enviassem a conta para a nossa suíte — retrucou Eddie, sem se abalar. — Podemos subir agora? Estou morrendo de fome e quero pedir comida no quarto.

Felicity balançou a cabeça em desaprovação. Os garotos de Hong Kong eram famosos por serem mimados, mas aquele seu sobrinho era incorrigível. Que bom que elas tinham ido até ali justamente para colocá-lo em um internato, onde iriam enfiar um pouco de juízo naquela cabeça de vento: ele precisava era de duchas frias de manhã cedo e torrada dormida com Bovril.

— Não, não. Não vamos mais ficar aqui. Fique de olho em Nicky e Astrid enquanto decido o que iremos fazer — instruiu Felicity.

Eddie foi até onde estavam seus primos menores, a fim de continuar a brincadeira que haviam começado no avião.

— Já pra fora desse sofá! Não se esqueçam, eu sou o *presidente* da empresa, então quem fica sentado sou eu — ordenou. — Nicky, segure meu copo enquanto eu tomo o refrigerante com o canudinho. Astrid, você é a minha secretária, então massageie meus ombros.

---

* Em *hokkien*, "pão-duro", "miserável". (A maioria dos cingapurianos fala inglês, mas é bastante comum misturarem palavras em malaio, indiano e em diversos dialetos chineses, formando um jargão local denominado "Singlish" – "cinglês".)

— Não sei por que o presidente é você, e Nicky é o vice-presidente, enquanto eu sou só a secretária — protestou Astrid.

— Mas eu já não expliquei isso? Eu sou o presidente porque sou quatro anos mais velho do que vocês dois. Você é a secretaria porque é mulher. E eu preciso de uma mulher para massagear os meus ombros e me ajudar a escolher joias para dar de presente às minhas amantes. Ming Kah-Ching, o pai do meu melhor amigo, Leo, é o terceiro homem mais rico de Hong Kong, e é isso que a secretária dele faz.

— Eddie, se vou ser seu vice-presidente, eu devia fazer coisas mais importantes do que ficar apenas segurando o seu copo — argumentou Nick. — A gente ainda nem decidiu o que a nossa empresa fabrica.

— *Eu* já decidi. Fabricamos limusines customizadas, tipo Rolls-Royces e Jags — declarou Eddie.

— Ah, mas será que a gente não podia fabricar alguma coisa mais legal, como, por exemplo, máquinas do tempo? — perguntou Nick.

— Bem, nossas limusines são ultraespeciais e equipadas com itens como Jacuzzis, compartimentos secretos e assentos ejetáveis tipo os do James Bond — respondeu Eddie, saltando tão subitamente do canapé que derrubou o copo da mão de Nick. A Coca-Cola voou para todos os lados e o som do vidro se quebrando dominou o saguão. O chefe dos carregadores, o *concierge* e os recepcionistas olharam, carrancudos, para as crianças. Alexandra correu até lá brandindo o dedo, consternada.

— Eddie! Olhe só o que você fez!

— Não foi culpa minha. Foi o Nicky que derrubou o copo — balbuciou ele.

— Mas o copo era *seu*, e foi você que o derrubou da minha mão! — defendeu-se Nick.

Ormsby aproximou-se de Felicity e Eleanor.

— Lamento, mas serei obrigado a pedir às senhoras que se retirem deste recinto.

— Podemos pelo menos usar o seu telefone? — implorou Eleanor.

— Eu *realmente* acho que essas crianças já causaram estragos o bastante para uma única noite, não concordam? — sibilou ele.

Ainda estava chuviscando, e o grupo se aninhou embaixo de um toldo de listras verdes e brancas na Brook Street, enquanto Felicity, dentro de uma cabine telefônica, ligava freneticamente para outros hotéis.

— A *dai gu cheh* parece um soldado num posto de sentinela, naquela cabine vermelha — comentou Nick, bastante entusiasmado com o rumo esquisito dos acontecimentos. — Mamãe, o que vamos fazer se não encontrarmos um lugar para dormir essa noite? Podíamos dormir no Hyde Park. Tem uma bétula impressionante nesse parque; os galhos vão até o chão, tão rentes que formam quase uma caverna, e as pessoas a chamam de árvore de cabeça para baixo. A gente podia dormir lá dentro e se proteger da...

— Pare de falar bobagens! Ninguém vai dormir no parque! *Dai gu cheh* está ligando para outros hotéis — disse Eleanor, pensando que seu filho estava ficando perigosamente precoce.

— Aaaaah, mas eu quero dormir no parque! — disse Astrid, com um gritinho de alegria. — Nicky, você se lembra de quando a gente colocou aquela cama de ferro enorme no jardim da casa da Ah Ma uma noite e dormiu sob as estrelas?

— Bem, vocês dois podem ir dormir até na *loong kau** se quiserem, mas eu vou ficar na suíte presidencial tomando champanhe e comendo *club sandwich* e caviar — disse Eddie.

— Deixe de ser ridículo, Eddie. E onde foi que você já comeu caviar na vida? — quis saber sua mãe.

— Na casa do Leo. O mordomo sempre serve caviar para a gente com uns triangulozinhos de torrada. E o caviar é sempre beluga iraniano, porque a mãe do Leo disse que o caviar iraniano é o *melhor* — declarou Eddie.

— É bem típico de Connie Ming dizer uma coisa dessas — murmurou Alexandra entre os dentes, feliz pelo fato de seu filho finalmente estar longe da influência daquela família.

Dentro da cabine, em uma ligação com muitos chiados para Cingapura, Felicity tentava explicar ao marido a enrascada em que haviam se metido.

---
* "Sarjeta", em cantonês.

— Não faz o menor sentido, *lah!* Você devia ter ter *exigido* o quarto! — exclamou Harry Leong com raiva. — Você e sua mania de ser sempre educada; esses serviçais precisam ser colocados em seu devido lugar. Você disse quem nós somos? Vou ligar para o ministro das Finanças agora mesmo!

— Ora, por favor, Harry, você não está ajudando em nada! Já liguei para mais de dez hotéis. Quem ia saber que hoje é Dia da Commonwealth? Todos os quartos VIPs da cidade estão ocupados. A coitadinha da Astrid está ensopada. Precisamos encontrar um lugar para passar a noite antes que nossa filha morra com um resfriado.

— Você já tentou telefonar para o seu primo Leonard? E se vocês pegassem um trem direto para Surrey? — sugeriu Harry.

— Já tentei. Ele não está em casa; foi caçar tetrazes na Escócia e vai ficar por lá o fim de semana inteiro.

— Que confusão dos diabos! — suspirou Harry. — Vou ligar para o Tommy Toh, na embaixada de Cingapura. Tenho certeza de que eles vão resolver tudo. Qual é mesmo o nome desse maldito hotel racista?

— Calthorpe — respondeu Felicity.

— *Alamak*, esse não é o hotel daquele tal de Rupert Calthorpe--tralalá-tralalá? — perguntou Harry, subitamente empertigando o corpo.

— Não tenho a menor ideia.

— Onde fica?

— Em Mayfair, perto da Bond Street. É um hotel lindo. O único problema é esse gerente horroroso.

— Sim, acho que é esse mesmo! Joguei golfe com um Rupert "sei lá o quê" e outros britânicos no mês passado, na Califórnia, e lembro que ele me contou tudo sobre esse hotel. Felicity, tive uma ideia. Vou ligar para esse tal Rupert. Não saia daí; logo, logo, eu telefono de volta.

Ormsby mal podia acreditar quando as três crianças chinesas entraram como um furacão pela porta principal mais uma vez, menos de uma hora depois de ele ter expulsado o bando inteiro.

— Eddie, vou pegar uma bebida para *mim*. Se quiser uma, vá apanhar você mesmo — disse Nick com firmeza ao primo, enquanto atravessava o saguão.

— Ei, não se esqueçam do que a sua mãe disse! Está tarde demais pra gente beber Coca-Cola — advertiu Astrid, saltando pelo saguão para tentar alcançar os meninos.

— Bem, então vou tomar uma Cuba Libre — disse Eddie, sem se abalar.

— Mas que diabos está acontecendo... — berrou Ormsby, pisando duro pelo saguão para interceptar as crianças. Antes de alcançá-las, porém, avistou de repente Lorde Rupert Calthorpe-Cavendish-Gore conduzindo as mulheres pelo saguão, parecendo um guia turístico.

— E meu avô trouxe René Lalique em 1918 para fazer os murais de vidro que as senhoras estão vendo aqui no salão. Desnecessário dizer que Lutyens, que supervisionou a restauração, não aprovou nada esses floreios *art nouveau*.

As mulheres deram uma risadinha educada.

Rapidamente, os funcionários ficaram em alerta, surpresos ao verem o velho lorde, que havia anos não colocava os pés no hotel. Lorde Rupert virou-se para o gerente.

— Ah, Wormsby, certo?

— Sim, senhor — respondeu ele, confuso demais para corrigir seu patrão.

— O senhor poderia fazer a gentileza de preparar alguns aposentos para as adoráveis Sra. Young, Sra. Leong e Sra. Cheng?

— Mas, senhor, eu acabei de... — Ormsby tentou protestar.

— Ah, sim, Wormsby, mais uma coisa — interrompeu Lorde Rupert, sem prestar atenção no gerente — Peço que dê aos funcionários um aviso da mais alta importância. Desta noite em diante, encerra-se a longa história da minha família como administradora do Calthorpe.

Ormsby olhou para ele em estado de completo e total descrédito.

— Meu senhor, certamente deve haver algum engano...

— Engano nenhum. Acabo de vender o Calthorpe de alto a baixo, até a última fechadura. Deixe que eu lhe apresente a nova proprietária, a Sra. Felicity Leong.

— O QUÊ?

— Isso mesmo. O marido da Sra. Leong, Harry Leong, um sujeito sensacional, com uma tacada mortal de direita, que conheci em Pebble Beach, acabou de me telefonar fazendo uma oferta maravilhosa. Agora posso dedicar todo o meu tempo à pesca em Eleuthera, sem precisar mais me preocupar com este gigante gótico.

Ormsby olhou para as mulheres, boquiaberto.

— Senhoras, por que não nos juntamos a seus adoráveis filhos no Long Bar para um brinde? — sugeriu Lord Rupert, todo feliz.

— Seria maravilhoso — retrucou Eleanor. — Mas, antes disso, Felicity, você não tinha algo a dizer a esse homem?

Felicity se virou para Ormsby, que agora parecia prestes a desmaiar.

— Ah, é mesmo, já ia quase me esquecendo — disse ela, com um sorriso. — Lamento, mas serei obrigada a pedir ao senhor que se retire deste recinto.

Parte Um

*Em nenhum lugar do mundo é possível encontrar
povo mais rico do que os chineses.*

IBN BATUTA (SÉCULO XIV)

1

Nicholas Young e Rachel Chu

•

NOVA YORK, 2010

— Tem certeza? — perguntou Rachel mais uma vez, soprando suavemente sobre a superfície de sua xícara de chá fumegante. Eles estavam sentados à sua mesa costumeira, ao lado da janela do Tea & Sympathy, e Nick havia acabado de convidá-la para passar o verão com ele na Ásia.

— Rachel, eu iria adorar se você fosse — garantiu Nick, mais uma vez. — Você não estava mesmo planejando dar aulas no verão... Então por que está preocupada? Acha que não vai conseguir encarar o calor e o clima úmido?

— Não, não é nada disso. É que eu sei que você vai estar muito ocupado com suas funções de padrinho, e não quero ser uma distração.

— Distração? Que distração? O casamento do Colin vai ser na primeira semana da viagem para Cingapura. Depois disso, nós teremos o verão inteiro para ficar zanzando pela Ásia. Vamos, eu quero lhe mostrar o lugar onde passei a infância. Quero levar você a todos os meus refúgios favoritos.

— Você vai me mostrar a caverna sagrada onde perdeu a virgindade? — provocou ela, arqueando uma sobrancelha, achando graça.

— Com toda a certeza! Podemos até fazer uma reprise! — disse Nick, com uma gargalhada e passando geleia e creme de nata em um biscoito recém-saído do forno. — Além do mais, você não tem uma grande amiga que mora em Cingapura?

— Sim, Peik Lin, minha melhor amiga da faculdade — respondeu Rachel. — Há anos ela tenta me fazer uma visita.

— Mais um motivo para você ir. Rachel, você vai adorar, e eu tenho certeza de que vai ficar louca com a comida! Você sabe que Cingapura é o país mais obcecado com comida do mundo, não sabe?

— Bom, só de ver como você idolatra tudo o que come, imagino que esse deve ser o esporte nacional.

— Você se lembra do texto do Calvin Trillin na *New Yorker* sobre as comidas de rua de Cingapura? Vou levar você a lugares que nem mesmo *ele* conhece. — Nick mordeu novamente seu biscoito macio e continuou a falar, de boca cheia. — Eu sei quanto você adora esses biscoitos. Espere só até provar os da minha Ah Ma...

— Sua Ah Ma faz esse tipo de biscoito? — Rachel tentou imaginar uma avó chinesa tradicional assando típicos biscoitos ingleses.

— Bom, não exatamente, mas, na casa dela, você vai comer os melhores biscoitos ingleses do mundo; espere só até ver — disse Nick, virando-se ligeiramente por reflexo, para checar se mais alguém tinha ouvido o que ele disse. Não queria ser uma *persona non grata* em seu café favorito por jurar fidelidade a outros biscoitos ingleses, mesmo que fossem os de sua avó.

Numa mesa próxima, uma garota escondida atrás de uma pilha de três andares de sanduichinhos ficava cada vez mais excitada com a conversa que estava ouvindo. Se antes desconfiava de que fosse ele, agora tinha absoluta certeza e confirmação. Aquele era *mesmo* Nicholas Young. Embora, naquela época, tivesse apenas 15 anos, Celine Lim jamais esqueceu o dia em que Nicholas passou pela mesa de sua família no Pulau Club* e lançou aquele seu sorriso matador para sua irmã Charlotte.

— Aquele lá não é um dos irmãos Leongs? — perguntara sua mãe.

— Não, é Nicholas Young, primo dos Leongs — respondera Charlotte.

---

* O *country club* de maior prestígio de Cingapura (tornar-se sócio de lá é praticamente mais difícil do que se sagrar cavaleiro).

— O filho de Phillip Young? Nossa, quando foi que ele ficou assim? Como está bonito agora! — exclamou a Sra. Lim.

— Acabou de chegar de Oxford. Dupla especialização, em História e Direito — acrescentou Charlotte, antecipando a pergunta seguinte de sua mãe.

— Por que você não se levantou e foi até lá falar com ele? — indagou a Sra. Lim, empolgadíssima.

— E por que eu deveria me dar ao trabalho, se você afasta todos os caras que se atrevem a se aproximar de mim? — retrucou Charlotte, bruscamente.

— *Alamak*, sua garota burra! Só estou tentando proteger você dos aproveitadores que estão atrás da sua fortuna! Ter esse aí seria uma grande sorte. Esse você pode *cheong*!

Celine mal conseguia acreditar que sua mãe estava encorajando a irmã mais velha a *agarrar* aquele garoto. Ela olhou, curiosa, para Nicholas, que agora ria, todo animado, com seus amigos em uma mesa sob um guarda-sol azul e branco perto da piscina. Mesmo à distância, ele se destacava. Ao contrário dos outros garotos, com seus cortes de cabelo feitos em barbearias de indianos, Nicholas tinha cabelos escuros perfeitamente desalinhados, traços de ídolo pop cantonês e cílios inacreditavelmente espessos. Era o garoto mais lindo e incrível que ela já tinha visto na vida.

— Charlotte, por que você não vai até lá e o convida para nosso evento beneficente de sábado? — insistiu sua mãe.

— Pare com isso, mamãe. — Charlotte sorriu, exibindo dentes perfeitos. — Eu sei o que estou fazendo.

Mas, na verdade, Charlotte não sabia o que estava fazendo, uma vez que, para a eterna frustração de sua mãe, Nicholas jamais deu as caras no evento beneficente de sua família. Entretanto, aquela tarde no Pulau Club deixou uma marca tão indelével na lembrança adolescente de Celine que, seis anos mais tarde, do outro lado do planeta, ela foi capaz de reconhecer Nicholas.

— Hannah, espere um pouco; vou tirar uma foto sua com esse pudim de caramelo delicioso e grudento — disse Celine, sacando o celular. Ela apontou-o na direção da amiga, mas, disfarçadamente, pôs o foco em Nicholas. Tirou a foto e, imediatamente, a enviou por e-mail à sua irmã, que agora morava em Atherton, na Califórnia. Seu telefone emitiu um bipe alguns minutos mais tarde.

> Irmã: PQP! É O NICK YOUNG! ONDE VC TÁ?
> Celine Lim: No T&S.
> Irmã: Quem é essa garota que tá com ele?
> Celine Lim: A namorada, acho. Parece ser uma CNA.*
> Irmã: Hummm... Vc tá vendo alguma aliança?
> Celine Lim: Nada de aliança.
> Irmã: Pfv, fica de olho pra mim!!!!
> Celine Lim: Agora vc tá em dívida eterna comigo, hein!!!!

Nick olhou pela janela do café, assombrado com as pessoas que desfilavam com cachorrinhos naquele trecho da Greenwich Avenue, como se ali fosse a passarela das raças de maior destaque da cidade. Um ano antes, os buldogues franceses eram a última moda, mas, agora, pelo visto, os galgos italianos estavam ganhando dos franceses. Ele voltou a olhar para Rachel e continuou a campanha:

— A maior vantagem de a gente começar por Cingapura é que lá é a base perfeita. A Malásia fica do outro lado da ponte e, dali, é um pulo para Hong Kong, Camboja, Tailândia... Podemos, inclusive, ir pulando de ilha em ilha até chegar à Indonésia...

— Tudo isso parece sensacional, mas *dez semanas*... Não sei se quero ficar tanto tempo assim fora — disse Rachel, pensativa. Podia sentir a ansiedade de Nick, e a ideia de visitar a Ásia novamente a enchia de animação. Passara um ano dando aulas em Chengdu, entre a graduação e o mestrado, mas, naquela época, não tinha dinheiro para ir a lugar nenhum além das fronteiras da China. Como economista, ela sabia bastante coisa sobre Cingapura — aquela ilha intrigante e minúscula no extremo da Península da Malásia que, em poucas décadas, deixara de ser a longínqua colônia britânica para se transformar em um país com a maior concentração de milionários do mundo. Seria fascinante ver aquele lugar de perto, principalmente tendo Nick como guia.

---

* Chinesa Nascida na América. Em inglês, ABC (American Born Chinese).

Entretanto, algo naquela viagem estava deixando Rachel um tanto apreensiva. Ela não conseguia deixar de pensar em todas as implicações subliminares. Nick estava fazendo tudo aquilo parecer muito espontâneo, mas, como Rachel o conhecia muito bem, tinha certeza de que havia pensado naquilo muito mais do que deixava transparecer. Os dois estavam juntos havia quase dois anos e, agora, ele a convidava para uma viagem longa a fim de visitar sua cidade natal e prestigiar o casamento de seu melhor amigo — nada mais, nada menos. Será que aquilo significava o que ela achava que significava?

Rachel olhou para o interior de sua xícara de chá, querendo obter algum sinal divino das folhas acumuladas aqui e ali no fundo do Assam dourado. Nunca fora o tipo de garota de sonhar com finais felizes de contos de fadas. Pelos padrões chineses, aos 29 anos, entrara no território das solteironas, e, embora seus parentes enxeridos estivessem sempre tentando arrumar alguém para ela, passara a maior parte de seus vinte anos concentrada nos estudos — primeiro a faculdade, depois a dissertação de mestrado e, em seguida, o pontapé inicial em sua carreira acadêmica. Aquele convite-surpresa, no entanto, havia acendido algum instinto residual dentro dela. *Ele quer me levar para a sua casa. Quer que eu conheça a família dele.* O lado romântico adormecido dela estava despertando, e Rachel sabia que só havia uma resposta possível.

— Tenho que checar com o chefe do departamento quando preciso estar de volta, mas quer saber de uma coisa? Vamos, sim! — declarou ela. Nick se inclinou por sobre a mesa e beijou-a todo feliz.

Minutos depois, antes que a própria Rachel soubesse exatamente quais os planos para o seu verão, os detalhes de sua conversa já começavam a se espalhar pelo mundo como um vírus. Depois que Celine Lim (estudante de moda na Parsons School of Design) mandou o e-mail para sua irmã, Charlotte Lim (que, recentemente, ficara noiva do analista de risco Henry Chiu), na Califórnia, Charlotte ligou para sua melhor amiga, Daphne Ma (filha caçula de Sir Benedict Ma), em Cingapura, e contou-lhe, esbaforida, todos os detalhes. Daphne mandou mensagens de texto para oito amigas, incluindo Carmen Kwek (neta de Robert "Rei do Açúcar" Kwek), de Xangai, cuja prima Amelia Kwek estudara com Nicholas Young em Oxford. Amelia simplesmente *teve* de contar tudo por mensagem à sua amiga Justina Wei (herdeira do Macarrão Instantâneo), de Hong Kong, e Justina, cujo escritório em Hutchison Whampoa ficava no mesmo corredor e em frente ao de Roderick Liang (do Liang Finance Group, pertencente aos Liangs), simplesmente *teve* de interromper a chamada em conferência de Roderick para contar essa fofoca deliciosa. Ele, por sua vez, ligou por Skype para a namorada, Lauren Lee, que estava de férias no Royal Mansour, em Marrakesh, com a avó, a Sra. Lee Yong Chien (que dispensa apresentações), e a tia, Patsy Teoh (Miss Taiwan em 1979, atual ex-mulher do milionário das telecomunicações Dickson Teoh). À beira da piscina, Patsy fez uma ligação para Jacqueline Ling (neta do filantropo Ling Ying Chao) em Londres, sabendo muito bem que Jacqueline ligaria imediatamente para Cassandra Shang (prima de segundo grau de Nicholas Young), que, todo ano, na primavera, ia para a imensa propriedade da família Ling em Surrey. E, assim, essa corrente exótica de fofoca espalhou-se rapidamente pelas redes de contato levantinas do *jet set* asiático, e, em questão de poucas horas, praticamente todos os membros desse círculo exclusivo já sabiam que Nicholas Young levaria uma mulher para Cingapura.

E, *alamak!* Que notícia bombástica.

2

Eleanor Young

•

CINGAPURA

Todos sabiam que *Dato** Tai Toh Lui tinha feito sua fortuna de maneira suja, provocando a derrocada de Loong Ha Bank no início da década de 1980, mas, graças aos esforços de sua esposa, *Datin* Carol Tai, em nome das entidades beneficentes corretas, nas duas décadas seguintes, o nome Tai já estava gravado com honrarias e respeitabilidade. Por exemplo: toda quinta-feira, a *datin* organizava, em seu quarto, um almoço de estudos bíblicos para as amigas mais próximas, no qual Eleanor Young era presença garantida.

O quarto palaciano de Carol não ficava na imensa construção térrea de aço e vidro que todos os moradores da Kheom Hock Road chamavam de "Casa Star Trek". A conselho da equipe de segurança do marido, o quarto da *datin* ficava escondido no pavilhão da piscina, uma fortaleza branca de calcário que se espraiava ao longo da piscina como um Taj Mahal pós-moderno. Para entrar ali, ou você seguia pela trilha que serpenteava os jardins de pedra coral ou tomava o atalho pela ala dos empregados. Eleanor sempre preferia

---

* Título honorífico de alto prestígio na Malásia (semelhante ao de cavaleiro na Grã--Bretanha), concedido por um governante hereditário da realeza de um dos nove estados malaios. Esse título costuma ser empregado pela realeza malaia para agraciar empresários poderosos, políticos e filantropos da Malásia, de Cingapura e da Indonésia, e algumas pessoas passam décadas puxando o saco apenas para obtê-lo. A esposa de um *dato'* é chamada de *datin*.

o caminho mais rápido, não só porque evitava o sol, para conservar sua compleição branca de porcelana, como também porque, na posição de amiga mais antiga de Carol, considerava-se isenta das formalidades de esperar na sala de estar até ser anunciada pelo mordomo e toda aquela baboseira sem sentido.

Além disso, Eleanor gostava de passar pelas cozinhas. As velhas *amahs* agachadas diante das panelas a vapor esmaltadas sempre abriam as tampas para que ela sentisse o aroma das ervas medicinais fumegantes em infusão preparadas para o marido de Carol ("Viagra natural", segundo ele), e as empregadas limpando peixes no pátio se derretiam em elogios, perguntando como a Sra. Young ainda parecia jovem aos 60 anos, com aquele elegante corte chanel desestruturado e o rosto sem rugas (antes de discutirem furiosamente, tão logo ela não pudesse mais ouvir, sobre qual procedimento cosmético caro a Sra. Young deveria ter feito para obter esse resultado).

Quando Eleanor chegasse ao quarto de Carol, as frequentadoras habituais do grupo de estudos bíblicos — Daisy Foo, Lorena Lim e Nadine Shaw — já estariam ali reunidas, à sua espera. Naquele local, protegidas do inclemente calor equatoriano, aquelas amigas de longa data se esparramariam languidamente pelo quarto, analisando os versos da Bíblia destinados aos estudos daquele dia. O lugar de honra na cama *Huanghuali** de Carol, da dinastia Qing, era sempre reservado a Eleanor, pois Carol ainda lhe prestava deferência — embora a casa fosse sua e ela é quem fosse a esposa do financista bilionário. As coisas eram assim desde a infância das duas, quando eram vizinhas na Serangoon Road, principalmente porque, vinda de uma família de língua chinesa, Carol sempre se sentiu inferior a Eleanor, que aprendera inglês antes do chinês. (As outras também se ajoelhavam diante de Eleanor, porque, ao se tornar a Sra. Philip Young, ela havia superado até mesmo aquelas damas extremamente bem-casadas.)

---

* Literalmente, "pera amarela em flor", um tipo extremamente raro de jacarandá hoje praticamente extinto. Nas últimas décadas, os móveis de *Huanghuali* passaram a ser bastante procurados por colecionadores com olhar atento — afinal de contas, combinam muito bem com os móveis modernos de meados do século.

Naquele dia em particular, o almoço começou com codorna na brasa e abalone com macarrão, e Daisy (casada com o magnata da borracha Q. T. Foo, mas cujo nome de solteira era Wong, dos Ipoh Wongs) esforçava-se para separar os fios grudentos de massa enquanto tentava localizar 1 Timóteo em sua Bíblia King James. Com seu penteado permanente na altura do pescoço e os óculos sem aros apoiados na ponta do nariz, ela parecia a diretora de uma escola feminina. Aos 64 anos, era a mais velha das senhoras presentes e, embora todas as demais tivessem optado pela Nova Versão Padrão Americana, Daisy sempre insistia em usar aquela outra versão, dizendo: "Estudei num colégio de freiras, e foram elas que me educaram; então, para mim, nunca vai haver outra Bíblia além da King James." Gotículas de caldo temperado com alho se espalharam na página fina como um lenço de papel, mas ela conseguiu manter o livro aberto com uma das mãos enquanto manobrava com destreza os hashis com a outra.

Nesse ínterim, Nadine estava ocupada folheando a *sua* Bíblia — a edição mais recente da *Singapore Tattle*. Todos os meses ela mal podia esperar para ver quantas fotos de sua filha Francesca — a celebrada "herdeira da Shaw Foods" — seriam publicadas na seção "Soirées" da revista. A própria Nadine era figura fácil naquelas páginas, com sua maquiagem estilo teatro kabuki, suas joias do tamanho de frutas tropicais e o cabelo penteado com ultravolume.

— Olhe, Carol, a *Tattle* dedicou duas páginas inteirinhas à sua noite de gala em prol dos Christian Helpers!* — exclamou Nadine.

— Já? Não imaginei que eles fossem soltar isso tão depressa assim — comentou Carol. Ao contrário de Nadine, ela sempre ficava meio envergonhada ao se ver nas revistas, muito embora os editores constantemente elogiassem sua "aparência de cantora clássica de Xangai". Carol simplesmente se sentia obrigada a comparecer semanalmente àqueles jantares de gala beneficentes porque qualquer cristã de nascença deveria fazer isso e porque seu marido sempre a lembrava de que "bancar a Madre Teresa é bom para os negócios".

Nadine correu os olhos de alto a baixo pelas páginas lustrosas.

---

* Organização sem fins lucrativos de natureza cristã voltada para a caridade. (*N. da T.*)

— Aquela tal Lena Teck engordou *mesmo* depois do cruzeiro pelo Mediterrâneo, não é? Deve ter sido todos aqueles bufês; a gente sempre se vê na obrigação de comer mais, para fazer valer o nosso dinheiro. Acho melhor ela começar a se cuidar. Todas as mulheres da família Teck acabam com tornozelos gordos.

— Acho que ela não se importa de ficar com os tornozelos gordos. Sabe quanto ela herdou depois da morte do pai? Ouvi dizer que ela e os cinco irmãos faturaram 700 milhões *cada um* — disse Lorena, deitada na *chaise longue*.

— Só isso? Achei que a Lena tinha pelo menos um bilhão — comentou Nadine, com desdém. — Ei, que estranho, Elle! Como não tem nenhuma foto da sua linda sobrinha Astrid aqui? Eu me lembro muito bem de todos aqueles fotógrafos perturbando a coitada naquele dia.

— Esses fotógrafos só perdem tempo. As fotos da Astrid nunca são publicadas em lugar nenhum. A mãe dela fez um acordo com os editores de todas as revistas quando ela ainda era adolescente — explicou Eleanor.

— E por que ela faria uma coisa dessas?

— Até parece que, a essa altura, você não conhece a família do meu marido! Eles preferem morrer a aparecer na imprensa — disse Eleanor.

— Por quê? Ficaram tão importantes que não podem mais ser vistos socializando com outros cingapurianos? — indagou Nadine, indignada.

— Ora, Nadine, existe uma diferença entre ser importante e ser discreto — comentou Daisy, sabendo muito bem que famílias como os Leongs e os Youngs preservavam tanto a privacidade que aquilo chegava a beirar a obsessão.

— Importante ou não, acho a Astrid maravilhosa — Carol fez coro. — Sabe, eu não devia dizer isso, mas o cheque de maior valor no evento beneficente foi o da Astrid. Ela insistiu para que sua doação permanecesse anônima, mas foi graças a ela que o jantar de gala deste ano foi um sucesso sem precedentes.

Eleanor observou a bela empregada nova da China continental que entrou no quarto e ficou imaginando se ela não seria mais uma das garotas que o *dato'* escolhera a dedo na "agência de empregos" que frequentava em Suzhou, cidade famosa por abrigar as mulheres mais bonitas da China.

— O que temos para hoje? — perguntou ela a Carol, enquanto a empregada pousava um baú robusto de madrepérola bem familiar ao lado da cama.

— Ah, eu só queria mostrar a vocês umas coisinhas que comprei na minha viagem para a Birmânia.

Impaciente, Eleanor abriu a tampa do baú e começou a retirar de dentro dele, metodicamente, as bandejas forradas de veludo preto. Uma de suas partes favoritas dos almoços de estudos bíblicos das quintas-feiras era conferir as aquisições mais recentes de Carol. Em pouco tempo, a cama estava repleta de bandejas cobertas de veludo com uma variedade ofuscante de joias.

— Que cruzes mais elaboradas... Não sabia que eles tinham um trabalho de engaste tão bom assim na Birmânia!

— Não, não. Essas cruzes são da Harry Winston — corrigiu Carol. — Os rubis é que são da Birmânia.

Lorena deixou seu almoço de lado e foi direto até a cama. Segurou um dos rubis do tamanho de uma lichia contra a luz.

— Olhe, você precisa tomar cuidado na Birmânia, porque uma boa parte dos rubis de lá é quimicamente tratada para ficar com uma coloração mais vermelha. — Na condição de esposa de Lawrence Lim (da L'Orient Jewelry, dos Lims), Lorena podia falar com autoridade sobre o assunto.

— Pensei que os melhores rubis viessem da Birmânia — comentou Eleanor.

— Senhoras, vocês precisam parar de usar o termo "Birmânia". Há mais de vinte anos que o país se chama *Myanmar* — corrigiu-as Daisy.

— *Alamak!* Você parece o Nicky, sempre me corrigindo! — retrucou Eleanor.

— Ei, por falar no Nick, quando é que ele chega de Nova York? Ele não vai ser padrinho de casamento do Colin Khoo? — perguntou Daisy.

— Sim, sim, mas você sabe como é o meu filho... Eu sou sempre a última a saber de tudo! — reclamou Eleanor.

— Mas ele não vai ficar na sua casa?

— Claro. Ele sempre fica primeiro na nossa casa e depois vai para a da Velha — disse Eleanor, usando o apelido que reservava para sua sogra.

— Bem — prosseguiu Daisy, falando um pouco mais baixo. — O que você acha que a Velha vai fazer com o hóspede dele?

— Como assim? Que "hóspede"? — perguntou Eleanor.

— Aquela que ele... vai levar... para o casamento — respondeu Daisy lentamente, correndo os olhos de uma mulher a outra maliciosamente, tendo plena consciência de que todas sabiam de quem ela estava falando.

— Do que você está falando? Quem ele vai levar? — perguntou Eleanor, meio confusa.

— A mais nova namorada dele, *lah!* — revelou Lorena.

— Imagina! Nicky não tem namorada nenhuma — insistiu Eleanor.

— Por que é tão difícil para você acreditar que seu filho está namorando? — perguntou Lorena, que sempre considerara Nick o rapaz mais maravilhoso daquela geração e, com todo aquele dinheiro dos Youngs a reboque, era uma pena que a imprestável da sua filha, Tiffany, não tivesse conseguido conquistá-lo.

— Com certeza você já deve ter ouvido falar dessa garota, não? *A de Nova York* — disse Daisy num sussurro, deliciando-se por ser ela quem estava dando a notícia a Eleanor.

— Uma garota *americana*? Nicky não *ousaria* fazer uma coisa dessas! Daisy, suas informações são sempre *ta pah kay*!*

— O que você quer dizer com isso? Essa notícia não é nada *ta pah kay*; vem da fonte mais confiável deste mundo! E, seja como for, ouvi dizer que ela é chinesa — falou Daisy.

— É mesmo? Qual é o nome dela e de onde ela é? Daisy, se você me disser que ela é da China continental, acho que vou ter um ataque — advertiu-a Eleanor.

— O que eu fiquei sabendo é que ela é de Taiwan — contou Daisy com cautela.

---

* Em malaio, "não confiáveis".

— Minha nossa, espero que ela não seja um daqueles furacões de Taiwan! — riu Nadine.
— Como assim? — perguntou Eleanor.
— Você sabe a fama que essas garotas de Taiwan têm, às vezes. Elas aparecem do nada, deixam os homens de quatro por elas e, antes que você se dê conta de qualquer coisa, elas já foram embora; mas não sem antes sugarem até o último dólar deles, exatamente como um furacão — explicou Nadine. — Eu conheço muitos homens que já foram vítimas dessas mulheres. Vocês se lembram do Gerald, filho da Sra. K. C. Tang, cuja esposa limpou os cofres e zarpou com todos os antigos bens da família Tang. Ou da pobre Annie Sim, que perdeu o marido para aquela cantora de Taipei.

Naquele momento, o marido de Carol entrou no quarto.
— Olá, olá, senhoras! Como anda a hora de Jesus hoje? — perguntou ele, baforando seu charuto e girando um cálice de Hennessy, parecendo a própria caricatura de um magnata asiático.
— Olá, *Dato'*! — cumprimentaram as mulheres em uníssono, ajeitando-se apressadamente para posições mais decorosas.
— *Dato'*, Daisy está tentando me fazer ter um ataque! Ela acabou de nos dizer que o Nicky está com uma nova namorada de *Taiwan!* — gritou Eleanor.
— Calma, Lealea. As garotas de Taiwan são *adoráveis*... Sabem como tratar bem um homem e, além do mais, talvez ela seja mais bonita do que todas essas garotas mimadas com *pedigree* com quem você vive tentando enrabichá-lo. — O *dato'* sorriu. — Enfim, seja como for — continuou ele, subitamente abaixando o tom de voz —, se eu fosse você, me preocuparia menos com o jovem Nicholas e mais com a *Sina Land*.
— Por quê? O que aconteceu com a Sina Land? — indagou Eleanor.
— Sina Land *toh tuew*. Vai falir — declarou o *dato'* com um sorriso satisfeito.
— Mas a Sina Land é valiosíssima. Como uma coisa dessas é possível? Meu irmão até me disse que eles estão com projetos novos no oeste da China — argumentou Lorena.
— O governo chinês, segundo minha fonte garantiu, pulou fora daquele novo empreendimento gigantesco em Xinjiang. Acabei de

me livrar das minhas participações e estou retirando 100 mil ações de hora em hora até o fechamento da Bolsa.

Dito isso, *dato'* soltou uma grande baforada de seu Cohiba e apertou um botão ao lado da cama. A grande parede de vidro que dava para a piscina cintilante começou a se inclinar num ângulo de 45 graus, como uma enorme porta de garagem suspensa, e o *dato'* saiu caminhando pesadamente em direção à casa principal.

Por alguns segundos, o quarto ficou em silêncio absoluto. Quase era possível ouvir os mecanismos das cabeças de cada uma das mulheres girando à exaustão. De repente, Daisy saltou de sua poltrona, derrubando a bandeja de macarrão no chão.

— Rápido, rápido! Cadê a minha bolsa? Preciso ligar para o meu corretor!

Eleanor e Lorena também saíram correndo, procurando, atabalhoadamente, seus celulares. Nadine, que tinha o número de seu corretor de ações na discagem direta, já estava berrando ao telefone:

— Venda tudo! SINA LAND. Sim. Venda tudo! Acabei de ouvir, de uma fonte muito segura, que essa empresa é uma *causa perdida*!

Lorena estava do outro lado da cama, falando ao telefone com a mão em concha.

— Desmond, não estou nem aí, simplesmente comece a vender tudo agora.

Daisy começou a hiperventilar:

— *Sum toong, ah!** Estou perdendo milhões a cada segundo! Cadê o meu maldito corretor? Não me diga que aquele paspalho ainda está almoçando!

Calmamente, Carol tocou o painel *touch screen* ao lado de sua mesa de cabeceira.

— Mei Mei, você pode, por favor, vir até aqui limpar uma coisa que caiu no chão? — Em seguida fechou os olhos, levantou os braços e começou a rezar em voz alta: — *Oh, Jesus, nosso senhor e salvador, abençoado seja o Vosso nome. Viemos até Vós pedir humildemente perdão hoje, pois todas nós pecamos contra Vós. Graças por nos banhar com Vossas bênçãos. Graças ao Nosso Senhor Jesus Cristo*

---

* Em cantonês: "Me dá dor no coração".

pela irmandade que compartilhamos hoje, pelo alimento que nos nutriu, pelo poder da Vossa palavra sagrada. Por favor, proteja a *nossa querida irmã Eleanor, a irmã Lorena, a irmã Daisy e a irmã Nadine, enquanto elas tentam vender suas ações da Sina Land...*

Carol abriu os olhos por um instante, notando, com satisfação, que pelo menos Eleanor estava orando ao seu lado. Mas, logicamente, ela não tinha como saber que, por trás daquelas pálpebras serenamente cerradas, Eleanor estava rezando por uma coisa completamente diferente. *Uma garota de Taiwan! Por favor, Deus, permita que isso não seja verdade!*

3

Rachel Chu

•

NOVA YORK

Em Cupertino, eles teriam acabado de jantar e, nas noites em que ela não passava na casa de Nick, tornou-se hábito Rachel telefonar para sua mãe pouco antes de ir dormir.

— Adivinhe só quem acabou de fechar a venda daquela casa enorme na Laurel Glen Drive? — gabou-se Kerry Chu, toda animada, em mandarim, assim que atendeu o telefone.

— Uau, mãe, parabéns! É a sua terceira venda este mês, não é? — perguntou Rachel.

— Sim! Bati o recorde do ano passado do escritório! Eu *tinha certeza* de que havia tomado a decisão certa quando resolvi me juntar a Mimi Shen no escritório de Los Altos! — exclamou Kerry, satisfeita.

— Você vai ser a Corretora do Ano de novo, tenho certeza — retrucou Rachel, afofando mais uma vez o travesseiro sob sua cabeça. — Bom, eu também tenho uma notícia empolgante... Nick me convidou para ir com ele para a Ásia no verão.

— *Convidou?* — exclamou Kerry, diminuindo a voz uma oitava.

— Mãe, não vá começar com essas suas ideias — advertiu-a Rachel, conhecendo muito bem aquele tom de sua mãe.

— Ora essa! Que ideias? Quando você trouxe o Nick para passar o Dia de Ação de Graças com a gente no ano passado, todo mundo que viu vocês juntos, como dois pombinhos, falou que eram perfeitos um para o outro. Agora é a vez dele de apresentar você à família. Você acha que ele vai pedir você em casamento? — soltou Kerry, incapaz de se conter.

— Mãe, nunca conversamos sobre casamento, nem uma única vez — disse Rachel, tentando minimizar aquilo. Por mais empolgada que estivesse com todas as possibilidades que pairavam sobre aquela viagem, por ora não iria incentivar a mãe, que já estava envolvida demais com a felicidade dela, então Rachel não queria aumentar suas esperanças... ainda mais.

Mesmo assim, Kerry não conseguia se conter de ansiedade.

— Filha, eu conheço homens como o Nick. Ele pode bancar o acadêmico boêmio o quanto quiser, mas eu sei que, lá no fundo, faz o tipo casadouro. Ele quer se assentar e ter muitos filhos, portanto não há mais tempo a perder.

— Mãe, pare com isso!

— Além do mais, quantas noites por semana você dorme na casa dele? Fico espantada com o fato de vocês dois ainda não terem ido morar juntos.

— Você é a única mãe chinesa que eu conheço que incentiva a filha a se juntar com um cara! — riu Rachel.

— Sou a única mãe chinesa com uma filha de quase 30 anos que ainda não se casou, isso sim! Tem ideia de como as pessoas me bombardeiam com perguntas todos os dias? Estou cansada de ficar defendendo você. Ora, ontem mesmo trombei com a Min Chung no Peet's Coffee. "Eu sei que você queria que a sua filha tivesse uma carreira bem-sucedida antes de subir no altar, mas já não está na hora de essa garota se casar?", perguntou ela. Você sabia que a filha dela, a Jessica, está noiva do sétimo maior executivo do Facebook, não é?

— Sei, sei, sei. Eu sei da história toda. Em vez de aliança de noivado, ele criou uma bolsa em Stanford e batizou-a com o nome dela — disse Rachel, com uma voz entediada.

— E olhe que ela não é, nem de longe, tão bonita como você — disse Kerry, indignada. — Todos os seus tios e as suas tias há tempos consideram você uma causa perdida, mas eu sempre soube que você só estava esperando pela pessoa certa. Claro, precisava escolher um professor universitário também. Pelo menos os filhos de vocês vão ter bolsas de estudo... só assim para vocês dois conseguirem mandar todos para a faculdade.

— Por falar em tios e tias, prometa que não vai contar nada para ninguém ainda. Por favor — implorou Rachel.

— Ora! Tudo bem, tudo bem. Eu sei que você é sempre ultracautelosa e não quer que eles fiquem desapontados, mas também sei, no fundo do meu coração, o que vai acontecer — disse ela, cheia de alegria.

— Bem, até *algo de fato* acontecer, não faz sentido dar muita importância a isso — insistiu Rachel.

— Bem, e onde vocês vão ficar em Cingapura?

— Na casa dos pais dele, eu acho.

— Eles moram em casa ou em apartamento? — perguntou Kerry.

— Não faço a menor ideia.

— Você precisa descobrir essas coisas!

— E que importância isso tem? Você vai tentar vender uma casa para eles em Cingapura, por acaso?

— Eu lhe digo a importância que isso tem: por acaso você sabe onde vão dormir?

— Onde vamos dormir? Do que está falando, mamãe?

— Ora! Sabe se você vai ficar num quarto de hóspedes ou se vai dormir na mesma cama que ele?

— Nunca pensei em...

— Filha, isso é o mais importante de tudo. Você não pode ir supondo que os pais do Nick serão tão liberais quanto eu. Você está indo para Cingapura, e os chineses cingapurianos são os mais conservadores de todos, sabia? Não quero que os pais dele achem que não criei você direito.

Rachel suspirou. Ela sabia muito bem o que a mãe queria dizer com aquilo, mas, como sempre, ela conseguiu deixar Rachel estressada com detalhes que ela mesma jamais teria imaginado.

— Agora, precisamos planejar o que você vai levar de presente para os pais dele — continuou Kerry, ansiosa. — Descubra o que o pai do Nick gosta de beber. Uísque? Vodca? Sobraram tantas garrafas de Johnny Walker Red da festa de Natal do escritório que eu posso mandar uma para você pelo correio.

— Mãe, eu não vou carregar uma garrafa de bebida que eles podem muito bem comprar lá mesmo. Vou pensar num presente perfeito para eles, mas dos *Estados Unidos*.

— Ah, eu já sei o que seria ideal para a mãe do Nick! Você devia ir à Macy's e comprar para ela um daqueles pós compactos bronzeadores ótimos da Estée Lauder. A Macy's está fazendo uma liquidação desses compactos e, se você comprar um, ganha um brinde: uma bolsinha chique de couro cheia de amostras de batom, perfume e creme para a área dos olhos. Confie em mim, toda mulher asiática adora brindes...

— Não se preocupe, mãe. Eu vou cuidar disso.

# 4

Nicholas Young

•

NOVA YORK

Nick estava esparramado em seu sofá de couro gasto, corrigindo trabalhos de seus alunos da pós-graduação, quando Rachel trouxe o assunto à tona, como quem não quer nada.

— Então... como vai ser na casa dos seus pais, hein? A gente vai dormir no mesmo quarto ou eles vão ficar escandalizados com isso?

Nick inclinou a cabeça.

— Humm. Acho que a gente vai ficar no mesmo quarto...

— Você *acha* ou tem certeza?

— Não se preocupe; assim que chegarmos, tudo vai ficar às claras.

Às claras. Em geral, Rachel achava as expressões britânicas de Nick muito fofas, mas agora aquilo era meio frustrante. Pressentindo o incômodo da namorada, Nick se levantou, foi até onde ela estava sentada e beijou o topo de sua cabeça com ternura.

— Relaxe... Meus pais não são o tipo de gente que se preocupa com onde os outros dormem.

Rachel ficou pensando se isso seria mesmo verdade. Tentou voltar a ler o site de turismo oficial do Sudeste Asiático. Vendo-a ali sentada, banhada pelo brilho da tela do laptop, Nick não conseguia deixar de ficar maravilhado: como a sua namorada conseguia continuar tão linda, mesmo depois de um dia longo? Como ele tivera tanta sorte assim? Tudo nela — da compleição de alguém que acabou de correr na praia de manhã até o cabelo negro como uma obsidiana, cortado na altura das omoplatas — transmitia uma beleza natural e descomplicada, muito diferente das garotas do tapete vermelho com quem ele havia crescido.

Agora Rachel estava esfregando o dedo indicador, distraidamente, para a frente e para trás ao longo do lábio superior, com a testa ligeiramente franzida. Nick conhecia muito bem esse gesto. Com o que ela estava preocupada? Desde que convidara Rachel para ir com ele à Ásia, alguns dias antes, as perguntas não paravam de se empilhar umas por cima das outras. Onde eles iriam ficar? Que presente ela deveria levar para os pais dele? O que Nick contara a eles a respeito dela? Como Nick queria impedir que a mente analítica e brilhante da namorada ficasse pensando demais sobre cada aspecto da viagem! Ele começava a perceber que Astrid tinha razão. Astrid não era apenas sua prima; era também sua confidente mais próxima, e, numa conversa ao telefone, uma semana antes, ele havia lhe contado sobre a ideia de convidar Rachel para ir com ele a Cingapura.

— Antes de mais nada, você está sabendo que isso instantaneamente vai levar as coisas a outro patamar, não é? É isso mesmo que você quer? — perguntou Astrid, de uma forma bem direta.

— Não. Bem... talvez. São só as férias de verão.

— Ora, por favor, Nicky. Não são "só as férias de verão". Não é assim que as mulheres pensam, e você sabe muito bem disso. Vocês estão namorando sério há quase dois anos. Você tem 32 anos e, até hoje, *nunca* levou ninguém em casa. Nem venha me dizer que isso não é importante. Todo mundo vai pensar que vocês dois vão...

— Por favor — advertiu-a Nick —, não fale a palavra que começa com a letra c.

— Está vendo? Você sabe que é *exatamente* isso que vai passar pela cabeça de todo mundo. E, acima de tudo, eu lhe garanto que Rachel também está pensando nisso.

Nick suspirou. Por que tudo precisava sempre estar tão carregado de importância? Era sempre a mesma coisa quando ele buscava uma opinião feminina. Talvez ligar para Astrid tivesse sido uma má ideia. Ela era apenas seis meses mais velha do que ele, mas, de vez em quando, agia um pouco como uma irmã mais velha. Ele preferia o lado excêntrico, estilo "não estou nem aí", de Astrid.

— Só quero mostrar a Rachel minha parte do mundo, só isso, sem compromisso — tentou explicar. — E acho que uma parte de mim quer ver como ela vai reagir a isso.

— Quando você fala reagir "a isso", está falando da nossa família? — indagou Astrid.

— Não, não é só da nossa família. Dos meus amigos também, da ilha, de tudo. Será que eu não posso simplesmente passar as férias com a minha namorada sem que isso se torne uma questão diplomática?

Astrid fez uma pausa por um instante, tentando avaliar a situação. Aquele era o relacionamento mais sério que seu primo tivera com alguém. Ainda que ele não estivesse preparado para admitir, ela sabia que, pelo menos inconscientemente, ele estava dando um passo crucial em direção ao altar. Porém, aquele passo precisava ser tratado com a máxima cautela. Será que Nicky estava realmente preparado para todas as minas terrestres que ele acabaria colocando naquele campo? Às vezes, o primo era incapaz de perceber as complexidades do mundo no qual havia nascido. Talvez fosse por sempre ter sido protegido pela avó deles, por ser uma espécie de "menina dos olhos dela". Ou, quem sabe, porque Nick tivesse morado tempo demais fora da Ásia. No mundo deles, *ninguém* levava uma garota desconhecida para casa sem avisar.

— Você sabe que eu acho a Rachel adorável. De verdade. Mas, se convidá-la para ir com você para casa, goste ou não, as coisas vão mudar entre vocês dois. Minha preocupação aqui não é se o relacionamento de vocês pode suportar isso ou não, porque eu sei que pode. Minha preocupação é com a maneira como as pessoas vão reagir. Você sabe como a nossa ilha é pequena. Sabe como as coisas podem ficar com... — Subitamente, a voz de Astrid ficou encoberta pelo ritmo sincopado da sirene de um carro de polícia.

— Que barulho estranho! Onde você está? — perguntou Nick.

— Na rua — respondeu Astrid.

— Em Cingapura?

— Não, em Paris.

— O quê? Em Paris? — Nick ficou confuso.

— Isso! Estou na rue de Berri, e dois carros de polícia acabaram de passar a toda a velocidade por aqui.

— Achei que você estivesse em Cingapura. Desculpe ligar tão tarde. Achei que, para você, fosse de manhã.
— Não, não, tudo bem. É só uma e meia da manhã. Estou voltando a pé para o hotel.
— Michael está com você?
— Não, ele está na China, trabalhando.
— E o que você está fazendo em Paris?
— Vim para uma viagem de primavera que faço todos os anos. Você sabe...
— Ah, sim. — Nick lembrou que Astrid passava os meses de abril em Paris, nos ateliês de alta-costura. Certa vez, ele havia encontrado a prima na cidade e ainda conseguia se lembrar do fascínio e do tédio que sentiu, sentado no ateliê de Yves Saint-Laurent, na avenue Marceau, vendo três costureiras zumbindo ao redor de Astrid durante o que lhe pareceram dez horas, enquanto a prima bebia uma Diet Coke atrás da outra, para lutar contra o jet lag. Para ele, naquele momento, ela era a própria imagem de alguma pintura barroca, uma *infanta* espanhola submetendo-se a um ritual de vestimentas arcaico saído diretamente do século XVII. (Aquela era uma "coleção especialmente desinteressante", dissera-lhe Astrid, que iria comprar "apenas" 12 peças naquela primavera, gastando bem mais de 1 milhão de euros.) Nick nem queria imaginar quanto dinheiro ela devia estar gastando *naquela* viagem, sem ninguém por perto para freá-la.
— Sinto saudades de Paris. Faz séculos que não vou aí. Lembra aquela nossa viagem maluca para Paris com Eddie? — perguntou ele.
— Ai, nem quero lembrar, por favor! Foi a última vez que dividi uma suíte com aquele cafajeste! — Astrid estremeceu: achava que jamais conseguiria apagar a imagem de seu primo de Hong Kong com profiteroles e aquela stripper amputada.
— Você está hospedada na Penthouse, do Hotel George V?
— Como sempre!
— Você e seus hábitos. Seria superfácil assassinar você.
— Por que você não tenta?
— Bom, da próxima vez que você for a Paris, me avise. Assim eu posso fazer uma viagem transatlântica surpresa com o meu kit especial de assassino.

— Você vai me nocautear, me colocar numa banheira e despejar ácido em cima de mim?

— Não; no seu caso, encontrarei uma solução bem mais elegante.

— Bem, então venha me pegar. Vou ficar por aqui até o início de maio. Não tem um recesso de primavera na universidade por agora, ou algo assim? Por que você não vem passar um fim de semana prolongado com a Rachel em Paris?

— Quem me dera! O recesso de primavera foi no mês passado, e nós, professores adjuntos temporários e subassociados, não ganhamos dias de folga a mais. Mas eu e a Rachel vamos ter o verão inteiro de férias, e é por isso que eu quero levá-la para Cingapura.

Astrid suspirou.

— Sabe o que vai acontecer assim que você colocar os pés no Aeroporto Changi com essa garota a tiracolo, não é? Você sabe como foi cruel para o Michael quando a gente assumiu publicamente o nosso namoro... Olhe que isso foi há cinco anos, e ele ainda está se acostumando. Você realmente acha que a Rachel está preparada para tudo isso? *Você* está preparado para isso?

Nick continuou em silêncio. Estava absorvendo tudo o que Astrid lhe dizia, mas, na verdade, já havia tomado sua decisão. Estava preparado. Estava absolutamente apaixonado por Rachel, e já era hora de mostrá-la para o mundo inteiro.

— Nicky, até onde ela sabe? — perguntou Astrid.

— Sabe sobre o quê?

— Sobre a nossa família.

— Não muito. Você é a única que ela conheceu. Ela acha que você tem um gosto excelente para sapatos e que o seu marido a mima demais. Só isso.

— Provavelmente seria bom você prepará-la — aconselhou Astrid com uma risada.

— Prepará-la para o quê? — perguntou Nick, fazendo pouco--caso.

— Escute aqui, Nicky — disse Astrid, em um tom mais sério. — Você não pode simplesmente atirar a Rachel sem aviso prévio nessa confusão toda. Você *precisa* preparar essa garota, está me entendendo?

5

Astrid Leong

•

PARIS

Todo dia primeiro de maio, os L'Herme-Pierres — uma das mais importantes famílias de banqueiros da França — ofereciam o *Le Bal du Muguet*, um baile suntuoso que era sempre o evento social da primavera. Naquele ano, quando Astrid entrou pela passagem em arco que levava até o esplêndido *hôtel particulier* dos L'Herme--Pierres, na Île Saint-Louis, recebeu de um criado, trajando um elegante libré preto e dourado, um delicado ramalhete de flores.

— É em homenagem a Charles IX, sabe? Ele costumava oferecer lilases silvestres a todas as damas de Fontainebleau todo dia primeiro de maio — explicou-lhe uma mulher de tiara quando as duas irromperam no pátio, onde centenas de miniaturas de balões de ar quente do século XVIII flutuavam entre as topiarias.

Astrid mal teve tempo de absorver aquela visão maravilhosa, pois a viscondessa Nathalie de L'Herme-Pierre pulou em cima dela.

— Ai, eu estou tão feliz por você ter podido vir! — disse Nathalie efusivamente, cumprimentando Astrid com quatro beijos nas bochechas. — Minha nossa, isso é *linho*? Só *você* para conseguir se safar usando um vestido de linho simples em um baile, Astrid! — A anfitriã riu, admirando as dobras gregas delicadas do vestido amarelo-claro de Astrid. — Espere um minuto... isso aí é um Madame Grès *original*? — perguntou Nathalie, percebendo agora que tinha visto um vestido parecido no Musée Galliera.

— Da sua primeira fase — retrucou Astrid, quase constrangida por ter sido descoberta.

— Mas é claro! Minha nossa, Astrid, você se superou mais uma vez. Como foi que você conseguiu colocar as mãos em um Grès do período inicial? — perguntou Nathalie, estupefata. Quando conseguiu se recobrar, ela sussurrou: — Espero que não se importe, mas coloquei você ao lado do Grégoire. Ele está sendo um *monstro* esta noite, porque acha que ainda trepo com o croata. Você é a única pessoa em quem confio para ficar ao lado dele durante o jantar. Mas pelo menos Louis estará à sua esquerda.

— Não se preocupe comigo. Para mim é sempre um prazer ouvir as novidades do seu marido, e será ótimo ficar ao lado de Louis. Outro dia mesmo eu vi o novo filme dele.

— Não é uma chatice pretensiosa sem tamanho? Odiei o fato de ser em preto e branco, mas pelo menos Louis estava uma delícia sem roupa. Enfim, obrigada por salvar a minha pele. Tem certeza de que precisa mesmo ir embora amanhã? — perguntou a anfitriã, fazendo beicinho.

— Já estou viajando há quase um mês! Se eu ficar mais um dia, tenho medo de que o meu filho se esqueça de quem sou — respondeu Astrid enquanto era conduzida até o *grand foyer*, onde a sogra de Nathalie, a condessa Isabelle de L'Herme-Pierre, presidia a fila da recepção.

Isabelle soltou um grito contido quando viu Astrid.

— Astrid, *quelle surprise*!

— Bem, até o último minuto, eu não tinha certeza se conseguiria comparecer — disse Astrid em tom de desculpas, sorrindo para a nobre dama de aparência rígida que estava de pé ao lado da condessa Isabelle. A mulher não sorriu para ela. Em vez disso, inclinou a cabeça muito levemente, como se admirasse cada centímetro de Astrid, fazendo balançar precariamente os brincos gigantescos de esmeralda presos aos lóbulos compridos de suas orelhas.

— Astrid Leong, permita que eu lhe apresente minha querida amiga, a baronesa Marie-Hélène de la Durée.

A baronesa assentiu brevemente antes de se virar mais uma vez para a condessa e continuar a conversa das duas. Assim que Astrid se afastou, Marie-Hélène murmurou para Isabelle:

— Reparou no colar que ela estava usando? Eu o vi na JAR, na semana passada. Não dá para acreditar no que as garotas conseguem pôr as mãos hoje em dia. Diga-me, Isabelle, *a quem* ela pertence?

— Marie-Hélène, Astrid não é uma mulher cativa. Conhecemos a família dela há anos.

— Oh! E quem é a família dela? — perguntou Marie-Hélène, atônita.

— Os Leongs são uma família chinesa de Cingapura.

— Ah, sim, já ouvi falar que os chineses estão ficando muito ricos hoje em dia. Na verdade, li em algum lugar que agora há mais milionários na Ásia do que na Europa. Quem poderia imaginar uma coisa dessas?

— Não, não, receio que não tenha entendido. A família da Astrid é rica há várias gerações. *O pai dela é um dos maiores clientes do Laurent* — sussurrou Isabelle.

— Minha querida, você está revelando todos os meus segredos mais uma vez? — comentou o conde Laurent de L'Herme-Pierre ao se juntar novamente à esposa, na fila da recepção.

— Imagine... Estou apenas esclarecendo a história dos Leongs para Marie-Hélène — retrucou Isabelle, tirando um fiapo de tecido da lapela de gorgorão do marido.

— Ah, os Leongs. Por quê? A estonteante Astrid veio esta noite?

— Por pouco você não a vê. Mas não se preocupe, terá a noite inteira para ficar olhando para ela na mesa de jantar — provocou Isabelle, explicando a Marie-Hélène: — Há anos que tanto meu marido como meu filho são obcecados pela Astrid.

— Ora, e qual é o problema? Uma mulher como Astrid só existe para alimentar a obsessão — comentou Laurent. Isabelle bateu no braço do marido, fingindo estar ultrajada.

— Laurent, me diga, como é possível esses chineses serem tão ricos há gerações? — perguntou Marie-Hélène. — Achei que, até pouco tempo atrás, eram todos comunistas sem nenhum centavo que usavam uniformezinhos sem graça do Mao.

— Bem, antes de mais nada, a senhora precisa entender que existem dois tipos de chineses. Os da *China continental*, que, como os russos, só fizeram suas fortunas na última década, e os chineses *das ilhas*, ou seja, aqueles que saíram da China muito antes de os comunistas aparecerem, em muitos casos há centenas de anos, e se espalharam pelo restante da Ásia, acumulando, sem fazer alarde, enormes fortunas ao longo do tempo. Se olharmos para os países do Sudeste Asiático — principalmente Tailândia, Indonésia e Malásia —, veremos que praticamente *todo* o comércio é controlado pelos chineses das ilhas, como os Liems na Indonésia, os Tans nas Filipinas, os Leongs na...

Sua esposa o interrompeu.

— Vou dizer apenas isto: visitamos a família da Astrid há alguns anos. Você nem *imagina* quão estupidamente rica essa gente é, Marie-Hélène. As casas, os serviçais, o estilo de vida. Faz os Arnaults parecerem *camponeses*. E mais: me disseram que a Astrid é herdeira de ambos os lados, que existe uma fortuna ainda maior no lado da *mãe* dela.

— Verdade? — exclamou Marie-Hélène, atônita, olhando para a garota do outro lado do salão com um interesse renovado. — Bem, ela é mesmo bastante *soignée* — admitiu.

— Ah, é incrivelmente chique, uma das poucas da sua geração que entendem das coisas — decretou a condessa. — François-Marie disse que Astrid tem uma coleção de peças da alta-costura que só rivaliza com a da mulher do xeique do Catar. Ela nunca vai aos desfiles porque odeia ser fotografada, mas vai direto aos ateliês e arrebata dezenas de vestidos a cada coleção como se fossem *macarons*.

Astrid estava no salão admirando o retrato de Balthus sobre a lareira quando alguém às suas costas disse:

— Essa é a mãe do Laurent, sabia? — Era a baronesa Marie-Hélène de la Durée, dessa vez com uma tentativa de sorriso no rosto contraído e rígido.

— Achei que pudesse ser — comentou Astrid.

— *Chérie*, preciso dizer que adorei o seu colar. Na verdade, eu o havia admirado no Monsieur Rosenthal algumas semanas atrás, mas, infelizmente, ele me informou que já estava reservado — soltou a baronesa. — Vejo agora que você era claramente a melhor pessoa para usá-lo.

— Obrigada. Os seus brincos também são magníficos — retrucou Astrid com doçura, achando bem divertida a mudança de atitude da mulher.

— Isabelle me contou que você é de *Singapour*. Ouvi falar muito do seu país, que hoje é considerado a Suíça da Ásia. Minha neta fará uma viagem à Ásia neste verão. Quem sabe você não poderia fazer a gentileza de lhe dar umas dicas?

— Mas é claro — respondeu Astrid educadamente, pensando: "Nossa, essa mulher só precisou de cinco minutos para ir de nojenta a puxa-saco."

Na verdade, aquilo tudo era bem frustrante. Paris era o seu refúgio, e ali ela se esforçava para ser invisível, para ser apenas mais uma das incontáveis turistas orientais que se espremiam ansiosamente nas butiques de Faubourg-Saint-Honoré. Era por causa desse luxo do anonimato que ela amava a Cidade das Luzes. Porém, morar lá, mudara tudo aquilo há tempos. Seus pais, preocupados com o fato de ela estar morando sozinha em uma cidade estrangeira sem ninguém por perto, cometeram o deslize de alertar seus amigos em Paris, como os L'Herme-Pierres, da presença dela. A notícia se espalhou e, de repente, ela já não era mais a *jeune fille* que alugava um loft no Marais. Era *a filha de Harry Leong*, ou *a neta de Shang Su Yi*. Era algo beeeeem frustrante. É claro que, àquela altura, ela já deveria estar acostumada a ouvir as pessoas comentando a seu respeito tão logo ela saía de algum lugar. Algo que acontecia praticamente desde que ela nasceu.

Mas, para entender o motivo, primeiro é preciso constatar o óbvio: sua beleza estonteante. Astrid não era atraente do jeito típico das estrelas de Hong Kong de olhos puxados, nem fazia o tipo celestial imaculado. Alguém poderia dizer que seus olhos eram muito afastados e que a linha de seu maxilar — tão semelhante nos homens da família de sua mãe — era proeminente demais para uma garota. Entretanto, de alguma maneira, aquilo tudo, arrematado pelo seu nariz delicado, os lábios carnudos e os cabelos naturalmente ondulados, formava um conjunto que proporcionava uma visão inexplicavelmente estonteante. Ela era sempre *a garota* que os olheiros em busca de modelos paravam na rua, embora sua mãe os afastasse bruscamente. Astrid não ia posar para ninguém e, certamente, não por *dinheiro*. Aquelas coisas estavam muito abaixo dela.

Ainda havia outro detalhe mais essencial em relação a Astrid: seu nascimento no mais alto escalão da riqueza oriental — um círculo secreto e exclusivo de famílias praticamente desconhecidas a quem não pertencia a ele, donas de fortunas imensuravelmente vastas. Para início de conversa, seu pai vinha dos Penang Leong, uma família de veneráveis *peranakans** que detinham o monopólio da indústria do óleo de palma. Acrescente-se a isso o fato ainda mais surpreendente de que sua mãe era a filha mais velha de Sir James Young com a ainda mais imperial Shang Su Yi. Catherine, a tia de Astrid, era casada com um príncipe da Tailândia. Outra tia era casada com o renomado cardiologista de Hong Kong, Malcolm Cheng.

Era possível passar horas traçando toda a linhagem dinástica da família de Astrid, mas, de qualquer ângulo que se olhasse, o *pedigree* dela continuava sendo nada mais, nada menos do que extraordinário. E, enquanto ela tomava seu lugar na mesa à luz de velas do banquete na longa galeria dos L'Herme-Pierres, rodeada por cintilantes Louis XV Sèvres e Picassos da fase rosa, nem poderia desconfiar do quanto sua vida estava prestes a se tornar extraordinária.

---

* Os *nonya*, também conhecidos como *peranakan*, são descendentes dos imigrantes chineses que chegaram à Malásia entre o fim do século XV e o XVI, durante a era colonial. Faziam parte da elite de Cingapura, tinham educação inglesa e eram mais leais aos britânicos do que à China. Os *peranakan*, que, com frequência, se casavam com nativos malaios, criaram uma cultura singular que mescla as influências chinesa, malaia, inglesa, holandesa e indiana. Há tempos, sua culinária é a base das cozinhas malaia e cingapuriana. Recentemente, essa gastronomia vem causando furor entre os *chefs* do Ocidente – porém, os turistas orientais ficam perplexos com os preços exorbitantes cobrados nos descolados restaurantes ocidentais.

6
Os Chengs

•

HONG KONG

A maioria das pessoas que passasse de carro pelo atarracado edifício marrom acinzentado localizado em uma esquina movimentada da Causeway Bay provavelmente pensaria que se tratava de alguma espécie de secretaria de saúde do governo, mas a CAA — Chinese Athletic Association, ou Associação Atlética Chinesa — era, na verdade, um dos clubes privados mais exclusivos de Hong Kong. Apesar do nome um tanto desinteressante, tratava-se da primeira instituição esportiva fundada por chineses na antiga ex-colônia britânica. Vangloriava-se de ter como presidente honorário o lendário magnata do jogo, Stanley Lo, e sua lista de espera para novos sócios, que durava oito anos, era extremamente restrita, aberta apenas às famílias mais renomadas.

Os salões públicos da CAA continuavam firmemente entranhados na decoração à base de cromo e couro do fim dos anos 1970, pois os membros sempre votavam em prol de gastar todo o dinheiro arrecadado para renovar as instalações esportivas. Somente o aclamado restaurante do local havia sido reformado nos últimos anos: tornara-se um salão de estofados de *plush* com paredes de brocado cor-de-rosa claro e janelas que davam de frente para a quadra de tênis principal. As mesas redondas estavam estrategicamente alinhadas para permitir que os prestigiados membros fizessem uma entrada triunfal ali, trajando seus modelitos *après-sport* e transformando jantares e almoços em um esporte de ver e ser visto digno do horário nobre.

Todo domingo à tarde, a família Cheng se reunia sem falta para almoçar na CAA. Não importava quanto a semana tivesse sido corrida ou atribulada, todos sabiam que o *dim sum* de domingo na sede do clube, como eles chamavam a CAA, era obrigatório para todos os membros da família que estivessem na cidade. O Dr. Malcolm Cheng era o cirurgião cardíaco mais renomado da Ásia. Tão valiosas eram suas hábeis mãos que ele era famoso por estar sempre usando luvas de couro de cordeiro — especialmente fabricadas para ele pela Dunhill — quando saía em público. Além disso, adotava outras medidas de segurança para protegê-las: não dirigia nenhum carro, preferindo ter um chofer em seu Rolls-Royce Silver Spirit.

Isso era algo que sua bem-educada esposa, a ex Alexandra "Alix" Young, de Cingapura, considerava ultraostensivo, optando, assim, por chamar um táxi sempre que possível, deixando ao marido a exclusividade do carro e do chofer. "Afinal", estava sempre pronta para dizer, "ele salva vidas todos os dias, enquanto eu sou apenas uma dona de casa". Essa autodepreciação era um comportamento padrão para Alexandra, muito embora ela é quem fosse a verdadeira arquiteta da fortuna do casal.

Na posição de esposa entediada de médico, Alexandra começou a empregar cada centavo da considerável renda do marido para adquirir imóveis — justamente quando o *boom* imobiliário de Hong Kong ainda estava no início. Descobriu, então, que tinha um talento nato para identificar o momento certo de fazer transações comerciais. Dessa maneira, Alexandra estava sempre comprando novas propriedades quando o preço estava no fundo do poço e vendendo-as quando o valor alcançava seu ápice. Isso desde a época da recessão do petróleo, na década de 1970, da crise financeira na Ásia em 1997, passando pelo pânico comunista da crise da Bolsa de Valores, em meados dos anos 1980. Na metade da primeira década do século XXI, quando o metro quadrado dos imóveis em Hong Kong já era mais caro do que o metro quadrado de qualquer outra parte do mundo, os Chengs se viram sentados em um dos maiores portfólios imobiliários particulares da ilha.

Os almoços de domingo davam a Malcolm e sua esposa a chance de inspecionar os filhos e os netos toda semana, tarefa que eles levavam bastante a sério, pois, apesar de todas as vantagens que os filhos haviam tido na infância, Malcolm e Alexandra estavam constantemente preocupados com eles. (Na verdade, a mais preocupada era Alexandra.)

Seu filho caçula, Alistair, a "causa perdida", era um mimado imprestável que mal conseguira se formar na Universidade de Sydney e que agora fazia uma coisinha ou outra na indústria do cinema em Hong Kong. Recentemente, Alistair se envolvera com Kitty Pong, uma estrela de novelas que dizia ser de "uma boa família de Taiwan", embora todos os outros membros da família Cheng duvidassem muito disso: o mandarim dela era carregado de um sotaque bastante característico do norte da China, e não das inflexões engraçadinhas do mandarim falado em Taiwan.

A filha Cecilia, a "amazona", desenvolvera, ainda bem pequena, uma paixão por adestramento no hipismo. Estava sempre enfrentando ou seu cavalo temperamental ou seu marido temperamental, Tony, um comerciante australiano de *commodities* a quem Malcolm e Alexandra secretamente haviam apelidado de "o Condenado". Cecilia dizia-se "mãe em tempo integral", mas, na verdade, passava mais tempo no circuito internacional das provas de hipismo do que criando seu filho, Jake. (Devido às longas horas que passava com suas babás filipinas, Jake estava começando a ficar fluente em filipino; também era capaz de fazer uma interpretação brilhante de "My Way", do Sinatra.)

Havia também Eddie, o primogênito do casal. À primeira vista, Edison Cheng era o "perfeito". Formara-se na Judge Business School de Cambridge com louvor, trabalhara por algum tempo na Cazenove em Londres e agora era uma estrela em ascensão no mundo dos bancos particulares de Hong Kong. Casara-se com Fiona Tung, que vinha de uma família com inúmeras conexões políticas, e os dois tinham três filhos bastante estudiosos e comportados. Porém, secretamente, era com Eddie que Alexandra mais se preocupava. Nos últimos anos, ele andava passando tempo demais com aqueles bilionários duvidosos da China continental. Cruzava a Ásia inteira toda semana para ir a festas, e ela temia que aquilo pudesse afetar sua saúde e sua vida familiar.

O almoço daquele dia era especialmente importante, pois Alexandra queria planejar a logística da viagem da família, no próximo mês, para Cingapura, a fim de comparecer ao casamento de Colin Khoo. Era a primeira vez que a família inteira — pais, filhos, netos, empregados e babás — viajaria reunida, e Alexandra queria muito que tudo fosse perfeito. À uma da tarde, a família começou a entrar, vinda de todos os cantos: Malcolm, de uma partida de tênis; Alexandra, da igreja com Cecilia, Tony e Jake; Fiona e os filhos, da sessão com os tutores do fim de semana; e Alistair, da cama da qual ele acabara de se levantar, 15 minutos antes.

Eddie foi o último a chegar e, como sempre, estava falando ao celular. Aproximou-se da mesa e ignorou todo mundo, tagarelando em cantonês em voz alta com seu fone de ouvido Bluetooth. Quando finalmente desligou, lançou um sorriso convencido para a família.

— Está tudo acertado! Acabei de falar com o Leo e ele ofereceu o jatinho da família para nós — declarou Eddie, referindo-se ao seu melhor amigo, Leo Ming.

— Para irmos a Cingapura? — perguntou Alexandra, meio confusa.

— Sim, é claro!

Imediatamente, Fiona fez uma objeção:

— Não sei se é uma boa ideia. Em primeiro lugar, não acho que seria bom a família inteira viajar no mesmo avião. E se acontecer um acidente? Em segundo lugar, acho que a gente não deveria pedir um favor tão grande assim para o Leo.

— Eu sabia que você ia dizer isso, Fi — começou Eddie. — Foi por esse motivo que bolei um plano: papai e mamãe vão um dia antes de todo mundo com Alistair. Cecilia, Tony e Jake vão com a gente no dia seguinte, e as babás vão com nossos filhos em outro voo.

— Isso é um absurdo. Como você pode pensar em se aproveitar do avião de Leo dessa maneira? — exclamou Fiona.

— Fi, ele é meu melhor amigo e não está nem aí para como a gente usa ou deixa de usar o avião dele — retrucou Eddie.

— E que tipo de jatinho é? Um Gulfstream? Um Falcon? — perguntou Tony.

Cecilia enfiou as unhas no braço do marido, irritada com seu interesse, e interrompeu o irmão:

— Por que os *seus* filhos vão num voo separado, enquanto o meu filho é obrigado a viajar com a gente?

— E a Kitty? Ela também vai — perguntou Alistair em voz baixa.

Todos na mesa olharam para Alistair de cara feia, horrorizados.

— *Nay chee seen, ah!** — vociferou Eddie.

Alistair ficou indignado.

— Já respondi o RSVP por ela. Além do mais, o Colin me disse que *mal podia esperar* para conhecê-la. Ela é uma grande estrela, e eu...

— Nos *Novos Territórios*, talvez um ou dois idiotas que assistem a novelas de quinta categoria saibam quem ela é, mas, vá por mim, ninguém ouviu falar dessa mulher em Cingapura — interrompeu Eddie.

— Isso não é verdade. Ela é uma das maiores estrelas em ascensão da Ásia. Além do mais, não é essa a questão. Eu quero apresentá-la a todos os nossos parentes de Cingapura — afirmou Alistair.

Em silêncio, Alexandra considerou as implicações daquela declaração, mas optou por escolher suas batalhas uma de cada vez.

— Fiona tem razão. Não podemos pegar o avião da família Ming emprestado por dois dias consecutivos! Na verdade, acho que seria bastante inapropriado de nossa parte viajar num jatinho particular. Quer dizer, quem nós achamos que somos?

— Papai é um dos cirurgiões cardíacos mais famosos do mundo! Você vem da nobreza cingapuriana! Qual é o problema de viajar em um avião particular? — gritou Eddie cheio de frustração, gesticulando tão loucamente que quase bateu no garçom às suas costas, que estava prestes a colocar sobre a mesa uma enorme pilha de panelas de bambu para cozimento a vapor.

— Tio Eddie, cuidado! Tem comida bem atrás de você! — gritou seu sobrinho Jake.

Eddie olhou ao redor por um instante e depois continuou com seus protestos.

---

* Em cantonês, "você ficou maluco!".

— Por que você é sempre assim, mamãe? Por que sempre se comporta de um jeito tão provinciano? Você é podre de rica! Por que não pode ser um pouco menos econômica uma vez na vida e ter mais consciência do valor que você tem?

Os três filhos de Eddie olharam para cima por um instante, desviando os olhos do livro de matemática. Estavam acostumados com os ataques de raiva do pai em casa, mas poucas vezes o viram tão irritado na frente de *Gong Gong* e Ah Ma. Fiona puxou a manga da camisa do marido, sussurrando:

— Abaixe o tom de voz! Por favor, não fale em dinheiro na frente das crianças.

Sua mãe balançou a cabeça calmamente.

— Eddie, isso não tem nada a ver com autoestima. Só acho esse tipo de extravagância algo completamente desnecessário. E não pertenço à nobreza cingapuriana. Cingapura não tem nobreza. Dizer uma coisa dessas é bem ridículo.

— Isso é bem característico da sua parte, Eddie. Você só quer que Cingapura inteira ache que você veio no avião do Ming Kah-Ching — interveio Cecilia, apanhando um dos sanduíches de porco assado. — Se fosse o *seu* avião, tudo bem, mas ter a audácia de *pegar emprestado* o avião de alguém para fazer três viagens consecutivas em dois dias é algo inédito. Pessoalmente, prefiro pagar pela minha própria passagem.

— Kitty viaja de jatinho o tempo todo — disse Alistair, embora ninguém na mesa tenha prestado atenção.

— Bem, então devíamos comprar nosso próprio jatinho. Há anos que eu venho falando isso. Papai, você passa praticamente metade do mês na clínica de Pequim, e, como estou planejando expandir consideravelmente minha presença na China no ano que vem... — começou a dizer Eddie.

— Eddie, nisso sou obrigado a concordar com sua mãe e sua irmã. Não quero ficar em dívida com a família Ming assim — disse Malcolm finalmente. Por mais que gostasse de viajar de modo privado, não tinha estômago para aceitar a ideia de pegar emprestado o jatinho dos Mings.

— Por que continuo tentando fazer favores a essa família ingrata? — bufou Eddie, desgostoso. — Certo, façam como bem entenderem. Podem se espremer num voo econômico da China Airlines, se quiserem; não estou nem aí. *Minha* família e eu vamos no avião do Leo, que, aliás, é um Bombardier Global Express. Uma coisa enorme, da mais nova tecnologia. Tem até um Matisse na cabine. Vai ser *demais*.

Fiona lhe lançou um olhar de desaprovação, mas Eddie olhou para a esposa com uma cara tão feia que ela se absteve de protestar mais. Eddie enfiou alguns rolinhos de camarão *cheong fun* goela abaixo, levantou-se e anunciou de forma imperiosa:

— Vou nessa. Tenho clientes importantes para atender!

E, com isso, ele saiu pisando firme, deixando para trás uma família um tanto aliviada.

Tony, com a boca cheia de comida, sussurrou para Cecilia:

— Espere só; vamos ver a família dele inteira mergulhar no Mar da China Meridional no avião magistral de Leo Ming.

Por mais que tentasse, Cecilia não conseguiu conter o riso.

7

Eleanor

•

CINGAPURA

Depois de alguns dias de telefonemas estratégicos, Eleanor finalmente descobriu a fonte do boato perturbador sobre seu filho. Daisy confessou que tinha ouvido a informação da melhor amiga de sua nora, Rebecca Tang, que, por sua vez, revelou que ouvira aquilo de seu irmão Moses Tang, que estudara em Cambridge com Leonard Shang. E Moses tinha o seguinte a dizer para Eleanor:

— Eu estava em Londres para uma conferência. Na última hora, Leonard me convida para jantar em sua propriedade em Surrey. Já esteve lá, Sra. Young? Nossa, é um palácio! Eu não sabia que tinha sido projetada pelo Gabriel-Hippolyte Destailleur, o mesmo arquiteto que construiu a Mansão Waddesdon para os Rothschilds da Inglaterra. Enfim, estávamos jantando com todos aqueles VIPs e MPs* *ang mor***, visitas de Cingapura e, como sempre, Cassandra Shang estava presidindo a corte. Então, do nada, ela diz em voz alta para sua cunhada Victoria Young, que estava do outro lado da mesa: "Você não vai acreditar no que acabei de ouvir... Nicky está namorando uma garota de Taiwan que mora em Nova York e

---

* Abreviação para "Membros do Parlamento", aqui usada para se referir aos MPs de Cingapura, quase com certeza os do Partido de Ação Popular (PAP).
** Aqui, o termo *ang mor* está sendo usado em referência aos políticos britânicos, provavelmente os conservadores.

vai levá-la a Cingapura para o casamento do Colin Khoo!" Então, Victoria diz: "Tem certeza disso? De *Taiwan*? Minha nossa, será que ele se apaixonou por alguma aproveitadora?" E aí Cassandra fala algo do tipo: "Bom, talvez não seja tão ruim quanto você pensa. Uma fonte confiável me disse que ela é uma das Chus. Dos Chus, dos Plásticos Taipei, sabe? Não é exatamente uma família tradicional, mas pelo menos é uma das famílias mais sólidas de Taiwan."

Fosse qualquer outra pessoa, Eleanor teria menosprezado aquelas informações, considerando que aquilo tudo não passava de conversa fiada dos parentes chatos de seu marido. Mas foi Cassandra quem disse aquilo, e ela quase sempre era precisa como um relógio suíço. Não foi à toa que ganhara o apelido de "Rádio Um da Ásia". Eleanor perguntou a si mesma como ela havia conseguido aquele último furo de reportagem. A última pessoa no mundo a quem Nicky faria confidências era sua prima fofoqueira de segundo grau. Cassandra deve ter obtido aquela informação típica de inteligência secreta com alguma de suas espiãs de Nova York. Ela tinha espiões em toda parte, todas esperando *sah kah** Cassandra, fornecendo-lhe alguma notícia quente em primeira mão.

Para Eleanor, não foi surpresa o fato de seu filho estar com uma namorada nova. O que a surpreendeu (ou, para ser mais exato, o que a irritou) foi o fato de ela ter levado tanto tempo para descobrir isso. Qualquer um conseguia perceber que seu filho era o alvo número um das mulheres e, ao longo dos anos, Nicky tivera diversas namoradas que ele *achava* ter mantido em segredo de sua mãe. Aos olhos de Eleanor, com nenhuma delas pareceu ser um relacionamento muito sério, uma vez que ela sabia que o filho ainda não estava pronto para se casar. Mas, dessa vez, era diferente.

Eleanor tinha uma teoria de longa data sobre os homens. Ela acreditava, de todo o coração, que, para a maioria deles, essa história de "se apaixonar" ou de "encontrar a mulher certa" era uma

---

* Termo em *hokkien* que significa, literalmente, "três pernas" e vem do gesto obsceno de erguer três dedos, como se fosse para apoiar os genitais de alguém. Trata-se da versão chinesa de uma prática mais comumente conhecida no Ocidente como "puxar o saco".

bobagem sem sentido. Casar-se era simplesmente uma questão de timing. Quando um homem se cansava de suas aventuras e se sentia pronto para sossegar, *a mulher certa* seria a garota que por acaso estivesse na frente dele. Eleanor já vira essa teoria se confirmar inúmeras vezes; ora, ela mesma apanhara Philip Young exatamente no momento certo. Todos os homens daquele clã tendiam a se casar com 30 e poucos anos, e Nicky agora estava no momento certo para a colheita. Se alguém em Nova York já sabia tanto a respeito do namoro de Nicky, e ele estava até mesmo planejando trazer a garota a Cingapura para o casamento de seu melhor amigo, as coisas deviam estar mesmo ficando sérias. Sérias o bastante para que ele, *propositadamente*, não mencionasse a existência dela. Sérias o bastante para minar os planos meticulosamente traçados de Eleanor.

O sol poente refratou seus raios pelas janelas que iam do chão ao teto de sua cobertura recém-concluída na Cairnhill Road, banhando a sala semelhante a um átrio em um brilho laranja profundo. Eleanor olhou para o céu do anoitecer, observando o conglomerado de edifícios apinhados em torno da Scotts Road e a vista ampla e aberta que ia desde o rio Cingapura até o estaleiro Keppel, o mais movimentado porto comercial do mundo. Mesmo depois de 34 anos de casamento, ela não deixava de dar a devida importância ao significado de estar ali, sentada em frente a uma das vistas mais disputadas da ilha.

Para Eleanor, cada pessoa ocupava uma posição específica no universo social construído de forma elaborada em sua mente. Tal como a maioria das mulheres de seu meio, se Eleanor conhecesse por acaso outra oriental em alguma outra parte do mundo — digamos, comendo *dim sum* no Royal China em Londres ou fazendo compras no departamento de lingerie da David Jones em Sydney —, trinta segundos depois de saber o nome dela e onde ela morava eram o bastante para Eleanor pôr em ação seu algoritmo social e calcular precisamente o local que a mulher ocupava em sua própria constelação, com base em quem era sua família, quem eram seus parentes, qual o seu valor líquido aproximado, a origem de sua fortuna e quais escândalos familiares teriam ocorrido nos últimos cinquenta anos.

Os Chus, dos Plásticos Taipei, eram novos-ricos bem recentes, que provavelmente enriqueceram nas décadas de 1970 e 1980. O fato de não saber praticamente nada a respeito daquela família deixava Eleanor ansiosa. Em que medida era bem estabelecida na alta sociedade de Taipei? Quem exatamente eram os pais dela, e quanto essa garota tinha direito a herdar? Eleanor precisava saber com quem estava lutando. Eram seis e quarenta e cinco em Nova York. *Era urgente acordar Nicky.* Ela pegou o telefone com uma das mãos enquanto, com a outra, segurava, à distância de um braço, o cartão telefônico de chamadas de longa distância* que sempre utilizava, piscando diante da fileira de números minúsculos. Discou uma série complicada de códigos e aguardou diversos bipes antes de finalmente discar o número de telefone do filho. O telefone tocou quatro vezes antes de cair na secretária eletrônica, e ela ouvir a voz de Nick: "Não posso atender agora. Deixe sua mensagem e eu retornarei assim que possível."

Eleanor sempre ficava meio estupefata ao ouvir o sotaque "americano" do filho. Preferia o inglês britânico, que ele falava sempre que voltava a Cingapura. Então, falou depressa ao telefone:

— Nicky, onde você está? Me ligue ainda esta noite e me passe o número do seu voo, *lah*. O mundo inteiro, menos eu, sabe quando você vai chegar. Outra coisa, você vai ficar com a gente primeiro ou com a Ah Ma? Por favor, me ligue. Mas não telefone hoje se passar da meia-noite. Vou tomar um Ambien, portanto não posso ser incomodada pelas próximas oito horas, no mínimo.

Ela desligou o telefone e, então, quase imediatamente o pegou de novo. Dessa vez, discou o número de um celular.

— Astrid? É você?

— Ah, oi, Tia Elle — disse Astrid.

— Está tudo bem? Sua voz está meio esquisita.

— Está tudo bem. Eu só estava dormindo — respondeu Astrid, pigarreando.

— Oh! Por que você foi dormir tão cedo? Está doente?

---

* Os chineses de família rica e tradicional odeiam desperdiçar dinheiro em chamadas de longa distância, quase tanto quanto odeiam desperdiçar dinheiro em toalhas felpudas, água mineral, quartos de hotel, comida ocidental exorbitante, táxis e viagens de avião que não as da classe econômica.

— Não, estou em Paris, Tia Elle.

— *Alamak*, esqueci que você estava viajando! Desculpe por ter acordado você, *lah*. Como vai Paris?

— Linda.

— Fazendo muitas compras?

— Não muito — respondeu ela com o máximo de paciência possível. Será que sua tia realmente havia ligado apenas para falar de compras?

— A Louis Vuitton ainda organiza aquelas filas enormes e deixa os orientais esperando?

— Não sei dizer. Não entro em uma loja da Louis Vuitton há décadas, Tia Elle.

— Que bom para você! Aquelas filas são terríveis, e eles só deixam os orientais comprarem um item. Isso me lembra a época da ocupação japonesa, quando os chineses eram obrigados a fazer fila por uns nacos de comida podre.

— Sim, mas eu meio que entendo por que eles criaram essas regras, Tia Elle. Você devia ver só os turistas orientais comprando todos os artigos de luxo, não só na Louis Vuitton mas em todos os lugares. Eles estão em toda parte, compram o que aparece pela frente. Se é de marca, querem pôr as mãos. É uma loucura. Além disso, a senhora sabe que alguns deles só estão comprando para revender e ter lucro.

— Sim, *lah*, esses turistas que nunca foram ao exterior é que nos dão má fama. Mas eu faço compras em Paris desde os anos 1970 e jamais esperaria numa fila para depois me dizerem o que posso ou não posso comprar! Enfim, Astrid, eu só queria perguntar se... você conversou com o Nicky recentemente.

Astrid fez uma pausa por um instante.

— Hã, ele me ligou há umas duas semanas.

— Ele disse a você quando vem para Cingapura?

— Não, não falou o dia exato, mas tenho certeza de que deve chegar alguns dias antes do casamento do Colin, não acha?

— Você sabe, *lah*, Nicky não me conta nada! — Eleanor fez uma pausa, depois continuou com cautela: — Ei, estou pensando em dar uma festa-surpresa para ele e a namorada. Uma festinha simples aqui no apartamento novo, para dar boas-vindas a ela em Cingapura. Você acha uma boa ideia?

— Claro, Tia Elle. Acho que eles vão adorar. — Astrid estava bastante surpresa com o fato de a tia estar sendo tão receptiva em relação a Rachel. *Nick deve ter jogado seu charme de um jeito surpreendente dessa vez.*

— O problema é que eu não sei do que ela gosta, por isso não sei como exatamente organizar essa festa. Pode me dar algumas ideias? Você a conheceu quando esteve em Nova York no ano passado?

— Conheci.

Em silêncio, Eleanor estava fervendo de raiva. *Astrid viajou para Nova York em março do ano passado, o que significa que a tal garota está no pedaço há pelo menos um ano.*

— Como ela é? Muito estilo Taiwan?

— Taiwan? Nem um pouco. Ela me parece completamente americanizada — disse Astrid, um pouco hesitante, mas logo em seguida se arrependeu do que falou.

Que horror, pensou Eleanor. Sempre considerou garotas orientais com sotaque americano ridículas. *Todas elas dão a impressão de estar fingindo aquilo, tentando parecer bem* ang mor.

— Quer dizer que, embora a família dela seja de Taiwan, ela foi criada nos Estados Unidos?

— Eu nem sabia que ela era de Taiwan, para dizer a verdade.

— É mesmo? Ela não falou da família em Taipei?

— Absolutamente nada. — *Aonde será que sua Tia Elle queria chegar?* Astrid sabia que Eleanor estava espionando, portanto sentiu-se na obrigação de apresentar Rachel da melhor forma possível. — Ela é muito inteligente e competente, Tia Elle. Acho que a senhora vai gostar dela.

— Ah, então ela é do tipo intelectual, como o Nicky.

— Com certeza. Fiquei sabendo que ela é uma das professoras universitárias mais promissoras da sua área.

Eleanor ficou perplexa. *Uma professora! Nicky está namorando uma professora! Minha nossa, será que essa mulher é mais velha que ele?*

— Nicky não me disse qual era a área dela.

— Ah, é desenvolvimento econômico.
Uma mulher mais velha, calculista e espertalhona. Alamak. A coisa está ficando cada vez pior.
— Ela estudou em Nova York? — pressionou Eleanor.
— Não, ela estudou em Stanford, na Califórnia.
— Sim, sim, eu conheço Stanford — disse Eleanor, sem parecer impressionada. *É aquela universidade na Califórnia para quem não consegue entrar em Harvard.*
— É uma das melhores universidades, Tia Elle — comentou Astrid, sabendo exatamente o que a tia estava pensando.
— Bom, suponho que, se alguém é *obrigado* a estudar em uma universidade americana...
— Ora, me poupe, Tia Elle. Stanford é uma excelente universidade para os padrões de qualquer lugar do mundo. Acho que, além disso, ela fez mestrado na Northwestern. Rachel é muito inteligente e competente, e bastante prática. Acho que a senhora vai gostar muito dela.
— Ah, com certeza vou — retrucou Eleanor. *Então, quer dizer que ela se chama Rachel.* Eleanor fez uma pausa. Só precisava de mais uma informação: a grafia correta do sobrenome da garota. Mas como iria conseguir essa informação sem que Astrid ficasse desconfiada? De repente, ela teve uma ideia. — Acho que vou encomendar um daqueles bolos maravilhosos da Awfully Chocolate com o nome dela. Você sabe como se escreve o sobrenome da Rachel? É c-h-u, c-h-o-o ou c-h-i-u?
— Acho que é só C-H-U.
— Obrigada. Você me ajudou muito — disse Eleanor. *Mais do que pode imaginar.*
— De nada, Tia Elle. Me avise se precisar de ajuda na festa. Mal posso esperar para ver seu apartamento novo espetacular.
— Ah, mas você ainda não o conhece? Achei que sua mãe tivesse comprado um igual aqui também.
— Pode até ser que ela tenha comprado, mas eu ainda não o conheci. Não consigo acompanhar todo o malabarismo imobiliário dos meus pais.
— Claro, claro. Seus pais têm tantas propriedades pelo mundo... diferentemente de mim e do seu pobre tio Philip. Só temos aquela casa em Sydney e esse buraco de pombo minúsculo.

— Ah, tenho certeza de que o seu apartamento é qualquer coisa menos minúsculo, Tia Elle. Esse condomínio não tem fama de ser o mais luxuoso construído em Cingapura? — Pela milionésima vez, Astrid se perguntou por que todos os seus parentes tentavam constantemente superar uns aos outros em termos de "pobreza".

— Não, *lah*. É só um apartamentozinho simples... nem de perto parecido com a casa do seu pai. Enfim, desculpe por ter acordado você. Precisa tomar alguma coisa para voltar a pegar no sono? Eu tomo cinquenta miligramas de amitriptilina todas as noites e, depois, mais dez miligramas de Ambien quando realmente quero dormir a noite inteira. Às vezes acrescento um Lunesta, e, se não funcionar, tomo um Valium e...

— Não preciso de nada, Tia Elle.

— Então está bem, tchau tchau!

Com isso, Eleanor desligou o telefone. O verde que atirara havia rendido frutos maduros. Aqueles dois primos eram como unha e carne. Por que ela não tinha pensado em ligar para Astrid antes?

8

Rachel

•

NOVA YORK

Nick tocou no assunto de um jeito extremamente casual, enquanto separava a roupa para lavar no domingo à tarde, antes da grande viagem. Aparentemente, os pais dele haviam acabado de receber a informação de que Rachel estava indo para Cingapura com ele. Ah, e também tinham acabado de saber da existência dela.

— Não entendi... quer dizer que *os seus pais não sabiam da minha existência esse tempo todo?* — perguntou Rachel, atônita.

— É, quer dizer, não, não sabiam. Mas você tem que entender que isso não tem absolutamente nada a ver com você... — começou a dizer Nick.

— Bom, fica meio difícil não levar as coisas para o lado pessoal.

— Por favor, não leve. Desculpe se é isso que parece. É que... — Nick engoliu em seco, nervoso. — É que eu sempre tentei manter limites claros entre a minha vida pessoal e a minha vida familiar, só isso.

— Mas a sua vida pessoal e a sua vida familiar não deveriam ser a mesma coisa?

— No meu caso, não. Rachel, você *sabe* como os pais chineses podem ser opressivos.

— Bom, eu sei, mas, ainda assim, isso não seria motivo para impedir que eu contasse à minha mãe uma coisa tão importante quanto o fato de eu estar namorando. Quero dizer, cinco minutos depois do nosso primeiro encontro, minha mãe já sabia da sua existência e, dois meses depois, você estava sentado à mesa dela, tomando a sopa de melão de inverno que ela faz.

— Bem, você tem uma relação muito especial com a sua mãe, você sabe disso. Não é assim tão fácil para a maioria das pessoas. E, com os meus pais, a coisa é... — Nick fez uma pausa, se esforçando para encontrar as palavras certas. — A gente é diferente, só isso. Nossa relação é muito mais formal, e não falamos da nossa vida afetiva.

— Quer dizer que eles são frios e fechados do ponto de vista emocional, ou algo do gênero? Eles passaram pela Grande Depressão?

Nick riu, balançando a cabeça.

— Não, nada disso. Acho que você só vai entender depois de conhecer os dois.

Rachel não sabia o que pensar. Às vezes Nick era muito enigmático, e aquela explicação não fazia o menor sentido para ela. Mesmo assim, ela não queria ter uma reação exagerada.

— Mais alguma coisa que você queira me dizer antes de eu entrar no avião e passar o verão inteiro ao seu lado?

— Não. Não exatamente. Bem... — Nick parou por um instante, tentando decidir se devia ou não mencionar a situação da hospedagem dos dois. Ele sabia que tinha vacilado muito com a sua mãe. Havia esperado demais para contar e, quando finalmente telefonou para dar a grande notícia sobre seu namoro com Rachel, sua mãe ficara em silêncio. Um silêncio ameaçador. A única coisa que ela perguntou foi: "Então, onde você vai ficar, e onde *ela* vai ficar?" Subitamente, Nick percebeu que *não* seria uma boa ideia os dois ficarem hospedados na casa de seus pais, pelo menos não assim que chegassem. Também não seria adequado que Rachel ficasse hospedada na casa de sua avó sem que houvesse um convite explícito. Os dois poderiam ficar na casa de um de seus tios ou tias, mas isso poderia incitar ainda mais a ira de sua mãe e provocar uma guerra ainda mais mortal no seio de sua família.

Sem saber direito como conduzir essa situação, Nick buscou os conselhos de sua tia-avó, que era sempre ótima em lidar com esse tipo de questão. A tia-avó Rosemary o aconselhou a se hospedar em um hotel inicialmente, mas enfatizou que ele deveria marcar um encontro para que Rachel conhecesse seus pais no mesmo dia em que eles chegassem. "Assim que vocês chegarem. Não espere até o dia seguinte", advertiu ela. Ele talvez pudesse convidar os pais para ir a um restaurante com Rachel, para que pudessem se conhecer em um território neutro. Um lugar mais simples, como o Colonial Club. E era melhor que fosse um almoço do que um jantar: "Todos ficam mais relaxados no almoço", aconselhou ela.

Nick, então, deveria ir sozinho até a casa de sua avó e solicitar a permissão formal dela para convidar Rachel para o jantar que sua Ah Ma costumava oferecer para a família toda sexta-feira à noite. Somente depois que Rachel houvesse sido adequadamente recebida no jantar de sexta-feira é que o assunto de onde os dois ficariam hospedados deveria ser abordado. "É claro que, depois que a sua avó conhecer a Rachel, vai oferecer a casa dela para vocês se hospedarem. Mas, se acontecer o pior, *eu* vou convidar vocês para ficarem aqui e ninguém vai poder dizer nada", garantiu-lhe sua tia-avó Rosemary.

Nick decidiu não contar nada a Rachel sobre esses arranjos delicados. Ele não queria munir a namorada com qualquer desculpa para desistir da viagem. Queria que Rachel estivesse preparada para conhecer sua família, mas, ao mesmo tempo, também queria que ela mesma tirasse as próprias conclusões quando chegasse a hora. De qualquer forma, Astrid tinha razão: Rachel precisava de uma espécie de preparação para conhecer a família de Nick. Mas como seria possível explicar sua família para Rachel, se, durante toda a vida, ele se acostumara a nunca falar sobre o assunto com ninguém?

Nick se sentou no chão e apoiou as costas na parede de tijolo aparente. Colocou as mãos sobre os joelhos.

— Bom, provavelmente é melhor que você saiba que eu venho de uma família muito grande.

— Achei que você fosse filho único.

— E sou mesmo, mas tenho muitos parentes, e você vai conhecer vários. Existem três ramos interligados na minha família e, para quem é de fora, a coisa pode parecer meio exasperante no início. — Ele se arrependeu de ter usado a expressão "quem é de fora" no momento em que a disse, mas aparentemente Rachel não percebeu, portanto ele continuou. — É como qualquer família grande. Tenho tios indiscretos, tias excêntricas, primos terríveis, o pacote completo. Tenho certeza de que você vai adorar conhecer todo mundo. Você conheceu a Astrid e gostou dela, não foi?

— Astrid é demais.

— Pois então, e ela também adorou você. *Todo mundo* vai adorar você, Rachel, tenho certeza disso.

Rachel sentou-se em silêncio na cama, ao lado da pilha de toalhas ainda quentes da secadora, tentando absorver tudo o que Nick dissera. Aquilo era o máximo que ele já havia falado sobre sua família, e fez com que ela se sentisse um pouco mais segura. Ainda não tinha a menor ideia de como lidar com os pais dele, mas precisava admitir que já havia conhecido uma bela quantidade de gente que não era próxima da própria família, principalmente no círculo de seus amigos orientais. Na época da escola, quantos jantares horríveis não suportara nas salas iluminadas com lâmpadas fluorescentes da casa de seus colegas, jantares nos quais não se trocavam mais do que cinco palavras entre pai e filho? Naquela época, já havia percebido as reações de espanto dos amigos sempre que ela abraçava a mãe sem motivo ou lhe dizia "eu te amo" ao encerrar um telefonema. E, há muitos anos, ela havia recebido por e-mail uma lista engraçadinha chamada "Vinte Formas de Ter Certeza de que Seus Pais são Orientais". O número um era: "Seus pais nunca, jamais, ligam para você 'apenas para dar um oi'". Ela não conseguiu entender várias das piadas daquela lista, uma vez que sua experiência na infância fora completamente diferente.

— Temos muita sorte, sabia? Não são muitas mães e filhas que têm o que nós temos — disse Kerry quando elas estavam contando as novidades uma para a outra pelo telefone, mais tarde naquela noite.

— Eu sei disso, mãe. Sei que é diferente porque você foi mãe solteira e me levava para todo canto — refletiu Rachel.

Quando ela era pequena, parecia que todo ano sua mãe respondia a um anúncio no *World Journal*, o jornal sino-americano, e lá iam as duas para um novo emprego em algum restaurante chinês qualquer, em alguma nova cidade aleatória. Imagens de todos aqueles minúsculos quartos de pensão e camas improvisadas em cidades como East Lansing, Phoenix e Tallahassee cruzaram-se em sua cabeça.

— Você não pode esperar que as outras famílias sejam como nós. Eu era tão jovem quando você nasceu, tinha só 19 anos... nós poderíamos quase ser irmãs. Não pegue tanto no pé do Nick. É triste dizer isso, mas eu nunca fui muito próxima dos meus pais também. Na China, não havia tempo para proximidades. Minha mãe e meu pai iam trabalhar de manhã e só voltavam à noite, os sete dias da semana, e eu ficava na escola o tempo inteiro.

— Mesmo assim, como é possível esconder algo tão importante dos próprios pais? Nick e eu não estamos saindo há dois meses!

— Filha, mais uma vez você está julgando a situação com seus olhos americanos. Você precisa ver o que está acontecendo pela perspectiva chinesa. Na Ásia, existe um momento certo para tudo, uma espécie de etiqueta. Como eu já disse, você precisa se conscientizar de que as famílias das ilhas podem ser mais tradicionais do que as da China continental. Você não sabe nada sobre o passado do Nick. Já pensou que eles podem ser muito pobres? Nem todo mundo é rico na Ásia, sabia? Talvez o Nick tenha obrigações com a família e precise trabalhar duro para mandar dinheiro para eles... talvez não aprovem o fato de ele gastar dinheiro com namoradas. Pode ser também que ele não queira que a família saiba que vocês dois dormem metade da semana juntos. Talvez eles sejam budistas devotos, entende?

— É exatamente isso, mãe. Agora consigo me dar conta de que o Nick sabe tudo sobre mim, e eu não sei quase nada sobre a família dele.

— Não fique com medo, filha. Você conhece o Nick. Sabe que ele é um homem decente e, embora ele tenha mantido você em segredo por algum tempo, agora está fazendo as coisas de um jeito honrado. Finalmente ele se sente pronto para apresentar você à família dele, do jeito certo, e é isso o que realmente importa — disse Kerry.

Rachel ficou deitada na cama, mais tranquila, como sempre acontecia depois de ouvir os tons confortadores do mandarim da mãe. Talvez ela estivesse sendo dura demais com Nick. Havia deixado sua insegurança falar mais alto, e sua reação instintiva fora achar que Nick só havia esperado tanto tempo para contar sobre ela aos seus pais porque, de alguma maneira, sentia vergonha dela. E se fosse o contrário? E se ele sentisse vergonha *deles*? Rachel se lembrou do que sua amiga de Cingapura, Peik Lin, dissera quando as duas se falaram pelo Skype e ela revelou, toda animada, que estava namorando um cara do país da amiga. Peik Lin vinha de uma das famílias mais abastadas da ilha e jamais ouvira falar nos Youngs.

— É claro que, se ele fosse de uma família rica ou proeminente, nós saberíamos. Young não é um nome muito comum por aqui... Tem certeza de que a família dele não é coreana?

— Tenho, tenho certeza de que são de Cingapura. Mas você sabe que não dou a mínima para quanto dinheiro eles têm ou deixam de ter.

— Sim, o seu problema é esse — disse Peik Lin, rindo. — Bem, eu tenho certeza de que, se ele passou no teste Rachel Chu, a família dele é perfeitamente normal.

9

Astrid

•

CINGAPURA

Astrid chegou de sua viagem a Paris no fim da tarde, cedo o bastante para dar um banho em Cassian, seu filho de 3 anos, enquanto Evangeline, a *au pair* francesa, observava tudo com ar de desaprovação (*Maman* esfregou o cabelo do menino com força demais e desperdiçou muito xampu de bebê). Depois de colocar Cassian na cama e de ler para ele *Bonsoir Lune*, Astrid prosseguiu com seu ritual de desfazer cuidadosamente as malas cheias de suas novas aquisições da alta-costura e esconder tudo no quarto de hóspedes antes que Michael chegasse. (Astrid tomava o cuidado de nunca deixar o marido ver a extensão completa das compras que ela fazia a cada nova coleção.) Ultimamente, o coitado do Michael parecia muito estressado com o trabalho. Todos no ramo da tecnologia trabalhavam demais, mas ele e o sócio na Cloud Nine Solutions ainda estavam dando o máximo para tentar fazer a empresa decolar. Michael agora viajava quase toda semana para a China, a fim de supervisionar os novos projetos, e ela sabia que aquela noite o marido estaria cansado, uma vez que tinha ido direto do aeroporto para o trabalho. Portanto, queria que tudo estivesse perfeito quando ele entrasse por aquela porta.

Astrid se acomodou na cozinha para falar com a cozinheira sobre o cardápio e decidiu que, naquela noite, eles iriam jantar na varanda.

Acendeu algumas velas com aroma de damasco e colocou para gelar uma garrafa do novo Sauternes que havia trazido da França. Michael tinha uma queda por vinhos e, nos últimos tempos, andava apaixonado pelos Sauternes de colheita tardia. Astrid sabia que ele iria adorar aquele, que lhe fora especialmente recomendado por Manuel, o brilhante *sommelier* da Taillevent.

A maioria dos cingapurianos poderia pensar que Astrid estava se preparando para uma noite agradável em casa. Mas, para os familiares e amigos mais próximos, sua situação doméstica atual era de causar perplexidade. Por que ela estava entrando na cozinha para conversar com a cozinheira, desfazendo as malas pessoalmente ou se preocupando com a carga de trabalho do marido? Com certeza não era essa a vida que haviam imaginado para ela. Astrid Leong deveria ser a senhora de uma mansão. Seria obrigação de sua governanta antecipar cada uma de suas necessidades, enquanto ela se arrumava para ir com seu poderoso e influente marido a uma das inúmeras festas exclusivas que estavam acontecendo na ilha naquela noite. Porém, Astrid sempre confundia as expectativas das pessoas.

Para o seleto grupo de garotas criadas no meio da mais alta elite de Cingapura, a vida seguia uma ordem determinada: com 6 anos, a menina era matriculada na Escola Metodista para Garotas, na Escola Chinesa para Garotas de Cingapura ou no Convento do Santo Menino Jesus.* As horas após a escola seriam gastas com uma equipe de tutores que iriam prepará-la para uma avalanche de exames semanais (em geral, de literatura em mandarim clássico, matemática, cálculo e biologia molecular), e os fins de semana seriam dedicados a aulas de piano, violino, flauta, balé ou equitação, além de alguma atividade ligada à Sociedade de Jovens Cristãos. Se a garota se saísse razoavelmente bem nos estudos, frequentaria a Universidade Nacional de Cingapura;** caso contrário, seria enviada para estudar na Inglaterra (as universidades americanas eram consideradas abaixo do padrão desejado). Os *únicos* cursos

---

* No original, Methodist Girls' School (MGS), Singapore Chinese Girls' School (SCGS) e Convent of the Holy Infant Jesus (CHIJ). (*N. da T.*)
** National University of Singapore (NUS). (*N. da T.*)

aceitáveis eram os de Medicina ou Direito (a menos que a garota fosse realmente burra; nesse caso, tinha de se contentar em estudar Ciências Contábeis). Depois de se formar com louvor (qualquer coisa abaixo disso seria vergonhoso para a família), a garota praticava sua vocação (durante não mais do que três anos) e, então, aos 25 anos (ou 28, caso ela tivesse cursado Medicina), devia se casar com um rapaz de família adequada. A essa altura, a garota abandonava a carreira para ter filhos (três ou mais era o que o governo incentivava no caso de mulheres com esse perfil, dos quais pelo menos dois deveriam ser meninos). Sua vida, então, passava a consistir em uma rotatividade suave de noites de gala, eventos em *country clubs*, grupos de estudos bíblicos, trabalho voluntário leve, partidas de bridge e majongue, viagens e tempo dedicado aos netos (dúzias e mais dúzias deles, assim se esperava), até uma morte tranquila e sem percalços.

Astrid mudou todo esse quadro. Não que fosse rebelde, porque chamá-la de rebelde significaria dizer que ela estava quebrando as regras. Astrid simplesmente criou as próprias regras, e, graças à confluência das circunstâncias singulares de sua vida — uma renda substancial, pais excessivamente tolerantes e o próprio *savoir faire* —, cada movimento que ela fazia tornava-se motivo de conversas esbaforidas e era examinado até a exaustão no interior daquele círculo claustrofóbico.

Na infância, Astrid sempre sumia de Cingapura durante as férias escolares e, embora Felicity tivesse treinado a filha para jamais se gabar de suas viagens, certa vez uma colega que a garota convidou para ir à sua casa viu uma foto dela montada em um cavalo branco, tendo como pano de fundo uma mansão palaciana rural. Assim, começaram os boatos de que o tio de Astrid era dono de um castelo na França, onde ela passava as férias inteiras cavalgando um garanhão branco. (Na verdade, a mansão ficava na Inglaterra, o garanhão não passava de um pônei e a colega jamais foi convidada novamente para ir à casa de Astrid.)

Na pré-adolescência, os boatos se espalharam com mais fervor ainda quando Celeste Ting, cuja filha pertencia ao mesmo grupo de jovens metodistas que Astrid, pôs as mãos em um exemplar da

Point de Vue no Aeroporto Charles de Gaulle e deu de cara com uma foto de Astrid, feita por um *paparazzo*, brincando na água em frente a um iate em Porto Ercole com alguns jovens príncipes europeus. Naquele ano, Astrid voltou das férias escolares com um senso precoce e sofisticado de estilo. Enquanto as outras garotas com quem ela convivia ficavam loucas com roupas e sapatos de marcas exclusivas, Astrid foi a primeira a combinar um paletó de smoking Yves-Saint Laurent com um short de batik de 3 dólares comprado de um vendedor ambulante em uma praia de Bali, a primeira a vestir Antwerp Six e a primeira a trazer para casa um par de saltos *stilettos* vermelhos assinados por um novo designer de calçados parisiense chamado Christian. Suas colegas de classe na Escola Metodista para Garotas se esforçavam para imitar cada modelito seu, enquanto os irmãos dessas meninas a apelidaram de "Astrid, a Deusa" e fizeram dela o principal alvo de suas fantasias masturbatórias.

Depois de fracassar, notória e impassivelmente, em todos os exames de preparação para a universidade (*como aquela garota poderia se concentrar nos estudos se estava fazendo social o tempo inteiro?*), Astrid foi enviada para um colégio preparatório em Londres. Todo mundo conhecia a história: Charlie Wu, de 18 anos — o filho mais velho do bilionário da tecnologia Wu Hao Lian —, despediu-se, choroso, dela no Aeroporto Changi e, em seguida, contratou um jatinho particular e mandou o piloto perseguir o avião de Astrid até o Heathrow. Quando ela chegou a Londres, ficou surpresa ao dar de cara com um Charlie louco de paixão à sua espera, no portão de desembarque, com trezentas rosas vermelhas. Os dois se tornaram inseparáveis ao longo dos anos seguintes e, então, os pais de Charlie compraram um apartamento para o filho em Knightsbridge (para manter as aparências), pois os mais entendidos suspeitavam de que Charlie e Astrid provavelmente estariam "vivendo em pecado" nos aposentos particulares dela, no Calthorpe Hotel.

Aos 22 anos, Charlie a pediu em casamento em um teleférico na estação de esqui de Verbier, e, embora Astrid tenha aceitado, dizem que recusou o diamante solitário de 39 quilates que ele lhe ofereceu por achar a joia muito vulgar e a atirou nas encostas (Charlie nem sequer tentou encontrar o anel). A alta sociedade cingapuriana ficou ouriçada com as notícias do futuro casamento, porém os pais de Astrid ficaram lívidos ante a perspectiva de uma união com uma família sem linhagem, composta por novos-ricos constrangedores. Mas tudo terminou de um jeito chocante nove dias antes do casamento mais suntuoso que a Ásia jamais vira, quando Astrid e Charlie foram vistos no meio de uma discussão, aos gritos, em plena luz do dia. Astrid, diz-se notoriamente, "descartou Charlie da mesma forma que descartou aquele diamante, em frente ao Wendy's, na Orchard Road, e ainda atirou um Frosty no rosto dele". No dia seguinte, ela embarcou para Paris.

Os pais de Astrid apoiaram a necessidade de a filha tirar um tempo para "esfriar a cabeça" longe de casa, mas, por mais que ela tentasse manter um ritmo *low profile*, com sua beleza estonteante, Astrid encantou *le tout Paris* sem fazer o menor esforço. Em Cingapura, as línguas maledicentes continuaram com as fofocas: Astrid estava dando um vexame atrás do outro. Ela supostamente fora vista na primeira fileira de um desfile da Valentino, sentada entre Joan Collins e a princesa Rosario, da Bulgária. Diziam que vinha tendo longos e íntimos almoços no Le Voltaire com um filósofo playboy casado. E talvez a notícia mais sensacionalista de todas: segundo os boatos, ela se envolvera com um dos filhos do Aga Khan e estava se preparando para se converter ao islamismo, para que os dois pudessem se casar. (Dizem ainda que, nesse momento, o bispo de Cingapura viajou para Paris a fim de intervir de imediato na situação.)

Esses boatos, porém, resultaram em nada quando Astrid surpreendeu a todos mais uma vez ao anunciar que estava noiva de Michael Teo. A primeira pergunta que veio à boca de todos foi: "Michael *quem?*". Tratava-se de um completo desconhecido, filho de professores de uma escola do então bairro de classe média Toa Payoh. No início, os pais dela ficaram perplexos mais uma vez e não entendiam como a filha havia conseguido conhecer alguém "daquela classe". Mas, no fim das contas, perceberam que Astrid, de alguma forma, havia fisgado um bom partido: escolhera um belíssimo membro do comando especial da elite das Forças Armadas de Cingapura, que, além de tudo, fora contemplado com a exclusiva bolsa National Merit Scholarship *e* era especialista em sistemas de computação formado pela Caltech. A coisa podia ter sido bem pior.

Eles se casaram em uma cerimônia bastante íntima e pequena (apenas trezentos convidados na casa da avó dela), que rendeu uma matéria de 51 palavras e nenhuma foto no *Straits Times*, embora, segundo boatos, Sir Paul McCartney tenha ido à Cingapura especialmente para cantar para a noiva numa cerimônia que foi "a coisa mais maravilhosa que se pode imaginar". Um ano depois, Michael deixou o cargo militar para abrir a própria empresa de tecnologia, e o casal teve seu primeiro filho, um menino, a quem deu o nome de Cassian. Nesse casulo de felicidade doméstica, talvez fosse possível imaginar que as histórias em torno de Astrid viessem a arrefecer, mas elas não terminariam por aí.

Pouco depois das nove, Michael chegou do trabalho, então Astrid correu até a porta e o cumprimentou com um demorado abraço. Os dois estavam casados havia pouco mais de quatro anos, mas, só de vê-lo, ela já sentia uma descarga elétrica se espalhar pelo corpo, principalmente depois de ficarem separados por algum tempo. Ele era tão surpreendentemente lindo e, naquele dia, estava ainda mais atraente, com a barba por fazer e uma camisa amassada na qual ela sentia vontade de enterrar o rosto — secretamente, ela adorava o cheiro dele depois de um longo dia de trabalho.

Os dois jantaram algo leve, um peixe inteiro ao vapor com molho de gengibre e vinho, acompanhado de arroz branco, e se esticaram no sofá depois de comer, tontos depois das duas garrafas de vinho. Astrid continuou contando suas aventuras em Paris, enquanto Michael olhava como um zumbi para a televisão, ligada no canal de esportes no modo silencioso.

— Você comprou um monte daqueles vestidos de milhares de dólares dessa vez? — perguntou ele.

— Não... só um ou dois — respondeu Astrid, toda animada, imaginando o que poderia acontecer se, algum dia, ele descobrisse todos os vestidos de centenas de milhares de dólares que ela tinha em casa.

— Você mente *muito mal* — resmungou Michael.

Astrid apoiou a cabeça no peito dele e acariciou suavemente sua perna direita. Roçou as pontas dos dedos em uma linha contínua, percorrendo sua panturrilha, subindo pela curva de seu joelho e indo até a parte frontal da coxa. Sentiu como ele se enrijecia contra a nuca dela e continuou afagando sua perna em um ritmo suave e constante, aproximando-se cada vez mais da parte interna e macia de sua coxa. Quando Michael não conseguiu mais aguentar, apanhou-a nos braços com um único movimento abrupto e a carregou até o quarto.

Depois de uma sessão frenética de sexo, Michael se levantou da cama e foi tomar uma ducha. Astrid ficou deitada no lado dele da cama, delirantemente cansada. O sexo logo depois de ficarem um tempo separados era o melhor. Seu iPhone emitiu um bipe suave. Quem poderia estar lhe enviando mensagens àquela hora? Ela pegou o celular, que estava piscando com uma luz suave. A mensagem de texto dizia:

SAUDADES DE VC DENTRO DE MIM.

"Não faz o menor sentido. Quem me enviou isto?", perguntou Astrid para si mesma, olhando para o número desconhecido e achando aquilo meio engraçado. Parecia ser um número de Hong Kong... seria mais uma das brincadeiras de Eddie? Olhou de novo para a mensagem e, então, de repente, percebeu que estava segurando o celular do marido.

10

Edison Cheng

•

XANGAI

Foi o espelho no closet que o deixou assim. O closet da cobertura tríplex novinha em folha que Leo Ming havia comprado no bairro de Huangpu deixou Eddie completamente desconcertado. Quando Xangai se tornou a capital da noite asiática, Leo começou a passar cada vez mais tempo na cidade com sua mais nova amante, uma estrela de cinema de Pequim cujo contrato ele havia sido obrigado a "comprar" de uma produtora chinesa pelo preço de 19 milhões (um para cada ano de vida dela). Os dois amigos haviam viajado para passar o dia na cidade e inspecionar o novo apartamento ultraluxuoso de Leo. Agora, estavam dentro de um closet semelhante a um hangar, com quase 200 metros quadrados e uma parede inteira de janelas que iam do chão ao teto, bancadas de ébano de Macassar e uma série de portas espelhadas que se abriam automaticamente para revelar araras e mais araras de cedro repletas de ternos.

— É tudo climatizado por computador — explicou Leo. — Os closets dessa ponta são mantidos a uma temperatura de 13 graus, especialmente adequada para os meus cashmeres italianos, meus *pied-de-poule* e minhas peles. Porém, os gabinetes para os sapatos são mantidos a 21 graus, temperatura ideal para o couro, e a umidade é regulada para que fique sempre em 35 por cento, para que meus Berlutis e Corthays não suem. A gente precisa tratar essas belezuras direito, *hei mai*?*

Eddie fez que sim e pensou que já estava na hora de ele próprio reformar seu closet.

— Agora vou lhe mostrar a *pièce de résistance* — disse Leo, pronunciando *pièce* como "peace". Com um floreio, deslizou o polegar por um painel espelhado e, instantaneamente, sua superfície se transformou em uma tela de alta definição que projetou uma imagem em tamanho real de um modelo masculino vestido com um terno com fecho duplo no peito. Acima de seu ombro direito, flutuavam as marcas de cada item de vestimenta, seguidos pelos locais e pelas datas em que aquela roupa havia sido usada antes. Leo deslizou o dedo na frente da tela, como se estivesse virando uma página, e o homem surgiu vestido com calças de veludo cotelê e suéter de tricô estilo *cable-knit*. — Nesse espelho, tem uma câmera embutida que tira uma foto sua e a armazena no sistema. Dessa maneira, você pode ver cada item que já usou, organizado por data e local. Assim você nunca mais vai correr o risco de repetir o mesmo look!

Eddie ficou olhando, atônito, para o espelho.

— Ah, eu já vi um desses antes — declarou, sem parecer muito convincente, enquanto a inveja começava a se espessar em suas veias. De repente sentiu um impulso urgente de enfiar a cara inchada do amigo na parede imaculada espelhada. Mais uma vez, Leo estava exibindo um brinquedo novo e cintilante que não fez merda nenhuma para merecer. Sempre fora assim, desde que os dois eram pequenos. Quando Leo fez 7 anos, o pai lhe deu uma bicicleta de titânio especialmente customizada para seu corpo atarracado, fabricada por engenheiros da Nasa (a bicicleta foi roubada três dias depois). Aos 16 anos, quando quis se tornar cantor de hip-hop, seu pai montou para ele um estúdio ultratecnológico e bancou a gravação de seu primeiro álbum (o CD ainda pode ser encontrado no eBay). Então, em 1999, bancou a *startup* de Leo na internet, que logrou a proeza de perder mais de 90 milhões de dólares e falir bem no auge do *boom* da internet. Agora, aquilo: o mais recente de uma

---

* Em cantonês, "não é verdade?".

série de apartamentos e casas espalhados pelo mundo, que seu pai paparicador não se cansava de lhe dar. Sim, Leo Ming, membro fundador do Clube do Esperma da Sorte de Hong Kong, recebia tudo de mão beijada em uma bandeja incrustada de diamantes. Era simplesmente uma sorte de merda o fato de Eddie ter nascido numa família em que os pais não lhe davam nenhum centavo.

Em Hong Kong, aquela que, sem dúvida, é a cidade mais materialista da face da Terra, um lugar em que o mantra principal é *prestígio*, todos os fofoqueiros de plantão dos mais prestigiados círculos concordariam com o fato de que Eddie Cheng levava uma vida invejável. Todos diriam que Edison Cheng havia nascido em uma família de grande prestígio (embora sua linhagem, Cheng, fosse claramente bastante comum), frequentara as escolas de maior prestígio (nada que se comparasse a Cambridge, bem... exceto Oxford), e agora trabalhava para o mais prestigioso banco de investimentos de Hong Kong (mas era uma pena não ter seguido os passos do pai, tornando-se médico também). Aos 36 anos, Eddie ainda mantinha o mesmo rosto de quando garoto (que estava ficando meio gorducho, sim, mas isso não importava, pois fazia com que ele parecesse mais próspero); tinha feito uma boa escolha ao se casar com a bela Fiona Tung (de uma família rica e tradicional de Hong Kong — uma pena aquele escândalo de manipulação da Bolsa em que o pai dela se envolveu com o *Dato'* Tai Toh Lui); e seus filhos, Constantine, Augustine e Kalliste, estavam sempre muito bem-vestidos e comportados (só que o mais novo... seria meio autista ou algo do gênero?).

Edison e Fiona moravam na cobertura dúplex do Triumph Towers, um dos edifícios mais disputados e altos do pico Victoria (cinco quartos, seis banheiros, mais de 4 mil metros quadrados — sem falar no terraço de 800 metros quadrados), onde tinham duas empregadas filipinas e duas da China continental (as chinesas eram melhores na limpeza, enquanto as filipinas eram excelentes com as crianças). Seu apartamento ao estilo Biedermeier, decorado pelo badalado designer de interiores austríaco baseado em Hong Kong, Kaspar von Morgenlatte, com o intuito de parecer um castelo de caça de Hapsburg, recentemente havia aparecido na *Hong Kong Tattle* (Eddie foi fotografado ao pé da escadaria de mármore em espiral, pavoneando-se com um paletó tirolês verde-floresta e o cabelo bem penteado para trás, enquanto Fiona, trajando um vestido vinho Oscar de la Renta, estava deitada de um jeito nada confortável aos seus pés).

Eles tinham cinco vagas na garagem do prédio (avaliadas cada uma em 250 mil dólares), e sua frota consistia em um Bentley Continental GT (o carro que Eddie usava durante a semana), um Aston Martin Vanquish (o carro de fim de semana de Eddie), um Volvo S40 (o carro de Fiona), uma Mercedes S550 (o carro da família) e um Porsche Cayenne (a SUV esportiva da família). Na Aberdeen Marina, tinham um iate de 64 pés, o *Kaiser*. Também contavam com um apartamento de férias num condomínio em Whistler, na Colúmbia Britânica (o melhor lugar para esquiar, uma vez que tinha comida cantonesa razoável a uma hora de Vancouver).

Eddie era membro da Associação Atlética Chinesa, do Golf Club de Hong Kong, do China Club, do Hong Kong Club, do Cricket Club, do Dynasty Club, do American Club, do Jockey Club, do Royal Hong Kong Yacht Club e de tantos outros clubes privados de jantares que é impossível nomear todos. Tal como a maioria dos integrantes da alta elite de Hong Kong, Eddie também possuía o que talvez fosse a distinção mais importante nesse meio — vistos de residência permanente no Canadá para ele e a família toda (aquele país era um refúgio seguro, caso o governo de Pequim decidisse encenar um novo episódio de *Tiananmen*). Ele colecionava relógios de pulso e, agora, possuía mais de setenta exemplares emblemáticos dos mais renomados relojoeiros (todos suíços, é claro, exceto alguns Cartiers *vintage*), todos guardados em um gabinete de mogno feito sob medida em seu vestiário particular (sua esposa não tinha um vestiário). Estava, havia quatro anos consecutivos, na lista dos "Mais Badalados" da *Hong Kong Tattle* e, como cabia a um homem de seu status, já tivera três amantes desde que se casara com Fiona, 13 anos atrás.

Apesar dessa quantidade constrangedora de bens e riquezas, Eddie se sentia extremamente pobre em comparação com a maioria de seus amigos. Não tinha uma casa no pico Victoria. Não tinha um jatinho particular. Não tinha uma tripulação em tempo integral no seu iate, que era pequeno demais para abrigar, confortavelmente, mais de dez convidados para um brunch. Não tinha nenhum Rothko nem Pollock, tampouco um quadro de algum americano morto pendurado na parede, o que agora era requisito para se considerar uma pessoa verdadeiramente rica. E, ao contrário de Leo, os pais de Eddie eram do tipo conservador: desde o momento em que Eddie se formou, insistiam para que ele ganhasse a vida com seus próprios meios.

Era tão injusto! Seus pais eram cheios da grana, e sua mãe ainda iria herdar uma quantia obscena quando sua avó de Cingapura batesse as botas. (Ah Ma havia sofrido dois ataques cardíacos na última década, mas agora tinha um desfibrilador em casa e poderia viver até sabe lá Deus quando.) Infelizmente, seus pais também estavam no auge da saúde; portanto, quando passassem desta para a melhor e sua fortuna fosse dividida entre ele, sua irmã irritante e seu irmão imprestável, o dinheiro não seria nem de longe suficiente. Eddie estava sempre tentando estimar o valor dos bens de seus pais, e boa parte dessas informações era passada a ele por seus amigos que lidavam com imobiliárias. Aquilo se tornara uma obsessão para ele: mantinha uma planilha no seu computador em casa e a atualizava diligentemente toda semana, com base nos valores dos imóveis e nas estimativas da participação que ele teria em cada um deles. Por mais diferentes que fossem seus cálculos, Eddie sempre chegava à conclusão de que, do jeito que seus pais estavam conduzindo as coisas, ele jamais entraria na lista dos "Dez Mais Ricos de Hong Kong" da *Fortune Asia*.

O problema é que seus pais sempre foram muito egoístas. Claro, eles o haviam criado, pagado seus estudos, comprado seu primeiro apartamento, mas, quando o que estava em jogo era o que realmente importava, eles sempre o desapontavam — não sabiam como ostentar sua riqueza como deveriam. Seu pai, apesar de toda a fama e competência, fora criado numa família de classe média, com gostos sólidos de classe média. Para ele, já era bom demais ser um médico reverenciado que era levado para cima e para baixo naquele Rolls-Royce ultrapassado, que usava um relógio Audemars Piguet enferrujado e que frequentava clubes. E sua mãe! Ela era tão econômica que estava sempre contando os centavos. Podia ser uma das rainhas da alta sociedade se quisesse tirar vantagem de sua linhagem de aristocratas, se usasse uns vestidos de alta-costura ou se mudasse daquele apartamento no Mid-Levels. Aquele maldito apartamento!

Eddie odiava ir à casa dos pais. Odiava o saguão, com seu piso de granito mongol de aparência barata e a segurança velhota que estava sempre comendo tofu fedorento numa sacola de plástico. No apartamento, ele odiava o sofá de couro cor de pêssego dividido em módulos e os gabinetes laqueados de branco (que haviam sido comprados quando a antiga Lane Crawford na Queen's Road fizera uma liquidação, em meados dos anos 1980), as pedrinhas de vidro nos fundos de todos os vasos com flores de plástico, a coleção aleatória de pinturas de caligrafia chinesa (todas presentes dos pacientes do pai) que se espalhavam pelas paredes e as placas honoríficas e medalhas na área médica alinhadas ao longo de uma prateleira alta que ocupava todo o perímetro da sala de estar. Odiava passar na frente de seu antigo quarto, que ele fora obrigado a dividir com o irmão caçula, com suas camas iguais, ao estilo náutico, e seu rack azul-marinho da Ikea. Tudo aquilo ainda estava lá, mesmo depois de todos aqueles anos. Acima de tudo, ele odiava o retrato de família com moldura de nogueira que havia atrás da enorme televisão de tela plana e que sempre o provocava com aquele seu fundo marrom de estúdio de fotografia e as palavras em relevo dourado sammy estúdio de fotografia, no canto inferior direito. Odiava sua aparência naquela foto: tinha, então, 19 anos e havia acabado de chegar de seu primeiro ano em Cambridge. O cabelo ia até os ombros, repicado, e ele usava um blazer de tweed Paul Smith que achava superdescolado naquela época, o cotovelo apoiado de um jeito afetado no ombro da sua mãe. Como era possível que sua mãe, nascida em uma família de linhagem tão excepcional, não tivesse o menor gosto para nada? Ao longo dos anos, ele implorara a ela que reformasse o apartamento ou então se mudasse, mas sua mãe se recusara a fazer isso, dizendo: "Jamais poderia me desfazer das lembranças felizes da infância dos meus filhos aqui." Quais lembranças felizes? As únicas lembranças que ele tinha eram de uma infância de constrangimento e vergonha de convidar os amigos para sua casa (a não ser quando sabia que eles moravam em prédios de menor prestígio ainda), e de uma adolescência passada num banheiro pequeno, masturbando-se praticamente embaixo da pia do banheiro, sempre segurando a porta com os dois pés (a porta não tinha tranca).

Ali de pé no novo closet de Leo em Xangai, olhando pelas janelas que cobriam a parede de alto a baixo para o bairro financeiro de Pudong, que cintilava do outro lado do rio como Xanadu, ele jurou que um dia teria um closet tão sensacional que faria aquele ali parecer um pulgueirinho fodido. Até lá, possuía uma coisa que nem mesmo o dinheiro novinho em folha de Leo era capaz de comprar: um convite grosso em alto-relevo para o casamento de Colin Khoo, em Cingapura.

11

Rachel

•

DE NOVA YORK PARA CINGAPURA

— Você está brincando, não é? — perguntou Rachel, achando que Nick estava fazendo alguma brincadeira quando a conduziu em direção ao tapete felpudo vermelho do balcão da primeira classe da Singapore Airlines no JFK.

Nick lhe deu um sorriso conspiratório, curtindo a reação dela.

— Imaginei que, uma vez que você vai atravessar o mundo comigo, eu deveria pelo menos tentar tornar a viagem o mais confortável possível.

— Mas isso deve ter custado uma fortuna! Você não precisou vender um rim para isso, não é?

— Não se preocupe. Eu tinha 1 milhão de milhas acumuladas.

Mesmo assim, Rachel não conseguiu deixar de se sentir culpada pelo fato de Nick estar sacrificando suas milhas para comprar as passagens dos dois. Afinal de contas, quem ainda voava na primeira classe nos dias de hoje? A segunda surpresa veio quando eles embarcaram no imenso Airbus A380 de dois andares e foram prontamente cumprimentados por uma linda comissária de bordo que parecia ter saído direto de um anúncio em tons suaves de uma revista de viagem.

— Sr. Young, Srta. Chu, sejam bem-vindos a bordo. Por favor, permitam que eu lhes mostre sua suíte. — A comissária de bordo foi gingando pelo corredor, metida em um elegante vestido comprido e justo.* Chamou-os até a seção dianteira da aeronave, que consistia em 12 suítes particulares.

Rachel teve a sensação de estar entrando no *home theater* de um loft luxuoso de TriBeCa. A cabine consistia em duas das maiores poltronas que ela já tinha visto — revestidas em couro, ao estilo Poltrona Frau, na cor manteiga, costuradas à mão —, duas enormes televisões de tela plana colocadas lado a lado e um armário de verdade, engenhosamente escondido atrás de um painel de nogueira que deslizava de um lado para o outro. Uma manta de cashmere da Givenchy abraçava caprichosamente os assentos, convidando-os a se aninhar ali.

A comissária de bordo fez um gesto na direção dos drinques, que os aguardavam no gabinete central.

— Um aperitivo antes da decolagem? Sr. Young, seu costumeiro gim-tônica. Srta. Chu, um Kir Royale para se sentir à vontade. — Ela entregou a Rachel uma taça comprida com um líquido gelado borbulhante que parecia ter sido servido há questão de segundos. *É óbvio* que eles já saberiam qual era o drinque preferido de Rachel. — Gostariam de desfrutar de suas poltronas até o jantar ou preferem que sua suíte seja convertida em quarto de dormir logo após a decolagem?

— Acho que vamos querer aproveitar essa disposição de *home theater* por mais algum tempo — respondeu Nick.

Assim que a comissária de bordo não podia mais ouvi-los, Rachel declarou:

— Meu bom Deus, já morei em apartamentos menores do que isso aqui!

— Espero que não se importe em desmantelá-lo... tudo isso é bastante vulgar para os padrões asiáticos de hospitalidade — provocou Nick.

— Hã... acho que vou ter que me contentar com isso, que remédio! — Rachel se acomodou na poltrona suntuosa e começou a

---

* Assinado por Pierre Balmain, o uniforme característico das comissárias de bordo da Singapore Airlines foi inspirado na *kebaya* malaia (e há tempos inspira muitos executivos em viagens de negócios).

mexer no controle remoto. — Está bem, tem mais canais aqui do que eu consigo contar. Você vai assistir a um daqueles thrillers suecos sombrios dos quais gosta? Oooooh, *O paciente inglês*! Quero ver. Espere um pouco: dá azar assistir a um filme sobre acidente de avião enquanto estamos voando?

— Era um monomotor minúsculo e foi derrubado pelos nazistas, não foi? Acho que não tem problema — respondeu Nick, pousando a mão sobre a dela.

O gigantesco avião começou a manobrar em direção à pista de decolagem, e Rachel olhou pela janela para as aeronaves estacionadas no asfalto, com luzes cintilando na ponta das asas, todas esperando sua vez para disparar céu adentro.

— Sabe de uma coisa? Finalmente está caindo a ficha de que estamos viajando juntos.

— Está empolgada?

— Um pouquinho. Acho que dormir em uma cama *de verdade* em um avião provavelmente é a parte mais empolgante da viagem!

— Quer dizer que, a partir daqui, é só ladeira abaixo?

— Com certeza. Tudo só tem sido ladeira abaixo desde que nos conhecemos — disse Rachel com uma piscadela, entrelaçando os dedos nos de Nick.

NOVA YORK, OUTONO DE 2008

Só para constar, Rachel Chu não ouviu os famosos sininhos quando pousou os olhos em Nicholas Young pela primeira vez, no jardim do La Lanterna di Vittorio. Claro, ele era incrivelmente lindo, mas ela sempre desconfiara de homens bonitos, principalmente aqueles com um sotaque ligeiramente britânico. Passou os cinco minutos seguintes avaliando-o em silêncio, sem saber em que confusão Sylvia a havia colocado daquela vez.

Quando Sylvia Wong-Swartz, colega de Rachel no Departamento de Economia da Universidade de Nova York, entrou na sala dos professores certa tarde e declarou "Rachel, acabei de passar a manhã com seu futuro marido", ela não deu muita importância: era apenas mais um dos esquemas de Sylvia. Rachel nem se dignou a erguer os olhos de seu laptop.

— Não, estou falando sério. Encontrei seu futuro marido. Ele estava na mesma reunião do diretório estudantil que eu. É a terceira vez que nos encontramos, por isso estou convencida de que ele é *a pessoa certa* para você.

— Quer dizer então que o meu futuro marido é um estudante? Valeu; você sabe muito bem que eu adoro menores de idade.

— Não, não... ele é o novo e brilhante professor do Departamento de História. Também é consultor docente do Departamento de História das Organizações.

— Você sabe muito bem que professores não fazem o meu tipo. Principalmente os do Departamento de História.

— Eu sei, mas esse cara é diferente, estou dizendo. Ele é o cara mais impressionante que eu conheci em muitos anos. É supercharmoso, e tão SEXY! Eu iria atrás dele na mesma hora, se já não fosse casada.

— Como ele se chama? Talvez eu já o conheça.

— Nicholas Young. Começou esse semestre, veio transferido de Oxford.

— Britânico? — Rachel olhou para a amiga, curiosa.

— Não, não. — Sylvia colocou as pastas em cima da mesa e se sentou, respirando fundo. — Certo, vou lhe dizer uma coisa, mas, antes que você o risque da sua lista, prometa que vai me escutar.

Rachel mal podia esperar para ouvir o resto da história. Que detalhe disfuncional fabuloso Sylvia teria deixado de fora?

— Ele é... oriental.

— Ah, meu Deus, Sylvia! — Rachel revirou os olhos, voltando-se mais uma vez para a tela de seu computador.

— Eu *sabia* que você ia reagir assim! Escute aqui. Esse cara é o tal, eu juro...

— *Tenho certeza* disso — concordou Rachel, repleta de sarcasmo.

— Tem um sotaque ultrassedutor, ligeiramente britânico. E se veste superbem. Hoje ele estava usando um paletó perfeito, sabe, amarrotado nos lugares certos...

— Não. Me. Interessa. Sylvia.

— E parece um pouco com aquele ator japonês dos filmes do Wong Kar-wai.

— Ele é japonês ou chinês?

— E que importância isso tem? Sempre que um cara oriental se vira para a sua direção você lança o famoso olhar congelante Rachel Chu, e ele murcha antes mesmo de ter a chance de se aproximar.

— Isso não é verdade!

— É, sim! Já vi você fazer isso um monte de vezes. Lembra aquele cara que conhecemos no brunch da Yanira, no fim de semana passado?

— Eu fui muito simpática com ele.

— Você tratou o cara como se ele tivesse a palavra "HERPES" tatuada na testa. Sinceramente, você é a oriental mais autodepreciativa que eu já conheci na vida!

— Como assim? Não sou nem um pouco autodepreciativa. Olhe só quem está falando! Quem foi que se casou com um branco?

— Mark não é branco, pelo amor de Deus! Ele é judeu, isso é basicamente oriental! Mas não vem ao caso. Pelo menos *eu* namorei um monte de orientais na minha época.

— Bom, eu também.

— E quando foi que você namorou um oriental? — Sylvia arqueou as sobrancelhas, surpresa.

— Sylvia, você não faz ideia de quantos orientais as pessoas já jogaram em cima de mim ao longo dos anos. Vejamos. Teve aquele *geek* da física quântica do MIT que estava mais interessado em me transformar em uma faxineira 24 horas à disposição dele, aquele que era louco por esportes de Taiwan, membro de uma dessas fraternidades universitárias, com um peitoral maior do que os meus peitos, o *chuppie** com MBA em Harvard que era obcecado pelo Gordon Gekko... quer que eu continue?

— Tenho certeza de que eles não eram tão ruins quanto você está pintando.

— Bom, eram ruins o bastante para que, de uns cinco anos pra cá, eu instituísse a política de não namorar orientais — insistiu Rachel.

---

* Chinês + yuppie = *chuppie*.

Sylvia suspirou.

— Vamos encarar as coisas de frente. O verdadeiro motivo pelo qual você trata os orientais desse jeito é que eles representam o tipo de homem que a sua família *gostaria* que você namorasse e, ao se recusar a namorar um, você simplesmente está se rebelando.

— Nossa, agora você foi longe! — disse Rachel, rindo e balançando a cabeça.

— Ou é isso, ou, por ter sido criada na condição de minoria nos Estados Unidos, você tem a impressão de que o ato supremo de assimilação seria se casar com a raça dominante. É por isso que você só sai com WASPs... ou com os caras Eurotrash.

— Você já foi para Cupertino, onde passei toda a minha adolescência? Porque, se já tivesse ido, veria que, lá, os orientais é que são a "raça dominante". Pare de projetar suas questões pessoais em cima de mim.

— Bem, então aceite meu desafio e tente ser daltônica só dessa vez.

— Está bem, vou provar que você está errada. Como quer que eu me apresente a esse tal oriental sedutor de Oxford?

— Não precisa se preocupar com isso. Já combinei um café no La Lanterna depois do trabalho. Vamos nós três — disse Sylvia, toda feliz.

Quando a garçonete estoniana rabugenta veio anotar o pedido de bebida de Nicholas, Sylvia sussurrou, irritada, no ouvido de Rachel:

— Ei, ficou muda ou o quê? Chega desse gelo oriental!

Rachel decidiu entrar no jogo e participar da conversa, mas logo percebeu que Nicholas não fazia a menor ideia de que aquilo era uma armação e, o que era mais perturbador, parecia muito mais interessado em sua colega. Estava fascinado com o histórico multidisciplinar de Sylvia e fez várias perguntas sobre a organização do Departamento de Economia. Sylvia estava toda cheia de si com tanta atenção; ria como uma coquete e enrolava o cabelo entre os dedos enquanto os dois batiam papo. *Será que esse cara é um completo sem noção? Será que ele não está vendo a aliança no dedo da Sylvia?*

Somente depois de vinte minutos foi que Rachel conseguiu superar seu preconceito de longa data e analisar a situação. É verdade:

nos últimos anos, ela não tinha dado muita chance aos orientais. Sua mãe, inclusive, lhe dissera: "Rachel, eu sei que, para você, é difícil se relacionar com um oriental porque não conheceu o seu pai." Rachel achava esse tipo de análise pseudopsicanalítica simplista demais. Ah, se as coisas fossem tão fáceis assim!

Para ela, o problema começou praticamente no dia em que chegou à puberdade. Rachel começou a perceber que um fenômeno acontecia sempre que um oriental do sexo oposto entrava onde ela estava. O oriental tratava as outras garotas de um jeito supersimpático e normal, mas reservava a ela um tratamento especial. Primeiro, vinha o escaneamento ótico: o garoto conferia seus atributos físicos do jeito mais gritante possível — quantificando cada centímetro do seu corpo com um sistema de padrões completamente diferente do que usava com as garotas que não eram orientais. Quão grandes eram seus olhos? Ela possuía pálpebras duplas naturais ou fizera cirurgia? Quão branca era a sua pele? Seu cabelo era liso e brilhante? Tinha ancas boas para ter filhos? Tinha sotaque? E qual era a sua verdadeira altura, sem salto? (Com 1,70 metro, Rachel estava mais para alta, e os orientais prefeririam dar um tiro na virilha a namorar uma garota mais alta do que eles.)

Se por acaso ela passasse por essa inspeção inicial, então começava o *verdadeiro* teste. Todas as suas amigas orientais conheciam esse teste: elas o chamavam de "SATs". O oriental dava início a um interrogatório não muito disfarçado, focado em suas aptidões sociais, acadêmicas e em seus talentos, a fim de determinar se ela seria adequada para o cargo de "esposa e mãe dos meus filhos". Tudo isso acontecia enquanto ele, de um modo nem um pouco sutil, gabava-se de seus próprios atributos *à la* SATs — informando há quantas gerações sua família estava nos Estados Unidos, que tipo de médicos seus pais eram, quantos instrumentos musicais ele tocava, o número de acampamentos de tênis aos quais tinha ido, quais bolsas de estudo em universidades da Ivy League ele havia recusado, qual modelo de BMW, Audi ou Lexus ele dirigia e o número aproximado de anos que ele levaria até se tornar (escolha um) CEO, diretor financeiro, diretor-chefe de tecnologia, sócio-sênior de escritório de advocacia ou cirurgião-chefe.

Rachel estava tão acostumada a suportar esses SATs que a ausência deles naquela noite fora algo estranhamente desconcertante. Aquele cara não parecia ter o mesmo comportamento que os outros, nem ficava despejando nomes a torto e a direito. Era surpreendente, e por isso ela não sabia direito como lidar com ele. Nicholas estava apenas desfrutando de seu café irlandês e da atmosfera do ambiente, mostrando-se absolutamente encantador. Ali, sentada naquele jardim reservado, iluminado por lanternas coloridas e caprichosamente pintadas à mão, Rachel aos poucos começou a enxergar, sob uma luz completamente diferente, a pessoa que sua amiga estivera tão ansiosa para que ela conhecesse.

Ela não seria capaz de identificar exatamente o que era, mas havia alguma coisa curiosamente exótica em Nicholas Young. Para início de conversa, seu blazer de brim meio desarrumado, a camisa de linho branco e os jeans escuros desbotados lembravam um aventureiro que tivesse acabado de voltar de uma expedição de mapeamento do Saara Ocidental. Depois havia seu humor autodepreciativo, comum entre os caras que tinham estudado na Inglaterra. Mas, sob tudo isso, havia uma masculinidade calma e um jeito tranquilo contagiante. Rachel se surpreendeu sentindo-se atraída pela conversa de Nicholas, e, antes mesmo que se desse conta, eles estavam tagarelando como dois velhos amigos.

A certa altura, Sylvia se levantou da mesa e disse que já estava mais do que na hora de voltar para casa, antes que seu marido morresse de fome. Rachel e Nick decidiram ficar para tomar mais alguma coisa. Que levou a outra. Que levou a um jantar no bistrô da esquina. Que levou a um sorvete na Father Demo Square. Que levou a uma caminhada pelo Washington Square Park (pois Nick insistiu em acompanhá-la de volta ao apartamento dela, no alojamento dos professores universitários). *Ele é um perfeito cavalheiro*, pensou Rachel, enquanto os dois passavam pela fonte e pelo cara de *dreadlocks* tocando uma balada melancólica no violão.

— *And you're standing here beside me, I love the passing of time** — cantarolou o garoto, com uma voz triste.

---

* Em tradução livre: "Com você ao meu lado, adoro ver o tempo passar." (*N. da T.*)

— Isso não é Talking Heads? — perguntou Nick. — Escute...

— Ah, nossa, com certeza! Ele está cantando "This Must Be the Place" — disse Rachel, surpresa. Ela adorou o fato de Nick conhecer aquela canção bem o bastante, apesar daquela versão ruim.

— Ele não é tão ruim assim — disse Nick, abrindo a carteira e atirando alguns dólares no *case* aberto do violão do rapaz.

Rachel percebeu que Nick estava cantarolando a letra baixinho. Agora, ele subiu muitos pontos em meu conceito, pensou ela, e então percebeu com espanto que Sylvia tinha razão: aquele cara com quem ela acabara de passar seis horas seguidas conversando, que conhecia a letra inteira de uma de suas músicas favoritas, aquele cara bem ali ao seu lado, era o primeiro homem que ela podia realmente imaginar como marido.

12

Os Leongs

•

CINGAPURA

— Até que enfim, o casal de ouro! — declarou Mavis Oon quando Astrid e Michael entraram no salão de banquetes do Colonial Club. Michael, com seu terno Richard James azul-marinho, e Astrid, com um vestido de voile com seda estilo anos 1930 laranja-avermelhado, formavam um casal impressionante — e o salão foi tomado por uma onda do costumeiro frisson, que vinha tanto das mulheres, que analisavam Astrid secretamente dos pés à cabeça, como dos homens, que olhavam para Michael com um misto de inveja e desprezo.

— Nossa, Astrid, por que vocês chegaram tão tarde? — Felicity Leong repreendeu a filha quando esta se aproximou da comprida mesa de banquetes ao lado da parede de troféus, onde os membros da família Leong e seus convidados de honra de Kuala Lumpur — *Tan Sri** Gordon Oom e *Puan Sri* Mavis Oon — já estavam sentados.

— Mil desculpas. O voo do Michael de volta para a China atrasou — explicou Astrid. — Espero que não tenham esperado a gente para fazer os pedidos. Aqui a comida sempre leva séculos para chegar.

---

* Segundo título honorífico federal mais importante da Malásia (semelhante ao de duque na Grã-Bretanha), concedido pelo governante real hereditário de um dos nove estados malaios; a esposa recebe o título de *puam sri*. (Em geral, um *tan sri* é mais rico que um *dato'* e provavelmente passou mais tempo do que este puxando o saco da nobreza malaia.)

— Astrid, venha cá, venha cá, quero dar uma olhada em você — ordenou Mavis.

Aquela imperiosa senhora, que, com suas bochechas exageradamente pintadas com ruge e seu coque gordo, poderia facilmente ser considerada uma sósia de Imelda Marcos, deu um tapinha no rosto de Astrid como se ela fosse uma criança e disparou sua tagarelice tradicional.

— Nossa, você não envelheceu nada desde a última vez que a vi como está o pequeno Cassian quando vocês vão ter outro não esperem muito *lah* vocês agora precisam de uma menininha sabe minha neta Bella de 10 anos literalmente idolatra você desde a última viagem que fez para Cingapura está sempre dizendo "*Ah Ma*, quando eu crescer, quero ser igual a Astrid" eu perguntei por que e ela respondeu: "Porque ela sempre está vestida como uma estrela de cinema e aquele Michael é um gato!"

Todos na mcsa desataram a rir alto.

— Sim, não é verdade que *todos nós* adoraríamos ter o orçamento da Astrid para comprar roupas e a barriga definida do Michael? — gracejou Alexander, irmão de Astrid.

Harry Leong desviou os olhos do cardápio que estava segurando e, ao avistar Michael, fez sinal para que o genro se aproximasse. Com seu cabelo grisalho e um bronzeado intenso, Harry parecia um leão na cabeceira da mesa e, como de costume, Michael se aproximou do sogro com bastante tremor. Harry entregou-lhe um envelope de papel pardo com plástico-bolha.

— Aqui está meu MacBook Air. Tem algum problema com o Wi-Fi.

— O que exatamente? Ele não está conseguindo localizar as redes certas ou você está tendo problemas para logar? — perguntou Michael.

Harry já tinha voltado a atenção novamente para o cardápio.

— O quê? Ah, simplesmente não funciona em canto nenhum. Foi você quem o configurou, eu não mudei nada e agradeço *muito* por você dar uma olhada. Felicity, da última vez que viemos aqui, eu comi a costela de cordeiro? É nesse restaurante que a carne nunca vem no ponto?

Obedientemente, Michael pegou o laptop, mas, enquanto retornava para seu assento no outro lado da mesa, o irmão mais velho de Astrid, Henry, segurou-o pela manga do paletó.

— Ei, Mike, odeio incomodar você com isso, mas será que pode dar uma passadinha lá em casa nesse fim de semana? O Xbox do Zachary está com algum problema. Espero que você consiga consertá-lo... É *mah fan** demais mandá-lo de volta para a fábrica no Japão e pedir que consertem.

— Talvez eu precise viajar no fim de semana, mas, se por acaso ficar por aqui, vou tentar dar um pulo lá — respondeu Michael, com uma voz apática.

— Ah, obrigada, obrigada — interrompeu Cathleen, esposa de Henry. — Zachary anda nos deixando loucos com esse Xbox.

— Michael sabe dar um jeito em aparelhos eletrônicos ou algo do tipo? — quis saber Mavis.

— Ah, ele é absolutamente *genial*, Mavis, *genial!* É o genro perfeito para se ter por perto, capaz de consertar qualquer coisa! — declarou Harry.

Michael deu um sorriso, pouco à vontade, enquanto Mavis o encarava fixamente.

— Nossa, por que eu pensei que ele estava no Exército?

— Tia Mavis, o Michael já trabalhou para o Ministério da Defesa. Ele ajudou a programar todos os sistemas bélicos de alta tecnologia — explicou Astrid.

— Sim, o destino da defesa balística do país está nas mãos do Michael. Sabe, se formos invadidos pelos 250 milhões de muçulmanos que nos rodeiam por todos os lados, poderemos acabar com eles em dez minutos! — Alexander riu.

Michael tentou esconder a cara feia e abriu seu pesado cardápio encadernado com couro. A temática culinária daquele mês era "Sabores de Amalfi", e a maioria dos pratos estava grafada em italiano. *Vongole*. Aquilo era vôngole, ele sabia. Mas que diabo seria *Paccheri ala Ravello*? Aliás, seria pedir demais que tivessem incluído a tradução em inglês? Isso era totalmente condizente com

---

* Em cantonês, "incômodo".

aquele clube, um dos mais antigos da ilha, um lugar tão pretensioso e preso à tradição eduardiana que, antes de 2007, as mulheres não podiam nem mesmo *espiar* o bar, que era reservado aos homens.

    Na adolescência, Michael jogava futebol toda semana no *Padang*, o imenso campo gramado em frente à prefeitura, utilizado em todos os desfiles nacionais, e sempre olhava cheio de curiosidade para a respeitável construção vitoriana localizada no seu canto leste. Da trave do gol, ele podia avistar os candelabros cintilantes lá dentro, os pratos com cloches de prata dispostos sobre as toalhas engomadas de linho branco e os garçons de smoking preto, correndo, apressados, de um lado para o outro. Observava as pessoas com ar importante jantando e se perguntava quem elas seriam. Sentia uma vontade enorme de entrar naquele clube, só uma vez, para ver o campo de futebol do outro lado das janelas. Num arroubo de audácia, convidou dois amigos para entrarem lá às escondidas com ele. Iriam na véspera do dia em que jogavam futebol, quando ainda estivessem com seus uniformes da escola St. Andrew's. Entrariam no clube como quem não quer nada, como se fossem membros, e quem os impediria de pedir uma bebida no bar? "Nem sonhe com isso, Teo. Você não sabe que lugar é esse? É o Colonial Club! Para entrar aí, você precisa ou ser um *ang mor* ou ter nascido em uma dessas famílias de megarricos!", comentou um dos amigos.

    — Gordon e eu vendemos nossos títulos do Pulau Club porque eu me dei conta de que só estava indo lá para comer *ice kacang** — Michael ouviu Mavis dizer à sua sogra.

    O que ele não daria para estar de volta ao campo de futebol com seus amigos! Eles jogavam futebol até o sol se pôr e depois iam para o *kopi tiam*** mais próximo tomar cerveja gelada e comer *nasi goreng**** ou *char bee hoon*.**** Seria muito melhor do que estar ali sentado com aquela gravata que quase o sufocava até a morte, comendo pratos de

---

* Sobremesa malaia à base de raspadinha de gelo, xarope de açúcar colorido e diversas coberturas, como feijão-vermelho, milho-doce, gelatina de ágar-ágar, semente de palma e sorvete.
** Em *hokkien*, "café" (estabelecimento).
*** Arroz frito indonésio, um prato extremamente popular em Cingapura.
**** Macarrão *vermicelli* frito, outro prato favorito local.

nomes impronunciáveis vendidos a preços exorbitantemente insanos. Não que alguém naquela mesa prestasse atenção nos preços — os Oons eram donos de praticamente metade da Malásia, e, quanto a Astrid e seus irmãos, Michael jamais presenciara nenhum deles se oferecendo para pagar uma conta em um restaurante. Eram todos adultos com filhos, mas Papai Leong sempre pagava tudo. (Na família de Teo, nenhum de seus irmãos ou irmãs jamais pensaria na possibilidade de deixar os pais pagarem uma conta.)

Quanto tempo aquele jantar iria demorar? Eles estavam comendo ao estilo europeu, portanto seriam quatro pratos, e ali isso significava um prato por hora. Michael olhou mais uma vez para o cardápio. *Gan ni na!** Havia uma salada idiota. Alguém já ouviu falar de uma salada que é servida *depois* do prato principal? Isso quer dizer que, na verdade, seriam cinco pratos, pois Mavis gostava de sobremesas, embora a única coisa que fizesse na vida fosse reclamar da gota. Depois sua sogra reclamaria de seus esporões e, então, as mulheres começariam a rebater para cá e para lá suas queixas de problemas de saúde crônicos, tentando superar umas às outras. A essa altura, já estaria na hora dos brindes — aqueles brindes verborrágicos, em que o sogro brindaria aos Oons pelo brilhantismo de haverem nascido na família certa, enquanto Gordon Oon, por sua vez, brindaria aos Leongs pela genialidade de também terem nascido na família certa. Em seguida, Henry Leong Jr. faria um brinde ao filho de Gordon, Gordon Jr., um camarada maravilhoso que fora flagrado com uma estudante de 15 anos em Langkawi, no ano anterior. Seria um milagre se o jantar terminasse antes das onze e meia.

Do outro lado da mesa, Astrid olhou para o marido. Conhecia muito bem aquela postura de varapau e o meio-sorriso tenso que ele estava se obrigando a exibir enquanto conversava com a esposa do bispo See Bei Sien — já os tinha visto antes, na primeira vez que foram convidados para tomar chá na casa da avó dela e, depois,

---

* Termo em *hokkien* que pode significar "foda-se sua mãe" ou, como nesse caso, "estou fodido".

quando jantaram com o presidente no Istana.* Estava na cara que Michael preferia estar em algum outro lugar naquele momento. Ou seria melhor dizer *com outra pessoa*? Quem seria essa outra pessoa? Desde a noite em que Astrid havia descoberto *aquela* mensagem de texto, não conseguia deixar de se fazer essa pergunta.

SAUDADES DE VC DENTRO DE MIM. Nos primeiros dias, Astrid tentou se convencer de que devia haver alguma explicação racional para aquilo. Era algum engano, uma mensagem enviada para o número errado, uma espécie de pegadinha ou piada que ela não conseguia entender. Na manhã seguinte, a mensagem de texto já tinha sido apagada, e ela desejou que pudesse ser apagada de sua mente também. Mas sua mente não conseguia esquecer aquilo. Não seria possível continuar a vida normalmente até resolver o mistério por trás daquelas palavras. Ela começou a telefonar para Michael no trabalho todos os dias, nos horários mais estranhos, inventando perguntas bobas ou desculpas esfarrapadas para ter certeza de que ele estava onde afirmara que iria estar. Começou a checar o celular do marido em todas as oportunidades, navegando como uma louca por todas as mensagens de texto nos poucos e preciosos minutos em que ele ficava longe do aparelho. Não houve mais nenhuma mensagem incriminadora. Será que ele estava disfarçando os sinais, ou ela é que estava ficando paranoica? Àquela altura, há semanas ela andava desconstruindo cada olhar, cada palavra, cada movimento de Michael em busca de algum indício, de alguma evidência para confirmar o que ela não era capaz de se obrigar a colocar em palavras. Mas não havia encontrado nada. Tudo aparentemente estava normal na bela vida dos dois.

Até aquela tarde.

Michael havia acabado de chegar do aeroporto e, quando reclamou por ter passado o voo inteiro apertado no assento do meio da

---

* "Palácio", em malaio. Usado aqui em referência à residência oficial do presidente de Cingapura. Completada em 1869, sob as ordens de Sir Harry Saint George Ord, o primeiro governador colonial de Cingapura, o local era conhecido, no passado, como Casa do Governador, ocupando 430 mil metros quadrados de terreno adjacente à área de Orchard Road.

última fileira de um avião velho da China Eastern Airlines, onde as cadeiras não eram reclináveis, ela sugeriu que ele tomasse um banho quente de banheira com sais de Epsom. Com ele fora de cena, Astrid foi fuçar em sua bagagem, olhando a esmo em busca de alguma coisa, qualquer coisa. Ao remexer em sua carteira, encontrou um papelzinho dobrado escondido embaixo da aba de plástico que continha sua carteira de identidade de Cingapura. Era a nota de um jantar da noite anterior. Do Petrus. No valor de HK$ 3.812. O valor de um jantar para dois.

Por que seu marido fora jantar no restaurante francês mais chique de Hong Kong quando deveria estar trabalhando em algum projeto de *cloud-sourcing* em Chongqing, no sudoeste da China? Ainda mais estranho: por que justamente *naquele* restaurante, o tipo de lugar para o qual ele só iria arrastado e aos gritos? Seus sócios, que estavam contendo os custos ao máximo, jamais aprovariam aquele tipo de despesa, mesmo que fosse para um de seus clientes mais importantes. (Além disso, nenhum cliente chinês desejaria comer *nouvelle cuisine* francesa, se pudesse evitar.)

Astrid olhou para a nota por um bom tempo, com os olhos fixos nos rabiscos decididos da assinatura azul-marinho dele contra o branco imaculado do papel. Ele havia assinado o recibo com a caneta-tinteiro Caran d'Ache que ela lhe dera de presente em seu último aniversário. O coração de Astrid estava batendo tão acelerado que ela teve a impressão de que saltaria para fora do peito; entretanto, ao mesmo tempo, ela sentia-se completamente paralisada. Imaginou Michael sentado à luz de velas no salão do restaurante que ficava no terraço do Hotel Island Shangri-La, olhando para as luzes cintilantes do porto de Victoria, desfrutando de um jantar romântico com a garota que lhe enviara aquela mensagem de texto. Eles teriam começado com um borgonha esplêndido da Côte d'Or e encerrado com suflê de chocolate amargo para dois (servido com creme de limão gelado).

Teve vontade de invadir o banheiro e esfregar o recibo na cara do marido, enquanto ele ainda estava de molho na banheira. Teve vontade de berrar, de arranhar seu rosto. Mas, é claro, não fez nada disso. Respirou fundo. Recuperou a compostura. A compostura que estava entranhada em si desde o dia em que nasceu. Faria a coisa mais sensata possível. Sabia que não tinha sentido fazer cenas, exigir explicações — explicações que poderiam causar o mais tênue arranhão na vida perfeita dos dois. Dobrou o recibo com cuidado e o enfiou de volta em seu esconderijo, desejando que desaparecesse daquela carteira e da mente dela. Que simplesmente desaparecesse.

13

Philip e Eleanor Young

•

SYDNEY, AUSTRÁLIA E CINGAPURA

Philip estava sentado em sua cadeira dobrável de metal preferida no deque que se estendia a partir do gramado de sua casa, à beira d'água, mantendo um olho atento na linha de pesca, que seguia direto até a baía de Watson, e o outro na última edição da *Popular Mechanics*. Seu celular começou a vibrar no bolso de sua calça cargo, perturbando a serenidade daquela manhã. Philip sabia que devia ser sua mulher ligando; ela era praticamente a única pessoa que telefonava para ele no celular. (Eleanor insistia que ele mantivesse o celular junto ao corpo o tempo inteiro, para o caso de precisar falar com o marido numa emergência, embora Philip duvidasse de que ele pudesse servir de alguma ajuda nesse caso, uma vez que passava a maior parte do ano ali em Sydney, enquanto ela, por sua vez, estava sempre viajando entre Cingapura, Hong Kong, Bangcoc, Xangai e sabe-se lá mais para onde.)

Ele atendeu o telefone e, imediatamente, a torrente histérica da esposa começou.

— Calma, fale mais devagar, *lah*. Não consigo entender nenhuma palavra do que você está dizendo. Agora, por que você quer se atirar de cima de um prédio? — perguntou Philip, com seu costumeiro jeito lacônico.

— Acabei de receber o dossiê sobre Rachel Chu enviado por aquele detetive particular de Beverly Hills que Mabel Kwok recomendou.

Quer saber o que diz aqui? — Aquilo não era uma pergunta; parecia mais uma ameaça.

— Hã... quem é mesmo Rachel Chu? — perguntou Philip.

— Não seja assim tão senil, *lah!* Não se lembra do que eu lhe contei na semana passada? Seu filho está namorando uma garota *em segredo* há mais de um ano e teve a cara de pau de nos contar isso a alguns *dias* de trazer a dita-cuja para Cingapura!

— Você contratou um detetive particular para investigar essa garota?

— É claro que contratei. Não sabemos nada sobre ela, e todo mundo já está no maior falatório sobre ela e Nick...

Philip olhou para a vara de pescar, que estava começando a vibrar muito ligeiramente. Ele sabia aonde aquela conversa iria levar e não queria fazer parte daquilo.

— Desculpe, mas não posso falar agora, querida. Estou no meio de um assunto urgente.

— Pare com isso, *lah! Isso aqui* é que é urgente! O relatório consegue ser ainda pior do que o pior dos meus pesadelos! Cassandra, aquela sua prima idiota, entendeu tudo errado: no fim das contas, a garota *não é* uma Chu da família dona dos plásticos Taipei!

— Eu sempre lhe digo para não acreditar em nenhuma palavra que sai da boca da Cassandra. Mas que diferença isso faz?

— Que diferença isso faz? Essa garota está *enganando* o seu filho; está fingindo ser uma Chu.

— Bom, se o sobrenome dela por acaso é Chu, como pode acusá-la de fingir ser uma Chu? — perguntou Philip, com uma risadinha.

— Ora! Não me contradiga! Eu lhe digo por que ela está enganando o seu filho. Primeiro, o detetive particular me disse que ela era uma CNA, mas, depois de pesquisar um pouco mais fundo, descobriu que ela nem mesmo é *verdadeiramente* uma chinesa nascida nos Estados Unidos. Ela nasceu na China continental e foi para os Estados Unidos quando tinha apenas 6 meses.

— E daí?

— Você ouviu o que eu disse? *China continental!*

Philip estava atônito. Não estava entendendo nada.

— Ué, mas, no fim das contas, a família de todo mundo não vem da China continental? De onde você preferia que ela tivesse vindo? Da Islândia?

— Não banque o engraçadinho comigo! A família dela é de alguma vilinha *ulu ulu** chinesa da qual ninguém nunca ouviu falar. O detetive acha que provavelmente eram da classe trabalhadora. Ou seja, eles são CAMPONESES!

— Acho que, se você voltar um pouco no tempo, querida, vai ver que a família de *todos nós* era de camponeses. Você não sabia que, na China antiga, a classe dos camponeses era reverenciada? Era a coluna dorsal da economia, e...

— Pare de falar besteira, *lah!* Você ainda não sabe do pior: essa garota foi para os Estados Unidos ainda bebê com a mãe. Mas e o pai, cadê? Não existe registro nenhum desse pai, portanto devem ser divorciados. Dá para acreditar? *Alamak*, a filha de uma mãe divorciada de uma família *ulu* sem nome nenhum! Eu vou *tiao lau*!**

— Qual é o problema? Existe muita gente hoje em dia que vem de lares divorciados e, mais tarde, consegue casamentos felizes. Olhe só a taxa de divórcios na Austrália. — Philip estava tentando argumentar racionalmente com a esposa, mas Eleanor suspirou.

— Esses *aussies**** são todos descendentes de bandidos e criminosos, o que mais seria de se esperar?

— É por isso que você é tão popular por aqui, querida — brincou Philip.

— Você não está conseguindo enxergar a situação inteira. É claro que essa garota é uma APROVEITADORA, falsa e espertalhona! Você sabe tão bem quanto eu que o seu filho jamais pode se casar com alguém dessa laia. Consegue imaginar como a *sua* família vai reagir quando ele trouxer essa aproveitadora para casa?

— Para falar a verdade, não dou a mínima para o que eles pensam.

— Mas você não consegue ver como isso vai afetar o Nicky? E *é claro* que a sua mãe vai jogar a culpa em mim, *lah*. Eu *sempre*

---

* Em malaio, "remota", "longe da civilização".
** Em *hokkien*, "pular de cima de um prédio".
*** Gíria para "australiano". (*N. da T.*)

sou culpada por *tudo*. *Alamak*, com certeza você já sabe como isso vai terminar.

Philip respirou fundo. Era por esse motivo que ele sempre ficava o *máximo de tempo possível* longe de Cingapura.

— Já pedi a Lorena Lim que usasse todos os contatos dela de Pequim para investigar a família dessa garota na China. Precisamos descobrir tudo. Não quero deixar passar nada. Precisamos estar preparados para todas as possibilidades — disse Eleanor.

— Você não acha que está exagerando um pouco?

— De jeito nenhum! Precisamos colocar um ponto-final nessa loucura antes que a coisa vá mais longe ainda. Quer saber o que a Daisy Foo acha?

— Na verdade, não.

— Daisy acha que o Nicky vai pedir a moça em casamento aqui em Cingapura!

— Isso se ele já não pediu — provocou Philip.

— *Alamak*! Você está sabendo de alguma coisa que eu não sei? Nicky falou com você algo sobre...

— Não, não, não, não precisa entrar em pânico. Meu amor, você está deixando suas amigas bobas enlouquecerem você sem motivo. Você precisa confiar no bom julgamento do nosso filho, só isso. Tenho certeza de que essa garota deve ser ótima. — O peixe agora realmente estava puxando a linha. Talvez fosse uma perca-gigante, que ele poderia pedir ao seu *chef* que grelhasse para o almoço. A única coisa que Philip queria agora era desligar aquele celular.

Naquela quinta-feira, no almoço de estudos bíblicos na casa de Carol Tai, Eleanor decidiu que estava na hora de chamar as tropas de apoio. Enquanto aquelas mulheres sentadas ali desfrutavam de um *bobo chacha* caseiro e ajudavam Carol a organizar sua coleção de pérolas negras do Taiti por gradação de cor, Eleanor começou a se lamentar, saboreando seu pudim gelado de sagu com coco.

— O Nicky não percebe que está fazendo uma coisa terrível com a gente. Agora ele veio me dizer que, quando chegar, não vai nem sequer ficar hospedado no nosso apartamento novo. Ele vai direto para o Kingsford Hotel com aquela garota! Como se precisasse escondê-la de nós! *Alamak*, o que as pessoas vão pensar? — Eleanor suspirou teatralmente.

— Que desgraça! Dividir o mesmo quarto de hotel, quando eles ainda nem sequer são casados! Sabe, as pessoas podem pensar que eles juntaram os trapos e vieram passar a lua de mel aqui! — Nadine Shaw fez coro com Eleanor, embora por dentro a enchesse de alegria a ideia de um escândalo em potencial que pudesse fazer aqueles metidos Youngs baixarem um pouquinho a bola. Ela continuou a atiçar as chamas de Eleanor (muito embora elas não precisassem disso): — Como essa menina ousa pensar que pode simplesmente chegar toda faceira a Cingapura com Nicky a tiracolo e ir ao evento social mais importante do ano sem a nossa aprovação? Obviamente, ela não faz a menor ideia de como as coisas funcionam por aqui.

— Ora, as garotas de hoje não sabem mais como se comportar — disse baixinho Daisy Foo, balançando a cabeça. — Meus filhos são a mesma coisa. Você tem sorte de Nicky ter *contado* que ia trazer alguém para casa. Eu jamais esperaria nada assim dos meus meninos. Preciso ler o jornal para descobrir o que andam aprontando! O que fazer, *lah*? É isso o que acontece quando criamos nossos filhos do outro lado do mundo. Eles se tornam ocidentalizados demais e *aksi borak** quando voltam. Dá para imaginar? Minha nora Danielle me obriga a marcar horário com duas semanas de antecedência para eu ver meus netos! Ela acha que, por ter se formado em *Amherst*, sabe melhor do que eu como criar meus próprios netos!

— Melhor do que *você*? Todo mundo sabe que essas CNAs são todas descendentes de camponeses que foram burros demais para sobreviver na China! — disse Nadine, rindo.

— Ei, Nadine, não subestime essas meninas. Essas CNAs sabem como ser *tzeen lee hai*** — advertiu Lorena Lim. — Agora que os Estados Unidos estão falidos, todas elas querem vir para a Ásia e enfiar suas garras em nossos homens. São piores do que as mulheres-furacão de Taiwan, porque são ocidentalizadas, sofisticadas e, pior

---

* Gíria malaia que significa "agir como alguém metido ou sabichão" (basicamente, um idiota que se acha).
** Em *hokkien*, "argutas" ou "perigosas".

de tudo, *têm formação universitária*. Vocês se lembram do filho da Sra. Hsu Tsen Ta? Aquela ex-mulher dele, formada pela Ivy League, apresentou-o *de propósito* para a garota que viria a se tornar sua amante e depois usou isso como desculpa para conseguir um acordo de divórcio polpudo. Os Hsus tiveram que vender um monte de propriedades só para conseguir pagar à mulher. Muito *Sayang*!*

— Minha Danielle no começo era tão *kwai*,** tão obediente e modesta — lembrou Daisy. — Mas, assim que aquele diamante de 30 quilates estava em seu dedo, ela se transformou na maldita rainha de Sabá! Hoje só quer vestir Prada, Prada, Prada; e vocês já viram como ela faz meu filho desperdiçar dinheiro? Ela o obrigou a contratar uma equipe de segurança completa para acompanhá-la aonde quer que ela vá, como se fosse uma celebridade. Quem iria querer sequestrá-la? Meu filho e meus netos é que deviam ter guarda-costas, e não essa garota de nariz achatado! *Suey doh say!****

— Não sei o que eu faria se o meu filho trouxesse uma garota assim para casa — lamentou-se Eleanor, tornando sua expressão ainda mais triste.

— Ora, ora, Lealea, coma mais um pouquinho de *bobo chacha* — ofereceu Carol, tentando acalmar a amiga enquanto colocava um pouco mais da sobremesa perfumada na tigela de Eleanor. — Nicky é um bom garoto. Você devia agradecer a Deus por ele não ser como o meu Bernard. Há muito tempo desisti de fazer Bernard me dar ouvidos. O pai deixa que ele faça o que bem entende. Fazer o quê? Se o pai não para de pagar e pagar, a única coisa que eu posso fazer é rezar e rezar. A Bíblia nos diz que precisamos aceitar aquilo que não podemos mudar.

Lorena olhou para Eleanor, sem saber se seria o momento certo para jogar sua bomba. Decidiu que valia a tentativa.

— Eleanor, você me pediu que investigasse a família dessa garota Chu que mora na China, e eu não quero que você fique empolgada *demais*, mas acabei de receber uma informação muito intrigante.

---

* Em malaio, "que perda de tempo".
** Em *hokkien*, "boazinha".
*** Em cantonês, "tão horrenda que dá vontade de morrer!".

— Assim tão rápido? O que você descobriu? — perguntou Eleanor, empertigando-se.

— Bom, tem um camarada que diz ter "informações muito valiosas" sobre Rachel — continuou Lorena.

— *Alamak*, o quê, o quê? — perguntou Eleanor, alarmando-se.

— Não sei direito, mas vem de uma fonte em Shenzhen — revelou Lorena.

— Shenzhen? Disseram que tipo de informação era?

— Bom, só falaram que era "muito valiosa" e que não querem revelar nada pelo telefone. Só vão lhe dar a informação pessoalmente, e isso vai custar dinheiro.

— Como você descobriu essas pessoas? — perguntou Eleanor, animada.

— *Wah ooh kang tao, mah** — respondeu Lorena, com ar de mistério. — Acho que você deveria ir para Shenzhen na semana que vem.

— Não vai ser possível. Nicky e aquela mulher estarão aqui — retrucou Eleanor.

— Ellie, acho que você deveria ir *justamente* quando Nicky e aquela mulher chegarem — sugeriu Daisy. — Pense nisto: eles não vão se hospedar na sua casa, portanto você tem a desculpa perfeita para não estar lá. E, não estando aqui, todas as vantagens estão do seu lado. Você vai poder mostrar a todo mundo que NÃO está desenrolando o tapete vermelho para essa mulher, e não vai ficar com a cara no chão caso a coisa se prove um pesadelo completo.

— Além disso, vai obter novas informações. Informações vitais — acrescentou Nadine. — Talvez ela já seja até casada. Talvez já tenha um filho. Talvez esteja armando um grande golpe e...

— Nossa, eu preciso de um Xanax — gritou Eleanor, apanhando a bolsa.

— Lorena, pare de meter medo na Lealea! — interveio Carol. — Não conhecemos o histórico dessa garota, talvez não seja nada disso. Talvez Deus abençoe Eleanor com uma nora obediente e temente a Deus. "*Não julgueis, para que não sejais julgados*", Mateus 7.1.

---

* Em *hokkien*: "Eu tenho meus contatos secretos, é claro."

Eleanor refletiu sobre tudo o que suas amigas estavam dizendo.

— Daisy, você é sempre muito inteligente. Lorena, posso ficar no seu lindo apartamento em Shenzhen?

— É claro. Eu estava mesmo pensando em ir com você. Além disso, estou morrendo de vontade de fazer outra maratona de compras em Shenzhen.

— Quem mais quer ir para Shenzhen nesse fim de semana? Carol, você está dentro? — perguntou Eleanor, esperando poder aliciar Carol para que elas pudessem usar seu jatinho particular.

De sua posição deitada na cama, Carol se inclinou e disse:

— Preciso confirmar, mas acho que podemos pegar o jatinho se formos antes do fim de semana. Meu marido precisa ir a Pequim, para comprar uma empresa de internet chamada Ali Baibai no início da semana, isso eu sei. E também sei que o Bernard vai usar o avião para ir à festa de despedida de solteiro do Colin Khoo no sábado.

— Vamos todas para um fim de semana de spa em Shenzhen! — declarou Nadine. — Eu quero ir àquele lugar onde colocam seus pés em escalda-pés, num balde de madeira, e depois os massageiam durante uma hora.

Eleanor estava começando a se animar.

— Ótima ideia. Vamos fazer compras até não podermos mais em Shenzhen. Vamos deixar Nicky e essa mulher se virarem sozinhos. Depois, eu volto com a minha informação valiosa.

— Sua *munição* valiosa — corrigiu Lorena.

— Hahaha, é verdade — disse Nadine, empolgada, e enfiou a mão na bolsa para mandar uma mensagem de texto escondida para seu corretor de ações. — Ah, Carol, como era mesmo o nome daquela empresa de internet que o *dato'* está pensando em comprar?

14

Rachel e Nicholas

•

CINGAPURA

O avião fez uma curva brusca para a esquerda, saindo das nuvens, e Rachel avistou a ilha pela primeira vez. Eles haviam partido de Nova York 21 horas antes e, depois de uma parada para abastecer em Frankfurt, já estavam no Sudeste Asiático, na região que os ancestrais de Rachel chamavam de *Nanyang*.* Entretanto, a visão que ela teve do avião não parecia em nada com uma terra romântica banhada de névoas — era, isso sim, uma metrópole densa, repleta de arranha-céus cintilantes no céu estrelado, e, mesmo a 6 mil pés de altura, Rachel já conseguia sentir a energia pulsante que vinha de uma das usinas financeiras mais poderosas do mundo.

Quando as portas automáticas da alfândega se abriram e revelaram a decoração de oásis tropical do portão de chegada do Terminal Três, a primeira coisa que Nick viu foi seu amigo Colin Khoo segurando um imenso cartaz com a palavra padrinho. Ao lado dele, estava uma garota alta e magra, excessivamente bronzeada, segurando um monte de balões prateados.

Nick e Rachel empurraram os carrinhos de bagagem na direção dos dois.

---

* Não confundir com a escola secundária cingapuriana em que os alunos são ensinados em — horror dos horrores! — mandarim. *Nanyang* é a palavra em mandarim para "Mar do Sul". O termo também se tornou comum para fazer referência à grande população de imigrantes chineses existente hoje no sudeste da Ásia.

— O que vocês estão fazendo aqui? — exclamou Nick, surpreso, enquanto Colin o apertava em um abraço de urso.

— Ora essa! É claro que eu precisava receber meu padrinho como se deve! Comigo é serviço completo, cara — afirmou Colin, com um enorme sorriso.

— Minha vez! — exclamou a garota ao seu lado, inclinando-se para dar um abraço em Nick, seguido de um beijinho rápido na bochecha. Em seguida, ela se virou para Rachel, estendeu a mão e disse: — Você deve ser a Rachel. Sou Araminta.

— Ah, desculpem, nem apresentei vocês. Rachel Chu, essa é Araminta Lee, a noiva do Colin. E esse é, logicamente, Colin Khoo — disse Nick.

— É tão bom poder finalmente conhecer vocês — disse Rachel com um sorriso, apertando as mãos de ambos vigorosamente. Não estava preparada para aquela festa de boas-vindas e, depois de tantas horas no avião, ela nem podia imaginar qual era a sua aparência.

Rachel estudou por alguns instantes o feliz casal. As pessoas eram sempre muito diferentes de suas fotografias. Colin era mais alto do que ela havia imaginado, malandramente bonito, com sardas escuras e cabelos desgrenhados e cheios que faziam com que ele parecesse um pouco um surfista polinésio. Atrás de seus óculos de aro de metal, Araminta tinha um rosto bastante bonito, mesmo sem um pingo de maquiagem. Seu longo cabelo preto estava preso com um elástico em um rabo de cavalo que descia até o meio das costas, e ela parecia magra demais para toda a sua altura. Estava usando o que parecia ser um par de calças xadrez tipo pijama, uma blusa em tom laranja claro e sandálias de dedo. Embora provavelmente tivesse 20 e poucos anos, parecia uma adolescente, e não alguém prestes a subir ao altar. Os dois formavam um casal estranhamente exótico, e Rachel tentou imaginar como seriam os filhos deles.

Colin se pôs a teclar no celular.

— Os motoristas já estão dando voltas por aí há algum tempo. Vou só avisar que já estamos prontos.

— Esse aeroporto é incrível. Faz o JFK parecer o Mogadíscio — comentou Rachel, olhando, maravilhada, para o edifício ultramoderno, para as palmeiras e o imenso jardim vertical suspenso que parecia ocupar um trecho inteiro do terminal. Uma névoa fina de água começou a se espalhar por cima da vegetação cascateante. — Eles estão umedecendo a parede inteira? Nossa, parece que estou em um verdadeiro resort tropical de luxo.

— Esse país inteiro é um resort tropical de luxo — disse Colin em tom alegre enquanto os conduzia em direção à saída. Na calçada, dois automóveis Land Rover prateados estavam à espera. — Aqui, coloquem toda a bagagem de vocês nesse aqui, ele vai direto para o hotel. Nós vamos no outro. Cabe todo mundo sem ficar apertado.

O motorista do primeiro carro saltou, assentiu para Colin e juntou-se ao outro motorista, liberando um dos carros para eles. Em seu torpor do jet lag, Rachel não soube o que pensar de tudo aquilo e simplesmente entrou na SUV, sentando no banco de trás.

— Quanta honra! Acho que ninguém vem me buscar assim no aeroporto desde que eu era pequenininho — comentou Nick, lembrando-se de quando, na infância, um enorme grupo de familiares seus se reunia à sua espera no aeroporto.

Naquela época, ir ao aeroporto era um evento empolgante, pois isso significava que o pai o levaria para tomar sundae com calda de chocolate quente na sorveteria Swensen's, que ficava no antigo terminal. Naquela época, parecia que as pessoas faziam viagens mais longas. As mulheres sempre se debulhavam em lágrimas ao se despedirem dos parentes que iam para o exterior ou ao receberem os filhos que haviam passado um ano inteiro fora de casa. Certa vez, ele ouviu por acaso seu primo mais velho, Alex, sussurrar para o pai, Harry Leong, pouco antes de este embarcar: "Não se esqueça de comprar para mim a última *Penthouse* quando fizer escala em Los Angeles."

Colin se acomodou atrás do volante e começou a ajustar os retrovisores.

— E aí, para onde vamos? Direto para o hotel ou *makan*?*

— Com certeza eu gostaria de comer alguma coisa — respondeu Nick. Ele se virou para Rachel, sabendo que ela provavelmente desejava ir para o hotel e desabar na cama. — Você está bem, Rachel?

---

* Em malaio, "comer".

— Estou ótima — respondeu ela. — Na verdade, também estou meio com fome.

— Porque em Nova York está na hora do café da manhã, é por isso — observou Colin.

— Vocês fizeram boa viagem? Assistiram a um monte de filmes? — perguntou Araminta.

— Rachel fez uma maratona de Colin Firth — contou Nick.

Araminta soltou um gritinho.

— Aimeudeus, eu *a-do-ro* o Colin Firth! Ele sempre será o único Mr. Darcy para mim!

— Beleza, acho que agora podemos ser amigas — declarou Rachel.

Ela olhou pela janela, surpresa com as palmeiras ondulantes e a profusão de buganvílias que ladeavam a autoestrada iluminada. Eram quase dez da noite, mas tudo naquela cidade parecia artificialmente cintilante, quase efervescente.

— Nicky, para onde podemos levar Rachel para que ela experimente a comida local? — perguntou Colin.

— Humm... será que a gente leva a Rachel para um banquete de arroz com frango de Hainan no Chatterbox? Ou partimos direto para um caranguejo apimentado no East Coast? — perguntou Nick, ao mesmo tempo animado e cheio de dúvidas: havia uma centena de lugares diferentes aonde queria levar a namorada *agora mesmo* para experimentar a comida local.

— Que tal uns *satays*? — sugeriu Rachel. — Nick não para de falar que ninguém conhece o verdadeiro *satay* até comê-lo em Cingapura.

— Pronto, está decidido: vamos para o Lau Pa Sat — anunciou Colin. — Rachel, você vai vivenciar sua primeira experiência em um *hawker center*.* Lá eles têm o melhor *satay* do mundo.

— Você acha? Eu gosto mais daquele lugar que fica em Sembawang — disse Araminta.

---

* Praças de alimentação a céu aberto, típicas de Cingapura, Malásia, Hong Kong e Ilhas Riau, que abrigam diversas barraquinhas nas quais se vende uma grande variedade de comidas a preço justo. (*N. da T.*)

— NÃÃÃÃÃO! Como assim, *lah*? O camarada do Satay Club original continua no Lau Pa Sat! — insistiu Colin.

— Não está, não — retrucou Araminta com firmeza. — O cara do Satay Club original foi para o Sembawang.

— Mentira! Foi o primo dele. Um impostor! — Colin mostrava-se inflexível.

— Eu, pessoalmente, sempre gostei mais do *satay* do Newton — interrompeu Nick.

— Do *Newton?* Você está louco, Nicky. O Newton é só para expatriados e turistas; não tem mais *satay* bom por lá — disse Colin.

— Seja bem-vinda a Cingapura, Rachel, onde discutir por causa de comida é o passatempo nacional — declarou Araminta. — Esse provavelmente é o único país do mundo onde *homens adultos* são capazes de sair no tapa para decidir qual barraquinha de comida em centros de compras no fim do mundo prepara a melhor versão de um prato obscuro de macarrão frito. É como se fosse uma competição de mijo à distância!

Rachel riu. Araminta e Colin eram tão engraçados e práticos que ela gostou deles imediatamente.

Logo estavam na Robinson Road, no coração do centro financeiro da cidade. Aninhado nas sombras das enormes torres de edifícios estava o Lau Pa Sat — ou "antigo mercado", no dialeto *hokkien* —, um pavilhão octogonal a céu aberto que abrigava uma colmeia fervilhante de barraquinhas de comida. Do outro lado da rua, ao sair do estacionamento, Rachel já sentia os deliciosos aromas de temperos que pairavam no ar. Quando estavam prestes a entrar na imensa praça de alimentação, Nick se virou para a namorada e disse:

— Você vai ficar louca com esse lugar. É a estrutura vitoriana mais antiga de todo o Sudeste Asiático.

Rachel olhou para os arcos situados a uma altura imensa, cheios de filigranas de ferro fundido, que se irradiavam pelos tetos abobadados.

— Parece o interior de uma catedral — comentou ela.

— Para onde as massas vêm, a fim de idolatrar a comida — brincou Nick.

Dito e feito: mesmo já passando das dez da noite, o lugar estava repleto de centenas de pessoas comendo cheias de paixão. Fileiras e mais fileiras de barraquinhas iluminadas de comida ofereciam a mais imensa variedade de pratos que Rachel jamais vira em um só lugar. Enquanto caminhavam pelo local, olhando as diversas barraquinhas nas quais homens e mulheres cozinhavam freneticamente suas especialidades, Rachel não parava de balançar a cabeça, maravilhada.

— É informação demais para absorver... Não sei nem por onde começar.

— Aponte para o que lhe parecer interessante e eu peço para você — ofereceu Colin. — A beleza de um *hawker center* é que cada vendedor oferece basicamente um único prato. Isso quer dizer que ele passou uma vida inteira aperfeiçoando sua especialidade, seja ela bolinho de carne de porco ou sopa de peixe.

— Mais do que uma vida inteira. Muitas dessas pessoas são a segunda ou a terceira geração de vendedores que preparam as antigas receitas de família — interveio Nick.

Alguns minutos depois, os quatro estavam sentados em frente ao salão principal, embaixo de uma imensa árvore enfeitada com luzinhas amarelas, e cada centímetro da mesa deles estava coberto de pratos de plásticos coloridos com pilhas e mais pilhas dos maiores sucessos da culinária de rua de Cingapura. Lá estavam o famoso *char kuay teow*, um omelete frito com ostras chamado *orh luak*, salada malaia *rojak* cheia de pedaços de pepino e abacaxi, macarrão ao estilo *hokkien* com molho espesso de alho, um bolinho de peixe defumado servido em palha de coqueiro chamado *otah otah* e uma centena de *satays* de frango e carne.

Rachel nunca tinha visto nada parecido com aquele banquete.

— Isso é uma loucura! Parece que cada prato vem de uma região diferente da Ásia.

— Isso é Cingapura, muito prazer: os verdadeiros criadores da cozinha *fusion* — disse Nick, se gabando. — Sabe, foi graças a todos os navios que iam e vinham da Europa, do Oriente Médio e da Índia no século XIX que esses sabores e essas texturas impressionantes puderam se misturar.

Quando Rachel provou o *char kuay teow*, seus olhos se arregalaram de prazer ante o macarrão de arroz frito com mariscos, ovos e brotos de feijão com molho escuro de soja.

— Por que não tem esse gosto nos Estados Unidos?
— Por causa do sabor da *wok* queimada — comentou Nick.
— Aposto que você vai adorar isso aqui — disse Araminta, entregando a Rachel um prato de *roti paratha*. Rachel pegou um pedacinho da massa dourada e molhou-a no molho espesso de curry.
— Humm... É divino!
Então, chegou a hora do *satay*. Rachel mordeu o suculento frango grelhado, saboreando cuidadosamente sua doçura defumada. O restante da mesa ficou observando-a com atenção.
— Certo, Nick, você tinha razão. Eu não tinha comido um *satay* decente até agora.
— E pensar que você duvidou de mim! — repreendeu-a Nick com um tsc tsc seguido de um sorriso.
— Nem acredito que estamos comendo como uns porcos a essa hora da noite! — disse Rachel, rindo e estendendo a mão para apanhar mais um *satay*.
— Pode ir se acostumando. Eu sei que provavelmente tudo o que você quer é ir direto para a cama, mas vamos precisar manter você de pé por mais algumas horas para se acostumar com a mudança de fuso — falou Colin.
— Que nada, Colin só quer monopolizar o Nick pelo máximo de tempo possível — declarou Araminta. — Esses dois não se desgrudam quando o Nick está aqui.
— Ei, preciso aproveitar o que puder dessa vez, ainda mais que a mamãezinha querida dele viajou — comentou Colin, em sua própria defesa. — Rachel, você tem sorte de não ter tido que enfrentar a mãe do Nick assim que chegou.
— Colin, não comece a pôr medo nela — repreendeu-o Nick.
— Ah, Nick, quase ia me esquecendo... topei com a sua mãe outro dia no Churchill Club — contou Araminta. — Ela segurou o meu braço e disse: "Aramintaaaaaa! Nossa, você está bronzeada demais! Melhor parar de exagerar tanto assim debaixo do sol, senão no dia do seu casamento vai estar tão preta que as pessoas vão achar que você é malaia!"
Todos na mesa caíram na gargalhada, menos Rachel.
— Era uma brincadeira, não?

— Claro que não. A mãe do Nick não está para brincadeira — respondeu Araminta, ainda rindo.

— Rachel, você vai entender tudo quando conhecer a mãe do Nick. Eu a amo como se fosse minha própria mãe, mas não existe ninguém como ela — explicou Colin, tentando tranquilizá-la. — Enfim, o fato de seus pais não estarem na cidade é perfeito, Nick, porque este fim de semana você está convocado para a minha despedida de solteiro.

— Rachel, você tem que ir à minha despedida de solteira — declarou Araminta. — A gente vai mostrar para os caras como é que se faz!

— Pode apostar que sim — declarou Rachel, brindando com Araminta.

Nick olhou para a namorada, felicíssimo por ela haver encantado seus amigos com tanta facilidade. Ele ainda não conseguia acreditar que ela estava ali de verdade com ele e que os dois tinham o verão inteiro pela frente.

— Seja bem-vinda a Cingapura, Rachel — disse Nick, cheio de alegria, erguendo sua garrafa de cerveja Tiger em um brinde. Rachel olhou bem no fundo dos olhos cintilantes do namorado. Jamais o vira tão feliz quanto naquela noite e se perguntou como podia ter ficado tão preocupada com aquela viagem.

— E aí, como é estar aqui? — quis saber Colin.

— Bem — refletiu Rachel —, há uma hora aterrissamos no aeroporto mais bonito e moderno que eu já vi na vida, agora estamos sentados embaixo de enormes árvores tropicais, diante de um salão do século XIX, comendo o banquete mais glorioso que se pode imaginar. Não quero ir embora nunca mais!

Nick deu um sorriso largo, sem perceber o olhar que Araminta havia acabado de trocar com Colin.

15

Astrid

•

CINGAPURA

Sempre que Astrid sentia necessidade de se reanimar, fazia uma visita ao seu amigo Stephen. Ele era dono de uma pequena joalheria localizada em um dos andares superiores do shopping center Paragon e que ficava escondida em um corredor dos fundos, longe de todas as butiques luxuosas. Embora lhe faltasse a visibilidade das joalherias locais de alta classe, como a L'Orient ou a Larry Jewelry, com suas distintas lojas reluzentes, a Stephen Chia Jewels era altamente respeitada pelos colecionadores de joias de maior calibre da ilha.

Sem querer menosprezar seu olhar de especialista para gemas espetaculares, o diferencial de Stephen era a discrição absoluta. Seu nicho era do tipo ao qual, por exemplo, uma matrona da alta sociedade que precisasse de uma rápida injeção de dinheiro vivo para cobrir alguns investimentos malsucedidos do filho idiota poderia ir, a fim de se desfazer (sem que ninguém descobrisse) de uma gema enorme, herança de família; ou para onde um "item bastante importante", prestes a ser vendido em Genebra ou Nova York, podia ser enviado para uma análise privada, a pedido de algum cliente VIP, longe dos olhares dos funcionários fofoqueiros das casas de leilão. Dizia-se que a loja de Stephen era a preferida das esposas dos xeiques do Golfo Pérsico, dos sultões da Malásia e dos oligarcas chineses da Indonésia, que não precisavam ser vistas desembolsando milhões de dólares em joias nas lojas de grife grã-finas da Orchard Road.

A loja se resumia a um balcão bem pequeno e um tanto austero, no qual três vitrines ao estilo imperial francês exibiam uma pequena coleção de itens de valor moderado, principalmente de artistas europeus em ascensão. A porta espelhada localizada atrás da mesa Boulle, entretanto, escondia um vestíbulo em que outra porta de segurança se abria e revelava um corredor estreito e repleto de câmaras. Era ali que Astrid gostava de se esconder, no salão privado com aroma de angélica forrado do chão ao teto com veludo azul-claro, com um divã Récamier de veludo molhado no qual ela podia enrodilhar os pés, bebericar um refrigerante com limão e fofocar com Stephen enquanto ele entrava e saía, trazendo bandejas e mais bandejas de gemas gloriosas.

Stephen e Astrid haviam se conhecido há alguns anos, em Paris, quando ela entrou sem querer na joalheria da rue de la Paix, onde ele estava estagiando. Naquela época, era tão raro encontrar uma garota cingapuriana adolescente interessada em engastes setecentistas quanto ver um jovem chinês atrás do balcão de uma *joaillier* tão distinta quanto a Mellerio dits Meller; portanto, a ligação entre os dois foi imediata. Astrid sentiu-se grata por encontrar alguém em Paris que entendia exatamente seus gostos e que estava disposto a embarcar em sua caprichosa caça por joias raras que poderiam ter pertencido à princesa de Lamballe. Stephen, contudo, soube, no mesmo instante, que aquela menina devia ser filha de algum *grande figurão*, embora tenha levado três anos cultivando com muito cuidado aquela amizade até descobrir exatamente quem ela era.

A exemplo de muitos dos maiores comerciantes de joias do mundo, de Gianni Bulgari a Laurence Graff, ao longo dos anos Stephen havia aperfeiçoado sua habilidade de estar perfeitamente sintonizado com os caprichos dos milionários. Tornara-se um vidente consumado dos bilionários asiáticos e também um especialista em reconhecer as várias facetas dos humores de Astrid. Era capaz de saber, apenas observando suas reações aos itens que ele lhe mostrava, como estava sendo o dia dela. Naquele dia, ele estava presenciando uma faceta da amiga que jamais vira em 15 anos de amizade. Era evidente que alguma coisa estava errada, e o humor dela só piorava enquanto ele lhe mostrava uma nova coleção de pulseiras de Garnet.

— Diga se essas não são as pulseiras com os detalhes mais trabalhados que você já viu na vida? Parece que foram inspiradas nos desenhos de Alexander von Humboldt. Por falar nisso, você gostou do bracelete com pingentes que o seu marido levou de presente de aniversário?

Astrid olhou para Stephen, aturdida com aquela pergunta.

— Bracelete com pingente?

— É, aquele que o Michael comprou para dar de presente a você no mês passado. Espere um pouco, você não sabia que ele o havia comprado aqui comigo?

Astrid desviou o olhar, sem querer aparentar surpresa. Não tinha ganhado nenhum presente do marido. Seu aniversário seria só em agosto, e Michael sabia que era melhor nunca comprar joias para ela. Sentiu o sangue subir às faces.

— Ah, é, tinha esquecido... é *lindo* — disse ela, falando rápido.

— Foi você quem o ajudou a escolher?

— Sim. Ele entrou aqui uma noite, todo apressado, e levou muito tempo para se decidir. Acho que estava com medo de você não gostar.

— Ora, mas é claro que eu gostei. Muito obrigada por ter ajudado o Michael — agradeceu-lhe Astrid, mantendo a expressão completamente serena. *Ai meu Deus ai meu Deus ai meu Deus. Será mesmo que Michael foi tão burro a ponto de comprar joias para outra mulher na loja do meu grande amigo Stephen Chia?*

Stephen desejou que Michael não tivesse comprado aquela pulseira. Desconfiava de que Astrid não tinha ficado muito impressionada com o presente do marido. Verdade seja dita, ele não estava certo se Astrid algum dia usaria algo tão comum quanto uma pulseira com pingentes de ursinhos multicoloridos de pavé de diamantes, mas era uma das coisas menos caras que ele tinha na loja, e sabia que Michael, um marido que não tinha a menor noção do que dar de presente, estava se esforçando muito para encontrar algo que coubesse em seu orçamento. Era um gesto muito gentil, para falar a verdade. Mas, agora, depois de passar apenas vinte minutos na joalheria, Astrid já havia comprado um diamante azul extremamente raro engastado em um anel de brilhantes que acabara de chegar da Antuérpia, abotoaduras *art déco* que haviam pertencido a Clark Gable, uma pulseira *vintage* Cartier assinada, de platina e diamantes, e estava considerando seriamente comprar um par de brincos fantástico da VBH. Aqueles brincos eram um item que ele só trouxera para mostrar a ela de brincadeira, pois jamais imaginaria que ela ficaria interessada neles.

— Essas pedras em formato de pera são cristais de espodumênio de 49 quilates, e esses discos cintilantes magníficos são diamantes de 23 quilates. Um tratamento altamente original. Está pensando em usar algo novo no casamento do Colin Khoo, no próximo fim de semana? — perguntou ele, tentando conversar com sua compradora incomumente concentrada.

— Hã... talvez — respondeu Astrid, olhando-se no espelho e analisando as gemas multicoloridas penduradas nos enormes brincos, cujas extremidades roçavam seus ombros. Aquela joia lhe lembrava um filtro de sonhos dos índios norte-americanos.

— É superimpactante, não é? Bem Millicent Rogers, na minha opinião. Que tipo de vestido você está pensando em usar?

— Ainda não decidi — respondeu ela, quase murmurando para si mesma. Não estava olhando de verdade para os brincos. Em sua cabeça, a única coisa que ela conseguia ver era uma joia escolhida pelo seu marido adornando o pulso de outra mulher. *Primeiro foi a mensagem de texto. Depois, o recibo do Petrus. Agora, essa pulseira cara. Quando acontece três vezes, é porque é definitivo.*

— Bem, acho que seria melhor escolher algo bem simples se for usar esses brincos — acrescentou Stephen. Ele estava ficando preocupado. Astrid não estava normal naquele dia. Normalmente, quando ela aparecia na joalheria, os dois passavam uma hora conversando e comendo as tortinhas caseiras de abacaxi que ela sempre trazia consigo antes que ele sequer lhe mostrasse alguma coisa. Depois de passarem aproximadamente mais uma hora olhando as joias, ela escolhia algo e dizia: "Certo, vou pensar sobre essa aqui", e então lhe atirava um beijo de despedida. Astrid não era o tipo de cliente que gastava 1 milhão de dólares em dez minutos.

No entanto, Stephen sempre adorava suas visitas. Adorava seu jeito doce, suas maneiras impecáveis e sua completa ausência de pretensão. Era tão revigorante, tão diferente dos tipos de mulheres com quem, em geral, era obrigado a lidar, dos egos que precisavam de afagos constantes. Ele gostava de relembrar, com Astrid, os tempos malucos de juventude dos dois em Paris, e admirava a originalidade do gosto dela. Astrid se importava com a qualidade das pedras, é claro, mas não dava a mínima para o tamanho delas nem estava interessada em peças ostentosas. Por que precisaria se interessar por isso, quando sua mãe era a dona de uma das maiores coleções de joias de Cingapura, enquanto sua avó, Shang Su Yi, possuía um baú de joias tão famoso que ele só ouvira falar delas em sussurros. *"Jades da dinastia Ming como nunca se viu antes, joias dos tsares que Shang Loong Ma comprou enganando as grandes duquesas que fugiram para Xangai durante a Revolução Russa. Espere só até a velha morrer — sua amiga Astrid é a neta preferida dela e vai herdar algumas das peças mais sensacionais do mundo"*, foi o que lhe dissera o aclamado historiador de arte Huang Peng Fan, uma das poucas pessoas que já haviam visto o esplendor da coleção Shang.

— Sabe de uma coisa? Preciso levar esses brincos também — anunciou Astrid, levantando-se e alisando sua saia plissada curta.

— Já está de saída? Não vai querer uma Coca Diet? — perguntou Stephen, surpreso.

— Não, obrigada, hoje não. Acho que é melhor eu correr. Tenho muita coisa para resolver. Você se importa se eu levar as abotoaduras agora? Prometo que transfiro o dinheiro para a sua conta até o fim do dia.

— Minha querida, não seja boba, pode levar tudo agora. Mas me deixe apanhar umas caixas bonitas para você primeiro. — Stephen saiu da sala, lembrando que na última vez em que Astrid tinha sido tão impulsiva assim foi logo depois do rompimento com Charlie Wu. *Humm... será que haveria problemas no paraíso?*

Astrid voltou para seu carro, que estava no estacionamento do shopping. Destravou a porta, entrou, colocou no banco do passageiro, ao seu lado, a sacola de compras de pergaminho preto e creme com as palavras stephen chia jewels em um sutil alto-relevo. Ficou sentada no veículo abafado, que ficava mais sufocante a cada segundo. Podia sentir o coração acelerado. Havia acabado de comprar um anel de diamante de 350 mil dólares de que não gostara tanto, uma pulseira de 28 mil dólares que lhe agradava bastante e um par de brincos de 784 mil dólares que a deixava parecida com a Pocahontas. Pela primeira vez em semanas, sentia-se incrível.

Então, lembrou-se das abotoaduras. Vasculhou na bolsa, procurando a caixinha que continha as abotoaduras *art déco* que ela havia comprado para Michael. Elas estavam em uma caixa retrô azul de veludo, e Astrid ficou olhando para o pequenino par de abotoaduras de prata e cobalto preso num forro de cetim que há tempos se tornara sarapintado de manchas amarelo-claras.

Essas, um dia, roçaram os pulsos de Clark Gable, pensou Astrid. O lindo e romântico Clark Gable. Ele tinha se casado várias vezes, não é? Com certeza deve ter amado muitas mulheres em sua época. Com certeza deve ter traído suas esposas, até mesmo Carole Lombard. Como alguém poderia querer trair uma mulher tão linda quanto Carole Lombard? Porém, mais cedo ou mais tarde, isso tinha de acontecer. Todo homem trai. Estamos na Ásia. Todo cara tem amantes, namoradas, casinhos sem importância. É normal. Tem a ver com status. Vá se acostumando. Meu bisavô tinha dezenas de concubinas. Tio Freddie tinha uma família inteira em Taiwan. E quantas amantes meu primo Eddie já teve a essa altura? Já perdi a conta. Nenhuma delas teve importância. Os homens só precisam de um prazer barato, uma trepada rápida. Precisam caçar. É algo primitivo. Precisam espalhar suas sementes por aí. Precisam colocar seus paus dentro de coisas. SAUDADES DE VC DENTRO DE MIM. *Não não não. Não foi nada sério. Provavelmente foi apenas uma mulher que ele conheceu em uma viagem a trabalho. Um jantar chique. Um caso passageiro. E ele a comprou com uma pulseira. Uma pulseira boba, tão clichê! Pelo menos ele foi discreto. Pelo menos trepou com essa mulher em Hong Kong, e não em Cingapura. Muitas mulheres precisam suportar coisas bem piores. Basta lembrar algumas de suas amigas. Pense no que Fiona Tung precisa passar ao lado de Eddie. Na humilhação. Eu tenho sorte. Tenho muita sorte. Não seja tão burguesa. É só um casinho de nada. Não faça tempestade em copo d'água. Lembre-se, graça mesmo sob pressão. Graça mesmo sob pressão.* Grace

Kelly dormiu com Clark Gable quando eles estavam filmando Mogambo. Michael é tão lindo quanto Clark Gable. E agora vai ganhar as abotoaduras de Gable. E vai adorá-las. Nem foram tão caras assim. Ele não vai ficar bravo. Vai me amar. Ele ainda me ama. Não tem estado tão distante assim. Só está estressado, só isso. Toda aquela pressão no trabalho. Vamos fazer cinco anos de casados em outubro. Oh, meu Deus! Não faz nem cinco anos que estamos juntos e ele já está me traindo. Não se sente mais atraído por mim. Estou ficando velha demais para ele. Ele se cansou de mim. Coitado do Cassian! O que vai acontecer com o Cassian? Minha vida acabou. Tudo acabou. Isso não está acontecendo. Não posso acreditar que isso esteja acontecendo. Comigo.

16

Os Gohs

•

CINGAPURA

Rachel olhou o relógio e calculou que havia dormido apenas umas cinco horas, mas já estava claro, e ela se sentia empolgada demais para voltar a dormir. Nick ressonava baixinho ao seu lado. Ela olhou em volta do quarto, imaginando quanto aquilo estava custando a Nick por noite. Era uma suíte elegante, decorada com madeira clara, e a única explosão de cor vinha das orquídeas fúcsias dispostas no gabinete encostado na parede espelhada. Rachel se levantou, calçou um par de pantufas e entrou em silêncio no banheiro para jogar uma água no rosto. Então, foi até a janela e espiou pelas cortinas.

   Lá fora, havia um jardim perfeitamente cuidado, com uma piscina gigantesca e convidativa, rodeada de espreguiçadeiras. Um homem de uniforme branco e violeta caminhava ao redor da piscina com uma rede, pescando, concentrado, as folhas caídas que haviam se acumulado na superfície da água durante a noite. O jardim ficava no meio de um quadrilátero de quartos e, logo atrás da serenidade daquele prédio vitoriano baixo, havia um grupo de arranha-céus, o que a fazia se lembrar de que estava no coração da badalada Orchard Road em Cingapura. Rachel já podia sentir o calor do início da manhã entrando pelas janelas de vidro grosso. Fechou as cortinas e foi até a sala de estar procurar seu laptop. Depois de fazer login, começou a escrever um e-mail para sua amiga Peik Lin. Alguns segundos depois, uma janela do Messenger disparou em sua tela:

GohPL: Vc já acordou! Está mesmo aqui?
Eu: Com certeza!
GohPL: Eeeeee!
Eu: Não são nem sete da manhã e já está MUITO QUENTE!
GohPL: Isso não é nada! Vc tá na casa dos pais do Nick?
Eu: Não. A gente tá no Kingsford Hotel.
GohPL: Legal. Bem central. Mas por que vcs estão num hotel?
Eu: Os pais do Nick estão viajando, e ele queria ficar num hotel na semana do casamento.
GohPL: ...
Eu: Mas, por dentro, acho que ele não queria aparecer na casa dos pais comigo logo na primeira noite. KKKK
GohPL: Garoto esperto! E aí, posso te ver hj?
Eu: Hj vai ser ótimo. Nick tá ocupado ajudando o noivo.
GohPL: Ele vai ser o planejador do casamento? KKKKK Nos vemos meio-dia no saguão, ok?
Eu: Blz. Mal posso esperar pra te ver!
GohPL: Bjs.

Ao meio-dia em ponto, Goh Peik Lin subiu a ampla escadaria do Kingsford Hotel, e algumas cabeças se viraram quando ela entrou no enorme saguão. Com seu nariz largo, rosto redondo e seus olhos ligeiramente apertados, ela não era uma beldade natural, mas uma daquelas garotas que sabiam como aproveitar ao máximo o que a natureza lhe dera. E ela havia sido agraciada com um corpo voluptuoso e a confiança para fazer escolhas de roupas ousadas. Naquele dia, estava usando um vestido branco ultracurto que favorecia suas curvas e um par de sandálias douradas estilo gladiador. Seu longo cabelo negro estava em um rabo de cavalo alto, e um par de óculos de sol com armação dourada estava preso em sua cabeça como uma tiara. Os lóbulos de suas orelhas exibiam brincos de diamantes de 3 quilates, e seu pulso, um relógio pesado de ouro e diamantes. O visual era arrematado com uma bolsa dourada, atirada casualmente no ombro. Ela parecia estar indo a um clube à beira-mar em Saint-Tropez.

— Peik Lin! — exclamou Rachel, correndo em direção à amiga com os braços esticados. Peik Lin soltou um gritinho estridente ao vê-la, e as duas se grudaram em um abraço apertado. — Você está linda! — exclamou Rachel, antes de se virar para apresentar Nick à amiga.

— É um prazer conhecer você — disse Peik Lin com uma voz surpreendentemente alta para sua estatura minúscula, medindo Nick de cima a baixo. — Então quer dizer que foi preciso um cara local para arrastar essa mulher para cá!

— Fico feliz de ser de alguma ajuda — disse Nick.

— Eu sei que você está bancando o organizador de casamentos hoje, mas quando vou poder fazer meu interrogatório da CIA com você? É melhor me prometer que vamos nos encontrar em breve — disse Peik Lin.

— Prometo. — Nick soltou uma risadinha e deu um beijo de despedida em Rachel. Assim que ele estava a uma distância segura das duas para que não pudesse ouvi-las, Peik Lin se virou para a amiga e levantou as sobrancelhas. — Nossa, ele foi um colírio para os meus olhos! Não me admira que ele tenha conseguido fazer você dar um tempo no trabalho e tirar férias uma vez na vida.

Rachel limitou-se a rir.

— É sério, você não tem o direito de ficar enrolando um espécime que está em extinção por aqui! Tão alto, tão em forma e *aquele sotaque*... normalmente acho os caras de Cingapura com sotaque britânico incrivelmente pretensiosos, mas, no caso dele, a coisa simplesmente funciona.

Enquanto elas seguiam pela comprida escadaria forrada com tapete vermelho, Rachel perguntou:

— Onde vamos almoçar?

— Meus pais convidaram você para almoçar lá em casa. Estão superanimados de ver você, e eu acho que você vai gostar de uma comidinha caseira típica.

— Que legal! Mas, se vou ver os seus pais, será que não é melhor eu trocar de roupa? — perguntou Rachel. Ela estava usando uma blusa de algodão branca e calças cáqui.

— Ah, não, você está ótima. Meus pais são muito à vontade e sabem que você está viajando.

À espera delas na entrada, estava uma BMW dourado-metálica enorme com janelas escuras. Rapidamente, o motorista saltou do veículo e abriu a porta para as duas. Depois que o carro saiu do hotel e virou a esquina em uma rua movimentada, Peik Lin começou a mostrar os pontos turísticos para a amiga.

— Essa é a famosa Orchard Road... um centro turístico. É a nossa versão da Quinta Avenida.

— É a Quinta Avenida depois de tomar anabolizante... Nunca vi tantas lojas de grife e shoppings centers tão colados uns nos outros, a perder de vista!

— É, mas eu prefiro fazer compras em Nova York ou em Los Angeles.

— Como sempre, Peik Lin — provocou Rachel, lembrando as escapadas constantes da amiga durante as aulas para ir fazer compras.

Rachel sempre soube que Peik Lin era de uma família rica. Elas se conhecerem na orientação para calouros em Stanford, e Peik Lin era aquela que sempre aparecia nas aulas das oito da manhã parecendo que havia acabado de sair de uma maratona de compras na Rodeo Drive. Na posição de estudante recém-chegada de Cingapura, uma das primeiras coisas que fez foi comprar um Porsche 911 conversível, dizendo que, como os Porsches nos Estados Unidos eram uma pechincha, "seria um *crime* não comprar um". Ela logo se deu conta de que Palo Alto era provinciana demais e tentava seduzir Rachel, em qualquer oportunidade, para faltar às aulas e ir até São Francisco com ela (a Neiman Marcus de lá era *tão melhor* do que a do Stanford Shopping Center!). Era muito generosa e, nos anos de faculdade, Rachel ganhou inúmeros presentes, fez refeições maravilhosas em restaurantes como o Chez Panisse e o Post Ranch Inn, e viajou para spas nos fins de semana por toda a Califórnia, tudo cortesia do American Express Black de Peik Lin.

Parte do charme de Peik Lin era que ela não se desculpava por ter tanta grana — não se afetava nem um pouco quando o assunto era gastar dinheiro ou falar sobre ele. Quando a revista *Fortune Asia* fez uma matéria de capa sobre a empreiteira de sua família, ela, com muito orgulho, enviou o link para Rachel. Dava festas de arromba com *catering* da Plumed Horse na casa de campo que ela alugava fora do *campus*. Em Stanford, isso não fez dela exatamente a garota mais popular da universidade. A alta sociedade da Costa Leste a ignorava, e as pessoas menos endinheiradas da região costeira achavam que ela fazia muito o estilo do sul da Califórnia. Rachel sempre achou que Peik Lin teria se encaixado melhor na Princeton ou na Brown, mas sentia-se feliz com o fato de o destino tê-la mandado para lá. Tendo crescido em circunstâncias bem mais modestas, Rachel sentia-se intrigada com aquela garota mão-aberta, que, embora fosse podre de rica, não era nada esnobe.

— Nick já falou sobre a insanidade do mercado imobiliário aqui em Cingapura? — perguntou Peik Lin enquanto o carro passava ao redor de Newton Circus.

— Ainda não.

— O mercado está superaquecido no momento. Todo mundo está trocando propriedades a torto e a direito. Isso se tornou praticamente um esporte nacional. Está vendo aquele prédio em construção ali à esquerda? Acabei de comprar dois apartamentos novos lá na semana passada. Por um preço camarada de dois vírgula um cada.

— Você quer dizer dois vírgula um *milhões*? — perguntou Rachel. Ela sempre demorava um pouco para se acostumar ao jeito que Peik Lin falava de dinheiro. Os números pareciam bastante irreais.

— Sim, é claro. Eu os consegui por um preço especial, uma vez que foi a nossa empresa que o construiu. Na verdade, esses apartamentos valem 3 milhões e, quando o prédio estiver pronto, no final do ano, vou poder vender cada um por 3, 5 ou 4 milhões fácil, fácil.

— Mas por que os preços estão subindo tão rápido? Isso não é sinal de que o mercado virou uma bolha de especulação imobiliária? — quis saber Rachel.

— Não é bolha porque a demanda é real. Todos os IAVLs querem estar no ramo imobiliário hoje em dia.

— Hã, o que são *iaveles*? — perguntou Rachel.

— Ah, desculpe, esqueci que você não está por dentro do jargão. IAVL quer dizer "Indivíduos de Alto Valor Líquido". Nós, cingapurianos, adoramos abreviar tudo.

— É, isso eu já percebi.

— Como você já deve saber, houve uma explosão de IAVLs que vieram da China continental, e são eles que estão fazendo os preços subirem. Estão vindo em bandos para cá, comprando propriedades com sacolas de golfe lotadas de dinheiro vivo.

— Sério? Achei que fosse o contrário. Não é verdade que hoje em dia todo mundo quer se mudar para a China atrás de trabalho?

— Algumas pessoas, sim, mas todos os chineses *bilionários* querem vir para cá. Somos o país mais estável da região, e eles sentem que seu dinheiro está mais protegido aqui do que em Xangai ou até mesmo na Suíça.

Nesse ponto, o carro saiu de uma avenida movimentada e seguiu em direção a um bairro lotado de casas.

— Quer dizer então que existem *casas* propriamente ditas em Cingapura — observou Rachel.

— Muito poucas. Só aproximadamente cinco por cento de nós temos a sorte de morar em casas. Na verdade, esse bairro é um dos primeiros desenvolvimentos imobiliários estilo "subúrbio rico" de Cingapura, iniciado nos anos setenta, e minha família ajudou a construí-lo — explicou Peik Lin.

O carro passou por um muro alto branco, por cima do qual era possível avistar arbustos espessos de buganvílias. Em uma grande placa dourada na parede se lia VILLA D'ORO e, quando o carro parou na entrada, um par de elaborados portões dourados se abriu, revelando uma fachada imponente que tinha uma semelhança nada fortuita com o Petit Trianon de Versalhes, com a diferença de que a casa em si ocupava a maior parte do terreno e que o pórtico frontal era dominado por uma fonte gigantesca de quatro andares com um cisne de ouro que jorrava água pelo bico comprido e curvo.

— Bem-vinda à minha casa — anunciou Peik Lin.

— Meu Deus do céu, Peik Lin! — Rachel sufocou um grito de espanto. — Foi aqui que você passou a infância?

— O terreno era esse, mas meus pais demoliram a casa antiga e construíram essa mansão há uns seis anos.

— Agora entendi por que você achava a sua casa em Palo Alto pequena demais.

— Sabe, quando eu era criança, achava que todo mundo morava em lugares assim. Nos Estados Unidos, essa casa provavelmente vale apenas uns 3 milhões. Pode imaginar quanto ela vale aqui?

— Não vou nem tentar adivinhar.

— Trinta milhões, fácil. E isso só o terreno — a casa em si seria um absurdo.

— Bom, dá para imaginar quanto as terras são valiosas em uma ilha com, sei lá, 4 milhões de habitantes?

— Hoje seria algo mais próximo de 5 milhões.

Uma garota indonésia vestida com um uniforme preto e branco de criada francesa, cheio de babados, abriu a porta principal da casa, da altura de uma porta de catedral. Rachel se viu em um foyer circular com pisos de mármore branco e rosa irradiando-se em um padrão semelhante aos raios de um sol. À direita, uma escadaria gigantesca com balaustradas douradas subia em curvas até os andares superiores. Toda a parede curva que acompanhava a escadaria era uma réplica de afresco d'*O balanço*, de Fragonard, com a diferença de que essa recriação tinha sido aumentada para preencher uma rotunda de 12 metros.

— Uma equipe de artistas de Praga acampou aqui por três meses para pintar esses afrescos — explicou Peik Lin enquanto conduzia Rachel até o topo de um curto lance de escadas que dava na sala de estar formal. — Essa é a recriação da Galeria dos Espelhos de Versalhes feita pela minha mãe. Prepare-se — avisou.

Rachel subiu os degraus e entrou no cômodo, arregalando levemente os olhos. Com exceção dos sofás de veludo brocado vermelho, cada objeto daquela sala de estar enorme parecia feito de ouro. O teto abobadado era composto de camadas e mais camadas de ouro. As mesas de apoio em estilo rococó eram folheadas a ouro. Os espelhos venezianos e os candelabros que tomavam as paredes eram de ouro. As borlas elaboradas das cortinas de damasco douradas eram de um tom ainda mais profundo de ouro. Até mesmo os bibelôs espalhados ao redor de todas as superfícies visíveis eram dourados. Rachel ficou pasma.

Para deixar tudo ainda mais surreal, o centro da sala era dominado por um gigantesco lago/aquário oval, inserido no piso de mármore salpicado de dourado. O lago era iluminado por dentro e, por um segundo, Rachel achou ter visto filhotes de tubarões nadando nas águas borbulhantes. Antes que conseguisse processar totalmente aquela cena, três cães da raça pequinês com pelos dourados entraram correndo na sala, fazendo ecoar alto seus latidos agudos no mármore.

A mãe de Peik Lin, uma mulher baixa e gorducha com cerca de 50 anos e um penteado estilo permanente volumoso na altura dos ombros, entrou no cômodo. Usava uma blusa de seda rosa-shocking justa que cobria seu amplo busto, um cinto com uma corrente de cabeças de medusa douradas interligadas e calças pretas coladas ao corpo. A única coisa estranha naquele modelito era o par de chinelos cor-de-rosa felpudos em seus pés.

— Astor, Trump e Vanderbilt, seus menininhos tra-ves-sos, tra-ves-sos, parem de latir! — censurou ela. — Rachel Chu! Seja bem-vinda, seja bem-vinda! — gritou a mulher com seu inglês com um fortíssimo sotaque chinês. Rachel se viu esmagada em um abraço carnudo, o nariz tomado pelo forte aroma de Eau d'Hadrien. — *Ora! Há quanto tempo não nos vemos! Bien kar ah nee swee, ah!* — exclamou ela em *hokkien*, segurando o rosto de Rachel com as duas mãos.

— Ela acha que você ficou muito bonita — traduziu Peik Lin, sabendo que Rachel só falava mandarim.

— Obrigada, Sra. Goh. É muito bom ver a senhora novamente — disse Rachel, sentindo-se um tanto perplexa. Nunca sabia o que dizer quando alguém elogiava sua beleza.

— O quêêêêê? — exclamou a mulher, fingindo estar horrorizada. — Não me chame de Sra. Goh. A Sra. Goh é minha so-gra hor-ro-ro-sa! Pode me chamar de tia Neena.

— Certo, tia Neena.

— Venha, venha para a "cosinia". Hora do *makan*. — Ela apertou as unhas cor de bronze em volta do pulso de Rachel e a conduziu à sala de jantar por um comprido corredor com colunas de mármore.

Rachel não pôde deixar de notar o enorme diamante canário que cintilava em sua mão como uma gema de ovo translúcida e o par de brincos de brilhantes solitários de 3 quilates, idênticos aos de

Peik Lin, em suas orelhas. *Tal mãe, tal filha — talvez elas tenham comprado dois pelo preço de um.*

O salão de jantar baronial era uma espécie de alívio depois do inferno rococó da sala de estar, com suas paredes de *boiserie* de madeira e janelas que davam para o gramado, onde se via uma enorme piscina oval circundada por estátuas gregas. Rachel registrou rapidamente duas versões da *Vênus de Milo*, uma de mármore branco e outra de ouro, claro. Havia uma enorme mesa de jantar redonda coberta por uma pesada toalha de renda Battenberg, que acomodava confortavelmente 18 pessoas em cadeiras de espaldar alto estilo Luís XIV, que, ainda bem, tinham estofado de brocado azul-turquesa. Toda a família Goh estava reunida naquele salão.

— Rachel, você se lembra do meu pai? Esses são meu irmão Peik Wing e sua esposa, Sheryl, e esse é o meu irmão caçula, Peik Ting, que chamamos de P.T. E essas são minhas sobrinhas Alyssa e Camylla.

Todos foram apertar a mão de Rachel, que não pôde deixar de perceber que ninguém media mais do que 1,65 metro. Os irmãos eram muito mais morenos do que Peik Lin, mas todos tinham os mesmos traços de duende da irmã. Ambos estavam vestidos com roupas quase idênticas — camisa de abotoar em tom azul-claro e calça cinza chumbo —, como se tivessem aderido à mesma política de vestuário corporativa, tal como o *casual day* das sextas-feiras. Sheryl, que era bem mais branca, destacava-se do restante da família. Ela usava uma blusa curta floral cor-de-rosa e uma saia jeans também curta, e parecia um tanto esgotada atendendo às suas duas filhas pequenas, que estavam comendo Chicken McNuggets, com as caixas de papelão dispostas sobre os pratos Limoges de borda dourada junto com pacotes de molho agridoce.

O pai de Peik Lin fez um gesto para que Rachel se sentasse ao seu lado. Era um homem robusto de peito largo que usava calças cáqui e uma camisa Ralph Lauren vermelha, do tipo que tem o logotipo do jogador de polo em azul-marinho inscrito na frente. Suas roupas, combinadas com a baixa estatura, faziam com que ele parecesse estranhamente mais jovem, e não um homem de quase 70 anos. Em seu pulso, havia um enorme relógio Franck Muller, e ele também estava usando um par de chinelos felpudos e meias.

— Rachel Chu, há quanto tempo! Nós ficamos muito gratos por toda a ajuda que você deu a Peik Lin nos tempos de faculdade. Sem você, ela teria perdido o rumo em Stanford.

— Ah, isso não é verdade! Peik Lin foi uma grande ajuda *para mim*. Estou muito honrada por ter sido convidada para esse almoço em sua... incrível... casa, Sr. Goh — disse Rachel, toda simpática.

— Tio Wye Mun... Por favor, me chame de tio Wye Mun — pediu ele.

Três criadas entraram e colocaram pratos de comida fumegante em uma mesa que já estava lotada de pratos. Rachel contou 13 pratos diferentes.

— Certo, todo mundo *ziak, ziak*.* Não faça cerimônia, Rachel Chu. É um almoço simples, comida simples *lah* — falou Neena. Rachel olhou para as bandejas pesadas que pareciam tudo, menos simples. — Nosso novo cozinheiro é de Ipoh, portanto hoje você vai provar alguns pratos típicos da Malásia e de Cingapura — continuou Neena, colocando uma enorme porção de Rendang beef ao curry no prato com borda de ouro de Rachel.

— Mamãe, já acabamos de comer. Podemos ir para a sala de brinquedos agora? — perguntou uma das menininhas a Sheryl.

— Vocês ainda não terminaram. Ainda estou vendo nuggets aí — respondeu a mãe.

Neena olhou na direção das duas e ralhou com elas:

— *Ooooora*, terminem tudo o que está no prato, meninas! Não sabem que tem crianças morrendo de fome nos Estados Unidos?

Rachel sorriu para as garotinhas com rabos de cavalo lindos e disse:

— Estou muito feliz por ter finalmente conhecido a família inteira. Alguém precisa ir trabalhar hoje?

— Essa é a vantagem de trabalhar na sua própria empresa. Nós podemos fazer almoços longos — respondeu P.T.

— Ei, não tão longos assim — resmungou Wye Mun, alegremente.

— Quer dizer que todos os seus filhos trabalham na sua empresa, Sr. Goh... quero dizer, tio Wye Mun? — perguntou Rachel.

---

* Em *hokkien*, "comer".

— Sim, sim. Essa é realmente uma empresa familiar. Meu pai ainda está na ativa como presidente, e eu sou o CEO. Todos os meus filhos têm cargos de gerência. Peik Wing é o diretor encarregado de desenvolvimento de projetos, P.T. é o diretor encarregado da construção e Peik Lin é a diretora encarregada de novos negócios. Claro, também temos mais ou menos 6 mil funcionários no total, trabalhando em todos os nossos escritórios.

— E onde ficam os seus escritórios? — quis saber Rachel.

— Os principais ficam em Cingapura, Hong Kong, Pequim e Chongqing, mas estamos abrindo escritórios-satélite em Hanói e, muito em breve, em Yangon.

— Parece que vocês estão entrando com tudo nas áreas de grande desenvolvimento — comentou Rachel, impressionada.

— Claro, claro — disse Wye Mun. — Nossa, como você é inteligente! Peik Lin me disse que você está indo muito bem na NYU. É solteira? P.T., P.T., por que não está prestando mais atenção na Rachel? Podemos acrescentar mais um membro da família na folha de pagamentos! — Todos na mesa riram.

— Papi, você é tão esquecido! Eu disse que ela veio para cá com o namorado — lembrou-lhe Peik Lin.

— *Ang mor, ah?* — perguntou ele, olhando para a filha.

— Não, um rapaz de Cingapura. Eu o conheci hoje de manhã — explicou ela ao pai.

— Noooossa, por que ele não veio? — perguntou Neena.

— Nick queria conhecer vocês, mas precisou ajudar um amigo com algumas coisas de última hora. Viemos para o casamento dele. O Nick vai ser o padrinho — explicou Rachel.

— Quem vai se casar? — quis saber Wye Mun.

— O noivo se chama Colin Khoo — respondeu Rachel.

Todos pararam de comer na mesma hora e olharam para ela.

— Colin Khoo... e Araminta Lee? — perguntou Sheryl, tentando esclarecer as coisas.

— Sim — respondeu Rachel, surpresa. — Vocês os conhecem?

Neena bateu os hashis na mesa e ficou encarando Rachel.

— O quêêêêêê? Você vai ao casamento do COLIN KHOO? — guinchou ela, com a boca cheia de comida.

— Sim, sim... vocês também vão?

— Rachel! Você não me disse que tinha vindo para o *casamento do Colin Khoo* — falou Peik Lin, com a voz esganiçada.

— Hã... você não perguntou — retrucou Rachel, meio desconfortável com a reação da amiga. — Não estou entendendo... tem algum problema? — De repente, ela pensou, apavorada, que os Gohs fossem inimigos mortais dos Khoos.

— Nãããããão! — gritou Peik Lin, subitamente muito animada. — Você não sabia? É o casamento do ano! Está sendo noticiado em todos os canais, em todas as revistas e em um milhão de blogs!

— Por quê? Eles são famosos? — perguntou Rachel, completamente estupefata.

— *AH-LA-MAAAAK!* Colin Khoo é o neto do Khoo Teck Fong! Vem de uma das famílias mais riiiiicaaaas do mundo! E Araminta Lee... ela é top model e filha do Peter Lee, um dos homens mais riiiicooooos da China, e da Annabel Lee, a rainha dos hotéis de luxo. Vai ser um *casamento digno da realeza!* — disparou Neena.

— Eu não fazia ideia — disse Rachel, atônita. — Acabei de conhecer os dois, na noite passada.

— Você os conheceu? Conheceu Araminta Lee? Ela é tão linda pessoalmente quanto nas revistas? Que roupa ela estava usando? — perguntou Sheryl, parecendo pasma.

— Ela é muito bonita, sim. Mas muito simples. Estava literalmente de pijama quando a conheci. Parecia uma adolescente. Ela é eurasiática?

— Não. Mas a mãe dela é de Xinjiang, portanto ela tem sangue Uighur, é o que dizem — esclareceu Neena.

— Araminta é o nosso ícone fashion mais famoso! Já posou para todas as revistas e foi uma das modelos preferidas do Alexander McQueen — continuou Sheryl, sem fôlego.

— Ela é linda — completou P.T.

— Quando a conheceu? — perguntou Peik Lin.

— Ela estava com o Colin. Eles foram pegar a gente no aeroporto.

— *Eles foram pegar vocês no aeroporto!* — exclamou P.T., sem acreditar, rindo histericamente. — Havia um exército de guarda-costas também?

— Nada disso. Eles chegaram em uma SUV. Na verdade, em *duas* SUVs. Uma levou a nossa bagagem direto para o hotel. Não me admira — relembrou Rachel.

— Rachel, a família do Colin Khoo é dona do Kingsford Hotel! *É por isso* que vocês estão hospedados lá — disse Peik Lin, dando um leve soco, de brincadeira, no braço da amiga, empolgada.

Rachel não sabia exatamente o que dizer. Descobriu-se ao mesmo tempo um pouco constrangida e achando graça daquela empolgação toda.

— Seu namorado é o padrinho do Colin Khoo? Como ele se chama? — quis saber o pai de Peik Lin.

— Nicholas Young — respondeu Rachel.

— Nicholas Young... quantos anos ele tem?

— Trinta e dois.

— Um ano a mais do que Peik Wing — comentou Neena. Ela olhou para o teto como se estivesse vasculhando seu organizador de cartões de visita mental para ver se conseguia se lembrar de algum Nicholas Young.

— Peik Wing... já ouviu falar de Nicholas Young? — perguntou Wye Mun ao filho mais velho.

— Não. Sabe onde ele estudou? — perguntou ele a Rachel.

— No Balliol College, em Oxford — respondeu ela, hesitante. Não sabia ao certo por que, de repente, todos estavam tão interessados em cada detalhe.

— Não, não... eu quis dizer em que escola primária — disse Peik Wing.

— Escola de ensino básico — esclareceu Peik Lin.

— Ah, não faço a menor ideia.

— Nicholas Young... está me parecendo ser alguém que estudou na ACS* — disse P.T. — Todos esses garotos têm nomes cristãos.

---

* Na alta sociedade de Cingapura, apenas duas escolas masculinas têm relevância: a ACS (Anglo-Chinese School — Escola Anglo-Chinesa) e a RI (Raffles Institution). Ambas são constantemente ranqueadas entre as melhores escolas do mundo e compartilham uma rivalidade longa e acalorada. A RI, fundada em 1823, é famosa por atrair os tipos inteligentes, enquanto a ACS, fundada em 1886, é mais popular entre as pessoas badaladas e tem a fama de ser um criadouro de esnobes. Boa parte do

— O Colin Khoo estudou na ACS. Papi, já tentei descobrir quem é esse Nick quando Rachel e ele começaram a namorar, mas ninguém que eu conheço ouviu falar nele — acrescentou Peik Lin.

— Nick e Colin estudaram na mesma escola quando mais novos. São melhores amigos desde a infância — explicou Rachel.

— Como o pai dele se chama? — perguntou Wye Mun.

— Não sei.

— Bem, se descobrir os nomes dos pais dele, podemos lhe dizer se ele vem de uma boa família ou não — explicou Wye Mun.

— *Alamaaaaaaak*, é claro que ele vem de uma boa família, se é o melhor amigo do Colin Khoo! — argumentou Neena. — Young... Young... Sheryl, não tem um ginecologista chamado Richard Young? Aquele que divide consultório com o Dr. Toh?

— Não, não; o pai do Nick é engenheiro. Acho que trabalha na Austrália durante boa parte do ano — arriscou Rachel.

— Bem, veja se consegue descobrir mais algum detalhe sobre ele e, então, poderemos ajudar — disse Wye Mun, por fim.

— Ah, não precisa, obrigada. Para mim não é tão importante assim saber de que tipo de família ele vem — afirmou Rachel.

— Que besteira, *lah!* Claro que é importante! — Wye Mun parecia inflexível. — Se ele é de Cingapura, tenho a responsabilidade de me certificar de que seja bom o bastante para você!

---

motivo tem a ver com o artigo que saiu em 1980 no *Sunday Nation* intitulado "Os Pequenos Horrores da ACS" que expunha o esnobismo gritante existente entre os alunos mimados da escola. Isso fez com que o diretor, envergonhado, declarasse, na manhã seguinte, em assembleia, aos seus alunos estupefatos (incluindo este autor) que, dali em diante, não seria mais permitido que eles fossem deixados na entrada da escola por seus choferes. (Eles precisariam vir caminhando pela curta trilha da entrada sozinhos, a menos que estivesse chovendo.) Seriam banidos da escola ainda os relógios caros, óculos, canetas-tinteiros, pastas, bolsas, estojos, material de papelaria, pentes, equipamentos eletrônicos e revistas em quadrinhos, bem como qualquer outro artigo de luxo. (No entanto, dali a cinco meses, Lincoln Lee começou a usar suas meias Fila de novo, e parece que ninguém percebeu nada.)

17

Nicholas e Colin

•

CINGAPURA

Talvez para relembrar os velhos tempos, Nick e Colin costumavam se encontrar no café de sua antiga *alma mater*, na Barker Road. Localizado no complexo esportivo, entre a piscina principal e as quadras de basquete, o café da ACS servia uma seleção diversificada de pratos da culinária tailandesa e cingapuriana, bem como alguns artigos estranhos, como tortas de carne inglesas, que Nick adorava. Quando os dois estavam na equipe de natação, sempre comiam algo na "doceria", como chamavam o lugar, depois dos treinos. Os cozinheiros daquela época já haviam se aposentado, o *mee siam* lendário já não constava mais no cardápio e o próprio café em si já nem ficava mais no espaço original — havia tempos, fora demolido, durante a reforma do centro esportivo. Mas, para Nick e Colin, aquele ainda era o ponto de encontro deles quando os dois estavam na cidade.

Colin já havia feito seu pedido para o almoço quando Nick chegou.

— Desculpe pelo atraso — disse Nick, dando um tapinha nas costas do amigo quando sentou-se à mesa na qual ele estava. — Precisei dar um pulo na casa da minha avó.

Colin nem ergueu os olhos de seu prato de frango frito salgado, portanto Nick continuou.

— E aí, o que mais precisamos fazer hoje? Os smokings já chegaram de Londres, e estou esperando notícias de alguns convidados de última hora sobre o ensaio da semana que vem.

Colin fechou os olhos com força e fez uma careta.

— Será que a gente pode falar de alguma outra coisa que não seja a porra desse casamento?

— Tudo bem então. Você quer conversar sobre o quê? — perguntou Nick com calma, percebendo que Colin estava tendo um dia ruim. O Colin alegre e anima-festa da noite anterior havia desaparecido.

Colin não respondeu.

— Você dormiu na noite passada? — perguntou Nick.

Colin continuou em silêncio. Não havia mais ninguém no café, e os únicos ruídos dali eram os gritos abafados de algumas pessoas que estavam jogando basquete na quadra ao lado e o tilintar dos pratos sendo lavados sempre que um garçom solitário entrava na cozinha e voltava. Nick se recostou em sua cadeira, esperando pacientemente que o amigo desse o próximo passo.

Nas colunas sociais, Colin era conhecido como o atleta solteiro e bilionário da Ásia. Era famoso não apenas por ser o herdeiro de uma das maiores fortunas do continente, mas também por ter sido um dos nadadores mais importantes de Cingapura na época da faculdade. Era celebrado por sua beleza exótica e seu estilo jovial, por seus romances com estrelas locais e por sua coleção de arte contemporânea em contínua expansão.

Com Nick, contudo, Colin tinha a liberdade de ser quem realmente era. Nick, que o conhecia desde pequeno e provavelmente era a única pessoa no planeta que não dava a mínima para o dinheiro que o amigo tinha e, o que era mais importante, o único que estava ao seu lado durante o que os dois chamavam de "os anos da guerra". Pois, por trás do sorriso largo e da personalidade carismática, Colin lutava contra a depressão e um grave transtorno de ansiedade, e Nick era uma das poucas pessoas que tinha conhecimento desse lado do amigo. Era como se Colin contivesse toda a sua dor e angústia durante meses a fio só para descarregar tudo em cima de Nick quando ele vinha de visita. Para qualquer outra pessoa, essa seria uma situação intolerável, mas Nick estava tão acostumado com aquilo que praticamente não conseguia se lembrar de nenhuma vez em que Colin não estivesse oscilando entre o melhor dos humores e o pior dos estados depressivos. Era apenas um pré-requisito para ser o melhor amigo de Colin.

O garçom, um adolescente suado com camiseta de futebol que parecia não ter idade suficiente para estar trabalhando, aproximou-se da mesa para anotar o pedido de Nick.

— Uma torta de carne com curry, por favor. E uma Coca, com bastante gelo.

Colin finalmente quebrou o silêncio.

— Como sempre, torta de carne com curry e Coca com bastante gelo. Você não muda, não é?

— O que posso dizer a você? Eu sei do que gosto — limitou-se a responder Nick.

— Mesmo gostando sempre do mesmo, você pode mudar de ideia se quiser. Essa é a diferença entre nós dois: você ainda pode fazer escolhas.

— Ora, isso não é verdade. Você também *pode* fazer escolhas.

— Nicky, não estou em posição de fazer nem uma única escolha desde o dia em que nasci, e você sabe muito bem disso — falou Colin, casualmente. — O lado bom de tudo é que eu realmente quero me casar com a Araminta. Só não queria toda essa produção da Broadway, só isso. Tenho a fantasia perversa de raptá-la, entrar num avião e me casar com ela em uma capela 24 horas qualquer, em Nevada, no meio do nada.

— Então por que não faz isso? O casamento vai ser só na semana que vem. Se você já está assim tão de saco cheio, por que não cancela tudo?

— Você sabe que essa união foi coreografada nos mínimos detalhes e que tudo vai acontecer conforme o planejado. É bom para os negócios, e tudo o que é bom para os negócios é bom para a família — disse Colin, cheio de amargura. — Enfim, não quero mais ficar falando sobre o inevitável. Vamos falar sobre ontem à noite. Como eu me saí? Rachel me achou suficientemente alegre, espero.

— Rachel adorou você. Foi uma ótima surpresa ser recebido assim, mas, sabe, você não precisa encenar nada para ela.

— Não? O que você contou para ela a meu respeito? — perguntou Colin, desconfiado.

— Não disse nada além do fato de que você já teve uma obsessão doentia pela Kristin Scott Thomas.

Colin riu. Nick ficou aliviado: era sinal de que as nuvens escuras estavam se dissipando.

— Você não contou que tentei seguir a Kristin em Paris, contou? — continuou Colin.

— Hã... Não. Não queria dar mais motivos para ela se recusar a vir comigo revelando detalhes minuciosos sobre os meus amigos estranhos.

— Por falar em estranho, dá para acreditar em como a Araminta foi legal com a Rachel?

— Acho que você subestima a capacidade da Araminta de ser simpática.

— Bom, você sabe como ela costuma agir com quem não conhece. Mas eu acho que ela quer você do lado dela. E eu percebi que ela gostou de Rachel na mesma hora.

— Fico muito feliz com isso. — Nick sorriu.

— Sendo muito sincero, pensei que teria um pouco de ciúmes dela no início, mas eu a achei ótima. Ela não é grudenta, e é tão... americana. Isso é ótimo, para variar. Você tem noção de que está todo mundo falando sobre você e a Rachel, não tem? O assunto do momento é quando vai ser o casamento.

Nick suspirou.

— Colin, não estou pensando no meu casamento agora. Estou pensando no *seu*. Estou tentando viver o aqui e agora.

— Então, falando em aqui e agora, quando vai apresentar a Rachel para a sua avó?

— Eu estava pensando em fazer isso hoje à noite. Foi por isso que fui visitá-la: para tentar descolar um convite para Rachel jantar lá.

— Vou rezar por você — brincou Colin, enquanto devorava a última asinha de frango. Sabia quanto era significativo para a célebre avó reclusa de Nick convidar um estranho para a sua casa. — Você sabe que tudo vai mudar assim que você entrar com a Rachel naquela casa, não sabe?

— Engraçado. Astrid me disse a mesma coisa. Sabe, Rachel não está criando expectativa nenhuma. Ela nunca me pressionou em relação ao casamento. Na verdade, nós nunca nem mesmo conversamos sobre o assunto.

— Não, não. Não foi isso o que eu quis dizer. — Colin tentou esclarecer as coisas. — É que vocês dois, até então, têm vivido uma fantasia idílica, uma vida simples de "jovens amantes no Greenwich Village". Até agora você bancou o cara que luta pelo pão de cada dia. Não acha que vai ser um choque para ela hoje à noite?

— Como assim? Eu *estou* lutando pelo pão de cada dia. Não vejo como o fato da Rachel conhecer a minha avó possa mudar as coisas.

— Ah, Nicky, não seja ingênuo. Assim que ela entrar naquela casa, o relacionamento de vocês *vai ser* afetado. Não estou dizendo que as coisas vão ficar necessariamente ruins, mas a inocência vai acabar. Sem dúvida, você não vai mais poder agir como antes. Não importa o que aconteça, você será outra pessoa aos olhos dela, exatamente como aconteceu com todas as minhas ex-namoradas quando elas descobriam que eu era *aquele* Colin Khoo. Só estou tentando preparar você para isso.

Por alguns instantes, Nick refletiu sobre o que o amigo disse.

— Acho que você está enganado, Colin. Primeiro, a minha situação e a sua são completamente diferentes. Minha família não é como a sua. Você está sendo preparado para ser o futuro CEO das Organizações Khoo desde que nasceu, mas esse tipo de coisa não existe na minha família. Nós nem sequer temos uma empresa. E, sim, pode ser que eu tenha primos bem de vida e tudo o mais, mas você sabe que a minha situação é diferente da deles. Não sou como a Astrid, que herdou toda a fortuna da tia-avó, nem como meus primos Shangs.

Colin balançou a cabeça.

— Nicky, Nicky, é por isso que eu amo você. Você é a única pessoa na Ásia inteira que não percebe quanto é rico ou, melhor dizendo, quanto será rico um dia. Ei, me deixe ver a sua carteira um minuto.

Nick ficou intrigado, mas retirou a surrada carteira de couro marrom do bolso de trás e a entregou para Colin.

— Você vai ver que eu só tenho uns 50 dólares aí.

Colin pegou a carteira de motorista do Estado de Nova York de Nick e ergueu-a diante dos olhos do amigo.

— Me diga o que está escrito aí.

Nick revirou os olhos, mas entrou no jogo.

— Nicholas A. Young.

— Sim, isso aí. YOUNG. Agora, na sua família inteira, existe algum outro primo do sexo masculino com esse sobrenome?

— Não.

— É exatamente aí que eu queria chegar. Além do seu pai, você é o único *Young* da linhagem. Você é o herdeiro deles, não importa se acredita nisso ou não. E tem mais: a sua avó adora você. E todo mundo sabe que a sua avó controla *tanto* a fortuna da família Shang como a da família Young.

Nick balançou a cabeça, em parte sem acreditar na presunção de Colin, mas principalmente porque falar sobre aquelas coisas (ainda que fosse com seu melhor amigo) o deixava pouco à vontade. Era algo ao qual estava condicionado desde muito cedo. (Nick ainda se lembrava de quando tinha 7 anos e, quando chegou da escola, perguntou à sua avó na hora do chá: "Meu colega Bernard Tai disse que o pai dele é muito, muito, muito rico, e que nós somos muito, muito, muito ricos também. Isso é verdade mesmo?" Sua tia Victoria, que estava concentrada no *London Times*, de repente abaixou o jornal e disparou: "Nicky, garotos bem-educados *jamais* fazem esse tipo de pergunta. Nunca mais pergunte a uma pessoa se ela é rica, nem fale de assuntos relacionados a dinheiro. Não somos ricos, somos apenas bem de vida. Agora, peça desculpas à sua Ah Ma.")

Colin continuou:

— Por que você acha que o meu avô, que trata todo mundo com tanta arrogância, trata você como um príncipe quando o vê?

— E eu achando que o seu avô simplesmente gostava de mim.

— Meu avô é um *canalha*. Ele só se importa com poder e prestígio e só pensa em expandir o maldito império dos Khoos. Por isso ele encorajou todo esse lance com a Araminta, para início de conversa. E é por isso que sempre controlou minhas amizades. Mesmo na nossa infância, eu me lembro dele dizendo: "Você deve tratar bem aquele tal de Nicholas. E lembre-se: não somos nada em comparação com os Youngs."

— Eu acho que o seu avô está ficando gagá. Enfim, toda essa baboseira sem sentido sobre herança na verdade não vem ao caso, porque, como você vai perceber logo, Rachel não é o tipo de garota que se importa com nada disso. Ela pode até ser economista, mas é a pessoa menos materialista que eu conheço.

— Bem, então eu desejo muita sorte a você. Mas você sabe que, mesmo no aqui e agora, uma força sombria está tramando contra você?

— O que é isso agora, *Harry Potter*? — zombou Nick. — É o que você faz parecer. Sim, eu sei que, mesmo agora, uma força sombria está tentando me sabotar, como você mesmo diz. Astrid já me alertou sobre isso. Minha mãe inventou uma viagem de última hora para a China justamente quando cheguei e precisei recorrer à minha tia-avó para convencer minha avó a convidar a Rachel para jantar na casa dela hoje à noite. Mas quer saber de uma coisa? Não estou nem aí.

— Acho que não é com a sua mãe que você tem que se preocupar.

— Então com quem eu preciso me preocupar, exatamente? Me diga... quem está tão de saco cheio da vida para perder tempo tentando arruinar o meu namoro, e por quê?

— Praticamente todas as garotas em idade de se casar nesta ilha *e* suas respectivas mães.

Nick riu.

— Espere aí... por que eu? Não é você o solteiro mais cobiçado da Ásia?

— Já sou carta fora do baralho. Todo mundo sabe que nada nesse mundo vai impedir que Araminta suba ao altar na semana que vem. Eu, portanto, passo a coroa para você. — Colin riu, dobrou seu guardanapo de papel em forma de pirâmide e o colocou sobre a cabeça de Nick. — Agora você é um homem marcado.

18

Rachel e Peik Lin

•

CINGAPURA

Depois do almoço, Neena insistiu em fazer um tour completo com Rachel para que ela conhecesse a outra ala da Villa d'Oro (a qual, de forma nada surpreendente, havia sido reformada no mesmo estilo rococó do qual Rachel tivera uma amostra anteriormente). Neena também lhe mostrou, orgulhosa, seu rosário e a escultura Canova que, recentemente, havia sido colocada ali (e que, ainda bem, fora poupada do costumeiro banho de ouro). Quando, finalmente, o tour acabou, Peik Lin sugeriu que elas voltassem ao hotel para relaxarem um pouco tomando um chá da tarde, uma vez que Rachel ainda estava sofrendo um pouco com o jet lag.

— Tem um chá inglês maravilhoso no seu hotel, com *nyonya kueh* fantásticos.

— Mas eu ainda estou com a barriga cheia do almoço! — protestou Rachel.

— Bom, você vai ter que se acostumar com os horários das refeições em Cingapura. Aqui nós comemos cinco vezes por dia: café da manhã, almoço, chá da tarde, jantar e ceia.

— Meu Deus, eu vou engordar como nunca aqui.

— Não vai, não. Essa é a única coisa boa em relação a todo esse calor: você vai suar toda a gordura!

— Bom, quanto a isso, talvez você tenha razão: ainda não sei como vocês conseguem suportar esse clima — comentou Rachel.

— Vamos tomar o tal chá, mas antes precisamos encontrar o lugar mais fresco que houver lá dentro.

Elas se acomodaram no café do terraço, com vista para a piscina e um abençoado ar-condicionado. Garçons com uniformes elegantes passaram por elas carregando travessas com uma seleção de bolos, doces e *nyonyas*.

— Humm.... Você precisa provar esse *kueh* — disse Peik Lin, colocando uma fatia de creme glutinoso de arroz com coco no prato de Rachel. Ela provou e descobriu que a justaposição do creme ligeiramente doce com o arroz grudento quase picante era surpreendentemente viciante. Olhou para o jardim bucólico: àquela altura, a maioria das espreguiçadeiras estava tomada de hóspedes dormindo ao sol do fim de tarde.

— Ainda não consigo acreditar que a família do Colin é dona desse hotel — disse Rachel, dando outra mordida no *kueh*.

— Pode acreditar, Rachel. Eles têm muito mais coisas além desse hotel. São donos de hotéis no mundo inteiro, de propriedades comerciais, bancos, mineradoras... A lista é infinita.

— Colin parece *tão* simples. Quer dizer, nós fomos jantar num desses mercados a céu aberto.

— Não há nada de estranho nisso. Todo mundo aqui ama os *hawker centers*. Lembre-se de que você está na Ásia, e as primeiras impressões podem enganar. Você sabe como a maioria dos asiáticos economiza! Os ricos são ainda mais radicais nesse ponto. Muitas das pessoas mais abastadas daqui fazem um grande esforço para não aparecer, e, na maioria das vezes, você não tem como saber que está ao lado de um bilionário.

— Não me leve a mal, mas a *sua* família parece desfrutar da riqueza que tem.

— Meu avô veio da China e começou como pedreiro. É um cara que veio de baixo e instilou em todos nós essa mesma ética do "trabalhe muito, divirta-se muito". Mas, por favor, não estamos no mesmo nível dos Khoos. Os Khoos são *podres* de ricos. Estão sempre no topo da lista dos mais ricos do mundo na Ásia da revista *Forbes*. E você sabe que, no caso dessas famílias, isso é apenas a ponta do iceberg. A *Forbes* faz reportagens com base nos bens que podem ser verificados, e esses asiáticos ricaços fazem muito segredo do que possuem. As famílias mais ricas têm sempre mais bilhões do que o que a *Forbes* estima.

Uma melodia eletrônica gritante começou a soar.

— O que é isso? — perguntou Rachel, mas então percebeu que era seu novo celular de Cingapura.

Era Nick.

— Oiê — atendeu ela com um sorriso.

— Oiê para você também! Está tendo uma tarde legal, contando as novidades para a sua amiga?

— Com certeza. Voltamos ao hotel para tomar o chá da tarde. E você, o que anda aprontando?

— Estou olhando para o Colin de cueca.

— O QUE você disse??

Nick riu.

— Estou na casa do Colin. Os smokings acabaram de chegar, e estamos pedindo os últimos ajustes para o alfaiate.

— Ah! E como é o seu? Azul-clarinho com babados?

— Quem me dera! Não, é todo de strass com fios de ouro. Ei, esqueci de falar uma coisa com você... Minha avó sempre convida a família para jantar na sexta à noite. Sei que você ainda está sofrendo com o jet lag, mas acha que vai dar para ir?

— Ah, nossa! Jantar na casa da sua avó?

Peik Lin olhou para a amiga e inclinou a cabeça.

— Quem vai estar lá? — perguntou Rachel.

— Provavelmente só um bando de parentes. A maior parte da minha família ainda está fora do país. Mas a Astrid vai estar lá.

Rachel estava em dúvida.

— Hã... O que você acha? Quer que eu vá, ou prefere passar um tempo sozinho com a sua família primeiro?

— Claro que não. Adoraria que você fosse, mas só se você estiver a fim. Eu sei que avisei muito em cima da hora.

Rachel olhou para Peik Lin, indecisa. Será que ela estava pronta para conhecer a família dele?

— Diga que vai! — falou Peik Lin, ansiosa.

— Eu adoraria ir. A que horas precisamos chegar?

— Seria ótimo se pudéssemos chegar tipo umas sete e meia. Mas tem uma coisa... Eu estou na casa do Colin, em Sentosa Cove. O trânsito é horrível sexta à noite no trajeto de volta; então, para mim, vai ser muito mais fácil encontrar você lá. Você se importa de pegar um táxi para ir para a casa da minha avó? Eu te dou o endereço, e espero você na porta quando chegar.

— Pegar um táxi?

Peik Lin fez que não e disse baixinho:

— Eu levo você.

— Tudo bem, me diga onde é.

— Tyersall Park.

— Tyersall Park. — Ela anotou o endereço em um pedaço de papel que pegou na bolsa. — Só isso? Que número?

— Não tem número. Procure as duas colunas brancas e diga ao taxista que fica na saída da avenida Tyersall, logo atrás do Jardim Botânico. Me ligue se tiver problemas para encontrar.

— Certo. Encontro você daqui a uma hora.

Assim que Rachel desligou, Peik Lin apanhou o papel da mão da amiga.

— Vamos ver onde a vovó mora. — Ela analisou o endereço. — Não tem número, portanto Tyersall Park deve ser um condomínio. Humm... Achei que eu conhecesse todos os condomínios da ilha. Nunca ouvi falar de nenhuma avenida Tyersall. Acho que deve ficar na costa oeste.

— Nick disse que era perto do Jardim Botânico.

— Sério? É pertinho daqui. Enfim, meu motorista vai descobrir. Agora temos coisas muito mais importantes com que nos preocupar, tipo o que você vai vestir.

— Ai, meu Deus, não faço a menor ideia!

— Bom. Você tem que usar algo casual, mas também quer causar uma boa impressão, não é? Colin ou Araminta vão estar lá?

— Acho que não. Ele disse que ia só a família.

— Meu Deus, como eu gostaria de saber mais a respeito da família do Nick.

— Vocês, cingapurianos, são engraçados. Gostam dessa fofoca toda.

— Você precisa entender que isso aqui é como uma cidadezinha, só que grande. Todo mundo está sempre metendo o nariz no negócio alheio. Além disso, você mesma precisa admitir que tudo isso está muito mais intrigante agora que sabemos que Nick é o melhor amigo do Colin. Enfim... Você precisa estar linda hoje!

— Humm... Não sei, não. Não quero causar uma impressão errada... como se eu fosse carente ou algo assim.

— Rachel, confie em mim, *ninguém* jamais poderia acusar você de ser carente. Eu me lembro dessa blusa que você está usando. Você a comprou na época da faculdade, não foi? Me mostre o que mais você trouxe. É a primeira vez que vai estar com a família dele, portanto precisamos ser *muito* estratégicas.

— Peik Lin, você está começando a me deixar nervosa! Tenho certeza de que a família dele deve ser ótima e que não vão dar a mínima para o que estou vestindo, contanto que eu não apareça nua.

Depois de várias trocas de roupas supervisionadas pela amiga, Rachel decidiu usar o que já planejava vestir desde o início: um vestido de linho cor de chocolate de mangas compridas e abotoado na frente, um cinto simples feito do mesmo tecido e sandálias de salto baixo. Colocou a pulseira de prata que dava várias voltas em seu pulso e a única joia que possuía: os brinquinhos de pérolas Mikimoto, que sua mãe lhe dera quando ela concluiu o doutorado.

— Você está parecendo a Katharine Hepburn em um safári — disse Peik Lin. — Elegante, correta, mas sem fazer muito esforço.

— Prendo o cabelo ou não? — perguntou Rachel.

— Deixe solto. É um pouco mais sexy — respondeu Peik Lin. — Vamos logo, senão você vai chegar atrasada.

As duas logo se viram dobrando uma rua arborizada atrás da outra, nos fundos do Jardim Botânico, procurando a avenida Tyersall. O motorista disse que já tinha passado por aquela avenida antes, mas não conseguia encontrá-la agora.

— Estranho que ela não apareça no GPS — comentou Peik Lin. — Essa região é bem confusa porque é um dos únicos bairros com ruas estreitas assim.

O bairro pegou Rachel completamente de surpresa, pois era a primeira vez que ela via mansões tão grandes e antigas em meio a vastos gramados.

— Os nomes dessas ruas, em sua maioria, parecem tão britânicos. Napier Road, Cluny Road, Gallop Road... — comentou Rachel.

— Bem, era aqui que todos os oficiais da colônia britânica moravam. Na verdade, não se trata de uma área residencial. A maioria dessas casas pertence ao governo, e várias são embaixadas, como aquela mansão cinza gigantesca com colunatas ali. Aquela é a embaixada da Rússia. Sabe, a avó do Nick deve morar em um condomínio residencial do governo; é por isso que nunca ouvi falar desse lugar.

De repente, o motorista desacelerou e virou à esquerda em uma encruzilhada, seguindo por uma via ainda mais estreita.

— Olhe, ali é a avenida Tyersall, então o edifício deve ficar por aqui — concluiu Peik Lin.

Havia árvores enormes, com troncos antigos e emaranhados, de ambos os lados da rua, cobertas por samambaias densas que pertenciam à floresta tropical original que um dia cobrira toda a ilha. A rua começou a descer e a se curvar para a direita, e de repente elas notaram dois pilares brancos hexagonais emoldurando um portão de ferro baixo que tinha sido pintado de cinza-claro. Em um dos cantos da rua, quase escondida pela folhagem densa, havia uma placa enferrujada na qual se lia: TYERSALL PARK.

— Nunca estive nessa rua em toda a minha vida. É tão estranho haver apartamentos por aqui — foi a única coisa que Peik Lin conseguiu dizer. — O que fazemos agora? Quer ligar para o Nick?

Antes mesmo que Rachel pudesse responder, um guarda indiano com uma barba ameaçadora, trajando um uniforme impecável verde-oliva e um turbante volumoso, surgiu no portão. O motorista de Peik Lin fez o carro andar lentamente para a frente e abaixou o vidro da janela quando o homem se aproximou. O guarda espiou o interior do carro e perguntou em um inglês britânico perfeito, digno da rainha da Inglaterra:

— Srta. Rachel Chu?

— Sim, sou eu — respondeu Rachel, acenando do banco de trás do carro.

— Seja bem-vinda, Srta. Chu — cumprimentou o guarda com um sorriso. — Continuem seguindo a rua e se mantenham à direita — orientou ele, dirigindo-se ao motorista, antes de abrir os portões e fazer sinal para que eles entrassem.

— *Alamak*, sabem o que esse homem é? — indagou o motorista malaio de Peik Lin, virando-se para as duas com uma expressão ligeiramente espantada.

— O quê? — quis saber Peik Lin.

— Um gurkha! São os soldados mais mortais do mundo. Eu os via o tempo inteiro em Brunei. O sultão de Brunei só usa gurkhas em sua equipe de segurança particular. O que será que um gurkha está fazendo aqui?

O carro continuou em frente e subiu uma pequena elevação. Os dois lados da rua eram um muro denso de sebes podadas. Ao fazerem uma curva suave, avistaram outro portão, porém dessa vez era um portão de ferro reforçado, com uma guarita moderna. Rachel avistou dois outros gurkhas montando guarda, que olharam para eles pela janela quando o imponente portão deslizou em silêncio para o lado, revelando mais uma via comprida, agora, porém, de cascalho. À medida que o carro seguia em frente, com os pneus esmagando as pedras de cascalho soltas, o cenário verdejante deu lugar a uma bela avenida repleta de palmeiras altas que cortavam os gramados ondulantes. Havia possivelmente trinta palmeiras perfeitamente alinhadas de ambos os lados da avenida. Alguém tinha colocado, cuidadosamente, lanternas retangulares altas embaixo de cada uma e, agora, elas pareciam sentinelas brilhantes que indicavam o caminho.

Enquanto o carro seguia em frente, Rachel ia olhando, maravilhada, para as lanternas tremulantes e o terreno amplo e bem-cuidado ao seu redor.

— Que parque é esse? — perguntou a Peik Lin.

— Não faço a menor ideia.

— É um condomínio? Parece que estamos entrando em um Club Med.

— Não sei muito bem. Nunca vi nada parecido em toda a Cingapura. Aliás, nem parece mais que estamos em Cingapura — comentou Peik Lin, espantada.

Toda a paisagem a fazia se lembrar das propriedades sisudas que havia visitado no campo, na Inglaterra, como Chatsworth ou o Palácio de Blenheim. Quando o carro fez a última curva, Rachel soltou um gritinho abafado e segurou o braço de Peik Lin. À distância, uma enorme mansão tornou-se visível, completamente iluminada. A enormidade daquele lugar ficou logo evidente quando eles se aproximaram mais. Não era uma casa. Era mais um palácio. A trilha da entrada estava repleta de carros, quase todos de modelos europeus de grande porte: Mercedes, Jaguares, Citröens, Rolls-Royces, vários deles com bandeiras e emblemas diplomáticos. Alguns choferes estavam reunidos em um grupinho atrás dos carros, fumando. Esperando em frente às gigantescas portas de entrada, com uma camisa branca de linho e calça marrom-clara, o cabelo perfeitamente desalinhado e as mãos enfiadas nos bolsos, estava Nick.

— Devo estar sonhando. Isso não pode ser real — disse Peik Lin.

— Ah, Peik Lin, quem são essas pessoas? — perguntou Rachel, nervosa.

Pela primeira vez em toda a sua vida, Peik Lin não sabia o que dizer. Ficou olhando para Rachel com súbita intensidade e, em seguida, disse, quase num sussurro:

— Não faço a menor ideia de quem essas pessoas são. Mas uma coisa eu posso garantir: *essa gente é mais rica do que Deus.*

Parte Dois

Não contei nem metade do que vi,
pois ninguém acreditaria em mim.

MARCO POLO, 1324

1

Astrid

•

CINGAPURA

Estavam acabando de abotoar o novo e elegante conjuntinho de marinheiro azul prussiano de Cassian quando Astrid recebeu um telefonema do marido.

— Preciso trabalhar até mais tarde e não vou chegar a tempo de jantar na casa da Ah Ma.

— Sério? Michael, você trabalhou até tarde todas as noites dessa semana — disse Astrid, tentando manter o tom neutro.

— Todo mundo vai fazer hora extra hoje.

— Numa sexta-feira à noite? — Ela não teve a intenção de expressar nenhum sinal de dúvida, mas as palavras saíram antes que pudesse se conter. Agora que seus olhos estavam bem abertos, todos os sinais eram visíveis: ele havia cancelado quase todos os compromissos familiares nos últimos meses.

— Sim. Eu já expliquei isso a você antes. É assim que as coisas funcionam numa *startup* — acrescentou Michael, com cuidado.

Astrid sentiu vontade de pedir ao marido que provasse o que dizia.

— Bom, por que não vem quando sair do trabalho então? Provavelmente vai rolar até tarde hoje. As flores *tan hua* da Ah Ma vão desabrochar essa noite e ela convidou algumas pessoas para ver.

— Mais um motivo para eu não ir. Vou estar cansado demais.

— Ahhh, vamos, vai ser uma ocasião especial. Você sabe que dá sorte ver as flores desabrocharem. Além disso, vai ser bem divertido — insistiu Astrid, se esforçando para manter um tom leve.

— Eu estava presente quando elas desabrocharam da última vez, há três anos, mas acho que essa noite não consigo enfrentar um lugar cheio de gente.

— Ah, mas acho que não vai ter tanta gente assim.

— Você sempre diz isso, mas, quando chegamos, acabo descobrindo que o evento é, na verdade, um jantar para cinquenta pessoas com algum convidado parlamentar, ou então que vai haver outra atração especial — reclamou Michael.

— Isso não é verdade.

— Ora, por favor, *lah*, você sabe que é. Da última vez tivemos que ficar sentados um tempão para ouvir um recital de piano inteirinho daquele tal de Ling Ling.

— Michael, não é Ling Ling, é Lang Lang, e você provavelmente é a única pessoa nesse mundo que não aprecia um concerto particular com um dos maiores pianistas do mundo.

— Bom, foi ultra *lay chay*,* principalmente numa sexta à noite, quando estou exausto da semana inteira de trabalho.

Astrid decidiu que não valia a pena continuar insistindo. Estava na cara que ele já tinha mil desculpas na ponta da língua para não ir ao jantar. *O que ele estaria planejando realmente? Será que a vadia que mandou a mensagem de texto de Hong Kong tinha vindo para cá de repente? Será que os dois iriam se encontrar?*

— Está bem, vou pedir para a cozinheira deixar alguma coisa preparada para quando você chegar. O que está com vontade de comer? — perguntou ela, em um tom alegre.

— Não, não. Não precisa se incomodar com isso. Com certeza vamos pedir comida por aqui.

Uma história plausível. Astrid desligou o telefone, relutante. *Onde ele iria pedir comida? Do serviço de quarto de algum hotel barato em Geylang? Ele não tinha como levar aquela garota a nenhum hotel decente: alguém certamente iria reconhecê-lo.* Ela

---

* Em *hokkien*, "chato".

se lembrou de como, não muito tempo atrás, Michael era um doce quando se desculpava por não poder ir a algum compromisso de família. Dizia coisas como: "Meu amor, miiiiil desculpas por não poder ir. Tem certeza de que vai ficar tudo bem se você for sozinha?" Porém, aquele seu lado gentil havia desaparecido. Quando aquilo tinha acontecido, exatamente? E por que ela levara tanto tempo para perceber os sinais?

Desde aquele dia na Stephen Chia Jewels, Astrid experimentava uma espécie de catarse. De algum jeito horrível, sentia-se aliviada por ter provas da infidelidade do marido. Era a incerteza da coisa toda — as suspeitas misteriosas — que havia matado Astrid por dentro aquele tempo todo. Agora era possível "aprender a aceitar e se adaptar", como diria um psicólogo. Agora, ela podia se concentrar no quadro geral. Mais cedo ou mais tarde, aquele caso iria acabar, e a vida continuaria seu curso, como já havia ocorrido com todos os milhões de mulheres casadas que suportaram, em silêncio, a infidelidade de seus maridos desde tempos imemoriais.

Não havia necessidade de brigas nem de confrontos históricos. Isso seria clichê demais — embora cada idiotice que seu marido havia feito pudesse muito bem ter saído das páginas de um desses testes bregas das revistas femininas, do tipo "Será que meu marido está me traindo?": *Seu marido anda fazendo mais viagens a trabalho ultimamente?* Sim. *Vocês estão fazendo amor com menos frequência?* Sim. *Seu marido anda tendo gastos misteriosos e inexplicáveis?* Duas vezes sim. Ela poderia acrescentar mais uma pergunta ao teste: *Seu marido anda recebendo mensagens de texto tarde da noite de uma garota dizendo que está sentindo saudade do pau grande dele?* SIM. A cabeça de Astrid estava começando a rodar mais uma vez. Sentiu sua pressão subir. Precisava se sentar por um instante e respirar fundo durante algum tempo. Por que tinha faltado à ioga a semana inteira, justamente quando mais precisava aliviar aquela tensão que não parava de crescer? Pare. Pare. Pare. Ela precisava tirar aquilo tudo da cabeça e simplesmente se concentrar no aqui e agora. Naquele momento, naquele instante, ela precisava se arrumar para ir à festa de Ah Ma.

Astrid viu o próprio reflexo no vidro da mesa de centro e decidiu trocar de roupa. Estava usando um antigo favorito — um vestido estilo túnica de gaze preta Ann Demeulemeester —, mas sentiu que precisava de algo mais naquela noite. Não iria permitir que a ausência de Michael estragasse aquele momento. Não iria gastar nem mais um segundo pensando aonde ele poderia estar indo, o que poderia ou não estar fazendo. Resolveu que aquela seria uma noite mágica de flores silvestres desabrochando sob as estrelas e que apenas coisas boas iriam acontecer. *Coisas boas sempre acontecem na casa de Ah Ma.*

Foi até o quarto de hóspedes, que basicamente se tornara um closet a mais para abrigar seu excesso de roupas (isso sem incluir os infinitos quartos cheios de vestes que ela ainda mantinha na casa de seus pais). Estava repleto de araras de metal, nas quais as capas de proteção para as roupas haviam sido meticulosamente organizadas por coleção e cor, e Astrid precisou levar uma das araras para o corredor a fim de poder entrar ali com conforto. O apartamento era pequeno demais para uma família de três pessoas (quatro, contando com a babá, Evangeline, que dormia no quarto de Cassian), mas Astrid havia se virado da melhor forma que pôde com o que tinham, apenas para agradar ao marido.

A maioria dos amigos de Astrid ficaria horrorizada se descobrisse as condições do imóvel em que ela morava. Para a maioria dos cingapurianos, um apartamento espaçoso de 2 mil metros quadrados, três dormitórios, dois banheiros, um lavabo e uma sacada particular em um condomínio no Nono Distrito seria um luxo e tanto, mas, para Astrid, que havia crescido em ambientes tão palacianos quanto a mansão do pai na Nassim Road, a casa de praia em estilo modernista em Tanah Merah, a vasta fazenda da família em Kuantan e a propriedade da avó em Tyersall Park, aquilo era completamente impensável.

Como presente de casamento, seu pai havia planejado encomendar a um arquiteto brasileiro que estava começando a se destacar a construção de uma casa em Bukit Timah, num terreno que já havia sido doado a Astrid, mas Michael não quis saber de nada. Era orgulhoso e insistiu em morar em um lugar que ele mesmo pudesse comprar. "Sou capaz de sustentar sua filha e nossa futura família", declarara ele ao seu estupefato futuro sogro, que, em vez de ficar impressionado com aquela atitude, considerou-a bastante imprudente. Como aquele camarada iria conseguir bancar, com o seu salário, o tipo de lugar no qual sua filha estava acostumada a morar? As parcas economias de Michael mal dariam para dar entrada em um apartamento, e Harry achou inconcebível que a filha fosse morar em uma propriedade financiada pelo governo. Por que eles não poderiam pelo menos se mudar para uma das casas ou um dos apartamentos de luxo que ela já tinha? Mas Michael mostrou-se inflexível: ele e a esposa deveriam começar a vida em terreno neutro. No fim das contas, todos cederam um pouco, e Michael concordou em deixar Astrid e o pai contribuírem com a mesma quantia que ele daria de entrada em um apartamento. A soma combinada permitiu que o casal comprasse um apartamento num condomínio dos anos oitenta perto da avenida Clemenceau, fazendo um financiamento de trinta anos.

Passando de arara em arara, de repente, e de um jeito meio cômico, ocorreu a Astrid que o dinheiro que ela havia gastado apenas nos modelos de alta-costura que estavam reunidos naquele quarto já daria para pagar um apartamento três vezes maior do que aquele. Imaginou o que Michael iria pensar se soubesse quantas propriedades ela já possuía. Os pais de Astrid compravam imóveis para os filhos do mesmo jeito que pais comuns compram chocolates para seus rebentos. Ao longo dos anos, haviam comprado tantas casas para ela que, quando a filha se tornou a Sra. Michael Teo, já era dona de um portfólio imobiliário impressionante. Havia o bangalô perto da Dunearn Road, a casa em Clementi e o geminado em Chancery Lane, uma fileira de lojas históricas no estilo *peranakan* na Emerald Hill que ela herdara de uma tia-avó do lado dos Leongs, além de diversos outros apartamentos em condomínios de luxo espalhados por toda a ilha.

E isso apenas em Cingapura. Havia terrenos na Malásia, um apartamento em Londres, que Charlie Wu comprara em segredo para ela, uma casa no exclusivo Point Piper, em Sydney, e outra em Diamond Head, em Honolulu, e, mais recentemente, sua mãe mencionou ter comprado, no nome dela, uma cobertura em alguma torre nova de Xangai. ("Vi o espelho especial computadorizado do closet, que se lembra de tudo o que a pessoa vestia, e na mesma hora *soube* que aquele apartamento era para você!", informara Felicity, toda contente.) Sinceramente, Astrid nem se dava ao trabalho de tentar se lembrar de todas as suas propriedades; eram imóveis demais para recordar.

Além do mais, isso não faria sentido, pois, à exceção das lojas na Emerald Hill e do apartamento em Londres, nenhuma daquelas propriedades era realmente dela — ainda. Aquilo fazia parte da estratégia de sucessão de riquezas de seus pais, e Astrid sabia muito bem que, enquanto os dois fossem vivos, ela não tinha de fato nenhum controle sobre aqueles imóveis, embora se beneficiasse da renda que eles geravam. Duas vezes por ano, quando a família se reunia com seus gerentes executivos na Leong Holdings, ela percebia que suas contas bancárias pessoais sempre haviam aumentado, às vezes de um modo absurdo, não importava quantos vestidos de alta-costura ela tivesse comprado nas coleções anteriores.

Bem, então o que vestir? Talvez fosse a hora de estrear um de seus modelitos novos de Paris. Usaria a nova blusa bordada estilo túnica curta Alexis Mabille, com a calça cigarrete em cinza perolado da Lanvin e seus novos brincos da VBH. O problema daqueles brincos é que eles eram tão exagerados que todo mundo pensaria que eram falsos. Eles iriam ofuscar toda a produção dela. Sim, ela merecia estar assim tão linda. E agora talvez fosse melhor trocar toda a roupa de Cassian para combinar com a dela.

— Evangeline, Evangeline! — gritou Astrid. — Quero trocar a roupa do Cassian. Vamos colocar aquele macacão cinza claro da Marie-Chantal.

2

Rachel e Nick

•

TYERSALL PARK

Quando o carro de Peik Lin se aproximou da *porte cochère* de Tyersall Park, Nick desceu os degraus da entrada para receber a namorada e a amiga dela.

— Eu já estava ficando preocupado pensando que você tinha se perdido — disse ele, abrindo a porta do carro.

— Na verdade, a gente meio que se perdeu mesmo — disse Rachel, saltando do carro e olhando para a fachada majestosa à sua frente. Seu estômago parecia ter-se revirado por completo, e ela alisou as rugas de seu vestido com certo nervosismo. — Eu me atrasei muito?

— Não, tudo bem. Desculpe! A orientação que passei para vocês foi confusa? — perguntou Nick, espiando o interior do carro e sorrindo para Peik Lin. — Peik Lin, muito obrigado por ter dado carona para a Rachel.

— Imagine — murmurou ela, ainda bastante impressionada com aquele local. Peik Lin queria mesmo era sair do carro e explorar a propriedade colossal, mas algo lhe dizia para continuar onde estava. Ela fez uma pausa por um instante, pensando que talvez Nick a convidasse para beber alguma coisa, mas, pelo jeito, não haveria nenhum convite. Por fim, falou o mais casualmente possível: — Nossa, que lugar impressionante! Essa casa é da sua avó?

— Sim — respondeu Nick.

— Ela mora aqui há muito tempo? — Peik Lin não conseguiu resistir ao impulso de saber mais enquanto entortava o pescoço, tentando reparar em alguns detalhes.

— Desde que ela era pequena — respondeu Nick.

A resposta de Nick a surpreendeu, pois ela imaginava que aquela casa teria sido do avô dele. Agora, o que Peik Lin realmente sentia vontade de perguntar era: *Quem diabos é a sua avó?*, mas não queria parecer intrometida demais.

— Bem, divirtam-se vocês dois! — falou ela, piscando um olho para Rachel e articulando com a boca, sem emitir nenhum som: *Me ligue depois!* Rachel deu um sorriso rápido para a amiga.

— Boa noite, e volte com cuidado para casa — disse Nick, dando um tapinha no capô do carro.

Quando o carro de Peik Lin começou a se afastar, Nick se virou para a namorada, parecendo um pouco envergonhado.

— Espero que você não se importe, mas... não vai mais ser apenas um jantar com os meus familiares. Minha avó resolveu dar uma festinha, tudo aparentemente organizado de última hora, porque suas flores *tan hua* vão desabrochar essa noite.

— Ela vai dar uma festa porque suas flores vão desabrochar? — perguntou Rachel, sem entender direito.

— Bom, é que essas flores são muito raras e desabrocham com pouquíssima frequência, eventualmente apenas uma vez a cada década; mas, às vezes, demoram mais ainda. Só desabrocham à noite, e todo o processo não dura mais do que algumas horas. É uma coisa muito legal de se ver.

— Parece demais, mas nesse exato momento estou me sentindo *muito* malvestida para a ocasião — disse Rachel, pensativa, olhando para as várias limusines que estavam estacionadas perto da entrada.

— De jeito nenhum, você está absolutamente perfeita — elogiou-a Nick. Ele percebeu que a namorada estava nervosa e tentou acalmá--la, pousando a mão na base de suas costas enquanto a guiava em direção às portas principais. Rachel percebeu o calor que se irradiava do braço musculoso de Nick e, no mesmo instante, se sentiu melhor. Seu príncipe encantado estava ao seu lado, e tudo ficaria bem.

Ao entrarem na casa, a primeira coisa que chamou a atenção de Rachel foram os estonteantes azulejos em mosaico do piso do foyer monumental. Ficou tão maravilhada por alguns momentos com o padrão intrincado preto, azul e coral que não percebeu que eles não estavam a sós. Havia um indiano alto e magro em pé no centro do foyer, ao lado de uma mesa de pedra redonda repleta de potes com imensas orquídeas *phalaenopsis* brancas e roxas. O homem fez uma reverência formal para Rachel e lhe entregou uma tigela de prata martelada cheia de água e pétalas de rosa de um cor-de-rosa bem claro.

— Para se refrescar, senhorita — disse ele.

— É para beber? — perguntou ela a Nick num sussurro.

— Não, não, é para você lavar as mãos — instruiu Nick. Rachel mergulhou os dedos na fria água perfumada e depois os enxugou na toalha macia que lhe foi oferecida, sentindo-se espantada (e um pouco boba) com todo aquele ritual.

— Todos estão lá em cima na sala de estar — disse Nick, conduzindo-a até a escadaria esculpida em pedra. Com o canto do olho, Rachel viu algo que a fez soltar um gritinho. Ao lado da escadaria, havia um tigre enorme.

— É empalhado, Rachel. — Nick deu uma risada. O tigre parecia prestes a saltar, com a boca aberta em um rosnado feroz.

— Desculpe, é que me pareceu bem real — disse ela, recobrando o controle.

— Ele *era* real, mesmo. É um tigre nativo de Cingapura. Eles costumavam rondar essa região até o final do século XIX, mas foram tão perseguidos por caçadores que hoje estão extintos. Meu tataravô matou esse aqui quando ele entrou na casa e se escondeu embaixo da mesa de bilhar, ou pelo menos essa é a história que contam.

— Coitadinho — disse Rachel, estendendo a mão para afagar, com cuidado, a cabeça do tigre. O pelo era surpreendentemente seco, como se pudesse cair a qualquer minuto.

— Eu tinha muito medo dele quando era pequeno. Nunca me arriscava a passar perto do foyer à noite e tinha pesadelos de que ele voltaria à vida e me atacaria quando eu estivesse dormindo — revelou Nick.

— Você foi criado aqui?
— Sim, até os 7 anos mais ou menos.
— Você nunca me disse que morou num palácio.
— Isso não é um palácio. É só uma casa grande.
— Nick, nos Estados Unidos, isso aqui é um palácio — retrucou Rachel, olhando para o alto, para a cúpula de vidro e ferro fundido que assomava acima deles.

Subindo as escadas, o murmúrio de vozes que conversavam na festa e o som das teclas de um piano flutuaram na direção deles. Quando alcançaram o patamar do segundo andar, Rachel quase foi obrigada a esfregar os olhos para conseguir acreditar. *Meu bom Deus!* Sentiu-se momentaneamente tonta, como se tivesse sido transportada para outra era, para o grandioso salão de um cruzeiro dos anos vinte que poderia estar indo de Veneza para Istambul.

A "sala de estar", como disse Nick, era uma galeria que se estendia por toda a face norte da casa, decorada com divãs *art déco*, elegantes poltronas de vime e belos pufes com pés casualmente agrupados para formar pequenos espaços íntimos destinados a conversas. Uma fileira de imensas portas-balcão altas abria-se para a varanda, que cobria todo aquele andar, convidando as pessoas a apreciarem os gramados verdejantes e o aroma dos jasmins que desabrochavam à noite. Num dos cantos, um jovem de smoking tocava um piano de cauda Bösendorfer. Enquanto Nick ia conduzindo Rachel, ela se viu tentando, por reflexo, ignorar o ambiente, muito embora a única coisa que sentisse vontade de fazer fosse analisar cada detalhe maravilhoso: as exóticas palmeiras colocadas em gigantescos vasos de plantas decorados com dragões, estilo Qianlong, que ocupavam o espaço, os abajures de vidro opalino avermelhado que lançavam um brilho âmbar sobre as superfícies de teca laqueada e as paredes com filigranas prateadas e de lápis-lazúli que cintilavam à medida que ela ia se movimentando pelo salão. Cada objeto parecia estar imbuído de uma pátina de elegância imemorial, como se estivesse ali há mais de cem anos, e Rachel não se atrevia a tocar em nada. Os convidados glamorosos, entretanto, pareciam completamente à vontade, espalhados pelos pufes de pé com estofados de seda shantung ou reunidos em grupinhos na varanda, enquanto um séquito de criados com luvas brancas e uniformes de batik verde-oliva escuro circulavam ao redor deles, com travessas de coquetéis.

— Ah, lá vem a mãe da Astrid — murmurou Nick. Antes que Rachel tivesse tempo de se recompor, uma senhora com ar majestoso se aproximou dos dois, brandindo um dedo para Nick.

— Nicky, seu danado, por que não nos contou que já tinha chegado? Achamos que você só viesse na semana que vem. Você perdeu o jantar de aniversário do seu tio Harry na Command House! — A mulher parecia uma matrona chinesa de meia-idade, mas falava com uma espécie de sotaque inglês entrecortado que parecia ter saído de um filme da Merchant Ivory. Rachel não conseguiu deixar de reparar em como seu cabelo negro com permanente se assemelhava, de modo bastante pertinente, ao da rainha da Inglaterra.

— Ah, mil desculpas, achei que a senhora e o tio Harry estariam em Londres nessa época do ano. *Dai gu chen*, essa é a minha namorada, Rachel Chu. Rachel, essa é a minha tia, Felicity Leong.

Felicity acenou com a cabeça para Rachel e estudou-a de cima a baixo sem a menor cerimônia.

— Muito prazer — disse Rachel, tentando não ficar irritada com o olhar de falcão daquela mulher.

— Sim, é claro — disse Felicity, virando-se depressa para Nick e perguntando num tom quase severo: — Você sabe quando o seu pai chega?

— Não tenho a menor ideia — respondeu ele. — Astrid já chegou?

— Ora, e você por acaso não sabe que aquela menina sempre chega atrasada? — Naquele momento, a tia reparou que uma mulher indiana idosa vestida com um sári dourado e azul-pavão estava recebendo ajuda para subir as escadas. — Querida Sra. Singh! Quando a senhora voltou de Udaipur? — exclamou ela em um grito agudo, saltando em cima da mulher, enquanto Nick guiava Rachel para outro lugar.

— Quem era aquela senhora? — quis saber Rachel.

— É a Sra. Singh, uma amiga da família que antigamente morava aqui nessa rua. É filha de um marajá e uma das pessoas mais fascinantes que eu conheço. Era muito amiga do Nehru. Vou apresentá-la a você mais tarde, quando minha tia sair do nosso pé.

— O sári dela é maravilhoso — comentou Rachel, sem tirar os olhos do bordado elaborado em fios de ouro.

— É mesmo, não é? Fiquei sabendo que ela manda os sáris para Nova Déli, para uma lavagem especial — comentou Nick, tentando conduzir Rachel até o bar. Mas, sem querer, acabou levando-a exatamente na direção de um casal de meia-idade com uma aparência bastante sisuda. O homem tinha um topete volumoso e modelado, o cabelo negro e espesso, e usava grandes óculos com aro de tartaruga, enquanto sua esposa vestia um terninho Chanel clássico vermelho e branco de botões dourados.

— Tio Dickie, tia Nancy, essa é a minha namorada, Rachel Chu — disse Nick. — Rachel, esses são meu tio e sua esposa, do lado T'sien da família — explicou ele.

— Ah, Rachel, eu conheci seu avô em Taipei... Chu Yang Chung, não é? — perguntou tio Dickie.

— Hã... na verdade, não. Minha família não é de Taipei — gaguejou Rachel.

— Ahhh! E de onde é, então?

— Originalmente de Guangdong, mas hoje todos moram na Califórnia.

Tio Dickie pareceu ficar meio surpreso, mas sua bem penteada mulher apertou seu braço com força e continuou:

— Ah, nós conhecemos a Califórnia muito bem. O norte da Califórnia, na verdade.

— Sim, é de onde eu sou — afirmou Rachel, de forma educada.

— Ah, muito bem... Então você deve conhecer os Gettys. Ann é uma grande amiga minha — gabou-se Nancy.

— Hã... a senhora está falando da família dona da Getty Oil?

— E existe alguma outra? — perguntou Nancy, perplexa.

— Rachel é de Cupertino, e não de São Francisco, tia Nancy. É por isso que preciso apresentá-la para Francis Leong, que está bem ali, e que, segundo me disseram, vai começar a estudar em Stanford no próximo outono — interrompeu Nick, puxando a namorada rapidamente para saírem dali.

Os trinta minutos seguintes foram uma névoa de apresentações e cumprimentos, com Rachel sendo apresentada a diversos familiares e amigos de Nick. Tias, tios e primos para dar e vender; o distinto mas minúsculo embaixador da Tailândia; um homem que Nick apresentou como o sultão de algum estado malaio de nome impronunciável, que estava acompanhado de suas duas esposas, ambas usando turbantes elaborados e adornados com joias.

Durante todo esse tempo, Rachel notou uma mulher que parecia monopolizar a atenção de todos no ambiente. Era muito magra, tinha um ar aristocrático, uma postura ereta como um pedaço de pau e cabelo branco como a neve, e estava usando um longo *cheongsam* de seda branca com bordado roxo-escuro na gola, nas mangas e na barra. A maioria dos convidados pairava ao seu redor, rendendo-lhe homenagens, e, quando ela, por fim, se aproximou do casal, Rachel notou pela primeira vez a semelhança do namorado com a mulher. Nick já tinha contado a Rachel que, embora sua avó falasse inglês perfeitamente bem, preferia falar chinês e era fluente em quatro dialetos — mandarim, cantonês, *hokkien* e *teochew*. Rachel decidiu cumprimentá-la em mandarim, o único dialeto que sabia falar, mas, antes mesmo que Nick pudesse fazer as apresentações, ela abaixou a cabeça, nervosa, numa reverência, diante daquela senhora majestosa e disse:

— É um imenso prazer conhecê-la. Muito obrigada por ter me convidado para a sua linda casa.

A mulher olhou para ela, sem entender, e respondeu bem devagar em mandarim:

— É um prazer conhecê-la também, mas você está enganada, essa não é a minha casa.

— Rachel, essa é a minha tia-avó Rosemary — explicou Nick, apressadamente.

— Me perdoe, mas meu mandarim está bem enferrujado — acrescentou a tia-avó Rosemary com seu sotaque inglês de Vanessa Redgrave.

— Ah, me desculpe! — disse Rachel, corando. Podia sentir todos os olhares sobre ela, rindo de sua gafe.

— Não há necessidade de pedir desculpas — disse Rosemary, sorrindo graciosamente. — Nick me falou muito a seu respeito, e eu estava ansiosa para conhecer você.

— Falou? — perguntou Rachel, ainda com as bochechas vermelhas. Nick passou o braço ao redor da namorada e falou:

— Venha, vou apresentar você à minha avó.

Eles atravessaram o salão e, no sofá mais próximo da varanda, flanqueada por um homem de óculos que usava um elegante terno de linho branco e por uma mulher estonteante, estava uma senhora encurvada. O cabelo grisalho da cor do aço de Shang Su Yi tinha sido preso com uma faixa na cor marfim, e ela estava vestida de modo simples, com uma blusa de seda cor-de-rosa e calça creme de alfaiataria, além de mocassins de couro marrom. Era mais velha e mais frágil do que Rachel esperava e, embora seus traços estivessem, em parte, obscurecidos por um par de óculos bifocais de lentes escuras e grossas, seu semblante nobre era inconfundível. Atrás da avó de Nick, perfeitamente imóveis, havia duas mulheres com imaculados e idênticos vestidos de seda iridescente.

Nick se dirigiu à avó em cantonês.

— Ah Ma, gostaria de apresentar à senhora a minha amiga, Rachel Chu, dos Estados Unidos.

— Muito prazer! — exclamou Rachel em inglês, esquecendo-se por completo de falar em mandarim.

A avó de Nick olhou para Rachel por um instante.

— Obrigada por ter vindo — respondeu ela com a voz entrecortada, em inglês, e em seguida virou-se rapidamente para continuar sua conversa em *hokkien* com a mulher ao lado. O homem de terno de linho branco deu um sorriso rápido para Rachel, mas depois também virou-lhe as costas. As duas mulheres de vestido de seda olharam de um jeito inescrutável para Rachel, que sorriu para elas, tensa.

— Vamos tomar um ponche — sugeriu Nick, puxando Rachel em direção a uma mesa na qual um garçom uniformizado e com luvas brancas servia ponche de uma enorme tigela de vidro veneziano.

— Ah, meu Deus, esse deve ter sido o momento mais esquisito de toda a minha vida! Acho que a sua avó não foi nem um pouco com a minha cara — sussurrou Rachel.

— Que besteira! Ela só estava no meio de uma conversa, só isso — garantiu-lhe Nick, num tom confortador.

— Quem eram aquelas duas mulheres de vestido de seda paradas feito estátuas atrás dela? — perguntou Rachel.
— Ah, são as damas de companhia dela.
— O quê?
— As damas de companhia dela. Nunca saem do lado da minha avó.
— Como amas, ou coisa assim? Pareciam tão elegantes!
— Sim, são da Tailândia e foram treinadas para servir à corte real.
— Isso é algo comum em Cingapura? Importar criadas da realeza da Tailândia? — indagou Rachel, incrédula.
— Acredito que não. Esse serviço foi um presente vitalício especial dado à minha avó.
— Presente? De quem?
— Do rei da Tailândia. Mas acho que foi do rei antes do Bhumibol. Ou será que foi do rei anterior? Enfim, pelo visto, ele foi um grande amigo dela. Decretou que minha avó só poderia ser servida por mulheres que tivessem treinamento para servir à corte real. Portanto, desde que ela era jovem, há uma rotatividade constante dessas amas.
— Oh! — exclamou Rachel, estupefata. Ela pegou a taça de ponche da mão de Nick e percebeu que os finos desenhos no vidro veneziano tinham o mesmo e idêntico padrão intricado do ornato em relevo do teto. Apoiou-se no encosto de um sofá para não cair, sentindo, subitamente, que aquilo tudo era demais. Era muita informação para absorver: o exército de criados de luvas brancas que pairava ao redor, a confusão de rostos novos, a opulência capaz de deixar qualquer um louco. Quem diria que a família de Nick seria formada por pessoas extremamente imponentes? E por que ele não a preparou um pouco mais para tudo aquilo?

Rachel sentiu um tapinha suave no ombro. Virou-se e viu a prima de Nick carregando um menininho com sono.
— Astrid! — gritou, feliz por finalmente ver um rosto amigo. Astrid estava usando a roupa mais chique que Rachel já tinha visto, muito diferente de como ela se lembrava de tê-la visto em Nova York. Quer dizer que essa era Astrid em seu hábitat natural.
— Olá, olá! — cumprimentou Astrid, alegremente. — Cassian, essa é a tia Rachel. Fale oi para a tia Rachel — disse Astrid, fazen-

do um gesto para a criança. O menino olhou por um instante para Rachel, mas em seguida enterrou o rosto, tímido, no ombro da mãe.

— Aqui, me dê esse meninão! — exclamou Nick, sorrindo, e ergueu Cassian, que não parava de se mexer para se livrar dele. E, ao mesmo tempo, com destreza, Nick entregou à prima uma taça de ponche.

— Valeu, Nicky — disse Astrid, virando-se para Rachel. — O que está achando de Cingapura até agora? Está se divertindo?

— Muito! Embora essa noite esteja sendo meio... demais para mim.

— Ah, eu posso imaginar — comentou Astrid, com um brilho de compreensão nos olhos.

— Não, acho que não pode — foi o que Rachel conseguiu responder.

Um tilintar melodioso soou pelo salão. Ao se virar, Rachel viu uma senhora idosa com uma blusa *cheongsam* branca e calças pretas de seda* tocando um pequenino xilofone perto da escadaria.

— Ah, o jantar está servido — anunciou Astrid. — Venha, vamos comer.

— Astrid, como você consegue sempre chegar quando a comida está *prestes* a ser servida, hein? — comentou Nick.

— Bolo de *choconate*! — murmurou o pequeno Cassian.

— Não, Cassian, você já comeu sua sobremesa — retrucou a mãe do menino com firmeza.

O grupo de convidados começou a seguir para a escadaria, passando pela mulher que tocava xilofone. Ao se aproximar dela, Nick lhe deu um abraço de urso e disse algumas palavras em cantonês.

— Essa é Ling Cheh, a mulher que basicamente me criou desde que eu nasci — explicou ele. — Está com a nossa família desde 1948.

— *Wah, nay gor nuay pang yau gum laeng, ah! Faai di git fun!* — comentou Ling Chen e segurou a mão de Rachel com suavida-

---

* Essas "*amahs* de preto e branco", hoje em dia um grupo em extinção em Cingapura, são criadas domésticas profissionais vindas da China. Em geral, eram solteironas convictas que faziam votos de castidade e passavam toda a vida cuidando das famílias a quem serviam. (Com frequência, eram elas que criavam as crianças.) Eram famosas por seu uniforme distintivo composto por blusa branca e calça preta, com seus longos cabelos negros presos em um coque na base do pescoço.

de. Nick sorriu e corou levemente. Rachel não entendia cantonês, portanto limitou-se a sorrir, enquanto Astrid traduzia depressa:

— Ling Cheh acabou de brincar com Nick, dizendo que a amiga dele era muito bonita. — Ao descer as escadas, ela sussurrou para Rachel: — Também falou para ele se casar com você logo!

Rachel apenas riu.

Uma espécie de bufê havia sido montado no conservatório, um cômodo em forma elíptica com as paredes cobertas de afrescos impressionantes que, à distância, pareciam retratar alguma cena oriental onírica e desbotada. Quando chegou mais perto, entretanto, Rachel percebeu que, embora o mural realmente evocasse as paisagens montanhosas tradicionais da pintura chinesa, os detalhes pareciam ser puro Hieronymus Bosch, com estranhas e vívidas flores subindo pelas paredes, fênix iridescentes e outras criaturas fantásticas escondidas nas sombras. Três mesas redondas gigantescas cintilavam devido à prataria, e portas em arco se abriam para um terraço com colunata em que mesinhas de ferro fundido ao estilo bistrô enfeitadas com velas votivas altas aguardavam os comensais. Cassian continuava se debatendo nos braços de Nick e começou a gritar e a chorar ainda mais alto:

— Eu quero bolo de *choconate*!

— Acho que o que ele quer de verdade é D-O-R-M-I-R — comentou sua mãe. Ela tentou apanhar o filho dos braços de Nick, mas o menino começou a choramingar.

— Lá vem um ataque de birra, estou sentindo. Vamos levar o Cassian para o quarto das crianças — sugeriu Nick. — Rachel, por que não vai se servindo? A gente volta em um minuto.

Rachel ficou impressionada com a incrível variedade de comidas dispostas ali. Uma das mesas estava repleta de delícias da culinária tailandesa; outra, da culinária malaia; e a última, com pratos clássicos da cozinha chinesa. Como sempre, ficou um pouco perdida diante das escolhas que um bufê colossal sempre oferecia. Decidiu começar com uma porção pequena de macarrão chinês e vieiras grelhadas com molho de gengibre. Topou com uma bandeja cheia de folhados dourados de aparência exótica dobrados como pequeninas cartolas.

— Que diabo será isso? — perguntou ela a si mesma, em voz alta.

— São *kueh pie tee*, um prato *nyonya*. Tortinhas recheadas de jicama, cenoura e camarão. Prove uma — sugeriu uma voz às suas costas. Rachel olhou para trás e viu o homem bem-apessoado de terno de linho branco que estivera sentado ao lado da avó de Nick. Ele abaixou a cabeça de modo cortês e se apresentou: — Não fomos apresentados. Sou Oliver T'sien, primo do Nick. — Mais um parente chinês com sotaque britânico, só que este parecia ainda mais afetado que os demais.

— Muito prazer. Rachel...

— Sim, eu sei. Rachel Chu, de Cupertino, Palo Alto, Chicago e Manhattan. Está vendo, sua reputação em muito lhe precede.

— É mesmo? — perguntou ela, tentando não parecer muito surpresa.

— Com toda a certeza, e devo dizer que você é muito mais encantadora do que fui levado a acreditar.

— É mesmo? Por quem?

— Ah, você sabe, pelos fofoqueiros de plantão. Não sabe quanto as línguas têm falado de você desde que chegou? — comentou ele, maldosamente.

— Eu não fazia a menor ideia — disse Rachel, um pouco incomodada, e caminhou até o terraço segurando seu prato e procurando por Nick ou Astrid, mas não viu nenhum dos dois. Notou que uma das tias de Nick — a mulher de terninho Chanel — olhou para ela com expectativa.

— Ali estão Dickie e Nancy — disse Oliver. — Não olhe agora... acho que estão acenando para você. Deus nos ajude! Vamos sentar a uma mesa só nossa, sim? — Antes que Rachel pudesse falar qualquer coisa, Oliver pegou o prato da mão dela e a conduziu até uma mesa no canto do terraço.

— Por que está evitando essas pessoas?

— Não estou evitando ninguém. Estou ajudando *você* a evitá-las. Me agradeça depois.

— Por quê? — insistiu Rachel.

— Bem, em primeiro lugar, porque aqueles dois são uns metidos que não param de falar sobre o último cruzeiro que fizeram no iate de Rupert e Wendi ou do almoço com algum europeu nobre e destronado; e segundo porque eles não estão exatamente no seu time.

— Que time? Eu não sabia que eu estava em um time.

— Bem, quer queira, quer não, você *está*, e Dickie e Nancy vieram aqui essa noite explicitamente para espioná-la para a oposição.

— Espionar?

— Sim. Eles querem destroçar você como se fosse uma carcaça podre e servi-la de *amuse-bouche* na próxima vez que forem convidados para jantar nos Home Counties.

Rachel não sabia o que pensar daquela declaração bizarra. Esse tal Oliver parecia um personagem saído de uma peça de Oscar Wilde.

— Acho que não estou entendendo muito bem — disse ela, por fim.

— Não se preocupe, você vai entender. Espere só mais uma semana. Vou dar a você um pouco mais de crédito.

Rachel analisou Oliver por um minuto. Parecia ter uns 35 anos, seu cabelo curto estava meticulosamente penteado e ele usava pequeninos óculos de aro de tartaruga que só serviam para acentuar ainda mais seu rosto comprido.

— Então, de que modo exatamente você e o Nick estão relacionados? — perguntou ela. — Parece haver tantos ramos nessa família...

— Na verdade, a coisa toda é bem simples. Existem três ramos: os T'siens, os Youngs e os Shangs. O avô do Nick, James Young, e a minha avó, Rosemary T'sien, são irmãos. Você a conheceu hoje, não foi? Você achou que ela era a avó do Nick.

— Sim, claro. Mas isso quer dizer que você e o Nick são primos de segundo grau?

— Isso. Mas, como existem inúmeras famílias grandes aqui em Cingapura, dizemos apenas "primos", para evitar confusão. Não tem nada dessa bobagem de "sobrinhos-netos de terceiro grau" e coisas do tipo.

— Quer dizer que Dickie e Nancy são seus tios.

— Exatamente. Dickie é o irmão mais velho do meu pai. Mas você deve saber que aqui em Cingapura precisa chamar qualquer pessoa que seja uma geração acima da sua de tio ou tia, sendo essa pessoa seu parente ou não. É o que se considera uma conduta educada.

— Bem, então você não deveria chamar seus parentes de "tio Dickie" e "tia Nancy"?

— Tecnicamente, sim, mas pessoalmente sinto que o honorífico título deveria ser conquistado. Dickie e Nancy sempre estão se lixando para mim, portanto por que eu deveria me incomodar?

Rachel ergueu as sobrancelhas.

— Bem, obrigada pelo curso-relâmpago sobre os T'siens. E o terceiro ramo da família?

— Ah, sim, os Shangs.

— Acho que ainda não conheci nenhum deles.

— Bem, ninguém dos Shangs está aqui, claro. Não devemos *nunca* falar sobre eles, mas o fato é que os imperiais Shangs fogem para suas grandes mansões nos campos da Inglaterra todo mês de abril e ficam lá até setembro, para evitar os meses mais quentes. Mas não se preocupe... eu acho que a minha prima Cassandra Shang voltará antes para ir ao casamento do Colin Khoo na semana que vem, portanto você terá a oportunidade de se deleitar em sua incandescência.

Rachel riu ao ouvir o comentário exagerado. Oliver era uma figura.

— E como exatamente todos estão relacionados?

— Aí é que a coisa fica interessante. Preste bastante atenção. Casaram a filha mais velha da minha avó, a tia Mabel T'sien, com o irmão mais novo da avó do Nick, Alfred Shang.

— Como assim casaram? Isso quer dizer que o casamento foi arranjado?

— Sim, em grande parte arquitetado pelo meu avô T'sien Tsai Tay e pelo bisavô do Nick, Shang Loong Ma. O lado bom é que, na verdade, eles gostavam um do outro, o casal. Mas foi um golpe de mestre, porque, estrategicamente, isso uniu os T'siens, os Shangs e os Youngs.

— Para quê? — indagou Rachel.

— Ora, por favor, Rachel, não banque a ingênua para cima de mim. Por causa do *dinheiro*, é lógico. Isso uniu as fortunas das três famílias e as manteve só entre eles, presa.

— Eu ouvi "presa"? Quem vai ser preso? Será que finalmente vão prender você, Ollie? — brincou Nick, aproximando-se da mesa com Astrid.

— Ainda não conseguiram achar nada contra mim, Nicholas — retrucou Oliver. Ele se virou para Astrid e arregalou os olhos. — Nossa Senhora Mãe da Tilda Swinton, olhe só para esses brincos! Onde conseguiu isso?

— No Stephen Chia... são da VBH — disse Astrid, sabendo que ele logo ia perguntar quem era o designer.

— Claro que são. Só Bruce para imaginar algo desse tipo. Devem ter custado, *no mínimo*, meio milhão de dólares. Eu nunca imaginei que fizessem o seu estilo, mas ficaram fabulosos em você. Sabe... você ainda consegue me surpreender mesmo depois de todos esses anos.

— Você sabe que eu tento, Oliver. Eu tento.

Rachel olhou com assombro renovado para os brincos. Oliver havia dito mesmo meio milhão de dólares?

— E o Cassian? — perguntou ela.

— Foi um pouco difícil no começo, mas agora ele vai dormir até o sol raiar — retrucou Astrid.

— E onde está aquele seu marido errante, Astrid? O Sr. Olhos Sedutores? — perguntou Oliver.

— Michael vai ficar até tarde no trabalho hoje.

— Ah, que pena! Aquela empresa dele realmente chupa o sangue, hein? Tenho a impressão de que há séculos não vejo o Michael. Estou começando a achar que o negócio é pessoal. Embora outro dia eu pudesse *jurar* que o tenha visto andando na Wyndham Street em Hong Kong com um menininho. Quando vi, achei que fossem o Michael e o Cassian, mas então o garotinho se virou e não tinha um décimo da fofura do Cassian, então entendi que devia estar tendo alucinações.

— Obviamente — disse Astrid com o máximo de calma possível, embora, por dentro, a sensação fosse de ter acabado de levar um soco no estômago. — Você esteve em Hong Kong, Ollie? — perguntou ela, enquanto seu cérebro tentava loucamente averiguar o mesmo período da última "viagem a negócios" de Michael.

— Estive lá na semana passada. Estou entre Hong Kong, Xangai e Pequim faz um mês, a trabalho.

Michael supostamente deveria estar em Shenzhen nessa época, mas poderia facilmente apanhar um trem para ir a Hong Kong, pensou Astrid.

— Oliver é o especialista em arte e antiguidades asiáticas da casa de leilões Christie's, em Londres — explicou Nick a Rachel.

— Sim, mas já não é mais algo muito eficaz para mim ficar baseado em Londres. O mercado de arte asiática está aquecido de um jeito que vocês não iriam acreditar.

— Ouvi dizer que todo novo bilionário chinês está tentando pôr as mãos em um Warhol hoje em dia — comentou Nick.

— Bem, sim, existe um monte de aspirantes a Saatchi por aí, mas estou lidando basicamente com quem quer comprar de volta as grandes antiguidades que foram roubadas pelos colecionadores europeus e americanos. Ou, como gostam de dizer, as coisas roubadas pelos demônios estrangeiros — explicou Oliver.

— Não foram realmente *roubadas*, não é? — perguntou Nick.

— Roubadas, contrabandeadas, vendidas pelos filisteus, não é tudo a mesma coisa? Queiram os chineses admitir ou não, durante boa parte do século passado o verdadeiro conhecimento sobre arte asiática esteve fora da China, portanto era lá que ia parar uma grande parcela das peças de qualidade museológica, na Europa e nos Estados Unidos. A demanda estava lá. Os chineses endinheirados não davam muito valor ao que tinham. Com exceção de algumas poucas famílias, ninguém queria colecionar arte e antiguidades chinesas, pelo menos não com verdadeiro discernimento. Todos queriam ser modernos e sofisticados, o que significava imitar os europeus. Ora, até nessa casa provavelmente há mais *art déco* francesa do que peças chinesas. Graças a Deus que temos algumas peças fabulosas assinadas pelo Ruhlmann, mas, se pensarmos bem, é uma pena que o seu tataravô tenha ficado louco pela *art déco* quando poderia comprar, em vez disso, todos os tesouros imperiais que estavam chegando da China.

— Você está falando das antiguidades que estavam na Cidade Proibida? — perguntou Rachel.

— Mas é claro! Você sabia que, em 1913, a família imperial chinesa chegou mesmo a tentar *vender* toda a sua coleção ao banqueiro J. P. Morgan? — perguntou Oliver.

— Ora, por favor! — Rachel não acreditou.

— É verdade. A família andava tão mal das pernas que estava disposta a vender tudo por 4 milhões de dólares. Todos os tesouros de valor incalculável, colecionados ao longo de cinco séculos. A história é sensacional! Morgan recebeu a oferta por telegrama, mas morreu poucos dias depois. A única coisa capaz de impedir que os tesouros mais insubstituíveis da China fossem parar na Big Apple foi mesmo a intervenção divina.

— Imagine se isso realmente tivesse acontecido! — comentou Nick, balançando a cabeça.

— É, de fato. Seria uma perda ainda maior do que os mármores de Elgin indo parar no Museu Britânico. Mas, graças a Deus, as coisas mudaram. Os chineses da China continental finalmente estão interessados em comprar de volta sua própria herança, e só estão atrás do filé — disse Oliver. — O que me faz lembrar, Astrid... ainda está procurando mais móveis *huanghuali*? Porque eu sei de uma importante mesa de quebra-cabeça da dinastia Han que irá a leilão na semana que vem em Hong Kong. — Oliver virou-se para Astrid e percebeu que ela estava com um olhar distante. — Planeta Terra chamando Astrid?

— Ah... desculpe, eu me distraí por um momento — disse ela, corando de repente. — Você estava falando alguma coisa sobre Hong Kong?

3

Peik Lin

•

CINGAPURA

Wye Mun e Neena Goh estavam esparramados nos sofás reclináveis verde-azulados de seu *home theater* em Villa d'Oro, beliscando sementes de melancia salgadas e assistindo a uma novela coreana, quando Peik Lin irrompeu na sala.

— Coloquem a TV no mudo! Coloquem a TV no mudo!

— O que foi, o que foi? — perguntou Neena, assustada.

— Vocês não vão acreditar quando eu contar aonde fui hoje!

— Aonde? — perguntou Wye Mun, um pouco irritado por sua filha tê-lo interrompido no momento crucial de seu programa preferido.

— Acabei de vir da casa da avó do Nicholas Young.

— E daí?

— Vocês tinham que ver o tamanho daquele lugar.

— *Dua geng choo,** ah*? — perguntou Wye Mun.

— *Dua* não é o suficiente para começar a descrever aquilo. A casa é gigantesca, e vocês não iriam acreditar no terreno. Vocês sabiam que existe um terreno particular *enorme* bem perto do Jardim Botânico?

— Perto do Jardim Botânico?

---

* Em *hokkien*, "casarão".

— Sim. Saindo da Gallop Road. Fica numa rua da qual eu nunca tinha ouvido falar, chamada avenida Tyersall.

— Perto daquelas casas velhas de madeira? — perguntou Neena.

— É, mas essa não é uma dessas casas coloniais antigas. A arquitetura é bastante incomum, meio orientalista, e os jardins são algo inacreditável. É coisa de provavelmente uns 200 mil metros quadrados ou mais.

— Está brincando, *lah!* — exclamou Wye Mun.

— Papi, estou dizendo... aquela propriedade é imensa. É como o Istana! Só a trilha da entrada tem quilômetros.

— Não pode ser! Uns 8 ou 12 mil metros quadrados eu até acreditaria, mas 200 mil? Não existe nada assim, *lah*.

— Tem, *no mínimo*, 200 mil metros quadrados, provavelmente até mais. Eu achei que estava sonhando. Achei que estava em outro país.

— *Lu leem ziew, ah?** — Neena olhou preocupada para a filha. Peik Lin a ignorou.

— Então me mostre — pediu Wye Mun, com a curiosidade atiçada. — Vamos ver isso no Google Earth. — Eles foram até a mesa do computador que ficava em um canto da sala, abriram o Google, e Peik Lin começou a procurar pelo local. Ao dar zoom no escaneamento topográfico, ela imediatamente percebeu que faltava algo na imagem de satélite.

— Olhe, Papi — todo esse trecho está vazio! A pessoa fica achando que faz parte do Jardim Botânico, mas não faz. É onde fica a casa. Mas por que não existem imagens? Simplesmente não aparece no Google Earth! E o meu GPS também não conseguiu localizar o endereço.

Wye Mun ficou olhando para a tela. O lugar que sua filha dizia ter visto era literalmente um buraco negro no mapa. Oficialmente, não existia. Aquilo era muito estranho.

— Quem é a família desse camarada? — perguntou ele.

— Não sei. Mas havia um monte de carros VIPs estacionados. Eu vi várias placas de carros diplomáticos. Rolls-Royces antigos,

---

* Em *hokkien,* "você andou bebendo?".

Daimlers *vintage*, esse tipo de carro. Aquelas pessoas devem ter uma fortuna inacreditável. Quem acha que eles são?

— Não consigo pensar em ninguém especificamente que more naquela região. — Wye Mun correu o cursor ao longo do perímetro da área coberta de preto. Sua família estava no ramo do desenvolvimento imobiliário e construção em Cingapura havia mais de quarenta anos, mas ele jamais topara com nada daquele tipo. — Olhe, isso é terreno de primeira categoria, bem no meio da ilha. De um valor incalculável. Não pode ser propriedade privada, *lah*!

— Mas é, papi. Eu vi com meus próprios olhos. E a avó do Nick supostamente cresceu lá. Aquela é a casa *dela*.

— Faça Rachel descobrir o nome da avó. E do avô. Precisamos saber quem são essas pessoas. Como é possível alguém ser dono de um terreno tão grande em uma das cidades mais apinhadas do mundo?

— Olhe, parece que a Rachel Chu tirou a sorte grande. Espero que ela se case com esse cara! — Neena, que ainda estava no sofá reclinável, entrou na conversa.

— Ora, quem se importa com a Rachel Chu? Peik Lin, vá *você* atrás dele! — declarou Wye Mun.

Peik Lin sorriu para o pai e começou a digitar uma mensagem de texto para a amiga.

Wye Mun deu um tapinha no ombro da esposa.

— Venha, chame o motorista. Vamos dar um passeio até a avenida Tyersall. Quero ver esse lugar com meus próprios olhos.

Decidiram ir no Audi SUV, para levantarem o mínimo possível de suspeitas.

— Estão vendo? Acho que o lugar onde a propriedade realmente começa é bem aqui — observou Peik Lin, minutos depois, quando eles fizeram uma curva na via serpenteante e densamente arborizada. — Acho que tudo isso à esquerda é a fronteira sul do terreno. — Quando eles chegaram ao portão de ferro cinzento, Wye Mun mandou o motorista parar o carro por um instante. O lugar parecia completamente deserto. — Viram só, a impressão que dá é de que não há nada aqui. Parece só mais um terreno antigo do

Jardim Botânico. Tem outra guarita mais adiante nessa via, de alta tecnologia, guardada por gurkas — explicou Peik Lin.

Wye Mun observou a rua escura, com folhagem densa, completamente fascinado. Ele era um dos nomes mais renomados do desenvolvimento imobiliário em Cingapura e conhecia cada centímetro quadrado de terra naquela ilha. Ou, pelo menos, achava que conhecia.

4

Rachel e Nick

•

TYERSALL PARK

— As *tan huas* estão desabrochando! — anunciou, animada, Ling Cheh para todos no terraço. Quando os convidados começaram a voltar, seguindo pelo conservatório, Nick puxou Rachel de lado.

— Venha, vamos pegar um atalho — chamou ele. Rachel atravessou com ele uma porta lateral, e os dois foram caminhando por um corredor comprido, passando diante de diversos cômodos escuros que ela teve vontade de espiar. Quando Nick a conduziu por baixo de um arco no fim do corredor, ela ficou boquiaberta.

Eles não estavam mais em Cingapura. Era como se tivessem tropeçado e caído em um claustro secreto no interior de um palácio mouro. Apesar de todo o pátio vasto ser fechado por todos os lados, ficava completamente a céu aberto. Colunas entalhadas de forma elaborada ladeavam as arcadas ao redor de todo o perímetro do pátio. Uma fonte andaluza irrompia da parede de pedra e lançava um jato de água a partir de uma flor de lótus em botão esculpida em quartzo rosa. Acima, centenas de lanternas de cobre haviam sido presas meticulosamente ao longo de todo o pátio a partir da passarela situada no segundo andar e, dentro de cada uma, tremulava uma vela.

— Eu queria que você visse esse lugar ainda vazio — explicou Nick com a voz calma, puxando Rachel para perto num abraço.

— Me belisque, por favor. Isso tudo é real? — sussurrou ela, olhando nos olhos do namorado.

— Esse lugar é *muito* real. *Você* é que é um sonho — respondeu Nick, dando-lhe um beijo demorado.

Alguns poucos convidados começaram a entrar, interrompendo o encanto sob o qual Nick e Rachel estiveram momentaneamente envolvidos.

— Vamos, está na hora da sobremesa! — exclamou ele, esfregando as mãos, cheio de expectativa.

Ao longo de uma das arcadas, compridas mesas de banquete ofereciam uma seleção maravilhosa de sobremesas. Havia bolos decorados, suflês e pudins, *goreng pisang**com Lyle's Golden Syrup, *nyonya kuehs* de todas as cores do arco-íris e samovares altos bem polidos repletos de diferentes elixires fumegantes. Criados usando *toques blanches* aguardavam atrás de cada mesa, preparados para servir todas aquelas delícias.

— Me diga que não é assim que a sua família come todos os dias — falou Rachel, estupefata.

— Bom, hoje foi dia de comer as sobras — disse Nick, com a maior naturalidade do mundo.

Rachel deu uma cotovelada em sua costela de brincadeira.

— Ai! E eu que estava pensando em oferecer a você uma fatia do melhor bolo chiffon de chocolate do mundo.

— Acabei de encher a barriga com 18 tipos de macarrão! Não consigo comer sobremesa — resmungou ela, pressionando a mão na barriga por um instante.

Ela foi até o centro do pátio, onde as cadeiras haviam sido arrumadas em torno do espelho d'água. Bem no meio, havia grandes urnas de terracota que abrigavam as *tan huas*, cultivadas com todo

---

* Bolinhos de banana envoltos em massa e fritos, uma guloseima malaia. Era comum encontrar alguns dos melhores *goreng pisang* na cantina da Anglo-Chinese School (ACS), frequentemente usados pelos professores (principalmente pela Sra. Lau, minha professora de chinês) para recompensar os alunos pelas boas notas. Por causa disso, toda uma geração de garotos cingapurianos de determinado meio social passou a considerar esse bolinho um dos melhores exemplares de *comfort food*.

cuidado e esmero. Rachel nunca tinha visto uma espécie de flora tão exótica. As plantas cresciam emaranhadas e se transformavam numa profusão elevada de grandes folhas flexíveis da cor do jade escuro. Longos caules brotavam das beiras das folhas e se curvavam até formarem bulbos gigantescos. As pétalas avermelhadas estavam enroladas ao extremo, como dedos delicados segurando um pêssego sedoso e branco. Oliver ficou parado ao lado das flores e analisou um dos bulbos com atenção.

— Como é possível saber que estão prestes a desabrochar? — perguntou Rachel.

— Está vendo como ficaram inchadas e como a brancura dos bulbos aparece através desses tentáculos vermelhos? Daqui a uma hora, você as verá se abrirem completamente. Sabe, dizem ser um ótimo auspício testemunhar *tan huas* desabrochando à noite.

— É mesmo?

— Sim, é verdade. É tão raro e tão imprevisível que tudo acontece rápido demais. É um evento que a maioria das pessoas só testemunha uma vez na vida, portanto eu diria que você tem muita sorte de estar aqui essa noite.

Rachel foi caminhando ao longo do espelho d'água e viu Nick embaixo de uma das arcadas batendo um papo animado com a mulher impressionante que estivera sentada ao lado de sua avó.

— Quem é aquela mulher que está conversando com o Nick? Você estava com ela antes — perguntou Rachel.

— Ah, aquela é a Jacqueline Ling. Uma velha amiga da família.

— Ela parece uma estrela de cinema — comentou Rachel.

— Parece, não é? Sempre achei que a Jacqueline parecia uma espécie de Catherine Deneuve chinesa, só que mais bonita.

— Ela realmente parece a Catherine Deneuve!

— E também está envelhecendo melhor do que ela.

— Bom, ela não é *tão* velha assim. Quantos anos tem, uns 40 e poucos?

— Que tal acrescentar uns vinte anos nessa conta.

— Está brincando! — exclamou Rachel, reparando, espantada, no porte de bailarina de Jacqueline, muito bem realçado pela blusa frente única amarelo-clara e as pantalonas que ela estava usando com *stilettos* prateados.

— Sempre achei uma pena ela não ter conseguido fazer mais do que desarmar os homens com sua beleza — comentou Oliver.

— Isso foi o que ela fez?

— Ficou viúva do primeiro marido, quase se casou com um marquês britânico e, desde então, tem um relacionamento com um magnata norueguês. Quando eu era criança, sempre ouvia que a beleza da Jacqueline era tão lendária que, quando ela foi a Hong Kong pela primeira vez, nos anos sessenta, sua chegada atraiu uma multidão, como se ela fosse a Elizabeth Taylor. Todos os homens queriam pedi-la em casamento e houve até algumas brigas no terminal do aeroporto. A coisa aparentemente saiu até nos jornais.

— Tudo por causa da beleza dela.

— Sim, por causa disso e da sua linhagem. Ela é neta de Ling Yin Chao.

— Quem é esse?

— Foi um dos filantropos mais respeitados da Ásia. Construiu escolas na China inteira. Mas Jacqueline não está seguindo os passos do avô, a menos que consideremos suas doações em favor de Manolo Blahnik.

Rachel riu. Os dois notaram que Jacqueline estava afagando suavemente o antebraço de Nick.

— Não se preocupe; ela flerta com todo mundo — brincou Oliver. — Quer ouvir outra fofoca deliciosa?

— Sim, por favor.

— Me disseram que a avó do Nick queria muito casar a Jacqueline com o pai dele. Mas ela não conseguiu.

— Ele não ficou encantado com a beleza dela?

— Bem... ele já havia sido atraído por outra beldade, a mãe do Nick. Você ainda não conheceu a Tia Elle, não é?

— Não, ela viajou nesse fim de semana.

— Humm. *Interessante*! Ela nunca viaja quando o Nick está em Cingapura — comentou Oliver, virando-se para ter certeza de que ninguém poderia ouvi-lo e, então, inclinou-se para perto de Rachel. — Se eu fosse você, teria todo o cuidado do mundo quando estivesse perto de Eleanor Young. Ela mantém uma corte rival — disse ele misteriosamente, antes de se afastar em direção à mesa de coquetéis.

Nick estava num dos cantos da área reservada às sobremesas, indeciso quanto ao que comer primeiro: o *goreng pisang* com sorvete, o manjar branco com calda de manga ou o bolo *chiffon* de chocolate.

— Ah, esse bolo *chiffon* de chocolate! Esse, sim, é o motivo pelo qual estou aqui essa noite! — Jacqueline correu os dedos pelos cachos de seus cabelos cortados na altura dos ombros e, então, roçou a mão suavemente no braço de Nick. — Então, me diga, por que não tem ligado para a Amanda? Desde que ela se mudou para Nova York, você a viu muito pouco.

— Tentamos nos encontrar umas duas vezes nessa primavera, mas ela está sempre com a agenda cheia. Ela não está namorando um cara badalado que trabalha com fundos multimercado?

— Ah, não é nada sério, aquele homem tem o dobro da idade dela.

— Bom, eu a vejo nos jornais o tempo todo.

— Esse é que é o problema. Isso precisa parar. É muito inconveniente. Quero que a minha filha se misture com gente de alto nível, não com o assim chamado *jet set* asiático em Nova York. Todos esses pretendentes estão se aproveitando dela para aparecer, e ela é ingênua demais para enxergar isso.

— Ah, eu não acho que a Mandy seja assim tão ingênua.

— Ela precisa de companhia adequada, Nicky. *Gar gee nang.** Quero que você cuide dela. Promete que vai fazer isso por mim?

— Claro. Falei com ela no mês passado, e ela me contou que estava ocupada demais para vir ao casamento do Colin.

— Sim, que pena, não?

— Vou ligar para ela quando voltar para Nova York. Mas eu acho que, hoje em dia, a Amanda deve me achar chato demais.

— Não, não, seria ótimo para ela passar mais tempo ao seu lado. Vocês costumavam ser tão próximos. Agora me conte sobre essa

---

* Em *hokkien*, "do mesmo tipo" ou "nossa gente", termo em geral utilizado para se referir a familiares ou a associações de clãs.

garota charmosa que você trouxe para apresentar à sua avó. Estou vendo que ela já conquistou Oliver. Melhor dizer para ela tomar cuidado com ele: aquele ali é um fofoqueiro de marca maior.

Astrid e Rachel sentaram-se ao lado da fonte de lótus e ficaram observando uma mulher com robe de seda cor de damasco tocando *guqin*, uma tradicional cítara chinesa. Rachel estava enfeitiçada pela velocidade impressionante com que as compridas unhas vermelhas da mulher tangiam graciosamente as cordas, enquanto Astrid tentava desesperadamente não pensar no que Oliver dissera. Será que ele, de fato, teria visto Michael andando com um menininho em Hong Kong? Nick afundou na cadeira ao seu lado, equilibrando com destreza duas xícaras de chá fumegantes com uma das mãos e segurando um prato com uma fatia de bolo *chiffon* de chocolate pela metade com a outra. Ofereceu a xícara de chá de lichia defumada para Astrid, pois sabia que era o sabor preferido da prima, e deu o bolo para Rachel provar. — Você precisa experimentar isso aqui; é um dos maiores sucessos do nosso chef Ah Ching.

— *Alamak*, Nicky, pegue uma fatia decente para ela — repreendeu-o Astrid, saindo momentaneamente de seu estado de depressão.

— Tudo bem, Astrid. Vou comer a maior parte do bolo dele, como sempre — explicou Rachel, dando uma risada. Ela provou o bolo, e seus olhos se arregalaram no mesmo instante. Era a combinação perfeita de chocolate e creme, com uma leveza aerada que derretia na boca. — Humm. Gostei do fato de não ser doce demais.

— É por isso que nunca consigo comer outros bolos de chocolate. Acho que são sempre doces demais, densos demais ou com muita cobertura — explicou Nick.

Rachel estendeu a mão para comer mais um pedaço.

— Anote a receita. Vou tentar fazer em casa.

Astrid ergueu as sobrancelhas.

— Você pode até tentar, Rachel, mas confie em mim... minha cozinheira já tentou e nunca sai tão perfeito assim. Desconfio de que Ah Ching tenha algum ingrediente secreto.

Enquanto eles estavam sentados ali no pátio, as pétalas vermelhas das *tan huas*, antes completamente enroladas, começaram a se abrir como num filme em câmera lenta e revelaram uma profusão de pétalas brancas macias como penas que continuaram se expandindo até formar um desenho que era uma explosão irradiante.

— Não acredito que essas flores estão ficando tão grandes assim! — exclamou Rachel, animada.

— Elas sempre me fazem lembrar de um cisne abrindo as asas, prestes a alçar voo — observou Astrid.

— Ou talvez prestes a atacar — acrescentou Nick. — Os cisnes podem ser bem agressivos.

— Os meus nunca foram agressivos — disse a tia-avó Rosemary, aproximando-se deles, ao ouvir o último comentário de Nick. — Não se lembra de alimentar os cisnes em meu lago quando você era pequenininho?

— Eu me lembro de sentir muito medo deles, na verdade — retrucou Nick. — Eu partia alguns pedacinhos de pão, atirava as migalhas na água e depois corria para me esconder.

— Nick era um covarde — provocou Astrid.

— Era? — perguntou Rachel, surpresa.

— Bom, ele era bem pequeno. Durante muito tempo, todos tiveram receio de que ele nunca fosse crescer. Eu era muito mais alta do que ele. Então, de repente, ele espichou — respondeu Astrid.

— Ei, Astrid, pare de falar da minha vergonha secreta — pediu Nick, franzindo a testa de brincadeira.

— Nicky, você não tem nada do que se envergonhar. Afinal, você se transformou em um espécime bastante robusto. E tenho certeza de que Rachel concorda com isso — provocou tia Rosemary. Todas as mulheres riram.

Enquanto as flores continuavam se transformando diante dos olhos de todos, Rachel bebericava seu chá de lichia em uma xícara de porcelana vermelha, enfeitiçada por tudo ao seu redor. Viu o sultão tirando fotos com suas duas esposas na frente dos botões de flores e seus *kebayas* cravejados de joias refletindo faíscas de luz a cada flash. Observou o grupo de homens sentados em círculo com o pai de Astrid, que estava entretido em uma discussão acalorada sobre política, e olhou para Nick, agora agachado ao lado de sua avó. Ficou enternecida ao ver como o namorado parecia ser carinhoso com sua avó, que estava segurando as mãos da velha senhora e sussurrando em seu ouvido.

— Sua amiga está se divertindo? — perguntou Su Yi para o neto, em cantonês.

— Sim, Ah Ma. Ela está se divertindo muito. Obrigado por convidá-la.

— Ela parece ser o assunto da cidade. Todos estão tentando, discretamente, me perguntar coisas sobre ela ou me contar coisas sobre ela.

— É mesmo? E o que estão dizendo?

— Algumas pessoas desconfiam das verdadeiras intenções dessa moça. Sua prima Cassandra chegou, inclusive, a me ligar da Inglaterra, bastante nervosa.

Nick ficou surpreso.

— Como Cassandra sabe da existência da Rachel?

— Ora, só os fantasmas sabem onde ela consegue suas informações! Mas ela está muito preocupada com você. Acha que está sendo atraído para uma armadilha.

— Armadilha? Estou apenas curtindo as férias com a Rachel, Ah Ma. Não há nenhum motivo para se preocupar — disse Nick, defendendo-se, irritado por Cassandra ter feito fofoca a seu respeito.

— Foi *exatamente* o que eu disse a ela. Falei que você é um bom garoto e que jamais faria nada sem a minha bênção. Cassandra deve estar entediada até a morte nos campos ingleses. Está deixando a imaginação correr tão solta quanto os cavalos bobos dela.

— Quer que eu traga Rachel para cá, Ah Ma, para que a senhora possa conhecê-la melhor? — arriscou Nick.

— Você sabe muito bem que não vou conseguir suportar todos os pescoços se virando para me olhar caso isso aconteça. Por que vocês dois não ficam hospedados aqui na semana que vem? Não faz sentido ficar hospedado em um hotel quando se tem o próprio quarto à sua espera, aqui.

Nick ficou felicíssimo ao ouvir as palavras de sua avó. Agora tinha seu selo de aprovação.

— Seria maravilhoso, Ah Ma.

Em um canto escuro da sala de bilhar, Jacqueline estava no meio de uma conversa acalorada ao telefone com sua filha, Amanda, em Nova York.

— Pare já com essas suas desculpas! Estou me lixando para o que você contou ou deixou de contar para a imprensa. Faça o que for preciso, mas esteja aqui na semana que vem — disse ela, furiosa.

Jacqueline desligou o celular e olhou pela janela para o terraço banhado ao luar.

— Eu sei que você está aí, Oliver — falou ela, rispidamente, sem se virar. Oliver surgiu das sombras junto à porta e se aproximou lentamente dela.

— Eu sinto seu cheiro a quilômetros de distância. Você precisa pegar leve com o Blenheim Bouquet; você não é o príncipe de Gales.

Oliver arqueou as sobrancelhas.

— Ora, ora, se não estamos ficando irritadinhos por aqui! Enfim, para mim, ficou bem claro que o Nicholas está completamente apaixonado. Não acha que é um pouco tarde para Amanda?

— De jeito nenhum — retrucou Jacqueline, arrumando o cabelo com cuidado. — Como você mesmo já disse várias vezes, "timing é tudo".

— Eu estava falando de investimentos em arte.

— Minha filha é uma obra de arte primorosa, não é mesmo? Só pode pertencer à melhor das coleções.

— Uma coleção à qual você mesma não conseguiu pertencer.

— Vá se foder, Oliver!

— *Chez toi ou chez moi?* — Oliver arqueou uma sobrancelha enquanto saía sem a menor pressa da sala.

No pátio andaluz, Rachel permitiu-se fechar os olhos por um instante. Os dedilhados da cítara chinesa e o ruído das águas criavam uma melodia perfeita, e as flores, por sua vez, pareciam estar coreografando seu desabrochar com aqueles ritmos suaves. Sempre que uma brisa soprava, as lanternas de cobre penduradas e destacadas contra o céu balançavam como centenas de esferas cintilantes à deriva em um mar escuro. Rachel teve a impressão de estar flutuando junto com elas em uma espécie de sonho sibarítico, e se perguntou se a vida ao lado de Nicholas seria sempre assim. Em pouco tempo, as *tan huas* começaram a murchar, tão rápida e misteriosamente quanto haviam desabrochado, enchendo o ar da noite com um aroma intoxicante enquanto se enrugavam e tornavam-se pétalas agora esgotadas e sem vida.

5

Astrid e Michael

•

CINGAPURA

Sempre que as festas na casa da avó iam até tarde, Astrid passava a noite em Tyersall Park. Preferia não acordar Cassian caso ele estivesse dormindo profundamente e ia direto até o quarto (logo em frente ao de Nick) que fora preparado para suas visitas frequentes desde que ela era pequena. Sua avó adorada criara um empório encantado para ela: encomendara móveis da Itália caprichosamente entalhados à mão e mandara pintar as paredes com cenas de seu conto de fadas preferido, "As 12 Princesas Bailarinas". Astrid ainda adorava passar uma ou outra noite naquele quarto da época de sua infância, cheio de mimos, como os mais fantásticos bichinhos de pelúcia, as bonecas e os conjuntos de chá que só o dinheiro era capaz de comprar.

Naquela noite, contudo, ela estava decidida a voltar para casa. Muito embora passasse bastante da meia-noite, apanhou Cassian, afivelou-o com segurança à cadeirinha do carro e rumou para seu apartamento. Estava desesperada para saber se Michael já tinha "voltado do trabalho". Estava apenas se enganando ao pensar que poderia simplesmente fechar os olhos enquanto o marido a traía. Astrid não era como aquelas outras mulheres. Não seria uma vítima como a mulher de Eddie, Fiona. Todas aquelas semanas de especulações e incertezas haviam se transformado em um peso esmagador sobre ela, e Astrid precisava resolver esse assunto de uma vez por todas. Precisava ver seu marido com os próprios olhos. Precisava sentir seu cheiro. Precisava saber se realmente existia outra mulher. Porém, se fosse cruelmente honesta consigo mesma, sabia que conhecia a verdade desde que aquelas poucas palavras simples cintilaram na tela do iPhone dele. Esse era o preço que precisava pagar por ter se apaixonado por Michael. Ele era um homem que todas as mulheres consideravam irresistível.

CINGAPURA, 2004

A primeira vez que Astrid colocou os olhos em Michael, ele estava usando uma sunga com estampa de camuflem. Ver qualquer pessoa com mais de 10 anos de idade usando sunga era algo repulsivo para a sensibilidade estética de Astrid, mas, quando Michael veio se pavoneando pela passarela com sua sunga da Custo Barcelona e o braço enlaçando uma garota amazonense vestida com um maiô da Rosa Chá e um colar de esmeraldas, Astrid ficou fascinada.

Ela havia sido arrastada até o Churchill Club para um desfile de moda beneficente organizado por uma de suas primas Leongs e, até então, ficara sentada, morrendo de tédio, durante todo o evento. Para alguém acostumada a estar sempre na primeira fileira dos desfiles de Jean-Paul Gaultier, repletos de aparatos cênicos elaborados, ver um desfile naquela passarela construída às pressas e iluminada com filtros amarelos, palmeiras falsas e luzes estroboscópicas piscantes se assemelhava a assistir a uma peça de teatro comunitária sem nenhum orçamento para produção.

Mas, então, Michael apareceu e, subitamente, tudo começou a se passar em câmera lenta. Ele era mais alto e mais largo do que a maioria dos homens asiáticos, tinha um bronzeado sensacional que não era possível de se conseguir com um spray num salão de beleza. Seu corte de cabelo rente, em estilo militar, apenas acentuava um nariz de falcão que, de tão incongruente com o restante de seu rosto, assumia uma conotação altamente sexual. Havia ainda aquele olhar penetrante e profundo, e o abdome definido no tronco magro. Ele ficou menos de trinta segundos na passarela, mas ela o reconheceu imediatamente, algumas semanas depois, na festa de aniversário de Andy Ong. Muito embora, dessa vez, ele estivesse vestido dos pés à cabeça, com uma camiseta em gola V e calça jeans cinza desbotada.

Daquela vez, quem reparara nela primeiro fora Michael. Estava apoiado em uma mureta nos fundos de um jardim no bangalô dos Ongs com Andy e alguns amigos quando Astrid apareceu no terraço, usando um longo vestido de linho branco com recortes delicados de renda. Aí está uma garota que *não* pertence a esta festa, pensou ele. Ela logo avistou o aniversariante e foi correndo dar um abraço apertado nele. Os caras ao seu redor ficaram olhando, boquiabertos.

— Feliz aniversário! — exclamou ela, entregando-lhe um pequeno presente com uma embalagem maravilhosa, envolta em tecido de seda roxa.

— Ora, Astrid, *um sai lah*!* — disse Andy.

— É só uma coisinha de Paris que eu achei que você fosse gostar, só isso.

— Quer dizer que você se livrou de vez daquela cidade? Está de volta para valer, agora?

— Ainda não tenho certeza — respondeu Astrid, com cautela.

Os caras estavam manobrando em busca de uma posição melhor para observar Astrid. Então, por mais relutante que Andy se mostrasse, achou que seria falta de educação não apresentá-los.

— Astrid, esses são Lee Shen Wei, Michael Teo e Terence Tan. Todos parceiros do Exército.

Astrid sorriu com doçura para todos e, então, fixou o olhar em Michael.

— Se não me engano, eu já vi *você* de sunga — disse ela.

Os quatro ficaram ao mesmo tempo espantados e confusos diante daquela afirmação. Michael apenas balançou a cabeça e riu.

— Hã... do que ela está falando? — perguntou Shen Wei.

---

* Em cantonês: "Não precisava."

Astrid olhou para o torso definido de Michael, que, apesar da camiseta folgada, era bem evidente.

— Sim, era você *mesmo*, não era? No desfile de moda do Churchill Club, para arrecadar fundos para ajudar jovens viciados em compras?

— Michael, *você participou de um desfile de moda?* — exclamou Shen Wei, sem acreditar.

— E de sunga? — acrescentou Terence.

— Foi para ajudar uma causa de caridade. Fui arrastado! — soltou Michael, ficando vermelho como um pimentão.

— Quer dizer então que você não é modelo profissional? — perguntou Astrid.

Os caras desataram a rir.

— É sim! É sim! Ele é o Michael Zoolander — disse Andy, caindo na risada.

— Não, estou falando sério — insistiu ela. — Se um dia quiser desfilar profissionalmente, conheço algumas agências de modelos em Paris que provavelmente adorariam representar você.

Michael apenas olhou para ela, sem saber o que responder. Havia certa tensão palpável no ar, e nenhum deles sabia o que dizer.

— Escutem, estou faminta e acho que vou provar um pouco daquele *mee rebus** lá dentro, que parece delicioso — avisou Astrid, dando um beijinho rápido na bochecha de Andy antes de seguir de volta para a casa.

— Certo, *laeng tsai*,** o que você está esperando? Está na cara que ela está a fim de você — falou Shen Wei para Michael.

— Não tenha muita esperança, Teo. Ela é *intocável* — avisou Andy.

— O que você quer dizer com *intocável*? — perguntou Shen Wei.

— Astrid não namora gente da nossa estratosfera. Sabem com quem ela quase se casou? Com o Charlie Wu, o filho do bilionário da tecnologia Wu Hao Lian. Os dois ficaram noivos, mas ela rompeu o noivado no último minuto porque sua família achou que *ele* não servia para ela — disse Andy.

---

* Macarrão com ovos malaio ao molho de curry agridoce.
** Em cantonês, "bonitão".

— Bom, o Teo aqui vai provar que você pode estar enganado. Mike, se eu já vi declaração tão explícita na vida, foi a dela. Não seja tão *kiasu*,* cara! — exclamou Shen Wei.

Michael não sabia o que pensar da garota sentada à sua frente na mesa. Em primeiro lugar, aquele encontro nem deveria estar acontecendo. Astrid não fazia bem o seu tipo. Ela era o tipo de garota que ele via fazendo compras naquelas lojas de grife caras na Orchard Road ou sentadas no café do lobby de algum hotel chique tomando um *macchiato* descafeinado duplo com seu namorado banqueiro. Ele nem sabia direito por que a convidara para sair. Não era do feitio dele ir atrás das garotas de um jeito assim tão óbvio. Durante toda a sua vida, nunca precisara correr atrás de mulher nenhuma. Elas sempre se ofereciam de mão beijada para ele, a começar pela namorada de seu irmão mais velho, quando Michael tinha apenas 14 anos. Tecnicamente, Astrid é quem havia tomado a iniciativa, portanto ele não se importou em ir atrás dela. Aquele papo de Andy de que ela era "areia demais para seu caminhãozinho" o irritara profundamente, e ele achou que seria divertido levá-la para a cama, só para esfregar aquilo na cara do amigo.

Michael jamais imaginara que ela fosse aceitar sair com ele, mas lá estavam os dois, menos de uma semana depois, num restaurante em Dempsey Hill com velas votivas azul-cobalto em todas as mesas (o típico lugar da moda cheio de *ang mors* que ele detestava), sem ter muito o que dizer um ao outro. Não tinham nada em comum, exceto o fato de que ambos conheciam Andy. Ela não tinha um emprego, e, uma vez que o trabalho dele era confidencial, eles não podiam conversar sobre o assunto. Ela havia morado em Paris nos últimos anos, portanto estava desacostumada com Cingapura. Que diabo, ela nem sequer parecia ser cingapuriana de verdade, com aquele sotaque britânico e aqueles seus maneirismos.

Entretanto, ele se sentia incrivelmente atraído por ela. Astrid era o extremo oposto do tipo de garota que ele costumava namorar. Embora viesse de uma família rica, não usava roupas de grife nem

---

* Em *hokkien*, "ter medo de perder".

joias. Nem sequer parecia estar usando maquiagem e, mesmo assim, era muito sexy. Aquela garota não era tão *seow chieh** quanto fizeram com que ele acreditasse ser e até o desafiou para uma partida de sinuca depois do jantar.

Ela se revelou superletal no bilhar, o que só a tornava ainda mais sexy. Só que, obviamente, ela não era o tipo de garota com quem ele poderia ter um flerte casual. Ele quase se sentia envergonhado, mas a única coisa que desejava fazer era ficar olhando para o rosto dela. Não se cansava disso. Tinha certeza de que, em parte, só havia perdido o jogo porque ficara distraído demais com ela. No fim da noite, ele acompanhou Astrid até o carro dela (que, surpreendentemente, era apenas um Acura) e abriu a porta para ela entrar, convencido de que nunca mais a veria de novo.

Mais tarde, naquela noite, Astrid estava deitada na cama tentando ler o último livro do Bernard-Henri Lévy, mas não conseguia se concentrar. Não conseguia parar de pensar em seu encontro desastroso com Michael. O pobre coitado não tinha um papo muito bom nem um pingo de sofisticação. Era de se imaginar. Homens com aquela aparência obviamente não precisavam se esforçar para impressionar uma mulher. Porém, havia *alguma coisa* nele, algo que o enchia de uma beleza que parecia quase primitiva. Ele era simplesmente o espécime masculino mais perfeito que ela já tinha visto na vida, e aquilo desencadeava uma resposta fisiológica em seu corpo que, até então, ela não imaginava que poderia ter.

Desligou o abajur e ficou deitada no escuro embaixo do mosquiteiro de sua cama *peranakan* tradicional, desejando que Michael pudesse ler sua mente naquele instante. Queria que ele usasse um traje camuflado e escalasse as paredes da casa de seu pai, despistasse os guardas da guarita e os pastores-alemães que faziam a ronda. Queria que ele subisse na goiabeira ao lado da janela de seu quarto e entrasse nele sem fazer barulho. Queria que ele ficasse ao pé da sua cama por um tempo, nada além de uma sombra escura e maliciosa. Então, queria que depois ele arrancasse suas roupas, cobrisse sua boca com a mão cheia de terra e a violasse sem parar até o dia amanhecer.

---

* Em mandarim, "metida" ou "fresca", "difícil de agradar".

Astrid tinha 27 anos e, pela primeira vez na vida, percebeu o que *realmente* era sentir desejo sexual por um homem. Apanhou o celular e, antes que pudesse se conter, discou o número de Michael. Ele atendeu depois de dois toques, e Astrid percebeu que ele devia estar em um bar barulhento. Desligou imediatamente. Quinze segundos depois, seu celular tocou. Ela o deixou tocar umas cinco vezes antes de atender.

— Por que você me ligou e, logo em seguida, desligou? — perguntou Michael com uma voz calma e baixa.

— Eu não liguei para você. Meu telefone deve ter ligado para o seu número sozinho quando estava na minha bolsa — respondeu Astrid, sem se deixar afetar.

— Aham.

Houve uma longa pausa antes de Michael acrescentar, como quem não quer nada:

— Estou no Harry's Bar agora, mas vou até o Ladyhill Hotel alugar um quarto. O Ladyhill fica bem perto daí, não é?

Astrid foi pega de surpresa com a audácia dele. Quem diabos ele achava que era? Sentiu o rosto corar e teve vontade de desligar novamente na cara dele. Mas, em vez disso, pegou-se acendendo a luz do abajur.

— Me mande uma mensagem com o número do quarto — limitou-se a dizer.

CINGAPURA, 2010

Astrid dirigiu pelas curvas fechadas da Cluny Road com a cabeça imersa em pensamentos. No início da noite em Tyersall Park, alimentara a fantasia de que seu marido estava em algum hotel vagabundo tendo um caso tórrido com a vadia da mensagem de texto de Hong Kong. Mesmo quando estava conversando no modo automático com seus familiares, via a si mesma surpreendendo Michael e a vadia naquele quartinho sórdido e atirando todos os objetos que estivessem à vista em cima dos dois. O abajur. A jarra de água. A cafeteira de plástico barata.

Depois do comentário de Oliver, entretanto, uma fantasia mais sombria ainda começou a consumi-la. Agora, ela estava convencida de que Oliver não havia se enganado, que de fato vira seu marido em Hong Kong. Michael era inconfundível, e Oliver, que era tão diplomático quanto armador de intrigas, obviamente lhe mandara uma mensagem cifrada. Mas quem seria o garotinho? Será que Michael tivera outro filho? Ao virar à direita na Dalvey Road, Astrid quase não notou o caminhão estacionado a poucos metros de distância, onde uma equipe noturna de construtores fazia reparos em um poste alto. Um dos trabalhadores abriu a porta do caminhão e, antes mesmo que ela pudesse gritar, virou com tudo para a direita. O para-brisas se estilhaçou, e a última coisa que Astrid viu antes de perder a consciência foi o sistema intrincado de raízes de uma figueira.

6

Nick e Rachel

•

CINGAPURA

Quando Rachel acordou na manhã seguinte à festa das *tan huas*, Nick estava falando baixinho ao telefone na sala de estar da suíte do hotel. Enquanto sua visão lentamente entrava em foco, ela continuou deitada em silêncio, olhando para o namorado e tentando absorver tudo o que havia acontecido nas últimas 24 horas. A noite anterior havia sido mágica, mas ela não conseguia deixar de sentir certo incômodo crescente. Era como se ela houvesse topado sem querer com uma câmara secreta e descoberto que Nick andara vivendo uma vida dupla. A vida comum que eles compartilhavam na condição de dois jovens professores universitários em Nova York não tinha a menor semelhança com a vida de esplendor imperial que o namorado parecia levar aqui, e Rachel não sabia como conciliar ambas.

Ela não era ingênua no que se referia aos círculos dos abastados. Depois das dificuldades iniciais, Kerry Chu havia fincado raízes e conseguido a licença de corretora de imóveis justamente quando o Vale do Silício começava a entrar no boom da internet. A infância dickensiana de Rachel foi substituída por uma adolescência na abastada Bay Area. Ela havia estudado em duas das melhores universidades do país — Stanford e Northwestern —, onde conheceu pessoas como Peik Lin e outros tipos com fundos fiduciários. Agora, ela morava na cidade mais cara dos Estados Unidos, onde circulava com a elite acadêmica. Nada disso, entretanto, fora suficiente para preparar Rachel para suas primeiras 72 horas na Ásia. As demonstrações de riqueza ali eram tão extremadas que não se pareciam com nada que ela jamais tivesse visto. Além disso, Rachel nem sonhava que seu namorado pudesse fazer parte daquele mundo.

O estilo de vida de Nick em Nova York poderia ser descrito como modesto, até mesmo frugal. Ele morava em um estúdio confortável alugado na Morton Street que não parecia ter nada de valor a não ser seu laptop, sua bicicleta e suas pilhas de livros. Vestia-se bem, mas de modo casual, e Rachel (que não tinha nenhuma referência sobre as roupas masculinas britânicas feitas sob medida) jamais se deu conta de quanto de fato custavam aqueles blazers amassados com etiquetas da Huntsman ou Anderson & Sheppard. Fora isso, as únicas extravagâncias de Nick de seu conhecimento eram produtos caros no Union Square Greenmarket e bons lugares para assistir a shows quando alguma banda bacana ia tocar na cidade.

Agora, entretanto, tudo começava a fazer sentido. Sempre houvera algo nele, algo que Rachel não saberia definir nem para si mesma, mas que o distinguia de qualquer um que ela já tivesse conhecido. O jeito como ele interagia com as pessoas. O modo como se apoiava em uma parede. Ele estava sempre se misturando, muito à vontade, com o pano de fundo, mas, ao fazer isso, na verdade, acabava se destacando. Ela havia atribuído aquilo à aparência e à formidável inteligência de Nick: alguém tão bem-aventurado quanto ele não precisava provar nada a ninguém. Porém, agora ela sabia que havia algo mais por trás disso tudo. Ele havia sido criado em um lugar como Tyersall Park. Nada se comparava àquilo. Rachel queria saber mais sobre a infância dele, sobre sua avó intimidadora, sobre as pessoas que conhecera na noite passada, mas não queria começar o dia enchendo-o com um milhão de perguntas, ainda mais quando tinha o verão inteiro para descobrir aquele mundo novo.

— Oi, Bela Adormecida — brincou Nick, encerrando a chamada e notando que Rachel estava acordada. Ele adorava a aparência dela logo que acordava, com os longos cabelos tão sedutoramente despenteados e o sorriso dorminhoco e alegre que ela sempre lhe dava assim que abria os olhos.

— Que horas são? — perguntou ela, se espreguiçando contra a cabeceira acolchoada da cama.

— Nove e meia mais ou menos — respondeu ele, indo até a cama e se enfiando embaixo das cobertas. Abraçou-a por trás e puxou o corpo dela para o seu. — Hora da conchinha! — declarou, brincando, e deu vários beijos em sua nuca. Rachel virou-se para olhá-lo e começou a tracejar a linha que ia da sua testa ao queixo.

— Alguma vez alguém já disse que... — começou ela.

— ... que eu tenho o perfil mais perfeito do mundo? — perguntou Nick, terminando a frase por ela com uma risada. — Ah, escuto isso todos os dias da minha linda namorada, que, certamente, é uma maluca. Você dormiu bem?

— Como uma pedra. A noite passada realmente me deixou esgotada.

— Estou muito orgulhoso de você. Sei que deve ter sido exaustivo conhecer tanta gente, mas você realmente encantou todo mundo.

— Argggh. Isso é o que você diz. Não acho que aquela sua tia de terninho Chanel concorde com isso, nem o seu tio Harry. Eu devia ter passado um ano inteiro estudando sobre a história, a política e a arte de Cingapura...

— Ah, o que é isso? Ninguém esperava que você fosse especialista em assuntos do Sudeste Asiático. Todos apenas gostaram de conhecer você.

— Até mesmo a sua avó?

— Com certeza! Na verdade, ela nos convidou para ficarmos lá na semana que vem.

— Sério? Vamos ficar hospedados em Tyersall Park?

— Mas é claro! Ela gostou de você e quer conhecê-la melhor.

Rachel balançou a cabeça:

— Não acredito que causei uma boa impressão nela, de jeito nenhum.

Nick apanhou uma mecha de cabelo caída sobre a testa de Rachel e, delicadamente, colocou-a atrás da orelha dela.

— Em primeiro lugar, você precisa entender que a minha avó é extremamente tímida, a ponto de às vezes parecer arrogante, mas ela é uma observadora astuta das pessoas. Em segundo lugar, você *não precisa* causar nenhuma impressão nela. Apenas ser você mesma já será bom o bastante.

Com base no que ela havia conseguido descobrir aqui e ali com as outras pessoas, Rachel não tinha tanta certeza assim, mas resolveu não se preocupar com aquilo por ora. Os dois ficaram deitados, entrelaçados na cama, ouvindo os ruídos das crianças gritando e espirrando água ao pularem na piscina. De repente, Nick se sentou.

— Sabe o que ainda não fizemos? Não pedimos serviço de quarto. Você sabe que essa é uma das coisas que eu mais gosto quando me hospedo em hotéis? Vamos. Vamos ver se o café da manhã daqui é bom mesmo.

— Você leu a minha mente! Ei, é verdade que a família do Colin é dona desse hotel? — perguntou Rachel, apanhando o cardápio encadernado com couro na mesinha ao lado da cama.

— É, sim. Foi o Colin quem contou isso a você?

— Não, foi a Peik Lin que me contou. Comentei com ela ontem que a gente ia ao casamento do Colin e a família dela inteira quase teve um ataque.

— Por quê? — perguntou Nick, momentaneamente perplexo.

— Eles ficaram ultraempolgados, só isso. Você não me disse que o casamento do Colin seria *tão* badalado.

— Não achei que seria.

— Aparentemente, é matéria de capa de todos os jornais e revistas da Ásia.

— Acho que os jornalistas deveriam procurar assuntos mais interessantes para cobrir, com tudo o que está acontecendo no mundo.

— Ah, que isso! Nada vende tanto quanto um casamento chique.

Nick suspirou, rolou de costas e ficou olhando para o teto com vigas de madeira.

— Colin está bem estressado. Eu estou realmente preocupado com ele. Um casamento gigantesco era a última coisa que ele queria, mas acho que foi algo inevitável. Araminta e a mãe dela assumiram as rédeas da situação e, pelo que ouvi falar, a coisa vai ser uma produção monumental.

— Bom, ainda bem que eu posso simplesmente ficar sentadinha na plateia — brincou Rachel.

— É, pode mesmo, mas eu vou ter que ficar bem no meio do picadeiro do circo todo. Ah, isso me fez lembrar uma coisa... Bernard Tai está organizando a despedida de solteiro, e parece que ele planejou algo ultraextravagante. Vamos todos nos encontrar no aeroporto para ir a algum destino secreto. Você se incomodaria muito se eu a abandonasse por uns dois dias? — perguntou Nick, afagando levemente o braço dela.

— Não se preocupe comigo; cumpra o seu dever. Vou explorar a cidade por minha conta, e tanto Astrid como Peik Lin se ofereceram para me ciceronear nesse fim de semana.

— Bom, existe outra opção também... Araminta ligou agora há pouco e *realmente* quer que você vá à despedida de solteira dela, hoje à tarde.

Rachel apertou os lábios por um instante.

— Você não acha que ela só estava sendo educada? Quer dizer, a gente acabou de se conhecer. Não seria meio estranho eu aparecer numa festa em que só estão as amigas mais próximas dela?

— Não veja as coisas por esse lado. Colin é meu melhor amigo, e Araminta adora fazer uma social. Acho que vai haver um grupo enorme de mulheres, então você vai se divertir. Por que não liga para ela e conversa sobre o assunto?

— Certo, mas antes vamos pedir uns waffles belgas com manteiga aromatizada com xarope de bordo.

7

Eleanor

•

SHENZHEN

Lorena Lim estava falando ao celular em mandarim quando Eleanor entrou no salão do café da manhã, sentou-se em frente a ela e absorveu a paisagem da manhã nebulosa do alto daquele pico de vidro. Sempre que visitava aquela cidade, ela parecia ter dobrado de tamanho.* Mas, como um adolescente em fase de crescimento, muitos dos edifícios que haviam sido construídos às pressas — e que mal tinham uma década de existência — já estavam sendo demolidos para dar lugar a torres mais cintilantes, como aquela que Lorena havia comprado recentemente. Eram prédios chamativos, tudo bem, mas muito cafonas. Cada superfície daquele salão de café da manhã, por exemplo, estava coberta de mármore laranja em uma tonalidade particularmente pútrida. Por que todas as construtoras da China continental achavam que, quanto mais mármore, melhor?

---

* O que antes era uma vila de pescadores sem graça na costa de Guangdong é hoje uma metrópole lotada de arranha-céus medonhos de tão pretensiosos, shopping centers espalhafatosos e poluição desenfreada — em outras palavras, o equivalente asiático a Tijuana. Shenzhen tornou-se o local favorito entre os vizinhos ricos da região, por causa de seus preços baixos. Os turistas de Cingapura e Hong Kong, principalmente, gostam de se banquetear com produtos gourmet como abalones e sopa de barbatana de tubarão, de fazer compras até a meia-noite em shoppings de qualidade duvidosa repletos de artigos de imitação de grifes famosas e de desfrutar de tratamentos hedonistas em spas — tudo por uma fração do que pagariam em seus lugares de origem.

Enquanto Eleanor tentava imaginar aqueles balcões revestidos de um silestone neutro, uma criada colocou uma tigela cheia de mingau de peixe fumegante bem na sua frente.

— Não, não, eu não quero mingau. Gostaria de uma torrada com geleia.

Parece que a criada não entendeu direito o pedido de Eleanor, feito num mandarim hesitante.

Lorena encerrou o telefonema, desligou o celular e disse:

— Ora, Eleanor, você está na China. Pelo menos prove um pouco desse mingau delicioso.

— Desculpe, não consigo comer peixe de manhã cedo. Estou acostumada a comer minha torrada matinal — insistiu ela.

— Olhe só para você! Reclama que seu filho está ocidentalizado demais, mas nem consegue consumir um típico café da manhã chinês.

— Estou casada com um Young há tempo demais — disse Eleanor, simplesmente.

Lorena balançou a cabeça.

— Acabei de conversar com meu *lobang*.* Vamos encontrá-lo no saguão do Ritz-Carlton às oito da noite, e ele vai nos acompanhar até a pessoa que possui as informações confidenciais sobre Rachel Chu.

Carol Tai entrou no salão trajando um penhoar lilás luxuriante.

— Quem são essas pessoas que você vai levar Eleanor para conhecer? Tem certeza de que é seguro?

— Ora, não se preocupe. Vai ser tranquilo.

— Então o que faremos até lá? Acho que Daisy e Nadine querem ir àquele shopping gigante que fica perto da estação de trem — comentou Eleanor.

— Ah, você está falando do Luohu. Tem um lugar ainda melhor aonde eu queria levar vocês primeiro. Mas isso precisa ficar só entre nós, certo? — sussurrou Carol, em tom conspiratório.

Depois que as mulheres terminaram de tomar o café e de se embelezar para o dia, Carol levou o grupo até um dos diversos edifícios comerciais situados no centro de Shenzhen. Um jovem

---

* Gíria malaia para "contato".

magricela parado na esquina do prédio, que parecia estar digitando mensagens como um louco no celular, desviou o olhar ao notar as duas Mercedes sedã de último modelo pararem e um bando de mulheres sair de dentro delas.

— Você é o Jerry? — perguntou Carol em mandarim. Ela piscou os olhos por causa do sol implacável do meio-dia para olhar o rapaz e percebeu que ele estava jogando um joguinho no celular.

O jovem analisou o grupinho de mulheres por um instante, para ter certeza de que não eram policiais disfarçadas. Sim, obviamente, era um bando de mulheres ricas e, a julgar pela aparência, todas de Cingapura. As cingapurianas se vestiam com uma combinação inconfundível de estilos e usavam menos joias, pois morriam de medo de serem assaltadas. As mulheres de Hong Kong tendiam a se vestir de modo idêntico e exibir pedras enormes, enquanto as japonesas, com viseiras e pochetes, pareciam estar indo a algum clube de golfe. Ele abriu um amplo sorriso e disse:

— Sim! Sou o Jerry! Bem-vindas, senhoras, bem-vindas. Podem me acompanhar, por favor.

Ele as conduziu pelas portas de vidro fumê do prédio, depois por um longo corredor e por uma porta nos fundos. De repente, elas se viram mais uma vez ao ar livre numa rua ao lado do prédio, diante da qual havia um prédio comercial muito menor que parecia ou estar em construção ou prestes a ser demolido. Lá dentro, o saguão era escuro como breu, e sua única fonte de luz vinha da porta que Jerry havia acabado de abrir.

— Cuidado, por favor — advertiu ele, enquanto as conduzia pelo ambiente escuro e repleto de caixas de ladrilhos de granito, compensado de madeira e material de construção.

— Tem certeza de que isso é seguro, Carol? Eu não teria vindo com meus novos saltos Roger Vivier se soubesse que a gente viria para um lugar desses — reclamou Nadine, nervosa. Ela estava com a impressão de que iria tropeçar em alguma coisa a qualquer momento.

— Confie em mim, Nadine; não vai acontecer nada. Você vai me agradecer daqui a um minuto — garantiu Carol com a maior calma do mundo.

Finalmente, uma porta levou até um hall mal iluminado com um elevador, e Jerry ficou apertando sem parar o botão de chamada do elevador decadente. Por fim, o elevador de serviço chegou. As mulheres se apertaram dentro dele, encolhidas no meio para nem sequer encostar nas paredes empoeiradas. No 17º andar, a porta do elevador se abriu e revelou um vestíbulo iluminado com lâmpadas fluorescentes. Havia duas portas duplas de aço em cada extremidade, e Eleanor reparou nos dois conjuntos de câmeras do circuito interno instaladas no teto. Uma garota magérrima de 20 e poucos anos surgiu em uma das portas.

— Olá, olá — cumprimentou ela em inglês, assentindo para as mulheres. Inspecionou-as por um breve instante e depois disse, em um tom surpreendentemente severo e pausado: — Por favor, desliga celular, non permitido câmera. — Ela caminhou em direção a um interfone e disparou algo em altíssima velocidade num dialeto que nenhuma delas conseguiu identificar, e então um conjunto de fechaduras se destrancou com um clique.

Ao entrarem, as mulheres se viram abruptamente em uma loja suntuosa. O chão era de mármore cor-de-rosa polido, as paredes estavam forradas de tecido cor-de-rosa claro *moiré*, e, de onde estavam, elas conseguiam apenas entrever o corredor que conduzia a outros cômodos adjacentes da loja. Cada um deles era dedicado a uma grife de luxo diferente, com armários que iam do chão ao teto e estavam lotados com as bolsas e os acessórios que estavam mais em voga no momento. Os tesouros pareciam reluzir sob as lâmpadas de halogênio cuidadosamente posicionadas, e clientes bem-vestidas ocupavam todos os cômodos, inspecionando ansiosamente as mercadorias.

— Esse lugar é famoso por vender as melhores falsificações — declarou Carol.

— Santo Deus! — Nadine soltou um gritinho animado, enquanto Carol a olhava feio por dizer o santo nome do Senhor em vão.

— Itália esse lado, França esse outro. Que querer? — perguntou a menina magricela.

— Vocês têm bolsas da Goyard? — perguntou Lorena.

— Ora! Sim, sim, todo mundo querer Goya agora. Temos melhores Goya — disse ela, levando Lorena até um dos cômodos adjacentes. Atrás do balcão, havia fileiras e mais fileiras de todas as bolsas tipo sacola mais recentes e desejadas da Goyard, de todas as cores imagináveis. Um casal suíço estava bem no meio daquela sala testando as rodas de uma mala de rodinhas da Goyard.

Daisy sussurrou no ouvido de Eleanor:

— Está vendo, só turistas como nós estão fazendo compras aqui. Hoje em dia, os chineses da China continental só vão atrás dos legítimos.

— Bom, pela primeira vez na vida, eu concordo com eles. Nunca entendi por que alguém iria querer comprar uma bolsa de grife falsificada. Qual é o sentido de fingir ter uma bolsa de grife quando não se pode comprar uma de verdade? — desdenhou Eleanor.

— Ah, Eleanor, se eu ou você usássemos uma dessas, quem pensaria que é falsa? — questionou Carol. — Todo mundo sabe que podemos comprar uma legítima.

— Além do mais, essas aqui são *absolutamente idênticas* às verdadeiras. Nem mesmo os funcionários da Goyard poderiam diferenciar umas das outras — observou Lorena, balançando a cabeça, sem acreditar. — Olhe só a costura, o relevo, a etiqueta.

— Parecem tão verdadeiras assim porque praticamente *são mesmo*, Lorena — explicou Carol. — Isso é o que eles chamam de "imitações reais". Todas as grifes de luxo contratam as fábricas da China para processar o couro que utilizam. Se a empresa faz um pedido de, digamos, 10 mil unidades, eles fabricam 12 mil. Então, vendem os 2 mil remanescentes por baixo dos panos no mercado negro como "imitações", muito embora tenham sido fabricados exatamente com o mesmo material dos verdadeiros.

— Ei, gente, *guei doh say, ah*!* Essas coisas aqui não são pechincha nenhuma — advertiu Daisy, analisando o preço de uma das etiquetas.

— Continuam sendo baratas. Essa bolsa aqui custa 4, 5 mil em Cingapura. Aqui, 600, e é exatamente igual — disse Lorena, sentindo a textura distintiva da bolsa.

---

* Em cantonês, "é tão caro que eu poderia morrer".

— Meu Deus, eu quero uma de cada cor! — disse Nadine, dando um gritinho. — Eu vi essa bolsa na "It List" da *British Tatler* do mês passado!

— Tenho certeza de que a Francesca também iria querer uma — comentou Lorena.

— Não, não, eu não ouso comprar nada para aquela minha filha cheia de trique-trique. Francesca só usa artigos originais, e eles precisam ser da *próxima* coleção — retrucou Nadine.

Eleanor entrou no cômodo seguinte, que estava repleto de araras cheias de roupas. Analisou um terninho Chanel falso, balançando a cabeça em desaprovação ao ver os botões dourados com Cs entrelaçados nas mangas do paletó. Sempre achou que usar uma roupa tão formal de grife como aquela, como as mulheres de sua idade e sua classe social tendiam a fazer, só servia para reforçar a idade de alguém. O estilo de Eleanor era bem estudado. Ela preferia as roupas mais jovens e modernas que encontrava nas butiques de Hong Kong, Paris ou onde quer que, por acaso, estivesse, pois isso fazia com que cumprisse três objetivos: estaria sempre usando algo marcante que ninguém mais em Cingapura tinha, gastava muito menos dinheiro com roupas do que suas amigas e parecia pelo menos uma década mais jovem do que realmente era. Ela enfiou a manga do terninho Chanel de volta à arara, entrou no que parecia ser um cômodo dedicado à Hermès e se viu cara a cara com ninguém menos que Jacqueline Ling. *Falando em disfarçar a idade, essa aí deve ter feito algum pacto com o demônio.*

— O que você está fazendo aqui? — perguntou Eleanor, surpresa. Jacqueline era uma das pessoas de quem menos gostava, mas nem mesmo ela jamais teria imaginado que aquela mulher pudesse usar uma imitação de grife.

— Cheguei hoje de manhã, e uma amiga insistiu para que eu viesse até aqui comprar uma dessas bolsas de couro de avestruz para ela — explicou Jacqueline, meio desconcertada ao ver Eleanor num lugar como aquele. — Há quanto tempo está na cidade? Foi por isso que não vi você em Tyersall Park ontem à noite.

— Vim para um spa de fim de semana com algumas amigas. Quer dizer que você esteve no jantar de sexta-feira na casa da minha sogra? — perguntou Eleanor, não de todo surpresa. Jacqueline estava sempre puxando o saco da avó de Nicky quando visitava Cingapura.

— Sim, Su Yi decidiu fazer uma festinha de última hora porque suas *tan huas* iam desabrochar. Havia muita gente. Eu vi o Nicky... e conheci *a garota*.

— Bem, e o que você achou dela? — perguntou Eleanor, impaciente.

— Ah, quer dizer então que você ainda não a conheceu? — Jacqueline achava que Eleanor certamente gostaria de saber mais sobre a intrusa o mais rápido possível. — Ah, você sabe, ela é uma típica CNA. Superconfiante e supercomum. Nunca achei que o Nicky pudesse se interessar por alguém assim.

— Eles estão só namorando, *lah* — disse Eleanor, um pouco na defensiva.

— Eu não teria tanta certeza assim se fosse você. Essa garota já virou melhor amiga da Astrid e do Oliver, e você devia ter visto como estava olhando boquiaberta para tudo que havia naquela casa — disse Jacqueline, muito embora não tivesse presenciado nada daquilo.

Eleanor foi pega de surpresa com o comentário, mas logo percebeu que, pelo menos naquele quesito, os interesses das duas estavam em sintonia.

— Como vai a Mandy? Ouvi dizer que está namorando um banqueiro judeu com o dobro da idade dela.

— Ah, você sabe que isso é só fofoca — respondeu Jacqueline, apressadamente. — A imprensa de lá está fascinada com ela e tenta de todas as maneiras associá-la a qualquer homem disponível em Nova York. Enfim, seja como for, você vai ter a oportunidade de perguntar a Amanda pessoalmente, já que ela virá para o casamento do Colin Khoo.

Eleanor pareceu surpresa. Araminta Lee e Amanda Ling eram arqui-inimigas e, dois meses antes, Amanda causara um pequeno escândalo quando declarou ao *Straits Times* que "não entendia por que tanto furor em relação ao casamento de Colin Khoo — ela era uma pessoa ocupada demais para vir correndo a Cingapura para ir a todos os casamentos de alpinistas sociais".*

Naquele momento, Carol e Nadine entraram na salinha da Hermès. Nadine reconheceu Jacqueline imediatamente, pois a vira muitos anos antes na *première* de gala de um filme. Ali estava a sua chance de ser apresentada formalmente.

— Nossa, Elle, você sempre topando com gente conhecida aonde quer que vá — disse, alegremente.

Carol, que estava muito mais interessada nas bolsas Kelly da Hermès, sorriu para elas do outro lado do cômodo, mas continuou fazendo compras, enquanto Nadine ia direto até as duas. Jacqueline olhou para a mulher que vinha em sua direção, pega de surpresa pela quantidade absurda de maquiagem que ela estava usando. Oh, meu Deus, essa era aquela Shaw horrorosa cujas fotos estavam sempre nas colunas sociais ao lado da filha igualmente vulgar. E Carol Tai era a mulher daquele bilionário salafrário. Claro que Eleanor teria *esse tipo* de amigas.

— Jacqueline, muito prazer em conhecer você — cumprimentou-a Nadine efusivamente, estendendo a mão.

— Bem, preciso ir andando — disse Jacqueline para Eleanor, sem estabelecer contato visual com Nadine e dando um passo em direção à saída com agilidade, antes que a mulher pudesse reclamar uma apresentação mais formal.

Depois que Jacqueline saiu, Nadine desatou a falar.

— Você nunca me contou que conhecia a Jacqueline Ling! Uau, ela ainda é lindíssima! Quantos anos deve ter agora? Acha que ela fez plástica?

— *Alamak*, não me pergunte essas coisas, Nadine! Como posso saber? — repreendeu-a Eleanor, irritada.

— Parece que você a conhece muito bem.

— Conheço Jacqueline há anos. Fiz inclusive uma viagem com ela para Hong Kong há muito tempo, só que ela não parava de se exibir. Além disso, um monte de homens idiotas nos seguia por toda parte para declarar seu amor por ela. Foi um pesadelo.

---

* Sim, os Khoos e os Lings também estão relacionados por laços de matrimônio.

Nadine queria continuar falando sobre Jacqueline, mas a mente de Eleanor já estava em outro lugar. Quer dizer que Amanda havia mudado de ideia e iria ao casamento de Colin, no fim das contas. Que interessante! Por mais que detestasse Jacqueline, precisava admitir que Amanda seria uma parceira e tanto para Nicky. As estrelas estavam começando a se alinhar. Ela mal podia esperar pelo que havia para ela nas mãos do informante secreto de Lorena naquela noite.

8

Rachel

•

CINGAPURA

A primeira pista de que a festa de despedida de solteira de Araminta não seria nada comum veio quando o táxi de Rachel a deixou no Terminal JetQuay CIP, que atendia os jatinhos particulares. A segunda veio quando Rachel entrou no elegante saguão e se viu frente a frente com vinte garotas que pareciam ter passado as últimas quatro horas fazendo cabelo e maquiagem. Rachel achava sua roupa — uma túnica azul-clara com saia jeans branca — superfofa, mas agora lhe parecia meio desleixada em comparação com todas aquelas garotas superproduzidas, que pareciam que haviam acabado de sair de uma passarela. Rachel não conseguiu localizar Araminta em parte alguma, então ficou parada sorrindo para todas enquanto alguns trechos de conversas aqui e ali flutuavam até ela.

— *Eu procurei aquela bolsa no mundo inteiro, mas nem mesmo a L'Eclaireur em Paris conseguiu encontrá-la para mim...*

— *É um apartamento de três quartos naquele antigo condomínio da Thompson Road. Tenho a sensação de que vai entrar no negócio e eu vou triplicar o que investi...*

— *Para tudo, gente. Descobri o melhor lugar do mundo para comer siri apimentado, vocês não vão acreditar...*

— *Gosto mais das suítes do Lanesborough do que das do Claridge, mas na verdade o melhor lugar para se hospedar é mesmo o Calthorpe...*

— *Imagina*, lah! *O melhor siri apimentado ainda é o do Signboard Seafood...*

— *Isso não é cashmere, é vicunha, sabe...*

— *Você soube que Swee Lin vendeu seu apartamento no Four Seasons por sete ponto cinco milhões? Um jovem casal da China continental, eles pagaram em dinheiro...*

Sim, aquela definitivamente não era a sua turma. De repente, uma garota ultrabronzeada com *megahair* loiro entrou no saguão e gritou:

— Araminta acabou de chegar!

O lugar caiu em um silêncio profundo, e todas as cabeças se viravam na direção da porta de vidro deslizante. Rachel mal reconheceu a garota que entrou. Em vez da adolescente com calças de pijama de algumas noites atrás, estava uma mulher com macacão dourado fosco e botas douradas com saltos *stiletto*, o cabelo castanho-escuro ondulado estava preso em um coque meio solto no alto da cabeça. Graças à maquiagem feita pelas mãos de um expert, seus traços de menina haviam se transformado nos de uma top model.

— Rachel, estou tão feliz que você tenha conseguido vir! — disse Araminta, toda animada, dando-lhe um forte abraço. — Venha comigo — chamou, segurando a mão de Rachel e conduzindo-a até o meio do saguão.

— Olá, gente! Primeiro, o mais importante: quero apresentá-las à minha mais nova amiga fabulosa, Rachel Chu. Ela veio de Nova York como convidada do padrinho do Colin, Nicholas Young. Por favor, recebam bem a Rachel. — Todos os olhos se viraram para Rachel, que corou levemente e não pôde fazer nada a não ser sorrir educadamente para o grupo reunido em torno dela, que agora dissecava cada centímetro de seu corpo. Araminta prosseguiu: — Vocês são minhas amigas mais queridas, por isso quis lhes oferecer um agradinho especial. — Ela fez uma pausa de efeito. — Hoje, vamos para o resort que fica na ilha particular da minha mãe, no leste da Indonésia! — Gritos contidos de espanto emergiram da multidão. — Vamos dançar na praia essa noite, nos banquetear com delícias de baixas calorias e nos mimar com todos os tratamentos possíveis o fim de semana inteiro! Venham, meninas, vamos começar logo essa festa!

Antes que Rachel pudesse processar direito o que Araminta havia acabado de dizer, elas foram conduzidas a bordo de um Boeing 737-300 customizado. Lá dentro, ela se viu em um ambiente extremamente chique, com sofás de couro branco esguios com costura manual e mesinhas cintilantes de chagrém.

— Araminta, que demais! É o avião novo do seu pai? — quis saber uma das garotas, incrédula.

— Na verdade, esse é da minha mãe. Ela comprou de algum oligarca de Moscou que precisava baixar a bola e se esconder, pelo que ouvi falar.

— Bom, então tomara que ninguém resolva explodir esse avião — brincou a garota.

— Não, não, o avião recebeu pintura nova. Antes era azul-cobalto, mas é claro que a minha mãe teve que fazer sua transformação zen, portanto mandou repintar o avião três vezes até ficar satisfeita com a tonalidade certa de branco-gelo.

Rachel entrou na cabine seguinte e encontrou duas garotas conversando na maior animação.

— Eu não falei para você que era ela?

— Ela não é nem de longe o que eu estava esperando. Quer dizer, supostamente, a família dela é uma das mais ricas de Taiwan, mas ela veio parecendo uma...

Ao notarem a presença de Rachel, as garotas ficaram abruptamente em silêncio e sorriram com timidez para ela, antes de fugirem apressadas para o corredor. Rachel não havia prestado nenhuma atenção na conversa — estava distraída demais com as banquetas de couro em tom cinza claro e as belas luminárias de leitura de níquel polido que pendiam do teto. Uma das paredes estava tomada por televisões de tela plana, enquanto outra consistia em revisteiros de metal prateado com os últimos exemplares das revistas de moda.

Araminta entrou na cabine, conduzindo algumas garotas em um tour.

— Aqui é uma espécie de midiateca. Olhem como é aconchegante, vocês não adoram isso? Agora vou mostrar meu ambiente favorito no avião, o estúdio de yoga!

Rachel seguiu o grupo até o cômodo seguinte, sem acreditar que existia gente rica o bastante para instalar um estúdio de yoga ayurvédica de última tecnologia, com paredes de cascalho e pisos aquecidos de pinus, em seu avião particular.

Um grupo de garotas entrou se dobrando de tanto rir.

— *Alamak*, Francesca já colocou aquele comissário italiano gostoso contra a parede e exigiu o quarto principal! — exclamou a garota ultrabronzeada com seu sotaque cantarolante.

Araminta franziu a testa em sinal de desgosto.

— Wandi, avise a Francesca que o quarto está fora de questão. E Gianluca também.

— Acho que talvez todas nós devêssemos ser iniciadas no clube do sexo em aviões com aqueles garanhões italianos — disse uma das garotas que davam risadinhas.

— E quem precisa ser iniciada? Eu sou membro do clube desde os 13 anos — gabou-se Wandi, jogando para trás o cabelo com mechas louras.

Rachel, sem saber o que dizer, decidiu afivelar o cinto de segurança de uma das poltronas mais próximas e se preparar para a decolagem. A garota discreta ao seu lado sorriu.

— Você vai se acostumar com a Wandi. Ela é uma Meggaharto, sabe? Acho que não preciso explicar a você como é a família dela. Por falar nisso, sou Parker Yeo. Eu conheço a sua prima Vivian!

— Desculpe, mas não tenho nenhuma prima chamada Vivian — disse Rachel, achando graça.

— Mas você não é a Rachel Chu?

— Sou.

— E sua prima não se chama Vivian Chu? Sua família não é dona da Plásticos Taipei?

— Receio que não — negou Rachel, tentando não revirar os olhos. — Minha família é da China.

— Ah, desculpe, eu me equivoquei. Então, o que a sua família faz?

— Hã, minha mãe é corretora de imóveis na região de Palo Alto. Quem é essa gente da Plásticos Taipei sobre a qual as pessoas não param de falar?

Parker se limitou a sorrir.

— Explico a você em um segundo, mas, antes, por favor, me dê licença. — Ela desafivelou o cinto e foi direto até a cabine dos fundos. Foi a última vez que Rachel a viu durante todo o voo.

— Meninas, eu tenho o maior furo do ano! — anunciou Parker, invadindo a cabine principal lotada de garotas. — Eu estava sentada ao lado daquela tal Rachel Chu e adivinhem só? Ela não é parente dos Chu da Plásticos Taipei! Ela *nem sequer havia ouvido falar* deles!

Francesca Shaw, esparramada no meio da cama, lançou um olhar de seca-pimenteira para Parker.

— Só isso? Eu podia ter contado isso há meses. Minha mãe é superamiga da mãe do Nicky Young, e eu sei o suficiente sobre Rachel Chu para afundar um navio inteiro.

— Então, por favor, *lah*, pode começar a desembuchar a sujeira toda! — implorou Wandi, pulando sem parar na cama, ansiosamente.

Depois de uma aterrissagem súbita em uma pista perigosamente curta, Rachel se viu em um catamarã esguio, com a brisa salgada do mar chicoteando seus cabelos enquanto elas avançavam em direção a uma das ilhas mais remotas da região. A água era de um tom quase ofuscante de azul-turquesa, interrompida por minúsculas ilhas aqui e ali, como bolotas de creme de leite fresco esparramadas. Logo o catamarã deu uma guinada fechada em direção a uma das ilhas maiores, e, ao se aproximarem, uma série impressionante de construções de madeira com baldaquinos ondulantes de palha tornou-se visível.

Aquele era o paraíso idealizado pela mãe *hotelier* de Araminta, Annabel Lee, que não poupara gastos para criar a última palavra em refúgio segundo sua visão exata do que significa ser chique, moderno e luxuoso. A ilha, na verdade apenas um trecho de coral com 400 metros de comprimento, consistia em trinta chalés construídos sobre palafitas que se estendiam até os arrecifes de coral rasos. Depois que o catamarã estacionou no atracadouro, uma fila de garçons com uniformes cor de açafrão aproximou-se e ficou parada de modo atento, segurando bandejas de acrílico cheias de mojitos.

Eles ajudaram Araminta a sair do catamarã primeiro e, quando todas as garotas estavam reunidas no cais segurando seus coquetéis, ela declarou:

— Bem-vindas a Samsara! Essa palavra em sânscrito significa "fluxo contínuo", passar pelos estágios da existência. Minha mãe queria criar um lugar especial onde fosse possível vivenciar um renascimento, onde fosse possível experimentar diferentes níveis de felicidade. Então, a ilha é de vocês, e espero que encontrem sua felicidade ao meu lado nesse fim de semana. Mas, antes de mais nada, organizei uma maratona de compras na butique do resort! Meninas, como presente da minha mãe, cada uma de vocês pode escolher cinco peças de roupa. E, para deixar tudo um pouco mais divertido, e também porque não quero deixar de aproveitar o pôr do sol com coquetéis, isso vai virar um desafio. Vocês terão apenas vinte minutos para escolher. Peguem o que conseguirem, porque, daqui a vinte minutos, a butique fecha! — Todas garotas soltaram gritinhos de empolgação e começaram a correr como loucas pelo cais.

Com paredes de madrepérola esmaltadas, pisos de teca javanesa e janelas que davam para uma lagoa, o Samsara Collection normalmente era um refúgio de civilizada tranquilidade. Hoje, mais parecia Pamplona na corrida de touros quando as garotas entraram como um foguete e devastaram o lugar em busca de roupas que superassem umas às outras. Um cabo de guerra fashionista começou, enquanto elas tentavam agarrar as peças mais cobiçadas.

— *Lauren, solte essa saia Collette Dinnigan antes que você acabe rasgando o tecido!*

— *Wandi, sua vaca, eu vi essa blusa Tomas Maier primeiro! Além do mais, você nunca iria caber nela com esses seus peitos novos!*

— *Parker, solte essas sapatilhas Pierre Hardy; senão vou furar seus olhos com esses* stilettos *Nicholas Kirkwood!*

Araminta subiu no balcão e ficou se deleitando com a cena, aumentando ainda mais a tensão em seu joguinho ao gritar em voz alta o tempo restante de minuto em minuto. Rachel tentou se manter longe da confusão e se refugiou em uma arara que as outras haviam desprezado, provavelmente por não ter nenhuma marca facilmente reconhecível em nenhum dos itens. Francesca estava em frente a uma arara próxima olhando roupa por roupa, como se estivesse observando fotos médicas de deformidades genitais.

— Isso é impossível. Quem são todos esses estilistas zé-ninguém? — gritou ela para Araminta.

— Como assim, zé-ninguém? Alexis Mabille, Thakoon, Isabel Marant... minha mãe escolhe pessoalmente as peças dos estilistas mais quentes do momento para sua butique — defendeu-se Araminta.

Francesca atirou seu longo cabelo negro cacheado para trás e soltou um murmúrio de desdém:

— Você sabe muito bem que eu só visto seis marcas: Chanel, Dior, Valentino. Etro, minha querida amiga Stella McCartney e Brunello Cucinelli nos fins de semana no campo. Se eu soubesse que a gente viria para cá, Araminta, podia ter trazido as últimas roupas Chanel que comprei para usar em resorts. Comprei a coleção inteira dessa temporada no bazar de moda cristão beneficente organizado pela Carol Tai.

— Bom, eu acho que você vai ter que se contentar em baixar o nível por duas noites e desapegar do seu Chanel — retrucou Araminta, que deu uma piscadela conspiratória para Rachel e sussurrou: — Quando conheci Francesca na escola dominical, ela tinha um rosto redondo e usava roupas de segunda mão. O avô dela era um pão--duro famoso e toda a família morava apertada em uma antiga loja na Emerald Hill.

— É difícil acreditar nisso — disse Rachel, olhando para a maquiagem perfeita de Francesca e para seu vestido envelope verde--esmeralda cheio de babados.

— Bom, o avô dela teve um ataque fulminante e entrou em coma, então seus pais finalmente puderam pôr as mãos em todo o dinheiro. Praticamente da noite para o dia, Francesca ganhou maçãs do rosto novas e um guarda-roupa de Paris. Você não iria acreditar na velocidade com que ela e a mãe se transformaram. E, por falar em velocidade, o tempo está passando, Rachel! Você deveria estar escolhendo roupas!

Embora Araminta houvesse convidado todas a escolherem cinco peças, Rachel não se sentia à vontade para se aproveitar de sua generosidade. Escolheu uma blusa branca de linho bonitinha com pequenos babados nas mangas e topou com dois vestidos de verão feitos da mais leve seda batista, que, para ela, evocavam os vestidos retos simples que Jacqueline Kennedy usava nos anos sessenta.

Enquanto Rachel experimentava a blusa branca, ouviu duas garotas conversando no provador ao lado.

— *Você viu o que ela está vestindo? Onde foi que ela comprou aquela túnica barata, na Mango?*

— *Como você esperava que ela tivesse algum estilo? Acha que ela consegue isso lendo a* Vogue *americana? Hahahaha.*

— *Na verdade, Francesca disse que ela não é nem uma CNA; disse que nasceu na China continental!*

— *Eu sabia! Ela tem o mesmo olhar desesperado das minhas criadas.*

— *Bom, aí está a chance dela de finalmente conseguir umas roupas decentes!*

— *Pode esperar, com todo aquele dinheiro dos Youngs, ela vai dar um* upgrade *super-rápido!*

— *Isso nós vamos ver. Nem todo o dinheiro no mundo é capaz de comprar o bom gosto se você não nasceu com ele.*

Rachel ficou espantada quando percebeu que as garotas estavam falando dela. Trêmula, saiu do provador e quase trombou com Araminta.

— Está tudo bem com você? — perguntou a noiva.

Rachel se recuperou rapidamente.

— Sim, sim, só estava tentando fugir de todo esse pânico, só isso.

— Ah, mas é o pânico que torna tudo isso divertido! Vamos ver o que você achou — disse Araminta, animada. — Oooh, você tem um olho ótimo! Esses aqui foram feitos por um estilista javanês que pinta todos os vestidos à mão.

— São muito lindos. Quero pagar por eles. Não posso aceitar a generosidade da sua mãe. Quer dizer, ela nem sequer me conhece.

— Que besteira! São seus. E a minha mãe está *muito* ansiosa para conhecer você.

— Bem, uma coisa eu tenho de admitir: ela criou uma loja e tanto. Tudo é tão singular que me faz lembrar o estilo da prima do Nick.

— Ah, Astrid Leong! *"A Deusa"*, como costumávamos chamá-la.

— Sério? — Rachel riu.

— Sim. Todas nós absolutamente a idolatrávamos quando éramos pequenas. Ela estava sempre tão fabulosa, tão chique, e não fazia o menor esforço.

— Ela realmente estava incrível ontem à noite — refletiu Rachel.

— Ah, então você a viu ontem à noite? Me conte exatamente o que ela estava usando — pediu Araminta, ansiosa.

— Ela estava com uma blusa sem mangas branca com a renda mais delicada que eu já vi e um par de calças de seda cinza tipo *skinny*, estilo Audrey Hepburn.

— Da marca...? — incitou Araminta.

— Não faço a menor ideia. Mas o que realmente chamava a atenção eram os brincos. Eram de parar o trânsito. Pareciam filtros de sonhos dos índios navajos, só que feitos de joias.

— Que fabuloso! Adoraria saber quem foi o designer desses brincos — disse Araminta, de propósito.

Rachel sorriu, pois um bonito par de sandálias na prateleira inferior de um armário balinês de repente chamou sua atenção. Perfeitas para a praia, pensou, caminhando até elas para olhá-las melhor. Eram um pouco grandes para ela, portanto Rachel voltou para onde estava, mas descobriu que dois dos itens que havia escolhido — a blusa branca e um dos vestidos de seda pintados à mão — haviam desaparecido.

— Ei, o que aconteceu com os meus... — ela começou a dizer.

— Acabou o tempo, meninas! A butique está fechada agora! — declarou Araminta.

Aliviada pela maratona de compras finalmente haver terminado, Rachel saiu à procura de seu quarto. Seu cartão dizia "Chalé N. 14", portanto ela seguiu as placas que começavam a partir do píer principal e serpenteavam pelo meio do recife de coral. O chalé era um bangalô de madeira trabalhada com paredes de coral claro e mobília branca. Nos fundos, um conjunto de portas de madeira teladas se abria para um deque com degraus que levavam direto ao mar.

Rachel sentou-se na beira dos degraus e mergulhou os dedos na água. Estava perfeitamente fria e era tão rasa que ela podia afundar os pés na areia macia e branca. Mal podia acreditar que estivesse naquele lugar. Quanto devia custar a diária daquele bangalô? Ela sempre se perguntou se teria sorte o bastante para um dia visitar um resort como aquele uma vez na vida — em sua lua de mel, quem sabe —, mas nunca esperava ver-se num deles para comemorar uma despedida de solteira. De repente, sentiu saudades de Nick e desejou que ele estivesse ali para desfrutar daquele paraíso particular ao seu lado. Era por causa dele que ela havia sido subitamente lançada nesse estilo de vida de alta classe, e ficou imaginando onde ele poderia estar naquele exato momento. Se as garotas estavam num resort numa ilha no oceano Índico, para onde, afinal, os rapazes teriam ido?

9

Nick

•

MACAU

— Por favor, me diga que não vamos entrar numa *dessas coisas*. — Mehmet Sabançi fez uma careta para Nick quando eles desembarcaram do avião e avistaram a frota de Rolls-Royce Phantoms brancos à sua espera.

— Ah, isso é a cara do Bernard — disse Nick achando graça e imaginando o que Mehmet, um acadêmico de estudos clássicos que vinha de uma das mais antigas famílias de Istambul, pensava ao ver Bernard Tai sair de uma limusine trajando um blazer verde-menta risca de giz, gravata laranja com estampa Paisley e mocassins de camurça amarelos.

Único filho do *Dato'* Tai Toh Lui, Bernard era famoso por suas "corajosas declarações de alfaiataria" (segundo o *Singapore Tattle*) e por ser o maior *bon vivant* da Ásia, sempre dando festanças insanas no resort decadente que estivesse na moda — e sempre com os DJs mais badalados, os drinques mais gelados, as mulheres mais lindas e, muitos diziam, as melhores drogas.

— *Niggas* em Macauuuuuu! — exclamou Bernard, erguendo os braços como um rapper.

— B. Tai! Não acredito que você fez a gente voar nessa lata de sardinha velha! Seu G5 demorou tanto para subir que deu tempo de a minha barba crescer! A gente devia ter vindo no Falcon 7X da minha família — reclamou Evan Fung (dos Fungs, da Fung Electronics).

— Meu pai só está esperando o G650 entrar em operação, e aí você pode lamber meu rabo! — retrucou Bernard.

Roderick Liang (dos Liangs, do Liang Finance Group) entrou na discussão:

— Eu sou mais a Bombardier. Nosso Global 6000 tem uma cabine tão grande que a gente poderia dar cambalhotas pelo corredor.

— Será que vocês, seus *ah guahs*,* podem parar com esse negócio de ficar comparando o tamanho dos seus aviões para a gente ir logo para os cassinos, por favor? — interrompeu Johnny Pang (cuja mãe era uma Aw, *daqueles* Aws).

— Bom, gente, segurem os colhões, porque organizei uma coisinha ultraespecial para nós! — declarou Bernard.

Nick entrou se arrastando em um dos carros que mais pareciam tanques, torcendo para que o fim de semana da despedida de solteiro de Colin transcorresse sem incidentes. Colin andara à beira de um ataque de nervos a semana inteira, e ir para a capital mundial da jogatina com um bando de jovens movidos a uísque e testosterona era a receita certa para um desastre.

— Essa não era bem a reunião de Oxford que eu estava esperando — comentou Mehmet com Nick, em voz baixa.

— Bom, além do Lionel, primo do Colin, e de nós dois, acho que o noivo também não conhece ninguém aqui — disse Nick, olhando atravessado para alguns dos passageiros. Aquele time de príncipes de menor importância de Pequim e de caras mimados de Taiwan que viviam de fundos fiduciários definitivamente era muito mais a cara de Bernard.

O comboio de Rolls-Royces disparou pela autoestrada costeira da ilha e, dali, já era possível ver, a quilômetros de distância, outdoors gigantescos com nomes de cassinos. Logo os resorts das casas de jogos apareceram diante deles como pequenas montanhas — blocos monstruosos de vidro e concreto que pulsavam com cores sedutoras na névoa do meio da tarde.

— É como Vegas, só que com vista para o mar — comentou Mehmet, atônito.

---

* Equivalente *singlish* a "bicha" ou "fresco" (*hokkien*).

— Vegas é brincadeira de criança. É aqui que os caras que se arriscam mesmo vêm jogar! — retrucou Evan.*

Enquanto os Rolls se apertavam pela estreita rua da Felicidade no centro antigo de Macau, Nick admirava as fileiras coloridas das casas comerciais portuguesas do século XIX, pensando que seria um lugar bacana para levar Rachel depois do casamento de Colin. Finalmente, as limusines estacionaram em frente a uma fileira de lojas decadentes na rua da Alfândega. Bernard conduziu o grupo até o que parecia ser uma antiga botica chinesa, com vitrines de vidro arranhado exibindo suas mercadorias, como raiz de ginseng, ninhos comestíveis de aves, barbatanas secas de tubarão, chifres falsos de rinoceronte e várias espécies curiosas de ervas. Umas poucas senhoras de idade estavam sentadas em um grupinho diante de uma pequena televisão assistindo a uma novela cantonesa. Um chinês usando uma camisa havaiana desbotada e magro como um varapau estava encostado no balcão dos fundos. Ele olhou para o grupo com ar de tédio quando os rapazes entraram no estabelecimento.

Bernard encarou o homem e declarou com petulância:

— Vim comprar geleia real de ginseng.

— De que tipo você quer? — perguntou o homem sem demonstrar muito interesse.

— Príncipe da Paz.

— De que tamanho?

— Um quilo e novecentos.

— Vou ver se tenho. Venham — chamou o homem, cuja voz mudou de repente, de forma bastante inesperada, para um sotaque australiano.

O grupo o seguiu em direção aos fundos da loja e atravessou uma espécie de estoque parcamente iluminado com caixas de papelão organizadas e empilhadas do chão ao teto. Cada caixa trazia as seguintes palavras impressas: "Ginseng Chinês Apenas para Exportação." O homem empurrou de leve uma das pilhas de caixas

---

* Com 1, 5 milhão de jogadores ávidos da China continental, os lucros anuais obtidos com o jogo em Macau superam US$ 20 bilhões — três vezes mais do que o que Las Vegas arrecada todos os anos. (Celine Dion, cadê você?)

largas que estava em um canto, e toda aquela seção pareceu cair para trás com grande facilidade, revelando um longo corredor que cintilava com luzes LED azul-cobalto.

— É só seguir em frente por aqui — disse ele.

À medida que os homens seguiam pelo corredor, o ruído de urros abafados foi ficando cada vez mais alto. No fim da passagem, portas de vidro fumê se abriram automaticamente e revelaram uma visão surpreendente.

No local, que parecia uma espécie de ginásio coberto, havia arquibancadas que rodeavam um fosso situado bem no meio. Estava lotado com uma multidão alucinada e só havia lugar para gente de pé. Embora eles não conseguissem enxergar nada além das pessoas, ouviram o rosnado aterrorizante de cachorros rasgando a carne uns dos outros.

— Sejam bem-vindos à maior arena de rinha de cachorros do mundo! — anunciou Bernard, com orgulho. — Aqui eles só usam dogos canários, que são cem vezes mais ferozes do que os pit bulls. Vai ser *shiok** pra caralho, cara!

— Onde a gente faz as apostas? — perguntou Johnny, todo animado.

— Hã... isso não é ilegal? — perguntou Lionel, olhando, nervoso, para o palco principal da rinha. Nick percebeu que Lionel queria desviar os olhos, mas se via curiosamente atraído pela cena que se desenrolava ali: dois cães enormes, que eram puro músculo, tendões e presas afiadas, rolando como loucos num fosso manchado com o próprio sangue.

— Claro que é ilegal! — respondeu Bernard.

— Não sei, não, Bernard. Colin e eu não podemos nos arriscar a sermos vistos em uma rinha ilegal de cães pouco antes do casamento — disse Lionel.

— Você é *tão* cingapuriano! Está sempre com medo de tudo! Não seja tão *chato*, caralho! — bradou Bernard, cheio de ódio.

— Não é essa a questão, Bernard. É que isso aqui é simplesmente uma crueldade — interveio Nick.

---

* Gíria malaia usada para indicar uma experiência sensacional ou algo (em geral, comida) que é fora deste mundo.

— *Alamak*, o que você é agora, membro do Greenpeace? Você está presenciando uma tradição esportiva maravilhosa! Há séculos esses cães são criados nas Ilhas Canárias para não fazer mais nada além de lutar — bufou Bernard, estreitando os olhos.

Os gritos de torcida da multidão se tornaram ensurdecedores à medida que a rinha foi atingindo seu clímax horrendo. Os dois cães haviam mordido a garganta um do outro e não se soltavam, presos em um mata leão sisifiano, e Nick percebeu que a pele ao redor da garganta do cachorro marrom estava quase solta e batia no focinho do outro cão.

— Bom, pra mim já deu — anunciou ele, de cara feia, dando as costas para a briga.

— Peraí, *lah*. Isso é uma DESPEDIDA DE SOLTEIRO! Não venha cagar na minha diversão, Nickyzinho! — gritou Bernard por cima do canto da torcida. Um dos cães soltou um ganido agudo quando o outro dogo mordeu a parte macia de sua barriga.

— Não tem nada de divertido nisso aqui — declarou Mehmet com firmeza, sentindo-se enjoado diante da visão do sangue fresco espirrando para todo lado.

— Ah, seu *bhai singh*,* e lá no seu país não é tradição a galera foder as cabras? Vocês todos não acham que a xana das cabras é a coisa mais próxima de uma xana de verdade? — argumentou Bernard.

Nick tensionou a mandíbula, mas Mehmet simplesmente riu.

— Parece que você está falando por experiência própria.

As narinas de Bernard se abriram enquanto ele tentava decidir se deveria ou não tomar aquilo como um insulto.

— Bernard, por que você não fica e os outros que não estiverem a fim de ver isso vão para o hotel? Mais tarde a gente se encontra — sugeriu Colin, tentando bancar o diplomata.

— Parece ótimo.

— Certo, então eu levo esse grupo para o hotel e a gente se encontra no...

---

* Xingamento preconceituoso contra os *sikhs*, nesse caso usado para se referir a qualquer pessoa do Oriente Médio.

— *Wah lan!** Eu organizei isso aqui especialmente para você, e *você* não vai ficar? — Bernard parecia frustrado.

— Hã... para ser sincero, eu também não curto essas coisas — disse Colin, em tom de desculpas.

Bernard fez uma pausa, tomado por um conflito supremo. Queria muito ficar ali, mas, ao mesmo tempo, estava louco para que todos vissem como o gerente do hotel puxava o saco dele quando eles chegassem ao resort.

— Ah, *lah*, a festa é sua — murmurou ele, a contragosto.

O saguão suntuoso do Wynn Macau tinha um imenso mural banhado a ouro no teto exibindo animais do horóscopo chinês, e pelo menos metade do grupo sentiu-se aliviada por estar em um lugar onde os animais estavam cobertos com ouro de 22 quilates, e não de sangue. Na recepção, Bernard fazia um dos escândalos pelos quais ficou famoso mundo afora.

— Que porra é essa? Eu sou um VVIP e reservei a suíte mais cara desse hotel *há quase uma semana!* Como é que ela ainda não está pronta? — exclamou Bernard, irado, para o gerente.

— Eu realmente peço desculpas, Sr. Tai. O horário do check-out da suíte presidencial é às quatro da tarde, portanto os hóspedes atuais ainda não desocuparam o quarto. Mas, assim que desocuparem, vamos mandar limpar a suíte e aprontá-la para o senhor imediatamente — garantiu o gerente.

— E quem são esses babacas? Aposto que são Hongkies!** Esses Hongkies *ya ya**** acham que são os donos do mundo!

O gerente não deixou de sorrir nem por um minuto durante todo o escândalo de Bernard. Não queria fazer nada para atrapalhar os planos do filho do *Dato'* Tai Toh Lui — aquele garoto era um perdedor de marca maior nas mesas de carteado.

---

* Em *hokkien*, "que pênis". Essa expressão extremamente popular e versátil pode ser usada para expressar qualquer coisa entre "ah, nossa" e "puta que o pariu".
** Gíria para denotar pessoas de Hong Kong. Pode ou não ser usada de modo pejorativo, a depender do contexto. (N. da T.)
*** Gíria *singlish* de origem javanesa que significa "arrogante", "metido".

— Algumas das suítes *grand salon* reservadas para a festa já estão prontas. Por favor, permitam-me levar os senhores até lá, com algumas garrafas de seu champanhe Cristal favorito.

— Não vou sujar meus Tod's pisando em um daqueles buracos de rato! Ou minha dúplex ou nada — disse Bernard com petulância.

— Bernard, por que não damos um pulo no cassino primeiro? — sugeriu Colin com toda a calma do mundo. — Era o que a gente ia fazer mesmo.

— Eu vou para o cassino, mas vocês têm que nos dar o melhor salão particular VVIP agora mesmo — exigiu Bernard ao gerente.

— Mas é claro, claro. *Sempre* deixamos reservado para o senhor o nosso salão mais exclusivo no cassino, Sr. Tai — disse o gerente, com habilidade.

Nesse momento, Alistair Cheng entrou no saguão, parecendo ligeiramente desgrenhado.

— Alistair, que bom que você nos encontrou! — disse Colin, cumprimentando-o com empolgação.

— Eu disse que não seria problema. Hong Kong fica a apenas trinta minutos de hidrofólio, e eu conheço Macau como a palma da minha mão. Eu já matei muita aula para vir para cá com os meus colegas — contou Alistair. Então, ele avistou Nick e foi lhe dar um abraço.

— Ah, que fofo! Esse aí é o seu namorado, Nickyzinho? — perguntou Bernard, num tom zombeteiro.

— Alistair é meu primo — retrucou Nick.

— Entendi, então vocês ficavam brincando com o pau um do outro quando eram pequenos — provocou Bernard, rindo da própria piada.

Nick o ignorou e se perguntou como era possível que Bernard não tivesse mudado nada desde o colégio. Virou-se novamente para o primo e disse:

— Ei, eu achei que você ia me visitar em Nova York na primavera. O que aconteceu?

— Conheci uma garota, Nick.

— Sério? Quem é a sortuda?

— O nome dela é Kitty. É uma atriz extremamente talentosa de Taiwan. Você vai conhecê-la na semana que vem; ela vai comigo ao casamento do Colin.

— Uau, mal posso esperar para conhecer a garota que finalmente roubou o coração do destruidor de corações — brincou Nick.

Alistair tinha apenas 26 anos, mas seu rostinho de bebê e sua personalidade tranquila já o haviam tornado famoso por deixar uma trilha de corações partidos por todo o Círculo do Pacífico. (Fora suas ex-namoradas em Hong Kong, Cingapura, Tailândia, Taipei, Xangai e um caso de verão em Vancouver. A filha de um diplomata que estudava na mesma faculdade que ele em Sydney ficou tão obcecada por Alistair que tentou se matar com uma overdose de Benadryl só para chamar sua atenção.)

— Ei, fiquei sabendo que você também trouxe *a sua namorada* para Cingapura — comentou Alistair.

— A notícia corre rápido, não é?

— Minha mãe ficou sabendo pela Rádio Um da Ásia.

— Sabe de uma coisa? Estou começando a achar que a Cassandra está me vigiando — confessou Nick, meio mal-humorado.

O grupo entrou no vasto cassino, onde as mesas de jogo pareciam cintilar com uma luz dourada em tom de pêssego. Colin atravessou o carpete opulento com padronagem de anêmona-do-mar e se aproximou da mesa de *Texas hold'em*.

— Colin, os salões VIPs ficam ali — interveio Bernard, tentando manobrar Colin em direção aos suntuosos salões reservados aos grandes apostadores.

— Ah, mas é mais divertido jogar pôquer com apostas de 5 dólares — argumentou Colin.

— Não, não, a gente é milionário, cara! Dei todo aquele espetáculo com o gerente só para a gente faturar o melhor salão VIP. Por que você quer se misturar com esse povo fedorento da China continental? — perguntou Bernard.

— Vou jogar só umas duas rodadas aqui e depois a gente vai para o seu salão VIP, falou? — disse Colin.

— Estou com você, Colin — falou Alistair, se sentando.

Bernard deu um sorriso forçado que o deixou mais parecido com um *Boston terrier* raivoso.

— Bom, nós vamos para o nosso salão VIP. Não posso jogar nessas mesinhas de criança; só começo a esquentar quando aposto pelo menos 30 mil por mão — disse ele, com desdém. — Quem vem comigo? — A maioria do séquito de Bernard o acompanhou, exceto Nick, Mehmet e Lionel. O rosto de Colin ficou sombrio.

Nick sentou-se na outra cadeira ao lado de Colin.

— Preciso avisar a vocês que, depois de passar dois anos em Nova York, sei roubar como ninguém no pôquer. Preparem-se para aprender com o mestre... Colin, como é mesmo esse jogo? — questionou ele, tentando melhorar o clima. Enquanto o crupiê embaralhava as cartas com profissionalismo, Nick fumegava de raiva em silêncio. Bernard sempre foi encrenqueiro. Por que naquele fim de semana seria diferente?

CINGAPURA, 1986

Tudo aconteceu tão rápido que a única coisa que Nick se lembrava era da sensação de lama fria no pescoço e de um rosto estranho olhando para ele. Pele escura, sardas, cabelo cheio castanho escuro.

— Tá tudo bem? — perguntou o garoto moreno.

— Acho que sim — respondeu Nick, enquanto sua visão voltava a entrar em foco. Suas costas estavam completamente ensopadas com água lamacenta por ter sido empurrado na sarjeta. Ele se levantou devagar e olhou ao redor. Viu Bernard encarando-o de forma maldosa, com o rosto vermelho e os braços cruzados como um velho irado.

— Vou contar pra sua mãe que você me bateu! — berrou Bernard para o garoto.

— E eu vou contar para a sua mãe que você faz *bullying*. Além do mais, eu não bati em você, só te empurrei — retrucou o garoto.

— Isso aqui não tinha nada a ver com você! Só estou tentando ensinar uma lição pra esse merdinha aqui! — disse Bernard, fumegando de raiva.

— Eu vi quando você o empurrou na sarjeta. Ele podia ter se machucado feio. Por que não briga com alguém do seu tamanho? — retrucou o garoto com calma, sem se intimidar com Bernard.

Então, uma limusine Mercedes dourada parou perto da trilha em frente à escola. Bernard olhou para o carro rapidamente e depois virou-se mais uma vez para Nick.

— Isso aqui não acabou. Pode se preparar porque amanhã tem mais. Vou *hun tum** com a sua raça, ah se vou! — Ele entrou no carro e sentou-se no banco de trás, bateu a porta e, então, a limusine partiu.

O garoto que havia socorrido Nick olhou para ele e disse:

— Tudo bem com você? Seu cotovelo está sangrando.

Nick olhou para o braço e notou o arranhão que sangrava em seu cotovelo direito. Não soube muito bem o que fazer. A qualquer momento seu pai ou sua mãe iria aparecer para pegá-lo e, se por acaso fosse sua mãe, sabia que ela ficaria toda *gan cheong*** se o visse sangrando daquele jeito. O garoto sacou do bolso um lenço branco perfeitamente dobrado e o entregou a Nick.

— Tome, use isso aqui.

Nick apanhou o lenço da mão de seu salvador e o apertou no cotovelo. Já tinha visto aquele garoto antes. Colin Khoo. Ele havia sido transferido para a sua escola naquele semestre, e era difícil não notá-lo com aquela pele morena cor de caramelo e o cabelo ondulado com uma mecha estranha castanho-clara na frente. Eles não estavam na mesma turma, mas Nick notara, durante as aulas de Educação Física, que o garoto fazia natação sozinho com o treinador Lee.

— O que você fez para deixar o Bernard tão puto da vida? — perguntou Colin.

Nick nunca tinha ouvido ninguém usar a expressão "puto da vida" antes, mas sabia o que ela queria dizer.

— Ele estava tentando colar de mim na prova de matemática, então avisei à Srta. Ng. Ele ficou encrencado porque acabou indo parar na sala do vice-diretor Chia e agora quer arrumar briga.

— Bernard quer arrumar briga com todo mundo — comentou Colin.

— Você é amigo dele? — perguntou Nick com cautela.

---

* Gíria malaia que significa bater, socar, espancar ou simplesmente acabar com alguém.
** Em cantonês, "em pânico", "ansiosa".

— Não. O pai dele faz negócios com a minha família, por isso querem que trate o Bernard bem. Mas, pra falar a verdade, não suporto esse cara.

Nick sorriu.

— Nossa! Por um segundo eu achei que ele tivesse pelo menos um amigo!

Colin riu.

— É verdade que você é dos Estados Unidos? — perguntou Nick.

— Eu nasci aqui, mas me mudei para Los Angeles quando tinha 2 anos.

— E como é LA? Você morava em Hollywood? — quis saber Nick. Ele nunca havia conhecido ninguém da sua idade que tivesse morado nos Estados Unidos.

— Em Hollywood, não. Mas a gente não morava muito longe de lá; minha família morava em Bel Air.

— Eu queria conhecer o estúdio da Universal. Você já viu algum ator famoso?

— O tempo todo. Isso é muito comum para quem mora lá. — Colin olhou para Nick como se o estivesse analisando por um instante e, em seguida, continuou. — Vou contar uma coisa para você, mas primeiro precisa jurar que não vai falar para ninguém.

— Ok. Combinado — concordou Nick, com seriedade.

— Diga "eu juro".

— Eu juro.

— Já ouviu falar no Sylvester Stallone?

— Claro!

— Ele era meu vizinho — confessou Colin, quase num sussurro.

— Ah, você tá de brincadeira, que mentira!

— Não estou brincando. É verdade. Eu tenho uma foto dele autografada no meu quarto.

Nick subiu na base do parapeito que ficava na frente da sarjeta e se equilibrou agilmente no metal fino, balançando-se para a frente e para trás como se fosse um equilibrista.

— Por que você ficou aqui até tão tarde? — perguntou Colin.

— Sempre fico até tarde. Meus pais são tão ocupados que às vezes se esquecem de vir me buscar. E você, por que está aqui?

— Tive que fazer um teste especial de mandarim. Mesmo tendo aula de mandarim todos os dias lá em Los Angeles, eles acham que ainda não estou bom o suficiente.

— Eu também sou péssimo em mandarim. É a matéria de que menos gosto.

— Bem-vindo ao clube — disse Colin, pulando no parapeito junto com Nick. Então, um enorme carro preto de modelo antigo parou ao lado deles. Acomodada no banco de trás, estava a mulher mais esquisita que Nick já tinha visto na vida. Era rechonchuda e tinha um queixo duplo imenso. Devia ter uns 60 anos e usava preto da cabeça aos pés, com direito a um chapéu preto e um véu preto cobrindo o rosto, que havia sido empoado com um tom muito branco. Parecia um fantasma saído de um filme mudo.

— Minha carona chegou — disse Colin, animado. — A gente se vê por aí.

O chofer uniformizado saiu do carro e abriu a porta para Colin. Nick notou que a porta do carro se abria para o lado contrário ao das portas dos outros carros — abria-se para fora a partir da extremidade mais próxima da porta do motorista. Colin entrou no carro e se sentou ao lado da mulher, que se inclinou para lhe dar um beijo no rosto. Ele olhou para Nick pela janela, obviamente com vergonha pelo novo amigo ter visto aquela cena. A mulher apontou para Nick e falou alguma coisa com Colin enquanto o carro continuava parado com o motor ligado. Um instante depois, Colin saltou do carro.

— Minha avó quer saber se você precisa de uma carona para casa — perguntou Colin.

— Não, não, meus pais vêm me buscar — respondeu Nick. A avó de Colin baixou o vidro da janela e pediu a Nick que se aproximasse. Nick foi em frente, um pouco relutante. A velha metia muito medo.

— São quase sete da noite. Quem vem pegar você? — perguntou ela, preocupada, notando que já estava escurecendo.

— Deve ser meu pai — respondeu Nick.

— Bom, já está tarde para você ficar aqui esperando sozinho. Como o seu papai se chama?

— Philip Young.

— Meu Deus do céu, Philip Young — o filho do James! Sir James Young é seu avô?

— É, sim.

— Conheço a sua família muito bem. Conheço todas as suas titias: Victoria, Felicity, Alix... e Harry Leong, seu tio. Ora, somos praticamente parentes! Meu nome é Winifred Khoo. Você não mora em Tyersall Park?

— Meus pais e eu nos mudamos para Tudor Close no ano passado — respondeu Nick.

— É muito perto da nossa casa. Moramos na Berrima Road. Venha, vou ligar para os seus pais só para ter certeza de que eles estão a caminho — falou ela, pegando o telefone preso no painel à sua frente. — Você sabe o telefone da sua casa, querido?

A avó de Colin foi rápida e logo descobriu, por intermédio da empregada, que a Sra. Young havia viajado às pressas para a Suíça naquela tarde e que o Sr. Young estava preso no trabalho por conta de uma emergência.

— Por favor, ligue para o trabalho do Sr. Young e avise que Winifred Khoo vai levar Master Nicholas para casa — pediu ela.

Antes mesmo que Nick soubesse o que estava acontecendo, viu-se no interior do Bentley Mark VI parecendo um sanduíche entre Colin e aquela senhora rechonchuda de chapéu preto com véu.

— Você sabia que a sua mãe ia viajar hoje? — perguntou Winifred.

— Não, mas ela faz isso o tempo todo — respondeu Nick, baixinho.

Aquela Eleanor Young! Tão irresponsável! Como Shang Su Yi deixou o filho se casar com uma dessas garotas Sung é algo que nunca irei entender, pensou Winifred. Ela virou-se para o menino e sorriu para ele.

— Mas que *coincidência*! Fico tão feliz por você e Colin serem amigos.

— A gente acabou de se conhecer — interveio Colin.

— Colin, não seja mal-educado! Nicholas é seu colega e nós conhecemos a família dele há muito tempo. *É claro* que vocês dois são amigos. — Ela olhou para Nick, deu aquele seu sorriso frouxo e continuou. — Colin fez tão poucos amigos desde que voltou para Cingapura... Ele fica muito sozinho; precisamos combinar de vocês dois brincarem juntos.

Colin e Nick ficaram ali sentados completamente mortificados, mas também aliviados — cada qual à sua maneira. Colin se surpreendeu ao ver sua avó demonstrar tanta simpatia por Nick, pois, em geral, ela sempre desaprovava as pessoas — principalmente porque já havia proibido, em outras ocasiões, que ele levasse os amigos para casa. Recentemente, ele tentara convidar um garoto da St. Andrew's para ir à casa dele depois de uma competição de natação e ficara desapontado quando a avó lhe dissera "Colin, não podemos trazer qualquer um para nossa casa, entende? Primeiro, precisamos saber quem é a família. Aqui não é como a Califórnia. Precisamos tomar muito cuidado com o tipo de gente com quem andamos aqui".

Quanto a Nick, ele ficou feliz por ter arrumado uma carona para casa e empolgado porque, em breve, iria descobrir se Colin tinha mesmo uma foto autografada do Rambo.

10

Eddie, Fiona e as crianças

•

HONG KONG

Eddie estava sentado no carpete com estampa de flor-de-lis em seu quarto de vestir, desembrulhando cuidadosamente o smoking que acabara de chegar da Itália. Ele havia encomendado o traje especialmente para o casamento de Colin. Tomou o máximo de cuidado ao descolar o adesivo em alto-relevo do fino papel que cobria a grande caixa, pois gostava de guardar todos os adesivos e as etiquetas de suas roupas exclusivas em um *scrapbook* de couro da Smythson, e depois, lentamente, retirou o conjunto da caixa.

A primeira coisa que fez foi experimentar a calça azul royal. Puta que o pariu, estava apertada! Tentou abotoá-la, mas não importava quanto ele murchasse a barriga, o maldito não fechava. Tirou a calça bufando e analisou a etiqueta que indicava o tamanho costurada no forro. Dizia "90", ou seja, parecia certo, já que sua cintura media 92 centímetros. Será que ele tinha mesmo engordado tanto assim em apenas três meses? Sem chance. Aqueles italianos sacanas deviam ter errado nas medidas. Era a cara deles. Faziam coisas lindas, mas havia sempre um problema ou outro, tipo aquele Lamborghini que ele teve. Graças a Deus ele se livrara daquele monte de esterco e comprara um Aston Martin. Ligaria para Felix na Caraceni no dia seguinte de manhã e daria uma bronca nele. Eles teriam de dar um jeito naquilo aquilo antes que ele viajasse para Cingapura, na semana seguinte.

Ficou parado só de camisa branca, meias pretas e cueca branca diante da parede espelhada e vestiu o paletó com fecho duplo. Graças a Deus, pelo menos o paletó estava bom. Fechou o botão de cima e, para seu assombro, descobriu que o tecido estava repuxando um pouco na altura da barriga.

Foi até o interfone, apertou um botão e berrou:

— Fi! Fi! Venha agora para o meu quarto de vestir!

Alguns instantes mais depois, Fiona entrou no cômodo, só de combinação preta e pantufas acolchoadas.

— Fi, esse paletó está apertado? — perguntou ele, abotoando mais uma vez o paletó e levantando os cotovelos, como um ganso abrindo as asas, para testar as mangas.

— Pare de mexer os braços, senão não consigo saber — disse ela.

Ele abaixou os braços, mas ficou transferindo o peso do corpo de um pé para o outro, esperando, impacientemente, o veredicto dela.

— Definitivamente está apertado demais — concluiu ela. — Olhe só para as costas. A costura do meio está repuxando. Você engordou, Eddie.

— Besteira! Ganhei no máximo meio quilo nos últimos meses, e com certeza não foi depois que tirei as medidas para fazer esse terno, em março.

Fiona ficou ali parada, sem querer discutir o óbvio.

— As crianças já estão prontas para a inspeção? — perguntou ele.

— Estava tentando vesti-las nesse exato momento.

— Diga a elas então que só têm mais cinco minutos. Russell Wing vai dar uma passada aqui lá pelas três para tirar umas fotos da nossa família com as roupas que vamos usar no casamento. O *Orange Daily* talvez faça uma matéria sobre o nosso comparecimento ao casamento.

— Você não me contou que o Russel viria hoje!

— Acabei de me lembrar disso. Liguei para ele ontem. Não dá para esperar que eu me lembre de tudo quando tenho coisas muito mais importantes com que me preocupar, não é?

— Mas você precisa me dar mais tempo para me preparar para as fotos. Não se lembra do que aconteceu na última vez que fizeram fotos da gente para o *Hong Kong Tattle*?

— Bom, estou contando agora. Então pare de perder tempo e vá logo se arrumar.

Constantine, Augustine e Kalliste ficaram obedientemente parados em fila indiana no meio da sala de estar formal em desnível, arrumados com suas roupas novas da Ralph Lauren Kids. Eddie se esparramou no sofá de brocado vermelho aveludado e inspecionou cada um dos filhos, enquanto Fiona, a empregada chinesa e uma das babás filipinas ficavam ali por perto.

— Augustine, acho melhor você usar os mocassins Gucci com essa roupa, e não os Bally.

— Quais? — perguntou Augustine, a voz quase um sussurro.

— O quê? Fale mais alto! — ordenou Eddie.

— Quais eu devo usar? — repetiu ele, não muito mais alto do que antes.

— Senhor, qual par de mocassins Gucci? Ele tem dois — interveio Laarni, a babá filipina.

— Os borgonha com faixa vermelha e verde, é óbvio — respondeu Eddie, olhando atravessado para o filho de 6 anos. — *Nay chee seen, ah?* Não é possível que você realmente ache que dá para usar *sapatos pretos* com calça cáqui, né? — repreendeu Eddie. O rosto de Augustine ficou vermelho, o garoto estava prestes a cair no choro.

— Certo, está bom para a cerimônia do chá. Agora vão vestir as roupas que irão usar no casamento. Depressa, vocês têm só cinco minutos. — Fiona, a babá e a empregada rapidamente mandaram as crianças de volta para seus quartos.

Dez minutos depois, quando Fiona desceu pela escadaria em espiral usando um vestido cinza minimalista de decote canoa com uma das mangas assimétricas, Eddie mal pôde acreditar em seus olhos.

— *Yau moh gau chor?** Que diabo é *isso aí?*

— Como assim? — perguntou Fiona.

— Esse vestido! Você parece estar de luto!

— É um Jil Sander. Adorei. Eu mostrei uma foto dele para você, e você o aprovou.

---

* Em cantonês, "Você errou?".

— Eu não me lembro de ver nenhuma foto desse vestido. Eu jamais teria aprovado uma coisa dessas. Você está parecendo uma viúva solteirona.

— Viúva solteirona não existe, Eddie. As solteironas supostamente nunca se casaram — retrucou ela, secamente.

— Estou pouco me lixando. Como você pode parecer o retrato da morte quando todos nós estamos tão bem? Está vendo como seus filhos estão coloridos? — questionou ele, fazendo um gesto em direção às crianças, que se encolheram de vergonha.

— Vou usar com o vestido o meu colar de diamante e jade, e os meus brincos de jade *art déco*.

— Ainda assim, vai ficar parecendo que você está indo a um enterro. Estamos indo ao casamento do ano, com reis, rainhas e algumas das pessoas mais ricas do mundo, além de todos os meus parentes. Não quero que as pessoas pensem que não tenho dinheiro para dar um vestido decente à minha esposa.

— Em primeiro lugar, Eddie, eu comprei esse vestido aqui com meu próprio dinheiro, porque você nunca quer pagar pelas minhas roupas. E, para seu governo, esse é um dos vestidos mais caros que eu já comprei.

— Bom, não parece ser caro o bastante.

— Eddie, você está sempre se contradizendo. Primeiro você diz que quer que eu use roupas mais caras, como a sua prima Astrid, depois critica tudo o que compro.

— Bom, eu só critico você quando resolve usar uma coisa de aparência barata. É uma vergonha para mim. É uma vergonha para os seus filhos.

Fiona balançou a cabeça, exasperada.

— Você não faz ideia do que é ter aparência barata, Eddie. Olhe só para esse smoking brilhante que você está usando. *Isso, sim*, é que tem aparência barata. Principalmente quando dá para ver os alfinetes de fralda fechando as suas calças.

— Besteira. Esse smoking custou 6 mil euros. Todo mundo vai perceber que o tecido é caro e vai ver que o corte é maravilhoso, principalmente depois que ele for consertado. Esses alfinetes são algo provisório; quando eu fechar o paletó para as fotos, ninguém vai ver nada.

A campainha tocou, um som elaborado e melodioso de forma afetada.

— Deve ser o Russell Wing. Kalliste, tire os óculos. Fi, vá trocar esse vestido agora mesmo.

— Por que você não vai até o meu closet e escolhe o que quer que eu vista? — sugeriu Fiona, sem querer continuar a discussão com o marido.

Naquele instante, o fotógrafo de celebridades Russell Wing entrou na sala de estar.

— Olhe só para os Chengs! Ora, *gum laeng, ah*!* — exclamou ele.

— Olá, Russell — cumprimentou Eddie, dando um largo sorriso para ele. — Obrigado, obrigado, só somos elegantes para você!

— Fiona, você está incrível com esse vestido! Não é um Raf Simons para Jil Sander da próxima coleção? Como conseguiu pôr as mãos em um desses? Fotografei a Maggie Cheung nesse vestido na semana passada para a *Vogue China*.

Fiona não fez nenhum comentário.

— Ah, sempre fiz questão de que a minha mulher só usasse o melhor, Russell. Venha, venha, venha, tome um pouco do seu conhaque preferido antes de a gente começar. *Um sai hak hei*** — disse Eddie, em um tom jovial. Ele se virou para Fiona e falou: — Querida, onde estão seus diamantes? Vá colocar aquele seu lindo colar de diamante e jade *art déco* e, então, Russell pode começar a tirar as fotos. Não queremos desperdiçar o tempo dele, não é?

Enquanto Russell tirava algumas das últimas fotos da família Cheng posando diante da enorme escultura de bronze de um garanhão Lipizzan no foyer, outro pensamento preocupante passou pela cabeça de Eddie. Então, assim que Russell saiu com seu equipamento fotográfico e uma garrafa de Camus Cognac de presente, Eddie telefonou para sua irmã Cecilia.

— Cecilia, que cores você e o Tony vão usar no baile do casamento do Colin?

---

* Em cantonês, "que lindo".
** Em cantonês, "não precisa ser tão educado".

— *Nay gong mut yeah?**
— A cor do seu vestido, Cecilia. O que você vai usar no baile...
— A cor do meu vestido? Como eu vou saber? O casamento é só daqui a uma semana, ainda nem comecei a pensar no que vou usar, Eddie.
— Você não comprou um vestido novo para o casamento? — Eddie parecia perplexo.
— Não, por que eu deveria?
— Não acredito! E o Tony, o que ele vai usar?
— Provavelmente o terno azul-escuro dele. Aquele que ele sempre usa.
— Ele não vai de smoking?
— Não. O casamento não é *dele*, Eddie.
— O convite diz *white tie*, Cecilia.
— Estamos em *Cingapura*, Eddie, ninguém leva essas coisas a sério. Os homens daqui não têm nenhum estilo, e eu garanto a você que metade dos homens nem vai estar de terno. Vão estar todos usando aquelas camisas de batik horrendas para fora da calça.
— Acho que você está enganada, Cecilia. Estamos falando do casamento do Colin Khoo e da Araminta Lee. Toda a alta sociedade vai estar lá e todo mundo vai estar vestido para impressionar.
— Bem, então está bem, Eddie.
Puta que o pariu, pensou ele. Sua família inteira iria ao casamento parecendo camponeses. Isso era a cara deles. Ele ficou pensando se poderia convencer Colin a trocá-lo de lugar, para que não precisasse ficar do lado de seus parentes e irmãos.
— Você sabe o que a mamãe e o papai vão vestir?
— Acredite ou não, Eddie, eu não sei.
— Bom. Precisamos combinar a paleta de cores da família, Cecilia. Vai haver um monte de jornalistas por lá, e eu quero ter certeza de que não vamos ficar descombinando. Não use nada cinza no evento principal. Fiona vai usar um vestido de gala Jil Sander. E um vestido Lanvin lavanda escuro no ensaio do jantar, e um

---

* Em cantonês, "como assim?". Ou melhor, "de que diabo você está falando?".

Carolina Herrera champanhe na cerimônia religiosa. Pode ligar para a mamãe e avisar isso para ela?

— Claro, Eddie.

— Precisa que eu mande um SMS com a paleta de cores?

— Pode ser. Tanto faz. Tenho que desligar agora, Eddie. O nariz do Jake está sangrando de novo.

— Ah, eu quase me esqueci de perguntar. O que o Jake vai vestir? Meus filhos vão smokings Ralph Lauren com uma faixa em tom roxo escuro...

— Eddie, preciso mesmo desligar. Não se preocupe, Jake não vai de smoking. Se eu conseguir fazê-lo colocar a camisa para dentro da calça, já será uma vitória.

— Espere, espere, espere. Antes de desligar, me diga uma coisa... Você já falou com o Alistair? Ele não está pensando em levar aquela tal Kitty Pong, não é?

— Agora é tarde. Alistair já foi, ontem mesmo.

— O quê? Ninguém me disse que ele estava planejando ir com tanta antecedência.

— Esse sempre foi o plano dele, Eddie, ir na sexta. Se você tivesse passado mais tempo com a gente, saberia.

— Mas por que ele foi para Cingapura tão cedo assim?

— Ele não foi para Cingapura. Foi para Macau, para a despedida de solteiro do Colin.

— O QUÊÊÊÊ? A despedida de solteiro do Colin é nesse fim de semana? E quem foi que convidou o Alistair?

— Você realmente precisa que eu responda essa pergunta?

— Mas o Colin é MEU amigo! — berrou Eddie, sentindo a pressão aumentar em seu crânio. Então, sentiu uma lufada de ar esquisita atrás de si. Sua calça tinha rasgado na bunda.

11

Rachel

•

ILHA DE SAMSARA

As jovens estavam desfrutando de um jantar ao pôr do sol sentadas a uma mesa comprida embaixo de um pavilhão com teto de seda cor de laranja sobre a areia branca imaculada, rodeadas por lanternas prateadas e cintilantes. Com a noite que caía, transformando as ondas suaves em uma espuma cor de esmeralda, aquele lugar poderia ser um cenário da *Condé Nast Traveler*. Mas a conversa ao redor freava essa ilusão. Enquanto a entrada de alface baby com corações de palmito e molho de leite de coco era servida, o grupinho de garotas à esquerda de Rachel estava ocupado implicando com o namorado de uma delas.

— Quer dizer que ele acabou de ser promovido a vice-presidente sênior? Mas ele está na área de varejo, e não na de investimentos, certo? Falei com Roderick, o meu namorado, e ele acha que, com sorte, Simon deve ganhar entre 600 a 800 mil por ano, isso se ele estiver nessa faixa. E ele não ganha milhões em bônus como o pessoal da área de investimentos — disse Lauren Lee, com desdém.

— O outro problema é a família dele. Simon nem sequer é o primogênito. É o segundo de cinco irmãos — lembrou Parker Yeo. — Meus pais conhecem os Tings muito bem, e vou dizer uma coisa para vocês: por mais que sejam respeitados, não são o que eu e você consideraríamos ricos. Minha mãe acha que eles talvez tenham uns 200 milhões, no máximo. Divida isso por cinco e já vai ser muita sorte se o Simon ficar com 40 milhões na herança. Que vai demorar muuuuuuito, porque os pais dele ainda são bem jovens. Por falar nisso, o pai dele não ia disputar as eleições para o parlamento de novo?

— Só queremos o melhor para você, Isabel — garantiu Lauren, dando um tapinha de consolação em sua mão.

— Mas... mas eu acho que eu o amo de verdade... — gaguejou Isabel.

Francesca Shaw interrompeu a conversa:

— Isabel, vou contar a você como as coisas são, porque todo mundo aqui está perdendo tempo tentando ser educado. Você não pode *se dar ao luxo* de se apaixonar pelo Simon, e vou explicar direitinho para você por quê. Vamos ser generosas e supor que ele esteja ganhando desprezíveis 800 mil por ano. Com os impostos e o CPF,* ele fica apenas com mais ou menos 500 mil. Onde você vai morar com *esse* dinheiro? Pense nisto: cada quarto custa, em média, 1 milhão de dólares, e você precisa de, no mínimo, três quartos, portanto estamos falando de desembolsar 3 milhões por um apartamento em Bukit Timah. São 150 mil dólares por ano só de financiamento e impostos sobre propriedade. Aí, digamos que você tenha dois filhos e queira que eles estudem em boas escolas. A anuidade para cada filho custa, em média, 30 mil. Só aí já são 60 mil, e mais 20 mil por ano para cada um com tutores. Ou seja, só de despesas escolares, vocês vão gastar uns 100 mil por ano. Criados e babás: duas empregadas da Indonésia ou do Sri Lanka custam mais 30 mil, a menos que você queira que uma delas seja uma *au pair* suíça ou francesa, então estamos falando em 80 mil por ano. Agora, e quanto aos seus cuidados pessoais? No mínimo,

---

* Central Provident Fund (Fundo de Previdência Central) é um esquema obrigatório de poupança com que os cingapurianos contribuem mensalmente para financiar os gastos com aposentadoria, saúde e habitação. É um pouco parecido com o Seguro Social dos Estados Unidos, só que o CPF não vai falir tão cedo. (Parece um pouco também com o FGTS brasileiro.) Os contribuintes ganham, em média, cinco por cento de juros ao ano e, periodicamente, o governo também presenteia seus cidadãos com bônus e participações especiais, o que faz de Cingapura o único país no mundo que dá dividendos a todos os seus cidadãos quando a economia vai bem. (Agora você já sabe por que aquele camarada do Facebook se naturalizou cingapuriano.)

você precisa de dez novos modelitos a cada temporada para não ficar com vergonha de aparecer em público. Ainda bem que Cingapura só tem duas estações, quente e mais quente ainda, então vamos arredondar, para sermos práticas... Digamos que você gaste só 4 mil por modelito. São 80 mil por ano com guarda-roupa. Vou colocar mais 20 mil para comprar uma boa bolsa e alguns pares de sapatos novos a cada estação. E tem ainda os gastos com cuidados básicos: cabelo, tratamento facial, manicure, pedicure, depilação, sobrancelhas, massagem, quiropata, acupuntura, pilates, yoga, *core fusion*, *personal trainer*. São mais 40 mil por ano. Já estamos em 470 mil por ano do salário do Simon, o que deixa apenas 30 mil para pagar todo o resto das despesas. Como vocês vão colocar comida na mesa e vestir seus filhos com isso? Como você vai conseguir ir a um resort em Amã duas vezes por ano? E isso porque ainda nem falamos das anuidades do Churchill Club e do Pulau Club! Não consegue ver? É *impossível* você se casar com o Simon. Não estaríamos tão preocupadas se você tivesse seu próprio dinheiro, mas você sabe muito bem qual é a sua situação. O relógio está correndo para esse seu rostinho bonito. Está na hora de parar de desperdiçar seu tempo e permitir que a Lauren apresente você a um daqueles milionários solteiros de Pequim, antes que seja tarde demais.

Isabel se viu reduzida a uma poça de lágrimas.

Rachel não acreditava no que tinha acabado de ouvir. Aquele bando fazia as garotas do Upper East Side parecerem menonitas. Ela tentou voltar a atenção para a comida. O segundo prato havia acabado de ser servido. Era um lagostim surpreendentemente gostoso e uma terrina de geleia de tangerina e limão siciliano. Infelizmente, as garotas à sua direita pareciam estar obcecadas com um casal chamado Alistair e Kitty.

— Ora, não entendo o que ele vê nela — lamentou Chloé Ho. — Com aquele sotaque falso e aqueles peitos falsos e tudo falso.

— Eu sei *exatamente* o que ele vê nela. Vê aqueles peitos falsos, e isso é tudo o que ele precisa ver! — afirmou Parker, rindo.

— Serena Oh me contou que topou com os dois no Lung King Heen na semana passada, e Kitty estava usando Gucci dos pés à cabeça. Bolsa Gucci, frente única Gucci, short de cetim minúsculo

Gucci e botas de píton Gucci — disse Chloé. — Ficou com os óculos escuros Gucci durante o jantar inteiro e, pelo visto, deu até uns amassos no Alistair quando eles estavam na mesa.

— *Alamaaaaaak*, como você às vezes é brega! — sibilou Wandi, tocando de leve sua tiara de diamante e água-marinha.

Subitamente, Parker se dirigiu a Rachel, do outro lado da mesa.

— Espere um minuto, você já foi apresentada a *eles*?

— Eles quem? — perguntou Rachel, uma vez que não estava tentando ouvir o que as garotas estavam dizendo, e sim *não ouvir*.

— Alistair e Kitty!

— Desculpe, eu não estava prestando atenção... quem são eles?

Francesca olhou para ela e disse:

— Parker, não desperdice seu tempo. Está na cara que a Rachel não conhece ninguém.

Rachel não entendeu por que Francesca estava sendo tão fria com ela. Decidiu ignorar o comentário e tomou um gole de seu Pinot Gris.

— Então, Rachel, conte pra gente como você conheceu o Nicholas Young — pediu Lauren em voz alta.

— Bom, não é uma história muito empolgante. Nós dois damos aula na NYU, e uma colega minha bancou o cupido — contou Rachel, notando que todos os olhares da mesa estavam fixos nela.

— Ah, e quem é essa colega? É de Cingapura? — quis saber Lauren.

— Não, ela é sino-americana. O nome dela é Sylvia Wong-Schwartz.

— Como ela conheceu o Nicholas? — perguntou Parker.

— Hã... eles se conheceram em algum comitê.

— Quer dizer que ela não o conhecia direito? — continuou Parker.

— Não, eu acho que não — respondeu Rachel, sem saber aonde aquelas garotas queriam chegar. — Por que tanto interesse na Sylvia?

— Ah, eu também adoro bancar o cupido com as minhas amigas, por isso estava curiosa para saber o que motivou a sua amiga a juntar vocês dois, só isso. — Parker sorriu.

— Bem, Sylvia é uma amiga próxima e vivia tentando me juntar com alguém. Ela achou que o Nick era bonito e que seria um partidão... — Rachel começou a dizer, mas, na mesma hora, se arrependeu de sua escolha de palavras.

— Pelo visto, com certeza ela pesquisou *essa parte* muito bem, não foi? — alfinetou Francesca com uma risada cortante.

Depois do jantar, enquanto as garotas seguiam para a tenda-boate precariamente construída num píer, Rachel foi sozinha até o bar da praia, um mirante pitoresco que dava de frente para uma angra protegida. O lugar estava vazio, exceto pelo bartender alto e forte, que abriu um largo sorriso quando ela entrou.

— *Signorina*, posso preparar algo especial para você? — perguntou ele com um sotaque sedutor que beirava o cômico. *Caramba, será que a mãe da Araminta só contrata italianos gatos?*

— Na verdade, eu estava querendo uma cerveja. Você tem cerveja?

— Claro. Vejamos, temos Corona, Duvel, Moretti, Red Stripe e a minha preferida, Lion Stout.

— Nunca ouvi falar dessa.

— É do Sri Lanka. É cremosa e agridoce, com colarinho cremoso e vermelho.

Rachel não conseguiu conter a risada. Parecia que ele estava descrevendo a si mesmo.

— Bom, se é a sua preferida, vou ser obrigada a provar.

Enquanto ele servia a cerveja em um copo alto e gelado, uma garota que Rachel não havia notado antes entrou no bar e se sentou no banquinho ao seu lado.

— Graças a Deus alguém aqui também toma cerveja! Estou de saco cheio desses coquetéis de baixa caloria sem graça — disse ela. Era chinesa, mas tinha um sotaque australiano.

— Um brinde a isso — disse Rachel, inclinando o copo na direção da garota. A outra pediu uma Corona e tirou a garrafa da mão do bartender antes que ele pudesse servi-la em um copo. Ele pareceu decepcionado quando ela jogou a cabeça para trás e terminou a cerveja em grandes goles. — Rachel, não é?

— Isso mesmo. Mas, se está procurando a Rachel Chu de Taiwan, encontrou a garota errada.

A garota deu um sorriso misterioso, meio espantada com a resposta.

— Sou Sophie, prima da Astrid. Ela me pediu que tomasse conta de você.

— Ah, oi — disse Rachel, desarmada com o sorriso simpático de Sophie e suas covinhas. Ao contrário das outras garotas, que exibiam os modelitos de praia da moda, ela estava vestida de forma bastante simples, com uma camisa de algodão sem manga e um short cáqui. Tinha o cabelo Chanel repicado e não usava nem maquiagem nem joias, a não ser um relógio de plástico da Swatch.

— Você estava no avião com a gente? — perguntou Rachel, tentando se lembrar dela.

— Não, não, eu vim por conta própria. Cheguei não faz muito tempo.

— Você também tem seu próprio avião?

— Não, receio que não. — Sophie riu. — Sou a sortuda que veio na classe econômica da Garuda Airlines. Estava fazendo plantão no hospital, por isso só consegui sair no fim da tarde.

— Você é enfermeira?

— Cirurgiã pediátrica.

Mais uma vez, Rachel se lembrou de que não se pode julgar um livro pela capa, especialmente na Ásia.

— Quer dizer que você é prima da Astrid e do Nick?

— Não, só da Astrid, do lado dos Leongs. O pai dela é irmão da minha mãe. Mas é claro que eu conheço o Nick, nós todos crescemos juntos. E você passou a infância nos Estados Unidos, certo? Onde você morava?

— Passei a adolescência na Califórnia, mas já morei em 12 estados diferentes. Minha família se mudava muito quando eu era pequena.

— Por que vocês se mudavam tanto?

— Minha mãe trabalhava em restaurantes chineses.

— O que ela fazia?

— Normalmente, ela começava como *hostess* ou garçonete, mas sempre conseguia dar um jeito de ser promovida logo.

— Aí ela sempre levava você para todos os lugares também? — perguntou Sophie, realmente fascinada.

— Sim. Nós vivemos como ciganos até a minha adolescência, quando nos assentamos na Califórnia.

— Era solitário para você?

— Bom, eu não conhecia outra realidade... Então, para mim, parecia normal. Conhecia superbem as cozinhas dos restaurantes dos shoppings a céu aberto dos subúrbios, e era, basicamente, uma devoradora de livros.

— E o seu pai?

— Ele morreu logo depois que eu nasci.

— Ah, sinto muito — disse Sophie apressadamente, se arrependendo da pergunta.

— Tudo bem, eu não o conheci. — Rachel sorriu, tentando tranquilizá-la. — E, enfim, não foi tão ruim assim. Minha mãe estudou à noite, conseguiu se formar e agora já faz muitos anos que é uma corretora de imóveis bem-sucedida.

— Impressionante — disse Sophie.

— Não muito. Na verdade, somos uma das muitas "histórias de sucesso de imigrantes asiáticos" clichês que os políticos adoram contar a cada quatro anos nas convenções dos partidos.

Sophie riu.

— Estou vendo por que o Nick gostou de você... Vocês dois têm o mesmo humor sagaz.

Rachel sorriu e olhou para a tenda-boate.

— Estou prendendo você aqui? Você não quer ir à festa dançante? Ouvi dizer que a Araminta trouxe um DJ famoso de Ibiza — comentou Sophie.

— Na verdade, estou gostando de ficar aqui com você. É a primeira conversa de verdade que tive o dia inteiro.

Sophie olhou para as garotas — agora elas estavam se requebrando como loucas e com vários dos garçons italianos ao som do bate-estaca do *eurotrance* — e deu de ombros.

— Bom, com essa turma, não posso dizer exatamente que estou surpresa.

— Não são suas amigas?

— Algumas, sim, só que não conheço a maioria delas. Mas eu sei quem são, claro.

— E quem são? Tem alguma famosa?

— Na cabeça delas, talvez. Essas são mais gente das colunas *sociais*, do tipo que está sempre aparecendo nas revistas, indo aos bailes de gala beneficentes. Um bando glamoroso demais para mim. O negócio é que eu trabalho em turnos de 12 horas e não tenho tempo para ir a festas beneficentes em hotéis. Preciso cuidar dos meus pacientes primeiro.

Rachel riu.

— Por falar nisso — acrescentou Sophie —, estou de pé desde as cinco, então vou nessa agora.

— Eu acho que também vou — disse Rachel.

As duas seguiram caminhando pela passarela de madeira em direção a seus bangalôs.

— Se precisar de alguma coisa, estou no chalé que fica no fim dessa passarela — disse Sophie.

— Boa noite — desejou Rachel. — Foi ótimo conversar com você.

— Igualmente — disse Sophie, dando aquele sorriso de covinhas mais uma vez.

Rachel entrou em seu chalé, feliz por retornar a um ambiente de paz e tranquilidade depois de um dia cansativo. As luzes da suíte não estavam acesas, mas a claridade do luar prateado cintilava através das portas venezianas abertas, lançando ondulações nas paredes. O mar estava tão calmo que o som da água lambendo devagar as palafitas de madeira produzia um efeito hipnótico. Era o cenário perfeito para nadar à noite no mar, algo que ela nunca havia feito antes. Rachel entrou no quarto e começou a procurar seu biquíni. Ao passar pela penteadeira, notou que a bolsinha de couro que havia deixado pendurada na cadeira parecia verter uma espécie de líquido. Foi até a bolsa e viu que estava completamente encharcada e que uma água meio marrom pingava do canto, formando uma poça grande no chão do quarto. Mas o que teria acontecido? Acendeu o abajur ao lado da penteadeira e abriu a aba frontal da bolsa. Soltou um grito e recuou, horrorizada, derrubando o abajur.

Na bolsa, havia um peixe enorme horrivelmente mutilado, com sangue pingando de suas guelras. Em garranchos violentos escritos com o sangue do peixe no espelho da penteadeira, acima da cadeira, estavam as palavras: PARTIDÃO É ISSO AQUI, SUA PIRANHA APROVEITADORA!

12

Eleanor

•

SHENZHEN

— Trinta mil yuan? Isso é ridículo! — reclamou Eleanor, irritadíssima com o homem de paletó de mescla de poliéster cinza sentado à sua frente no saguão do Ritz-Carlton. O homem olhou ao redor para ter certeza de que a explosão de fúria de Eleanor não estava atraindo atenção demais.

— Confie em mim. Esse investimento vai valer a pena — disse ele em voz baixa, em mandarim.

— Sr. Wong, como podemos ter certeza de que a sua informação tem algum valor quando nem sequer sabemos o que é exatamente?

— Escute aqui. Seu irmão explicou a situação ao Sr. Tin, e o Sr. Tin e eu nos conhecemos há muito tempo. Trabalho com ele há mais de vinte anos. Somos os melhores do ramo. Agora, não tenho certeza do que exatamente as senhoras estão planejando, mas posso garantir que essa informação será de *extremo* valor para quem a tiver — garantiu o Sr. Wong, cheio de confiança. Lorena traduziu aquilo para Eleanor.

— Quem ele acha que nós somos? Para mim, não existe nenhum tipo de informação que valha 30 mil yuan. Será que ele acha que sou feita de dinheiro? — Eleanor estava indignada.

— Que tal 15 mil? — perguntou Lorena.

— Certo, para a senhora, 20 mil — propôs o Sr. Wong.

— Quinze mil, e essa é a nossa última oferta — insistiu Lorena mais uma vez.

— Certo, 17.500, mas essa é *a minha* última oferta — disse o homem, frustrado com toda aquela negociação. O Sr. Tin havia lhe dito que aquelas senhoras eram milionárias.

— Não. Dez mil, ou eu vou embora — declarou Eleanor de repente em mandarim. O homem olhou feio para ela, como se ela tivesse insultado seus ancestrais e balançou a cabeça, demonstrando desânimo.

— Lorena, para mim chega dessa extorsão — bufou Eleanor, levantando-se de sua cadeira com estofado de veludo vermelho. Lorena também se levantou, e as duas mulheres começaram a conversar fora do saguão, no átrio do lobby de três andares, onde subitamente começou um engarrafamento de homens de smoking e mulheres de vestidos de noite pretos, brancos e vermelhos. — Deve ser alguma espécie de grande evento — observou Eleanor, analisando uma mulher que cintilava devido aos diamantes em seu pescoço.

— Shenzhen não é Xangai, disso tenha certeza. Todas essas mulheres estão usando modelos de três anos atrás — observou Lorena com ironia, enquanto tentava abrir caminho pela multidão. — Eleanor, acho que você foi longe demais com a sua tática de negociação dessa vez. Acho que perdemos o cara.

— Lorena, confie em mim. Continue andando e não vire as costas! — instruiu Eleanor.

Quando as duas chegaram à entrada do hotel, o Sr. Wong de repente veio correndo do saguão.

— Certo, certo, dez mil — disse ele, ofegante.

Eleanor sorriu, triunfante, enquanto seguia o homem novamente até a mesa.

O Sr. Wong deu um rápido telefonema no celular, depois disse para as duas:

— Muito bem, meu informante chegará em breve. Enquanto isso, o que gostariam de beber?

Lorena ficou meio surpresa ao ouvir isso — havia imaginado que elas seriam levadas a algum outro lugar para se encontrar com o informante.

— É seguro encontrarmos com ele aqui? — perguntou.
— Por que não? Esse é um dos melhores hotéis de Shenzhen!
— Quero dizer, é tão público...
— Não se preocupe. A senhora verá que não tem problema nenhum — disse o Sr. Wong, pegando um punhado de macadâmias da tigelinha de prata sobre a mesa.

Alguns minutos depois, um homem entrou no bar e caminhou, trêmulo, até a mesa. Só de olhar para ele, Eleanor percebeu que vinha de alguma área rural da China e que era a primeira vez que pisava em um hotel tão chique quanto aquele. Usava uma camisa polo listrada e calças de modelagem duvidosa e carregava uma pasta executiva de metal prateado. Lorena teve a impressão de que ele havia acabado de comprar aquela maleta, uma hora antes, numa dessas barraquinhas de bolsas baratas que ficam nas cercanias das estações de trem, para parecer mais profissional. Ele olhou com certo nervosismo para as mulheres ao se aproximar da mesa. O Sr. Wong trocou algumas palavras rápidas com ele num dialeto que nenhuma das mulheres conhecia, e o homem pousou a maleta sobre a mesa de tampo de granito. Deslizou os números da combinação do cadeado e destravou a mala de ambos os lados em uníssono, antes de abrir a tampa da mala com muita cerimônia.

O homem retirou três coisas de dentro da maleta e as colocou sobre a mesa, na frente das mulheres. Havia uma caixinha retangular de papel, um envelope pardo e a cópia de um recorte de jornal. Lorena abriu o envelope e retirou de dentro dele um papel amarelado, enquanto Eleanor abria a caixa. Ela espiou lá dentro e depois olhou para o papel que Lorena estava segurando. Só lia mandarim muito básico, portanto não entendeu nada.

— O que isso tudo significa?
— Só um minutinho, Elle, já termino de ler — pediu Lorena, correndo os olhos de alto a baixo pelo documento. — Oh, meu Deus, Elle! — exclamou e, de repente, olhou para o Sr. Wong e o informante. — Vocês têm *certeza* de que isso é cem por cento verdadeiro? Se não for, você terá problemas.

— Juro pela vida do meu filho primogênito — respondeu o homem, com a voz entrecortada.

— O que foi? O que foi? — perguntou Eleanor com urgência, incapaz de se conter. Lorena sussurrou no ouvido direito de Eleanor, que arregalou os olhos e, em seguida, virou-se para o Sr. Wong.

— Sr. Wong, eu lhe dou 30 mil yuan em dinheiro vivo se me levar até lá agora mesmo — ordenou Eleanor.

13

Rachel

•

ILHA DE SAMSARA

Sophie estava lavando o rosto quando ouviu uma batida urgente à porta. Ao abri-la, deu de cara com Rachel, com o corpo inteiro tremendo e os lábios sem cor.
— O que foi? Você está com frio? — perguntou Sophie.
— Eu... acho... acho que estou em estado de choque — gaguejou Rachel.
— O QUÊ? O que aconteceu?
— Meu quarto... não consigo descrever, venha ver você mesma — chamou Rachel, incapaz de falar mais alguma coisa.
— Você está bem? Acha melhor eu pedir ajuda?
— Não, não, eu vou ficar bem. Esse tremor é involuntário.
Imediatamente, Sophie entrou no papel de médica e tomou o pulso de Rachel.
— Seu pulso está meio acelerado — disse ela. Rapidamente, Sophie apanhou a manta de cashmere em sua *chaise longue* e entregou-a para Rachel. — Sente-se um pouco. Respire fundo e devagar. Enrole isso em seu corpo e me espere exatamente aqui.
Alguns minutos depois, Sophie retornou ao chalé, furiosa.
— Não acredito! Isso é uma afronta!
Rachel assentiu devagar, já um pouco mais calma àquela altura.
— Você pode ligar para a segurança do hotel por mim?

— Mas é claro! — Sophie foi até o telefone e correu os olhos pela lista grudada no aparelho, em busca do botão certo. Voltou até onde Rachel estava e a olhou de um jeito pensativo. — Na verdade, não sei se vai ajudar muito chamar a segurança. O que eles poderiam fazer exatamente?

— Descobrir quem fez isso! Pode ser que existam câmeras de segurança em toda parte, e elas certamente vão ter registrado alguém entrando no meu quarto — respondeu Rachel.

— Bem... e aonde isso iria levar? — indagou Sophie. — Preste atenção um instante... Ninguém cometeu crime nenhum. Quero dizer, coitado do peixe... e tudo isso com certeza foi traumático para você, mas, se pensar bem, verá que foi só uma brincadeira de mau gosto. Estamos numa ilha. Sabemos que foi uma das garotas, ou talvez um grupo delas. Você realmente quer mesmo descobrir quem foi? Vai confrontar alguém e fazer um escândalo? Elas só estão tentando provocar você. Por que dar a elas mais munição? Tenho certeza de que estão lá na praia agora *esperando* que você dê um ataque histérico e estrague a despedida de solteira da Araminta. Elas queriam era irritar você.

Rachel pensou no que Sophie dissera por um instante.

— Sabe... Você tem razão. Tenho certeza de que essas garotas estão só querendo fazer drama para terem o que contar em Cingapura. — Ela se levantou do sofá e andou pelo quarto, sem saber direito o que fazer. — Mas deve haver *alguma coisa* que a gente possa fazer.

— Não fazer nada às vezes pode ser a forma mais eficiente de agir — observou Sophie. — Se você não fizer nada, estará enviando a elas um recado claro: que você é mais forte do que elas pensaram. E que tem muito mais classe. Pense nisso.

Rachel refletiu por alguns minutos e concluiu que Sophie tinha razão.

— Alguém já falou que você é brilhante, Sophie? — perguntou ela, dando um suspiro.

Sophie sorriu.

— Venha, eu vi chá de verbena no banheiro. Vou preparar uma xícara para nós duas. Vai nos acalmar.

Rachel e Sophie se sentaram nas espreguiçadeiras no deque, com suas xícaras de chá mornas aninhadas no colo. A lua parecia um gongo gigante no céu, iluminando o mar com tamanha intensidade que Rachel conseguia até ver pequeninos grupos de peixes cintilarem quando rodeavam, a toda a velocidade, as palafitas do chalé.

Sophie olhou atentamente para Rachel.

— Você não estava preparada para nada disso, estava? Astrid foi bastante perceptiva quando me pediu que cuidasse de você. Estava meio preocupada por você ter vindo sozinha com esse grupo.

— Astrid é um doce. Acho que eu não esperava ver esse tipo de maldade, só isso. Do jeito que essas mulheres estão agindo, até parece que o Nick é o último homem da Ásia! Agora é que estou entendendo a coisa toda... a família dele é rica, e ele é considerado um bom partido. Mas Cingapura supostamente não é um lugar cheio de famílias ricas como a dele?

Sophie suspirou de um jeito compreensivo.

— Antes de mais nada, Nick é tão bonito que a maioria dessas garotas é completamente apaixonada por ele desde a infância. Depois, você precisa entender uma coisa em relação à família dele. Existe certo ar de mistério ao redor deles, por serem extremamente reservados. A maioria das pessoas nem sabe que eles existem, mas, para o pequeno círculo de famílias que sabem, eles inspiram um nível de fascínio difícil de descrever. Nick é o descendente desse clã nobre e, para algumas garotas, só isso importa. Elas podem não saber nada sobre ele, mas dariam tudo para virar a Sra. Nicholas Young.

Rachel absorveu todas aquelas informações em silêncio. Parecia que Sophie estava falando de um personagem de algum livro de ficção, alguém que não se parecia em nada com o homem que ela conhecia e por quem havia se apaixonado. Era como se ela fosse a Bela Adormecida — com a diferença de que jamais iria querer ser despertada por um príncipe.

— Sabe, Nick me contou muito pouco sobre a família dele. Ainda não sei quase nada sobre eles — refletiu Rachel.

— Ele foi criado assim. Tenho certeza de que foi educado desde bem pequeno para nunca falar sobre a sua família, sobre o lugar onde morava e esse tipo de coisas. Foi criado em um ambiente altamente enclausurado. Dá para imaginar o que é ter crescido naquela casa sem mais nenhuma outra criança, sem ninguém mais a não ser seus pais, seus avós e todos aqueles criados? Eu me lembro de ir lá quando pequena e da gratidão que Nick sentia quando havia outras crianças com quem brincar.

Rachel ficou olhando para a lua. De repente, um formato semelhante ao de um coelho fez com que ela se lembrasse de Nick, um garotinho solitário preso naquele palácio cintilante.

— Quer saber o que é mais louco nisso tudo?

— Diga.

— Eu só vim aqui passar as férias. Todo mundo acha que eu e o Nick estamos amarrados, que vamos juntar os trapos correndo amanhã ou algo assim. Ninguém sabe que casamento é um assunto sobre o qual a gente nunca conversou.

— Sério? — perguntou Sophie, surpresa. — Mas você não pensa nisso? Não quer se casar com ele?

— Para ser muito sincera, Nick é o *primeiro* namorado com quem eu penso em me casar. Mas não fui criada para acreditar que o casamento deveria ser o objetivo da minha vida. Minha mãe queria que eu recebesse a melhor educação possível primeiro. Nunca quis que eu terminasse tendo que lavar pratos em um restaurante.

— Mas aqui não é assim. Não importa quanto as mulheres tenham avançado, ainda existe uma grande pressão para que elas se casem. Aqui, não importa quanto uma mulher é bem-sucedida profissionalmente. Ela só é considerada completa depois de se casar e ter filhos. Por que acha que a Araminta está tão ansiosa para se casar?

— Então você acha que a Araminta não deveria estar se casando?

— Bom, essa é uma pergunta difícil de responder. Quero dizer, ela está prestes a se tornar minha cunhada.

Rachel olhou, surpresa, para Sophie.

— Espere aí... Colin é seu *irmão?*

— Sim — respondeu Sophie, rindo. — Achei que você soubesse disso o tempo inteiro.

Rachel olhou para ela mais espantada ainda.

— Não fazia a menor ideia. Achei que você fosse prima da Astrid. Quer dizer, então, que os Khoos são parentes dos Leongs?

— Sim, claro. Minha mãe nasceu uma Leong. Era irmã de Harry Leong.

Rachel notou que Sophie falava da mãe no passado.

— Sua mãe é falecida?

— Morreu quando éramos pequenos. Teve um ataque do coração.

— Ah! — exclamou Rachel, percebendo por que sentia uma conexão com aquela garota que havia conhecido apenas poucas horas antes. — Não me leve a mal, mas agora entendo por que você é tão diferente das outras garotas.

Sophie sorriu.

— Ser criada só por um dos pais, principalmente num lugar onde todo mundo se esforça tanto para exibir a imagem da família perfeita, realmente segrega. Sempre fui a garota cuja mãe morreu jovem. Mas, sabe, isso também teve suas vantagens. Deixaram que eu saísse dessa panela de pressão. Depois que a minha mãe morreu, fui estudar na Austrália, onde fiquei até terminar a universidade. Acho que foi isso que me tornou meio diferente.

— Meio não, *muito* diferente — corrigiu Rachel.

Ela pensou em outra coisa que a fazia gostar de Sophie: sua sinceridade e sua completa ausência de pretensão faziam com que ela se lembrasse de Nick. Rachel espiou a lua lá no alto e, dessa vez, o garotinho-coelho já não parecia mais tão solitário.

14

Astrid e Michael

•

CINGAPURA

Assim que os seguranças de Harry Leong, todos em ternos Armani, irromperam em seu quarto de hospital e começaram a revista de sempre, Astrid soube que havia sido descoberta. Minutos depois, seus pais entraram apressados no quarto, um tanto contrariados.

— Astrid, você está bem? Como está o Cassian? Onde ele está? — perguntou sua mãe, ansiosa.

— Está tudo bem, está tudo bem. Michael está com o Cassian na ala pediátrica para assinar os documentos da alta.

O pai de Astrid olhou para a chinesa idosa que estava a poucos centímetros de distância, esfregando vigorosamente uma camada de pomada Tiger Balm no tornozelo de sua filha.

— Por que trouxeram você para um hospital público, e por que diabos você não está internada em um quarto particular? Vou mandar transferirem você imediatamente — sussurrou Harry, irritado.

— Está tudo bem, papai. Eu tive uma pequena concussão, por isso me colocaram nessa enfermaria para monitoramento. Como eu disse, estamos prestes a receber alta. Como descobriram que eu estava aqui? — exigiu saber Astrid, sem se importar em esconder sua contrariedade.

— Nossa, você está internada há dois dias em um hospital sem contar a ninguém e a única coisa que importa para você é saber como foi que a descobrimos aqui! — Felicity suspirou.

— Não fique toda *kan cheong*, mãe. Não aconteceu nada.

— Não aconteceu nada? Cassandra me ligou às sete da manhã lá da Inglaterra. Meteu o maior medo na gente, como se você fosse a Princesa Diana naquele túnel em Paris! — lamentou Felicity.

— Fique feliz por ela não ter ligado para o *Straits Times* — acrescentou Harry.

Astrid revirou os olhos. A Rádio Um da Ásia havia atacado de novo. Como Cassandra soubera de seu acidente? Ela dera instruções expressas ao motorista da ambulância para levá-la ao General Hospital — e não para um dos hospitais particulares como o Mount Elizabeth ou o Gleneagles —, justamente para evitar ser reconhecida. Mas, claro, isso não havia adiantado nada.

— Já chega! Você não vai mais dirigir. Vai se livrar dessa lata-velha que é esse seu carro japonês, e Youssef vai ser seu motorista de agora em diante. Pode usar um dos Vanden Plas — declarou Harry.

— Pare de me tratar como se eu tivesse 6 anos, papai! Foi um acidente sem consequências graves. Minha concussão foi por causa do *air bag*, só isso.

— O fato de o *air bag* do carro ter sido acionado significa que o acidente foi mais sério do que você pensa. Se não valoriza sua vida, faça como quiser, mas eu não vou deixar que coloque em risco a vida do meu neto. De que adianta ter todos esses motoristas, se ninguém usa nenhum deles? De agora em diante, Youssef vai transportar o Cassian — insistiu Harry.

— Papai, o Cassian só sofreu alguns cortes.

— Ora, alguns cortes! — Felicity suspirou, balançando a cabeça, desanimada. Neste instante, Michael entrou no quarto com Cassian. — Ah, Cassian, o coitadinho da vovó — exclamou ela, correndo em direção ao neto, que estava segurando, todo contente, um balão vermelho.

— Onde diabos você estava numa sexta-feira à noite? — vociferou Harry para o genro. — Se estivesse cumprindo seu dever acompanhando sua esposa, nada disso teria acontecido...

— Papai, pare com isso! — interrompeu Astrid.

— Eu fiquei trabalhando até tarde, senhor — respondeu Michael o mais calmamente possível.

— Trabalhando até tarde, trabalhando até tarde... Você está sempre trabalhando até tarde ultimamente, não é? — murmurou Harry, cheio de raiva.

— Chega, papai, estamos indo embora agora. Vamos, Michael. Eu quero ir para casa — insistiu Astrid, levantando-se da cama.

Assim que eles entraram em casa, Astrid pôs em ação o plano que passara engendrando nos últimos dois dias. Foi até a cozinha e deu folga à empregada e à cozinheira. Depois mandou Evangeline levar Cassian para brincar na casa de praia, em Tanah Merah. Michael ficou surpreso com tanta atividade, mas supôs que a esposa só quisesse um pouco de paz e sossego pelo resto do dia. Assim que todos saíram do apartamento e Astrid ouviu as portas do elevador se fechando, ela encarou o marido. Eles estavam completamente sozinhos agora e, de repente, Astrid conseguiu ouvir o barulho das batidas de seu coração enchendo seus tímpanos. Sabia que, se não dissesse as palavras que havia ensaiado cuidadosamente NAQUELE MOMENTO, iria perder a coragem.

— Michael, eu quero que você saiba o que aconteceu na sexta à noite — começou ela.

— Você já me contou, Astrid. Não tem importância. Estou feliz por estar tudo bem com você e com o Cassian.

— Não, não. Eu quero que você saiba o *verdadeiro* motivo desse acidente de carro.

— Do que você está falando? — perguntou Michael, confuso.

— Estou falando de que eu me distraí tanto a ponto de quase matar o meu filho sem querer — respondeu Astrid, com um tom de raiva na voz. — Foi *minha* culpa. Estava muito tarde, muito escuro, principalmente naquelas ruazinhas estreitas perto do Jardim Botânico. Eu não devia estar dirigindo, mas estava. E a única coisa em que conseguia pensar era *onde* você estava e o que *você* estava fazendo.

— Como assim? Eu estava em casa — disse Michael, com naturalidade. — Por que você estava tão preocupada?

Astrid respirou fundo e, antes que pudesse se conter, as palavras saíram de uma vez.

— Sei que para você eu sou uma espécie de criaturinha delicada, mas sou muito mais forte do que imagina. Preciso que você seja sincero comigo, cem por cento sincero. Vi uma mensagem de texto no seu telefone no mês passado, Michael. *Pornográfica*. Sei que você estava em Hong Kong quando devia estar no norte da China, descobri a nota do Petrus. E sei tudo a respeito da pulseira que você comprou na loja do Stephen Chia.

Michael se sentou, e seu rosto de repente perdeu a cor. Astrid o observou caindo no sofá, sua linguagem corporal entregando tudo. *Aquilo era culpa até o último fio de cabelo*. Ela sentiu um arroubo de confiança que a impeliu a fazer uma pergunta que jamais imaginou que um dia pudesse fazer:

— Você teve... você está tendo um caso?

Michael suspirou e balançou a cabeça de um modo quase imperceptível.

— Sinto muito. Sinto muito por ter magoado você e o Cassian. Você tem razão, o acidente de carro foi culpa minha.

— Me conte tudo, Michael, só peço isso, e eu... e eu vou tentar entender — disse Astrid baixinho, sentando-se no pufe diante dele, de repente tomada por uma sensação de calma. — Chega de mentiras, Michael. Me conte, quem é essa mulher com quem você anda saindo?

Michael não conseguia se obrigar a olhar para a própria esposa. Sabia que tinha chegado o momento de dizer o que vinha lutando havia tanto tempo para revelar.

— Sinto muito, Astrid. Desculpe. Não quero causar mais sofrimento para você. Eu vou embora.

Astrid olhou para ele, surpresa.

— Michael, estou pedindo que me conte o que aconteceu. Quero saber tudo, para que a gente possa deixar isso para trás.

Michael se levantou do sofá abruptamente.

— Não sei se isso é possível.

— Por que não?

Michael deu as costas para Astrid e olhou pelas portas deslizantes de vidro do terraço. Olhou para as árvores que ladeavam a Cavenagh Road, que, dali, mais pareciam enormes talos de brócolis. As árvores delimitavam o perímetro do terreno que margeava o Istana, e, mais além, Fort Canning Park, River Valley Road e o rio

Cingapura. Desejou poder voar pelo terraço, voar em direção ao rio, para bem longe daquela dor.

— Eu... eu magoei você demais, e agora não sei se consigo não magoar ainda mais — disse ele, por fim.

Astrid ficou em silêncio por um instante, tentando decifrar o que ele queria dizer com aquilo.

— Isso tudo é porque você está apaixonado por essa mulher? — perguntou, com os olhos marejados de lágrimas. — Ou porque teve outro filho com ela?

Michael deu um sorriso enigmático.

— Como assim, seu pai está me espionando ou algo do tipo?

— Não seja ridículo. Um amigo por acaso viu você em Hong Kong, só isso. Quem era o menino? E quem é essa mulher com quem você está saindo?

— Astrid, o menino e a mulher não vêm ao caso. Você e eu... as coisas simplesmente não estão mais dando certo entre nós. Na verdade, *nunca* deram. A gente apenas fingia que davam — disse Michael enfaticamente, sentindo que aquelas eram as primeiras palavras realmente sinceras que ele dizia para ela em muito tempo.

Astrid ficou olhando para ele, aturdida.

— Como você pode dizer isso?

— Bom, você pediu que eu fosse sincero, então estou sendo sincero. Seu pai tem razão... Não estou cumprindo meu papel de marido. Ando concentrado demais no trabalho, dando duro para tentar levantar essa empresa. E você... você está concentrada nas suas obrigações familiares e viajando pelo mundo cinquenta vezes por ano. Que tipo de casamento é esse? Não estamos felizes.

— Não acredito que estou ouvindo isso. Eu estava feliz. Estava muito feliz até o dia em que descobri aquela maldita mensagem — insistiu Astrid, levantando-se. Ela começou a andar de um lado para o outro da sala.

— Tem certeza do que está dizendo? Tem certeza de que estava feliz *de verdade*? Acho que você está enganando a si mesma, Astrid.

— Estou entendendo o seu jogo, Michael. Você só está tentando encontrar um jeito fácil de pular fora. Está tentando jogar a culpa em cima de mim para fazer parecer que eu sou a culpada, quando, na verdade, o culpado é *você*. Olhe aqui, não fui eu quem quebrou nossos votos de casamento. Não fui eu que traí! — disse Astrid, louca de raiva, enquanto seu espanto se transformava em ira.

— Certo, eu admito. A culpa é minha. Admito que sou um traidor. Feliz agora?

— Não estou feliz, e vai levar um tempo, mas vou aprender a lidar com isso — respondeu ela com naturalidade.

— Bem, eu não consigo mais lidar com isso! — lamentou Michael. — Por isso vou fazer as minhas malas.

— Que história é essa de fazer as malas? Quem está pedindo a você que saia de casa? Você acha que eu quero chutar você só porque me traiu? Acha que sou tão simplória assim, que acredito ser a primeira mulher cujo marido teve um caso com outra? Eu não vou a *lugar nenhum*, Michael. Vou ficar bem aqui e tentar superar isso com você, pelo bem do nosso casamento. Pelo bem do nosso filho.

— Astrid, quando foi que você realmente fez alguma coisa pelo bem do nosso filho? Acho que vai ser muito melhor para o Cassian crescer com pais separados, mas felizes, do que com pais presos a um casamento arruinado.

Astrid estava perplexa. Quem era aquele homem ali, de pé na sua frente? De onde ele havia tirado aquele papinho pseudopsicanalítico?

— É por causa dessa mulher, não é? Estou entendendo... você não quer mais fazer parte dessa família. Quer ir morar com essa... essa puta, não é? — berrou ela.

Michael suspirou antes de responder.

— É. Não quero mais morar com você. E acho que, para o bem de nós dois, é melhor eu sair de casa hoje mesmo. — Ele sabia que, se era para ir embora, aquela era a sua chance. Começou a andar em direção ao banheiro. Onde estaria sua mala grande?

Astrid ficou parada em frente à porta do quarto sem saber o que fazer, sem entender como tudo aquilo havia acontecido. Não era para a coisa ter acabado assim. Observou, impotente, Michael começar a apanhar suas roupas e atirá-las ao acaso em sua mala Tumi preta. Ela pensara em lhe dar um conjunto de malas Loewe quando os dois viajaram para Barcelona no ano anterior, mas ele insistiu em algo mais barato e mais prático. Agora Astrid tinha a nítida sensação de estar presa em um sonho. Nada daquilo podia realmente estar acontecendo. A briga dos dois. O acidente de carro. O caso de Michael. Nada daquilo. Seu marido não iria sair de casa. De jeito nenhum ele iria sair de casa. Aquilo era só um pesadelo. Ela abraçou o próprio corpo e beliscou sem parar a pele ao redor de seu cotovelo, querendo acordar.

15

Nick

•

MACAU

Nick correu os dedos pelas lombadas encadernadas de couro perfeitamente organizadas na estante de mogno de estilo neoclássico. *Tenente Hornblower*. *Ilhas no Golfo*. *Billy Budd*. Todos os títulos tinham temas náuticos. Apanhou um volume de Knut Hamsun do qual nunca ouvira falar, *August*, e se acomodou em uma das poltronas de estofado bem macio, esperando não ser perturbado por ninguém durante algum tempo. Ao virar a capa dura com gravação em relevo, percebeu, no mesmo instante, que as páginas daquele exemplar, tais como as da maioria dos outros livros dali, provavelmente nunca tinham visto a luz do dia. Isso não era nada surpreendente, considerando que aquela suntuosa biblioteca estava no deque inferior de um iate de 338 pés que exibia entretenimentos da grandeza de um salão de baile, um karaokê para o pai de Bernard, uma capela para sua mãe, um cassino, um *sushi bar* com direito a um *sushiman* em tempo integral de Hokkaido, duas piscinas e uma pista de boliche a céu aberto no deque mais elevado, que podia ser convertida em passarela para desfiles de moda.

Nick olhou para a porta, desanimado, quando ouviu passos descendo a escadaria em espiral que ficava em frente à biblioteca. Se tivesse sido mais esperto, teria trancado a porta. Mas, para seu grande alívio, foi Mehmet quem apareceu e olhou lá para dentro.

— Nicholas Young... por que não estou surpreso em encontrar você no único local de tendência intelectual de toda essa embarcação? — observou Mehmet. — Iria se importar se eu me juntasse a você? Esse parece ser o lugar mais silencioso do barco e, se eu ouvir outro remix do Hôtel Costes, acho que vou pular da amurada e nadar até a tábua de salvação mais próxima.

— Seja muito bem-vindo. Como estão os nativos?

— Incrivelmente inquietos, eu diria. Saí do deque da piscina assim que começou a competição de sundaes.

— Eles estão fazendo sundaes? — Nick ergueu uma sobrancelha.

— Sim, em uma dúzia de garotas de Macau.

Nick balançou a cabeça, desanimado.

— Tentei resgatar o Colin, mas ele ficou preso. Bernard sagrou Colin "O Rei do Chantilly".

Mehmet desabou em uma poltrona e fechou os olhos.

— Colin devia ter me escutado e ido para um refúgio tranquilo em Istambul antes do casamento. Eu disse para ele convidar você também.

— Ah, isso, sim, seria legal. — Nick sorriu. — Eu preferiria estar no palácio de verão da sua família às margens do Bósforo, e não nesse barco.

— Sabe, ainda fico surpreso por Colin ter feito uma despedida de solteiro, para início de conversa. Não me parecia a cara dele.

— Não é, mas acho que ele não ia conseguir dizer não a Bernard, porque o pai do Bernard é o maior acionista minoritário das Organizações Khoo — explicou Nick.

— Bernard está fazendo um ótimo trabalho, não? Ele realmente acha que o Colin está gostando de participar da maior bebedeira e orgia de drogas que eu já vi desde as férias da última primavera, em Cabo — murmurou Mehmet.

Nick olhou para Mehmet, surpreso, pois não esperava ouvir aquelas palavras da boca do amigo, que abriu um olho e sorriu.

— Brincadeirinha. Nunca fui para Cabo... mas sempre tive vontade de dizer algo assim.

— Você me deu um susto! — confessou Nick, dando uma gargalhada.

Nesse instante, Colin entrou cambaleando na biblioteca e desabou na poltrona mais próxima.

— Deus me ajude! Acho que nunca mais vou conseguir comer outra cereja marrasquino! — gemeu ele, massageando as têmporas.

— Colin, você realmente comeu sorvete em cima de uma daquelas garotas? — perguntou Mehmet, sem acreditar.

— Nããããoo! Araminta me mataria se descobrisse que tomei um sundae em cima da xo... hã, da virilha de outra garota. Só comi uma cereja e depois falei com o Bernard que precisava ir ao banheiro urgentemente.

— De onde vieram todas essas garotas, para início de conversa? — perguntou Mehmet.

— Bernard as contratou naquele bordel aonde ele obrigou a gente a ir ontem à noite — murmurou Colin em meio a uma dor de cabeça latejante.

— Sabem de uma coisa? Acho que ele ficou realmente chocado quando recusamos as meninas que ele tinha arrumado para nós ontem — comentou Mehmet.

— Pobre babaca. Nós arruinamos completamente o fim de semana de solteiro dele, né? Não quisemos ir à rinha de cães, não quisemos gravar vídeos pornôs com prostitutas e viramos o nariz para a cocaína peruana de primeira dele — lembrou Nick, rindo.

Nesse momento, ouviram gritos do deque superior, seguidos por um monte de berros de pânico.

— O que será que está acontecendo agora? — perguntou Nick. Mas ninguém conseguiu reunir forças para se levantar das confortáveis poltronas. O iate desacelerou, e eles ouviram diversos tripulantes correndo pelo convés inferior.

Alistair entrou na biblioteca, equilibrando com cuidado uma xícara branca e um pires contendo o que, aparentemente, era um cappuccino bastante cremoso.

— Por que toda essa gritaria lá em cima? — perguntou Colin com um gemido.

Alistair apenas revirou os olhos e sentou-se em uma das poltronas perto da mesinha Regency redonda.

— Uma das garotas caiu do convés durante a competição de luta com corpo banhado a óleo. Nada com que se preocupar, pois os seios dela formam uma boia excelente. — Ele tomou um gole de seu café, e então fez uma careta. — O bartender australiano mentiu para mim. Ele disse que sabia preparar um *flat white* perfeito, mas isso aqui não chega nem perto. É só um café com leite malfeito!

— O que é um *flat white*? — perguntou Mehmet.

— É um tipo de cappuccino que só existe em Oz.* O leite espumoso do fundo de uma jarra é derramado sobre o café e, enquanto isso, a pessoa vai segurando a espuma no topo para obter essa textura cremosa e aveludada.

— E é gostoso? — continuou Mehmet, meio intrigado.

— Ah, é o melhor. Eu tomava pelo menos dois por dia nos meus tempos de faculdade em Sydney — contou Alistair.

— Meu Deus, agora estou morrendo de vontade de tomar um também! — suspirou Colin. — Isso aqui virou um pesadelo de merda. Eu só queria sair desse barco e tomar uma xícara de café decente em algum lugar. Sei que supostamente esse deveria ser um dos iates mais legais do mundo e que eu deveria me sentir ultra-agradecido, mas, sinceramente, para mim parece mais uma prisão flutuante. — O rosto dele ficou sombrio, e Nick olhou para o amigo, incomodado. Podia ver que Colin estava caindo rapidamente em depressão. Uma ideia começou a tomar forma em sua cabeça. Ele sacou o celular e começou a navegar pelos seus contatos, depois inclinou-se para Mehmet e sussurrou algo no ouvido dele. Mehmet sorriu e assentiu com expectativa.

— O que vocês dois estão sussurrando aí? — quis saber Alistair, inclinando-se para perto, cheio de curiosidade.

— Acabei de ter uma ideia. Colin, está preparado para dar o fora dessa despedida de solteiro patética e entediante? — perguntou Nick.

— Não tem nada no mundo que eu gostaria mais de fazer, mas acho que não posso me arriscar a ofender o Bernard e, o que é mais importante, o pai dele. Quer dizer, Bernard fez de tudo para nos entreter em grande estilo nesse fim de semana.

---

* Gíria para Austrália. (*N. da T.*)

— Na verdade, Bernard fez de tudo para *se entreter* em grande estilo — retrucou Nick. — Olhe só como você está arrasado. Quanto mais você ainda quer suportar só para não ofender os Tais? É seu último fim de semana como um homem solteiro, Colin. Acho que idealizei uma saída de emergência que não vai ofender ninguém. Se der certo, você está dentro?
— Tudo bem... por que não? — concordou Colin, meio trêmulo.
— É isso aí! — comemorou Alistair.

— Rápido, rápido, emergência médica! Preciso que pare esse barco e me passe as nossas coordenadas exatas agora mesmo — ordenou Nick, entrando às pressas na casa de leme do iate.
— O que aconteceu? — quis saber o capitão.
— Meu amigo está com uma crise de pancreatite aguda. Tem um médico lá embaixo, e ele acha que pode estar havendo hemorragia interna. Estou na linha com um helicóptero de resgate — disse Nick, segurando o celular e parecendo ansioso.
— Espere aí, espere um minuto. Eu sou o capitão dessa embarcação. Sou eu quem decide se vamos ou não chamar qualquer equipe médica de resgate. Quem é esse médico? Eu quero ver o paciente — ordenou o capitão, de mau humor.
— Capitão, com todo o respeito, mas não podemos perder nem mais um minuto. O senhor pode ver o paciente quando quiser, mas, neste exato momento, só preciso que me passe as coordenadas.
— Mas com quem você está falando? Com a guarda costeira de Macau? Esse procedimento é extremamente irregular. Quero falar com eles — balbuciou o capitão, confuso.
Nick empregou seu sotaque britânico mais arrogante e condescendente — aperfeiçoado ao longo de todos os seus anos em Balliol — e olhou feio para o capitão.
— O senhor tem alguma ideia de quem é o meu amigo? Ele é o Colin Khoo, herdeiro de uma das maiores fortunas do planeta.
— Não banque o esnobe para cima de mim, rapaz! — berrou o capitão. — Não me importa quem o seu amigo seja, existem protocolos marítimos de emergência aos quais EU PRECISO OBEDECER E...
— E, NESTE EXATO MOMENTO, meu amigo está no deque inferior do seu barco, provavelmente sangrando por dentro até

morrer, porque o senhor não quer me deixar pedir um resgate de emergência! — interrompeu-o Nick, levantando a voz para que ela ficasse na mesma altura da do capitão. — O senhor quer assumir a culpa? Porque a culpa disso recairá sobre o senhor, isso eu garanto. Meu nome é Nicholas Young, e minha família controla um dos maiores conglomerados de navegação do mundo. Por favor, me passe essas *malditas coordenadas* agora mesmo; caso contrário, eu juro que vou garantir, pessoalmente, que o senhor não seja mais capitão nem de um barco de isopor!

Vinte minutos depois, enquanto Bernard estava sentado numa Jacuzzi em forma de diamante no deque superior e uma garota metade portuguesa, metade chinesa tentava engolir seus dois testículos sob os jatos de água borbulhantes, um helicóptero Sikorsky branco surgiu no céu e começou a descer no heliponto do iate. No começo, ele achou que estivesse tendo uma alucinação por conta da bebedeira, mas, então, viu Nick, Mehmet e Alistair surgirem no heliponto carregando uma maca. Nela, estava Colin, deitado e bem enrolado em um dos cobertores de seda Etro do iate.

— Que merda está acontecendo aqui? — perguntou ele e saiu da água puxando seu calção de banho Vilebrequin para cima. Subiu correndo os degraus que levavam ao heliponto.

Trombou com Lionel no corredor.

— Eu estava justamente vindo contar para você... O Colin está passando muito mal. Está se contorcendo de dor faz uma hora, vomitando sem parar. A gente acha que deve ser intoxicação alcoólica, por causa de toda a bebedeira desses últimos dias. Vamos tirá-lo daqui e levá-lo direto para o hospital.

Os dois correram em direção ao helicóptero, e Bernard olhou para Colin, que estava gemendo baixinho, com o rosto contorcido. Alistair estava sentado ao seu lado, passando uma toalha úmida em sua testa.

— Mas, mas... por que caralho ninguém me avisou antes? Eu não tinha ideia de que o Colin estava tão mal assim. *Kan ni na*!*

---

* Abreviação do xingamento, em *hokkien*, *kan ni na buey chao chee bye*, que literalmente significa "foda-se a xoxota fedorenta da sua mãe". (*N. da T.*)

Agora a família dele vai me culpar por isso. E depois a notícia vai vazar nas revistas de fofoca, nos jornais — reclamou Bernard, subitamente alarmado.

— Não vai vazar nada. Nem nas revistas de fofoca nem nos jornais — disse Lionel em um tom solene. — Colin não quer que você leve a culpa, e é por isso que agora você precisa me escutar com atenção. Nós vamos levá-lo para um hospital e não vamos avisar a ninguém da família o que está acontecendo. Eu já tive intoxicação alcoólica. Colin só precisa se desintoxicar e se reidratar. Daqui a alguns dias, ele estará ótimo. Você e os outros caras precisam fingir que não aconteceu nada e continuar a festa, entendeu? Não liguem para a família, não digam nem uma única palavra a ninguém, e a gente se vê lá em Cingapura.

— Certo, certo — concordou Bernard, e assentiu rapidamente, sentindo-se aliviado. Agora podia voltar para seu boquete sem se sentir culpado.

Quando o helicóptero içou voo, Nick e Alistair começaram a rir incontrolavelmente ao ver Bernard no iate, com o short de banho folgado batendo nas coxas brancas, olhando para eles, espantado.

— Acho que ele nem reparou que isso não é um helicóptero de resgate, e sim um helicóptero alugado — comentou Mehmet, rindo.

— Para onde nós vamos? — perguntou Colin, animado, atirando o cobertor roxo e dourado com estampa Paisley para o lado.

— Mehmet e eu alugamos um Cessna Citation X. Está abastecido e esperando por nós em Hong Kong. De lá em diante, é surpresa — disse Nick.

— Um Citation X. Não é aquele avião que voa a 960 quilômetros por hora? — perguntou Alistair.

— Ele alcança uma velocidade ainda maior quando transporta só cinco pessoas sem bagagem — respondeu Nick, sorrindo.

Apenas seis horas depois, Nick, Colin, Alistair, Mehmet e Lionel estavam sentados em cadeiras de lona no meio do deserto australiano, apreciando a vista espetacular da rocha resplandecente.

— Sempre quis vir para Ayers Rock. Ou Uluru, ou seja lá que nome esse lugar tenha hoje em dia — confessou Colin.

— É tão silencioso — disse Mehmet, baixinho. — É um lugar muito espiritualizado, não é? Posso sentir a energia, mesmo a essa distância.

— As tribos aborígines consideram esse lugar o mais sagrado que existe — respondeu Nick. — Meu pai me trouxe aqui há alguns anos. Naquela época, ainda era permitido subir na rocha. Foi proibido há alguns anos.

— Galera, não sei nem como agradecer a vocês. Foi a fuga perfeita de uma despedida de solteiro ultraequivocada. Desculpe por ter metido vocês todos nessa palhaçada do Bernard. Isso aqui era o que eu realmente queria: estar em um lugar sensacional com os meus melhores amigos.

Um homem de camisa polo branca e short cáqui saiu de um resort ecológico de luxo, localizado ali perto, e aproximou-se do grupo carregando uma grande bandeja.

— Bem, Colin, Alistair, achei que o único jeito de fazer vocês, seus frescos, pararem de reclamar seria oferecendo um *flat white* decente e cem por cento australiano — disse Nick, enquanto o garçom pousava a bandeja sobre a terra avermelhada.

Alistair levou a xícara ao nariz e inalou profundamente o aroma intenso.

— Nick, se você não fosse meu primo, eu daria um beijo na sua boca agora mesmo — brincou ele.

Colin tomou um longo gole do café, e sua espuma aveludada perfeita deixou um bigode branco sobre seu lábio superior.

— Acho que esse é o melhor café que eu já tomei. Galera, nunca vou me esquecer disso.

O sol tinha acabado de se pôr, e os tons de laranja queimado no céu se transformavam rapidamente em um azul-violeta profundo. Os homens ficaram sentados em um silêncio maravilhado, enquanto o maior monólito do mundo cintilava e resplandecia em mil tons indescritíveis de carmim.

16
Dr. Gu

•

CINGAPURA

Wye Mun estava sentado à sua mesa analisando o papel que sua filha havia acabado de lhe entregar. O móvel ornado era uma réplica da mesa de Napoleão nas Tulherias, feita de compensado à base de uma madeira semelhante ao mogno e com pernas de bronze ormolu esculpidas com cabeças e torsos de leão, que acabavam em garras elaboradas. Wye Mun adorava se sentar em sua cadeira estilo imperial com estofado de veludo borgonha e esfregar os pés com meias nas garras bulbosas, hábito que sua esposa constantemente repreendia. Naquele dia, foi Peik Lin quem assumiu o lugar da mãe:
— Pai, assim você vai descascar o ouro todo!
Wye Mun ignorou a filha e continuou coçando os dedos dos pés sem parar. Olhou para os nomes que Peik Lin havia anotado em sua conversa ao telefone com Rachel alguns dias atrás: James Young, Rosemary T'sien, Oliver T'sien, Jacqueline Ling. Quem seriam essas pessoas por trás do misterioso portão antigo da Tyersall Road? O fato de não reconhecer nenhum daqueles nomes deixava-o mais incomodado do que ele estava disposto a admitir. O que o pai de Wye Mun sempre lhe dizia não saía da sua cabeça: "Nunca se esqueça de que somos de Hainan, filho. Somos descendentes de criados e pescadores. Sempre teremos que trabalhar com mais afinco para mostrar o nosso valor."

Desde bem pequeno, Wye Mun sabia que ser um filho de um imigrante de Hainan e ter tido uma educação chinesa eram uma desvantagem em relação aos latifundiários chineses aristocratas *peranakans* ou aos *hokkiens* que dominavam o ramo bancário. Seu pai tinha vindo para Cingapura aos 14 anos na condição de trabalhador e erigiu uma empresa no ramo da construção civil graças ao seu suor e à sua tenacidade. Quando os negócios da família começaram a prosperar ao longo das décadas e a se transformar em um vasto império, Wye Mun achou que havia equilibrado o jogo. Cingapura era uma meritocracia, e quem se desse bem seria convidado para o círculo restrito dos vencedores. No entanto, aquelas pessoas — aquelas pessoas por trás dos portões — eram um lembrete repentino de que talvez não fosse exatamente assim.

Com os filhos já criados, agora era hora de a nova geração continuar conquistando novos territórios. Seu filho mais velho, Peik Wing, tinha feito bem em se casar com a filha de um parlamentar, uma garota cantonesa que fora criada como cristã, nada mais nada menos. P.T. ainda estava aproveitando e levando uma vida de playboy, portanto o foco agora era Peik Lin. Dos três filhos, Peik Lin era a que mais se parecia com ele. Era seu rebento mais inteligente, mais ambicioso e — se ele ousasse admitir — mais atraente. Ele tinha confiança de que ela sobrepujaria todos eles e faria uma união brilhante, ligando os Goys a alguma das famílias de sangue azul de Cingapura. Ele podia perceber, pelo jeito que sua filha falava, que ela estava tramando alguma coisa, e decidiu ajudá-la a cavar mais fundo.

— Acho que chegou o momento de fazer uma visita ao Dr. Gu — disse ele para Peik Lin.

Dr. Gu era um médico aposentado com 80 e muitos anos, um excêntrico que morava sozinho em uma casa pequena e dilapidada no fim da Dunearn Road. Nascera em Xian, numa família de acadêmicos, mas se mudara para Cingapura na juventude, para estudar. Segundo a ordem natural do funcionamento da sociedade cingapuriana, os caminhos de Wye Mun e do Dr. Gu jamais teriam se cruzado se não fosse pela teimosia enlouquecedora do médico, trinta e poucos anos antes.

A Goh Desenvolvimentos Imobiliários estava construindo um novo complexo de casas geminadas ao longo da Dunearn Road, e o pequeno terreno do Dr. Gu era a única obstrução para que o projeto continuasse. Os vizinhos dele já tinham vendido seus terrenos em termos extremamente favoráveis, mas o Dr. Gu se recusava a ceder. Depois de todos os seus advogados falharem nas negociações, Wye Mun foi até lá pessoalmente, armado com o talão de cheques e decidido a enfiar um pouco de juízo na cabeça daquele velhote. Em vez disso, o brilhante velho ranzinza convenceu-o a alterar todos os seus planos, e o projeto original se transformou em um empreendimento de maior sucesso ainda graças às recomendações do Dr. Gu. Wye Mun, então, foi visitar seu novo amigo e lhe ofereceu um emprego. Dr. Gu recusou, mas Wye Mun continuou voltando, fascinado pelo seu conhecimento enciclopédico de Cingapura, sua análise inteligente dos mercados financeiros e seu chá Longjing maravilhoso.

Peik Lin e seu pai foram até a casa do Dr. Gu e estacionaram a Maserati Quattroporte novinha em folha de Wye Mun em frente ao portão de metal corroído pela ferrugem.

— Não acredito que ele ainda mora aqui — comentou Peik Lin, enquanto eles seguiam pela trilha de cimento rachado. — Ele não devia estar em uma casa de repouso a essa altura?

— Acho que ele se vira bem. Tem uma criada e duas filhas, você sabe — disse Wye Mun.

— Ele foi esperto de não vender isso aqui, trinta anos atrás. Esse terreninho vale uma fortuna ainda maior agora. É o único terreno que não pertence a nenhum empreendimento da Dunearn Road. A gente poderia até construir uma torre de apartamentos bem estreita aí — comentou Peik Lin.

— Vou dizer uma coisa a você, *lah*, ele quer morrer nessa casa velha. Já contei o que ouvi do meu corretor de ações, o Sr. Oei, há alguns anos? Que o Dr. Gu está sentado em cima de 1 milhão de ações do HSBC.

— O quê? — Peik Lin virou-se para o pai, surpresa e chocada ao mesmo tempo. — Um milhão de ações? Isso é mais de 50 milhões de dólares na cotação atual!

— Ele começou a comprar ações da HSBC nos anos quarenta. Ouvi essa notícia há vinte anos, e as ações se multiplicaram quantas vezes de lá para cá? Estou dizendo, o velho Dr. Gu tem centenas de milhões a essa altura.

Peik Lin ficou olhando de um jeito diferente para o homem com cabelos brancos desgrenhados que veio cambaleando até a varanda de sua casa, usando uma camisa marrom de poliéster de manga curta que parecia ter sido projetada na Havana pré-Fidel Castro e calça em um tom verde-escuro, que parecia pijama.

— Goh Wye Mun! Pelo visto ainda anda desperdiçando dinheiro com carro caro — berrou ele, com uma voz surpreendentemente potente para alguém de sua idade.

— Saudações, Dr. Gu! O senhor se lembra da minha filha, Peik Lin? — perguntou Wye Mun, dando um tapinha nas costas do velho.

— Ora, essa é a sua filha? Achei que essa garota bonita fosse uma de suas amantes mais recentes. Eu sei muito bem como vocês, milionários do ramo imobiliário, são.

Peik Lin riu.

— Olá, Dr. Gu. Meu pai não estaria aqui se eu fosse amante dele. Minha mãe o teria castrado!

— Ah, mas eu achei que ela tivesse feito isso há muito tempo.

Todos riram, e o Dr. Gu os conduziu até algumas poucas cadeiras de madeira dispostas em seu pequeno jardim da frente. Peik Lin notou que a grama estava meticulosamente aparada. A cerca que dava de frente para a Dunearn Road estava coberta com vinhas bem entrelaçadas de salsa-brava, protegendo o jardinzinho bucólico do trânsito que corria na via movimentada. Não existia nem um único lugar assim em todo aquele trecho da cidade, pensou Peik Lin.

Uma criada chinesa idosa saiu da casa com uma bandeja grande de madeira, na qual havia uma chaleira de cerâmica, uma antiga chaleira de cobre, três xícaras de barro e três copinhos menores. O Dr. Gu ergueu a chaleira polida bem acima da chaleira de cerâmica e começou a servir a água.

— Adoro observar o Dr. Gu fazendo seu ritual do chá — disse Wye Mun para a filha, em voz baixa. — Está vendo como ele derrama a água bem do alto? Isso se chama *xuan hu gao chong*, "derramar de um pote elevado".

Então, o Dr. Gu começou a servir o chá em cada uma das três xícaras, mas, em vez de oferecê-lo aos convidados, atirou o chá cor de caramelo claro para trás na grama de um modo teatral, para a surpresa de Peik Lin. Então, tornou a encher a chaleira de cerâmica com uma nova leva de água quente.

— Viu só, Peik Lin, aquela foi a primeira lavagem das folhas, conhecida como *hang yun liu shui*: "uma fileira de nuvens, água corrente." Essa segunda vez, em que se derrama a água de uma altura menor, se chama *zai zhu qing xuan*: "direto contra a pura fonte" — continuou Wye Mun.

— Wye Mun, ela não está dando a mínima para os antigos provérbios — disse Dr. Gu e emendou numa explicação detalhada: — Na primeira vez que derramei a água na xícara, a chaleira estava mais alta para que a força da água lavasse as folhas do chá. A água quente também ajuda a aclimatar a temperatura da chaleira e das xícaras. Depois despejamos a água pela segunda vez, agora com a chaleira mais perto da boca da xícara para extrair o sabor das ervas. Então deixamos em infusão por alguns minutos.

O som dos freios de um caminhão pouco além da cerca interrompeu a serenidade do ritual do chá do Dr. Gu.

— Esse barulho todo não incomoda o senhor? — perguntou Peik Lin.

— Nem um pouco. Me faz lembrar que ainda estou vivo, e que os meus ouvidos não estão se deteriorando tão depressa quanto eu imaginava — respondeu o Dr. Gu. — Às vezes queria ser capaz de não poder ouvir toda a besteira que sai da boca dos políticos!

— Ora, vamos, *lah*, Dr. Gu, se não fossem nossos políticos, o senhor acha que poderia desfrutar desse seu agradável jardim? Pense só em como eles transformaram Cingapura de uma ilha longínqua em um dos países mais prósperos do mundo — argumentou Wye Mun, sempre na defensiva quando alguém criticava o governo.

— Quanta besteira! A prosperidade não passa de uma ilusão. O senhor sabe o que as *minhas filhas* estão fazendo com tanta prosperidade? A mais velha criou um instituto de pesquisa dedicado aos golfinhos. Está decidida a salvar os golfinhos brancos do rio Yangtzé de entrar em extinção. O senhor sabe quanto aquele rio é poluído? Esse maldito mamífero já está extinto! Os cientistas não conseguem localizar uma única criatura dessa espécie há anos, mas ela está decidida a encontrar esses golfinhos. E a minha outra filha? Compra castelos antigos na Escócia. Nem mesmo os escoceses querem aqueles poços velhos caindo aos pedaços, mas a minha filha quer. Gasta milhões restaurando todos, e depois ninguém vai lá visitá-la. Seu filho imprestável, meu único neto e que recebeu meu nome, tem 36 anos. Quer saber o que ele faz?

— Não... quer dizer, sim — respondeu Peik Lin, tentando não rir.

— Tem uma banda de rock em Londres. Não é nem mesmo algo parecido com aqueles Beatles, que pelo menos ganharam dinheiro. Aquele lá tem cabelo comprido oleoso, usa lápis de olho preto e faz sons horrorosos com eletrodomésticos.

— Bom, pelo menos eles são *criativos* — sugeriu Peik Lin, educadamente.

— Estão é gastando de uma forma criativa o dinheiro que suei tanto para ganhar! Estou lhe dizendo, essa tal de "prosperidade" vai ser a derrocada da Ásia. Cada geração se torna mais preguiçosa do que a anterior. Eles acham que podem fazer fortuna da noite para o dia simplesmente trocando propriedades e conseguindo dicas quentes do mercado de ações. Ha! Nada dura para sempre e, quando esse *boom* passar, esses jovens nem vão saber que caminhão passou por cima deles.

— É por isso que obrigo meus filhos a trabalharem para viver. Eles não vão ganhar um único centavo meu antes de eu estar a sete palmos abaixo da terra — declarou Wye Mun, dando uma piscadela para a filha.

Dr. Gu olhou no interior da chaleira de cerâmica, finalmente satisfeito. Serviu o chá nos copinhos.

— Isso é chamado *long feng cheng xiang*, que significa "o dragão e a fênix prenunciam boa fortuna" — explicou ele, colocando uma xícara sobre o copinho, de menor tamanho, e invertendo-os com destreza, passando o chá para o copinho.

Ele ofereceu o primeiro a Wye Mun e o segundo a Peik Lin. Ela lhe agradeceu e tomou o primeiro gole. O chá era amargo e revigorante, e ela tentou não fazer careta ao engolir.

— Então, Wye Mun, o que de fato o traz à minha casa hoje? Com certeza não veio até aqui para ouvir a lenga-lenga de um velho.
— Dr. Gu olhou para Peik Lin. — Seu pai é uma raposa, sabia? Só aparece aqui quando precisa extrair alguma informação de mim.
— Dr. Gu, suas raízes em Cingapura são profundas. Diga, o senhor já ouviu falar em James Young? — perguntou Wye Mun, indo direto ao ponto.
O Dr. Gu olhou para ele com espanto, no meio do ato de servir chá para si mesmo.
— James Young! Há décadas não ouço alguém falar esse nome.
— O senhor o conhece, então? Conheci o neto dele recentemente. Ele está namorando uma grande amiga minha — explicou Peik Lin. Ela tomou outro gole do chá, descobrindo que gostava mais de seu suave sabor amargo a cada gole.
— Quem são os Youngs? — perguntou Wye Mun, ansioso.
— Por que subitamente está tão interessado nessa gente? — quis saber o Dr. Gu.
Wye Mun refletiu sobre aquela pergunta com cuidado antes de responder.
— Estamos tentando ajudar a amiga da minha filha, pois ela está com intenções sérias em relação a esse rapaz. Não conheço a família dele.
— Claro que não conhece, Wye Mun. Quase ninguém conhece hoje em dia. Devo admitir que até meu próprio conhecimento está bastante desatualizado.
— Bom, o que o senhor pode nos contar a respeito? — pressionou Wye Mun.
O Dr. Gu tomou um longo gole de seu chá e se reclinou em uma posição mais confortável.
— Os Youngs descendem, acredito, de uma longa linhagem de médicos da corte que remonta até a dinastia Tang. James Young, Sir James Young, na verdade, foi o primeiro neurologista de Cingapura educado no Ocidente, formado em Oxford.
— Ele fez fortuna como médico? — perguntou Wye Mun, bastante surpreso.
— De forma alguma! James não era o tipo de pessoa que estava interessado em fazer fortuna. Estava ocupado demais salvando

vidas ao longo da Segunda Guerra Mundial, durante a ocupação japonesa — disse o Dr. Gu, olhando para o padrão entrelaçado de sua cerca viva enquanto este de repente parecia se transformar em um padrão em formato de diamante que o fez se lembrar de uma cerca de arame, de muito tempo atrás.

— Quer dizer que o senhor o conheceu durante a guerra? — perguntou Wye Mun, despertando Dr. Gu de suas lembranças.

— Sim, sim, foi assim que eu o conheci — respondeu o Dr. Gu, com toda a calma. Ele hesitou por alguns instantes antes de prosseguir. — James Young estava encarregado de uma equipe médica secreta com quem estive brevemente envolvido. Depois da guerra, montou uma clínica na antiga região de Chinatown especificamente para atender os pobres e idosos. Ouvi dizer que durante anos não cobrou quase nada de seus pacientes.

— Então como foi que ele fez fortuna?

— Lá vem você de novo, Wye Mun, sempre atrás do dinheiro — ralhou o Dr. Gu.

— Bem, então de onde veio aquele casarão? — perguntou Wye Mun.

— Ah, agora estou vendo qual é a verdadeira natureza do seu interesse. Você deve estar se referindo à casa em Tyersall Road.

— Sim. O senhor já foi até lá? — perguntou Peik Lin.

— Minha nossa, não! Só ouvi falar a respeito. Como já disse, eu não conhecia James muito bem; jamais seria convidado para ir à casa dele.

— Deixei minha amiga naquela casa na semana passada e mal pude acreditar quando vi o local.

— Você está brincando! A casa continua de pé? — perguntou o Dr. Gu, parecendo bastante chocado.

— Sim — respondeu Peik Lin.

— Eu achei que tivesse sido demolida há muito tempo. Devo confessar que fico bastante impressionado pelo fato de a família não ter vendido a casa depois desses anos todos.

— É, e eu fico bastante chocado por saber que existe uma propriedade desse tamanho na ilha — interrompeu Wye Mun.

— E por que fica chocado? Toda a área atrás do Jardim Botânico era repleta de grandes propriedades. O sultão de Johor tinha um palácio ali chamado Istana Woodneuk, que foi destruído por um incêndio há muitos anos. Você disse que foi até lá na semana passada? — perguntou Dr. Gu.

— Sim, mas não cheguei a entrar.

— Que pena! Teria sido uma oportunidade rara ver uma daquelas casas. Bem poucas ainda estão de pé, graças às brilhantes construtoras — alfinetou Dr. Gu, olhando com raiva fingida para Wye Mun.

— Quer dizer que, se James Young não ganhou nenhum dinheiro, como... — começou Wye Mun.

— Você não escuta, Wye Mun? Eu disse que James Young não estava interessado em ganhar dinheiro, mas nunca disse que ele não tinha dinheiro. Os Youngs têm dinheiro, gerações de dinheiro. Além disso, James se casou com Shang Su Yi. E ela, isso posso lhe dizer com certeza, vem de uma família tão inacreditavelmente rica que não dá nem para explicar, Wye Mun.

— Quem é ela, então? — indagou Wye Mun, com a curiosidade a ponto de explodir.

— Certo, eu vou lhe contar, e você fique de boca fechada de uma vez por todas. Ela é filha de Shang Loong Ma. Nunca ouviu falar dele também, não é? Era um banqueiro incrivelmente rico de Pequim e, antes da queda da dinastia Qing, muito espertamente, ele transferiu seu dinheiro para Cingapura, onde fez uma fortuna ainda maior na área de navegação comercial e bens de consumo. O homem espalhou seus tentáculos por todos os grandes negócios da região: controlava todas as linhas de navegação das Índias Orientais Holandesas ao Sião. Além disso, foi a mente que idealizou a união dos primeiros bancos *hokkien* nos anos trinta.

— Então a avó do Nick herdou isso tudo — resumiu Peik Lin.

— Ela e o irmão, Alfred.

— Alfred Shang. Humm... outro sujeito de quem nunca ouvi falar — comentou Wye Mun, irritado.

— Bom, isso não é de surpreender. Ele se mudou para a Inglaterra há várias décadas, mas continua sendo, por baixo dos panos, uma das figuras mais influentes da Ásia. Wye Mun, você precisa entender que, antes da sua geração de endinheirados, houve uma geração anterior de milionários que fizeram fortuna e depois se mudaram para pastos mais verdejantes. Achei que a maioria dos Youngs tivesse saído de Cingapura há muito tempo. A última vez que tive alguma notícia deles foi quando soube que uma das filhas havia se casado com alguém da família real tailandesa.

— Parece que é uma gente muito bem relacionada — comentou Peik Lin.

— Ah, sim, de fato. A filha mais velha, por exemplo, se casou com Harry Leong.

— Harry Leong, o diretor do Instituto da ANSEA, a Associação de Nações do Sudeste Asiático?

— Isso é só um título, Wye Mun. Harry Leong é um dos principais articuladores do nosso governo.

— Não admira que eu sempre veja esse camarada nos comícios do primeiro-ministro no feriado nacional de Cingapura. Quer dizer então que essa família está muito próxima do centro do poder...

— Wye Mun, eles *são* o centro do poder — corrigiu-o o Dr. Gu, virando-se para Peik Lin. — Você disse que sua amiga está namorando o neto? Ela será uma garota de sorte, então, se conseguir se unir a esse clã.

— Eu estava começando a pensar a mesma coisa — comentou ela, em voz baixa.

O Dr. Gu estudou Peik Lin por um instante e depois olhou-a bem no fundo dos olhos.

— Lembre-se, todo tesouro tem um preço — disse ele.

Ela olhou para aquele homem por um instante e, em seguida, desviou os olhos.

— Dr. Gu, é sempre um prazer ver o senhor. Obrigado pela sua ajuda — agradeceu-lhe Wye Mun, se levantando. Estava começando a ficar com dor nas costas sentado naquela cadeira de madeira instável.

— E obrigada pelo chá maravilhoso — disse Peik Lin, ajudando o Dr. Gu a se levantar da cadeira.

— Será que um dia o senhor vai aceitar nosso convite para ir jantar lá em casa? Tenho um cozinheiro novo que faz um *Ipoh hor fun** sensacional.

---

* Iguaria de Ipoh, Malásia: macarrão de arroz servido em caldo claro com pitus, frango desfiado e chalotas fritas.

— Você não é o único que tem um cozinheiro bom, Goh Wye Mun — retrucou o Dr. Gu com ironia, enquanto acompanhava os visitantes até o carro.

Quando pai e filha se misturaram ao tráfego do início da noite na Dunearn Road. Wye Mun disse:

— Por que não convida a Rachel e o namorado dela para jantar na semana que vem?

Peik Lin fez que sim:

— Vamos levá-los a algum lugar chique, como o Min Jiang.

O Dr. Gu ficou parado perto do portão de sua casa, observando o carro desaparecer de vista. O sol estava começando a se pôr sobre o topo das árvores, e alguns de seus raios de luz atravessaram os ramos e ofuscaram sua visão.

Ele acordou com um sobressalto por causa do sol ofuscante e viu seus pulsos sangrentos fortemente amarrados na cerca de arame enferrujado. Um grupo de soldados passou ali perto, e ele notou um homem de farda olhando-o com atenção. Parecia familiar ou era impressão sua? O homem foi até o comandante e apontou diretamente para ele. Malditos deuses! Aquele era o seu fim. Olhou para eles, tentando reunir o máximo de ódio que conseguisse em seu rosto. Queria morrer como uma pessoa desafiadora, com orgulho. O homem disse calmamente em inglês, com um sotaque britânico: "Houve um engano. Aquele ali no meio é só um servo pobre e idiota. Eu já o vi na fazenda de um amigo, onde ele criava os porcos." Um dos soldados japoneses traduziu aquilo para o comandante, que deu um sorriso enojado e, então, vociferou algumas ordens breves. Ele foi libertado e obrigado a se ajoelhar diante dos soldados. Através de seus olhos turvos, de repente reconheceu o homem que havia apontado para ele. Era o Dr. Young, seu professor em algumas das aulas de cirurgia quando ele era médico residente. "Este homem não tem importância nenhuma. Não vale nem o preço das suas balas. Deixem que volte para a fazenda e alimente os porcos imundos", disse o Dr. Young, antes de se afastar com os outros soldados. Houve mais discussões e, antes mesmo que ele soubesse o que estava acontecendo, viu-se num caminhão de carga que ia em direção às fazendas de trabalho obrigatório em Geylang. Meses mais tarde, encontrou o Dr. Young por acaso numa reunião em uma sala secreta, nos fundos de uma loja na Telok Ayer Street. Ele começou a lhe agradecer profusamente por ter salvado sua vida, mas o Dr. Young rapidamente interrompeu o discurso. "Besteira; você teria feito o mesmo por mim. Além disso, eu não podia deixar que eles matassem mais um médico. Restaram pouquíssimos de nós a essa altura", disse ele apenas.

Ao caminhar de volta para sua casa devagar, Dr. Gu sentiu uma pontada repentina de arrependimento. Antes não tivesse falado tanto sobre os Youngs. Wye Mun, como sempre, manipulara-o para que ele falasse sobre dinheiro, e ele havia perdido a oportunidade de contar a verdadeira história: de um homem cuja grandeza não tinha nada a ver com riqueza ou poder.

17

Rachel

•

CINGAPURA

— Há dias estou tentando falar com você! Por onde você andou? Recebeu os recados que deixei no hotel? — disparou Kerry para a filha, em mandarim.

— Mãe, desculpe; viajei no fim de semana e voltei só agora — respondeu Rachel, falando um pouco mais alto como sempre fazia quando estava em uma ligação de longa distância, muito embora pudesse ouvir sua mãe perfeitamente bem.

— Para onde você foi?

— Para uma ilha remota no oceano Índico... foi uma despedida de solteira.

— Hã? Você foi para a Índia? — perguntou sua mãe, ainda sem entender.

— Não, Índia não. Uma ILHA no OCEANO ÍNDICO, perto do litoral da Indonésia. Fica a uma hora de avião de Cingapura.

— Você pegou um avião para uma viagem de apenas dois dias? Minha nossa, que desperdício de dinheiro!

— Bom, não fui eu que paguei. Além do mais, era um avião particular.

— Você viajou num avião particular? De quem?

— Da noiva.

— Minha nossa! Que sorte! Essa noiva é muito rica?

— Mãe, esse povo... — começou Rachel e, então, abaixou o tom de voz discretamente. — Tanto a noiva como o noivo são de famílias muito abastadas.

— *É mesmo?* E a família do Nick? É rica também? — perguntou Kerry.

Como ela sabia que essa seria a próxima pergunta de sua mãe? Rachel olhou para o banheiro. Nick ainda estava no chuveiro, mas ela decidiu sair do quarto mesmo assim. Andou até o jardim, em silêncio, e foi até o canto mais quieto e sombreado da piscina.

— Sim, mãe, a família do Nick é rica — respondeu Rachel, sentando-se em uma das espreguiçadeiras.

— Sabe, eu já desconfiava disso há um bom tempo. Ele é tão educado... Dá para ver só pelo jeito que ele se comporta no jantar. Ele tem modos excelentes e sempre me oferece a melhor parte da carne, como o filé do peixe ou o pedaço mais suculento do pato.

— Bom, acho que isso não tem tanta importância assim, mãe, porque, aparentemente, *todo mundo* aqui é rico. Acho que ainda estou passando por uma espécie de choque cultural, ou choque de poder aquisitivo. O jeito como essas pessoas gastam dinheiro... as casas, os aviões, as dezenas de criados... você precisa ver com seus próprios olhos. É como se aqui a recessão não existisse. Tudo é ultramoderno e reluz de tão limpo.

— É isso o que as minhas amigas que visitam Cingapura sempre me dizem. Que é um lugar limpo. Limpo até demais. — Kerry fez uma pausa por um instante, e sua voz assumiu um tom preocupado. — Filha, você precisa tomar cuidado.

— Como assim, mãe?

— Eu sei como essas famílias podem ser, e não é bom passar a impressão de que você está atrás do dinheiro do Nick. Daqui para a frente, você precisa ser ultracuidadosa com a forma como se apresenta.

Tarde demais, pensou Rachel.

— Estou apenas sendo eu mesma, mãe. Não vou mudar o modo como me comporto.

Como Rachel queria contar à sua mãe sobre aquele fim de semana horrível! Mas sabia que aquilo só iria deixá-la preocupada sem motivo. Com Nick, ela havia assumido a mesma postura, só lhe contara por alto. (Além do mais, eles haviam passado a maior parte da tarde numa maratona de sexo, e ela não quis estragar a felicidade pós-coito com histórias de terror.)

— O Nick está tratando você bem? — quis saber Kerry.

— Claro, mãe. O Nick está sendo um amor, como sempre. Só está um pouco ocupado agora por causa do casamento do amigo dele, que está chegando. Vai ser o maior casamento que a Ásia já viu, mãe. Todos os jornais estão cobrindo os detalhes.

— Sério? Acho que vou comprar um jornal chinês quando eu for para São Francisco amanhã, o que você acha?

— Claro, pode tentar. A noiva se chama Araminta Lee, e o noivo, Colin Khoo. Procure esses nomes.

— Como são os pais do Nick?

— Não sei. Vou conhecer os dois essa noite.

— Você está aí há quase *uma semana* e ainda não conheceu os pais dele? — exclamou Kerry, enquanto algumas luzes de advertência piscavam em sua cabeça.

— Eles estavam viajando na semana passada, mãe, e no fim de semana a gente não ficou aqui.

— Então você vai conhecer os pais dele hoje?

— Sim, vai ter um jantar na casa deles.

— Mas por que vocês não estão hospedados lá? — perguntou Kerry, cada vez mais preocupada. Havia tantos pequenos sinais que sua filha americanizada não compreendia.

— Mãe, pare de ficar analisando tudo. O amigo do Nick é dono desse hotel e, por isso, pela praticidade, vamos ficar aqui até o casamento. Mas, na semana que vem, vamos para a casa da avó dele.

Kerry não acreditou na explicação da filha. Em sua cabeça, ainda não fazia sentido que o filho único de uma família chinesa ficasse hospedado em um hotel com a namorada, e não na casa dos pais — a não ser que ele estivesse com vergonha dela, ou, o que é pior, que os pais tivessem proibido o filho de levar a namorada para casa.

— O que você vai dar para os pais dele? Comprou aqueles presentes da Estée Lauder que eu sugeri?

— Não, achei que seria muito pessoal dar cosméticos de presente para a mãe do Nick, pois eu nem a conheço ainda. Tem uma floricultura maravilhosa no hotel e...

— Não, filha, *nunca* dê flores! Principalmente essas brancas que você adora! Flores brancas são apenas para velórios. Leve uma cesta de tangerinas e ofereça com as duas mãos. E não se esqueça de abaixar bem a cabeça quando cumprimentar os pais dele pela primeira vez. Todos esses gestos indicam respeito.

— *Eu sei*, mãe. Até parece que eu tenho 5 anos. Por que, de repente, você ficou tão preocupada?

— É a primeira vez que você namora sério um chinês. Tem muita coisa que você não sabe sobre as regras de etiquetas dessas famílias.

— Nossa, não sabia que você podia ser tão conservadora! — provocou Rachel. — Além do mais, a família do Nick não parece nada chinesa. Eles parecem mais britânicos, isso sim.

— Não importa. Você é chinesa e precisa se comportar como uma mulher chinesa que recebeu boa educação — disse Kerry.

— Não se preocupe, mãe. É só um jantar — falou Rachel, em um tom leve, muito embora sua ansiedade estivesse começando a aumentar.

18

Os Youngs

•

CINGAPURA

Com sua localização privilegiada no alto da Cairnhill Road, o Residences at One Cairnhill era uma combinação impressionante de preservação arquitetônica e magia imobiliária. Originalmente lar do renomado banqueiro Kar Chin Kee e construída no fim do período vitoriano, a casa, havia tempos, era um ponto turístico. Mas, à medida que o preço das terras foi subindo à estratosfera ao longo das décadas, todos os demais casarões foram comprados pelas construtoras, e as torres de arranha-céus se espalharam ao redor da graciosa mansão como bambus gigantes. Quando o figurão morreu, em 2006, a casa foi considerada de valor histórico elevado demais para ser derrubada, mas, ao mesmo tempo, valiosa demais para continuar a ser uma residência unifamiliar. Assim, os herdeiros de Kar Chin Kee decidiram preservar a estrutura original, convertendo-a como base de uma elegante torre de vidro com trinta andares de altura, onde agora moravam os pais de Nick (quando estavam em Cingapura, claro).

Enquanto o táxi subia a colina em direção ao pórtico imponente com colunas coríntias, Nick contava essa história para Rachel.

— O tio Chin Kee era amigo da minha avó, por isso nós sempre o visitávamos no Ano-Novo Chinês, e eu sempre tinha que recitar algum poema elaborado em mandarim. Então, o velho, que fedia a charuto, me dava um *hong bao** recheado com 500 dólares.

— Isso é uma loucura! — exclamou Rachel. — O maior *hong bao* que eu já ganhei na vida foi de 50 dólares, e isso do babaca que namorava a minha mãe e que estava tentando *muito* me conquistar. O que você fazia com tanto dinheiro?

— Está brincando? Meus pais o guardavam, é claro. Guardavam todo o dinheiro que eu ganhava no Ano-Novo. Eu nunca vi nem um centavo.

Rachel olhou, horrorizada, para ele.

— Mas isso não se faz! Os *hong baos* são tão sagrados quanto os presentes de Natal.

— Ah, nem queira saber o que eles faziam com os meus presentes de Natal na manhã seguinte! — disse Nick, rindo. Assim que o casal entrou no elevador, Rachel respirou fundo, se preparando para conhecer os pais do namorado (aqueles ladrões de *hong baos*!).

— Ei, não se esqueça de respirar — disse Nick, massageando os ombros dela com suavidade. No 13º andar, a porta do elevador se abriu diretamente no *foyer* da cobertura, e eles foram recebidos por uma vidraça gigantesca que oferecia uma visão panorâmica do bairro comercial de Orchard Road.

— Noossa! — sussurrou Rachel, maravilhada com os tons intensos de roxo que se acomodavam sobre a linha do horizonte.

Uma mulher apareceu em um canto e exclamou:

— Nossa, Nicky, por que o seu cabelo está tão comprido? Você está parecendo um rufião! Melhor cortá-lo antes do casamento do Colin.

---

* Em mandarim, pacotinhos vermelhos cheios de dinheiro que os adultos casados e os idosos oferecem às crianças e aos jovens solteiros no Ano-Novo Chinês como forma de lhes desejar boa sorte. Antigamente, era uma moeda ou alguns poucos dólares, mas, em tempos mais recentes, o *hong bao* tornou-se uma competição. Os chineses ricos se esforçam para superar uns aos outros no quesito "quem dá mais". Nos anos 1980, a quantia de $20 era o comum e a de $50, o máximo. Hoje, $100 é a quantia mínima nas casas mais abastadas. Considera-se falta de educação abrir um *hong bao* na frente do doador, o que levou ao costume de as crianças saírem correndo para o banheiro assim que recebem um *hong bao*, para ver quanto faturaram.

— Oi, mãe — disse ele, simplesmente. Rachel ainda estava se recuperando do encontro abrupto quando o namorado continuou dizendo: — Mãe, quero lhe apresentar a minha *namorada*, Rachel Chu.

— Ah, *olá* — disse Eleanor, como se não fizesse a menor ideia de quem poderia ser aquela garota. *Então é essa. É mais bonita do que aquela foto do anuário escolar que o detetive encontrou.*

— É um prazer enorme conhecê-la, Sra. Young — Rachel pegou-se dizendo, embora sua mente continuasse tentando aceitar que aquela mulher poderia de fato ser a *mãe* de Nick. Rachel esperava encontrar uma grande dama de ar soberano, com o rosto empoado e com um permanente no cabelo cheio de laquê, vestida com algum terninho à la Hillary Clinton, mas, à sua frente, estava uma mulher maravilhosa com uma moderna blusa justa de mangas compridas e decote canoa, leggings pretas e sapatilhas, que parecia jovem demais para ter um filho de 32 anos. Rachel inclinou a cabeça e ofereceu-lhe as tangerinas.

— Quanta gentileza! Ora, não precisava! — retrucou Eleanor, com simpatia. *Por que diabos ela trouxe tangerinas para mim? Será que ela acha que estamos no Ano-Novo Chinês? E por que está inclinando a cabeça assim como uma gueixa japonesa idiota?* — O que está achando de Cingapura, está gostando?

— Sim, muito — respondeu Rachel. — Nick me levou para comer as mais fantásticas comidas dos *hawker centers*.

— Onde você a levou? — Eleanor olhou para o filho, incrédula.

— Você também é praticamente um turista, não conhece todos os buracos secretos como eu.

— Fomos ao Lau Pa Sat, Old Airport Road, Holland Village.. — Nick começou a dizer.

— *Alamak!* O que tem para se comer em Holland Village? — exclamou Eleanor.

— Muita coisa! Almoçamos um *rojak* sensacional — respondeu o filho, na defensiva.

— Besteira! Todo mundo sabe que o único lugar nesse mundo para comer *rojaks* é naquela barraquinha em cima do Lucky Plaza.

Rachel riu, e sua ansiedade rapidamente foi se dissipando. A mãe de Nick era bem engraçada... por que tinha ficado tão nervosa para conhecê-la?

— Bem, esse é o lugar — disse Eleanor para o filho, indicando com um gesto o apartamento.

— Ah, não entendi por que você estava reclamando tanto, mãe. Esse lugar é perfeito.

— *Alamak*, você nem acredita na dor de cabeça que esse apartamento já me deu! Precisamos descolorir o piso seis vezes até conseguir o acabamento certo. — Nick e Rachel olharam para o belíssimo piso de carvalho branco, que cintilava. — E depois tivemos que refazer alguns móveis sob medida dos quartos de hóspedes, e as cortinas blecaute automáticas do meu quarto não eram escuras o suficiente. Estou sendo obrigada a dormir em um dos quartos de hóspede há mais de um mês porque as cortinas ainda não voltaram da fábrica na França.

O *foyer* da entrada se abria em uma sala ampla com pé-direito de 9 metros de altura e claraboias organizadas em um padrão que deixava o local inundado de luz. Tudo ficava ainda mais espetacular por causa de um desnível oval no centro da sala, contornado em ambos os lados por elegantes sofás cor de laranja da Hermès. No teto, um candelabro em espiral esculpido com gotas de vidro e ouro descia em piruetas até quase tocar a mesa de centro oval, de madeira petrificada. Rachel mal conseguia acreditar que os pais de Nick morassem num lugar como aquele — parecia mais o saguão de um hotel incrivelmente moderno. Um interfone tocou em outro cômodo, e uma criada espiou pela porta para anunciar:

— A Sra. Foo e a Sra. Leong.

— Oh, Consuelo, por favor, diga a elas que podem subir — pediu Eleanor. *Até que enfim chegaram os reforços.*

Nick olhou surpreso para a mãe.

— Você convidou mais gente? Achei que seria um jantar de família tranquilo.

Eleanor sorriu. *Seria, se fosse só a nossa família.*

— É só o pessoal de sempre, *lah*. O chef preparou *laksa*, e é sempre melhor ter mais gente para comer isso. Além do mais, todo mundo quer ver você e *mal pode esperar* para conhecer a Rachel!

Nick sorriu para Rachel, tentando esconder seu desapontamento. Queria que seus pais dessem atenção total à namorada, mas sua mãe estava sempre tirando da cartola surpresas de última hora. Como aquela agora.

— Vá acordar o seu pai, Nick; ele está tirando um cochilo no *home theater* que fica no fim desse corredor — instruiu Eleanor.

Nick e Rachel foram até o *home theater*. Dava para ouvir sons de tiros e explosões lá dentro. Ao se aproximarem da porta aberta, Rachel viu o pai de Nick dormindo em uma poltrona reclinável ergonômica dinamarquesa, enquanto a televisão de tela plana embutida na parede de carvalho claro exibia *Battlestar Galactica*.

— Deixe, não vamos incomodá-lo — sussurrou Rachel, mas Nick entrou mesmo assim.

— Hora de acordar — disse ele, baixinho.

O pai de Nick abriu os olhos e ficou olhando, surpreso, para o filho.

— Ah, oi. O jantar está servido?

— Sim, pai.

Ele se levantou da poltrona e olhou em volta. Então, viu Rachel de pé junto à porta, parecendo tímida.

— Você deve ser a Rachel Chu — disse ele, alisando o cabelo da nuca.

— Sim — respondeu ela, entrando na sala. O pai de Nick estendeu-lhe a mão.

— Philip Young — disse ele com um sorriso, e lhe deu um aperto de mão firme. Rachel gostou dele na mesma hora e, finalmente, entendeu de onde vinha a boa aparência de seu namorado. Os olhos grandes e a boca elegante de Nick eram exatamente iguais aos da mãe, mas o nariz fino, o maxilar proeminente e o cabelo negro espesso eram, sem sombra de dúvida, do pai.

— Quando você chegou? — perguntou Nick.

— Peguei o voo que sai de manhã de Sydney. Estava planejando vir só no fim da semana, mas a sua mãe insistiu para que eu viesse hoje.

— O senhor trabalha em Sydney, Sr. Young? — perguntou Rachel.

— Trabalhar? Não, eu me mudei para Sydney para *não* trabalhar. Aquele lugar é lindo demais para se ter que trabalhar. A gente se distrai com o clima, com o mar, com as caminhadas e com a pescaria.

— Ah, entendo — disse Rachel, notando que o sotaque dele era uma fusão singular dos sotaques britânico, chinês e australiano.

Neste instante, ouviram alguém bater à porta, e Astrid espiou dentro da sala.

— Recebi ordens estritas para capturar todos vocês — declarou ela.

— Astrid! Não sabia que você viria essa noite — disse Nick.

— Bom, sua mãe queria que fosse surpresa. Surpresa! — disse ela, abrindo os dedos da mão estendida e dando um sorriso irônico.

Todos voltaram para a sala de estar, onde Nick e Rachel foram rodeados por um enxame de convidados. Lorena Lim e Carol Tai apertaram a mão dela, enquanto Daisy Foo abraçava Nick. (Não passou despercebido para Rachel que, até então, Daisy tinha sido a única pessoa que dera um abraço em Nick naquela noite.)

— Ora essa, Nicky, por que andou escondendo da gente sua namorada linda por tanto tempo? — brincou Daisy, cumprimentando Rachel com um abraço efusivo também. Antes que Rachel pudesse responder, sentiu alguém segurar seu braço e viu apenas o anel com um rubi do tamanho de uma pedra e as garras vermelhas antes de olhar, espantada, para uma mulher com mais sombra verde-piscina e ruge do que uma *drag queen.*

— Rachel, eu sou a Nadine — disse a mulher. — Minha filha me falou tanto de você!

— É mesmo? Quem é a sua filha? — perguntou Rachel com educação, mas, nesse momento, ouviu um gritinho agudo bem às suas costas.

— Nicky! Que saudade! — exclamou uma voz inconfundível.

Rachel sentiu um calafrio. Era Francesca Shaw, cumprimentando Nick com um abraço de urso apertado e um beijo no rosto. Antes que pudesse reagir, Francesca envergou seu sorriso mais largo e veio para cima de Rachel com beijos de ambos os lados do rosto.

— Rachel, que maravilha ver você de novo em tão pouco tempo!

— Ah, você também foi à festa de despedida de solteira da Araminta? — perguntou Nick.

— É claro que eu fui. A gente se divertiu taaaaaaaanto, não foi, Rachel? Que ilha mais linda, e a comida, não estava sensacional? Ouvi dizer que você gostou especialmente daquele *peixe.*

— Sim, foi uma experiência e tanto — respondeu Rachel lentamente, aturdida com o comentário. Estaria Francesca admitindo que ela havia sido a responsável pelo peixe mutilado? Rachel notou que o batom de Francesa havia deixado uma marca bem vermelha no rosto de seu namorado.

— Não sei se você se lembra da minha prima Astrid — disse Nick para Francesca.

— Ah, claro que lembro! — Francesca correu em direção a Astrid para lhe dar um abraço, mas a prima de Nick ficou rígida, pega de surpresa pelo excesso de intimidade demonstrado pela outra mulher. Francesca analisou Astrid da cabeça aos pés. Ela estava usando um vestido branco de georgete de seda com drapeado frontal e borda em azul-marinho. *O corte é tão perfeito que deve ser alta-costura, mas de qual estilista?*

— Que vestido fantástico! — elogiou Francesca.

— Obrigada. Você fica ótima de vermelho — respondeu Astrid.

— Valentino, é claro — retrucou Francesca, fazendo uma pausa para esperar que Astrid revelasse o nome do estilista de seu vestido. Como ela não fez isso, Francesca, sem perder a pose, virou-se para a mãe de Nick e disparou: — Tia Elle, mas que lugar maravilhoso! Eu quero me mudar para cá *nesse minuto*! É tão Morris Lapidus, tão estilo Miami Modern! Me dá vontade de vestir um kaftan Pucci e pedir um *whisky sour*.

— Ah, Francesca, você sempre acertando na mosca! — disse Eleanor, encantada. — Queridos, vamos fazer algo diferente essa noite: vamos todos *makan* na minha pequena cozinha — declarou ela, enquanto conduzia os convidados até uma cozinha que pareceu qualquer coisa para Rachel, menos pequena.

O cômodo enorme parecia o ideal de paraíso para um gourmet: um templo resplandecente de mármore branco Calacatta, superfícies de aço inoxidável e eletrodomésticos de última geração. Uma chef de uniforme branco estava de pé junto ao fogão Viking de modelo industrial monitorando apressadamente panelas de cobre borbulhantes, enquanto três criadas corriam para finalizar os últimos preparativos. No canto, havia uma alcova com um banco embutido de estofado em estilo *art déco* com uma mesa no centro.

Enquanto todos se sentavam, Carol olhou para a chef, que servia, com destreza, um caldo nas grandes tigelas de cerâmica branca.

— Nossa, Eleanor, parece que estou jantando à mesa de um chef de algum desses restaurantes megachiques! — comentou ela.

— Não é divertido? — comentou a anfitriã, jovialmente. Ela olhou para Rachel e disse: — Nunca me deixaram pôr o pé na cozinha da casa da minha sogra. Agora posso comer na minha *própria* cozinha e ver a comida sendo preparada!

Rachel sorriu, achando graça. Ali estava uma mulher que obviamente nunca havia preparado uma refeição em toda a sua vida, mas parecia adorar a novidade de estar dentro de uma cozinha.

— Bom, eu adoro cozinhar. Seria um sonho um dia ter uma cozinha tão linda quanto a sua, Sra. Young — disse Rachel.

Eleanor sorriu com simpatia. *Seria mesmo: com o dinheiro do meu filho.*

— Rachel cozinha *superbem*. Se não fosse ela, provavelmente eu estaria comendo miojo toda noite — acrescentou Nick.

— É a sua cara isso — comentou Daisy. Ela se virou para Rachel e falou: — Eu costumava chamar o Nick de "Garoto Miojo". Ele era louco por macarrão quando pequeno. Nós o levávamos aos melhores restaurantes de Cingapura, mas a única coisa que ele queria comer era um prato de macarrão frito com muito molho.

Quando ela disse isso, três criadas entraram e colocaram grandes tigelas fumegantes de sopa de macarrão *laksa* diante de cada convidado. Rachel ficou maravilhada com a bela composição de camarões, bolinhos de peixe fritos, *tempeh* e ovos cozidos cortados ao meio lindamente organizados sobre um caldo apimentado com *vermicelli* de arroz. Por alguns minutos, o ambiente caiu em silêncio, enquanto todos comiam o macarrão inconfundível e saboreavam o caldo delicioso.

— Estou sentindo o gosto de leite de coco, mas o que dá esse sabor ligeiramente azedo e apimentado? É kefir? — perguntou Rachel.

Metida, pensou Eleanor.

— Boa tentativa. É tamarindo — respondeu Daisy. *Essa garota não estava de papo furado, ela* realmente *sabe cozinhar.*

— Rachel, é tão impressionante que você saiba se virar com um rack de temperos! — gorjeou Francesca, mas seu tom falsamente simpático mal conseguia disfarçar desdém.

— Ah, mas não tão bem quanto você sabe destrinchar um peixe — comentou Rachel.

— Vocês foram pescar? — perguntou Philip, olhando, surpreso, para elas.

— Ah, sim, fomos. Uma das garotas até apanhou um peixe grande e em extinção. Tentamos convencê-la a devolver o peixe para o mar, mas ela não quis, e, no fim das contas, acabou levando uma mordida *daquelas*. Teve sangue espalhado para todo lado — disse Francesca, mordendo a cabeça do pitu e cuspindo-a num dos cantos da tigela.

— Bem feito para ela, *lah!* Nossos mares estão sendo tão explorados pela pesca... Além disso, devemos respeitar todas as criaturas de Deus — declarou Carol.

— Sim, concordo. Sabe, quando se é apenas um *turista*, é preciso respeitar o ambiente em que se está — argumentou Francesca, olhando feio para Rachel por um átimo de segundo antes de voltar os olhos para Astrid. — Então, Astrid, quando você vai comparecer a um dos meus comitês?

— Que tipo de comitê você organiza? — perguntou Astrid, mais por educação do que por curiosidade.

— Ah, tem para todo gosto. Eu estou no comitê do Museu Histórico de Cingapura, do Museu de Arte Contemporânea, da Sociedade do Patrimônio, do Pulau Club, do Conselho de Arte e Cultura do SBC, da organização da Singapore Fashion Week, do conselho de seleção do Museu de História Natural Lee Kong Chian, da Sociedade de Enologia, da organização Save the Shahtoosh,* do comitê de jovens da Christian Helpers, e, claro, da Shaw Foundation.

— Bem, meu filho de 3 anos já me deixa muito ocupada... — começou a explicar Astrid.

— Depois que ele estiver na escolinha e você não tiver mais o que fazer, deveria pensar em se juntar a uma das minhas organizações

---

* *Shahtoosh* é o nome de um xale feito com os pelos do antílope tibetano chiru. (N. da T.)

de caridade. Eu posso colocar você em um dos comitês num piscar de olhos. Acho que você se sairia muito bem.

— Então, Rachel... fiquei sabendo que você dá aulas na NYU com o Nick, é verdade? — interrompeu Lorena. *Essa Francesca está me dando nos nervos. Viemos aqui para interrogar RACHEL, e não Astrid.*

— Sim, é verdade — respondeu Rachel.

— Em qual departamento? — perguntou Nadine, já sabendo muito bem qual era a resposta, uma vez que Eleanor tinha lido o dossiê inteiro sobre Rachel para todas elas no meio de uma sessão de reflexologia que durou uma hora, em Shenzhen.

— No Departamento de Economia. Dou aulas para a graduação.

— E quanto você ganha por ano? — quis saber Nadine.

Rachel ficou pasma.

— Ora, mamãe, para os americanos, é muita falta de educação perguntar quanto alguém ganha — explicou Francesca, por fim, obviamente deliciada em ver Rachel se retorcendo na cadeira.

— Ah, é mesmo? Eu só estava curiosa para saber quanto um professor universitário ganha nos Estados Unidos, só isso — explicou Nadine, em seu tom mais inocente.

— Você consideraria trabalhar na Ásia? — perguntou Daisy.

Rachel fez uma pausa. Aquela pergunta parecia carregada de segundas intenções, e ela imaginou que o grupo dissecaria qualquer resposta que ela desse.

— Claro, se aparecesse uma boa oportunidade — respondeu ela por fim.

As mulheres trocaram olhares furtivos, enquanto Philip continuava tomando sua sopa.

Depois do jantar, enquanto o grupo se dirigia à sala de estar para o café e a sobremesa, Astrid anunciou abruptamente que precisava ir embora.

— Está tudo bem? — perguntou Nick. — Você parece meio estranha hoje.

— Estou ótima... É que acabei de receber uma mensagem da Evangeline dizendo que o Cassian está sendo desobediente e não quer dormir, então é melhor eu ir embora logo.

Na verdade, Evangeline havia informado que Michael aparecera para uma visita e estava lendo uma historinha para Cassian dormir. NÃO DEIXE QUE ELE VÁ EMBORA, respondeu Astrid, desesperada para a babá.

Nick e Rachel decidiram aproveitar a oportunidade e ir embora também, alegando que estavam cansados depois de um longo dia de viagem.

Assim que a porta do elevador se fechou, Eleanor declarou:

— Vocês viram como aquela garota ficou olhando tudo o que tem nesse apartamento?

— Querida, você passou um ano decorando isso aqui. É claro que as pessoas vão ficar olhando... não era essa a intenção? — interveio Philip, enquanto se servia de um pedaço enorme de bolo de chocolate com banana.

— Philip, aquele cerebrozinho de economista dela estava ocupado calculando o valor de tudo. Dava para ver a garota somando os valores com aqueles olhos arregalados. E todo aquele papo sobre cozinhar para o Nick. Que pilantra! Como se aquilo fosse me impressionar, saber que ela coloca aquelas mãos ásperas de camponesa dela na comida do meu filho!

— Nossa, você está afiada hoje, querida — disse Philip. — Sinceramente, eu a achei muito simpática, e seus traços são um tanto bonitos. — Ele tomou o cuidado de enfatizar a expressão "um tanto", pois sabia que sua esposa teria um surto de ciúmes ainda maior se outra mulher fosse declarada uma beldade.

— Nisso eu concordo com Philip. Ela é mesmo bem bonita. Você pode até não admitir, Eleanor, mas seu filho pelo menos tem bom gosto — disse Daisy, observando a criada servir seu café com leite.

— É mesmo? Você acha que ela é tão bonita quanto a Astrid? — perguntou Eleanor.

— Astrid tem uma beleza estonteante, tempestuosa. Essa garota é completamente diferente. Tem uma beleza mais simples, mais plácida — observou Daisy.

— Mas você não acha que ela tem pouco peito? — perguntou Eleanor.

Philip suspirou. Não havia jeito de convencer sua esposa.

— Bem, boa noite para todas. Está na hora de *CSI: Miami* — disse ele, levantando-se do sofá e indo direto até seu *home theater*. Francesca esperou que ele desaparecesse de vista para falar.

— Bom, eu pelo menos acho que a senhora está coberta de razão em relação a essa garota, tia Elle. Passei um fim de semana inteiro com a Rachel e vi como ela realmente é. Primeiro, ela escolheu os vestidos mais caros da butique do resort quando descobriu que Araminta ia dá-los para a gente. Estava usando um deles essa noite.

— Aquele vestidinho lilás sem graça? *Alamak*, ela não tem gosto nenhum! — exclamou Nadine.

Francesca prosseguiu com o ataque à jovem:

— Depois, ontem passou o dia inteiro fazendo várias aulas no resort: ioga, pilates, nia, o que você imaginar. Era como se estivesse tentando evitar a gente e aproveitar o spa enquanto podia. E deviam ter ouvido a conversa dela no jantar: ela declarou, na maior cara de pau, que só foi atrás do Nick porque ele era um bom partido. Na verdade, acho que a expressão exata que ela usou foi: "Ele é um PARTIDÃO."

— Tsc, tsc, tsc, dá para imaginar! — disse Nadine, estremecendo de um jeito teatral.

— Lealea, o que você vai fazer, agora que conheceu essa mulher? — perguntou Carol.

— Acho que essa mulher precisa ser despachada. Preciso só do sinal verde, tia Elle. Como eu já disse, para mim vai ser um prazer ajudar — afirmou Francesca, olhando cheia de segundas intenções para Eleanor.

Passaram-se alguns instantes antes de Eleanor responder, enquanto mexia com destreza seu cappuccino descafeinado. Estivera em pânico nas últimas semanas, mas, agora que finalmente havia conhecido essa tal de Rachel Chu, uma estranha calma tomara conta dela. Podia enxergar o que precisava ser feito, e ela sabia que precisava agir às escondidas. Já havia presenciado, em primeira mão, as cicatrizes que uma interferência materna escancarada podia causar; ora, as mulheres ali reunidas eram a prova viva disso: o relacionamento de Daisy com os filhos era, na melhor das hipóteses, tênue, enquanto a filha mais velha de Lorena não falava mais com a mãe desde que migrara para Auckland com seu marido neozelandês.

— Obrigada, Francesca. Você sempre prestativa — agradeceu-lhe Eleanor, por fim. — Por enquanto, acho que não precisamos fazer nada. Vamos apenas ficar sentadas observando, porque as coisas estão prestes a ficar interessantes.

— Você tem razão, Elle. Não há necessidade de apressar nada. Além do mais, depois de Shenzhen, todas as cartas estão na sua mão — disse Lorena alegremente, enquanto raspava a cobertura de seu bolo e colocava-a de lado.

— O que aconteceu em Shenzhen? — perguntou Francesca, curiosa.

Eleanor ignorou a pergunta e sorriu.

— Talvez eu nem precise usar a carta que consegui em Shenzhen. Não se esqueçam, todos os Youngs e Shangs virão para Cingapura em breve, para ir ao casamento do Colin.

— Oh-oh! Quem quer apostar que ela não passa do fim de semana? — perguntou Nadine, caindo na risada.

Parte Três

Deixem a China dormir, pois, quando ela acordar, irá sacudir o mundo.

NAPOLEÃO BONAPARTE

1
Tyersall Park

•

CINGAPURA

— Colin e eu descíamos essa ladeira de bicicleta a toda a velocidade, com os braços para cima, para ver quem conseguia ir mais longe sem tocar no guidão — contou Nick enquanto eles eram transportados de carro pela longa trilha serpenteante que levava a Tyersall Park. Chegar ali com Nick estava se revelando uma experiência completamente nova para Rachel. Bem diferente do que havia sido com Peik Lin. Para início de conversa, a avó de Nick tinha mandado um lindo Daimler de modelo antigo ir buscá-los, e dessa vez o namorado estava explicando várias coisas ao longo do caminho.

— Está vendo aquela rambuteira enorme? Colin e eu tentamos construir uma casa na árvore ali. Passamos três dias trabalhando em segredo, mas, então, Ah Ma descobriu e ficou furiosa. Não queria que nada arruinasse seus preciosos rambutões e obrigou a gente a desmontar tudo. Colin ficou tão puto da vida que arrancou o máximo de rambutões que conseguiu.

Rachel riu.

— Vocês só arrumavam encrenca, não é?

— É isso aí. A gente estava sempre se metendo em confusão. Eu me lembro de que havia uma *kampong** aqui perto aonde a gente ia para roubar pintinhos.

---

* Tradicional vila malaia. No passado, Cingapura era pontilhada por diversas dessas vilas nativas, onde, havia séculos, os malaios viviam da mesma forma que seus ancestrais — em cabanas de madeira sem eletricidade nem água encanada. Hoje, graças à brilhante especulação imobiliária, só resta uma única *kampong* em toda a ilha.

— Seus pilantrinhas! E a supervisão dos adultos, cadê?
— Que supervisão dos adultos?

O carro parou na *porte cochére*, e vários criados passaram por uma porta lateral para retirar a bagagem do porta-malas. O mordomo indiano desceu os degraus da entrada para cumprimentá-los.

— Boa tarde, Sr. Young, Srta. Chu. A Sra. Young está esperando os senhores para o chá. Está no pomar da caramboleira.

— Obrigado, Sanjit, vamos encontrá-la lá — disse Nick, conduzindo Rachel pelo terraço de lajota vermelha e depois por uma aleia graciosa, onde acantos brancos e arbustos coloridos de hibiscos se misturavam com moitas abundantes de papiro egípcio.

— Esses jardins ficam ainda mais bonitos à luz do dia — comentou Rachel, correndo os dedos pela fileira de caules de papiros que balançavam suavemente com a brisa. Enormes libélulas zumbiam ao redor, com as asas cintilando à luz do sol.

— Preciso mostrar a você o lago de ninfeias. Temos algumas enormes. Vitórias-régias, as maiores do mundo. Dá para praticamente tomar banho de sol em cima delas!

Ao se aproximarem do pomar, uma visão das mais curiosas aguardava Rachel: a avó de Nick, de 90 e poucos anos, estava em cima de uma escada de madeira, apoiada precariamente no tronco de uma caramboleira alta, manipulando com dificuldade alguns sacos plásticos. Dois jardineiros, ao pé da escada instável, seguravam-na no lugar, enquanto um gurkha e as duas amas tailandesas olhavam tudo placidamente.

— Meu bom Deus, ela vai cair daquela escada e quebrar o pescoço! — disse Rachel, alarmada.

— Isso é mania da Ah Ma. Ninguém consegue impedi-la — disse Nick com um sorriso.

— Mas o que exatamente ela está fazendo?

— Ela inspeciona cada carambola nova e as envolve em sacos plásticos individuais. A umidade ajuda as frutas a amadurecerem e as protege dos pássaros.

— Mas por que ela não deixa um dos jardineiros fazer isso?

— Ah Ma adora cuidar disso ela mesma. Faz o mesmo com as goiabas.

Rachel olhou para a avó de Nick, imaculadamente vestida com um avental drapeado de jardinagem amarelo, e ficou espantada com sua destreza. Su Yi olhou para baixo, viu que tinha uma plateia nova e disse em mandarim:

— Um minuto; só faltam duas.

Depois que ela desceu da escada em segurança (para grande alívio de Rachel), o grupo seguiu por outra trilha que levava a um jardim formal em estilo francês onde havia uma profusão de agapantos azuis africanos plantados em meio a sebes perfeitamente podadas de forma retangular. No meio do jardim, existia uma estufa que parecia ter vindo diretamente do interior da Inglaterra.

— É aqui que Ah Ma cultiva suas orquídeas híbridas premiadas — informou Nick para Rachel.

— Uau! — Foi tudo o que Rachel conseguiu dizer ao entrar na estufa. Centenas de orquídeas estavam penduradas em diferentes níveis por todo o ambiente, e seu doce aroma sutil permeava o ar. Rachel nunca tinha visto tantas variedades assim — de intrincadas orquídeas-aranhas e vandas de cores vivas às catleias magníficas e às quase indecentes orquídeas-sapatinhos-de-vênus. No meio de tudo isso, havia uma mesa redonda que parecia ter sido esculpida de um único bloco de malaquita azul. Sua base consistia em quatro grifos majestosamente selvagens olhando em diferentes direções, prestes a alçar voo.

Enquanto eles se acomodavam nas cadeiras de ferro fundido com estofados, um trio de criadas surgiu como se tivesse ensaiado antes, trazendo uma bandeja de prata gigante de cinco andares repleta de iguarias, como *nyonya kuehs*, sanduichinhos, *pâte de fruits* semelhantes a joias e biscoitos ingleses macios e dourados. Uma das amas tailandesas empurrou um carrinho de chá na direção deles, e Rachel teve a sensação de que estava tendo uma alucinação ao observar a ama servir com delicadeza o chá recém-preparado de uma chaleira meticulosamente esculpida com dragões multicoloridos. Ela nunca tinha visto um serviço de chá completo tão suntuoso em toda a sua vida.

— Esses são os famosos biscoitos ingleses da minha avó. Aproveite — disse Nick alegremente, lambendo os beiços.

Os biscoitos ainda estavam quentinhos quando Rachel partiu um deles e o cobriu com uma camada generosa de creme de leite fresco batido, exatamente como havia aprendido a fazer com Nick. Estava prestes a colocar um pouco de geleia de morango em um dos biscoitos quando Su Yi lhe disse em mandarim:

— Você devia experimentar esse biscoito com um pouco do creme de limão. Meu chef o prepara todos os dias.

Rachel achou que não estava em posição de desafiar a anfitriã, portanto colocou um pouco do creme de limão no biscoito e deu uma mordida nele. Era a delícia suprema: a leveza amanteigada da massa, combinada com o creme maravilhoso e o suave toque do limão, produzia uma alquimia perfeita de sabores.

Rachel soltou um suspiro audível.

— Ah, você tinha razão, Nick... Esse é *mesmo* o melhor biscoito inglês do planeta.

Nick sorriu, triunfante.

— Sra. Young, ainda estou descobrindo mais sobre a história de Cingapura. O chá da tarde sempre foi um costume em sua família? — perguntou Rachel.

— Bem, eu não sou cingapuriana. Passei toda a minha infância em Pequim e, obviamente, não seguíamos o costume inglês por lá. Foi só quando a minha família se mudou para cá que aprendemos esses hábitos coloniais. Era algo que, a princípio, só fazíamos para nossos convidados britânicos, pois eles não apreciavam muito a culinária chinesa. Então, quando eu me casei com o avô do Nick, que havia passado muitos anos na Inglaterra, passamos a tomar um chá inglês completo todos os dias. E, claro, as crianças adoravam. Creio que foi assim que me acostumei — respondeu Su Yi com seu jeito vagaroso e comedido.

Foi somente então que Rachel percebeu que aquela senhora não havia tocado em nenhum dos biscoitos ingleses ou dos sanduichinhos. Em vez disso, ela estava comendo apenas um pedaço de *nyonya kueh* com seu chá.

— Diga-me, é verdade que você é professora de economia? — perguntou Su Yi.

— Sim, é verdade — respondeu Rachel.

— É bom que tenha tido a oportunidade de aprender essas coisas nos Estados Unidos. Meu pai era um homem de negócios, mas jamais quis que eu aprendesse nada dos assuntos financeiros. Sempre dizia que, dali a cem anos, a China iria se transformar na nação mais poderosa que o mundo já tinha visto. E isso é algo que eu sempre repeti para os meus filhos e netos. Não é verdade, Nicky?

— Sim, Ah Ma. Foi por isso que a senhora me fez aprender mandarim — confirmou ele. Já estava vendo aonde aquela conversa iria dar.

— Bem, e eu estava certa em fazer isso, não é mesmo? Tenho a sorte de haver vivido o bastante para ver a previsão do meu pai se concretizar. Rachel, você assistiu à abertura dos Jogos Olímpicos de Pequim?

— Sim.

— Viu como foi magnífica? Ninguém no mundo inteiro pode duvidar da potência da China depois das Olimpíadas.

— Não, não pode mesmo — concordou ela.

— O futuro está na Ásia. O lugar do Nick é aqui, você não acha?

Nick sabia que Rachel estava sendo enviada para uma emboscada e interrompeu a avó antes que a namorada pudesse responder.

— Sempre disse que eu voltaria para a Ásia, Ah Ma. Mas, por enquanto, ainda estou ganhando uma experiência valiosa em Nova York.

— Você disse a mesma coisa há seis anos, quando decidiu continuar na Inglaterra depois de se formar. E agora veja... está nos Estados Unidos. O que vai ser depois, Austrália, como o seu pai? Foi um erro mandar você para o exterior, em primeiro lugar. Você se deixou seduzir demais pelo modo de vida ocidental.

Era impossível para Rachel não notar a ironia no que a avó de Nick estava dizendo: aquela mulher tinha a aparência de uma asiática e falava como uma chinesa das mais tradicionais, porém aqui estavam eles em um jardim cercado de sebes, idêntico aos do Vale do Loire, tomando um chá da tarde inglês.

Nick não sabia o que responder. Vinha tendo aquela mesma discussão com a avó ao longo dos últimos anos e sabia que jamais conseguiria ganhar. Começou a separar as camadas coloridas de um pedaço de *nyonya kueh* e pensou que seria melhor pedir licença por alguns instantes. Seria bom que Rachel passasse um tempo sozinha com sua avó. Ele olhou para o relógio de pulso e disse:

— Ah Ma, creio que a tia Alix e a família vão chegar daqui a pouco de Hong Kong. Acho que vou recebê-los e trazê-los até aqui.

Sua avó assentiu. Nick sorriu para Rachel e lhe lançou um olhar reconfortante antes de sair da estufa.

Su Yi inclinou a cabeça de leve para a esquerda, e uma das amas tailandesas imediatamente correu até ela, ajoelhando-se em um único movimento gracioso para que seu ouvido ficasse no mesmo nível da boca de Su Yi.

— Diga ao jardineiro da estufa que aqui precisa estar cinco graus mais quente — instruiu Su Yi em inglês e voltou sua atenção novamente para Rachel. — Diga-me, de onde vem a sua família? — Havia certa imponência em sua voz que Rachel não havia notado antes.

— A família de minha mãe é de Guangdong. A do meu pai... não sei — respondeu Rachel, nervosa.

— Como assim?

— Ele morreu antes de eu nascer. E eu fui para os Estados Unidos quando ainda era bebê de colo, com a minha mãe.

— E a sua mãe se casou novamente?

— Não, nunca. — Rachel sentiu os olhares das amas tailandesas encarando-a com uma crítica silenciosa.

— Quer dizer que você sustenta a sua mãe?

— Não, muito pelo contrário. Ela fez faculdade nos Estados Unidos e hoje é corretora de imóveis. Conseguiu subir na vida sozinha e até me sustentou quando eu estava na universidade — respondeu Rachel.

Su Yi ficou em silêncio por alguns instantes, analisando aquela garota à sua frente. Rachel nem se arriscava a se mexer. Finalmente, Su Yi disse:

— Você sabia que eu tive muitos irmãos? Meu pai teve várias concubinas que lhe deram filhos, mas apenas uma esposa suprema, minha mãe. Ela lhe deu seis filhos, mas, de todos os meus irmãos e irmãs, apenas três foram oficializados. Eu e dois de meus irmãos.

— Por que apenas vocês três? — Rachel arriscou-se a perguntar.

— Veja bem, meu pai acreditava ter um dom. Achava que era capaz de dizer todo o futuro de uma pessoa só de olhar para o rosto dela... para sua aparência... e escolheu manter apenas os filhos que sentia que iriam agradar-lhe. Escolheu meu marido dessa maneira também, sabia disso? Ele disse: "Este homem tem um rosto bom. Nunca na vida ganhará nenhum dinheiro, mas jamais irá magoar você." Estava certo nas duas coisas. — A avó de Nick inclinou-se mais para perto de Rachel e a encarou. — Eu vejo o seu rosto — disse ela em voz baixa.

Antes que Rachel pudesse perguntar o que ela queria dizer com aquilo, Nick se aproximou da porta da estufa com um grupo de visitantes. A porta se escancarou, e um homem com camisa de linho branca e calças de linho cor de laranja vivo saltou em direção à avó de Nick.

— Ah Ma, minha querida Ah Ma! Quanta saudade! — exclamou o homem teatralmente em cantonês, ajoelhando-se e beijando as mãos da velha senhora.

— *Aiyah*, Eddie, *cha si lang!** — ralhou Su Yi, juntando as duas mãos para lhe dar uma pancada na cabeça.

---

* Expressão *hokkien* que se traduz literalmente como "pare de me entediar até a morte", usada para repreender pessoas que estão sendo barulhentas, irritantes ou, como no caso de Eddie, ambas as coisas.

2
Nassim Road, n. 11

•

CINGAPURA

"Deus está nos detalhes." A frase irônica de Mies van der Rohe era o mantra da vida de Annabel Lee. Dos picolés de manga esculpidos entregues aos hóspedes que estavam relaxando na piscina à colocação exata de um botão de camélia em cada travesseiro, o olhar infalível de Annabel para o detalhe era o que fazia de sua rede de hotéis de luxo a escolha preferida dos turistas mais exigentes. Naquele momento, contudo, o objeto de sua análise era seu próprio reflexo. Ela estava usando um vestido champanhe de gola alta feito de linho irlandês e tentava decidir se era melhor colocar um colar de duas voltas de pérolas barrocas ou um colar de âmbar à altura do colo. Seriam as pérolas Nakamura chamativas demais? Seriam as contas de âmbar mais discretas?

Seu marido, Peter, entrou em seu quarto de vestir usando uma calça cinza escuro e uma camisa azul-clara.

— Tem certeza de que quer que eu use isso? Estou parecendo um contador — disse ele, tendo quase certeza de que o mordomo se enganara ao separar aquelas roupas para ele.

— Você está perfeito. Encomendei essa camisa especialmente para o evento de hoje à noite. É da Ede & Ravenscroft; eles confeccionam todas as camisas do duque de Edimburgo. Confie em mim, é melhor ir mais simples com essa gente — disse Annabel, dando uma olhada no marido de alto a baixo. Embora houvesse grandes eventos todas as noites da semana que antecedia o casamento de Araminta, a festa que Harry Leong estava oferecendo em homenagem ao seu sobrinho Colin Khoo na famosa residência dos Leongs, na Nassim Road, era aquela que, em seu íntimo, Annabel estava mais ansiosa por comparecer.

Quando Peter Lee (originalmente, Lee Pei Tai, de Harbin) começou a fazer fortuna com a indústria de mineração de carvão da China, em meados dos anos noventa, ele e a esposa decidiram se mudar para Cingapura com a família, assim como muitos dos novos-ricos chineses da China continental estavam fazendo. Peter queria maximizar os benefícios de estar no principal centro da região de gerenciamento de riqueza, e Annabel (originalmente, An-Liu Bao, de Urümqi) desejava que sua filha mais nova se beneficiasse do sistema educacional mais ocidentalizado (e, aos seus olhos, superior) de Cingapura. (O ar de qualidade superior também não incomodava.) Além disso, estava cansada da elite de Pequim, de todos os banquetes intermináveis de 12 pratos servidos em salões repletos de réplicas malfeitas de móveis Luís XIV, e ansiava por se reinventar numa ilha mais sofisticada, onde as mulheres entendiam de Armani e falavam um inglês perfeito e sem sotaque. Queria que Araminta crescesse falando um inglês perfeito e sem sotaque também.

Em Cingapura, entretanto, Annabel logo descobriu que, por trás dos nomes ousados que a convidavam avidamente para todos os eventos de gala glamorosos, havia outro nível de sociedade que se mostrava impermeável ao brilho do dinheiro, principalmente o dos chineses da China continental. Essa gente era mais esnobe e mais inalcançável do que qualquer coisa que ela jamais vira. "Quem se importa com famílias cheirando a traça? Eles só estão com inveja por sermos mais ricos, por sabermos *de verdade* como curtir a vida", disse sua nova amiga Trina Tua (esposa do CEO da TLS Investigações Privadas, Tua Lao Sai). Annabel sabia que Trina só dizia isso para se consolar, porque jamais seria convidada para as lendárias festas de majongue da Sra. Lee Yong Chien — nas quais as mulheres apostavam joias de alto valor —, nem espiaria pelos altos portões da magnífica casa modernista que o arquiteto Kee Yeap projetara para Rosemary T'sien, na Dalvey Road.

Naquela noite, finalmente ela seria convidada. Embora possuísse residências em Nova York, Londres, Xangai e Bali, e, embora a *Architectural Digest* tivesse chamado sua casa em Cingapura, projetada por Edward Tuttle, de "uma das residências mais espetaculares da Ásia", o coração de Annabel acelerava quando ela passava perto dos portões austeros de madeira do número 11 da Nassim Road. Há tempos admirava aquela casa de longe — casas em estilo Black and White* como aquela eram raríssimas, e especificamente aquela, propriedade dos Leongs desde os anos vinte, talvez fosse a única remanescente na ilha que preservava todas as características originais. Depois de entrar pelas portas da frente em estilo Arts and Crafts, Annabel rapidamente absorveu cada mínimo detalhe do modo como aquelas pessoas viviam. *Olhe toda essa fileira de criados malaios flanqueando o hall de entrada com blazers alvíssimos. O que estão oferecendo nessas bandejas de metal de Selangor? Pimm's No. 1 com suco de abacaxi gaseificado e folhas de menta. Que coisa fantástica! Preciso fazer isso no novo resort de Sri Lanka também. Ah, ali estão Felicity Leong, com jacquard de seda e a mais linda joia de jade lilás, e sua nora, Cathleen, a especialista em direito constitucional (essa garota tem um estilo tão simples, nunca usa nenhuma joia — jamais alguém imaginaria que é casada com o filho mais velho de Leong). E ali está Astrid Leong. Como terá sido para ela crescer nesta casa? Não admira que tenha tanto bom gosto — aquele vestido azul-claro intenso que ela está usando apareceu na capa da* Vogue *francesa deste mês. Quem é esse homem sussurrando com Astrid ao pé da escadaria? Ah, é o marido dela, Michael. Que casal impressionante eles formam! E olhe só para*

---

* As exóticas casas Black and White de Cingapura configuram um estilo arquitetônico singular que não existe em nenhuma outra parte do mundo. Essas casas pintadas de branco com detalhes em preto, que combinam traços anglo-indianos com os do movimento inglês Arts and Crafts, foram engenhosamente projetadas para o clima tropical. Originalmente construídas para abrigar as famílias coloniais abastadas, hoje são extremamente cobiçadas e só podem ser adquiridas pelos incrivelmente ricos (por, no mínimo, $40 milhões e, mesmo assim, talvez seja preciso esperar décadas até uma família inteira morrer antes de conseguir comprar uma dessas casas).

essa sala de estar, oh, olhe! A simetria... a escala... a profusão de flores de laranjeira. Sublime. Preciso colocar flores de laranjeira em todos os saguões dos hotéis na semana que vem. Espere um pouco, isso aqui é porcelana Ru da dinastia Song do Norte? Sim, é sim. Um, dois, três, quatro, há tantos itens. Inacreditável! Só esta sala deve ter o equivalente a 30 milhões de dólares em cerâmica, espalhados pelos cantos como se fossem cinzeiros baratos. E essas cadeiras de fumar ópio, ao estilo peranakan *— olhe o engaste de madrepérola —, nunca vi duas em condições tão perfeitas. Aqui vêm os Chengs de Hong Kong. Olhe como estão lindos os filhos, todos vestidos como modelos-mirins da Ralph Lauren!*

Annabel nunca se sentira mais satisfeita do que naquele instante, quando, finalmente, respirava aquele ar rarefeito. A casa estava se enchendo de todo tipo de família aristocrática da qual ela só havia ouvido falar ao longo de todos aqueles anos, famílias cuja linhagem remontava a trinta gerações ou mais. Como os Youngs, que haviam acabado de chegar. *Oh, veja, Eleanor acabou de acenar para mim. Ela é a única que socializa com gente fora da família. E lá está o filho, Nicholas — outro bonitão. Melhor amigo de Colin. E a garota de mãos dadas com ele deve ser a tal Rachel Chu, de quem todos estão falando, aquela que* não é *da família Chu de Taiwan. Só de olhar, eu seria capaz de dizer isso. Essa garota cresceu tomando leite americano fortificado com cálcio e vitamina D, mas, mesmo assim, não tem a menor chance de agarrar Nicholas. E lá vem Araminta, com todos os membros da família do noivo. Dando a impressão de que já faz parte de tudo isso.*

Naquele momento, Annabel soube que havia tomado a decisão certa para sua filha — matriculá-la na Escola Infantil Far Eastern e, em seguida, escolher a Escola Metodista para Garotas, e não a Escola Americana de Cingapura, obrigá-la a frequentar o grupo de jovens da Primeira Igreja Metodista, muito embora eles fossem budistas, e mandá-la para o Cheltenham Ladies' College na Inglaterra, para o arremate final. Sua filha havia sido criada como uma daquelas pessoas — gente de berço e bom gosto. Não havia um único diamante com mais de 15 quilates por ali, nem um único item Louis Vuitton, ninguém olhando por cima do ombro para ver se o jardim do vizinho era mais verde. Aquilo era uma reunião de família, e não uma oportunidade para fazer *networking*. Essas pessoas estavam completamente à vontade, tão bem-educadas.

No terraço da face leste da casa, Astrid se escondeu atrás da densa fileira de ciprestes italianos para esperar Michael chegar à casa de seus pais. Assim que o avistou, correu até a porta para encontrá-lo e passar a impressão de que os dois haviam chegado juntos. Depois dos primeiros cumprimentos, Michael conseguiu encurralá-la perto da escada.

— Cassian está lá em cima? — murmurou ele, de um modo quase inaudível.

— Não, não está — respondeu Astrid depressa, antes de ser enlaçada num abraço pela sua prima Cecilia Cheng.

— Onde ele está? Você andou escondendo meu filho de mim a semana inteira — pressionou Michael.

— Daqui a pouco você vai vê-lo — sussurrou ela, enquanto sorria para sua tia-avó Rosemary.

— Foi esse o jeito que você arrumou para me fazer vir aqui essa noite, não foi? — questionou Michael, irritado.

Astrid segurou a mão dele e o conduziu até a saleta de visitas perto da escadaria.

— Michael, eu prometi que você veria o Cassian essa noite. Seja paciente e aguente até o jantar.

— O combinado não foi esse. Estou indo embora.

— Michael, você não pode ir embora. Ainda precisamos coordenar os planos para o casamento, que vai ser no sábado. A tia Alix vai oferecer um café da manhã antes da cerimônia na igreja e...

— Astrid, eu não vou ao casamento.

— Ah, por favor, não brinque com isso. *Todo mundo* vai ao casamento.

— Quando você diz "todo mundo", acho que está se referindo a todo mundo que tem 1 bilhão de dólares ou mais na conta bancária, não é?

Astrid revirou os olhos.

— Por favor, Michael. Eu sei que a gente se desentendeu e sei que você provavelmente está envergonhado, mas, como já disse, *eu perdoo você.* Não vamos fazer tempestade em copo d'água. Volte para casa.

— Você não entende, não é? Eu não vou voltar para casa. E não vou ao casamento.

— Mas o que as pessoas vão dizer se você não aparecer no casamento? — Astrid olhou para ele, nervosa.

— Astrid, eu não sou o noivo! Não sou nem mesmo parente do noivo. Quem vai se importar com o fato de eu ir ou não?

— Você não pode fazer isso comigo. Todo mundo vai reparar, e todo mundo vai comentar — implorou ela, tentando não entrar em pânico.

— Diga que precisei viajar de última hora por conta do trabalho.

— Para onde você vai? Para Hong Kong, encontrar a sua amante?

Michael fez uma pausa. Não era sua intenção ter de recorrer a isso, mas não viu muita escolha.

— Se você se sente melhor em saber... sim, vou ver a minha amante. Vou viajar na sexta depois do trabalho, para ficar bem longe de todo esse carnaval. Não consigo suportar ver essa gente gastar um zilhão de dólares num casamento enquanto metade das pessoas do mundo está morrendo de fome.

Astrid olhou para ele sem saber o que dizer, tonta com o que acabara de ouvir. Naquele instante, Cathleen, esposa de seu irmão Harry, entrou na saleta.

— Ah, ainda bem que você está aqui! — exclamou Cathleen para Michael. — Os cozinheiros estão surtando porque um transformador queimou e aquele maldito fogão industrial *high-tech* que instalamos no ano passado não quer acender. Aparentemente, entrou em modo de autolimpeza, e tem quatro patos à Pequim assando lá dentro...

Michael olhou feio para a cunhada.

— Cathleen, eu fiz mestrado na Caltech, com especialização em tecnologia de criptografia. Não sou a porra do seu faz-tudo! — exclamou ele, irado, antes de sair pisando firme.

Cathleen olhou para ele sem acreditar.

— O que deu nele? Nunca vi o Michael assim.

— Ah, não ligue, Cathleen — disse Astrid, se esforçando para dar uma risada fraca. — Michael está chateado porque acabou de saber que vai ter que ir a Hong Kong para uma emergência de trabalho. Coitadinho, está com medo de perder o casamento.

Quando o Daimler que transportava Eddie, Fiona e os três filhos deles se aproximou dos portões do número 11 da Nassim Road, Eddie fez uma última checagem nas crianças.

— Kalliste, o que você vai fazer quando começarem a servir o café e as sobremesas?

— Vou perguntar à minha tia-avó Felicity se eu posso tocar piano.

— E o que você vai tocar?

— As suítes de Bach, depois Mendelssohn. Posso tocar a música nova da Lady Gaga também?

— Kalliste, eu juro por Deus que, se você tocar aquela maldita Lady Gaga, vou quebrar todos os seus dedos.

Fiona olhou pela janela do carro, ignorando o marido. Ele ficava desse jeito sempre que estava prestes a encontrar os parentes de Cingapura.

— Augustine, qual é o seu problema? Abotoe esse blazer — instruiu Eddie.

O menininho obedeceu ao pai e abotoou com cuidado os dois botões dourados do blazer.

— Augustine, quantas vezes preciso dizer a você para nunca, JAMAIS fechar o último botão? Está me ouvindo?

— Papai, você disse para nunca fechar o último botão do meu blazer de três botões, mas não me disse o que fazer quando só tem dois botões — choramingou o garoto, com os olhos cheios de lágrimas.

— Está contente agora? — perguntou Fiona ao marido. Ela colocou o garotinho no colo e afagou o cabelo em sua testa.

Eddie olhou para ela contrariado.

— Agora, vocês todos, prestem atenção... Constantine, o que vamos fazer assim que sairmos do carro?

— Vamos fazer fila atrás de você e da mamãe — respondeu o filho mais velho.

— E qual é a ordem?

— Augustine na frente, depois Kalliste, depois eu — respondeu o garoto, entediado.

— Perfeito. Esperem só até todos verem a nossa entrada triunfal! — disse Eddie, empolgado.

Eleanor entrou no hall atrás do filho e da namorada, ansiosa para ver como a garota seria recebida. Obviamente, Nick andara preparando Rachel — ela estava, espertamente, usando um vestido discreto azul-marinho e nenhuma joia, exceto minúsculos brincos de pérola. Ao olhar para o interior da sala de estar, Eleanor viu todo o clã do marido reunido perto das portas-balcão que davam para o terraço. Ainda tinha uma memória bem recente de quando os conheceu. Foi na antiga propriedade dos T'siens, perto de Changi, antes de o lugar se tornar aquele *country club* horrendo que todos os estrangeiros frequentavam. Os filhos dos T'siens, com seus olhares ávidos, tropeçavam uns nos outros para falar com ela, mas os Shangs mal se dignaram a olhar em sua direção — aqueles Shangs só se sentiam bem conversando com famílias que conheciam há, no mínimo, duas gerações. Porém, ali estava Nick, levando corajosamente a garota direto para o caldeirão, tentando apresentar Rachel a Victoria Young, a mais esnobe das irmãs de Philip, e a Cassandra Shang — a fofoqueira imperial mais conhecida como Rádio Um da Ásia. *Alamak, isso seria divertido.*

— Rachel, essa é a minha tia Victoria e minha prima Cassandra, que acabaram de voltar da Inglaterra.

Rachel sorriu com certo nervosismo para as duas mulheres. Victoria, com seu cabelo Chanel duro e seu vestido de algodão cor de pêssego ligeiramente amassado, parecia mais uma escultora excêntrica, enquanto a magricela da Cassandra — com seu cabelo que começava a ficar grisalho repartido ao meio num coque bem preso, estilo Frida Kahlo — usava um vestido chemise cáqui e largo e um colar africano com pequeninas girafas de madeira. Victoria apertou a mão de Rachel com frieza, enquanto Cassandra manteve os braços magros cruzados sobre o peito, os lábios apertados num sorriso forçado enquanto analisava a jovem da cabeça aos pés.

Rachel estava prestes a perguntar sobre as férias de ambas quando Victoria olhou por cima do ombro e declarou com aquele mesmo sotaque inglês entrecortado de todas as tias de Nick:

— Ah, aí vêm Alix e Malcolm. E Eddie e Fiona. Minha nossa, olhem para essas crianças, vestidas desse jeito!

— Alix estava reclamando da quantidade de dinheiro que Eddie e Fiona gastam com esses meninos. Parece que só usam *roupas de grife* — comentou Cassandra, alongando a palavra grife, "griiiii-feeeee", como se fosse uma espécie de calamidade.

— *Gum sai cheen!** Onde diabos Eddie acha que está levando os filhos? Está fazendo 40 graus lá fora, e eles estão vestidos como se fossem a um fim de semana de caça em Balmoral — comentou Victoria em tom zombeteiro.

— Devem estar suando como porcos naqueles blazers de tweed — disse Cassandra, balançando a cabeça.

Nesse instante, Rachel notou um casal entrando na sala. Um rapaz com o cabelo em desalinho parecendo um ídolo pop coreano caminhava, desajeitadamente, na direção deles com uma garota usando um vestido tubinho amarelo-limão com listras brancas que apertava seu corpo como uma pele de salsicha.

— Ah, aí vem o meu primo Alistair. E aquela deve ser a Kitty, a garota por quem ele está loucamente apaixonado — comentou Nick.

Mesmo do outro lado da sala, o *megahair* de Kitty, os cílios postiços e o batom cor-de-rosa metálico se destacavam, e, quando eles se aproximaram, Rachel percebeu que, na verdade, as listras brancas do vestido dela não eram brancas, e sim transparentes, deixando seus mamilos intumescidos claramente à mostra.

— Gente, eu quero que todos vocês conheçam a minha namorada, Kitty Pong — anunciou Alistair com um sorriso orgulhoso.

O salão caiu em um silêncio mortal, enquanto todos sufocavam o espanto diante daqueles mamilos cor de chocolate. Enquanto Kitty regozijava-se com tanta atenção, Fiona rapidamente tocou os filhos para fora dali. Eddie olhou feio para o irmão caçula, furioso com o

---

* Em cantonês, "que desperdício de dinheiro".

fato de sua entrada ter sido eclipsada. Alistair, felicíssimo com toda aquela atenção repentina, aproveitou para revelar:

— E quero anunciar que, ontem à noite, levei Kitty até o topo do monte Faber e a pedi em casamento!

— Estamos noivos! — disse Kitty com um gritinho agudo, agitando o enorme diamante cor-de-rosa fosco que estava em seu dedo.

Felicity soltou um grito contido e olhou para sua irmã, Alix, em busca de alguma reação. Alix olhou para o nada, sem fazer contato visual com ninguém. Seu filho continuou, com o tom mais natural do mundo:

— Kitty, esse é o meu primo Nicky, essa é minha tia Victoria e minha prima Cassandra. E você deve ser a Rachel.

Sem perder a pose, Victoria e Cassandra se viraram para Rachel, interrompendo Alistair.

— Rachel, ouvi dizer que você é economista? Que fascinante! Pode me explicar por que parece que a economia americana não consegue sair desse estado deplorável? — perguntou Victoria, em um tom de voz alto e agudo.

— É por causa daquele tal de Tim Paulson, não é? — Cassandra entrou na conversa. — Ele não é uma marionete controlada pelos judeus?

3

Patric

•

CINGAPURA

— Uma tanguinha preta de renda? E dava mesmo para ver isso por baixo do vestido? — gritou Peik Lin, se dobrando de tanto rir, sentada no banco acolchoado que estava dividindo com Rachel no restaurante.

— A tanga, os mamilos, tudo! Você devia ter visto a cara de todo mundo! Ela estava praticamente nua — disse Rachel.

Peik Lin enxugou as lágrimas de riso dos olhos.

— Não acredito que isso tudo aconteceu com você na semana passada. Essas garotas. O peixe morto. A família do Nick. Deixaram você entrar no meio disso tudo sem estar preparada.

— Ah, Peik Lin, você devia ver como a família do Nick vive! Ficar hospedada em Tyersall Park tem sido algo completamente fora desse mundo. O quarto em que estamos só tem mobília francesa chique *art déco*, e eu sinto como se estivesse viajando no tempo: os rituais, a extravagância, a grandeza de tudo... Quer dizer, deve ter pelo menos mais 12 hóspedes lá por causa do casamento, mas, como a quantidade de criadas é enorme, mesmo assim tem uma que fica encarregada só de mim, uma garota fofa de Suzhou. Acho que está meio chateada porque não a deixo cumprir todos os seus deveres.

— Quais são os deveres dela?

— Bem, na primeira noite, ela se ofereceu para ajudar a me despir e escovar meu cabelo, o que eu achei meio pavoroso. Por isso eu disse: "Não, obrigada." Então ela perguntou se poderia "preparar um banho" para mim. Por falar nisso, adoro essa expressão. Não é maravilhosa? Mas você sabe que eu prefiro tomar banho de chuveiro, mesmo que a banheira com pés da mansão pareça sensacional. Então, ela se ofereceu para passar o xampu no meu cabelo e fazer uma massagem capilar em mim! Falei que não, que não precisava de nada disso. Só queria que ela saísse dali para que eu pudesse tomar um banho. Mas, em vez disso, ela correu para o banheiro e ajustou as torneiras antigas até obter a temperatura ideal da água. Quando entrei, descobri vinte velas acesas por toda parte, só para uma chuveiradinha de nada!

— *Alamak*, Rachel, por que você não deixou a garota fazer o que ela tem que fazer? Todos esses mimos da corte são uma perda de tempo com você — ralhou Peik Lin.

— Não estou acostumada com nada disso. Eu me sinto incomodada por existir uma pessoa cujo trabalho seja unicamente ficar no meu pé e me servir. Ah, esqueci de dizer que o serviço de lavanderia deles é *impressionante*. Tudo que visto é lavado e passado um dia depois de eu ter usado a roupa. Notei que todas as minhas roupas estavam maravilhosas e com um cheiro sensacional, então perguntei à minha criada que sabão em pó eles usavam. Ela me explicou que tudo na casa é passado com uma espécie de água de colônia de Provença! Dá para imaginar? E toda manhã ela nos acorda com uma "bandeja de despertar", que deixa no nosso quarto, com o chá do Nick exatamente do jeito que ele gosta, café exatamente do jeito que eu gosto e um pratinho com biscoitos maravilhosos — "biscoitos digestivos", é como Nick os chama. E isso tudo *antes* do enorme bufê de café da manhã, que é sempre servido numa parte diferente da casa. No primeiro dia, foi servido na estufa; no segundo, no terraço do segundo andar. Então, até mesmo tomar o café da manhã é um evento surpreendente todos os dias.

Peik Lin balançou a cabeça, impressionada, e fez algumas anotações mentais. Era hora de sacudir as coisas com as criadas preguiçosas de Villa d'Oro — elas precisavam de novas tarefas. Colocar água de colônia nos ferros de passar roupa seria o começo. E, no dia seguinte, ela queria que o café da manhã fosse servido na beira da piscina.

— Vou contar uma coisa a você, Peik Lin, somando todos os lugares aos quais Nick já me levou e todos os almoços, chás da tarde e jantares aos quais precisamos comparecer, nunca comi tão bem em toda a minha vida. Sabe, nunca imaginei que pudesse haver tantos eventos importantes em torno de um casamento. Nick me contou que a festa dessa noite vai ser em um barco.

— Sim, eu li que vai ser no novo megaiate do *Dato'* Tai Toh Lui. Então, me fale sobre as roupas que está planejando usar nesse fim de semana — pediu Peik Lin, animada.

— Hã... *roupas*? Só trouxe um vestido para usar no casamento.

— Rachel, você não pode estar falando sério! Não vai ter um monte de eventos durante todo o fim de semana?

— Bom, tem essa festa de hoje à noite no iate, o casamento amanhã de manhã, que será seguido de uma recepção, e um banquete à noite. E uma cerimônia do chá no domingo. Eu trouxe um vestido longo preto e branco da Reiss que é uma graça e estava pensando em usá-lo o dia inteiro amanhã, e...

— Rachel, você vai precisar de, *no mínimo*, três vestidos amanhã. Você não pode ficar com o mesmo vestido o dia inteiro! E todo mundo vai estar coberto de joias e vestidos de gala no banquete Vai ser o maior evento da década; celebridades importantíssimas e pessoas da nobreza do mundo inteiro vão estar lá!

— Bom, eu não tenho como acompanhar isso tudo — disse Rachel, dando de ombros. — Você sabe que nunca fui muito ligada em moda. Além do mais, o que posso fazer a essa altura?

— Rachel Chu! Vamos às compras!

— Peik Lin — protestou Rachel —, não quero ficar batendo perna em nenhum shopping center agora, de última hora.

— Shopping? — Peik Lin lançou um olhar de desdém para a amiga. — Quem falou em "shopping"? — Ela sacou o celular e discou rapidamente um número. — Patric, pode me encaixar em algum horário? É uma emergência. Precisamos fazer uma intervenção.

O ateliê de Patric era uma antiga casa comercial em Ann Siang que havia sido transformada em um loft agressivamente moderno, e foi lá que Rachel se viu logo em seguida, de pé em uma plataforma dourada circular só de calcinha e sutiã, com um espelho de três faces às suas costas e uma luz em domo de Ingo Maurer acima da sua cabeça banhando-a com uma claridade cálida e suave. Ao fundo, músicas do Sigur Rós, enquanto Patric (apenas Patric, sem sobrenome), vestido com um guarda-pó branco sobre uma camisa de gola exageradamente alta e gravata, analisava-a com atenção, de braços cruzados e um dedo indicador pousado nos lábios.

— Você tem o quadril largo — observou ele.

— Isso é muito ruim? — perguntou Rachel, percebendo pela primeira vez como as candidatas de um concurso de beleza devem se sentir de biquíni.

— De jeito nenhum! Conheço mulheres que *morreriam* para ter o seu corpo. Isso significa que podemos vestir você com algumas peças de estilistas que, em geral, não cairiam bem em gente muito *mignon*. — Patric se virou para seu assistente, um jovem de macacão cinza e cabelo meticulosamente penteado, e ordenou: — Chuaaaaaaan! Traga o Balenciaga ameixa, o Chloé pêssego-claro, o Giambattista Valli que acabou de chegar de Paris, todos os Marchesas, o Givenchy *vintage* e aquele Jason Wu com babados desconstruídos na gola.

Imediatamente, meia dúzia de assistentes, todos de camisa preta e jeans preto, correram ao redor com a mesma pressa de desarmadores de bomba, enchendo o ambiente de araras que deslizavam para um lado e para o outro repletas dos vestidos mais maravilhosos que Rachel já tinha visto na vida.

— É assim que os cingapurianos ultrarricos fazem compras? — perguntou ela.

— Os clientes do Patric vêm de toda parte... da China continental, da Mongólia, da Indonésia... São fashionistas que querem o que há de mais novo em termos de moda, e também princesas de Brunei obcecadas por privacidade. Patric tem acesso aos vestidos poucas horas depois de saírem das passarelas — explicou Peik Lin.

Rachel olhou ao redor, espantada, enquanto os assistentes começavam a pendurar os vestidos em um bastão de titânio suspenso a 2 metros de altura que circundava a plataforma como um halo gigante.

— Eles estão trazendo vestidos demais — comentou.

— É assim que o Patric trabalha. Precisa antes ver como caem os estilos e as diferentes cores em você, depois ele edita. Não se preocupe, Patric tem o gosto mais impecável desse mundo, ele estudou moda na Central Saint Martins, sabe? Pode ter certeza de que os vestidos que ele escolher não serão vistos em mais ninguém no casamento.

— Minha preocupação é justamente essa, Peik Lin. Não tem etiqueta nenhuma nesses vestidos, isso é alarmante — sussurrou Rachel.

— Não se preocupe com o preço, Rachel. A única coisa que você precisa fazer é provar os vestidos.

— Como assim? Peik Lin, não vou permitir que você compre nenhum vestido para mim!

— Shhh! Não vamos discutir isso — disse Peik Lin, erguendo uma blusa de renda translúcida contra a luz.

— Peik Lin, estou falando sério. Não vou aceitar nenhuma das suas brincadeirinhas — advertiu Rachel, enquanto passava para as roupas de outra arara. Um vestido pintado à mão com flores azuis e prateadas aquareladas chamou sua atenção. — Nossa, *isso aqui* é maravilhoso! Por que não experimento esse? — perguntou.

Patric entrou no salão novamente e notou o vestido que estava nas mãos de Rachel.

— Espere, espere, espere. Como esse Dries Van Noten veio parar aqui? Chuaaaan! — berrou ele para o pobre assistente. — O Dries está reservado para Mandy Ling, que está a caminho agora mesmo. A mãe dela iria me *kau peh kau bu** se eu deixasse outra pessoa comprá-lo. — Ele se virou para Rachel e sorriu com um ar apologético. — Lamento, esse Dries já está prometido. Agora, para começar, vamos ver como você fica nesse vestido salmão lindo com saia linda de babado.

Rachel logo estava rodopiando num vestido mais maravilhoso do que o outro e se divertindo mais do que imaginou ser possível. Peik Lin apenas soltava *oohs* e *aahs* diante de tudo o que a amiga vestia, enquanto lia em voz alta, da última edição do *Singapore Tattle*:

• • •

---

* Em *hokkien*, "arrancar meu couro" (gíria que literalmente significa "gritar com o meu pai e gritar com a minha mãe").

Esperem engarrafamentos de aviões particulares no Aeroporto Changi e ruas fechadas no centro neste fim de semana, pois Cingapura irá presenciar seu próprio casamento ao estilo da realeza. Araminta Lee se casará com Colin Khoo na Primeira Igreja Metodista, no sábado, ao meio-dia, ao que se seguirá uma recepção privada em local ainda não divulgado. (Ao que se sabe, a mãe da noiva, Annabel Lee, planejou tudo nos mínimos detalhes e gastou 40 milhões no evento.) Embora a lista de convidados *crème de la crème* esteja sendo mais guardada do que o programa de armas nucleares da Coreia do Norte, não será surpresa dar de cara com reis e príncipes, chefes de Estado e celebridades como Tony Leung, Gong Li, Takeshi Kitano, Yue-Sai Kan, Rain, Fan BingBing e Zhang Ziyi. Há boatos de que uma das maiores divas pop da Ásia dará um show, e alguns agenciadores recebem apostas do nome do estilista do vestido de noiva de Araminta. Fiquem de olho, pois os nomes mais famosos da Ásia estarão lá em peso, como os Shaws, os Tais, os Mittals, os Meggahartos, os David Tangs, os Ngs tanto de Cingapura como de Hong Kong, Ambanis diversos, os Lims, da L'Orient, os Chus, da Plásticos Taipei, e muitos outros fabulosos demais para serem mencionados.

Enquanto isso, Patric entrava e saía do provador fazendo pronunciamentos definitivos:
— Essa cava na perna está alta demais; assim os garotos do coral vão ter ereções!
— Lindo! Você foi projetada geneticamente para usar Alaïa!
— NUNCA, JAMAIS use *chiffon* verde, a menos que queira parecer uma couve-chinesa estuprada por uma gangue.
— Ah, isso, sim, está sensacional. Essa saia rodada ficaria ainda melhor se você chegasse a cavalo.
Cada modelo que Patric selecionava parecia cair mais perfeitamente do que o anterior. Eles encontraram o vestido longo perfeito para o jantar de ensaio do casamento e outro que poderia servir para o baile. Justamente quando Rachel decidira que — dane-se! — iria gastar os tubos pela primeira vez na vida num vestido de gala de alta-costura, Peik Lin pediu que toda uma arara de vestidos fosse embrulhada.

— Você vai levar tudo isso para você mesma? — perguntou Rachel, atônita.

— Não, esses são os que ficaram melhor em você, então vou lhe dar de presente — respondeu ela, enquanto tentava entregar seu cartão preto da American Express a um dos assistentes de Patric.

— Ah, não vai, não! Guarde já esse Amex! — disse Rachel com a voz firme, segurando o pulso de Peik Lin. — Ora essa, eu só preciso de um vestido formal para a festa de casamento. Posso usar meu vestido preto e branco na cerimônia.

— Antes de mais nada, Rachel Chu, você *não pode* usar um vestido preto e branco em um casamento, pois essas cores são de luto. Tem certeza de que você é mesmo chinesa? Como pode não saber disso? Em segundo lugar, quando foi a última vez que eu vi você? Com que frequência tenho a oportunidade de presentear uma das minhas melhores amigas nesse mundo? Você não pode me negar esse prazer.

Rachel riu diante do charme absurdo da desculpa da amiga.

— Peik Lin, eu aprecio sua generosidade, mas você simplesmente *não pode* sair por aí gastando milhares de dólares comigo. Guardei dinheiro para essa viagem e vou pagar de bom grado o meu próprio...

— Fantástico! Compre algumas lembrancinhas quando for a Phuket.

Em uma suíte-provador na outra extremidade do ateliê de Patric, dois funcionários apertavam alegremente o espartilho acinturado do corpete de um vestido escarlate Alexander McQueen em Amanda Ling, que ainda estava sofrendo de jet lag por ter acabado de aterrissar de um voo de Nova York.

— Precisa apertar mais — disse sua mãe, Jacqueline, olhando para os funcionários, que seguravam um cordão de seda dourada de cada lado cheios de hesitação.

— Mas eu mal consigo respirar do jeito que está! — protestou Amanda.

— Faça respirações mais curtas, então.

— Não estamos em 1862, mamãe. Acho que isso aqui não foi desenhado para ser usado como um espartilho *de verdade*!

— Claro que foi. A perfeição só vem com sacrifício, Mandy. Esse é um conceito que, evidentemente, você parece não entender.

Amanda revirou os olhos.

— Não comece de novo, mamãe. Eu sabia *exatamente* o que estava fazendo. As coisas estavam indo muito bem em Nova York até você me obrigar a voltar para cá, para essa insanidade. Eu estava ansiosíssima para dar o cano nesse casamento ridículo da Araminta.

— Não sei em que planeta você vive, mas as coisas não estão "indo muito bem". Nicky vai pedir essa garota em casamento *a qualquer minuto*. Para que então eu mandei você para Nova York? Você tinha uma missão bem simples a cumprir, mas falhou de uma forma fantástica.

— Você não dá nenhum valor ao que conquistei por mim mesma. Faço parte da alta sociedade de Nova York agora — declarou Amanda com orgulho.

— E quem se importa com isso? Você acha que alguém aqui fica impressionado de ver fotos suas na *Town & Country*?

— Ele não vai se casar com ela, mamãe. Você não conhece o Nicky como eu conheço — insistiu Amanda.

— Bom, para seu próprio bem, espero que você esteja certa. Não preciso refrescar sua memória falando que...

— Tá, tá, tá, você repete isso há anos. Que você não tem nada para deixar para mim, de que eu sou mulher, portanto vai tudo para a conta do Teddy — disse Amanda num choramingo sarcástico.

— Mais apertado! — ordenou Jacqueline aos funcionários.

4

Primeira Igreja Metodista

•

CINGAPURA

— *Outra* inspeção de segurança? — reclamou Alexandra Cheng, olhando pela janela escura do carro para os montes de espectadores espalhados pela Fort Canning Road.

— Alix, há tantos chefes de Estado presentes que é claro que eles precisam garantir a segurança do local. Ali na frente está o comboio do sultão de Brunei, e parece que o vice-premier da China virá também — disse Malcolm Cheng.

— Eu não ficaria nada surpresa se os Lees tivessem convidado o Partido Comunista da China em peso! — comentou Victoria Young, com um tom de ironia na voz.

Nick havia partido assim que amanheceu para ajudar Colin a se preparar para o grande dia, portanto Rachel pegara carona com tios e tias do namorado em um dos carros da frota que estava saindo de Tyersall Park.

O Daimler borgonha finalmente chegou à entrada da Primeira Igreja Metodista, e o chofer uniformizado abriu a porta do carro, fazendo com que a multidão que se espremia atrás das barricadas soltasse urros de expectativa. Quando Rachel recebeu ajuda para saltar do carro, centenas de fotógrafos de imprensa que estavam de pé em bancos de uma arquibancada de metal começaram a tirar fotos, e o som de seus disparos digitais caiu sobre todos como gafanhotos pousando em um campo.

Rachel ouviu um fotógrafo berrar para um jornalista que estava mais abaixo:

— Quem é essa? É alguém importante? Alguém importante?

— Não, é só uma socialite rica — respondeu o jornalista. — Mas olhe, lá vêm Eddie Cheng e Fiona Tung-Cheng!

Eddie e os filhos saíram do carro logo atrás do que Rachel estava. Os dois meninos, que usavam roupas idênticas às do pai — paletó cinza claro e gravata de *petit pois* lilás —, ficaram obedientemente ao lado de Eddie, enquanto Fiona e Kalliste seguiam alguns passos atrás.

— Eddie Cheng! Olhe para cá, Eddie! Meninos, aqui! — berraram os fotógrafos. O jornalista enfiou o microfone na cara de Eddie: — Sr. Cheng, sua família está sempre no topo das listas dos mais bem-vestidos e com certeza não nos desapontou hoje! Conte pra gente, o que estão vestindo?

Eddie fez uma pausa, passando os braços orgulhosamente pelos ombros dos filhos.

— Constantine, Augustine e eu estamos usando Gieves & Hawkes sob medida, enquanto minha esposa e minha filha estão vestindo Carolina Herrera — respondeu ele com um sorriso largo.

Os garotos piscaram ante o sol brilhante da manhã, tentando se lembrar das instruções do pai: olhar para as lentes das câmeras, chupar as bochechas, virar para a esquerda, sorrir, virar para a direita, sorrir, olhar para o papai com carinho, sorrir.

— Seus netos estão uma fofura assim arrumados! — comentou Rachel com Malcolm.

Malcolm balançou a cabeça com um ar zombeteiro.

— Ora! Eu sou um cirurgião cardíaco do primeiro escalão há trinta anos, mas quem recebe toda a atenção é o meu filho... pelas suas malditas roupas!

Rachel sorriu. O mais importante daqueles casamentos pomposos de celebridade pareciam ser as "malditas roupas", não é? Ela estava usando um vestido azul-gelo e blazer combinando, com barra de madrepérola prensada ao longo da lapela e das mangas. Quando ela viu o que as tias de Nick estavam usando em Tyersall Park, achou que estivesse arrumada demais — Alexandra estava com um vestido floral verde-musgo que parecia um modelo Laura Ashley dos anos oitenta, e Victoria trajava um vestido de tricô branco e preto de estampa geométrica (desbancando a teoria de Peik Lin), que parecia algo desencavado do fundo de um baú velho fedendo a cânfora. Mas ali, em meio aos outros convidados chiques, ela percebeu que não havia motivo para se preocupar.

Rachel nunca vira um grupo como aquele à luz do dia — os homens todos elegantes com fraques, e as mulheres da cabeça aos pés com os últimos modelos de Paris e Milão, várias delas com chapéus elaborados ou enfeites de cabelo extravagantes. Um batalhão ainda mais exótico de mulheres chegou trajando sáris iridescentes, quimonos pintados à mão e *kebayas* de costura intrincada. Rachel temera o casamento, sem dizer nada a ninguém, ao longo de toda a semana, mas, enquanto acompanhava as tias de Nick na subida em direção à igreja de tijolinho vermelho em estilo gótico, viu-se rendida àquele clima de comemoração. Aquele era um evento único, do tipo que ela provavelmente jamais veria novamente na vida.

Funcionários da igreja aguardavam em fila, usando fraques risca de giz e cartolas.

— Sejam bem-vindos à Primeira Igreja Metodista — disse um deles, com jovialidade. — Nomes, por gentileza?

— Para quê? — perguntou Victoria.

— Para que eu informe os seus assentos — respondeu o rapaz, segurando um iPad no qual cintilava um mapa de assentos detalhado.

— Que ridículo! Essa é a *minha* igreja, e eu vou me sentar no banco em que sempre me sento — declarou Victoria.

— Ao menos informe se são convidados da noiva ou do noivo — pediu o funcionário.

— Do *noivo*, lógico! — bufou Victoria, afastando o rapaz do caminho para que pudesse passar.

Quando entrou na igreja, Rachel ficou impressionada com a aparência extremamente moderna. Paredes repletas de folhas de prata entrelaçadas assomavam até os tetos esculpidos de pedra, e fileiras de bancos minimalistas de madeira clara preenchiam o lugar. Não havia uma única flor em parte alguma, tampouco havia necessidade, pois, pendurados no teto, existiam centenas de jovens álamos meticulosamente arranjados para criar uma floresta flutuante. Rachel achou aquele efeito impressionante, mas as tias de Nick estavam lívidas.

— Por que esconderam o tijolinho vermelho e os vitrais? O que aconteceu com todos os bancos de madeira escura? — indagou Alexandra, desorientada diante da completa transformação da igreja na qual ela havia sido batizada.

— Ora, Alix, não está vendo? Aquela tal de Annabel transformou a nossa igreja em um de seus saguões de hotel horrorosos! — estremeceu Victoria.

Os funcionários que estavam no interior da igreja corriam ao redor, em pânico total, pois a maioria dos 888* convidados ignorava por completo o mapa de assentos. Annabel recebera a ajuda de ninguém menos que a editora-chefe do *Singapore Tattle's*, Betty Bao, para criar o mapa de assentos, mas nem mesmo Betty estava preparada para as antigas rivalidades entre as famílias tradicionais da Ásia. Ela não tinha como saber, por exemplo, que os Hus sempre se sentavam *na frente* dos Ohs, nem que os Kweks não toleravam a presença de nenhum Ngs a um raio de 15 metros.

Como já era esperado, Dick e Nancy T'sien haviam se apossado de duas fileiras de assentos perto do púlpito e estavam dispensando qualquer um que não fosse um T'sien, um Young ou um Shang (com raras exceções, estavam aceitando uns poucos Leongs e Lynn Wyatt). Nancy, trajando um vestido vermelho vivo e um chapéu enorme com penas da mesma cor, disse, empolgada, ao ver Alexandra e Victoria se aproximando:

— Não ficou linda a decoração? Me faz lembrar a Catedral de Sevilha quando fomos ao casamento da filha da duquesa de Alba com aquele toureiro bonitão.

— Mas nós somos *metodistas*, Nancy. Isso é um sacrilégio! Parece que estou no meio do massacre de Katyn e alguém está prestes a me dar um tiro na nuca — disse Victoria, louca de raiva.

---

* O 8 é considerado pelos chineses um número de extrema sorte, já que tanto em mandarim como em cantonês seu som é bastante parecido com o da palavra *prosperidade* ou *fortuna*. Três oitos significam o triplo de sorte.

Rosemary T'sien adentrou o corredor central escoltada pelo neto Oliver T'sien e a neta Cassandra Shang, retribuindo os cumprimentos para as pessoas que conhecia. Rachel percebeu, pelo nariz enrugado de Cassandra, que ela não aprovava aquela decoração. A Rádio Um da Ásia sentou-se entre Victoria e Nancy e disparou as últimas notícias:

— Acabei de ficar sabendo que a Sra. Lee Yong Chien está *furiosa*. Vai conversar com o bispo logo depois da cerimônia, e vocês sabem muito bem o que isso significa, não é? Adeus, nova ala da biblioteca!

Oliver, que estava elegantemente vestido com um terno leve de linho creme, camisa xadrez azul e gravata de tricô amarela, sentou-se ao lado de Rachel.

— Eu quero me sentar ao seu lado; você é a garota mais bem-vestida que vi até agora! — declarou, admirando a elegância nada ostensiva da roupa dela. Enquanto a igreja continuava enchendo, os comentários de Oliver sobre os convidados VIPs recém-chegados fascinavam e, ao mesmo tempo, faziam Rachel cair na risada.

— Lá vem o batalhão da Malásia... sultanas, princesas e aproveitadores. Humm, parece que *alguém* fez lipo. Deus tenha piedade, você já tinha visto tantos diamantes e guarda-costas na sua vida? Não olhe agora, tenho certeza de que aquela mulher de chapéu cloche é a Faye Wong. Ela é uma cantora e atriz sensacional, famosa pela sua discrição; é a Greta Garbo de Hong Kong. Ah, e olhe só para Jacqueline Ling com aquele Azzedine Alaïa. Em qualquer outra mulher, aquele tom de rosa ficaria vulgar, mas nela parece perfeito. E está vendo esse camarada magricela com cabelo penteado para trás que está sendo cumprimentado com tanto carinho por Peter e Annabel Lee? Esse é o homem com quem *todo mundo* quer falar. É o chefe da China Investment Corporation, que administra o Tesouro Nacional da China. Eles têm mais de 400 bilhões em reservas...

No lado da igreja dedicado aos convidados da noiva, Daisy Foo balançava a cabeça cheia de espanto.

— Os Lees estão ao lado de todo mundo, não é? O presidente e o primeiro-ministro, todos os figurões importantes de Pequim, a Sra. Lee Yong Chien, até mesmo Cassandra Shang, que veio de Londres... e olhe que os Shangs não compareçam a nada! Há dez anos, os Lees saíram do barco que os trouxe da China continental, mas olhe só para eles agora: todo mundo que é alguém na vida está ao lado deles hoje.

— Por falar em *alguém*, olhem só quem acabou de entrar... Alistair Cheng e Kitty Pong! — sibilou Nadine.

— Bom, ela está parecendo bem digna com aquele vestido de bolinha vermelho e branco, não é? — comentou Carol Tai, com generosidade.

— Sim, aquela saia de babados parece cobrir a bunda dela quase toda — observou Lorena Lim.

— *Alamak*, vamos ver o que vai acontecer quando ela tentar se sentar ao lado dos Youngs. Ah, que *malu** para eles! Aposto que ela vai ser atirada para fora do banco — disse Nadine, toda alegre.

As mulheres viraram o pescoço para olhar, mas, para seu grande desapontamento, Alistair e sua noiva foram cumprimentados com cordialidade pelos parentes e chamados até o local onde estes estavam.

— Não tivemos essa sorte, Nadine. Essa gente é elegante demais para dar um escândalo em público. Mas aposto que na intimidade estão afiando as facas... Por outro lado, a tal de Rachel Chu está parecendo uma Virgem Abençoada em comparação a ela. Coitada da Eleanor; o tiro está saindo pela culatra! — Daisy suspirou.

— Nada está saindo pela culatra. Eleanor sabe muito bem o que está fazendo — afirmou Lorena.

Naquele instante, Eleanor Young entrou pelo corredor com um terninho de calça cinza metálico com um brilho sutil, obviamente deliciada com toda a atenção que estava recebendo. Avistou Rachel e deu um sorriso forçado para ela.

— Oh, olá! Olhe, Philip, é a Rachel Chu!

Com mais uma roupa de alta-costura. Toda vez que vejo essa garota, ela está usando algo mais caro do que da última vez. Meu Deus, ela deve estar drenando a conta de Nick!

— Você e o Nick ficaram até tarde ontem à noite? Aposto que vocês, jovens, foram à loucura depois que os velhos saíram do iate do *dato'*, não foi? — perguntou Philip com uma piscadela.

---

* Em malaio, "vergonha", "constrangimento".

— Que nada! Nick precisava dormir cedo, então fomos para casa assim que vocês saíram.

Eleanor deu um sorriso rígido. *Que cara de pau a dessa garota, chamar Tyersall Park de "casa"!*

De repente, um silêncio caiu sobre a multidão. De início, Rachel achou que a cerimônia estivesse começando, mas, quando olhou para os fundos da igreja, viu apenas Astrid conduzindo a avó pelo corredor.

— Meu Deus, *mamãe veio*! — exclamou Alexandra, cheia de espanto.

— O quê? Não, você deve estar vendo coisas — revidou Victoria, virando a cabeça, sem acreditar.

Oliver estava boquiaberto, e todas as cabeças na ala do noivo se voltaram para Astrid e sua avó. Atrás das duas, a alguns poucos passos, estavam as onipresentes amas de companhia tailandesas e vários gurkhas.

— O que há de mais nisso? — sussurrou Rachel para Oliver.

— Isso é um acontecimento monumental! Su Yi não é vista num evento público há décadas. Ela não vai aos eventos dos outros, eles é que vão aos dela.

Uma mulher que estava de pé no corredor de repente se abaixou numa profunda reverência ao ver a avó de Nick.

— Quem é essa? — perguntou Rachel para Oliver, fascinada com aquele gesto.

— É a mulher do presidente. Seu nome de solteira era Wong. Os Wongs foram salvos pela família de Su Yi na Segunda Guerra, portanto eles sempre se esforçam ao máximo para demonstrar seu respeito.

Rachel olhou para a prima e a avó de Nick com espanto renovado, enquanto as duas seguiam em sua procissão majestosa pelo corredor. Ambas estavam impressionantes: Astrid estava absolutamente chique com um vestido frente única sem mangas azul Majorelle e braceletes de ouro na altura do cotovelo em ambos os braços, e Shang Su Yi parecia resplandecente com um vestido solto violeta-claro que possuía um brilho diáfano extremamente distinto.

— A avó do Nick está fabulosa. Que vestido...!

— Ah, sim, esse é um dos seus fantásticos vestidos de tecido de fibra de lótus — explicou Oliver.

— Da flor de lótus? — perguntou Rachel, para esclarecer.

— Isso; do caule da flor de lótus, na verdade. É um tecido extremamente raro produzido à mão em Mianmar e, em geral, só é disponibilizado para os monges de mais alto estatuto. Dizem que é incrivelmente leve e que tem uma capacidade extraordinária de conservar o frescor, mesmo nos climas mais quentes.

Quando as duas se aproximaram, Sun Yi foi rodeada pelas filhas.

— Mamãe! A senhora está se sentindo bem? — perguntou Felicity com a voz preocupada.

— Por que não nos disse que vinha? — perguntou Victoria rispidamente.

— Ora, teríamos esperado pela senhora! — falou Alexandra, afogueada.

Su Yi dispersou toda aquela comoção.

— Astrid me convenceu de última hora. Ela me lembrou que eu não poderia perder a oportunidade de ver o Nicky como padrinho.

Assim que ela pronunciou essas últimas palavras, dois cornetistas apareceram no pé do altar para indicar a chegada do noivo. Colin entrou na igreja por uma alcova lateral, acompanhado por Nick, Lionel Khoo e Mehmet Sabançi, todos de fraque cinza escuro e gravatas azuis com brilho prateado. Rachel se encheu de orgulho: Nick estava belíssimo ali de pé no altar.

As luzes da igreja diminuíram e, por uma porta lateral, entrou um grupo de meninos louros com vestes de fauno feitas de linho branco diáfano. Cada um dos meninos de faces rosadas segurava um pote de vidro cheio de vaga-lumes. Cada vez mais garotos apareciam de ambos os lados da igreja, e Rachel percebeu que deviam somar pelo menos uma centena. Iluminados pelas luzes tremulantes dos potes de vidro, os meninos começaram a cantar o clássico inglês "My True Love Hath My Heart".

— Não acredito... É o Coral dos Meninos de Viena! Mandaram vir o maldito Coral dos Meninos de Viena! — exclamou Oliver.

— Ah, que anjinhos mais fofos! — Nancy suspirou, tomada de emoção com as vozes em soprano alto que dominavam o coro. —

Me lembra aquela vez que o rei Hassan, do Marrocos, nos convidou para seu forte na Cordilheira do Atlas e...

— Ah, cale essa boca, por favor! — disse Victoria com rispidez, enxugando as lágrimas dos olhos.

Quando a música terminou, a orquestra, escondida no transepto, lançou os primeiros acordes majestosos de "Prospero's Magic", de Michael Nyman, enquanto 16 damas de honra trajadas com vestidos de cetim duchese cinza perolado entravam na igreja, cada uma trazendo um enorme ramo curvo de flor de cerejeira. Rachel reconheceu, entre elas, Francesca Shaw, Wandi Meggaharto e uma chorosa Sophie Khoo. As damas de honra marchavam com precisão coreografada e se dividiam em pares em momentos distintos, de modo que, no final, estivessem espalhadas igualmente por toda a extensão da ala.

Depois do cântico de procissão, um rapaz de gravata branca subiu ao altar com um violino. Mais murmúrios de empolgação tomaram conta da igreja quando as pessoas perceberam que, diante delas, estava nada mais, nada menos do que Charlie Siem, o virtuoso violinista com aparência de ídolo pop. Siem começou a tocar os primeiros acordes familiares do tema do filme *Entre dois amores*, e foi possível ouvir os suspiros deliciados do público. Oliver observou:

— Tudo isso é por causa desse queixo, é ou não é?, Agarrado ao violino como se estivesse fazendo amor furiosamente com ele. Esse queixo maravilhoso é o que está fazendo todas as mulheres molharem a calcinha.

As damas de honra levantaram os ramos de cerejeira bem alto e formaram oito arcos de flores que iam até o altar. Então, as portas da igreja se abriram de forma dramática. A noiva surgiu na entrada, e um grito contido espalhou-se pela multidão. Durante meses, as revistas, as colunas de fofoca e os blogueiros do mundo fashion especularam loucamente quem seria o estilista escolhido por Araminta para fazer seu vestido. Uma vez que ela era, ao mesmo tempo, uma modelo famosa e um dos maiores ícones do mundo da moda na Ásia, havia grande expectativa de que usasse um vestido desenhado por algum estilista de vanguarda. Mas Araminta surpreendeu a todos.

De braços dados com o pai, ela percorreu o corredor da igreja num vestido de noiva de inspiração clássica assinado por Valentino, a quem convenceu a deixar brevemente de lado a aposentadoria a fim de criar para ela um vestido exatamente igual ao que gerações de princesas europeias usaram em seus casamentos, o tipo de vestido que a fazia parecer, dos pés à cabeça, uma jovem esposa digna de uma família asiática bastante rica e tradicional. A criação de Valentino para Araminta exibia um corpete de renda de gola alta com mangas compridas, uma saia de inúmeras camadas de renda e seda que se desenrolava como as pétalas de uma peônia quando ela caminhava e uma cauda de 5 metros de comprimento. (Mais tarde, Giancarlo Giammetti informaria à imprensa que, para bordar a cauda, guarnecida com fios de prata e 10 mil minúsculas pérolas numa réplica perfeita daquela usada no vestido de noiva de Consuelo Vanderbilt ao se casar com o duque de Marlborough em 1895, foi preciso que uma equipe de 12 costureiras se dedicasse exclusivamente a essa tarefa durante nove meses.) Porém, mesmo com todos os detalhes barrocos, o vestido não sobrepujava Araminta — muito pelo contrário, era a embalagem extravagante perfeita para a maravilha minimalista que sua mãe criara com tanto empenho. Usando apenas um par de brincos de pérola antigos em formato de gota e o mínimo de maquiagem, com o cabelo preso num coque solto enfeitado apenas com um pequeno círculo de narcisos brancos e segurando um buquê simples de jasmins, Araminta parecia uma virgem pré-rafaelita flutuando em uma floresta salpicada por raios de sol.

De seu lugar no banco da frente, Annabel Lee, felicíssima num vestido de chiffon e renda dourada criado por Alexander McQueen, inspecionava a procissão impecável e exultava com o triunfo social de sua família.

Sentada do outro lado do corredor, Astrid escutava o solo de violino, aliviada por seu plano ter dado certo. Com toda a empolgação em torno da chegada de sua avó, ninguém havia notado que seu marido não estava presente.

Em seu assento, a única coisa em que Eddie pensava era qual tio poderia melhor apresentá-lo ao CEO da China Investment Corporation.

No altar, Colin observava a belíssima noiva que vinha em sua direção e chegava à conclusão de que toda a dor e toda a confusão dos últimos meses haviam valido a pena.

— Não dá para acreditar, mas eu acho que nunca estive tão feliz na minha vida — sussurrou ele para um dos padrinhos.

Nick, emocionado com a reação do amigo, buscou o rosto de Rachel no meio da multidão. Onde estava ela? Ah, bem ali, mais linda do que nunca. Naquele instante, ele se deu conta de que não havia nada que desejasse mais no mundo do que ver Rachel, num vestido de noiva, percorrer aquele mesmo corredor em sua direção.

Rachel, que, até então, estava olhando atentamente para a noiva, virou-se para o altar e percebeu que Nick olhava para ela intensamente e piscou um olho para ele.

— Eu te amo — sussurrou Nick para ela.

Eleanor, ao ver aquilo, percebeu que não tinha mais tempo a perder.

Araminta seguiu pelo corredor da igreja, olhando aqui e ali para os convidados através de seu véu. Reconheceu amigos, parentes e muitas pessoas que ela só tinha visto na televisão. Então, avistou Astrid. Imagine só, Astrid tinha vindo ao *seu* casamento, e agora elas seriam parentes. Mas espere um pouco, aquele vestido que Astrid estava usando... não era o *mesmo* Gaultier azul que ela usara no desfile de moda beneficente organizado por Carol Tai, dois meses atrás? Quando Araminta chegou ao altar, onde seu futuro marido a aguardava, com o bispo de Cingapura à sua frente e as pessoas mais importantes da Ásia às suas costas, somente um pensamento passou pela sua cabeça: Astrid Leong, essa *vaca maldita*, nem sequer tinha se dado ao trabalho de usar um vestido novo em seu casamento.

5

Fort Canning Park

•

CINGAPURA

À medida que os convidados entravam no parque situado nos fundos da Primeira Igreja Metodista para o coquetel de recepção do casamento, mais murmúrios de espanto eram ouvidos ao redor.

— O que foi agora? — grunhiu Victoria. — Estou farta de todos esses "ooohs" e "aaahs"; fico achando que a qualquer momento alguém vai acabar sofrendo um ataque do coração!

Porém, quando Victoria atravessou os portões no morro de Canning, até mesmo ela ficou momentaneamente pasma ao avistar o enorme gramado. Em um contraste gritante com a igreja, a recepção do casamento parecia uma explosão atômica de flores. O campo, que estava circundado por topiarias com 10 metros de altura plantadas em vasos e espirais colossais de rosas cor-de-rosa, estava pontilhado de gazebos enfeitados com tiras de tafetá listrado em tons pastel. No meio, um imenso bule de chá vertia uma cascata de champanhe borbulhante numa xícara do tamanho de uma pequena piscina, e um conjunto de cordas completo tocava em cima de algo que mais parecia ser um gigantesco prato de porcelana inglesa Wedgwood giratório. Graças à escala de tudo aquilo, parecia, aos convidados, terem sido chamados para uma espécie de chá da tarde destinado a gigantes.

— *Alamak*, alguém me belisque! — exclamou a *Puan Sri* Mavis Oon ao ver os pavilhões de comidas, onde garçons usando perucas brancas empoadas e casacos longos azuis da Tiffany aguardavam diante de mesas com pilhas altíssimas de doces e guloseimas.

Oliver acompanhou Rachel e Cassandra até o enorme gramado.

— Estou um pouco confuso: isso era para ser o chá do Chapeleiro Maluco ou uma festa de Maria Antonieta depois de uma experiência entorpecedora de ácido?

— Parece uma combinação dessas duas coisas — observou Rachel.

— O que você acha que vão fazer com todas essas flores depois da recepção? — perguntou Oliver, intrigado.

Cassandra olhou para a cascata monumental de rosas.

— Com esse calor, daqui a três horas todas vão estar podres! Me disseram que o preço das rosas foi às alturas essa semana no leilão de flores de Aalsmeer, o Flora Holland. Annabel fez com que todas as rosas viessem da Holanda num avião cargueiro 747.

Rachel olhou para os convidados que desfilavam naquele mundo maravilhoso de flores com chapéus festivos e joias cintilantes ao sol da tarde e balançou a cabeça, incapaz de acreditar no que estava vendo.

— Ollie, quanto foi mesmo que você me disse que esses chineses da China continental gastaram nisso aqui? — perguntou Cassandra.

— Quarenta milhões. E, pelo amor de Deus, Cassandra, os Lees já moram em Cingapura há décadas. Pare de chamá-los assim.

— Ora, eles continuam se *comportando* como chineses da China continental, como bem prova essa recepção ridícula. Quarenta milhões! Não consigo entender para onde foi todo esse dinheiro.

— Bem, eu andei fazendo umas contas e, até agora, só cheguei a uns 5 ou 6 milhões. Que Deus nos ajude, mas acho que o grosso deve ter sido gasto na festa dessa noite — conjecturou Oliver.

— Não posso imaginar como poderão fazer algo que supere isso aqui — comentou Rachel.

— Bebidas, gente? — perguntou uma voz às suas costas. Rachel se virou e viu Nick segurando duas taças de champanhe.

— Nick! — gritou ela, animada.

— O que acharam da cerimônia de casamento? — quis saber ele, entregando as bebidas com um galanteio para as damas.

— Casamento? Eu podia jurar que era uma coroação — retrucou Oliver. — Mas enfim... quem liga para a cerimônia? A pergunta que não quer calar é: *o que vocês acharam do vestido da Araminta?*

— Era lindo. Parecia simples, mas, quanto mais você olhava para ele, mais notava os detalhes — sugeriu Rachel.

— Ugh! Era horrível. Ela estava parecendo uma noiva medieval, isso sim — escarneceu Cassandra.

— A ideia era justamente essa, Cassandra. Eu achei o vestido um arraso. Valentino em sua melhor forma, evocando a *Primavera* de Botticelli e a chegada de Maria de Médici a Marselha.

— Não entendi uma vírgula do que você disse, Ollie, mas concordo — falou Nick, achando graça.

— Você estava tão sério lá em cima no altar — observou Rachel.

— Aquilo era um negócio sério! Por falar nisso, vou roubar a Rachel por um instante — disse Nick aos primos, segurando a mão da namorada.

— Ei... tem crianças por perto. Nada de amassos no meio dos arbustos! — advertiu Oliver.

— *Alamak*, Ollie, com Kitty Pong por perto, acho que não é com o Nicky que a gente precisa se preocupar — observou Cassandra secamente.

Kitty estava bem no meio do imenso gramado olhando, maravilhada, para tudo ao seu redor. Finalmente, alguma coisa com que valia a pena se animar! Até então, sua viagem a Cingapura não tinha passado de uma série de frustrações. A começar pelo hotel novo e descolado onde eles estavam hospedados, que tinha um parque enorme na cobertura: todas as suítes bacanas estavam ocupadas, e eles foram obrigados a ficar em um quarto normal sem graça. Depois, a família de Alistair, que não era nem de longe tão rica quanto ela havia sido levada a acreditar. Por exemplo, a tia de Alistair, Felicity, morava numa casa velha de madeira com móveis chineses velhos que nem sequer estavam encerados direito. Eles não chegavam aos pés das famílias ricas da China que ela conhecia, que moravam todas em mansões novíssimas em folha decoradas pelos mais badalados decoradores de Paris. Depois tinha a mãe de Alistair, que parecia uma dessas funcionárias desleixadas da Comissão de Planejamento Familiar que iam à sua cidadezinha em Qinghai dar conselhos sobre métodos anticoncepcionais. Até que enfim eles estavam ali, naquela recepção de casamento saída de um conto de fadas, onde ela se via rodeada pelo *crème de la crème* da alta sociedade.

— Aquele camarada com gravata-borboleta não é o governador de Hong Kong? — perguntou ela em voz alta para Alistair.

— É, acho que sim — respondeu ele.

— Você o conhece?

— Já o vi uma ou duas vezes... meus pais o conhecem.

— *Sério?* Cadê os seus pais, por falar nisso? Eles sumiram logo depois do casamento. Eu nem tive a chance de cumprimentá-los — disse Kitty, fazendo beicinho.

— Acho que não sei do que você está falando. Meu pai está bem ali, enchendo o prato com lagostins, enquanto minha mãe está naquele gazebo com listra lilás ao lado da minha avó.

— Ah, a sua Ah Ma veio? — perguntou Kitty, olhando para o gazebo. — Tem tantas velhas por aqui... qual delas é a sua avó?

Alistair apontou para a sua avó.

— Quem é aquela mulher que está conversando com ela? Aquela com turbante amarelo coberta de *diamantes* dos pés à cabeça!

— Ah, é uma das amigas de minha Ah Ma. Acho que é uma espécie de princesa da Malásia.

— Ooooooh, uma *princesa?* Me apresente! — insistiu Kitty, arrastando Alistair para longe da tenda de sobremesas.

No gazebo, Alexandra percebeu que seu filho e *aquela prostituta* (ela se recusava a chamá-la de *noiva* dele) vinham caminhando em sua direção. *Ora essa, será mesmo que estão vindo para cá? Alistair não teve nem o bom senso de manter essa Kitty longe da avó, principalmente quando ela está cumprimentando a Sra. Lee Yong Chien e a sultana de Bornéu?*

— Astrid, está ficando meio cheio aqui. Você poderia, por favor, dizer aos seguranças da sultana que é proibida a entrada de mais gente? — sussurrou ela para a sobrinha, com os olhos indo freneticamente de Alistair para Kitty.

— Claro, tia Alix — respondeu Astrid.

Quando Alistair e Kitty se aproximaram do gazebo, três guardas com uniformes militares impecáveis bloquearam a passagem do casal.

— Lamento, mas ninguém mais pode entrar — avisou um dos guardas.

— Ah, mas a minha família está aí. Minha mãe e minha avó são aquelas ali — disse Alistair, apontando para as duas e olhando por cima do ombro do guarda. Tentou fazer contato visual com a mãe, mas ela parecia entretida numa conversa com sua prima Cassandra.

— U-huuuu! — gritou Kitty. Ela tirou o enorme chapéu de palha com tecido de bolinha e começou a agitá-lo como uma louca, dando pulos. — U-huuu, Sra. Cheng!

A avó de Alistair espiou para fora e perguntou:

— Quem é aquela garota que está pulando ali?

Naquele momento, Alexandra se arrependeu de não ter colocado um ponto-final no namoro do filho quando teve oportunidade de fazer isso.

— Não é ninguém. É só uma pessoa tentando chegar perto de Sua Alteza Real — interrompeu Astrid, fazendo um gesto para a sultana.

— Aquele ali ao lado da garota que está pulando não é o Alistair? — perguntou Su Yi, apertando os olhos para enxergar melhor.

— Confie em mim, mamãe, e simplesmente ignore os dois — sussurrou Alexandra, nervosa.

Cassandra decidiu que seria muito mais divertido pôr uma pitada de tempero naquela farsa.

— Ora, *Koo Por*,* aquela é a nova namorada do Alistair — disse ela, maliciosamente, enquanto Alexandra a olhava exasperada e de cara feia.

— Aquela atriz de Hong Kong de quem você estava me falando, Cassandra? Deixem a menina entrar, eu quero conhecê-la — disse Su Yi. Ela se virou para a Sra. Lee Yong Chien com um brilho nos olhos. — Meu neto mais novo está namorando uma atriz de novela de Hong Kong.

— Uma *atriz*? — A Sra. Lee fez uma careta, enquanto Alistair e Kitty eram conduzidos até o gazebo.

— *Ah Ma*, quero apresentar à senhora a minha noiva, Kitty Pong — disse Alistair com ousadia, em cantonês.

---

* Em cantonês, "tia-avó".

— Sua noiva? Ninguém me contou que você estava noivo — disse Su Yi, lançando um olhar de surpresa para a filha. Alexandra não conseguiu sustentar o olhar da mãe.

— É um prazer conhecer a senhora — disse Kitty, sem o menor interesse, completamente alheia à avó idosa de Alistair. Virou-se, então, para a sultana e se abaixou numa reverência profunda. — Sua Alteza, que privilégio conhecê-la!

Cassandra virou o rosto para o outro lado e tentou conter o riso, enquanto as outras mulheres olhavam feio para Kitty.

— Espere um pouco, você não é a irmã caçula em *Coisas Esplendorosas?* — perguntou de repente a sultana.

— É ela mesma — respondeu Alistair, todo orgulhoso.

— *Alamaaaaaaaak*, eu a-do-ro essa novela! — exclamou a sultana. — Meu Deus, você é tão *má*! Me conte... Você não morreu naquele tsunami de verdade, não é?

Kitty sorriu.

— Não posso contar; a senhora vai ter que esperar pela próxima temporada. Alteza, suas joias são magníficas. O diamante desse broche é de verdade? É maior do que uma bola de golfe!

A sultana assentiu, achando graça.

— Ele se chama Estrela da Malásia.

— Ooooh, posso tocá-lo, alteza? — pediu Kitty. A Sra. Lee Yong Chien estava prestes a protestar, mas a sultana inclinou-se para a frente.

— Meu Deus, como pesa! — Kitty suspirou, segurando o diamante com a mão em concha. — Tem quantos quilates?

— Cento e dezoito — declarou a sultana.

— Um dia você vai me dar um igualzinho a esse, não vai? — perguntou Kitty para Alistair, com o maior descaramento. As outras mulheres ficaram perplexas.

A sultana enfiou a mão em sua bolsa bordada de joias e sacou de lá um lenço de renda bordado.

— Poderia me dar seu autógrafo? — perguntou ela a Kitty, ansiosamente.

— Vossa Majestade, será um prazer!

A sultana virou-se para Shang Su Yi, que presenciara toda aquela conversa com um interesse desnorteado.

— Então, essa é a noiva de seu neto? Que adorável! Não se esqueça de me convidar para o casamento! — A sultana retirou um dos três gigantescos anéis de diamante de sua mão esquerda e o entregou a Kitty, sob o olhar horrorizado das outras mulheres. — Parabéns pelo noivado: isso aqui é para você. *Taniah dan semoga kamu gembira selalu.**

Quanto mais Nick e Rachel se afastavam pelo gramado, mais o parque parecia mudar. Os acordes do conjunto de cordas deram lugar ao canto estranhamente hipnótico de pássaros quando eles adentraram uma trilha sombreada pelos galhos amplos de jacarandás bicentenários.

— Eu adoro isso aqui, é como se a gente estivesse em uma ilha completamente diferente — comentou Rachel, desfrutando do alívio fresco embaixo do imenso dossel de folhas.

— Eu também. Estamos na região mais antiga do parque, uma área sagrada para os malaios — explicou Nick em voz baixa. — Sabe, quando a ilha era chamada de Cingapura e fazia parte do antigo império Majapahit, foi aqui que construíram um santuário para o último rei.

— "O último rei de Cingapura." Parece o título de um filme. Por que não escreve um roteiro?

— Ha! Acho que só umas quatro pessoas iriam assistir — retrucou Nick.

Eles chegaram a uma clareira bem no meio da trilha e avistaram uma pequena construção coberta de musgo.

— Uau, esse é o santuário? — perguntou Rachel, abaixando a voz.

— Não, é a guarita. Quando os ingleses chegaram, no século XIX, construíram um forte aqui — explicou ele ao se aproximarem da estrutura e do par de portões de ferro imensos sob o seu arco. Os portões estavam escancarados e encostados nas paredes internas da guarita, que se assemelhava a um túnel e revelava uma

---

* Em malaio, "parabéns e meus melhores votos".

entrada estreita e escura recortada na rocha espessa e, mais além, uma escada que levava ao alto da guarita.

— Seja bem-vinda ao meu esconderijo — sussurrou ele. Sua voz ecoou na escadaria estreita.

— É seguro ir até lá em cima? — perguntou Rachel, analisando aqueles degraus, que pareciam não ser usados havia décadas.

— Claro. Eu fazia isso o tempo todo — respondeu Nick, subindo a escada ansiosamente. — Venha!

Rachel o seguiu, animada, tomando cuidado para não encostar seu vestido impecável na escada suja de terra. O teto estava coberto de folhas recém-caídas e dos resquícios de um canhão antigo.

— É demais, não é? Antigamente existiam mais de sessenta canhões nas ameias desse forte. Venha dar uma olhada nisso aqui! — exclamou Nick, animado, sumindo ao dobrar uma esquina. Rachel detectou, em seu tom, a voz do menininho aventureiro de antigamente. Na parede ao sul, alguém havia rabiscado longas frases verticais de caracteres chineses com algo de cor acastanhada.

— Foi escrito com sangue — disse Nick, em voz baixa.

Rachel olhou para os caracteres, espantada.

— Não consigo entender o que está escrito... está muito apagado... Além disso, está em chinês antigo. O que você acha que aconteceu?

— A gente bolava umas teorias a respeito. A minha era de que isso foi escrito por algum pobre prisioneiro que foi acorrentado aqui e abandonado para morrer pelos soldados japoneses.

— Nossa, estou ficando com um pouco de medo! — exclamou Rachel, com um estremecimento repentino.

— Bom, você queria ver a minha "caverna sagrada". Isso aqui é o mais próximo disso que existe. Eu costumava trazer as minhas namoradas para cá, para dar uns amassos depois da escola dominical. Meu primeiro beijo foi aqui — contou Nick, alegremente.

— Claro. Não consigo pensar em um esconderijo romântico mais sinistro do que esse — disse Rachel.

Nick puxou Rachel para perto de si. Ela pensou que ele fosse beijá-la, mas a expressão do namorado assumiu um tom mais sério. Ele se lembrou da aparência dela naquela manhã, com a luz que entrava pelas janelas de vitral fazendo seus cabelos cintilarem.

— Sabe o que eu pensei quando vi você na igreja hoje, sentada ao lado dos meus parentes?

Rachel sentiu seu coração acelerar de repente.

— O... o quê?

Nick fez uma pausa e olhou bem no fundo dos olhos dela.

— Tive uma sensação; simplesmente soube que...

O som de alguém subindo as escadas de repente interrompeu o casal, que se desembaraçou do seu abraço. Uma garota arrebatadora com um corte de cabelo curto à la Jean Seberg apareceu no topo da escada e, atrás dela, um homem caucasiano corpulento subia os degraus arrastando os pés. Imediatamente, Rachel reconheceu o vestido da garota: era o Dries Van Noten pintado à mão que ela vira no ateliê de Patric.

— Mandy! — exclamou Nick, surpreso.

— Nico! — retrucou a garota com um sorriso.

— O que você está fazendo aqui?

— O que você acha que estou fazendo, seu coelho tapado? Precisava dar o fora daquela recepção, que está no auge da cafonice. Você viu aquele bule de chá gigante horroroso? Eu meio que estava esperando a hora que ele fosse se levantar e cantar com a voz da Angela Lansbury — brincou ela, olhando agora para Rachel.

Que ótimo! Mais uma garota de Cingapura com sotaque arrogante inglês, pensou Rachel.

— Nossa, que falta de educação a minha! — disse Nick, rapidamente recuperando a compostura. — Rachel, essa é Amanda Ling. Talvez você se lembre da mãe dela, Jacqueline, que você conheceu na festa na casa da minha Ah Ma.

Rachel sorriu e estendeu a mão.

— E esse é Zvi Goldberg — disse Mandy. Zvi assentiu rapidamente, ainda tentando recuperar o fôlego. — Bom, eu subi até aqui para mostrar a Zvi o lugar do meu primeiro beijo. E, acredite se quiser, Zvi, o garoto que me beijou está bem aqui na nossa frente — disse Mandy, encarando Nick.

Rachel se virou para o namorado com a sobrancelha erguida. Ele estava completamente vermelho.

— Está brincando! Vocês dois planejaram uma reunião ou algo do tipo? — perguntou Zvi, rindo.

— Juro por Deus que não. Foi uma total coincidência — respondeu Mandy.

— É, eu pensei que você tivesse jurado que não viria ao casamento — disse Nick.

— Bom, mudei de ideia na última hora. Principalmente porque Zvi tem um avião novo fantástico, capaz de ir e vir num segundo... nosso voo de Nova York durou apenas 15 horas!

— Ah, você mora em Nova York? — perguntou Rachel.

— É. Como assim? Nick nunca falou de mim para você? Nico, estou magoada! — disse Mandy, fingindo estar sentida. Ela se virou para Rachel com um sorriso plácido. — Sinto como se eu estivesse em desvantagem, pois já ouvi falar *um monte* de você.

— É mesmo? — Rachel não conseguiu esconder a surpresa. Por que Nick nunca havia falado sobre aquela sua amiga, aquela garota linda que, inexplicavelmente, o chamava de *Nico*? Rachel olhou para o namorado com cautela, mas ele se limitou a sorrir para ela, completamente alheio aos pensamentos perturbadores que tomavam conta de sua cabeça.

— Bom, acho melhor a gente voltar para a recepção — sugeriu Mandy. Enquanto os quatro desciam a escada, ela parou de repente.

— Ah, olhe, Nico. Não acredito, ainda está aqui! — Ela tracejou com os dedos um trecho da parede ao lado da escada.

Rachel olhou para a parede e viu os nomes *Nico* e *Mandi* talhados na pedra, unidos por um símbolo do infinito.

6

Tyersall Park

•

CINGAPURA

Alexandra entrou na varanda e encontrou sua irmã Victoria e sua cunhada, Fiona, tomando o chá da tarde com sua mãe. Victoria estava meio cômica com um colar longo, todo de diamantes conhaque de corte antigo, casualmente disposto sobre sua camisa de algodão quadriculada. Obviamente, a mamãe tinha voltado a dar suas joias a torto e a direito, algo que parecia andar fazendo com cada vez mais frequência ultimamente.

— Estou etiquetando cada item da caixa-forte e colocando tudo em caixas marcadas com os nomes de cada um de vocês — informara Su Yi a Alexandra quando ela a visitara, no ano anterior. — Assim, quando eu morrer, não vai haver briga.

— Mas não vai haver briga *nenhuma*, mamãe — insistira Alexandra.

— Você diz isso agora. Mas olhe só o que aconteceu com a família da Madame Lim Boon Peck. Ou com as irmãs Hus. Famílias inteiras se despedaçando por causa de joias. E não eram nem mesmo joias boas! — Su Yi suspirou.

Quando Alexandra se aproximou da mesa de ferro fundido na qual *kueh lapis** docemente aromáticos e tarteletes de abacaxi

---

* Também conhecido como "mil-folhas", esse bolo maravilhosamente amanteigado com dezenas de camadas douradas de massa fina é feito assando cada camada em separado. Extremamente trabalhoso, mas pecaminosamente saboroso.

estavam dispostos em pratos Longquan verde-acinzentados, Su Yi estava mostrando uma gargantilha de diamante, safira e cabochão.

— Esse aqui meu pai trouxe de Xangai em 1918 — explicou Su Yi a Fiona em cantonês. — Minha mãe me contou que pertenceu a uma grã-duquesa que fugiu da Rússia pela ferrovia Transiberiana, levando todas as suas joias costuradas no forro do seu casaco. Tome, experimente.

Fiona colocou a gargantilha em seu pescoço, e uma das amas tailandesas de Su Yi ajudou-a com o fecho delicado e antigo. A outra segurou um espelho de mão, e Fiona olhou para o próprio reflexo. Mesmo à luz da tarde que caía, as safiras cintilaram em seu pescoço.

— É lindíssimo, Ah Ma.

— Sempre gostei dele porque essas safiras são bem translúcidas... Nunca vi um tom de azul igual — comentou Su Yi.

— Oh, Ah Ma, eu não poderia... — começou a dizer Fiona.

— Ora, *moh hak hei*,* agora é seu. Por favor, entregue-o para Kalliste um dia — decretou Su Yi. Ela se virou para Alexandra e disse: — Precisa de algo para usar essa noite?

Alexandra fez que não.

— Eu trouxe meu colar de pérolas de três voltas.

— Você sempre usa essas pérolas — reclamou Victoria, revirando casualmente entre os dedos seu novo colar de diamantes, como se fosse de contas de brinquedo.

— Eu gosto das minhas pérolas. Além do mais, não quero parecer uma dessas mulheres da família Khoo. Você viu a quantidade de joias que elas empilharam no corpo essa manhã? Que ridículo!

— Está na cara que elas gostam de se exibir, não é mesmo? — comentou Victoria com uma risada, enfiando uma das tarteletes cremosas de abacaxi na boca.

— Ah, e quem liga para isso? O pai do Khoo Teck Fong veio de um vilarejo de Sarawak; sempre vou me lembrar dele como o homem que costumava comprar a prataria velha da minha mãe — disse Su Yi, sem dar importância. — Agora, por falar em joias, quero falar sobre a namorada do Alistair, aquela *atriz*.

---

* Em cantonês, "deixe de formalidades".

Alexandra estremeceu e se preparou para o massacre.

— Sim, mamãe, tenho certeza de que a senhora ficou tão desconcertada quanto eu com o comportamento daquela mulher hoje.

— Quanta audácia, aceitar o anel da sultana! Foi uma completa falta de vergonha, sem falar que... — começou a dizer Victoria.

Su Yi ergueu a mão para silenciar Victoria.

— Por que ninguém me contou que o Alistair e ela estavam noivos?

— Isso aconteceu não faz muitos dias — explicou Alexandra, desolada.

— Mas quem é ela? Quem é a família dela?

— Não sei ao certo — respondeu Alexandra.

— Como é possível que você não conheça a família dela quando seu filho deseja tomá-la como esposa? — exclamou Su Yi, atônita. — Olhe para Fiona. Conhecemos a família dela há gerações. Fiona, *você* por acaso conhece a família dessa menina?

Fiona fez uma careta, sem fazer o menor esforço para esconder seu desdém.

— Ah Ma, eu nunca tinha colocado os olhos nela até dois dias atrás, na casa da tia Felicity.

— Cassandra me contou que essa garota apareceu na casa da Felicity usando um vestido transparente. É verdade? — perguntou Su Yi.

— Sim — disseram as três mulheres em uníssono.

— *Tien,** *ah*, onde é que esse mundo vai parar? — Su Yi balançou a cabeça e lentamente tomou um gole de seu chá.

— Obviamente, essa garota não teve uma boa criação — afirmou Victoria.

— Não teve criação nenhuma. Ela não é de Taiwan, embora diga que é, e com certeza também não é de Hong Kong. Ouvi falar que é de um vilarejozinho remoto do norte da China — falou Fiona.

— *Tsc*, essas chinesas do Norte são as piores! — bufou Victoria, mordiscando uma fatia de *kueh lapis*.

— O lugar de onde ela vem é irrelevante. Meu neto mais novo não vai se casar com uma atriz qualquer, muito menos de uma li-

---
* Em mandarim, "céus!".

nhagem questionável — declarou Su Yi, simplesmente. Ela se virou para Alexandra e falou: — Você vai ordenar que ele acabe com esse noivado imediatamente.

— O pai concordou em conversar com ele quando voltarmos para Hong Kong.

— Acho que isso é tempo demais para esperar, Alix. Essa menina precisa ser despachada para bem longe, antes que faça algo ainda mais ofensivo. Mal posso imaginar o que ela vai estar usando hoje à noite na festa! — disse Victoria.

— Bem, e a Rachel, a namorada do Nicky? — indagou Alexandra, tentando desviar o foco da conversa de seu filho para alguma outra coisa.

— O que tem ela? — perguntou Su Yi, sem entender.

— A senhora não está preocupada com ela também? Quero dizer, nós não sabemos nada a respeito da família dela.

— Ora, ela é só uma garota bonita com quem Nicky está se divertindo — disse Su Yi rindo, como se a ideia de o neto se casar com Rachel fosse ridícula demais até mesmo para ser considerada.

— Não é o que está parecendo para mim — advertiu Alexandra.

— Besteira! Nicky não tem nenhuma intenção em relação a essa garota; ele mesmo me contou. Além do mais, jamais faria nada sem o meu consentimento. Alistair simplesmente precisa obedecer ao seu desejo — disse Su Yi para a filha, encerrando a conversa.

— Mamãe, eu acho que a coisa não é tão simples assim. Aquele garoto sabe ser teimoso quando quer. Tentei fazer com que ele terminasse o namoro há meses, mas... — começou a dizer Alexandra.

— Alix, por que você simplesmente não ameaça fazer um corte? Suspender a mesada dele ou algo assim — sugeriu Victoria.

— *Mesada?* Ele não recebe mesada. Alistair não se preocupa nem um pouco com dinheiro; ele se sustenta com aqueles trabalhos esquisitos de cinema, portanto faz o que bem entende.

— Sabe, Alistair pode até não dar importância a dinheiro, mas aposto com você que aquela prostituta dá — argumentou Victoria.

— Alix, você precisa ter uma conversa séria com ela. Fazer com que ela entenda que vai ser impossível se casar com o Alistair, e que, se isso acontecer, você romperá com ele para sempre.

— Não sei nem mesmo como começar uma conversa assim — disse Alexandra. — Por que você não fala com ela, Victoria? Você é tão boa nesse tipo de coisa...

— Eu? Minha nossa, não planejo trocar *nem uma palavra* com aquela garota!

— *Tien, ah*, vocês são todas umas inúteis! — gemeu Su Yi. Ela se virou para uma das amas e ordenou: — Ligue para Oliver T'sien. Diga a ele que venha até aqui agora mesmo.

No caminho de volta até a recepção do casamento, Nick garantiu a Rachel que seu relacionamento com Mandy era coisa do passado.

— Tivemos um namoro cheio de idas e vindas até os meus 18 anos, quando fui estudar em Oxford. Foi coisa de criança. Agora somos apenas velhos amigos que se encontram de vez em quando. Você sabe, ela mora em Nova York, mas mal nos encontramos... ela está ocupada demais frequentando as festas da alta sociedade com aquele tal de Zvi — disse Nick.

Mesmo assim, Rachel sentiu uma clara vibração territorial vinda de Mandy no forte, o que a deixou em dúvida: será que, para Mandy, a coisa havia mesmo ficado no passado? Agora, enquanto ela se vestia para o evento mais formal para o qual já havia sido convidada, sentiu receio de não poder se comparar a Mandy e a todas as outras mulheres impossivelmente chiques que orbitavam ao redor de Nick. Ficou na frente do espelho e analisou o próprio reflexo. Seu cabelo fora preso em um coque banana meio solto e ornado com três botões de orquídea, e ela usava um vestido azul-escuro de decote canoa que seguia elegantemente colado até a altura de seus quadris e, em seguida, se abria até a altura dos joelhos em camadas luxuriantes de organdi de seda salpicadas de pequeninas pérolas de rio. Ela mal reconheceu a si mesma.

Ouviu uma batidinha rápida à porta.

— E aí, está com uma aparência decente? — perguntou Nick, do outro lado.

— Sim, pode entrar! — respondeu Rachel.

Nick abriu a porta do quarto e parou na mesma hora.

— Oh, *uau*! — exclamou.

— Gostou? — perguntou Rachel, acanhada.

— Você está incrível — elogiou ele, quase num sussurro.

— Essas flores no meu cabelo parecem muito vulgares?

— Nem um pouco. — Nick rodeou a namorada, admirando como aqueles milhares de pérolas brilhavam como estrelas distantes. — Fazem você parecer glamorosa e exótica ao mesmo tempo.

— Obrigada. Você também está lindo — afirmou ela, admirando quanto Nick ficava charmoso com o paletó formal, cujas lapelas de gorgorão anatômicas acentuavam, à perfeição, sua gravata-borboleta alvíssima.

— Pronta para a carruagem? — perguntou ele, entrelaçando o braço no dela de modo cortês.

— Acho que sim — respondeu Rachel, soltando um longo suspiro. Quando saíram do quarto, o pequeno Augustine Cheng veio apressado pelo corredor.

— Espere aí, Augustine, assim você vai acabar caindo e quebrando o pescoço — disse Nick, parando o garotinho no meio do caminho. Ele parecia aterrorizado.

— Qual é o problema, rapazinho? — perguntou Nick.

— Eu preciso me esconder. — Augustine estava ofegante.

— Por quê?

— O papai está atrás de mim. Derramei Fanta Laranja no terno novo dele.

— Oh, não! — disse Rachel, tentando não rir.

— Ele disse que ia me matar — continuou o garoto, trêmulo, com lágrimas nos olhos.

— Que nada, ele vai superar isso. Venha com a gente. Não vou deixar seu pai matar você. — Nick riu e segurou a mão de Augustine.

No pé da escada, Eddie discutia em cantonês com Ling Cheh, a governanta, e Nasi, a chefe da lavanderia, enquanto Fiona aguardava, exasperada, ao seu lado, com seu vestido de noite cinza.

— Já disse ao senhor, esse tipo de tecido precisa ficar de molho por algumas horas se quiser que a mancha saia — explicava a chefe da lavanderia.

— Algumas horas? Mas nós precisamos estar na festa às sete e meia! Isso é uma emergência, está entendendo? — berrou Eddie, olhando feio para a mulher malaia, como se ela não entendesse inglês.

— Eddie, não precisa aumentar o tom de voz. Ela está entendendo — disse Fiona.

— Quantas funcionárias trabalham na lavanderia da casa da minha avó? Pelo menos umas dez! Não venha me dizer que ninguém pode dar um jeito nisso agora mesmo — reclamou ele com Ling Cheh.

— Eddiezinho, mesmo que fossem vinte, não há como deixar a roupa pronta para ser usada essa noite — insistiu Ling Cheh.

— Mas o que é que eu vou vestir? Encomendei esse smoking feito especialmente sob medida em Milão! Sabe quanto ele custou?

— Tenho certeza de que foi muito caro, e é exatamente por isso que precisamos agir com delicadeza para fazer com que a mancha saia — disse Ling Cheh, balançando a cabeça. *Eddiezinho sempre fora um monstro arrogante, desde os 5 anos.*

Eddie olhou para o alto da escadaria e viu que Augustine estava descendo ao lado de Rachel e Nick.

— SEU MERDINHA! — berrou ele.

— Eddie, controle-se! — censurou-o Fiona.

— Eu vou ensinar uma lição a esse menino que ele nunca mais vai esquecer! — Vermelho de raiva, Eddie começou a subir as escadas correndo.

— Pare com isso, Eddie! — pediu Fiona, segurando o braço do marido.

— Você está amassando a minha camisa, Fi! — exclamou ele, irritado. — Tal mãe, tal filho...!

— Eddie, você precisa se acalmar. Use um dos outros dois smokings que você trouxe e pronto.

— Não seja idiota! Já usei os dois nas últimas duas noites. Estava tudo perfeitamente planejado até esse bostinha aparecer! Pare de se esconder, seu sacana! Seja homem e aceite seu castigo! — Eddie se desvencilhou da mão da esposa e atirou-se sobre o menino com o braço estendido.

Augustine gemeu e se encolheu atrás de Nick.

— Eddie, você não vai bater no seu filho de 6 anos por causa de um acidentezinho de nada, não é? — perguntou Nick, num tom leve.

— De nada? Caralho, ele acabou com tudo! Todo o esquema monocromático que eu estava planejando para a família inteira foi ARRUINADO, e tudo por culpa dele!

— E você acabou de arruinar essa viagem inteira para mim! — soltou Fiona de repente. — Estou farta de tudo isso! Por que é tão importante que estejamos todos simplesmente perfeitos sempre que colocamos o pé fora de casa? Quem exatamente você está tentando impressionar? Os fotógrafos? Os leitores da *Hong Kong Tattle*? Você dá tanta importância para eles que prefere bater no próprio filho por causa de um acidente, que, aliás, *foi sua culpa*, por ter gritado com ele porque estava usando a faixa de smoking errada?

— Mas... mas... — gaguejou Eddie.

Fiona se virou para Nick, e sua expressão serena retornou ao rosto.

— Nick, eu e meus filhos podemos ir com vocês para a festa?

— Hã... se você prefere assim — disse Nick com cautela, sem querer atiçar ainda mais a fúria do primo.

— Ótimo. Não tenho a menor intenção de ser vista ao lado de um tirano. — Fiona segurou a mão de Augustine e começou a subir as escadas. Parou por um instante ao passar por Rachel. — Você está linda com esse vestido. Mas quer saber de uma coisa? Ele precisa de um detalhe. — Fiona tirou a gargantilha de safiras e diamantes que Su Yi havia acabado de lhe dar e a colocou no pescoço de Rachel. — Agora, sim, o visual ficou completo. Insisto que tome essa joia emprestada essa noite.

— É muito gentil de sua parte, mas, e você, o que vai usar? — perguntou Rachel, atônita.

— Ah, não se preocupe comigo — disse Fiona, lançando um olhar sombrio para o marido. — Não vou usar nem uma única joia essa noite. Nasci uma Tung e não preciso provar absolutamente *nada* para ninguém.

7

Pasir Panjang Road

•

CINGAPURA

— Nunca, jamais deixe os jovens planejarem os próprios casamentos, porque é nisso que dá! — disse, irada, a Sra. Lee Yong Chien para *Puan Sri* Mavis Oon. Elas estavam no meio de um gigantesco galpão no estaleiro Keppel, juntamente com setecentos outros VIPs e VVIPs, completamente perplexas com a banda cubana no palco trajada com o esplendor do Tropicana dos anos quarenta. Gente como a Sra. Lee estava acostumada a apenas um tipo de banquete de casamento chinês: o tipo que acontecia em algum enorme salão de baile de um hotel cinco estrelas, onde as pessoas se entupiam de amendoim salgado durante a espera interminável até o início do jantar de 14 pratos. Haveria esculturas de gelo derretendo, arranjos de mesa florais extravagantes, a entrada da noiva, uma matrona da alta sociedade invariavelmente ofendida por ter sido colocada em uma mesa distante, uma máquina de fumaça com defeito, a entrada da noiva mais uma vez e, novamente, usando cinco vestidos diferentes ao longo da noite, uma criança aos prantos por ter se engasgado com um bolinho de peixe, três dúzias de discursos de políticos, executivos *ang mor* e oficiais diversos do alto escalão sem nenhuma relação com o casal, o bolo de 12 andares, a amante de alguém armando um barraco, a contagem nem um pouco discreta dos envelopes com dinheiro ganhos pelos noivos (feita por algum primo),* algum pop star cantonês horrendo trazido de Hong Kong para berrar uma canção pop qualquer (oportunidade perfeita para os mais velhos ficarem por mais tempo no banheiro), a distribuição de bolinhos de frutas com glacê branco em caixinhas de papel para todos os convidados na saída e depois o *Yum seng*.** Só então, tudo estaria terminado, e todos correriam como loucos até o saguão do hotel, para esperar meia hora por seus carros com chofer e enfrentar o engarrafamento que viria em seguida.

Esta noite, entretanto, não havia nada disso. Tinha apenas um imenso espaço de proporções industriais com garçons servindo *mojitos* e uma mulher com cabelo curto penteado para trás vestida de smoking branco e cantando "Besame Mucho" a plenos pulmões. Rachel olhou ao redor e se divertiu com os olhares atônitos nos rostos dos convidados recém-chegados que trajavam as mais ostentosas roupas.

— Essas mulheres resolveram mesmo exagerar essa noite, não? — sussurrou ela para Nick quando viu uma mulher envergando um manto de penas metálicas douradas.

— Pelo visto, é isso aí! Ei, essa que acabou de passar por aqui não era a rainha Nefertiti? — brincou ele.

— Cale a boca, Nicholas; é Patsy Wang. Ela é uma socialite de Hong Kong famosa por seu estilo vanguardista. Existem dezenas de blogs dedicados a ela — comentou Oliver.

— Quem é esse cara que está com ela? Aquele com paletó cravejado de diamantes e que parece estar usando sombra no olho? — perguntou Rachel.

— É o marido dela, Adam, e ele está *mesmo* usando sombra no olho — informou Oliver.

— Eles são casados? *Sério?* — Rachel ergueu uma sobrancelha, cética.

---

* Segundo o costume, nos casamentos chineses, os convidados devem contribuir com alguma quantia em dinheiro para ajudar a aliviar o custo do banquete nababesco e, em geral, a tarefa de coletar e registrar todos esses envelopes recheados de dinheiro cabe a algum primo de segundo grau.

** Brinde tradicional cingapuriano, que, literalmente, quer dizer "encerrar a bebedeira". Seria o equivalente à saideira no Brasil.

— Sim, e eles inclusive têm três filhos para provar isso. Você precisa entender, muitos homens de Hong Kong adoram ser fashionistas: são dândis no sentido mais puro da palavra. O jeito extravagante de se vestirem não é necessariamente uma indicação do time em que eles jogam.

— Que fascinante! — comentou Rachel.

— É fácil saber quem é de Cingapura e quem é de Hong Kong — complementou Nick. — Nós nos vestimos como se ainda estivéssemos usando uniformes escolares, enquanto eles são mais...

— Sósias do David Bowie — concluiu Oliver.

— Valeu, Oliver. Eu ia dizer Elton John — falou Nick, rindo.

Como se aquilo fosse uma deixa, as luzes no galpão diminuíram, e os portões de carga atrás do palco começaram a se erguer, revelando uma fileira de *ferryboats* brancos aguardando no porto. Tochas acesas iluminavam o caminho até o píer, e uma fileira de homens de uniforme de marinheiro sueco estava a postos para orientar o embarque dos convidados. A multidão soltou urros de aprovação.

— Era de se esperar! — disse Oliver, feliz.

— Aonde você acha que estamos indo? — perguntou Rachel.

— Espere só para ver — respondeu Nick, com uma piscadela.

Enquanto as pessoas se espremiam no píer, Astrid fez questão de embarcar no *ferry* que levava um misto de convidados internacionais, e não no que estava cheio dos seus parentes intrometidos. Já haviam lhe perguntado "Onde está o Michael?" vezes demais, e ela estava cansada de contar versões diferentes da mesma resposta. Ao se inclinar na amurada dos fundos do barco para observar as ondas espumosas enquanto o *ferry* se afastava do atracadouro, sentiu alguém olhando para ela. Virou-se e viu Charlie Wu, sua antiga paixão, no convés superior. Charlie ficou completamente vermelho quando percebeu ter sido flagrado olhando para ela. Hesitou por um instante e depois decidiu descer.

— Quanto tempo — disse ele no tom mais casual possível. A verdade é que fazia mais de dez anos desde o fatídico dia em que Astrid atirara um Frosty bem na sua cara, em frente ao velho Wendy's da Orchard Road.

— É mesmo — disse ela, com um sorriso de desculpas. Astrid analisou-o por um momento e pensou que ele parecia mais bonito agora, mais velho. Aqueles óculos sem aro lhe caíam bem, ele estava mais forte e as antigas cicatrizes de acne agora davam ao seu rosto uma bela aparência curtida. — Como anda a vida? Você se mudou para Hong Kong há alguns anos, não foi?

— Não tenho do que reclamar. Muito trabalho, mas não é assim com todo mundo? — disse Charlie.

— Bem, nem todo mundo é dono da maior empresa de tecnologia digital da Ásia. Ouvi dizer que andam chamando você de Steve Jobs asiático...

— É, infelizmente. Mas é impossível ser como ele. — Charlie olhou para ela mais uma vez, sem saber o que dizer. Ela parecia mais linda do que nunca naquele *cheongsam* verde-amarelado. *É esquisito ter sido tão íntimo de alguém por tantos anos e agora se sentir tão lamentavelmente estranho ao seu lado.* — Ouvi falar que você se casou com um figurão do Exército e que teve um filho.

— Sim, Cassian... ele tem 3 anos — respondeu Astrid, acrescentando, na defensiva: — E agora meu marido trabalha no ramo da tecnologia, como você. Ele teve que ir à China de última hora para resolver um problema no sistema. E você teve um filho e uma filha, não é?

— Não, duas filhas. Ainda não tivemos nenhum menino, para grande desgosto da minha mãe. Mas meu irmão Rob tem três meninos, o que equilibra o placar para ela por enquanto.

— E a sua mulher? Veio para a festa? — perguntou Astrid.

— Não, não, sou o único representante da minha família aqui. Sabe como é, só convidaram 888 pessoas, portanto ouvi dizer que nenhum cônjuge foi convidado, a menos que você fosse parente dos noivos, chefe de Estado ou membro da realeza.

— É mesmo? — perguntou Astrid, rindo. *Eu tratei Charlie muito mal. Ele não merecia ter sido descartado daquele jeito, mas todo mundo estava me pressionando tanto para que eu me casasse com o filho de Wu Hao Lian naquela época!* Houve um silêncio estranho, porém eles foram misericordiosamente salvos pelos murmúrios de espanto da multidão. O *ferry* estava se aproximando de uma das ilhas que ficavam perto da costa cingapuriana e, agora, era possível avistar algo semelhante a um palácio de cristal cintilando no meio da densa floresta. Charlie e Astrid olharam, maravilhados, quando a complexidade daquela construção tornou-se aparente.

O salão de banquete, semelhante a uma catedral, consistia em imensos baldaquinos de vidro em formato de trapézio que se fundiam harmonicamente com a floresta tropical. Árvores irrompiam de algumas vidraças, enquanto outras se viam contidas entre as chapas de vidro de ângulos extravagantes. Terraços em cantiléveres de alturas variadas atravessavam a estrutura principal com uma profusão de trepadeiras tropicais e flores que se derramavam de suas bordas. O lugar inteiro parecia uma espécie de Jardim Suspenso da Babilônia futurista e, no calçadão de madeira do porto, flanqueado por uma fileira de colunas de travertino, Colin e Araminta, ambos vestidos de branco, acenavam para os convidados.

Astrid olhou para eles e brincou, imitando um sotaque latino:

— Bem-vindos à Ilha da Fantasia!

Charlie riu. Tinha se esquecido de seu senso de humor excêntrico.

— Acho que é assim que se gastam 40 milhões em um casamento — comentou ela.

— Ah não, isso aí custou mais de 40 milhões — corrigiu-a Charlie.

Araminta, trajando um vestido branco preguedo de chiffon de seda cujo corpete era entrecruzado com tiras compridas de aros de diamante e ouro, cumprimentou seus convidados. Seu cabelo estava preso em um penteado alto formado por tranças intrincadas enfeitadas com diamantes, pérolas barrocas e pedras da lua. Com a brisa marítima enfunando seu vestido, ela poderia ser confundida com uma deusa etrusca. Ao seu lado, parecendo meio cansado com todas aquelas festividades do dia, estava Colin, num smoking de linho branco.

Araminta olhou para a multidão e perguntou ao noivo:

— Está vendo a sua prima Astrid em algum lugar?

— Eu vi os irmãos dela, mas ainda não a vi — respondeu Colin.

— Me avise assim que a vir; preciso saber o que ela está vestindo agora à noite!

— Acabei de ver Astrid desembarcando do terceiro *ferryboat* — avisou Colin.

— *Alamak*, ela está usando um *cheongsam!* Por que não veio com um de seus magníficos vestidos de alta-costura? — Araminta suspirou.

— Eu acho que ela está linda, e aquele *cheongsam* provavelmente foi feito à mão...

— Mas eu estava *esperando* para ver qual estilista ela estaria usando! Eu me dou a todo esse trabalho e ela nem se importa em fazer um esforço. Qual é o sentido todo dessa merda de casamento? — reclamou Araminta.

Depois que a última leva de convidados desembarcou, a fachada cristalina e iluminada do salão de banquete de repente se transformou em um tom intenso de fúcsia. Da floresta ao redor, irrompeu uma música *new age* sentimental e, então, as árvores se viram banhadas por uma luz dourada. Lentamente, de modo quase imperceptível, cordas douradas desceram da folhagem espessa. Nelas, estavam enrolados acrobatas com o corpo pintado de dourado, em posição fetal.

— Minha nossa! Acho que é o Cirque du Soleil! — começaram a murmurar os convidados de forma animada. Enquanto os acrobatas se desenrolavam e giravam ao redor das cordas com tanta desenvoltura quanto lêmures, o público irrompeu em uma salva de palmas ensandecida.

Kitty pulava como uma criança hiperativa.

— Você parece estar se divertindo — comentou Oliver, deslizando para o lado dela e notando que seus seios não pareciam se mover de modo natural dentro de seu vestido de renda azul-turquesa. Ele também notou que ela estava coberta com uma camada tênue de glitter corporal. *Péssima combinação*, pensou.

— Eu amo Cirque du Soleil! Fui a todos os espetáculos deles em Hong Kong. Ah, eu quero esses artistas no meu casamento também.

— Minha nossa, isso vai ser caro! — exclamou Oliver, com um espanto exagerado.

— Não tem problema, Alistair pode pagar — respondeu Kitty, de modo casual.

— Você acha mesmo? Eu não sabia que o Alistair estava indo assim *tão bem* no ramo do cinema...

— Ora, e você não acha que os pais dele vão bancar a festa do casamento? — comentou Kitty, olhando para os acrobatas pintados de dourado enquanto eles formavam um arco humano.

— Está brincando? — Oliver abaixou a voz e continuou: — Você tem ideia de quanto a mãe dele é econômica?

— É mesmo?

— Não foi ao apartamento deles na Robinson Road?

— Hã... não. Não me convidaram.

— Provavelmente porque Alistair estava com vergonha de mostrar o apartamento a você. É um apartamento de três quartos muito básico. Alistair precisou dividir o quarto com o irmão até ele ir para a faculdade. Fui visitá-los em 1991 e, no banheiro, havia apenas uns tapetinhos amarelos florais. E, quando fui de novo, no mês passado, os mesmos tapetinhos amarelos estavam lá, com a diferença de que agora tinham virado cinza-amarelados.

— Sério? — Kitty, não estava acreditando.

— Bom, basta olhar para a mãe dele. Você acha que ela usa esses vestidos velhos dos anos oitenta porque quer? Ela os usa só para economizar dinheiro.

— Mas achei que o pai do Alistair fosse um médico cardiologista famoso... — disse Kitty, confusa.

Oliver fez uma pausa. Graças a Deus ela não parecia saber da extensão monumental do número de propriedades dos Chengs.

— Você tem ideia de quanto custam os seguros por erro médico hoje em dia? Os médicos não ganham tanto quanto você imagina. Sabe quanto custa mandar três filhos estudar no exterior? Eddie estudou em Cambridge, Cecilia, na UBC* e Alistair... bem, você sabe quanto tempo o Alistair levou para se formar na Universidade de Sydney. Os Chengs gastaram a maior parte de suas economias com a educação dos filhos.

---

* UBC — University of British Columbia (Universidade da Colúmbia Britânica), em Vancouver, mais conhecida entre os habitantes da cidade como "Universidade de um Bilhão de Chineses".

— Eu não fazia ideia...

— E você sabe como é o Malcolm... É um cantonês tradicional; todo dinheiro que sobrou será herdado pelo filho mais velho.

Kitty ficou em silêncio, e Oliver rezou para não ter exagerado demais no quadro da dor.

— Mas, é claro, eu sei que nada disso tem a menor importância para você — acrescentou ele. — Você está apaixonada por Alistair e não precisa do Cirque du Soleil na festa do seu casamento, não é mesmo? Quer dizer, você vai poder olhar para aquele rostinho lindo do Alistair todos os dias de manhã, pelo resto da vida. Isso vale mais do que todo o dinheiro do mundo, não é?

8

Pulau Samsara

•

COSTA MERIDIONAL DE CINGAPURA

Às nove horas em ponto, os convidados da festa de casamento foram conduzidos até o amplo salão de banquete situado bem no centro da floresta tropical nativa. Ao longo das paredes da face sul da construção, estavam dispostos arcos que levavam a alcovas semelhantes a cavernas, enquanto a face norte consistia em uma cortina de vidro que se abria para uma lagoa artificial e uma exuberante cascata que caía sobre plataformas de rocha cobertas de musgo. Em volta da lagoa inteira, uma profusão de flores e de plantas exóticas parecia cintilar em tons iridescentes.

— Isso aqui foi construído apenas para o banquete de casamento? — indagou Carol Tai, pasma.

— Não, *lah*! Esses Lees estão sempre pensando nos negócios. Essa construção será o centro de um novo resort ecológico de luxo que eles estão construindo: Pulau Samsara, é assim que vai se chamar — revelou seu marido.

— Como assim? Vão tentar nos vender apartamentos depois que servirem o bolo de noiva? — zombou Lorena Lim.

— Podem dar o nome pomposo que quiserem para esse resort, mas eu sei, com toda certeza, que essa ilha costumava se chamar *Pulau Hantu, ou "Ilha Fantasma"*. Era uma das ilhas distantes para onde os soldados japoneses traziam todos os rapazes chineses fortes e saudáveis para serem fuzilados durante a Segunda Guerra Mundial. Essa ilha é assombrada pelos espíritos dos mortos da guerra — sussurrou Daisy Foo.

— *Alamak*, Daisy, se você realmente acreditasse em Deus, não acreditaria em coisas como espíritos! — repreendeu-a Carol.

— Ah, é? E o Espírito Santo, Carol? Não é um espírito também? — retrucou Daisy.

Minutos depois de Rachel e Nick se sentarem, o jantar começou a ser servido com precisão militar por um batalhão de garçons marchando com bandejas cobertas por tampas iluminadas por lâmpadas de LED. O cartão em alto-relevo do menu indicava que aquele era o *Consommé de Vieira Gigante do Pacífico com Vapores de Ginseng do Estado de Washington e Cogumelos Negros*,* mas Rachel não teve certeza do que fazer quando o garçom de luvas brancas ao seu lado ergueu a tampa brilhante de cima de seu prato. À sua frente, estava uma tigela cuja abertura estava coberta por algo que parecia uma bolha rosada que tremelicava sozinha.

— O que é para fazer com isso? — perguntou Rachel.

— Fure-a! — incentivou-a Nick.

Rachel olhou para a bolha, rindo.

— Estou com medo! É como se uma criatura alienígena fosse sair daí de dentro.

— Afaste-se um pouco, vou furá-la para você — ofereceu Mehmet, que estava à direita de Rachel.

— Não, não; pode deixar — disse ela, cheia de coragem, e espetou a bolha com o garfo, fazendo com que ela imediatamente despencasse, soltando uma explosão de vapor medicinal de odor pungente. Quando a membrana rosada e gelatinosa caiu sobre a superfície da sopa, criou um belo padrão marmorizado. Agora, Rachel podia ver uma enorme vieira poché no centro da tigela de sopa e cogumelos negros cortados em fatias *julienne* bem finas posicionadas com destreza ao seu redor, como raios de sol.

---

* Os entendidos em ginseng da Ásia valorizam mais o ginseng do estado de Washington do que qualquer um da China. Vá entender!

— Humm. Suponho que a bolha era o ginseng — disse Mehmet. — Estamos sempre supondo quando se trata de culinária ortomolecular, ainda mais quando é culinária ortomolecular *fusion* do Círculo do Pacífico. Como é mesmo o nome desse gênio da culinária?

— Não me lembro direito, mas dizem que ele trabalhou com Chan Yan-tak antes de fazer estágio no El Bulli — respondeu Nick.

— A sopa está uma delícia, mas, pela expressão da minha mãe, dá para ver que ela está tendo um chilique.

Quatro mesas além, Eleanor estava tão vermelha quanto o bolero com contas de coral que estava usando sobre o vestido de seda Fortuny de pregas intrincadas, mas isso não tinha nada a ver com a sopa. Ela estava em estado de choque desde que vira Rachel no calçadão do atracadouro com o colar de safira da grã-duquesa Zoya. Teria mesmo sua sogra desaprovadora emprestado aquele colar a Rachel? Ou, o que é ainda mais impensável, teria ela *dado* o colar para Rachel? Que espécie de feitiçaria aquela garota andava praticando em Tyersall Park?

— Você vai tomar a sua sopa ou não? — perguntou Philip, interrompendo seus pensamentos. — Se não for tomar, passe logo sua tigela para cá, antes que esfrie.

— Perdi o apetite. Troque de lugar comigo; preciso conversar com a sua irmã um minutinho. — Eleanor sentou-se no lugar do marido e deu um belo sorriso para Victoria, que estava entretida numa conversa com seu primo Dickie.

— Ora, Victoria, você devia usar joias com mais frequência... está linda com esses diamantes conhaque.

Victoria teve vontade de revirar os olhos. Em três décadas, Eleanor nunca a havia elogiado por nada, mas, agora que ela estava usando aquele bando de pedras vulgares no pescoço, de repente a cunhada se derretia em gentilezas. Era igual a todas as outras irmãs Sungs, vaidosa e materialista.

— Sim, não é legal? Mamãe me deu esse colar. Estava de bom humor hoje, depois do casamento, dando montes de joias para todo mundo.

— Que bom para você! — comentou Eleanor, toda faceira. — Me diga uma coisa, aquele colar no pescoço da Rachel Chu por acaso não é de mamãe também?

— Sim, não ficou *maravilhoso* nela? Mamãe também achou — disse Victoria com um sorriso. Ela sabia perfeitamente bem que Fiona tinha ganhado o colar e o emprestado a Rachel (depois da cena deliciosa na escadaria com Eddie, que Ling Cheh havia encenado de modo impagável para ela), mas escolheu não contar os detalhes para Eleanor. Era muito mais divertido ver a cunhada irritada por nada.

— *Alamak*, você não está nem um pouquinho preocupada com a Rachel? — indagou Eleanor.

— Preocupada com o quê? — perguntou Victoria, sabendo muito bem o que Eleanor queria dizer.

— Bom, com o histórico familiar duvidoso dela, para início de conversa.

— Ah, tenha dó, Eleanor. Você precisa parar de ser tão conservadora. Ninguém mais liga para esse tipo de coisa. Rachel é muito educada e prática. Além disso, fala um mandarim perfeito. — Victoria fez questão de mencionar todas as qualidades que Eleanor não tinha.

— Eu não sabia que ela falava um mandarim perfeito — comentou Eleanor, ficando mais preocupada a cada minuto que se passava.

— Ah, sim, ela tem muitos talentos. Ora, essa manhã mesmo eu tive uma conversa superfascinante com ela sobre a importância do microcrédito na África subsaariana. Você devia se sentir uma mulher de sorte por Nicky ter uma namorada como ela, e não como aquela mão-aberta da Araminta Lee. Pode imaginar o que os Khoos estarão pensando agora, sentados ali bem no meio dessa selva infestada de mosquitos comendo essa comida absurda? Estou farta dessa moda de *fusion* chinesa! Quer dizer, nesse cardápio está escrito que isso aqui se chama *Pato de Pequim Caramelizado com Chocolate*, mas, para mim, parece mais um pé de moleque. Cadê o pato, eu pergunto a você? Cadê o maldito pato?

— Pode me dar licença por um instante? — pediu Eleanor, levantando-se da mesa abruptamente.

Francesca estava prestes a dar sua primeira garfada hesitante em seus *Tacos Havaianos de Leitão Trufado* quando Eleanor a interrompeu.

— Pode me acompanhar agora mesmo?

Eleanor a levou até um dos *lounges* semelhantes a cavernas que circundavam o salão de banquete principal. Afundou em um pufe branco de angorá e respirou fundo, enquanto Francesca se inclinava sobre ela, preocupada, os babados de seu vestido de gala laranja-avermelhado enfunando ao seu redor como ondas espumosas.

— A senhora está bem, tia Ellie? Parece que está à beira de um ataque de pânico.

— Acho que estou mesmo. Preciso tomar meu Xanax. Pode me trazer um copo d'água? E, por favor, apague todas essas velas. Esse cheiro está me deixando com enxaqueca.

Francesca voltou rapidamente com um copo d'água. Eleanor tomou alguns comprimidos e suspirou.

— É pior do que eu pensava. Muito pior.

— Como assim?

— Você viu o colar de safiras no pescoço *daquela mulher*?

— E como não poderia ter visto? Ontem ela estava usando um Ann Taylor Loft e, hoje, essas safiras e um Elie Saab da *próxima coleção*.

— Esse colar é da minha sogra. Era da grã-duquesa Zoya, de São Petersburgo, e agora foi dado a essa mulher. E tem mais: a família inteira caiu de amores por ela, até mesmo a megera da minha cunhada — desabafou Eleanor, quase engasgando ao dizer essas palavras.

Francesca assumiu uma expressão grave.

— Não se preocupe, tia Ellie. Eu prometi que iria cuidar disso e, depois dessa noite, Rachel Chu vai desejar jamais ter colocado os pés nessa ilha!

Depois que o sexto e último prato foi servido, as luzes do grande salão diminuíram e uma voz anunciou:

— Senhoras e senhores, por favor, deem as boas-vindas à nossa convidada especial!

A banda começou a tocar uma canção, e a parede de vidro atrás do palco começou a se abrir em duas. As águas da lagoa cintilaram em um tom iridescente de água-marinha e, então, se escoaram por completo, e, do meio da lagoa, uma mulher foi erguida como num passe de mágica. Enquanto ela caminhava lentamente em direção ao salão, alguém gritou:

— Oh, minha nossa, é a Tracy Kuan!

O vice-premier da China, em geral sempre carrancudo, pulou da cadeira e começou a aplaudir como se estivesse possuído, enquanto todos soltavam vivas e se levantavam em ovação.

— Quem é essa mulher? — perguntou Rachel, surpresa com toda aquela comoção.

— É a Tracy Kuan... é tipo a Barbra Streisand da Ásia. Ah, meu Deus, agora, sim, posso morrer em paz! — Oliver estava quase delirando, emocionado.

— *Tracy Kuan ainda está viva?* — Cassandra Shang virou-se, estupefata, para Jacqueline Ling. — Essa mulher deve ter, no mínimo, uns 103 anos a essa altura, mas não parece ter mais do que 40! O que diabos ela faz?

— É vômito de baleia da Nova Zelândia. Faz milagres na pele — retrucou Jacqueline em um tom absolutamente sério.

Tracy Kuan cantou o clássico de Dolly Parton "I Will Always Love You", alternando versos em inglês e em mandarim, enquanto a lagoa começava a esguichar elaborados jatos de água para cima, em sincronia com a música. Colin conduziu Araminta até a pista de dança, e o público soltou *ooohs* e *aaahs* enquanto eles dançavam ao som da balada. Quando a música terminou, todas as superfícies ao longo do palco de repente se transformaram em gigantescas telas de LED que projetavam sequências em *stop-motion*, enquanto Tracy Kuan cantava seu grande sucesso da *dance music*, "People Like Us". A multidão soltou urros de aprovação e correu para a pista de dança.

Oliver segurou o braço de Cecilia Cheng e disse:

— Sua avó mandou você me ajudar. Vou cortar esse lance entre Alistair e Kitty de uma vez, mas você precisa distrair seu irmãozinho. A única coisa que preciso é de uma dança sozinho com Kitty.

Kitty e Alistair estavam se esfregando febrilmente quando Oliver e Cecilia os interromperam. Alistair se soltou de Kitty com certa relutância. Como poderia dançar de um jeito safado com a própria irmã?

— Você arrebenta na pista! — berrou Oliver no ouvido de Kitty, enquanto Cecilia levava Alistair para perto do palco.

— Fui uma das dançarinas do Aaron Kwok. Foi assim que comecei minha carreira — berrou Kitty para Oliver enquanto continuava rebolando como uma louca.

— Eu sei! Eu a reconheci assim que coloquei os olhos em você no outro dia. Você estava usando uma peruca loira platinada curta naquele clipe do Aaron Kwok — comentou Oliver, manobrando-a com destreza até um ponto estratégico da pista de dança sem que ela percebesse.

— Uau! Que memória você tem! — observou Kitty, lisonjeada.

— Eu também me lembro do seu *outro* vídeo.

— Ah, é? Qual?

— Aquele só com garotas dando ré no quibe — disse Oliver com uma piscadinha.

Kitty não se abalou.

— Ah, já ouvi falar desse vídeo. Dizem que aquela garota se parece muito comigo — berrou ela para Oliver, com um sorrisinho.

— Sim, sim, é sua gêmea idêntica. Não se preocupe, Kitty, seu segredo está a salvo comigo. Sou um sobrevivente, assim como você. E sei que você não deu duro, literalmente, devo acrescentar, para terminar se casando com um garoto de classe média alta como o meu primo.

— Você está enganado a meu respeito. Eu amo o Alistair!

— Claro que ama. Nunca disse o contrário — falou Oliver, girando-a até que ficasse ao lado de Bernard Tai, que estava dançando com Lauren Lee.

— Lauren Lee! Minha nossa, não vejo você desde a feira de arte de Hong Kong do ano passado. Onde andou se escondendo, hein? — exclamou Oliver, trocando de parceira com Bernard.

Enquanto Bernard lançava um olhar guloso para o generoso decote de Kitty, Oliver sussurrou no ouvido dela:

— O pai do Bernard, o *Dato'* Tai Toh Lui, tem uma fortuna de mais ou menos 4 bilhões de dólares. E Bernard é filho único.

Kitty continuou dançando como se não tivesse ouvido nem uma única palavra.

Querendo descansar os ouvidos daquela música dançante estrondosa, Astrid saiu do salão e subiu até um dos terraços que ficava em frente à abóbada de folhas do topo das árvores. Charlie percebeu sua saída e precisou reunir cada grama de força de vontade para não ir atrás dela. Era melhor ficar admirando-a de longe, do jeito como sempre o fizera. Mesmo quando os dois estavam morando juntos em Londres, não havia nada que gostasse mais do que observá-la em silêncio enquanto ela caminhava de seu jeito inimitável por algum cômodo. Astrid sempre foi diferente de todas as mulheres que ele havia conhecido. Principalmente esta noite. Enquanto as mulheres mais chiques da Ásia estavam vestidas para impressionar e cobertas de diamantes, Astrid superava todas elas aparecendo num *cheongsam* impecavelmente elegante com um par maravilhosamente simples de brincos de calcedônia em formato de gota. Ele sabia, pelo corte e pelo bordado intrincado de penas de pavão, que aquele *cheongsam* era uma antiguidade, provavelmente de sua avó. Que diabo — ele não estava nem aí para o que ela iria achar, precisava vê-la de perto mais uma vez.

— Deixe eu adivinhar... você não é fã da Tracy Kuan — brincou Astrid quando viu Charlie subindo os degraus do terraço.

— Não quando não tenho com quem dançar.

Astrid sorriu.

— Eu dançaria com você de bom grado, mas você sabe que a imprensa iria cair em cima da gente.

— He, he, nós acabaríamos sendo o destaque dessa festa de casamento, estampando as primeiras páginas amanhã, não é?

— Me diga uma coisa, Charlie, na nossa época a gente se parecia com Colin e Araminta? — suspirou Astrid espiando lá embaixo o fantástico porto com sua fileira de colunas gregas semelhantes a resquícios de cenário do filme *Cleópatra*.

— Prefiro pensar que não. Quer dizer, os jovens de hoje... os gastos estão em outro nível.

— "*Gastam o dinheiro do Ah Gong*",* é o que se costuma dizer — gracejou Astrid.

— Sim. Mas pelo menos a gente tinha o bom senso de saber que isso era uma espécie de travessura. E eu acho que, naquela época, quando morávamos em Londres, as coisas que comprávamos eram coisas das quais gostávamos de verdade, e não coisas que queríamos ter apenas para nos exibir — refletiu Charlie.

— Ninguém em Cingapura dava a mínima para Martin Margiela naquela época — riu Astrid.

— É outro mundo, Astrid — suspirou Charlie.

— Bom, espero que Colin e Araminta sejam felizes para sempre — desejou ela, melancólica.

Os dois ficaram em silêncio por um tempo, absorvendo a tranquilidade do farfalhar das folhas misturado à batida grave do baixo vinda do grande salão. De repente, a relativa calmaria foi quebrada quando os jovens brilhantes da Ásia inundaram a praça numa fileira de conga barulhenta liderada pela infatigável Tracy Kuan interpretando sua melhor versão de "Love Shack" dos B-52.

— Não vou mentir para você, Astrid. Minha esposa foi convidada para a festa, mas não veio porque levamos vidas separadas. Não moramos juntos já faz dois anos — contou Charlie por cima daquela balbúrdia e desabando em um dos bancos de Lucite.

— Sinto muito saber disso — retrucou Astrid, chocada com a sinceridade dele. — Bom, se isso serve de consolo, meu marido também não está viajando a trabalho. Está em Hong Kong com a amante — soltou ela, antes de conseguir se conter.

Charlie olhou, incrédulo, para ela.

— Amante? Como alguém em seu juízo perfeito trairia *você*?

— Foi o que fiquei me perguntando a noite inteira. A semana inteira, na verdade. Eu já suspeitava do caso há meses, mas ele finalmente confessou tudo faz uma semana, antes de sair de casa sem mais nem menos.

---

* Em *hokkien*, "vovô".

— Ele se mudou para Hong Kong?

— Não, acho que não. Quer dizer, o que eu estou falando? Não faço a menor ideia. Acho que a amante dele mora lá, e acho que ele foi até lá especificamente nesse fim de semana para me provocar. Era o fim de semana ideal para que sua ausência fosse notada.

— Canalha!

— E não acaba aí. Acho que ele teve um filho com essa mulher — disse Astrid, cheia de tristeza.

Charlie olhou, horrorizado, para a ex-namorada.

— Você acha? Ou tem *certeza*?

— Não sei, Charlie, de verdade. Existem tantas coisas nesse caso que não fazem o menor sentido para mim.

— Então, por que você não vai para Hong Kong e descobre?

— De que jeito? Eu não tenho como fugir para Hong Kong para ficar espionando o meu marido. Você sabe como é... Seja lá onde eu esteja, alguém vai acabar me reconhecendo e haverá falatório — disse ela, resignada com seu destino.

— Bom, então por que nós dois não vamos até lá e descobrimos?

— O que você quer dizer com *nós dois*?

— Quero dizer que vou telefonar para o meu piloto agora mesmo para que ele abasteça o avião e, dentro de três horas, estaremos em Hong Kong. Me deixe ajudar você. Ficarei ao seu lado e ninguém saberá que você está em Hong Kong. É triste, mas, depois que o meu irmão foi sequestrado, há oito anos, tenho acesso aos melhores investigadores particulares da cidade. Vamos tirar essa história a limpo — disse Charlie, já ansioso.

— Ah, Charlie, não posso simplesmente sair bem no meio da festa.

— E por que não? Não estou vendo você rebolando naquela conga.

Colin e Nick estavam perto de uma das alcovas, observando Peter Lee rodar a filha pela pista de dança.

— Ainda não consigo acreditar que me casei com essa garota hoje, Nicky. Esse dia inteiro foi um completo borrão — suspirou Colin, exausto.

— É, tem sido bem surreal mesmo — admitiu Nick.

— Que bom que você estava comigo nisso tudo! — disse Colin.

— Sei que não tenho sido fácil com você nesses últimos dias.

— Ei, para que servem os amigos? — brincou Nick jovialmente, passando o braço ao redor dos ombros de Colin. Ele não queria que o amigo ficasse sentimental no dia do próprio casamento.

— Vou fazer o favor de *não* perguntar a você quando vai ser a sua vez, embora eu deva dizer que Rachel está maravilhosa essa noite — elogiou Colin, observando Mehmet girando-a na pista.

— Está mesmo, não é? — concordou Nick com um sorriso.

— Se eu fosse você, iria até lá interromper essa dança. Você sabe como nosso amigo turco pode ser fatal, principalmente porque ele sabe dançar tango melhor que um jogador de polo argentino — advertiu Colin.

— Ah, o Mehmet já confessou para mim que acha que a Rachel tem as pernas mais sexies do planeta — gargalhou Nick. — Você conhece o ditado que diz que os casamentos são contagiosos. Acho que fui infectado de verdade hoje, vendo você e Araminta na cerimônia.

— Isso quer dizer o que eu acho que quer dizer? — perguntou Colin, agora atento.

— Acho que sim, Colin. Acho que finalmente estou preparado para pedir a Rachel em casamento.

— Ora, então se apresse, *lah*! — exclamou o noivo, dando um tapinha nas costas do amigo. — Araminta já me falou que pretende engravidar na nossa lua de mel, portanto você precisa ser rápido. Conto com o seu filho para colocar o meu na clínica de reabilitação!

Era quase meia-noite e, enquanto os convidados mais velhos estavam confortavelmente acomodados nos terraços que davam de frente para o porto, bebericando Rémy Martin ou *lapsang souchongs*,* Rachel conversava com Sophie Khoo, sentada ao lado das poucas garotas que ainda haviam restado no salão. Lauren Lee e Mandy Ling estavam conversando a algumas cadeiras de distância quando Francesca foi saracoteando até a mesa.

— Aquele jantar foi ou não foi uma decepção? O Semifreddo de Ninho Comestível no final... por que transformar em purê um

---

* Chá preto produzido na China, com sabor defumado. (N. da T.)

ninho de pássaro? O mais importante do ninho é a textura, mas aquele chef idiota o transformou em uma gororoba semicongelada! — reclamou Francesca. — A gente devia sair para comer depois da queima dos fogos de artifício.

— Por que não vamos agora mesmo? — sugeriu Lauren.

— Não, precisamos ficar para ver os fogos! Araminta me confessou que Cai Guo-Qiang projetou um show pirotécnico ainda mais espetacular do que o que idealizou para os Jogos Olímpicos de Pequim. Mas, assim que acabar, vamos pegar o primeiro *ferry* de volta. Para onde nós vamos?

— Não conheço mais Cingapura tão bem quanto antes. Se eu estivesse em Sydney, iria a algum BBQ King para fazer um lanchinho — disse Sophie.

— Ooooh! BBQ King! Adoro esse lugar! Para mim, eles têm o melhor *siew ngarp** do mundo! — exclamou Lauren.

— Que nada, o BBQ King é uma poça de óleo. Todo mundo sabe que o Four Seasons em Londres é que prepara o melhor pato assado do mundo! — rebateu Mandy.

— Concordo com a Lauren... Acho que o BBQ ganha de longe — disse Francesca.

— Não, eu acho o pato assado deles gorduroso demais. O pato do Four Seasons é *perfeito*, porque eles criam os patos em uma fazenda orgânica própria especial. Nico concordaria comigo. A gente costumava ir lá *o tempo todo* — acrescentou Mandy com um floreio.

— Por que você chama o Nick de "Nico"? — perguntou Rachel a Mandy, finalmente vencida pela curiosidade.

— Ah, é que, quando éramos adolescentes, passamos um verão juntos em Capri. Catherine, a tia dele, a tailandesa, tinha uma *villa* lá. A gente seguia o sol. Começava tomando banho de sol pela manhã no clube que fica à beira-mar perto dos rochedos Faraglioni, ia nadar na Grotta Verde depois do almoço e, depois, rumava para a praia Il Faro ao pôr do sol. Ficamos tão morenos e o cabelo do Nick cresceu tanto que ele estava praticamente igual a um italiano! Foi quando os italianos que ficaram nossos amigos começaram a

---

* Arroz de pato assado. (*N. da T.*)

chamá-lo de *Nico* e, a mim, de sua *Mandi*. Aaaah, foi uma época *gloriosa*.

— Parece ter sido mesmo — disse Rachel, em um tom leve, e voltou a conversar com Sophie, ignorando a tentativa gritante de Mandy de despertar ciúmes nela.

Francesca inclinou-se para falar ao ouvido de Mandy:

— Francamente, Mandy, eu poderia ter feito essa história render muito mais. Sua mãe tem razão. Você perdeu o jeito da coisa quando foi morar em Nova York.

— Vá pro inferno, Francesca! Não estou vendo você fazer melhor — retrucou Mandy entre os dentes, enquanto se levantava da mesa. Estava cansada da pressão que sofria de todos os lados e arrependida por ter concordado em vir. As garotas olharam para Mandy enquanto ela se afastava, irada.

Francesca balançou a cabeça e olhou para Rachel.

— A coitada da Mandy está bem dividida. Não sabe mais o que quer. Quero dizer, isso foi uma tentativa patética de fazer ciúmes, não foi?

Pela primeira vez, Rachel foi obrigada a concordar com Francesca.

— Não deu certo, e não entendo por que ela continua tentando me fazer ficar com ciúmes. Por que eu ligaria para o que ela e o Nick fizeram quando eram adolescentes?

Francesca caiu na risada.

— Espere aí... você achou que ela estava tentando fazer ciúmes em *você*?

— Hã... e não estava?

— Não, querida; ela não está nem aí para você. Ela estava tentando fazer ciúmes *em mim*.

— Em você? — perguntou Rachel, sem entender.

Francesca deu um sorrisinho.

— Claro. Foi por isso que ela contou essa história de Capri. Eu também estava lá naquele verão, entende? Mandy nunca superou o fato de Nick ter ficado caído por mim depois do nosso *ménage à trois*.

Rachel sentiu seu rosto esquentar. Esquentar muito. Queria sair correndo daquela mesa, mas suas pernas pareciam estar grudadas.

Sophie e Lauren olharam para Francesca, boquiabertas.

Francesca encarou Rachel e continuou matraqueando com a maior naturalidade do mundo:

— Ah, me diga uma coisa... Nick ainda faz aquele truque com a parte de baixo da língua? Mandy era puritana demais para deixá-lo fazer sexo oral nela, mas, meu Deus, comigo ele se dedicava durante *horas a fio*.

Naquele instante, Nick entrou no salão.

— Ah, encontrei vocês! Por que estão aí sentadas como estátuas? O espetáculo de fogos de artifício já vai começar!

9

Conduit Road, n. 99

•

HONG KONG

A *amah* idosa abriu a porta e deu um sorriso largo.
— Não acredito, Astrid Leong! Será possível? — gritou ela em cantonês.
— Sim, Ah Chee. Astrid será nossa hóspede por alguns dias. Por favor, pode deixar isso em segredo? Não diga a nenhuma das outras empregadas quem ela é; não quero que isso chegue aos ouvidos das empregadas da minha mãe. Isso precisa permanecer em *segredo absoluto*, certo? — pediu Charlie.
— Sim, sim, claro, Charliezinho. Agora vá lavar as mãos — disse Ah Chee sem se abalar e depois continuou se derramando em gentilezas com Astrid. — Aaaah, você continua linda; como sonhei com você durante todos esses anos! Você deve estar tão cansada e com tanta fome... Já passam das três da manhã. Vou acordar a cozinheira para que ela prepare alguma coisa para vocês comerem. Que tal um *congee** de galinha?
— Não precisa, Ah Chee. Acabamos de vir de um banquete de casamento — disse Astrid, sorrindo. Ela mal conseguia acreditar que a babá de Charlie ainda estava com ele depois de todos esses anos.

---

* Papa de arroz com legumes e algum tipo de carne, em geral servida no café da manhã. (*N. da T.*)

— Bom, vou preparar um leite quente com mel. Ou vocês preferem um achocolatado? Charliezinho sempre gosta de tomar um achocolatado quando fica acordado até tarde — disse Ah Chee, correndo até a cozinha.

— Não tem como parar Ah Chee, não é? — observou Astrid, achando graça. — Estou tão feliz por ela ainda trabalhar para você!

— Ela não quer ir embora — disse Charlie, exasperado. — Construí uma casa para ela na China; caramba, construí casas até para os parentes dela, mandei instalar uma antena parabólica no seu vilarejo, de 9 metros, achando que ela fosse querer voltar para a China depois de se aposentar. Mas acho que ela se sente mais feliz aqui, mandando nas outras empregadas.

— É muito gentil da sua parte cuidar dela — comentou Astrid. Eles entraram em uma sala vasta de pé-direito alto que se assemelhava à ala de um museu de arte moderna, com uma fileira de esculturas de bronze dispostas como sentinelas em frente às janelas que iam do chão ao teto. — Desde quando você coleciona Brancusis? — perguntou ela a Charlie, surpresa.

— Desde que você o apresentou a mim. Não se lembra daquela exposição para a qual você me arrastou no Pompidou?

— Meu Deus, eu tinha quase esquecido! — disse Astrid, olhando para as curvas minimalistas de um dos pássaros dourados de Brancusi.

— Minha esposa, Isabel, é louca pelo estilo provençal francês, então ela odeia meus Brancusis. Antes de eu me mudar para cá, eles não saíam do depósito. Transformei esse apartamento em uma espécie de refúgio para as minhas obras de arte. Isabel e as meninas ficaram na nossa casa no Pico Victoria, enquanto eu fico aqui, nos Mid-Levels. Gosto daqui porque basta sair por essa porta, pegar o sistema de escadas e esteiras rolantes* até o centro e, em dez minutos, estou em meu escritório. Desculpe por esse apartamento estar meio entulhado; é só um pequeno dúplex.

---

* Hong Kong conta com o maior sistema público de transporte por meio de escadas e esteiras rolantes do mundo. Lá fica a maior escada rolante a céu aberto do mundo, no bairro Soho, perto do centro. A Mid Levels Escalator possui vinte escadas rolantes que somam 800 metros de extensão. (*N. da T.*)

— É maravilhoso, Charlie, e muito maior do que o meu apartamento.

— Você está brincando, não está?

— Não estou, não. Moro em um apartamento de três quartos na Clemenceau Avenue. Sabe aqueles prédios dos anos oitenta que ficam em frente ao Istana?

— Mas o que você está fazendo naquela velharia caindo aos pedaços?

— É uma longa história. Resumindo, Michael não queria se sentir dependente do meu pai, então concordei em morar em um lugar que cabia no bolso dele.

— Acho que, em tese, deve ser admirável, embora eu não consiga imaginar como ele conseguiu espremer você dentro de um buraco de pombo só para não ferir o próprio orgulho — bufou Charlie.

— Ah, eu já me acostumei com isso. E a localização é muito conveniente, como a desse apartamento — disse Astrid.

Charlie não conseguiu deixar de imaginar que tipo de vida Astrid devia levar desde que se casara com aquele idiota.

— Vou lhe mostrar o seu quarto — disse ele.

Os dois subiram a escada de aço escovado, e ele lhe mostrou um quarto enorme e espartanamente mobiliado, com paredes de camurça bege e um edredom masculino de flanela cinza. O único objeto decorativo era uma fotografia de duas meninas num porta-retratos de prata na mesa de cabeceira.

— Esse é o seu quarto? — perguntou ela.

— Sim. Não se preocupe, vou dormir no quarto das minhas filhas — avisou Charlie, depressa.

— De jeito nenhum! Eu durmo no quarto das meninas; não posso fazer você sair do seu quarto por mim... — começou a dizer Astrid.

— Não, não, eu insisto. Você vai ficar muito mais à vontade aqui. Tente dormir um pouco — disse Charlie, fechando a porta com delicadeza antes que ela pudesse protestar mais.

Astrid trocou de roupa e se deitou. Virou-se de lado e olhou para as janelas que iam do chão ao teto e emolduravam com perfeição o *skyline* de Hong Kong. Havia uma elevada densidade de edifícios naquela região, que subiam pela encosta íngreme, praticamente desafiando o terreno. Ela se lembrou de quando fora a Hong Kong pela primeira vez, ainda menina, e sua tia Alix lhe explicou que o *feng shui* daquela cidade era especialmente bom, porque, onde quer que a pessoa morasse, a montanha-dragão estava sempre atrás dela, e o oceano, à sua frente. Mesmo tarde da noite, a cidade era um amotinado de luzes, e diversos arranha-céus estavam iluminados num amplo espectro de cores. Tentou dormir, mas estava animada demais com os acontecimentos das últimas horas — sair de fininho do casamento no início do espetáculo de fogos, correr para casa para arrumar a mala e agora estar no quarto de Charlie Wu, o garoto cujo coração ela havia partido. O garoto que, estranhamente, a despertara para outro estilo de vida.

PARIS, 1995

Astrid pulou em cima da cama *king size* do Hôtel George V e afundou no colchão macio de penas de ganso.

— Humm... Venha se deitar, Charlie. Essa é a cama mais deliciosa em que já dormi na vida! Por que não temos camas assim no Calthorpe? Precisamos providenciar isso — os colchões cheios de calombos de lá provavelmente são os mesmos desde os tempos elisabetanos.

— Astrid, a gente pode curtir a cama mais tarde, *lah*. Só temos três horas antes de as lojas fecharem! Vamos, sua preguiçosa, não dormiu direito no trem? — tentou convencê-la Charlie.

Ele mal podia esperar para mostrar a Astrid a cidade que passara a conhecer como a palma de sua mão. Sua mãe e suas irmãs haviam descoberto o mundo da alta-costura na década seguinte à data em que seu pai abriu o capital de sua empresa de tecnologia, o que fez com que os Wus passassem de meros milionários a bilionários praticamente da noite para o dia. No início, antes de eles passarem a voar em aviões fretados, seu pai comprava todos os assentos da primeira classe da Singapore Airlines e a família inteira rodava pelas capitais da Europa, hospedando-se nos melhores hotéis, comendo nos restaurantes com mais estrelas Michelin e lançando-se em compras ilimitadas. Desde bem cedo, Charlie aprendera a distinguir um Buccellati de um Boucheron, e estava ansioso para apresentar esse mundo a Astrid. Ele sabia que, apesar de todo o seu *pedigree*, Astrid tinha sido criada praticamente em um convento. Os Leongs não iam jantar em restaurantes caros; comiam o que era preparado pelas cozinheiras de sua residência. Não davam importância para roupas de grife, preferiam mandar fazer tudo sob medida no alfaiate da família. Charlie achava que Astrid se tornara contida demais: a vida inteira ela fora tratada como uma flor de estufa, quando, na verdade, era uma flor selvagem que jamais tivera a oportunidade de desabrochar por completo. Agora que eles tinham 18 anos e estavam morando juntos em Londres, finalmente libertos dos grilhões da família, ele a vestiria como a princesa que ela era, e ela seria sua para sempre.

Charlie levou Astrid direto para o Marais, bairro que ele havia descoberto sozinho depois de ter se cansado de ser arrastado com a família às mesmas lojas de sempre, situadas a um raio de três quarteirões do George V. Enquanto eles caminhavam pela rue Vieille du Temple, Astrid suspirava.

— Nossa, como é lindo aqui! Muito mais aconchegante do que aqueles bulevares largos do 8º Arrondissement.

— Tem uma loja específica que eu quero mostrar a você. Eu a encontrei por acaso da última vez que vim aqui... é demais. Já até consigo imaginar você vestindo tudo o que esse estilista, um tunisiano baixinho, cria. Vejamos, em que rua ficava mesmo? — murmurou Charlie para si mesmo. Depois de mais alguns quarteirões, eles chegaram à loja que Charlie desejava mostrar para Astrid. As vitrines eram de vidro fumê e não revelavam nenhum dos tesouros existentes lá dentro.

— Por que você já não vai entrando? Volto em um segundo — sugeriu ele. — Quero dar um pulo na farmácia aqui em frente para ver se encontro baterias para a minha câmera.

Astrid atravessou a porta e se viu transportada a um universo paralelo. Fado português inundava um espaço amplo, com tetos negros, paredes de obsidiana e piso de cimento escuro tingido de um tom castanho. Nas paredes, havia ganchos industriais minimalistas nos quais as roupas estavam expostas cuidadosamente como esculturas, iluminadas com spots de halogênio. Uma vendedora com uma juba ruiva selvagem sentada a uma mesa oval de tampo de vidro e pés de marfim olhou rapidamente para ela e, em seguida, continuou baforando seu cigarro e folheando uma revista agigantada. Depois de alguns minutos, quando percebeu que Astrid não iria embora, perguntou com arrogância:

— Posso ajudá-la?

— Não, não; estou só olhando. Obrigada — retrucou Astrid com um francês de colegial. Ela continuou circulando pela loja e notou uma escadaria larga que conduzia a um andar inferior. — Tem mais coisas lá embaixo? — perguntou.

— Claro que sim — respondeu a vendedora com sua voz rouca.

Ela se levantou da mesa com certa relutância e seguiu Astrid escada abaixo. No andar inferior, havia uma sala repleta de armários brilhantes de cor vermelho-coral, onde, mais uma vez, apenas um ou dois trajes estavam expostos, também de modo cuidadoso. Astrid viu um lindo vestido formal com malha fina de corrente nas costas e procurou a etiqueta para saber o tamanho.

— Que tamanho é esse aqui? — perguntou ela à mulher que a observava como um falcão atento.

— É *couture*. Está entendendo? Tudo feito sob medida — retrucou a mulher com enfado, agitando a mão que segurava o cigarro e espalhando cinzas por toda parte.

— Então, quanto custa para mandar fazer esse vestido do meu tamanho? — perguntou Astrid.

A mulher fez uma análise rápida de Astrid. Raramente os asiáticos andavam por ali — em geral, eles se contentavam com as butiques de estilistas famosos da Faubourg-Saint-Honoré ou da Montaigne, onde podiam inalar todo o Chanel e Dior que quisessem, que Deus os ajudasse! A coleção de *monsieur* era muito vanguardista, apreciada apenas pelas mais elegantes parisienses, nova-iorquinas e umas poucas belgas. Obviamente, essa garota com suéter de gola alta, calça cáqui e espadrilhas se desviara de sua área.

— Escute aqui, *chérie*, tudo que está nesta loja é *très, très cher*. E demora cinco meses para ficar pronto. Você realmente quer saber quanto custa esse vestido? — perguntou ela, tragando o cigarro bem devagar.

— Ah, acho que não — respondeu Astrid, com a voz fraca. Estava na cara que aquela mulher não tinha o menor interesse em ajudá-la. Ela subiu as escadas, rumou direto para a porta e quase deu de cara com Charlie.

— Tão rápido assim? Não gostou das roupas? — perguntou Charlie.

— Gostei, mas a mulher aí dentro não parece estar a fim de vender nada para mim, então não vamos mais perder tempo.

— Espere um pouco aí... como assim não está a fim de vender nada para você? — perguntou Charlie, querendo entender melhor. — Ela foi arrogante?

— Aham — respondeu Astrid.

— Nós vamos voltar! — retrucou ele, indignado.

— Charlie, vamos para a próxima butique de nossa lista e pronto.

— Astrid, às vezes não consigo acreditar que você seja mesmo filha de Harry Leong! Seu pai comprou o hotel mais exclusivo de Londres quando o gerente tratou a sua mãe mal, pelo amor de Deus! Você precisa aprender a se dar ao respeito!

— Eu sei perfeitamente bem como me dar ao respeito, mas não vale a pena fazer caso por nada.

— Bom, para mim, isso não é "nada". Ninguém insulta a minha namorada! — declarou ele, escancarando a porta com vontade. Astrid o seguiu, relutante, e percebeu que a vendedora ruiva agora estava acompanhada de um homem de cabelo loiro platinado.

Charlie entrou e perguntou ao homem, em inglês:

— O senhor trabalha aqui?

— *Oui* — respondeu ele.

— Essa é a minha namorada. Quero comprar um guarda-roupa completo para ela. Pode me ajudar?

O homem cruzou os braços com languidez, se divertindo ligeiramente com aquele adolescente magricela com um problema de acne muito sério.

— Aqui é tudo *haute couture*, e os vestidos custam, no mínimo, 25 mil francos. Além disso, temos uma espera de oito meses — avisou ele.

— Não tem problema — disse Charlie, com ousadia.

— Hã, você vai pagar à vista? Como irá garantir o pagamento? — perguntou a mulher, com um inglês carregado no sotaque.

Charlie suspirou e sacou o telefone celular. Discou uma longa série de números e aguardou que alguém atendesse.

— Sr. Oei? É Charlie Wu. Desculpe incomodar o senhor a essa hora da noite em Cingapura. Estou em Paris nesse momento. Diga uma coisa, Sr. Oei, seu banco conta com um gerente de relacionamento em Paris? Ótimo. Poderia ligar para esse camarada e pedir a ele que ligue para a loja em que estou? — Charlie olhou para os dois vendedores e perguntou o nome da loja, antes de prosseguir. — Peça a ele que informe aos vendedores que estou com Astrid Leong. *Sim, a filha do Harry.* Sim, e pode, por favor, pedir a ele que informe que tenho condições de comprar o que eu bem quiser e entender? Obrigado.

Astrid ficou observando o namorado em silêncio. Nunca o vira agir de um modo tão seguro antes. Parte dela sentia repugnância diante da vulgaridade de sua fanfarronice, mas outra parte achou aquilo extremamente sexy. Alguns minutos se passaram e, por fim, o telefone tocou. A ruiva atendeu depressa, e seus olhos se arregalaram ao ouvir as longas censuras do outro lado da linha.

— *Désolée, monsieur, très désolée* — dizia ela sem parar ao telefone.

Ela desligou e começou um diálogo conciso com seu colega, sem perceber que Astrid podia entender quase todas as palavras que eles diziam. O homem saltou da mesa e olhou para os dois clientes com súbito vigor.

— Por favor, *mademoiselle*, permita-me mostrar toda a nossa coleção — disse ele com um enorme sorriso.

Enquanto isso, a mulher sorria para Charlie.

— *Monsieur*, que tal um champanhe? Ou um cappuccino, quem sabe?

— Gostaria de saber o que o meu gerente falou com eles — sussurrou Charlie para Astrid enquanto eles eram conduzidos até um imenso provador.

— Ah, quem ligou não foi o gerente. Foi o próprio estilista. Ele falou que viria correndo para cá, para inspecionar pessoalmente as minhas provas. Seu gerente deve ter ligado direto para ele — retrucou ela.

— Certo, quero que você encomende dez vestidos desse estilista. Precisamos gastar, no mínimo, algumas centenas de milhares de francos agora.

— Dez? Acho que eu *nem quero* ter dez vestidos dessa loja!

— Não importa. Você precisa escolher dez peças. Na verdade, vinte. Como meu pai sempre diz, a única maneira de fazer esses *ang mor gau sai* respeitarem você é esfregando na cara deles o seu dinheiro *dua lan chiao** até eles caírem de joelhos.

Nos sete dias seguintes, Charlie levou Astrid a uma maratona de compras capaz de desbancar qualquer maratona de compras. Comprou para ela um conjunto de malas da Hermès, dezenas de vestidos de todos os estilistas mais badalados do momento, 16 pares de sapatos e quatro pares de botas, um relógio Patek Philippe cravejado de diamantes (que ela não usou nem uma única vez) e um abajur *art nouveau* restaurado de Didier Aaron. Entre uma compra e outra, almoçaram no Mariage Frères e no Davé, jantaram no Le Grande Véfour e no Les Ambassadeurs, e dançaram a noite inteira com suas roupas novas no Le Palace e no Le Queen. Naquela semana em Paris, Astrid não só descobriu o gosto pela alta-costura, como também uma nova paixão. Vivera os primeiros 18 anos de sua vida rodeada de gente que tinha dinheiro, mas dizia não ter, gente que preferia usar coisas de segunda mão a comprar novas, gente que simplesmente não sabia como aproveitar sua boa sorte. Gastar dinheiro à moda de Charlie Wu era algo absolutamente revigorante — para ser sincera, era melhor do que sexo.

---

* Em *hokkien*, "pau grande".

10

Tyersall Park

•

CINGAPURA

Rachel ficou em silêncio durante todo o trajeto de volta da festa de casamento. Devolveu com delicadeza o colar de safiras para Fiona no saguão e subiu as escadas. No quarto, apanhou sua mala do armário embutido e começou a atirar roupas lá dentro o mais rápido que conseguia. Notou que as empregadas da lavanderia haviam envolvido cada peça com finas folhas de papel e começou a rasgá--las, cheia de frustração — não queria levar consigo absolutamente nada daquele lugar.

— O que você está fazendo? — perguntou Nick, atônito, ao entrar no quarto.

— O que você acha? Vou dar o fora daqui!

— O quê? Por quê? — perguntou ele, sem entender.

— Cansei dessa bosta! Eu me recuso a ser um alvo fácil para todas as mulheres malucas da sua vida!

— De que diabo você está falando, Rachel? — Nick olhou para ela, confuso. Nunca a vira tão irritada antes.

— Estou falando da Mandy e da Francesca. E de sabe-se lá quem mais — berrou Rachel, continuando a apanhar suas coisas no armário.

— Não sei o que elas falaram para você, Rachel, mas...

— Ah, quer dizer que você nega? Você nega que fez um *ménage* com elas?

Nick arregalou os olhos, chocado. Por um instante, não teve certeza do que responder.

— Negar, eu não nego, mas...

— Seu canalha!

Nick atirou as mãos para o alto, desesperado.

— Rachel, tenho 32 anos e, até onde eu sei, nunca disse a você que fui padre. Eu *tenho* um histórico sexual, mas nunca tentei esconder nada de você.

— Não é ter escondido ou não. É que você nunca me contou nada, para início de conversa! Você devia ter me falado alguma coisa. Devia ter me dito que já teve um caso com a Francesca, assim eu não ficaria lá sentada como uma ridícula a noite inteira sem saber de nada! Eu me sinto uma completa idiota.

Nick sentou-se na beirada da *chaise longue* e enterrou o rosto nas mãos. Rachel tinha todo o direito de estar com raiva: o problema é que jamais havia passado pela sua cabeça contar à namorada algo que acontecera havia tanto tempo.

— Sinto muito, muito mesmo... — ele começou a dizer.

— Um *ménage*? Com Mandy e *Francesca*? *Sério*? Com tanta mulher no mundo! — disse Rachel, irada, enquanto lutava para fechar o zíper de sua mala.

Nick respirou fundo. Quis explicar que Francesca era uma garota muito diferente naquela época, antes do derrame de seu avô e de herdar tanto dinheiro, mas percebeu que não era hora de defendê-la. Aproximou-se lentamente da namorada e a abraçou. Ela tentou se desvencilhar do abraço dele, mas Nick a apertou com força.

— Olhe para mim, Rachel. *Olhe para mim* — pediu ele, com calma. — Francesca e eu tivemos um caso rápido naquele verão em Capri. Foi só isso. Éramos adolescentes idiotas de 16 anos, com os hormônios à flor da pele. Isso foi há quase *duas décadas*. Fiquei sozinho por quatro anos antes de conhecer você e acho que você sabe muito bem como foram meus últimos dois anos: você é o centro da minha vida, Rachel. *O centro absoluto*. O que aconteceu hoje? Quem contou todas essas coisas a você?

Ao ouvir isso, Rachel desabou, e tudo saiu de uma vez: tudo o que havia acontecido na despedida de solteira de Araminta, as indiretas constantes de Mandy, o golpe que Francesca lhe pregara na festa. Nick ouviu todas as provações pelas quais Rachel havia passado e sentiu-se mais enojado do que jamais se sentira antes. Ali estava ele, achando que ela estava se divertindo como nunca, enquanto... Ficou péssimo ao perceber quanto Rachel estava abalada, ao ver as lágrimas rolando pelo seu lindo rosto.

— Rachel, sinto *muito*. Nem sei como dizer quanto eu sinto — falou ele, com sinceridade.

Rachel ficou de pé diante da janela, enxugando as lágrimas dos olhos. Estava com raiva de si mesma por ter chorado e confusa com aquela onda de emoções que a arrebatava, mas já não podia mais evitar. O choque daquela noite e o estresse acumulado dos dias anteriores a levaram àquele ponto, e agora ela se sentia esgotada.

— Você devia ter me contado o que aconteceu na despedida de solteira, Rachel. Se eu soubesse, poderia ter feito mais coisas para proteger você. Eu realmente não tinha ideia de como essas garotas podiam ser tão... más — disse Nick, procurando a palavra certa em meio à sua fúria. — Pode ter certeza de que você nunca mais as verá de novo. Mas, por favor, não vá embora assim. Ainda mais porque nem tivemos a chance de curtir as nossas férias juntos. Me deixe compensar as coisas. Por favor.

Rachel continuou em silêncio. Ficou olhando para a janela. De repente, percebeu um grupo de sombras se movendo na imensidão escurecida do gramado, mas, um instante depois, viu que era apenas um gurkha uniformizado com dois dobermanns fazendo a ronda noturna.

— Acho que você não está entendendo, Nick. Continuo brava com você. Você não me preparou para nada disso. Atravessei meio mundo com você, e você não me disse nada antes de virmos para cá.

— O que eu deveria ter dito? — perguntou ele, genuinamente perplexo.

— *Tudo isso!* — gritou Rachel, agitando as mãos para indicar o quarto opulento em que eles estavam. — Que existe um exército de gurkhas com cachorros protegendo o sono da sua avó, que você foi criado numa maldita Downton Abbey, que seu melhor amigo daria a festa de casamento mais cara da história da civilização! Você devia ter me contado sobre sua família, sobre seus amigos, sobre sua vida aqui, para que eu pelo menos soubesse no que estava me metendo.

Nick deixou-se afundar na *chaise longue* e suspirou, cansado.

— Astrid tentou me alertar sobre isso, mas eu tinha certeza de que você se sentiria à vontade aqui. Quer dizer, já vi você em vários ambientes, o jeito como você consegue cativar todo mundo, seus alunos, o reitor, todos os mandachuvas da universidade, até mesmo aquele japonês rabugento do sanduíche na rua 13! Acho que, no final das contas, eu não sabia o que dizer. Como poderia explicar isso tudo a você sem que visse com seus próprios olhos?

— Bom, acontece que eu vim e vi com os meus próprios olhos, mas agora... agora tenho a sensação de que não sei mais quem é o meu namorado — disse Rachel, arrasada.

Nick olhou para ela, boquiaberto, magoado com aquele comentário.

— Será que eu mudei mesmo tanto assim nessas últimas duas semanas? Porque eu me sinto o mesmo, e sei que o que sinto por você com certeza não mudou. Ou melhor, se mudou, é porque eu amo mais você a cada dia e, nesse exato instante, ainda mais.

— Oh, Nick! — Rachel suspirou e se sentou na beirada da cama. — Não sei como explicar. É verdade, *você* continua o mesmo, mas o mundo ao seu redor, quero dizer, o mundo ao nosso redor, é completamente diferente de tudo o que eu já conheci. E estou tentando descobrir como eu poderia me encaixar nele.

— Mas você não percebe quanto se encaixa nele? Você com certeza deve ter percebido que, fora uma ou outra garota inconsequente, *todo mundo* adora você. Meus melhores amigos acham você o máximo, você devia ter visto como Colin e Mehmet a elogiaram ontem à noite. E meus pais gostam de você, a minha família toda gosta de você.

Rachel lançou um olhar para Nick, e ele percebeu que ela não acreditava nisso. Nick sentou-se ao lado dela e notou que seus ombros se enrijeceram quase imperceptivelmente. Teve vontade de passar a mão em suas costas de alto a baixo para acalmá-la, mas sabia que agora era melhor não tocá-la. O que poderia fazer para que ela voltasse a confiar nele?

— Rachel, nunca foi minha intenção magoar você. Você sabe que eu faria qualquer coisa para vê-la feliz — disse ele, baixinho.

— Eu sei — disse Rachel, depois de algum tempo.

Por mais chateada que estivesse, não conseguia ficar brava com Nick por muito tempo. Ele havia lidado mal com a situação, com certeza, mas ela sabia que a culpa da sacanagem de Francesca não era dele. Aquilo era exatamente o que Francesca queria: fazer Rachel duvidar de si mesma, fazer com que ela brigasse com Nick. Rachel suspirou e encostou a cabeça no ombro do namorado.

Um brilho repentino surgiu nos olhos de Nick.

— Eu tive uma ideia: e se a gente viajar amanhã? Vamos faltar a cerimônia do chá na casa dos Khoos. Acho que você não ia querer mesmo ficar olhando os parentes de Araminta cobrindo-a de joias. Vamos dar o fora de Cingapura e desanuviar a cabeça um pouco. Conheço um lugar especial.

Rachel olhou para ele, desconfiada.

— Isso vai envolver mais aviões particulares e resorts seis estrelas?

Nick balançou a cabeça, feliz.

— Não se preocupe, vamos de carro. Vou levar você para a Malásia. Vou levar você para um lugar longínquo em Cameron Highlands, bem longe de tudo isso aqui.

11

Residences at One Cairnhill

•

CINGAPURA

Eleanor tinha acabado de se sentar para tomar seu café da manhã costumeiro, que consistia em torrada sete grãos, manteiga com baixo teor de gordura e geleia com teor reduzido de açúcar, quando o telefone tocou. Sempre que o telefone tocava assim tão cedo, ela sabia que devia ser um de seus irmãos que moravam nos Estados Unidos. Provavelmente seu irmão de Seattle, pedindo mais um empréstimo. Quando Consuelo entrou na sala segurando o telefone, Eleanor balançou a cabeça e murmurou sem emitir nenhum som: "*Diga que ainda estou dormindo.*"

— Não, não, madame. Não é seu irmão de Seattle. É a Sra. Foo.

— Oh — disse Eleanor, apanhando o telefone enquanto dava uma mordida na torrada. — Daisy, o que você está fazendo de pé tão cedo? Teve indigestão também, depois daquele banquete de casamento horroroso?

— Não, não, Elle. Eu tenho uma novidade daquelas! — disse Daisy, animada.

— O que foi, o que foi? — indagou Eleanor, ansiosa. Ela fez uma rápida oração para que Daisy lhe contasse sobre o trágico rompimento do namoro de Nick e Rachel. Francesca havia piscado para ela durante o espetáculo de fogos de artifício na véspera, à noite, sussurrando duas palavras — *Caso encerrado* —, e Eleanor percebera que, na volta do trajeto de *ferry*, Rachel parecia ter sido atingida por um durião no rosto.

— Adivinhe só quem acabou de acordar do coma? — disse Daisy.

— Oh. Quem? — perguntou Eleanor, meio desanimada.

— Adivinhe, *lah*!

— Sei lá... aquela tal de Von Bülow?

— Ora, não, *lah! Sir Ronald Shaw* acordou! O sogro da Nadine!

— *Alamak!* — Eleanor quase cuspiu a torrada. — Achei que ele estivesse em estado vegetativo.

— Bom, de alguma maneira, o vegetal acordou e está até falando! A prima da nora da minha empregada é a enfermeira do turno da noite no Mount E e, pelo visto, tomou o maior susto da vida quando o Paciente Shaw acordou às quatro da manhã exigindo seu Kopi-O.*

— Há quanto tempo ele estava em coma? — indagou Eleanor e, ao olhar para cima, viu Nick entrando na cozinha. *Oh meu Deus! Nick está muito feliz assim tão cedo. Alguma coisa deve ter acontecido!*

— Seis anos. Nadine, Ronnie, Francesca, todos na família correram para a cabeceira da cama dele, e as equipes de jornalismo estão chegando nesse momento.

— Hã... Você acha que deveríamos ir também? — perguntou Eleanor.

— Acho melhor esperar. Vamos ver. Você sabe, ouvi dizer que às vezes as vítimas de coma acordam e morrem logo em seguida.

— Se ele pediu seu Kopi-O, algo me diz que não vai bater as botas tão cedo — supôs Eleanor. Ela se despediu de Daisy e focou a atenção em Nick.

— O avô da Francesca acordou do coma hoje de manhã — avisou Eleanor, passando manteiga em outra torrada.

— Eu nem sabia que ele ainda estava vivo — comentou o filho, sem o menor interesse.

— O que você está fazendo aqui tão cedo? Quer tomar café da manhã? Uma torrada *kaya*?

— Não, não, já comi.

---

* Café preto tradicional, servido somente com açúcar.

— E a Rachel, onde ela está? — perguntou Eleanor, um pouco ansiosamente demais. *Será que aquela mulher fora despachada como um saco de lixo no meio da noite?*

— Rachel ainda está dormindo. Eu acordei mais cedo para vir conversar com você e com o papai. Ele já se levantou?

— *Alamak*, seu pai só acorda às dez, no mínimo.

— Bem, então vou contar primeiro para você. Vou viajar com a Rachel por alguns dias e, se tudo correr como o previsto, quero pedi-la em casamento — declarou Nick.

Eleanor baixou a torrada e olhou para o filho com um horror indisfarçado.

— Nick, você não pode estar falando sério!

— Estou falando muito sério — disse ele, sentando-se. — Eu sei que você ainda não a conhece direito, mas isso é culpa minha; não dei chance de você e papai a conhecerem antes. Mas posso garantir que vocês logo vão ver que ela é um ser humano fantástico. Vai ser uma nora incrível para você, mamãe.

— Por que está apressando as coisas?

— Não estou apressando nada. Nós estamos namorando há quase dois anos. Moramos juntos há praticamente um ano. Eu estava planejando pedi-la em casamento em outubro, mas aconteceu um negócio, e preciso mostrar a Rachel quanto ela é importante para mim, agora.

— Que "negócio"?

Nick suspirou.

— É uma longa história, mas ela foi maltratada por algumas pessoas desde que chegou, principalmente pela Francesca.

— O que a Francesca fez? — perguntou Eleanor, na maior inocência.

— O que ela fez não importa. O que importa é que eu preciso consertar as coisas.

A mente de Eleanor estava girando em círculos. *Que diabo aconteceu ontem à noite? Aquela idiota da Francesca! Alamak, seu tiro deve ter saído pela culatra.*

— Você não precisa se casar com ela para consertar as coisas, Nicky. Não deixe essa garota pressionar você — disse Eleanor, com insistência.

— Ninguém está me pressionando. A verdade é que eu penso em me casar com a Rachel desde o dia em que a conheci. E agora, mais do que nunca, sei que ela é a pessoa certa para mim. Ela é tão inteligente, mãe, e uma pessoa muito boa.

Eleanor estava fervendo de raiva por dentro, mas tentou falar de um modo racional.

— Tenho certeza de que a Rachel é uma boa menina, mas ela *jamais* poderia ser sua esposa.

— Ah, é? E por que não? — Nick se recostou na cadeira, achando graça do absurdo da declaração da mãe.

— Porque ela simplesmente não está à sua altura, Nicky. Ela não vem da família certa.

— Aos seus olhos, ninguém jamais viria da "família certa" — zombou ele.

— Só estou lhe dizendo o que *todo mundo* está pensando, Nicky. Você não ouviu as coisas horríveis que eu ouvi. Você sabia que a família dela é da China continental?

— Pare com isso, mãe. Estou de saco cheio desse preconceito ridículo que você e os seus amigos têm contra os chineses do continente. Somos todos chineses. Só porque algumas pessoas precisam *trabalhar* para ganhar dinheiro não significa que sejam inferiores a você.

Eleanor balançou a cabeça e continuou, em tom mais grave:

— Nicky, você não está entendendo. Ela jamais será aceita. Não estou falando só do seu pai e de mim. Estou falando de sua querida Ah Ma e do restante da família. Acredite em mim: embora eu esteja casada com o seu pai há 34 anos, ainda não sou considerada da família. Sou uma Sung; venho de uma família respeitável, uma família rica, mas, aos olhos deles, nunca fui boa o bastante. Você quer que a Rachel sofra assim? Olhe só como congelaram aquela tal de Kitty Pong!

— Como você pode comparar Rachel e Kitty? Rachel não é uma atriz de novela que anda por aí com roupas mínimas; é uma economista com Ph.D. E todo mundo da família tem sido muito simpático com ela.

— Uma coisa é alguém demonstrar educação com sua convidada, mas garanto a você que, se eles pensassem que ela tem alguma chance de se tornar sua esposa, não seriam tão simpáticos assim.

— Isso é ridículo.

— Não, *é um fato*, Nicky — vociferou Eleanor. — Ah Ma jamais permitirá que você se case com a Rachel, não importa quanto ela seja talentosa. Me poupe, Nicky, você *sabe* muito bem disso! Já escutou isso mais de mil vezes desde que era pequeno. Você é um *Young*.

Nick balançou a cabeça e riu.

— Isso tudo é inacreditavelmente arcaico. Estamos no século XXI, e Cingapura é um dos países mais progressistas do planeta. Garanto que Ah Ma não pensa mais como pensava há trinta anos.

— *Alamak*, eu conheço a sua avó há muito mais tempo do que você. Você não sabe quanto a linhagem é importante para ela.

Nick revirou os olhos.

— Para ela ou para você? Eu não pesquisei a genealogia da família da Rachel, mas, se for preciso, tenho certeza de que vou encontrar um imperador Ming falecido em algum lugar na árvore dela. Além do mais, ela vem de uma família muito respeitável. Um de seus primos, inclusive, é um famoso diretor de cinema.

— Nicky, há coisas sobre a família da Rachel que você não sabe.

— E você, como pode saber? Por acaso a Cassandra inventou alguma história sobre a família dela ou algo do gênero?

Eleanor ficou quieta. Simplesmente advertiu:

— Poupe a si mesmo e a Rachel esse sofrimento, Nicky. Você precisa desistir dela agora, antes que as coisas possam ir longe demais.

— Ela não é alguma coisa da qual eu possa "desistir", mãe. Eu *a amo* e vou me casar com ela. Não preciso da aprovação de ninguém — disse Nick, encerrando a conversa e levantando-se da mesa.

— Garoto burro! Ah Ma irá deserdar você!

— Como se eu me importasse com isso!

— Nicky, me escute. Não sacrifiquei minha vida inteira para ver você desperdiçar tudo por causa dessa mulher.

— *Sacrificou sua vida inteira?* Não estou entendendo o que quer dizer com isso, uma vez que você está sentada na cozinha gourmet do seu apartamento de 20 milhões de dólares — disse o filho, com raiva.

— Você não tem ideia! Se você se casar com a Rachel, vai arruinar a vida de todos nós. Faça com que ela seja sua amante, se for preciso, mas, pelo amor de Deus, não jogue fora o seu futuro se casando com ela! — implorou Eleanor.

Nick soltou um ruído de desgosto e levantou-se, chutando a cadeira atrás de si enquanto saía depressa da cozinha. Eleanor estremeceu ao ouvir o guincho dos pés cromados da cadeira arranhando o piso de mármore Calacatta. Ela olhou para as fileiras perfeitamente alinhadas de peças de porcelana Astier de Villatte que tomavam conta das prateleiras aparentes de aço inoxidável de sua cozinha, refletindo sobre a discussão acalorada que acabara de ter. Todos os seus esforços para evitar aquela situação desastrosa haviam resultado em nada e, agora, só restava uma opção. Eleanor ficou ali sentada, absolutamente imóvel, por longos instantes, reunindo coragem para a conversa que tentara evitar durante tanto tempo.

— Consuelo! — gritou. — Mande Ahmad preparar o carro. Preciso ir para Tyersall Park dentro de 15 minutos.

12

Wuthering Towers

•

HONG KONG

Astrid acordou com um raio de sol em seus olhos. Que horas seriam? Olhou para o relógio na mesinha de cabeceira e viu que já passavam das dez. Espreguiçou-se com um bocejo, levantou-se da cama e lavou o rosto. Quando entrou de fininho na sala, viu a criada chinesa idosa de Charlie sentada em uma das *chaise longues* de pelo de bezerro estilo Le Corbusier jogando freneticamente um joguinho em seu iPad. Ah Chee pressionava a tela com fúria, balbuciando em cantonês: "Pássaros malditos!" Quando notou que Astrid estava passando por ali, abriu um enorme sorriso.

— Olá, Astrid, dormiu bem? Tem café da manhã na mesa à sua espera — disse ela, sem desviar os olhos da tela brilhante.

Uma jovem criada correu até Astrid e falou:

— Senhora, por favor, café da manhã. — E fez um gesto na direção da sala de jantar.

Ali havia uma variedade exagerada de itens dispostos na mesa de tampo de vidro redondo: bules de café e chá, jarras de suco de laranja e mais ovos poché e grossas fatias de bacon em um prato aquecido, ovos mexidos com linguiças Cumberland, muffins ingleses tostados, rabanada, manga fatiada com iogurte grego, três tipos de cereal matinal diferentes, panquecas com morango e chantilly, roscas fritas com *congee* de peixe. Outra criada estava a postos atrás de

Astrid, à espera para servi-la sem demora. Ah Chee entrou na sala de jantar e disse:

— Não sabíamos o que iria querer no café da manhã, por isso a cozinheira preparou algumas opções. Coma, coma. O carro está à sua espera para levá-la ao escritório do Charliezinho no pé do morro.

Para desânimo de Ah Chee, Astrid pegou a tigela com iogurte e disse:

— Só quero isso.

Voltou para o quarto e vestiu uma blusa Rick Owens azul-marinho e um par de jeans brancos. Escovou o cabelo rapidamente e decidiu prendê-lo em um rabo de cavalo baixo (coisa que ela nunca fazia). Depois de vasculhar as gavetas do banheiro de Charlie, encontrou um par de óculos escuros de aro de chifre da Cutler and Gross que ficava bem nela. Era o máximo que iria se disfarçar. Quando saiu do quarto, viu que uma das criadas corria até a entrada do *foyer* e chamava o elevador, enquanto outra segurava a porta para ela entrar. Astrid achou certa graça no fato de até mesmo um ato simples como sair de casa ser tratado com tanta pressa militar por essas garotas agitadas. Elas eram tão diferentes das criadas tranquilas e graciosas da casa de seus pais!

No saguão, um chofer trajando um uniforme preto impecável com botões dourados fez uma reverência para Astrid.

— Onde fica o escritório do Sr. Wu? — perguntou ela.

— Nas *Wu*thering Towers, na Chater Road — respondeu ele e fez um gesto para o Bentley verde-floresta estacionado lá fora. Mas Astrid recusou.

— Obrigada, mas acho que vou a pé.

Ela se lembrava bem do edifício: era o mesmo prédio em que Charlie ia apanhar envelopes recheados de dinheiro com a secretária de seu pai sempre que ele e ela iam a Hong Kong no fim de semana para se lançar às maratonas de compras. Antes que o chofer pudesse protestar, Astrid foi até a praça onde ficava a entrada do sistema de escadas e esteiras rolantes Mid-Levels Escalator e saiu caminhando, decidida, pela plataforma movediça que serpenteava o terreno urbano acidentado.

Na base do sistema, na Queen Street, ela respirou fundo e mergulhou naquele rio veloz de pedestres. Havia algo no centro de

Hong Kong durante o dia que sempre a enchia de uma adrenalina intoxicante, uma energia frenética especial que vinha da multidão apressada. Bancários com elegantes ternos risca de giz caminhavam ombro a ombro com trabalhadores braçais cobertos de poeira e adolescentes com uniforme escolar, enquanto mulheres executivas chiques, sobre saltos que pareciam dizer "não estou para brincadeira", misturavam-se de forma homogênea com *amahs* idosas e sábias, e mendigos parcamente vestidos.

Astrid dobrou à esquerda na Pedder Street e entrou no shopping center Landmark. A primeira coisa que viu foi uma longa fila de pessoas. O que estaria acontecendo? Ah, era só a fila de sempre dos compradores da China continental em frente à loja da Gucci, esperando, ansiosos, para entrar e gastar bastante dinheiro. Astrid manobrou com destreza através da rede de pontes e passagens para pedestres que conectava o Landmark aos prédios adjacentes: subiu a escada rolante até o mezanino do Mandarin Oriental, passou pela arcada do shopping da Alexandra House, desceu o curto lance de escadas perto do Cova Caffé e, em seguida, viu-se no saguão cintilante das W*u*thering Towers.

O balcão da recepção parecia ter sido esculpido a partir de um único bloco gigante de malaquita e, quando Astrid se aproximou, um homem de terno escuro com um fone de ouvido interceptou-a e disse discretamente:

— Sra. Teo, venho da parte do Sr. Wu. Por favor, me acompanhe.

Ele a fez passar direto pela inspeção de segurança e depois a colocou em um elevador expresso que foi direto até o 55º andar. As portas do elevador se abriram em uma sala tranquila e sem janelas com um sofá azul-prateado e paredes brancas como alabastro enfeitadas com um padrão incrustado formado por círculos finíssimos. O homem conduziu Astrid em silêncio, passando pelas três secretárias executivas que ficavam sentadas atrás de mesas unidas e, em seguida, por duas portas imponentes esculpidas em bronze.

Astrid viu-se no escritório de Charlie, que parecia um átrio e contava com um teto de vidro piramidal e uma fileira de televisões de telas planas, dispostas ao longo de uma parede inteira, que exibiam, silenciosamente, imagens dos canais de finanças de Nova

York, Londres, Xangai e Dubai. Um homem chinês bem moreno de terno escuro e óculos de aro de aço estava sentado em um sofá próximo.

— Meu motorista quase teve um ataque de pânico por sua causa — disse Charlie, levantando-se de sua mesa.

Astrid sorriu.

— Você precisa ser mais bonzinho com os seus funcionários, Charlie. Eles morrem de medo de você.

— Na verdade, é da *minha esposa* que eles morrem de medo — corrigiu-a Charlie com um sorriso e fez um gesto na direção do homem sentado no sofá escuro. — Esse é o Sr. Lui, que já conseguiu localizar o seu marido usando o número de celular que você me forneceu ontem à noite.

O Sr. Lui assentiu para Astrid e começou a falar no inglês típico e entrecortado com sotaque britânico tão comum em Hong Kong:

— Todo iPhone conta com uma espécie de GPS, o que possibilita localizarmos o proprietário com muita facilidade — explicou. — Seu marido está em um apartamento em Mong Kok desde ontem à noite.

O Sr. Lui virou seu laptop fino para Astrid, no qual uma sequência de imagens a aguardava: Michael saindo do apartamento, Michael saindo do elevador, Michael andando na rua carregando algumas sacolas de plástico. A última foto, tirada de cima, mostrava uma mulher abrindo a porta do apartamento para que ele entrasse. O estômago de Astrid se revirou em um nó: ali estava a outra. Ela analisou a foto por um longo tempo, olhando fixamente para aquela mulher descalça de shorts jeans e miniblusa.

— Dá para ampliar a imagem? — pediu. Quando o Sr. Lui deu um zoom no rosto pixelado e borrado, Astrid subitamente se recostou no sofá. — Tem algo familiar nessa mulher — disse, com o coração acelerando.

— Quem é ela? — perguntou Charlie.

— Não tenho certeza, mas eu já a vi em algum lugar — disse Astrid, fechando os olhos e pressionando os dedos na testa. Então, ela se lembrou. Sua garganta pareceu se fechar, e ela foi incapaz de dizer qualquer coisa.

— Está tudo bem com você? — perguntou Charlie.

— Estou bem, eu acho. Creio que essa mulher estava no meu casamento. Acho que está em alguma foto em um dos álbuns da festa.

— No seu *casamento*? — perguntou Charlie, chocado. Ele se virou para o Sr. Lui e perguntou em tom autoritário: — O que você sabe sobre ela?

— Sobre ela, nada ainda. O proprietário do apartamento é o Sr. Thomas Ng — respondeu o investigador particular.

— Esse nome não diz nada para mim — falou Astrid, numa espécie de torpor.

— Ainda estamos preparando um dossiê — explicou o Sr. Lui. Um torpedo do programa de mensagens instantâneas brilhou em seu celular e ele declarou: — A mulher acabou de sair do apartamento com um garotinho de aproximadamente 4 anos.

O coração de Astrid afundou em seu peito.

— O senhor conseguiu descobrir alguma coisa sobre o menino?

— Não. Até esse momento, não sabíamos que havia um garoto no apartamento.

— Quer dizer que a mulher saiu com o garoto e meu marido está lá sozinho?

— Sim. Acreditamos que não haja mais ninguém no apartamento.

— Acreditam? Não dá para ter certeza de que não tem mais ninguém lá? Vocês não podem usar algum sensor térmico ou algo assim? — perguntou Charlie.

O Sr. Lui soltou um ruído de desdém.

— Ora, não somos a CIA. Claro que sempre é possível aumentar o nível e convocar especialistas, se quiserem, mas, em casos conjugais como esse, em geral não...

— Eu quero ver o meu marido — disse Astrid, em tom casual. — Pode me levar até lá agora?

— Sra. Teo, em situações como essa, não aconselhamos a... — começou a dizer o homem com certo tato.

— Não estou nem aí. Quero vê-lo frente a frente.

Alguns minutos depois, Astrid estava sentada em silêncio no banco de trás de uma Mercedes com vidro escuro enquanto o Sr. Lui seguia no banco da frente, vociferando ordens freneticamente em cantonês para a equipe reunida no perímetro do número 64 da

Pak Tin Street. Charlie quis acompanhá-la, mas Astrid insistira em ir sozinha:

— Não se preocupe, Charlie, não vai acontecer nada. Só vou conversar com o Michael.

Agora, sua mente estava a mil, e ela ia ficando cada vez mais nervosa à medida que o carro avançava com dificuldade em meio ao trânsito do horário de almoço em Tsim Sha Tsui.

Ela simplesmente não sabia mais o que pensar. Quem seria aquela mulher, exatamente? Pelo visto, aquele caso havia começado antes de seu casamento. Mas, se isso fosse verdade, por que Michael se casara com ela? Com certeza, não tinha sido por causa do dinheiro: ele sempre insistira muito em não se beneficiar da riqueza de sua família. Havia assinado, sem pestanejar, o acordo pré-nupcial de 150 páginas, bem como o acordo pós-nupcial que os advogados de sua família insistiram em firmar depois do nascimento de Cassian. O patrimônio dela e o de Cassian estavam mais protegidos do que o do Banco da China. Então, o que levara Michael a ter uma mulher em Cingapura e uma amante em Hong Kong?

Astrid olhou pela janela do carro e notou, ao seu lado, um Rolls-Royce Phantom. Entronizado no banco de trás, estava um casal, provavelmente na faixa dos 30 e poucos anos, vestido com toda pompa e circunstância. A mulher, que tinha o cabelo curto num penteado elegante e estava imaculadamente maquiada, usava uma blusa roxa com um broche enorme de diamante e esmeraldas preso na altura do ombro direito. O homem ao seu lado estava com uma *bomber jacket* Versace de seda deslumbrante e óculos escuros estilo ditador latino-americano. Em qualquer outro lugar do mundo, aquele casal poderia parecer completamente absurdo — eram pelo menos três décadas mais novos do que os que costumavam andar em carros tão ostensivos com chofer —, mas, em Hong Kong, de alguma forma, aquilo tudo se encaixava. Astrid imaginou de onde viriam e para onde estariam indo. Provavelmente estavam indo almoçar em algum clube. Que segredos guardavam um do outro? Será que o marido tinha uma amante? Será que a mulher tinha outra pessoa? Será que eles tinham filhos? Seriam eles felizes? A mulher estava perfeitamente imóvel, olhando para a frente, enquanto o homem, relaxado, ligeiramente distante dela, lia, meio caído no banco, a seção de negócios do *South China Morning Post*. O trânsito começou a andar novamente e, de repente, eles se viram em Mong Kok, cujos enormes condomínios de prédios dos anos sessenta bloqueavam a luz do sol.

Antes que pudesse se dar conta, Astrid estava sendo conduzida para fora do carro, acompanhada por quatro seguranças de terno escuro. Olhou ao redor, nervosa, enquanto eles a escoltavam até um antigo bloco de prédios e depois a um elevador com lâmpada fluorescente e paredes verde-abacate. No décimo andar, saíram em um corredor a céu aberto que ladeava um pátio interno onde havia varais pendurados em todas as janelas disponíveis. Passaram pelas portas dos apartamentos, diante das quais havia sapatos e chinelos de plástico, e logo estavam na frente da porta com grade de metal do número 10-07B.

O homem mais alto tocou a campainha uma vez e, um instante depois, Astrid ouviu o som de trancas se destravando. A porta se abriu e ali estava ele. Seu marido, de pé, na frente dela.

Michael olhou para os seguranças ao redor de Astrid e balançou a cabeça, enojado.

— Me deixe adivinhar. Seu pai contratou esses capangas para me encontrar.

13

Cameron Highlands

•

MALÁSIA

Nick pegou emprestado o Jaguar E-Type conversível 1963 de seu pai na garagem de Tyersall Park, e ele e Rachel rumaram para a rodovia Pan Island Expressway, até a ponte que liga Cingapura à península da Malásia. De Johor Bahru, foram até a rodovia Utara-Selatan, onde fizeram um desvio para a cidade praiana de Malaca, para que Nick pudesse mostrar a Rachel a famosa fachada carmesim da Igreja de Cristo, construída pelos holandeses quando a cidade fazia parte de seu império colonial, e as charmosas casas geminadas estilo *peranakan* ao longo da rua Jalan Tun Tan Cheng Lock.

Depois, os dois continuaram por algum tempo pela velha estrada que serpenteava ao longo da costa de Negeri Sembilan. Com a capota do carro abaixada e a brisa quente do oceano batendo em seu rosto, Rachel começou a se sentir mais relaxada do que jamais estivera desde sua chegada à Ásia. O trauma dos últimos dias começou a se dissipar e, finalmente, parecia que os dois estavam de fato curtindo as férias juntos. Ela adorou as matas virgens daquelas estradinhas, os vilarejos rústicos costeiros que pareciam ter parado no tempo, a aparência de Nick com a barba por fazer de um dia e o vento agitando seu cabelo. Alguns quilômetros ao norte da cidadezinha de Port Dickson, Nick entrou em uma estrada de terra repleta de vegetação tropical e, quando Rachel olhou para o lado oposto do mar, avistou quilômetros e mais quilômetros de árvores uniformemente plantadas.

— O que é essa plantação? — perguntou ela.

— Borracha. Estamos rodeados de seringais — explicou Nick.

Eles pararam bem perto da praia, saíram do carro, tiraram as sandálias e caminharam pela areia quente. Algumas famílias malaias estavam espalhadas pela praia, almoçando, os lenços coloridos que as mulheres usavam na cabeça se agitavam ao vento enquanto elas caminhavam ao redor de caixas térmicas com comida e de crianças que estavam mais interessadas em brincar nas marolas da arrebentação. O dia estava nublado, e o mar era uma tapeçaria verde-escura que exibia manchas de um tom azul profundo quando as nuvens se abriam.

Uma mulher malaia e seu filho caminharam na direção de Nick e Rachel carregando uma grande caixa térmica azul e branca. Nick iniciou uma conversa animada com a mulher e comprou dois dos pacotinhos que estavam na caixa. Depois, ele se inclinou e fez uma pergunta ao menino. O garoto assentiu, ansioso, e saiu correndo, enquanto Nick escolhia um lugar na sombra para ele e Rachel sob os galhos baixos de um mangue.

Entregou a Rachel um pacotinho ainda morno enrolado em folha de bananeira e amarrado com um barbante.

— Experimente o prato mais popular da Malásia, *nasi lemak* — disse ele. Rachel desfez o nó do barbante e desdobrou a folha de bananeira, revelando um montinho bem arrumado de arroz circundado por fatias de pepino, pequenas anchovas fritas, amendoim torrado e um ovo cozido.

— Me passe o garfo — pediu ela.

— Não tem garfo. Você precisa comer isso à moda nativa, com a mão!

— Tá brincando, né?

— Não, senhora, esse é o jeito tradicional. Os malaios acreditam que a comida tem um gosto melhor quando você come com as mãos. Mas é claro que usam apenas a mão direita para comer. A esquerda é usada para propósitos que é melhor eu não mencionar.

— Mas eu não lavei as minhas mãos, Nick. Acho que não consigo comer assim — disse Rachel, parecendo meio assustada.

— Ora, vamos, senhora TOC. Coma logo isso aí — provocou Nick. Ele apanhou um punhado de arroz com a mão em concha e começou a comer o *nasi lemak* com gosto.

Rachel enfiou um punhado de arroz com cuidado na boca e, no mesmo instante, abriu um sorriso.

— Humm... é arroz de coco!

— É, mas você ainda não chegou à parte boa. Cave um pouco mais fundo!

Rachel cavou o arroz e descobriu um molho de curry bem no meio, junto com grandes pedaços de frango.

— Oh, meu Deus — soltou ela. — Será que o gosto é assim tão bom por causa de todos os sabores diferentes ou porque estamos sentados aqui nessa praia maravilhosa?

— Ah, eu acho que é por causa das suas mãos. Suas mãos cheias de cracas estão dando um sabor especial à comida — disse Nick.

— Espere só até tomar um tapa das minhas mãos cheias de cracas e curry! — repreendeu-o Rachel.

Quando ela estava terminando a comida, o menininho veio correndo até eles com duas sacolas de plástico transparentes repletas de gelo grosseiramente picado e caldo de cana fresquinho. Nick pegou as bebidas das mãos do menino e entregou a ele uma nota de 10 dólares.

— *Kamu anak yang baik** — disse Nick, dando um tapinha no ombro do garoto. O garoto arregalou os olhos de alegria. Enfiou o dinheiro na faixa de elástico do short e saiu em disparada para contar à mãe sua boa sorte.

— Você nunca para de me surpreender, Nicholas Young. Por que não me disse que falava malaio?

— Ah, eu só sei falar umas palavras básicas, o bastante para pedir comida — explicou Nick com modéstia.

— Aquela conversa que você teve com a mulher não me pareceu nada básica — rebateu Rachel, tomando o caldo de cana gelado pelo canudinho cor-de-rosa enfiado no cantinho do saco de plástico.

---

* Em malaio, "bom garoto".

— Confie em mim, tenho certeza de que a mulher estava se retorcendo com a minha gramática capenga — disse Nick, encolhendo os ombros.

— Você está fazendo aquilo de novo, Nick.

— Aquilo o quê?

— Está se autodepreciando.

— Não sei bem se entendi o que você está falando.

Rachel suspirou, exasperada.

— Você diz que não sabe falar malaio, mas eu o vejo bater o maior papo com as pessoas. Você diz "ah, é só uma casa velha", quando o lugar é um maldito palácio. Você diminui *tudo*, Nick!

— Não percebo que faço isso.

— Por quê? Quer dizer, você diminui tanto as coisas que seus pais não fazem a menor ideia de como você está se dando bem em Nova York.

— É porque eu fui criado assim, eu acho.

— Você acha que é porque a sua família é tão rica que você precisa compensar esse fato sendo ultramodesto? — sugeriu Rachel.

— Acho que eu não colocaria as coisas exatamente assim. Fui ensinado a não exagerar e nunca me gabar de nada, só isso. Além do mais, não somos assim *tão* ricos.

— Ah, tudo bem; então me diga o que vocês são. Milionários ou bilionários?

O rosto de Nick começou a ficar vermelho, mas Rachel não se abalou.

— Eu sei que isso deixa você pouco à vontade, Nick, mas é justamente por esse motivo que estou insistindo. Você me diz uma coisa, mas depois eu ouço os outros falando como se toda a economia da Ásia girasse ao redor da sua família, e você fosse, sei lá, o herdeiro do trono. Sou economista, pelo amor de Deus, e, se as pessoas vão me acusar de dar o golpe do baú, então eu quero saber que baú é esse.

Nick remexeu o restante da comida em sua folha de bananeira, nervoso. Desde que tinha idade suficiente para se lembrar, estava incutido nele que era proibido conversar sobre a riqueza de sua família. Porém, era justo que Rachel soubesse no que estava se metendo, principalmente porque (muito em breve) ele iria lhe pedir que aceitasse o anel de diamante canário escondido no bolso direito de sua bermuda cargo.

— Eu sei que pode parecer idiota, mas, na verdade, não sei dizer quanto a minha família é rica — começou ele, hesitante. — Meus pais vivem muito bem, muito em função da herança que a minha mãe recebeu dos meus avós. E eu recebo uma renda que não é nada pequena, basicamente vinda de um fundo de ações que o meu avô deixou para mim. Mas a nossa fortuna não é do mesmo nível da do Colin e da Astrid, nem de longe.

— E a sua avó? Quer dizer, Peik Lin disse que só o terreno de Tyersall Park deve valer centenas de milhões — interveio Rachel.

— Minha avó sempre levou essa vida, portanto suponho que sua fortuna seja considerável. Três vezes por ano, o Sr. Tay, um homem idoso que cuida das contas da família, vai até Tyersall Park visitar a minha avó dirigindo o mesmo Peugeot marrom que ele tem desde que eu nasci. Ela se encontra com ele sozinha. É a única vez em que suas amas são orientadas a sair da sala. Portanto, jamais me passou pela cabeça perguntar a ela quanto tem.

— E o seu pai nunca conversou com você sobre esse assunto?

— Meu pai nunca, nem uma única vez, falou sobre dinheiro; provavelmente ele sabe ainda menos do que eu. Sabe, quando você nasce rico, dinheiro não é algo em que fica pensando muito.

Rachel tentou entender aquele conceito.

— Então por que todo mundo acha que você será o herdeiro de tudo?

Nick ficou irritado.

— Estamos em Cingapura, onde os ricos ociosos passam o tempo inteiro fofocando sobre o dinheiro dos outros: quem tem quanto, quem herdou quanto, quem vendeu sua casa por quanto... Mas tudo o que falam sobre a minha família não passa de especulação. O que eu quero dizer é que nunca supus que um dia seria o único herdeiro de uma grande fortuna.

— Mas você tinha consciência de que era diferente, não?

— Bom, eu sentia que era diferente porque morava num casarão antigo cheio de rituais e tradições, mas nunca imaginei que tivesse alguma coisa a ver com dinheiro. Quando se é criança, você está mais preocupado em quantas tortinhas de abacaxi vão deixar você comer ou onde apanhar os melhores girinos. Não fui criado com a pompa de um herdeiro, como alguns dos meus primos. Pelo menos, eu acho que não.

— Eu não teria me sentido atraída por você se agisse como um tolo metido — disse Rachel. Enquanto voltavam para o carro, ela passou o braço em torno da cintura do namorado. — Obrigada por se abrir comigo. Sei que não foi fácil me contar essas coisas.

— Quero que você saiba tudo sobre mim, Rachel. Sempre quis, e foi por isso que convidei você para vir para cá. Desculpe se passei a impressão de não ser uma pessoa muito aberta, mas eu não sabia que esse lance do dinheiro era relevante. Quer dizer, em Nova York nada disso tem importância na nossa vida, não é?

Rachel fez uma pausa por um instante antes de responder.

— Não, principalmente agora, que tenho uma compreensão maior da sua família. Só queria ter certeza de que você é a mesma pessoa por quem eu me apaixonei em Nova York, só isso.

— E eu sou?

— Ah, agora que eu sei que você é cheio da grana ficou ainda mais bonito.

Nick riu e puxou Rachel para seus braços, depois lhe deu um beijo demorado.

— Está pronta para uma mudança total de cenário? — perguntou ele, beijando o queixo dela e depois descendo até o ponto sensível de sua garganta.

— Na verdade, acho que estou pronta para arrumar um quarto em algum lugar. Tem algum motel por perto? — perguntou ela, ofegante, com os dedos entrelaçados no cabelo dele, sem querer que ele parasse o que estava fazendo.

— Acho que não tem nenhum motel decente. Vamos logo para Cameron Highlands, antes que escureça; fica a apenas umas três horas daqui. Depois podemos recomeçar de onde paramos na cama de dossel mais *gigantesca* que você já viu na vida.

Eles seguiram sem problemas pela rodovia E1, passando pela capital da Malásia, Kuala Lumpur, em direção a Ipoh. Ao chegarem à cidade de Tapah — porta de entrada para Cameron Highlands —, Nick pegou uma velha estrada pitoresca, e eles começaram a subir a montanha. O carro seguia inclinado pela encosta íngreme, e Nick guiava com destreza pelas voltas e curvas da estrada, buzinando a cada curva cega.

Nick estava ansioso para chegar antes do pôr do sol. Havia ligado com antecedência para dar instruções explícitas a Rajah, o mordomo. Pedira a ele que colocasse velas votivas envoltas em saquinhos de papel branco ao longo de todo o caminho até o mirante situado na extremidade do gramado, e uma tenda com champanhe gelado e mangostins frescos bem ao lado do banco de madeira esculpido, no qual Nick e Rachel se sentariam para apreciar a bela paisagem. Então, quando o sol estivesse se pondo atrás dos morros e milhares de aves tropicais estivessem descendo até o topo das árvores, ele se abaixaria, apoiado em um dos joelhos, e pediria a Rachel que fosse sua para sempre. Qual seria o joelho correto para isso? O direito ou o esquerdo?

Enquanto isso, Rachel se via segurando com força o cinto de segurança enquanto olhava pela janela para os penhascos que davam em ravinas cobertas de mato.

— Hã, não estou com nenhuma pressa de morrer — avisou ela, ansiosa.

— Estou indo a apenas 60 quilômetros por hora. Não se preocupe, sou capaz de dirigir nessa estrada de olhos fechados. Eu vinha para cá quase todo fim de semana, nas férias de verão. Além do mais, você não acha que seria um jeito glamoroso de morrer, caindo do alto de uma montanha num Jaguar clássico conversível?

— Se não for um problema para você, prefiro viver mais um pouco. *Eeeeeee* preferiria que fosse em uma Ferrari antiga, como James Dean — brincou ela.

— Na verdade, foi num Porsche.

— Sabichão!

As curvas fechadas logo deram lugar a uma paisagem de tirar o fôlego, formada por morros verdejantes pontuados por trechos de cores vivas. À distância, Rachel avistou pomares floridos ao longo das encostas e chalezinhos pitorescos.

— Esse é o vale Bertam — explicou Nick, com um floreio. — Estamos aproximadamente 1.200 metros acima do nível do mar. Na época colonial, era para cá que os oficiais britânicos vinham para fugir do calor tropical.

Logo depois da cidade de Tanah Rata, eles entraram em uma estrada particular estreita que serpenteava um morro coberto por uma vegetação exuberante. Depois de outra curva, surgiu de repente uma mansão imponente ao estilo Tudor sobre um outeirinho.

— Achei que você tivesse me prometido que a gente não ia se hospedar em outro hotel de luxo — disse Rachel, meio que em um tom de repreensão.

— Isso não é um hotel; é a casa de veraneio da minha avó.

— Por que isso não me surpreende? — comentou ela, olhando para a bela casa. Não era nem de longe tão grande quanto Tyersall Park, mas, ainda assim, era grandiosa, com os tetos em coruchéu e trabalho de madeira em preto e branco. Toda a mansão estava iluminada; luzes irrompiam das janelas.

— Parece que estão à nossa espera — disse Rachel.

— Bom, eu liguei pedindo que se preparassem para nos receber. A casa conta com funcionários em tempo integral, o ano inteiro — disse Nick.

O casarão ficava no meio de uma inclinação suave, e uma trilha comprida de pedra levava até a porta de entrada. A fachada estava parcialmente coberta por heras e glicínias, e de ambos os lados da encosta havia roseiras que iam quase até a altura dos olhos.

Rachel suspirou, pensando que nunca tinha visto um refúgio mais romântico do que aquele nas montanhas.

— Que rosas enormes!

— São rosas cameronianas especiais que só crescem nesse clima. O cheiro não é incrível? — matraqueou Nick, nervoso. Sabia que estava a poucos minutos de um dos momentos mais decisivos de sua vida.

Um jovem mordomo malaio, usando uma camisa branca impecável por baixo de um sarongue estampa cinza, abriu a porta e fez uma reverência galante para eles. Nick se perguntou onde estaria Rajah, o mordomo que trabalhava, havia anos, naquela casa. Rachel entrou no *foyer* e teve a impressão de haver sido, mais uma vez, transportada a outra era, à época da Malásia colonial de algum romance de Somerset Maugham, talvez. No saguão de entrada, havia cestos de vime cheios de camélias recém-colhidas intercalados com bancos de madeira estilo anglo-indiano. Lanternas antigas de mica pendiam das paredes cobertas de mogno e um tapete comprido e desbotado de seda Tianjin chamava a atenção diretamente para as portas-balcão e a vista gloriosa das montanhas.

— Hã... Antes de eu mostrar o restante da casa a você, vamos, humm, curtir o pôr do sol — disse Nick, sentindo a garganta seca, por causa da expectativa. Ele conduziu Rachel pelo *foyer* e pousou a mão na maçaneta de uma das portas-balcão que davam para o terraço. Então, de repente, estacou. Piscou algumas vezes para ter certeza de que não estava tendo alucinações. De pé na extremidade do gramado vasto e bem-cuidado, fumando um cigarro, estava Ahmad, o chofer de sua mãe.

— Puta que pariu! — xingou Nick, baixinho.

— O que foi? O que aconteceu? — perguntou Rachel.

— Acho que temos companhia — murmurou Nick, com um tom sombrio. Ele se virou e rumou para a saleta de estar que ficava no fim do corredor. Deu uma espiada lá dentro e suas suspeitas se confirmaram. Dito e feito: encarapitada no canapé de chintz florido que ficava de frente para a porta, estava sua mãe, que olhou para ele com um ar triunfante. Nick estava prestes a dizer alguma coisa quando ela anunciou:

— Oh, olhe, mamãe, Nick e Rachel chegaram!

Rachel se virou. Sentada na poltrona em frente à lareira, estava a avó de Nick, enrolada em um xale de cashmere bordado, enquanto uma de suas amas tailandesas lhe servia uma xícara de chá.

— Ah Ma, o que a senhora está fazendo aqui? — indagou Nick, estupefato.

— Recebi uma notícia bastante perturbadora e, portanto, nós viemos correndo para cá — disse Su Yi em mandarim, falando em voz baixa e em tom comedido.

Nick sempre achou desconcertante quando sua avó falava com ele em mandarim. Ele associava esse dialeto específico às repreensões de sua infância.

— Que notícia? O que aconteceu? — perguntou ele, já preocupado.

— Bem, me disseram que você fugiu para a Malásia e que tinha intenção de pedir essa mulher em casamento — disse Su Yin, sem se dar ao trabalho de olhar para Rachel.

Rachel apertou os lábios, ao mesmo tempo chocada e feliz.

— Eu estava planejando fazer uma surpresa para ela, mas, pelo visto, agora isso não é mais possível — bufou Nick, encarando a avó.

— Não importa, Nicky — disse sua avó, com um sorriso. — Eu *não lhe dou permissão* para se casar com ela. Agora vamos parar logo com toda essa loucura e voltar para casa. Não quero ter que ficar aqui até a hora do jantar, porque a cozinheira não preparou nada especial para mim. Tenho certeza de que ela não recebeu nenhum peixe fresco hoje.

Rachel ficou boquiaberta.

— Ah Ma, lamento não ter a sua bênção, mas isso não muda nada. Eu pretendo me casar com a Rachel, se ela aceitar — disse Nick, calmamente, olhando para a namorada cheio de esperança.

— Não diga bobagem. Essa menina não vem de uma família decente — declarou Su Yi.

Rachel sentiu o rosto corar.

— Para mim, chega — soltou ela com a voz trêmula, virando-se para sair da sala.

— Não, Rachel, por favor, não vá embora — pediu Nick, segurando seu braço. — Eu *preciso* que você escute isso. Ah Ma, não sei que histórias contaram para a senhora, mas eu conheci a família da Rachel e gosto muito de todo mundo. Com certeza me trataram com muito mais cortesia, simpatia e *respeito* do que a nossa família demonstrou com ela.

— Mas é claro que iriam demonstrar respeito por você. Afinal de contas, você é um Young — disse Su Yi.

— Eu não acredito que a senhora disse uma coisa dessas! — grunhiu Nick.

Eleanor se levantou e se aproximou de Rachel, olhando-a bem dentro dos olhos.

— Rachel, tenho certeza de que você é uma boa garota. Entenda, eu estou lhe fazendo um favor. Com o seu histórico, você só iria sofrer na nossa família...

— Pare de insultar a família da Rachel, você nem os conhece! — vociferou Nick. Ele passou o braço ao redor do ombro da namorada e declarou: — Vamos embora daqui!

— Você conheceu a família dela? — gritou Eleanor às costas dele. Nick se virou com um olhar zangado.

— Sim, já estive várias vezes com a mãe da Rachel, e passamos o feriado de Ação de Graças na casa do tio dela na Califórnia, onde conheci vários de seus parentes.

— Inclusive o pai dela? — indagou Eleanor, arqueando uma sobrancelha.

— O pai da Rachel morreu há muito tempo, você já sabe disso — respondeu Nick, impaciente.

— Bem, essa é uma história bastante conveniente, não é mesmo? Porém, eu garanto a você que ele está vivo, e muito vivo — retrucou Eleanor.

— O quê? — indagou Rachel, confusa.

— Rachel, pode parar com o fingimento, *lah*. Eu sei tudo sobre o seu pai...

— O quê?

— Ora, ora, vejam só o teatrinho dela! — Eleanor retorceu o rosto, zombeteira. — Você sabe tão bem quanto eu que o seu pai ainda está vivo!

Rachel olhou para Eleanor como se estivesse conversando com uma mulher perturbada.

— Meu pai morreu num acidente industrial terrível quando eu tinha apenas 2 meses. Foi por isso que a minha mãe me levou para os Estados Unidos.

Eleanor observou Rachel por um instante, tentando descobrir se ela estava encenando algo digno do Oscar ou se realmente dizia a verdade.

— Bem, então lamento ser aquela que vai lhe dar essa notícia, Rachel. Seu pai não morreu. Está numa prisão nas redondezas Shenzhen. Eu mesma o vi há algumas semanas. O homem estava apodrecendo atrás daquelas grades enferrujadas, mas, mesmo assim, teve a pachorra de exigir uma recompensa enorme em troca de você!

Eleanor sacou o envelope de papel pardo dobrado, o mesmo envelope que o detetive particular lhe entregara em Shenzhen. Colocou três folhas de papel sobre a mesa de centro. Uma era uma cópia da certidão de nascimento original de Rachel. A outra era um *clipping* da notícia de um jornal de 1992 sobre a prisão de um homem chamado Zhou Fang Min depois de ele haver tomado medidas ilegais de corte de verbas que levaram a um desastre numa construção, o que ocasionou a morte de 74 trabalhadores em Shenzhen (TRAGÉDIA DO CONDOMÍNIO HUO PENG: MONSTRO FINALMENTE ATRÁS DAS GRADES!, berrava a manchete). A última era a notícia de uma recompensa que a família Zhou oferecia em troca do retorno seguro da bebê Zhou An Mei, que fora raptada por sua mãe, Kerry Ching, em 1981.

Nick e Rachel deram alguns passos em direção à mesa de centro e olharam, atônitos, para aqueles papéis.

— Que diabo você aprontou, mãe? Você mandou alguém *investigar* a vida da Rachel? — Nick chutou a mesa de centro, que virou.

A avó de Nick balançava a cabeça enquanto tomava seu chá.

— Imagine, querer se casar com uma garota de uma família dessas! Que desonra! Francamente, Nicky, o que Gong Gong diria se estivesse vivo? Madri, esse chá precisa de um pouco mais de açúcar.

Nick ficou lívido.

— Ah Ma, levei mais ou menos vinte anos, mas finalmente entendi por que o papai se mudou para Sydney! Ele não suporta ficar perto da senhora!

Su Yi abaixou a xícara, pasma com o que o neto preferido havia acabado de dizer.

Rachel segurou o pulso de Nick com força. Ele jamais iria esquecer a expressão arrasada em seu rosto.

— Acho que eu... preciso de ar — murmurou ela, antes de desmaiar em cima do carrinho de chá feito de vime.

14

Pak Tin Street, n. 64

•

HONG KONG

O apartamento não era nem de longe o ninho de amor que Astrid imaginara: a sala de estar era minúscula, com um sofá de vinil verde, três cadeiras de madeira e baldes de plástico de cores vibrantes lotados de brinquedos que tomavam conta de um dos cantos. Apenas o som abafado de um vizinho praticando "Ballade pour Adeline" em um teclado eletrônico preenchia aquele silêncio. Astrid ficou parada bem no meio daquele local apertado, tentando entender como sua vida tinha chegado àquele ponto — ao ponto de seu marido precisar fugir para aquele triste jardim de infância.

— Não acredito que você pediu aos capangas do seu pai que me encontrassem — murmurou Michael com raiva, indo se sentar no sofá e depois esticando o braço ao longo do encosto.

— Meu pai não teve nada a ver com isso. Dá para me dar um pouco de crédito por eu contar com métodos próprios?

— Ok. Você venceu — disse Michael.

— Então era para cá que você estava vindo? É aqui que mora a sua amante? — finalmente ela se arriscou a perguntar.

— Sim — respondeu Michael, sem alterar o tom de voz.

Astrid ficou em silêncio por um instante. Pegou um elefantinho de pelúcia de um dos baldes e o apertou. O elefante soltou um ruído eletrônico abafado.

— E esses são os brinquedos do seu filho?

Michael hesitou por um instante.

— Sim — respondeu ele, por fim.

— SEU CANALHA! — berrou ela, atirando o elefante nele com toda a força. O brinquedo quicou em seu peito e, então, Astrid caiu de joelhos no chão, tremendo, enquanto todo o seu corpo se sacudia com soluços violentos. — Não... dou a mínima... para com quem você trepa... mas como você pôde... fazer isso... com o *nosso filho?* — cuspiu ela entre as lágrimas.

Michael inclinou o corpo para a frente e enterrou a cabeça entre as mãos. Não suportava mais vê-la assim. Por mais que desejasse fugir de seu casamento, não aguentava mais magoá-la. As coisas tinham saído de seu controle e já estava na hora de dizer a verdade. Ele se levantou do sofá e se agachou ao lado dela.

— Me escute, Astrid — pediu ele, colocando um braço ao redor do ombro dela. Astrid estremeceu involuntariamente e empurrou o braço do marido para longe.

— Escute. Esse menino não é meu filho.

Astrid olhou para ele, sem registrar direito o que Michael estava querendo dizer.

Ele olhou bem nos olhos dela e disse:

— Não é meu filho, e não existe amante nenhuma.

Astrid franziu o cenho.

— Como assim? Eu sei que tem uma mulher aqui. Inclusive eu a reconheci.

— Você a reconheceu porque ela é minha *prima.* Jasmine Ng. A mãe dela é minha tia, e o menino é filho dela.

— Então... com quem você andou tendo um caso? — perguntou Astrid, mais confusa do que nunca.

— Você não percebe? Foi tudo uma encenação, Astrid. As mensagens de texto, os presentes, tudo! É tudo falso.

— *Falso?* — sussurrou ela, chocada.

— Sim, eu inventei tudo. Bom, menos o jantar no Petrus. Levei a Jasmine lá como uma forma de agrado. O marido dela está trabalhando em Dubai, e ela está tendo muita dificuldade em se virar sozinha.

— Não acredito... — disse Astrid, deixando a frase no ar, atônita.

— Desculpe, Astrid. Foi uma ideia idiota, mas eu acho que não tinha escolha.

— *Escolha?* Como assim?

— Achei que seria muito melhor para você *querer* me largar do que eu pedir o divórcio. Preferi ser rotulado de canalha e traidor, pai de um filho ilegítimo, para você... para a sua família não se sentir desonrada — confessou Michael, bem desanimado.

Astrid ficou olhando para ele, sem acreditar. Por alguns instantes, ficou sentada, completamente imóvel, enquanto sua cabeça absorvia tudo o que havia acontecido nos últimos meses. Então, ela disse:

— Achei que estivesse ficando louca... queria acreditar que você estava tendo um caso, mas meu coração insistia que você jamais faria uma coisa dessas comigo. Não era do feitio do homem com quem eu me casei. Fiquei tão confusa, tão dividida, e foi isso que me magoou mais ainda. Um caso ou uma amante eu até poderia aceitar, mas algo além disso não me parecia certo, e alguma coisa dentro de mim dizia que havia algo estranho nisso. Finalmente, agora tudo faz sentido.

— Eu não queria que isso acontecesse — disse Michael, baixinho.

— Então, por quê? O que eu fiz para você se sentir tão infeliz? O que fez você se dar ao trabalho de inventar um caso?

Michael respirou fundo. Levantou-se do chão e sentou-se em uma das cadeiras de madeira.

— Nunca deu certo, Astrid. Nosso casamento. Desde o primeiro dia. Nosso namoro foi ótimo, mas a gente nunca devia ter se casado. Não éramos a pessoa certa um para o outro, mas estávamos tão envolvidos na época... na cama, sejamos sinceros... mas, antes mesmo que eu me desse conta, já estava de pé no altar na frente do pastor da sua família. Pensei, dane-se, essa é a garota mais linda que eu conheço. Nunca mais terei uma sorte dessas. Mas, então, a realidade bateu... e as coisas se tornaram insuportáveis. Tudo foi só piorando, Astrid, mais a cada ano, e eu tentei, tentei de verdade, mas não consigo mais. Você não tem ideia do que é ser casado com Astrid Leong. Não é por sua causa, Astrid, mas pela imagem que todo mundo tem de você. Eu jamais conseguiria estar à altura disso.

— Como assim? Você *esteve* à altura disso... — ela começou a contra-argumentar.

— Cingapura inteira acha que eu me casei com você por causa do seu dinheiro, Astrid.

— Isso não é verdade, Michael!

— É verdade, sim. Você é que simplesmente não enxerga isso! Só que eu não consigo mais encarar outro jantar formal em Nassim Road ou em Tyersall Park com algum ministro da economia, algum artista genial que eu não consigo entender ou com um milionário que teve um museu nomeado em sua homenagem sem me sentir um naco de carne insignificante. Para eles, sempre serei apenas "o marido da Astrid". Essas pessoas, a sua família, os seus amigos, me olham de um jeito tão crítico! Ficam todos pensando: *"Ora, ela podia ter se casado com um príncipe, com um presidente... por que foi escolher justamente esse* Ah Beng* *de* Toa Payoh?"

— Você está imaginando coisas, Michael! Todo mundo na minha família adora você!

— Isso é mentira, e você sabe muito bem disso! Seu pai trata melhor a porra do *caddie* dele do que a mim! Eu sei que os meus pais não falam o inglês britânico, que eu não fui criado numa mansão em Bukit Timah e que não frequentei a ACS, que meus amigos e eu costumávamos chamar de American Cock Suckers,** mas eu não sou um incompetente, Astrid.

— Claro que não.

— Você sabe como é ser tratado como se fosse um maldito técnico de informática o tempo todo? Sabe como é visitar os seus parentes no Ano-Novo Chinês em suas casas incríveis e depois levar você para os apartamentozinhos minúsculos dos meus familiares em Tampines ou Yishun?

— Nunca liguei para isso, Michael. Eu gosto da sua família.

— Mas os seus pais, não. Pense nisso... nos cinco anos em que estamos casados, meus pais nunca, *nem mesmo uma única vez*, foram convidados para jantar na casa dos seus pais!

---

* Termo pejorativo em *hokkien* que se refere a um rapaz de classe baixa que não tem nem educação nem refinamento.
** Algo como "puxa-saco dos americanos". (N. da T.)

Astrid ficou pálida. Era verdade. Como ela nunca havia percebido isso? Como sua família pôde ser tão insensível?

— Encare a realidade, Astrid. Seus pais nunca vão respeitar a minha família do jeito que respeitam a família das esposas dos seus irmãos. Não somos poderosos Tans, nem Kahs ou Kees. Somos Teos. Não dá nem mesmo para culpar os seus pais. Eles foram criados assim. Não está no DNA deles o desejo de se misturar com quem não vem da mesma classe social que eles, de quem não nasceu nobre nem vem de um berço de ouro.

— Mas você está a caminho disso, Michael. Veja como a sua empresa está indo bem — comentou Astrid, em um tom encorajador.

— Minha empresa... ha! Quer saber de uma coisa, Astrid? Em dezembro do ano passado, quando a empresa finalmente conseguiu fechar as contas e, pela primeira vez, dividimos os lucros, recebi um cheque de 238 mil. Durante um minuto, um minuto inteiro, eu me senti muito feliz! Era a maior quantia que eu já havia ganhado na vida. Mas depois me dei conta... me dei conta de que, não importa quanto eu trabalhe, quanto eu dê duro, suando a camisa o dia inteiro, jamais ganharei, durante a vida inteira, a mesma quantia que você ganha em um único mês.

— Isso não é verdade, Michael. Não é verdade! — gritou ela.

— Não me subestime! — berrou Michael, com raiva. — Eu sei quanto você ganha. Eu sei quanto esses vestidos que você compra em Paris custam! Você tem ideia de como é se dar conta de que os meus 200 mil ridículos não conseguem nem pagar um único vestido seu? Ou saber que jamais poderei lhe dar uma casa como a que você foi criada?

— Eu estou feliz na nossa casa, Michael. Alguma vez já reclamei?

— Eu sei de todas as suas propriedades, Astrid. De todas.

— Quem lhe contou? — perguntou ela, chocada.

— Seus irmãos.

— *Meus irmãos?*

— Sim, seus queridos irmãos. Nunca contei a você o que aconteceu assim que ficamos noivos. Seus irmãos me telefonaram um dia e me convidaram para almoçar. Foi um almoço com todos eles. Henry, Alex, até mesmo Peter, que veio direto de Kuala Lumpur. Eles me convidaram para ir a um clube metido a besta na Shenton Way, do qual são sócios, e me levaram a uma dessas salas de jantar privativas e fizeram com que eu me sentasse. Então, eles mostraram um dos seus relatórios financeiros. Apenas um. Disseram: "*Queremos que você tenha uma ideia da situação financeira da Astrid, para ter noção do que ela ganhou no ano passado.*" Então, Henry me falou uma coisa que jamais vou esquecer: "*Tudo o que a Astrid tem está protegido pela melhor equipe de advogados do mundo. Ninguém que não pertença à família Leong jamais irá se beneficiar do dinheiro dela, nem o controlar. Nem se ela se separar, nem mesmo se ela morrer. Achamos melhor você saber disso, meu camarada.*"

Astrid ficou horrorizada.

— Eu não acredito nisso! Por que você não me contou?

— E que bem isso iria fazer? — respondeu Michael, em um tom de amargura. — Não percebe? Desde o início, sua família nunca confiou em mim.

— Você não precisa mais passar nem um segundo com a minha família, eu prometo. Vou conversar com os meus irmãos. Vou mandar todos eles irem para o inferno. E ninguém mais vai pedir a você que conserte nenhum *hard drives* nem reprograme as adegas climatizadas, eu prometo. Mas, por favor, não me abandone — implorou ela, as lágrimas correndo pelo seu rosto.

— Astrid, você não está falando coisa com coisa. Eu jamais desejaria privar você do convívio com a sua família. Toda a sua vida gira em torno deles. O que você faria se não fosse ao majongue na casa de sua tia-avó Rosemary na quarta-feira, ao jantar na casa da sua Ah Ma na sexta ou à noite de cinema do Pulau Club com o seu pai?

— Eu posso abrir mão disso tudo. Posso abrir mão disso tudo! — berrou ela, enterrando a cabeça no colo dele e abraçando-o com força.

— Eu não ia querer que você fizesse isso. No longo prazo, você vai ser mais feliz sem mim. Eu só estou atrasando a sua vida.

— Mas e o Cassian? Como você pode simplesmente abandonar nosso filho desse jeito?

— Não vou abandonar o Cassian. Vou passar tanto tempo com ele quanto você permitir. Não entende? O melhor momento para eu me afastar é esse, antes que ele tenha idade suficiente para ser afetado pela nossa separação. Nunca deixarei de ser um bom pai para ele, mas não posso continuar casado com você. Não quero mais viver no seu mundo. Jamais estarei à altura da sua família e não quero mais me ressentir por você ser quem é. Cometi um erro terrível, Astrid. Por favor, *por favor*, me deixe ir — pediu ele, com a voz embargada.

Astrid olhou para Michael e se deu conta de que era a primeira vez que o via chorar.

15

Villa D'Oro

•

CINGAPURA

Peik Lin bateu suavemente à porta.

— Entre — disse Rachel.

Ela entrou no quarto com cautela, carregando uma bandeja dourada com uma tigela de cerâmica coberta.

— Nossa cozinheira preparou *pei daan zhook** para você.

— Por favor, agradeça a ela por mim — pediu Rachel, sem mostrar interesse.

— Você pode ficar aqui quanto tempo quiser, Rachel, mas precisa comer — disse Peik Lin, olhando para o rosto emaciado da amiga e reparando nos círculos escuros embaixo de seus olhos inchados de tanto chorar.

— Eu sei que estou horrorosa, Peik Lin.

— Nada que um bom tratamento facial não resolva. Por que não me deixa levar você a um spa? Conheço um lugar ótimo em Sentosa que tem...

— Obrigada, mas eu acho que ainda não estou preparada. Quem sabe amanhã?

— Certo, amanhã — cantarolou Peik Lin. Rachel vinha lhe dando essa mesma resposta a semana inteira, mas não havia saído do quarto nem uma única vez.

---

* Em cantonês, "*congee* de ovo milenar".

Quando Peik Lin saiu, Rachel pegou a bandeja e a colocou encostada na parede ao lado da porta. Não tinha apetite há dias, desde a noite em que fugiu de Cameron Highlands. Depois de desmaiar na saleta de estar na frente da avó e da mãe de Nick, foi rapidamente reanimada pelos cuidados experientes das amas tailandesas de Shang Su Yi. Ao recuperar a consciência, descobriu que uma delas estava dando pancadinhas suaves com uma toalha fria em sua testa, enquanto a outra fazia reflexologia em seu pé.

— Não, não, por favor, parem — pediu Rachel, tentando se levantar.

— Você não devia se levantar assim tão depressa. — Ouviu a mãe de Nick dizer.

— Essa garota tem uma compleição física muito frágil. — Escutou a avó de Nick murmurar, do outro lado da sala. O rosto preocupado do namorado surgiu diante dela.

— Por favor, Nick, me leve embora daqui — implorou ela, com a voz fraca. Nunca estivera mais desesperada para sair de um lugar em toda a sua vida. Nick a tomou nos braços e a carregou em direção à porta.

— Você não pode ir embora agora, Nicky! Está escuro demais para descer a montanha de carro, *lah*! — gritou Eleanor atrás deles.

— Você devia ter pensado nisso antes de decidir bancar Deus com a vida da Rachel — retrucou o filho, entre os dentes.

Enquanto eles seguiam pela estrada tortuosa, afastando-se da casa, Rachel disse:

— Você não precisa descer a montanha hoje. Me deixe naquela cidadezinha pela qual passamos mais cedo e pronto.

— Você pode ir para onde quiser, Rachel. Por que não saímos dessa montanha e passamos a noite em Kuala Lumpur? Dá para chegar lá antes das dez.

— Não, Nick. Não quero mais viajar para lugar nenhum. Preciso ficar um tempo sozinha. Me deixe naquela cidade e pronto.

Ele ficou em silêncio por um instante, medindo as palavras antes de perguntar:

— O que você vai fazer?

— Vou me hospedar em um motel e dormir, só isso. Eu só quero ficar longe de todo mundo.

— Não tenho certeza se seria melhor para você ficar sozinha nesse momento.

— Pelo amor de Deus, Nick, eu não sou uma maluca, não vou cortar os pulsos nem tomar um milhão de Seconals. Só preciso de um tempo para pensar.

— Me deixe ficar com você — pediu ele.

— Eu realmente preciso ficar sozinha, Nick. — Os olhos dela pareciam turvos.

Nick sabia que ela estava em estado de choque profundo — ele mesmo também estava chocado, e mal podia imaginar o que estava passando pela cabeça dela. Ao mesmo tempo, estava tomado de culpa, sentia-se responsável pelo estrago que havia sido feito. Era, mais uma vez, culpa dele. Na ânsia de encontrar um lugar tranquilo para Rachel, sem querer ele a conduzira direto a um ninho de vespas. Havia, inclusive, puxado a mão dela para receber a picada. Aquela sua mãe canalha! Talvez passar uma noite sozinha não fizesse mal a Rachel.

— Tem uma pousadinha no vale mais baixo chamada Lakehouse. Vou levar você até lá e arrumar um quarto, tudo bem?

— Tudo bem — respondeu ela, com a voz apática.

Eles seguiram em silêncio durante meia hora, sem que Nick desgrudasse os olhos das curvas perigosas, enquanto Rachel olhava para a escuridão do lado de fora da janela. Estacionaram diante da Lakehouse pouco depois das oito. Era uma casa encantadora com teto de palha que parecia ter sido transportada direto de Cotswolds, mas Rachel estava abalada demais para notar isso.

Depois de Nick levá-la até o quarto de decoração luxuosa, acender a lenha da lareira de pedra e lhe dar um beijo de boa-noite, prometendo voltar assim que amanhecesse, Rachel saiu do quarto e foi direto até a recepção do hotel.

— Poderia, por favor, interromper a ordem de pagamento naquele cartão de crédito? — pediu ela ao recepcionista do turno da noite. — Não vou precisar do quarto, e sim de um táxi.

• • •

Três dias depois de chegar à casa de Peik Lin, Rachel se agachou no chão no canto do quarto e reuniu coragem para ligar para a sua mãe em Cupertino.

— Ora, ora, faz tempo que não recebo notícias suas. Você deve estar se divertindo horrores! — disse Kerry Chu, alegremente.

— Para o inferno que estou!

— Por quê? O que aconteceu? Você e o Nick brigaram? — indagou Kerry, preocupada com o tom de voz estranho da filha.

— Só quero saber uma coisa, mãe. O meu pai ainda está vivo?

Houve uma pausa de uma fração de segundo do outro lado da linha.

— Do que você está falando, minha filha? Seu pai morreu quando você era bebê. Você sabe muito bem disso.

Rachel enfiou as unhas no carpete macio.

— Vou perguntar mais uma vez. O. Meu. Pai. Está. Vivo?

— Não estou entendendo. O que você ouviu aí?

— Sim ou não, mãe. Não me faça perder tempo, porra! — vociferou Rachel.

Kerry conteve um grito assustado diante do ímpeto de raiva da filha. Parecia que ela estava na sala ao lado.

— Filha, você precisa se acalmar.

— Quem é Zhou Fang Min? — Pronto. Estava dito.

Houve uma longa pausa antes de sua mãe dizer, nervosa:

— Filha, você precisa me deixar explicar...

Rachel sentiu o coração pulsando nas têmporas.

— Quer dizer, então, que é verdade! Ele está vivo mesmo.

— Sim, mas...

— Quer dizer, então, que tudo o que você me disse a vida inteira era mentira? UMA MENTIRA DE MERDA! — Rachel afastou o fone do seu rosto e berrou no bocal, as mãos tremendo de raiva.

— Não, Rachel...

— Eu vou desligar agora, mãe.

— Não, não, não desligue! — implorou Kerry.

— Você não passa de uma mentirosa! De uma sequestradora! Você me privou de conhecer meu próprio pai, minha família de verdade. Como *pôde* fazer isso, mãe?

— Você não sabe que homem odioso ele era. Você não entende o que sofri com ele.

— A questão não é essa, mãe. Você mentiu para mim. Sobre a coisa mais importante da minha vida. — Rachel estremeceu e começou a soluçar.

— Não, não! Você não entende...

— Talvez, se você não tivesse me sequestrado, ele não tivesse feito as coisas horríveis que fez. Talvez hoje ele não estivesse na cadeia. — Ela olhou para a própria mão e percebeu que estava arrancando tufos do carpete.

— Não, filha. Eu precisava salvar você das garras dele, da família dele.

— Não sei mais no que acreditar, mãe. Em quem posso confiar agora? Nem o meu nome é verdadeiro. QUAL É O MEU VERDADEIRO NOME?

— Eu mudei o seu nome para proteger você!

— Não sei mais quem eu sou, porra!

— Você é a minha filha! Minha filha querida! — berrou Kerry, sentindo-se completamente impotente ali, de pé na cozinha de sua casa na Califórnia, enquanto sua filha estava de coração partido em algum lugar de Cingapura.

— Eu preciso ir, mãe.

Ela desligou o telefone e engatinhou até a cama. Deitou-se de bruços, deixando a cabeça pender para fora da cama. Talvez assim o sangue parasse de circular, e toda aquela dor cessasse.

A família Goh estava se sentando à mesa para comer *poh piah* quando Rachel entrou na sala de jantar.

— Ah, aí está ela! — exclamou Wye Mun, jovialmente. — Eu disse que a Jane Ear acabaria descendo uma hora ou outra.

Peik Lin olhou feio para o pai, enquanto seu irmão Peik Wing dizia:

— *Jane Eyre* era a babá, pai, não a mulher que...

— *Ho lah, ho lah*,* espertinho, você entendeu o que eu quis dizer — falou Wye Mun, sem dar muita importância.

---

* Gíria *hokkien* que quer dizer "tudo bem".

— Rachel, se você não comer alguma coisa, vai acabar sumiiiiiiindo! — repreendeu-a Neena. — Quer um *poh piah*?

Rachel olhou para a bandeja giratória abarrotada de pratinhos com alimentos que pareciam completamente aleatórios e se perguntou o que eles estariam comendo.

— Claro, tia Neena. Estou morrendo de fome!

— É isso que eu gosto de ouvir! — elogiou Neena. — Venha, venha, vou preparar um para você.

Ela colocou uma panqueca de trigo fina sobre um prato com borda dourada e, no meio, espalhou uma generosa porção de recheio de carne com legumes. Depois pôs um pouco de molho doce *hoisin* na lateral da panqueca e estendeu a mão para os pratinhos. Por cima do recheio, espalhou camarões robustos, carne de caranguejo, omelete frito, cebolinha, coentro, alho picado, molho de pimenta e amendoins moídos. Terminou com outra generosa porção de molho *hoisin* doce e dobrou habilmente a panqueca, que ficou parecendo um burrito enorme e inchado.

— *Nah, ziak!* — ordenou a mãe de Peik Lin.

Rachel se pôs a devorar vorazmente o *poh piah*, mal sentindo o gosto da jicama e da linguiça chinesa do recheio. Fazia uma semana que praticamente não comia.

— Estão vendo? Olhem o sorriso dela! Não tem nada nesse mundo que uma comida boa não resolva — declarou Wye Mun, servindo-se de outra panqueca.

Peik Lin se levantou da cadeira e abraçou Rachel com força por trás.

— Que bom ter **você** de volta — disse ela, com os olhos marejados.

— Obrigada. Na verdade, eu preciso agradecer a todos vocês, do fundo do meu coração, por me deixarem acampar aqui por tanto tempo — acrescentou Rachel.

— Ora, eu estou feliz por você ter voltado a comer! — disse Neena, sorrindo. — Agora chegou o momento dos sundaes de manga!

— Sorvete! — exclamaram, felicíssimas, as crianças.

— Você passou por poucas e boas, Rachel Chu. Que bom que pudemos ajudar! — assentiu Wye Mun. — Pode ficar aqui pelo tempo que desejar.

— Não, não, já abusei demais da boa vontade de vocês. — Rachel sorriu, meio constrangida, perguntando-se como pôde ficar enfiada no quarto de hóspedes deles por tantos dias.

— Já pensou no que vai fazer? — perguntou Peik Lin.

— Sim. Vou voltar para os Estados Unidos. Mas primeiro... — Ela fez uma pausa para respirar fundo. — Primeiro acho que preciso ir até a China. Decidi que, para o bem ou para o mal, quero conhecer o meu pai.

Toda a mesa caiu em silêncio por um instante.

— Por que tanta pressa? — perguntou Peik Lin, gentilmente.

— Já que estou mesmo desse lado do globo... por que não ir conhecer meu pai agora? — retrucou Rachel, tentando fazer a coisa toda parecer trivial.

— Você vai com o Nick? — perguntou Wye Mun.

O rosto dela ficou sombrio.

— Não. Ele é a última pessoa com quem eu desejo ir para a China.

— Mas você vai *contar* para ele, pelo menos? — perguntou Peik Lin, com jeito.

— Acho que sim... ainda não decidi. Só não quero uma reencenação de *Apocalypse Now*, sabe? Tipo, estar no meio do primeiro encontro com o meu pai e, de repente, um dos parentes do Nick pousar bem no meio do presídio a bordo de um helicóptero. Se eu nunca mais tiver que embarcar em outro jatinho particular, iate ou carro pomposo, serei uma pessoa bastante feliz — declarou ela com veemência.

— Ok, papai, cancele o cartão da NetJets — brincou Peik Lin.

Todos na mesa riram.

— Nick tem ligado todos os dias, sabia? — comentou Peik Lin.

— Tenho certeza de que sim.

— A coisa toda ficou meio ridícula — disse P.T. — No começo, ele ligava quatro vezes por dia, mas agora se limitou a apenas uma vez por dia. Veio até aqui duas vezes, na esperança de que o deixássemos entrar, mas os guardas avisaram que era melhor ele ir embora.

O coração de Rachel afundou em seu peito. Ela podia imaginar como Nick estava se sentindo, mas, ao mesmo tempo, não sabia como enfrentá-lo. De repente ele se transformara em um lembrete de tudo o que dera errado em sua vida.

— Você devia falar com ele — sugeriu Wye Mun, com delicadeza.

— Discordo, papai — interveio a esposa de Peik Wing, Sheryl. — Se eu fosse a Rachel, nunca mais iria querer ver o Nick nem ninguém daquela família horrível. Quem essa gente acha que é? Tentando destruir a vida dos outros assim!

— *Alamak*, por que fazer o pobre rapaz sofrer? Não é culpa dele que a mãe seja uma *chao chee bye*! — exclamou Neena. Toda a mesa caiu na risada, menos Sheryl, que fez uma careta e cobriu os ouvidos das filhas.

— Ora, Sheryl, elas são novinhas demais para entender o que isso quer dizer — argumentou Neena, para tranquilizar a nora.

— E o que isso quer dizer? — perguntou Rachel.

— Vagabunda de merda — sussurrou P.T., achando aquilo engraçado.

— Não, não, na verdade é vagabunda *fedorenta* de merda — corrigiu Wye Mun. Todos na mesa caíram na gargalhada, incluindo Rachel.

Depois de recuperar o fôlego, ela suspirou.

— Acho melhor eu falar com ele.

Duas horas depois, Rachel e Nick estavam sentados sob guarda-sol ao lado da piscina da Villa D'Oro, enquanto apenas o som das fontes banhadas a ouro pontuava o silêncio. Rachel olhou para as ondas de água refletindo os azulejos azuis e dourados. Não conseguia olhar para Nick. Estranhamente, o que antes era para ela o rosto mais lindo do mundo agora era algo doloroso demais para se fitar. Ela se viu subitamente muda, sem saber por onde começar.

Nick engoliu em seco, nervoso.

— Nem sei como começar a lhe pedir perdão.

— Não existe nada para ser perdoado. A culpa não foi sua.

— Sim, foi. Tive muito tempo para pensar a respeito. Tudo que eu fiz foi colocar você em uma situação horrível atrás da outra. Sinto tanto, mas tanto, Rachel. Fui um ignorante, um irresponsável em relação à minha própria família; eu não tinha ideia do quanto a minha mãe iria enlouquecer. E sempre pensei que a minha avó quisesse a minha felicidade.

Rachel ficou olhando para o copo suado de chá gelado à sua frente, sem dizer nada.

— Estou muito aliviado por você estar bem. Fiquei tão preocupado — disse Nick.

— Os Gohs cuidaram bem de mim.

— Sim, eu conheci os pais da Peik Lin. Eles são ótimos. Neena Goh fez questão de que eu ficasse para jantar. Hoje não, claro, mas...

Rachel abriu um leve sorriso.

— Aquela mulher adora ver os outros comendo, e parece que você emagreceu.

Na verdade, ele estava péssimo. Rachel nunca o vira assim antes. Parecia que Nick havia ido dormir sem se trocar e que seu cabelo perdera todo o brilho.

— Não tenho comido muito.

— Sua velha cozinheira em Tyersall Park parou de preparar todos os seus pratos favoritos? — perguntou Rachel, um tanto sarcástica. Sabia que sua raiva acumulada estava sendo direcionada para Nick, mas, naquele momento, não conseguiu se conter. Tinha consciência de que ele havia sido tão vítima das circunstâncias quanto ela, mas ainda não era capaz de olhar para além de sua própria dor.

— Na verdade, não estou mais hospedado em Tyersall Park.

— Ah, não?

— Não quis mais ver ninguém desde aquela noite em Cameron Highlands, Rachel.

— Você voltou para o Kingsford Hotel?

— Colin me deixou ficar na casa dele, em Sentosa Cove, durante a lua de mel. Ele e a Araminta também ficaram bastante preocupados com você, sabe?

— Que gentil da parte deles — disse Rachel sem entonação, olhando para a réplica da *Vênus de Milo* do outro lado da piscina. Uma estátua sem braços de uma bela mulher que fora disputada ao longo dos séculos pelos colecionadores, muito embora sua origem jamais tivesse sido identificada. Talvez alguém devesse cortar seus braços também. Quem sabe assim ela não se sentiria melhor?

Nick estendeu a mão e colocou-a sobre a de Rachel.

— Vamos voltar para Nova York. Vamos voltar para casa.

— Andei pensando e... preciso ir para a China. Quero conhecer o meu pai.

Nick fez uma pausa.

— Tem certeza de que está preparada para isso?

— E alguém está preparado para conhecer um pai que nunca viu na vida e que está na cadeia?

Nick suspirou.

— Bem, e quando vamos partir?

— Na verdade, eu vou com a Peik Lin.

— Ah — disse Nick, meio surpreso. — Posso ir também? Gostaria de estar ao seu lado.

— Não, Nick. Isso é algo que preciso fazer sozinha. Já basta Peik Lin, que insistiu muito para ir. O pai dela tem amigos na China que vão me ajudar a escapar da burocracia, portanto não pude dizer não a ela. Estarei de volta dentro de uns dois dias e, depois, vou embora para Nova York.

— Bem, me avise quando quiser trocar a data das nossas passagens. Eu posso voltar a hora que você quiser, Rachel.

Rachel respirou fundo e se preparou para o que estava prestes a dizer.

— Nick, eu preciso voltar para Nova York... sozinha.

— Sozinha? — exclamou ele, surpreso.

— Sim. Não quero que você interrompa suas férias de verão para voltar comigo.

— Não, não, eu estou tão farto desse lugar quanto você! Eu *quero* voltar com você! — insistiu ele.

— Essa é a questão, Nick. Acho que não consigo lidar com tudo isso nesse momento.

Nick olhou para ela, cheio de tristeza. Obviamente, ela continuava imersa em sua dor.

— E, quando eu voltar para Nova York — continuou ela, com a voz trêmula agora —, acho melhor a gente não se ver mais.

— O quê? Como assim? — perguntou ele, assustado.

— É exatamente isso. Vou pegar as minhas coisas no seu apartamento assim que eu voltar e, depois, quando você chegar...

— Rachel, você ficou maluca? — exclamou Nick, saltando da cadeira e agachando-se ao lado dela. — Por que está dizendo isso? Eu amo você. Quero me casar com você.

— Eu também amo você — gritou ela. — Mas você não vê? Nunca vai dar certo.

— Claro que vai. *Claro que vai!* Não estou nem aí para o que a minha família pensa. Eu quero ficar com você, Rachel.

Rachel balançou a cabeça devagar.

— Não é só a sua família, Nick. São os seus amigos, os seus amigos de infância. É todo mundo nessa ilha.

— Isso não é verdade, Rachel. Meus melhores amigos adoram você. Colin, Mehmet, Alistair e tantos outros amigos meus que você nem teve a chance de conhecer. Mas isso não vem ao caso. Moramos em Nova York agora. Nossos amigos estão lá, nossa vida está lá, e tem sido ótimo. Vai continuar sendo, depois que a gente deixar toda essa loucura para trás.

— Não é assim tão simples, Nick. Você provavelmente ainda não percebeu, mas disse "moramos em Nova York *agora*". Você não vai morar em Nova York para sempre. Um dia vai voltar para cá, provavelmente nos próximos anos. Não se engane... toda a sua família está aqui, sua herança está aqui.

— Ah, que se dane tudo isso! Você sabe que eu não me importo nem um pouco com essa merda.

— Isso é o que você diz agora, mas será que não vê como as coisas podem mudar com o tempo? Não acha que, no futuro, talvez você se ressinta de ter ficado comigo?

— Eu jamais me ressentiria de ficar com você, Rachel. Você é a pessoa mais importante da minha vida! Você não faz ideia... eu mal comi, mal dormi... os últimos sete dias foram um verdadeiro inferno sem você.

Rachel suspirou e fechou os olhos com força por um instante.

— Eu sei que tem sido sofrido. Não quero magoar você, mas realmente acho que será melhor assim.

— Terminar? O que você diz não faz sentido, Rachel. Eu sei quanto você está magoada agora, mas terminar não vai fazer a dor passar. Eu quero ajudar você. Me deixe fazer isso, por favor — implorou Nick com fervor, o cabelo entrando nos olhos.

— E se a gente tiver filhos? Nossos filhos jamais serão aceitos pela sua família.

— E quem se importa com isso? Teremos nossa própria família, nossa própria vida. Nada disso tem importância.

— Para mim, tem importância. Ando pensando muito nisso, Nick. Sabe, no começo fiquei tão chocada ao saber a verdade sobre o meu passado, fiquei tão arrasada com as mentiras da minha mãe ao me dar conta de que nem mesmo o meu nome era verdadeiro. Sentia como se toda a minha identidade tivesse sido roubada de mim. Mas então percebi que... nada disso realmente importa. O que é um nome, afinal? Nós, chineses, somos obcecados com nomes de família. Eu tenho orgulho de meu *próprio* nome. Tenho orgulho da pessoa em que eu me tornei.

— Eu também — disse Nick.

— Então você precisa entender que, por mais que eu ame você, Nick, não quero ser a sua esposa. Não quero fazer parte de uma família como a sua. Não posso entrar para um clã que acredita ser superior a mim. E não quero que os meus filhos estejam vinculados a pessoas assim. Quero que eles cresçam em um lar de amor e apoio, rodeados por avós, tias, tios e primos que os considerem seus iguais. Porque, no fim das contas, é isso que eu tenho, Nick. Você mesmo viu no feriado de Ação de Graças, quando foi comigo à casa do meu tio. Viu como é com os meus primos. Somos competitivos, provocamos uns aos outros sem dó nem piedade, mas, no fim das contas, estamos ali apoiando uns aos outros para o que der e vier. É isso que eu desejo para os meus filhos. Quero que eles amem a família que têm, e que sintam um orgulho profundo em serem os indivíduos que são, Nick, e não orgulho do dinheiro que eles têm, do seu sobrenome, de quantas gerações sua família tem e se ela vem dessa ou daquela dinastia. Desculpe, mas, para mim, chega. Para mim, chega de estar ao lado desses asiáticos podres de ricos, dessas pessoas cujas vidas giram em torno de ganhar dinheiro, de gastar dinheiro, de ostentar dinheiro, de comparar dinheiro, de esconder dinheiro, de controlar os outros com dinheiro, de arruinar a vida dos outros com dinheiro. Se eu me casar com você, não vai ter escapatória, mesmo que a gente viva do outro lado do mundo.

Os olhos de Rachel estavam cheios de lágrimas e, por mais que Nick quisesse insistir com a namorada que ela estava errada, sabia que nada do que pudesse dizer agora a convenceria do contrário. Não importava em que parte do mundo eles pudessem estar, fosse em Paris, Nova York ou Xangai, Nick a perdera para sempre.

16

Sentosa Cove

•

CINGAPURA

Deve ter sido um pássaro ou algo assim, pensou Nick, ao acordar com um barulho. Havia um gaio azul que toda manhã costumava bicar a parede de vidro deslizante do andar de baixo, perto do espelho d'água. Quanto tempo ele havia dormido? Eram sete e quarenta e cinco, portanto ele tinha dormido por pelo menos quatro horas e meia. Nada mau, considerando que não conseguia dormir mais de três horas por noite desde que Rachel terminara com ele, uma semana antes. A cama estava banhada por uma poça de luz que vinha do teto de vidro retrátil, e agora estava claro demais para que ele conseguisse pegar no sono novamente. Como Colin conseguia dormir naquele lugar? Havia algo de impraticável em morar numa casa que consistia basicamente em espelhos d'água e paredes de vidro.

Nick virou-se para o lado e se pôs de frente para a parede veneziana de estuque na qual estava a enorme foto de Hiroshi Sugimoto. Era uma imagem em preto e branco de sua série de cinema, o interior de algum antigo teatro de Ohio. Sugimoto deixara o obturador da câmara aberto durante todo o filme, de modo que a grande tela se tornasse um portal cintilante e retangular de luz. Para Nick, parecia um portal que conduzia a um universo paralelo. Ele sentiu vontade de entrar em toda aquela brancura e desaparecer. Voltar no tempo, quem sabe? Até abril ou maio. Ele devia ter imaginado. Jamais deveria ter convidado Rachel para ir com ele para Cingapura sem lhe dar um curso rápido sobre como lidar com sua família. "Famílias Chinesas Ricas, Soberbas e Iludidas 101." Era mesmo possível que ele fizesse parte daquela família? Quanto mais velho ele ficava, e quanto mais tempo morava fora, mais se sentia um estranho no meio daquela gente. Agora que estava com 30 e poucos anos, as expectativas não paravam de crescer — e as regras não paravam de mudar. Ele não sabia mais como se manter a par do que acontecia ali. Ao mesmo tempo, porém, adorava voltar para casa. Adorava as longas tardes de chuva na casa de sua avó durante a estação das monções, de ir atrás de *kueh tutu** em Chinatown, das longas caminhadas ao redor do reservatório MacRitchie ao poente com seu pai...

Mais uma vez, aquele som. Agora não parecia mais ser o gaio azul. Nick provavelmente caíra no sono sem armar o sistema de alarme da casa e, agora, alguém com certeza tinha entrado ali. Vestiu um short e saiu do quarto na ponta dos pés. O acesso ao quarto de hóspedes era por meio de uma passarela de vidro que se estendia ao longo de toda a área dos fundos da casa e, ao olhar para baixo, ele avistou o brilho de um reflexo se movendo no piso de carvalho brasileiro polido. Será que a casa estava sob o ataque de algum vândalo? Sentosa Cove era um lugar tão isolado... Além disso, praticamente ninguém que lia as revistas de fofocas sabia que Colin Khoo e Araminta Lee estavam em sua fabulosa lua de mel, a bordo de um iate passeando pela costa da Dalmácia.

Nick procurou algo que pudesse servir como arma, mas a única coisa que conseguiu encontrar foi um *didgeridoo*** apoiado na parede do banheiro de hóspedes. (Seria mesmo possível que alguém pudesse querer tocar *didgeridoo* enquanto estivesse sentado na privada?) Ele desceu os degraus flutuantes de titânio e foi caminhando bem devagar até a cozinha, no andar de baixo. Estava levantando o *didgeridoo*, prestes a acertar o invasor, quando Colin surgiu bem na sua frente.

---

* Bolinho cozido no vapor em formato de flor, feito à base de farinha de arroz e coco ralado. É uma iguaria típica de Cingapura.
** Instrumento de sopro típico dos aborígines australianos. (*N. da T.*)

— Deus do céu! — xingou Nick, surpreso, e abaixou a arma.

Colin pareceu não se abalar ao ver o amigo trajando pouco mais do que um short e envergando um *didgeridoo* das cores do arco-íris.

— Acho que isso aí não é uma boa arma, Nick — disse ele. — Devia ter pegado a antiga espada de samurai que está no meu quarto.

— Achei que alguém tivesse invadido a casa!

— Isso não acontece por aqui. Esse bairro é bem seguro, e os ladrões não se dão ao trabalho de vir até aqui só para roubar eletrodomésticos customizados.

— O que está fazendo aqui, por que voltou tão cedo da lua de mel? — indagou Nick, coçando a cabeça.

— Bom, eu ouvi algo perturbador sobre meu melhor amigo estar apresentando tendências suicidas, além de estar meio deprimido na minha casa.

— Deprimido, sim, mas com tendências suicidas, não — resmungou Nick.

— Sério, Nick. Tem muita gente preocupada com você.

— Ah, é? Tipo quem? Nem venha me dizer que é a minha mãe.

— Sophie está preocupada. Araminta. Até a Mandy. Ela me ligou lá em Hvar. Acho que se arrependeu do modo como agiu.

— Bom, o estrago já está feito — disse Nick, de mau humor.

— Escute, vou preparar um café da manhã para você, que tal? Parece que você não come nada há séculos.

— Seria ótimo.

— Observe enquanto o Chef de Ferro tenta fritar uns *hor bao daan*.*

Nick sentou-se em um banquinho de bar na ilha do meio da cozinha e engoliu seu café da manhã vorazmente. Levantou uma garfada com ovos.

— Quase tão bons quanto os de Ah Ching.

— Pura sorte. Em geral, meus *bao daan* acabam virando ovos mexidos.

— Bom, é a melhor coisa que eu comi durante toda a semana. Na verdade, foi a única coisa que eu comi. Passei a semana inteira

---

* Em cantonês, "ovos fritos juntos". Estilo semelhante aos ovos fritos de gema mole.

jogado no seu sofá tomando cerveja e assistindo a *Mad Men*. Por falar nisso, seu estoque de Red Stripe acabou.

— É a primeira vez que você fica deprimido de verdade, não é? Finalmente o destruidor de corações descobre como é ter seu coração destruído.

— Acho que eu não sou o representante original desse título. Alistair é quem é o verdadeiro destruidor de corações.

— Espere um pouco... Você não soube? A Kitty Pong deu um pé na bunda dele!

— Nossa, isso é um choque! — comentou Nick, meio amargo.

— Não, você ainda não ouviu a história toda. Na cerimônia do chá no dia seguinte ao casamento, Araminta e eu estávamos no meio do processo de servir o chá para a Sra. Lee Yong Chien quando ouvimos um barulho estranho vindo de algum lugar. Parecia uma mistura de chocalho com algum animal de fazenda dando à luz. Ninguém conseguiu descobrir o que era. Achamos que talvez um morcego tivesse ficado preso na casa. Então algumas pessoas começaram a fazer uma busca, mas bem discreta. Você sabe como é a casa colonial do meu avô em Belmont Road... repleta de armários embutidos por toda parte. Bom, aí o pequeno Rupert Khoo abre a porta que tem embaixo da grande escadaria e, de lá, saem rolando Kitty e Bernard Tai, bem na frente de todos os convidados!

— NÃÃÃÃÃÃO! — exclamou Nick.

— Ainda nem contei a pior parte. Bernard estava inclinado, em espacate, com as calças enroladas ao redor de um tornozelo, e Kitty ainda tinha dois dedos enfiados na bunda dele quando abriram a porta!

Nick começou a gargalhar histericamente, dando tapas no balcão de travertino sem parar, enquanto as lágrimas rolavam pelo seu rosto.

— Você devia ter visto a cara da Sra. Lee Yong Chien! Achei que eu ia acabar tendo que fazer uma RCP nela! — Colin riu.

— Obrigado pela história hilária, eu precisava disso. — Nick suspirou e tentou recuperar o fôlego. — Mas eu tenho pena do Alistair.

— Ah, ele vai acabar superando. Estou mais preocupado é com você. Sério, o que vai fazer em relação a Rachel? Precisamos dar um jeito em você e montá-lo novamente em seu cavalo branco. Acho que a Rachel precisa da sua ajuda, mais do que nunca.

— Eu sei, mas ela resolveu me cortar da vida dela de vez. Deixou bem claro que não quer me ver nunca mais, e aqueles Gohs fizeram um ótimo trabalho apoiando essa atitude!

— Ela ainda está em estado de choque, Nicky. Com tudo o que aconteceu com ela, como pode saber o que ela realmente quer?

— Eu conheço a Rachel, Colin. Quando decide uma coisa, não tem volta. Ela não é do tipo sentimentalista. É muito pragmática e, além disso, teimosa. Decidiu isso porque acha que, por causa do comportamento da minha família, jamais daríamos certo juntos. Dá para culpá-la, depois do que eles fizeram? Não é irônico? Todo mundo acha que ela é uma espécie de aproveitadora, mas, na verdade, é exatamente o contrário. Ela terminou comigo *por causa* do meu dinheiro.

— Eu falei com você que gostei dela desde o dia em que a conheci. Ela é demais, não é? — comentou Colin.

Nick ficou olhando pela janela, para a paisagem do outro lado da baía. Sob a neblina da manhã, o *skyline* de Cingapura parecia quase o de Manhattan.

— Eu adorava a vida que tínhamos em Nova York — disse ele, cheio de tristeza. — Adorava acordar cedo no domingo e ir ao Murray's comprar sanduíches de bagel com ela. Adorava passar horas caminhando no West Village, ir até o Washington Square Park para ver os cachorros brincando na corrida de cães. Mas acabei ferrando com tudo. Por minha causa, a vida dela virou do avesso.

— A culpa não é sua, Nicky.

— Colin, eu *arruinei a vida dela*. Por minha causa, ela rompeu relações com a mãe, e elas eram tipo melhores amigas. Por minha causa, ela descobriu que o pai é um presidiário, que tudo aquilo em que acreditava a respeito de si mesma era mentira. Nada disso teria acontecido se eu não a tivesse trazido para cá. Por mais que eu queira acreditar que existe uma parte dela que ainda me ama, estamos presos em uma situação impossível.

Um barulho súbito de batidas consistentes como um Código Morse ecoou pela cozinha.

— O que é isso? — perguntou Colin, olhando ao redor. — Espero que não seja a Kitty e o Bernard de novo.

— Não, é o gaio azul — explicou Nick, levantando-se do banquinho e indo até a sala de estar.

— Que gaio azul?

— Você não sabe? Tem um gaio azul que vem até aqui todas as manhãs, religiosamente, e fica esvoaçando na frente da parede de vidro por uns dez minutos, bicando-a.

— Acho que nunca estou de pé tão cedo.

Colin foi para a sala de estar e olhou pela janela, fascinado com o pássaro azul-cobalto que dardejava pelo ar. Ele batia o minúsculo bico negro na vidraça por alguns instantes e, em seguida, ia embora, mas, segundos depois, retornava, como um pequeno pêndulo balançando contra o vidro.

— Será que ele está apenas afiando o bico ou realmente quer entrar? — perguntou Nick.

— Já pensou em abrir a parede de vidro e ver se ele entra? — sugeriu Colin.

— Hã... não — disse Nick, olhando para o amigo como se fosse a coisa mais inteligente que já tinha ouvido na vida.

Colin apanhou o controle remoto da casa e apertou um botão. As vidraças começaram a se abrir com facilidade.

O gaio azul entrou como um raio na sala e rumou direto para a pintura gigantesca formada de pontos coloridos pendurada na parede em frente. Começou a bicar sem dó um dos pontos amarelos.

— Ah, meu Deus, o Damien Hirst! Ele estava atraído pelos pontos coloridos esse tempo todo! — gritou Nick, surpreso.

— Tem certeza de que ele não é o menor crítico de arte do mundo? — brincou Colin. — Olhe só como ele ataca essa pintura!

Nick correu até o quadro, agitando os braços no ar para afastar o pássaro.

Colin se esparramou no banco George Nakashima.

— Bom, Nicky, odeio ter que dizer o óbvio, mas aí está um passarinho que tentou insistentemente entrar através de um enorme vidro à prova de balas. Era uma situação completamente impossível. Você me disse que todos os dias ele ficava bicando o vidro um tempão. Bem, hoje a vidraça se abriu.

— Quer dizer que eu devia libertar o pássaro? Deixar Rachel ir embora e pronto?

Colin olhou exasperado para o amigo.

— Não, seu idiota! Se você ama a Rachel tanto quanto diz, precisa ser o gaio azul para ela.

— Certo. Então o que o gaio azul faria? — perguntou Nick.

— Ele nunca desistiria de tentar. Diante de uma situação impossível, faria com que *tudo* se tornasse possível.

17

Baía de Repulse

•

HONG KONG

A lancha Corsair pegou Astrid no píer localizado na praia em forma de meia-lua e acelerou rumo às profundas águas verde-esmeralda da baía de Repulse. Ao contornar a enseada, Astrid teve o primeiro vislumbre do majestoso junco chinês de três mastros atracado em Chung Hom Wan, de cuja proa Charlie acenava para ela.

— Que magnífico! — exclamou ela, assim que a lancha estacionou ao lado do junco.

— Achei que você estava precisando se animar um pouco — disse Charlie, timidamente, enquanto a ajudava a subir no convés.

Ao longo das duas últimas semanas, ele observara com ansiedade, sem se intrometer, Astrid passar pelos diversos estágios do luto, hospedada em seu apartamento dúplex: do choque para a ira, da ira para o desespero. Quando teve a impressão de que ela havia chegado a um estágio de aceitação, convidou-a para velejar. Charlie achava que o ar fresco faria bem a ela.

Astrid se equilibrou e alisou a calça capri azul-marinho.

— Quer que eu tire os sapatos?

— Não, não. Se estivesse usando os *stiletto* de sempre, aí sim, mas, com essas sapatilhas, não tem problema — tranquilizou-a Charlie.

— Bom, eu não quero destruir esse piso de madeira maravilhoso. — Astrid admirou as superfícies de teca dourada cintilantes. — Há quanto tempo você tem esse junco chinês?

— Tecnicamente, ele pertence à empresa, pois precisamos dele para impressionar os clientes, mas eu ando restaurando esse barco faz uns três anos. Projeto de fim de semana, sabe?

— Que idade ele tem?

— É do século XVIII; um junco pirata que contrabandeava ópio pelas ilhas que rodeiam o sul de Cantão. Foi justamente esse trajeto que pensei em fazer hoje — explicou Charlie, enquanto dava ordens para zarpar. As imensas velas de lona encerada se desenrolaram, passando de um tom vermelho-queimado para um carmesim intenso à luz do sol enquanto a embarcação navegava pelas águas.

— Sabe, segundo uma lenda na minha família, meu trisavô comercializava ópio. Comércio pesado; foi essa a origem real de parte da fortuna da família — contou Astrid, virando o rosto para a brisa do mar enquanto o junco deslizava suavemente.

— É mesmo? De que lado? — perguntou Charlie, levantando uma sobrancelha.

— Não posso dizer. Não podemos falar sobre esse assunto, portanto tenho certeza de que deve ser mesmo verdade. Parece que a minha bisavó era completamente viciada e passava o tempo inteiro prostrada em seu opiário particular.

— A filha do rei do ópio se tornou uma viciada? Essa não é uma boa estratégia de negócios.

— É carma, eu acho. Em algum momento, todos nós precisamos pagar pelos nossos excessos, não é?

Charlie sabia exatamente aonde Astrid iria chegar com aquela conversa.

— Não se martirize de novo. Eu já disse cem vezes: você não podia fazer nada para impedir o Michael de fazer o que ele queria fazer.

— Claro que podia. Estou ficando louca pensando em todas as coisas que eu podia ter feito de forma diferente. Eu podia ter falado não quando os meus advogados insistiram que ele assinasse aquele acordo pré-nupcial. Podia ter parado de ir duas vezes por ano a Paris para lotar o nosso quarto de hóspedes de vestidos de alta-costura. Podia ter dado presentes mais baratos para ele. Aquele Vacheron que eu lhe dei em seu aniversário de 30 anos foi um erro gigantesco.

— Você só estava sendo você mesma, e isso não seria um problema para ninguém, exceto para Michael. Ele devia saber no que estava se metendo quando se casou com você. Dê um pouco mais de crédito a si mesma, Astrid... Pode ser que os seus gostos sejam extravagantes, mas isso jamais fez com que você fosse uma má pessoa.

— Não sei como pode dizer isso... Eu tratei você tão mal, Charlie.

— Nunca guardei ressentimento, você sabe muito bem disso. Foi dos seus pais que eu tive raiva.

Astrid olhou para cima, para o céu azul. Uma gaivota solitária parecia estar voando lado a lado com o barco, batendo as asas com força para acompanhá-lo.

— Bom, agora meus pais com certeza vão se arrepender de eu *não ter* me casado com você, quando descobrirem que sua filha preciosa levou um pé na bunda do Michael Teo. Imagine, meus pais... que um dia ficaram tão chocados diante da perspectiva de você ser genro deles! Eles torceram o nariz para a fortuna recente do seu pai, que veio de *computadores*, e hoje a sua família é uma das mais respeitadas da Ásia. Agora, os Leongs serão obrigados a enfrentar a vergonha de ter uma divorciada na família.

— Não há vergonha nenhuma nisso. O divórcio está se tornando algo cada vez mais comum ultimamente.

— Mas não em famílias como as nossas, Charlie. Você sabe disso. Olhe só para você mesmo. A sua mulher não quer lhe dar o divórcio, e a sua mãe não quer nem ouvir falar nesse assunto. Pense em como vai ser na *minha* família quando eles descobrirem a verdade. Eles vão ficar chocados.

Dois funcionários do barco se aproximaram com um balde de gelo e uma bandeja enorme repleta de lichias e longanas frescas. Charlie abriu a garrafa de Château d'Yquem e serviu uma taça a Astrid.

— Michael adorava Sauternes. Era uma das poucas coisas que nós dois adorávamos — comentou Astrid com tristeza enquanto tomava um gole do vinho. — Claro que eventualmente acabei aprendendo a gostar de futebol, e ele, de papel higiênico de folha quádrupla.

— Mas você era feliz mesmo, Astrid? — perguntou Charlie. — Quer dizer, parece que você abriu mão de muito mais coisas do que ele nesse relacionamento. Ainda não consigo imaginar você morando naquele apartamentozinho, escondendo suas compras no quarto de hóspedes como uma viciada.

— Eu era realmente feliz, Charlie. E o mais importante: Cassian era feliz. Agora vai ter de crescer como o filho de um divórcio, indo de uma casa para outra. Eu fracassei com o meu filho.

— Nada disso — repreendeu-a Charlie. — Eu não vejo as coisas dessa forma. Foi o Michael quem abandonou o barco. Ele não conseguiu suportar as dificuldades. Por mais que eu o considere um covarde, também consigo entendê-lo um pouco. A sua família é muito intimidadora. E uma coisa é certa: eles me deram uma canseira e tanto por causa do meu dinheiro e, no fim, acabaram vencendo, não foi?

— Bom, mas não foi você quem desistiu. Você enfrentou a minha família e não deixou que ninguém maltratasse você. Eu é que cedi — disse Astrid, descascando com destreza uma longana e enfiando a fruta perolada na boca.

— Não importa. É muito mais fácil para uma bela mulher de família comum se casar com alguém de uma família como a sua do que um homem que não tem riqueza nem linhagem fazer isso. E o Michael tinha a desvantagem extra de ser bonitão. Acho que os homens da sua família provavelmente deviam ter inveja dele.

Astrid riu.

— Bom, eu achei que ele estava à altura do desafio. Quando conheci o Michael, ele não estava nem aí para o meu dinheiro ou para a minha família. Só que, no fim, acabei me enganando. Ele se importava, sim. Se importava até demais. — A voz de Astrid fraquejou, e Charlie abriu os braços para consolá-la. Lágrimas rolaram pelo rosto dela, que ficou em silêncio, e se transformaram em soluços profundos enquanto Astrid se apoiava em seu ombro.

— Desculpe, desculpe — dizia ela sem parar, constrangida com sua demonstração sentimental exagerada. — Não sei por que, mas não consigo parar de chorar.

— Astrid, sou *eu*. Você não precisa controlar suas emoções comigo. Já atirou um monte de vasos e aquários de peixinhos dourados em cima de mim, esqueceu? — brincou Charlie, tentando aliviar o clima.

Astrid sorriu ligeiramente, mas as lágrimas continuaram a correr. Charlie sentiu-se impotente e, ao mesmo tempo, frustrado com o absurdo daquela situação. Sua belíssima ex-noiva estava em um romântico junco chinês com ele, literalmente chorando em seu ombro por causa de outro homem. Essa era a sorte que ele tinha.

— Você ama esse cara de verdade, não é? — perguntou Charlie, baixinho.

— Amo. Claro que amo — respondeu Astrid, soluçando.

Por algumas horas, os dois ficaram sentados lado a lado, observando o sol e o mar, enquanto o junco navegava pelas águas calmas do Mar da China Meridional. Passaram pela Ilha de Lantau, e Charlie se inclinou respeitosamente para o Buda gigante encarapitado no alto de seu morro, depois passaram por pequeninas ilhotas pitorescas, como Aizhou e Sanmen, com suas encostas selvagens e enseadas escondidas.

Durante todo o tempo, a mente de Charlie não parava nem um segundo. Ele havia convencido Astrid a velejar com ele naquela tarde porque desejava lhe fazer uma confissão. Queria dizer a ela que nunca havia deixado de amá-la, nem por um único momento, que ter se casado um ano depois que os dois terminaram não passara de dor de cotovelo. Ele nunca amara Isabel, e o casamento deles estava fadado ao fracasso desde o começo por causa disso. Havia tantas coisas que Charlie desejava que Astrid soubesse, mas entendeu que agora era tarde demais para dizê-las.

Pelo menos ela o amara um dia. Pelo menos ele vivera quatro anos felizes ao lado da garota que amava desde os 15 anos, desde a noite em que a vira cantar "Pass It On"* na praia durante um

---

* Hino religioso metodista. Em tradução livre, "Passe adiante". (*N. da T.*)

passeio do grupo de jovens da igreja. (Apesar de a família dele ser taoista, sua mãe obrigava todo mundo a frequentar a Igreja Metodista, para que se misturassem com uma turma mais refinada.) Ele ainda se lembrava da fogueira tremulante iluminando seus longos cabelos ondulados com os tons mais lindos de vermelho e dourado, como Astrid inteira brilhava como a *Vênus* de Botticelli enquanto cantava docemente:

> *It only takes a spark,*
> *To get the fire going.*
> *And soon all those around,*
> *Can warm up in its glowing.*
> *That's how it is with God's love,*
> *Once you've experienced it.*
> *You want to sing,*
> *It's fresh like spring,*
> *You want to Pass It On.**

— Posso falar uma coisa, Astrid? — perguntou Charlie enquanto o junco voltava para deixá-la na baía de Repulse.

— Sim? — disse ela, meio sonolenta.

— Quando você voltar para sua casa amanhã, não faça nada. Simplesmente retome a sua vida normal. Não faça nenhuma declaração e não dê logo o divórcio para o Michael.

— Por que não?

— Tenho a sensação de que ele pode mudar de ideia.

— O que o leva a pensar isso?

— Bom, eu sou homem, e sei como os homens pensam. Michael já usou todas as cartas do jogo e tirou um peso enorme do peito. Existe algo de extremamente catártico nisso, em dizer a verdade

---

* Em tradução livre: "Basta uma faísca para acender o fogo./ E logo todos ao redor/ poderão se aquecer em seu brilho./ Assim também é com o amor de Deus./ Depois que o vivenciamos./ Você quer cantar/ É fresco como a primavera/ Você quer passá-lo adiante." (*N. da T.*)

Agora, se você deixar que ele fique sozinho por um tempo, acho que ele vai acabar descobrindo que talvez queira uma reconciliação daqui a alguns meses.

Astrid estava incrédula.

— É mesmo? Mas ele estava tão inflexível pedindo o divórcio.

— Pense um pouco: durante cinco anos, Michael se iludiu, pensando que estava preso num casamento impossível. Mas acontece uma coisa engraçada quando os homens de fato ganham o gostinho da liberdade, principalmente quando estão acostumados com a vida de casados. Eles começam a sentir saudades daquela alegria doméstica. Querem recriá-la. Olhe, ele mesmo disse que o sexo continuava ótimo. Falou que não a culpava por nada, a não ser por torrar dinheiro demais com roupas. Meu instinto me diz que, se você deixar o Michael em paz, ele vai voltar.

— Bem, vale a pena tentar, não é? — concordou ela, cheia de esperança.

— Sim. Mas você precisa me prometer duas coisas: primeiro, que vai viver a sua vida do jeito que bem entende, e não do jeito que acha que o Michael quer que você viva. Se mude para uma de suas casas preferidas, vista as roupas que quer usar. Tenho a forte sensação de que o que acabou com o seu marido foi você passar o tempo todo pisando em ovos com ele, tentando ser algo que você não é. Compensar as coisas para o Michael só aumentava o sentimento de inadequação dele.

— Certo — disse Astrid, tentando absorver tudo aquilo.

— Segundo, prometa que não vai conceder o divórcio a ele antes de pelo menos um ano, não importa quanto Michael implore. Adie. Se você assinar os papéis, perderá a chance de ele voltar um dia — disse Charlie.

— Prometo.

Assim que Astrid desembarcou do junco na baía de Repulse, Charlie telefonou para Aaron Shek, o diretor financeiro da Wu Microsystems.

— Aaron, como anda o valor das nossas ações hoje?

— Alta de dois por cento.

— Ótimo, ótimo. Aaron, preciso de um grande favor... Quero que faça uma busca por uma pequena empresa de tecnologia de Cingapura chamada Cloud Nine Solutions.

— Cloud Nine... — repetiu Aaron, digitando o nome no computador. — Com sede em Jurong?

— Sim, essa mesma. Aaron, quero que compre essa empresa amanhã. Comece com um valor baixo, mas, no fim, ofereça pelo menos 15 milhões por ela. Aliás, quantos sócios a empresa tem mesmo?

— O sistema diz dois sócios registrados: Michael Teo e Adrian Balakrishnan.

— Certo. Então, 30 milhões.

— Charlie, você está mesmo falando sério? O valor dessa empresa é de apenas...

— Sim, estou falando muito sério — interrompeu-o Charlie. — Dê início a uma especulação falsa, uma guerra imaginária entre algumas de nossas subsidiárias, se for preciso. Agora, escute com atenção. Depois de fechar o acordo, quero que confira a Michael Teo, o sócio-fundador, opções de ações de classe A, e depois que faça uma fusão dessa empresa com aquela *startup* de Cupertino que compramos no mês passado e com a desenvolvedora de softwares de Zhongguancun. Então, quero que a gente faça uma oferta pública inicial na Bolsa de Valores de Xangai no próximo mês.

— *No próximo mês?*

— Sim, a coisa toda precisa acontecer muito rápido. Espalhe a notícia desse acordo, faça com que seus contatos na Bloomberg TV saibam de tudo; sei lá, se achar que isso pode ajudar a aumentar o preço das ações, mande uma dica para Henry Blodget. Não importa. O importante é que, no fim das contas, essas ações de classe A valham, *no mínimo*, 250 milhões. Tudo deve ser feito por fora, sem registro nos livros de contabilidade. Se precisar, abra uma empresa-fantasma em Liechtenstein. Mas garanta que não haverá como ligarem essa ação a mim. Eu não posso aparecer. Nunca, jamais.

— Certo, entendi. — Aaron estava acostumado com os pedidos idiossincráticos de seu chefe.

— Obrigado, Aaron. Vejo você no clube no domingo, com as crianças.

O junco chinês do século XVIII atracou no porto de Aberdeen quando as primeiras luzes noturnas começavam a se acender na densa paisagem urbana que envolvia a costa sul da ilha de Hong Kong. Charlie soltou um longo suspiro. Se não tinha nenhuma chance de reconquistar Astrid, então pelo menos desejava ajudá-la. Queria que ela reencontrasse o amor ao lado do marido. Desejava que a alegria voltasse ao rosto dela, aquele brilho que ele vira há tantos anos, na frente da fogueira, na praia. Queria passá-lo adiante.

18

Villa D'Oro

•

CINGAPURA

Peik Lin desceu as escadas levando uma bolsa Bottega Veneta. Às suas costas, duas criadas indonésias carregavam um par de malas Goyard e uma valise.

— Você entendeu que a gente só vai se ausentar por uma noite, não é? Nossa, parece que você vai sair para um safári de um mês — disse Rachel, sem acreditar.

— Ah, me poupe, uma garota precisa ter opções — defendeu-se Peik Lin, atirando o cabelo para trás de um jeito cômico.

Elas estavam prestes a embarcar para Shenzhen, onde Rachel combinara de encontrar seu pai, encarcerado no Presídio Dongguan. No início, ela relutara em pôr os pés em outro avião particular, mas Peik Lin a convencera.

— Confie em mim, Rachel. Podemos fazer isso do jeito fácil ou do jeito difícil — disse ela. — O jeito difícil é enfrentar um voo de quatro horas e meia de alguma companhia aérea de terceira categoria, aterrissar no meio daquele lixo entulhado que é o Aeroporto Internacional de Shenzhen Bao'an e depois esperar na fila da alfândega o resto do dia ao lado de 30 mil amiguinhos bem próximos, cuja maioria nunca ouviu falar em desodorante nem compartilha do mesmo conceito de espaço pessoal que você. Ou então podemos tomar um voo da NetJets agora mesmo e viajar em bancos de couro macio, extraído de vacas que nunca viram um arame farpado na vida, bebendo Veuve Clicquot durante as duas horas e meia que realmente são necessárias para ir daqui até Shenzhen, e, ao aterrissarmos, sermos recebidas por um oficial da alfândega jovem e com tudo em cima que irá subir a bordo, carimbar nossos passaportes, flertar com a gente, porque somos lindas, e nos liberar, nos deixando alegres e faceiras. Sabe, viajar em voo fretado nem sempre é ostentação. Às vezes pode ser mesmo por conveniência e praticidade. Mas você é quem sabe. Se você *realmente* quiser optar pelo galinheiro, estou dentro.

Naquela manhã, entretanto, ao ver o rosto de Rachel tão abatido, Peik Lin ficou na dúvida se realmente não seria melhor esperar um pouco mais para fazer aquela viagem.

— Você não dormiu direito na noite passada, não é? — observou a amiga.

— Não tinha percebido quanto sinto falta de ter o Nick ao meu lado na cama — confessou Rachel, baixinho.

— Ah, você está falando daquele corpo lindo e firme? — acrescentou Peik Lin, com uma piscadela. — Bom, eu tenho certeza de que ele viria para cá e entraria na sua cama em um nanossegundo.

— Não, não, isso não vai acontecer. Eu sei que acabou. Precisa acabar — declarou Rachel, com as extremidades dos olhos úmidas.

Peik Lin abriu a boca para dizer alguma coisa, mas se conteve.

Rachel olhou para ela com intensidade:

— Pode dizer!

Peik Lin colocou a bolsa no chão e se sentou no canapé de veludo brocado que ficava no *foyer* da entrada.

— Acho que você precisa dar um tempo antes de tomar qualquer decisão definitiva em relação a Nick, só isso. Você está passando por muita coisa nesse momento.

— Falando assim, até parece que você está do lado dele — disse Rachel.

— Rachel... que merda! Eu estou do *seu lado!* Só quero ver você feliz. Só isso.

Rachel não disse nada por um tempo. Sentou-se em cima da mala e correu os dedos pelo mármore frio e macio.

— Quero ser feliz, mas, sempre que penso no Nick, simplesmente volto para o momento mais traumático da minha vida.

Trump, o mais gorducho dos três pequineses, entrou bamboleando no *foyer*. Rachel pegou o cachorrinho no colo.

— Acho que é por isso que preciso conhecer o meu pai. Eu me lembro de ver um *talk show* certa noite em que filhos adotivos finalmente se encontravam com seus pais verdadeiros. Cada um dos filhos, todos já estavam adultos àquela altura, narrou como havia se sentido depois daquele encontro. Mesmo não se dando bem com os pais biológicos, mesmo quando os pais não eram nada do que eles haviam esperado, todos, de alguma maneira, se sentiram mais inteiros depois daquela experiência.

— Bem, daqui a menos de quatro horas, você estará frente a frente com o seu pai — disse Peik Lin.

O rosto de Rachel ficou sombrio.

— Sabe, estou com medo de ir até aquele lugar. *Presídio de Dongguan*. Até o nome parece perigoso.

— Acho que a intenção não era mesmo que parecesse um Canyon Ranch.*

— O presídio é de segurança média, portanto não sei se vamos ficar na mesma sala ou se eu terei que conversar com ele por trás das grades — disse Rachel.

— Tem certeza de que quer mesmo fazer isso? Não precisamos ir hoje, sabe? Posso simplesmente cancelar o voo. Seu pai não vai a lugar nenhum mesmo — argumentou Peik Lin.

— Não, eu quero ir. Quero acabar logo com essa história — disse Rachel, decidida. Ela afagou o pelo dourado do cachorrinho por um instante, se levantou e alisou a saia.

As duas saíram pela porta da frente da casa, onde a BMW em tom dourado-metálico, já carregada com suas bagagens, aguardava por elas. Rachel e Peik Lin embarcaram no banco de trás, então o chofer começou a descer pela trilha inclinada da frente da casa, seguindo em direção aos portões eletrônicos dourados de Villa

---

* Rede de resorts e spas de luxo dos Estados Unidos. (N. *da* T.)

D'Oro. Quando os portões estavam se abrindo, uma SUV parou na frente deles de repente.

— Quem é o idiota que está bloqueando a passagem? — vociferou Peik Lin.

Rachel olhou pelo para-brisa e viu um Land Rover prata com vidros escuros.

— Espere um pouco... — ela começou a dizer, tendo a sensação de que conhecia aquele carro de algum lugar. A porta do lado do motorista se abriu e, dela, saltou Nick. Rachel suspirou. Que tipo de golpe ele estava planejando armar agora? Será que iria insistir em ir para Shenzhen com elas?

Nick se aproximou da BMW e deu uma batidinha no vidro de trás. Rachel abaixou um pouco o vidro da janela.

— Nick, precisamos pegar um avião — disse ela, frustrada. — Eu agradeço muito que queira ajudar, mas realmente não quero que você vá para a China.

— Eu não vou para a China, Rachel. Eu trouxe a China até você — disse ele, sorrindo.

— O quêêêêê? — exclamou Rachel e olhou para o Land Rover, meio que esperando que dele saísse um homem algemado e com macacão laranja. Em vez disso, a porta do passageiro se abriu e ela viu uma mulher de cabelo preto curtinho trajando um *trench coat* laranja-claro. Era a sua mãe.

Rachel escancarou a porta do carro e saltou dele depressa.

— O que você está fazendo aqui? Quando chegou? — perguntou ela em mandarim à mãe, na defensiva.

— Acabei de chegar. Nick me contou o que aconteceu. Eu disse a ele que precisávamos impedir você de ir para a China, mas ele falou que não queria mais se envolver nessa história. Então, eu disse que *eu* precisava encontrar você antes que você tentasse conhecer seu pai, e Nick fretou um avião particular para mim — explicou Kerry.

— Antes ele não tivesse feito isso — grunhiu Rachel, desanimada. *Esses ricaços e seus malditos aviões!*

— Sorte sua que ele fez isso. Nick está sendo maravilhoso! — exclamou Kerry.

— Que ótimo! Por que você não manda fazerem um desfile em homenagem a ele ou, então, o leva para comer ostras? Estou a caminho de Shenzhen nesse momento. Preciso conhecer o meu pai.

— Por favor, não vá! — Kerry tentou segurar o braço de Rachel, mas ela se denvencilhou da mãe.

— Por sua causa eu tive que esperar 29 anos para conhecer o meu pai. E não vou esperar nem mais um segundo!

— Filha, eu sei que você não queria me ver, mas eu precisava vir dizer isso a você pessoalmente: *Zhou Fang Min não é o seu pai.*

— Eu não vou mais escutar você, mãe. Estou cansada de tanta mentira. Li as matérias que saíram no jornal sobre o meu sequestro, e os advogados chineses do Sr. Goh já entraram em contato com o meu pai. Ele está bastante ansioso para me conhecer. — Rachel se mostrava inflexível.

Kerry olhou bem dentro dos olhos da filha, implorando:

— Por favor, acredite em mim; você não gostaria de conhecer esse homem. Seu pai não é o homem que está encarcerado no Presídio de Dongguan. Seu pai é outra pessoa, um homem que eu realmente amei.

— Ah, que maravilha, quer dizer que agora eu sou a *filha bastarda* de outro cara? — Rachel sentiu o sangue correr até sua cabeça e teve a impressão de haver voltado para aquela sala de estar horrível de Cameron Highlands. Justamente quando as coisas estavam começando a fazer sentido, tudo virava de ponta-cabeça mais uma vez. Ela se virou para Peik Lin e falou com a amiga, tonta.

— Pode, por favor, pedir ao seu motorista que pise fundo no acelerador e me atropele agora mesmo? Diga a ele para ser rápido.

19

Casa Star Trek

•

CINGAPURA

Daisy Foo telefonou, em pânico, para Eleanor e pediu a ela que fosse para lá rápido, mas, mesmo assim, Eleanor não acreditou no que viu ao entrar na sala de estar da mansão de Carol Tai, apelidada por todo mundo de "Casa Star Trek". A Irmã Gracie, a pastora da Igreja Pentecostal que havia nascido em Taiwan mas morava em Boston e que fora convocada especialmente por Carol para ir até Cingapura, caminhava em círculos pelo ambiente luxuoso como se estivesse em um transe hipnótico, destruindo todos os móveis e todas as porcelanas chinesas antigas, enquanto Carol e seu marido observavam aquela destruição, atordoados, sentados no sofá de seda trançada no meio da sala. Duas discípulas da Irmã Gracie oravam ao lado deles. Atrás da pequenina pastora com um penteado permanente e grisalho, seguia uma brigada de criados, alguns ajudando a quebrar os objetos que ela apontava com sua bengala de pau-rosa, outros varrendo freneticamente os destroços e colocando-os em sacos de lixo pretos enormes.

— Ídolos falsos! Objetos satânicos! Saiam desse lar de paz! — berrava a Irmã Gracie, fazendo sua voz ecoar pela monstruosa sala. Vasos Ming de valor inestimável eram estilhaçados, papiros da dinastia Qing eram rasgados e Budas banhados a ouro, derrubados no chão enquanto a Irmã Gracie rotulava de satânico qualquer objeto que representasse um animal ou um rosto humano. As corujas eram satânicas. Os sapos eram satânicos. Os gafanhotos eram satânicos. As flores de lótus, embora não fossem nem animal nem rosto humano, também foram rotuladas satânicas devido à sua associação com a iconografia budista. Porém, nada disso era tão maligno quanto aquele dragão demoníaco.

— Sabem por que a tragédia se abateu sobre esse lar? Sabem por que Bernard, seu primogênito, desafiou sua vontade e fugiu para Las Vegas para se casar com uma meretriz grávida das novelas que finge ser de Taiwan? Por causa desses ídolos! Olhem só esse dragão de lápis-lázuli nesse biombo imperial! Seus olhos malignos de rubi hipnotizaram o seu filho. Vocês o rodearam de símbolos do pecado durante todos os dias de sua vida. O que esperavam que ele fizesse, a não ser pecar?

— Mas que besteirada sem sentido é essa? Há anos o Bernard não mora mais nessa casa — sussurrou Lorena Lim.

Carol, entretanto, olhava para a Irmã Gracie como se estivesse recebendo uma mensagem do próprio Jesus Cristo e permitia aquela destruição completa de antiguidades capaz de fazer qualquer curador de museu chorar de desespero.

— Já faz horas que isso está acontecendo. Começou no escritório do *dato'* — sussurrou Daisy.

Eleanor saltou de leve quando a Irmã Gracie tropeçou na urna funerária de Qianlong ao seu lado.

— As serpentes dessa urna! Essas serpentes descendem daquela do Jardim do Éden! — guinchou a Irmã Gracie.

— *Alamak*! Elle, Lorena, venham me ajudar a resgatar algumas coisas do quarto da Carol antes que a Irmã Gracie chegue lá! Se ela vir aquela escultura de marfim de Quan Yin, a deusa da misericórdia, vai começar a ter convulsões! Aquela Quan Yin é do século XII, mas não haverá a menor chance de sobreviver a essa quebradeira — disse Daisy, baixinho. As três saíram devagar da sala e foram até o quarto de Carol.

Elas começaram a enrolar em toalhas e fronhas todos os objetos decorativos que pudessem estar em risco e, em seguida, enfiaram tudo ao acaso dentro de suas bolsas e em sacolas de compras.

— Aqueles papagaios de jade! Pegue os papagaios de jade! Rápido. — orientou Daisy.

— Será que o búfalo vai ser considerado satânico? — perguntou Lorena, segurando uma escultura delicada que tinha chifre.

— Ora, não fique aí dando mole! Pegue tudo! Coloque tudo dentro da bolsa! Vamos devolver tudo para Carol depois que ela recuperar o juízo — vociferou Daisy, irritada.

— Eu devia ter vindo com a minha Birkin, e não com a minha Kelly — lamentou Lorena enquanto tentava colocar o búfalo em sua bolsa de couro duro.

— Certo. Meu chofer estacionou bem na frente da porta da cozinha. Passem para cá essas primeiras sacolas que eu vou guardá-las no meu carro — disse Eleanor.

Quando estava apanhando duas sacolas da mão de Daisy, uma criada entrou no quarto de Carol. Eleanor sabia que precisava dar um jeito de passar por ela com suas sacolas suspeitas.

— Menina, traga um copo de chá gelado com limão para mim — ordenou ela em seu tom de voz mais imperioso.

— *Alamak*, Elle, sou eu; Nadine!

Eleanor quase deixou as sacolas caírem no chão, tamanho espanto. Nadine estava completamente irreconhecível. Usava calças de ioga e lá se tinham ido embora a maquiagem pesada, o cabelo ultravolumoso e as joias extravagantes.

— Oh, meu Deus, Nadine, o que aconteceu com você? Achei que você fosse uma das criadas! — exclamou Eleanor.

— Nadine, a-do-rei seu novo visual! Ah, agora vejo como a Francesca parecia com você antes dos implantes nas bochechas — elogiou Daisy.

Nadine sorriu desanimada e sentou-se na cama *huanghuali* de Carol.

— Meu sogro acordou do coma, como vocês todas sabem. Todos nós ficamos superfelizes e, quando ele recebeu alta, nós o levamos de volta para casa e preparamos uma festa surpresa para ele. Todos os Shaws estavam lá. Mas nós esquecemos um detalhe: o velho nunca havia estado naquela casa. Compramos a propriedade em Leedon Road depois que ele entrou em coma. O velho teve um ataque ao ver que aquela era a nossa nova casa e falou: "Ora essa, quem vocês acham que são, morando em uma mansão cheia de criados e carros?" Então, quando entrou e viu a Francesca toda arrumada, começou a engasgar, berrando que ela estava parecendo uma prostituta de Geylang.* Ora, ela estava usando um vestido de alta-costura para o vovô! É culpa dela que o comprimento dos vestidos dessa temporada seja tão curto? Na manhã seguinte, ele obrigou os advogados dele a retomarem o controle da Shaw Foods. Expulsou meu pobre Ronnie do comitê da presidência e congelou todas as nossas contas bancárias, tudo. E ainda quer que a gente devolva cada centavo gasto nos últimos seis anos, senão vai nos deserdar e doar toda a sua fortuna para a Shaw Foundation!

— Minha nossa, Nadine! Como vocês estão se virando? — perguntou Lorena, realmente preocupada. Nadine era uma das maiores clientes da L'Orient Jewelry, e sua súbita mudança de sorte com certeza afetaria os números dos relatórios de vendas.

— Bem, vocês estão vendo o meu novo visual. Por enquanto, estamos tentando todos agir de um jeito *kwai kwai*.** Quer dizer, o velho não vai viver mais muito tempo, não é? Daqui a pouco, terá outro derrame. Eu vou ficar bem. Passei anos morando naquela casinha apertada com ele, lembram? Colocamos a casa em Leedon Road à venda, mas o problema é a Francesca. Ela não quer se mudar para uma casinha pequena de novo. É muito *malu**** para ela. Está sofrendo muito. Francesca sempre foi a preferida do avô, mas agora ele cortou a mesada dela. Como ela vai conseguir se virar só com o salário de advogada? Wandi Meggaharto e Parker Yeo já dispensaram Francesca, e ela foi obrigada a sair de todos os comitês das entidades beneficentes. Simplesmente não pode mais pagar pelas roupas necessárias para isso. E está jogando a culpa em mim e no Ronnie. Entra furiosa em nosso quarto todas as noites e berra sem parar, dizendo que devíamos ter desligado os aparelhos do velho

---

* Bairro da luz vermelha de Cingapura (infelizmente, não tão pitoresco quanto o de Amsterdã).
** Bonzinho. (*N. da T.*)
*** Em malaio, "constrangedor".

quando tivemos a chance. Dá para imaginar uma coisa dessas? Não sabia que minha própria filha seria capaz de dizer isso!

— Lamento dizer, Nadine, mas é isso que acontece quando se tenta fazer todas as vontades dos filhos — disse Daisy, cheia de sabedoria. — Olhe só o que aconteceu com o Bernard. Desde pequenininho, eu já sabia que ele era um desastre iminente. O *dato'* o mimava até a medula, e nunca dizia não para o garoto. Achava que estava sendo superinteligente ao dar aquele enorme fundo fiduciário a ele quando Bernard completou 18 anos. Agora olhe só o que aconteceu. Eles vão terminar tendo Kitty Pong como nora, e nenhuma antiguidade destruída vai conseguir mudar isso.

Lorena riu.

— Coitada da Carol... ela sempre foi uma boa cristã, mas agora vai ser obrigada a lidar com uma Kitty satânica na sua vida!

Todas as mulheres riram.

— Bom, pelo menos conseguimos despachar aquela tal de Rachel Chu da vida do Nicky — comentou Nadine.

Eleanor balançou a cabeça com tristeza.

— E de que adianta? Meu Nicky parou de falar comigo. Não tenho a menor ideia de onde ele está; ele rompeu até com a avó. Tentei ligar para Astrid, para encontrá-lo, mas ela também sumiu. *Sum toong, ah.** Você ama tanto os seus filhos, faz de tudo para protegê-los, mas eles não dão o menor valor.

— Bom, mesmo que ele não queira enxergar agora, pelo menos você o salvou daquela mulher — disse Lorena, para consolá-la.

— Sim, mas o Nicky não percebe o estrago que causou na relação com a avó. Eu o eduquei para nunca, jamais, ofendê-la, mas ele a magoou terrivelmente naquele dia em Cameron Highlands. Vocês deviam ter visto como a velha ficou. Ela não falou nada durante todo o caminho de volta até Cingapura. E, acreditem em mim, aquela mulher não perdoa nunca. Agora todo o sacrifício que eu fiz terá sido em vão — disse Eleanor com tristeza, com a voz ligeiramente trêmula.

— Como assim? — perguntou Nadine. — Que tipo de sacrifício você fez pelo Nicky?

---

* Em cantonês: "Me dá dor no coração."

Eleanor suspirou.

— Ora, Nadine, passei a vida inteira protegendo o Nicky na família do meu marido e colocando-o na posição de neto preferido. Eu sei que a minha sogra jamais me aprovou de verdade, portanto eu me esforçava além do necessário. Saí de Tyersall Park para que não houvesse duas Sras. Youngs competindo e deixei que ela fosse a queridinha do Nicky. E foi por isso que ele sempre foi mais próximo dela do que de mim. Mas eu aceitava isso. Era para o bem dele. Ele merece ser o herdeiro da fortuna dela, o herdeiro de Tyersall Park, só que ele não parece mais ligar para nada disso. Prefere ser um maldito professor de história. Ah, eu sabia desde o começo que foi um erro mandá-lo estudar na Inglaterra. Por que nós, chineses, nunca aprendemos a lição? Sempre que nos misturamos com o Ocidente, tudo desaba.

Nesse instante, a Irmã Gracie começou a caminhar pelo gramado em direção ao pavilhão do quarto de Carol, seguida por Carol e o marido, e gritou bem alto:

— Agora, quais demônios estão à nossa espera ali? Êxodo 20,3-6 diz: "Não terás outros deuses além de mim. Não farás para ti nenhum ídolo, nenhuma imagem de qualquer coisa no céu, na terra, ou nas águas sob a terra. Não te prostrarás diante deles nem lhes prestarás culto, porque eu, o Senhor, o teu Deus, sou Deus zeloso, que castigo os filhos pelos pecados de seus pais até a terceira e a quarta geração daqueles que me desprezam."

Daisy olhou para as outras mulheres e disse depressa:

— Meninas, apanhem cada uma de vocês uma sacola de compras e saiam correndo em direção à porta. Não olhem para nada, vão em frente sem olhar para trás!

20

Villa D'Oro

•

CINGAPURA

Peik Lin levou Rachel e sua mãe para a biblioteca e fechou a porta com força. Então, foi de fininho até o bar do terraço, que ficava em frente à piscina, e começou a preparar margaritas para ela e Nick.
— Acho que nós dois merecemos umas 12 dessas, não é mesmo? — perguntou ela, entregando a ele um copo alto gelado.
Rodeada por estantes repletas de volumes com encadernação de couro e corte lateral dourado, Rachel sentou-se no sofá embaixo do janelão e olhou com raiva para o roseiral. Tudo o que queria era embarcar naquele avião que iria para a China, porém, mais uma vez, Nick havia estragado tudo. Kerry puxou uma das cadeiras de couro verde-escuro que estavam perto da mesa de leitura e virou-a de modo que ficasse de frente para a filha. Embora Rachel não quisesse olhar para ela, respirou fundo e começou a narrar a história que viajara meio mundo para lhe contar.
— Filha, nunca contei essa história para ninguém, e sempre foi algo de que eu quis poupá-la. Espero que não me julgue e que escute o que vou contar com a cabeça aberta, com o coração aberto.
"Quando eu tinha 17 anos, me apaixonei por um homem que era seis anos mais velho do que eu. Sim, era Zhou Fang Min. A família dele era de Xiamen, na província de Fujian. Ele era um dos famosos "príncipes vermelhos"* e vinha de uma família rica. Pelo menos

---
* Filhos de heróis da revolução maoista. (*N. da T.*)

para os padrões daquele tempo, eles eram considerados ricos. O pai dele era o gerente de uma construtora que prestava serviço para o governo. Ocupava uma ótima posição no Partido Comunista, e um de seus irmãos mais velhos era chefe do alto escalão do partido na província de Guangdong. Foi assim que os Zhous conseguiram a concessão para construir a nova escola da minha cidadezinha e que Fang Min foi enviado para supervisionar as obras. Era seu trabalho de verão. Naquela época, eu estava no final do segundo ano do ensino médio e trabalhava à noite como garçonete no único bar da nossa cidade, e foi assim que o conheci. Até aquele momento, eu tinha passado a vida inteira naquela cidadezinha perto de Zhuhai. Nunca havia saído de nossa província, portanto dá para imaginar como foi para mim quando aquele homem de 23 anos e com cabelo cheio de brilhantina entrou no bar usando roupas de estilo ocidental... eu me lembro de que todas as camisas dele eram Sergio Tacchini ou Fred Perry, e que ele usava um Rolex de ouro. Além disso, Fang Min tinha uma moto cara e fumava um cigarro Kent atrás do outro, contrabandeados por um de seus primos. Vivia se gabando da mansão e do carrão japonês de sua família e me contava histórias das férias que passava em Xangai, Pequim e Xian. Eu nunca havia conhecido um homem mais bonito ou sofisticado e me apaixonei perdidamente por ele. Claro que, naquela época, eu tinha um cabelo bem comprido e a pele muito branca, e por isso Fang Min se interessou por mim.

"Quando meus pais descobriram que esse ricaço estava indo ao bar todas as noites, tentaram colocar um ponto-final na história. Meus pais não eram como os outros pais. Eles não se importavam com o fato de ele vir de uma família rica; queriam apenas que eu me concentrasse nos estudos para entrar na universidade. Era muito difícil entrar na universidade naquela época, principalmente para as mulheres, e esse era o único sonho dos meus pais: que um de seus filhos fizesse faculdade. Mas, depois de tantos anos sendo a filha perfeita e não fazendo outra coisa senão estudar, eu me rebelei. Fang Min começou a me levar às escondidas em sua moto para Guangzhou, a maior cidade da província, e lá eu descobri um mundo completamente novo. Não fazia ideia de que havia toda uma classe de gente igual a Fang Min... os filhos de outros membros do alto escalão do Partido Comunista, que iam jantar em restaurantes caros e faziam compras em lojas diferenciadas. Fang Min pagava jantares caros e roupas caras para mim. Então, fiquei encantada com aquele mundo, e meus pais perceberam que, aos poucos, eu estava mudando. Quando descobriram que ele havia me levado para Guangzhou, me proibiram de continuar saindo com ele, o que, é claro, só me fez querer ainda mais ficar com Fang Min. Éramos como Romeu e Julieta. Eu saía escondido do apartamento da minha família na calada da noite e ia encontrá-lo, era pega e punida, mas, alguns dias depois, fazia a mesma coisa de novo.

"Então, alguns meses depois, quando as obras da escola terminaram e Fang Min voltou para Xiamen, bolamos um plano para eu fugir com ele. Foi por isso que eu não terminei meus estudos. Fugi para Xiamen e, sem perda de tempo, nos casamos. Meus pais ficaram arrasados, mas eu achava que todos os meus sonhos haviam se tornado realidade. Lá estava eu, morando em uma mansão com seus pais ricos e importantes, andando num sedã da Nissan gigante que tinha cortinas brancas nas janelas de trás. Veja, Rachel, você não é a única que teve a experiência de namorar um homem rico. Porém, meu sonho rapidamente degringolou. Logo eu descobri que a família dele era terrível. A mãe era uma dessas mulheres extremamente tradicionais e vinha do Norte, de Henan. Portanto, era muito esnobe e sempre fazia questão de me fazer lembrar que eu não passava de uma garota do interior que tinha muita, mas muita sorte, por ter a aparência que eu tinha. Ao mesmo tempo, ela me obrigava a realizar um milhão e meio de tarefas como nora, como preparar o chá para ela todas as manhãs, ler os jornais para ela e massagear seus ombros e pés depois do jantar todas as noites. Eu passei de estudante a criada. Então, começou a pressão para eu engravidar, mas eu tive dificuldade no começo. Isso deixou a minha sogra muito chateada... Ela queria desesperadamente ter um neto. De que adiantava uma nora se ela não tinha um neto? Os pais de Fang Min ficaram muito desgostosos com o fato de eu não conseguir engravidar e nós começamos a ter brigas homéricas.

"Não sei como consegui, mas convenci Fang Min a nos mudar para nosso próprio apartamento. E foi então que as coisas se transformaram em um pesadelo. Sem os pais embaixo do mesmo teto para controlá-lo, meu marido subitamente perdeu o interesse por mim. Saía para beber e jogar todas as noites e começou a sair com outras mulheres. Era como se ainda fosse solteiro. Voltava tarde para casa, completamente bêbado, e às vezes queria fazer sexo, mas outras vezes só queria me espancar. Isso o deixava excitado. Então, começou a trazer outras mulheres para fazer sexo em nossa cama, e me obrigava a participar. Foi horrível."

Rachel balançou a cabeça, em desalento, e pela primeira vez olhou nos olhos da mãe.

— Não entendo como você conseguiu tolerar isso.

— Ora, eu só tinha 18 anos! Era muito ingênua e tinha medo do meu marido vivido e, acima de tudo, eu me sentia humilhada demais para confessar aos meus pais o tamanho do erro que havia cometido. Afinal de contas, eu tinha fugido de casa e abandonado os dois para me casar com esse homem rico, então precisava segurar as pontas. Bom, no andar de baixo do nosso apartamento morava uma família que tinha um filho. Ele se chamava Kao Wei e era um ano mais novo do que eu. Meu quarto por acaso ficava bem em cima do dele, portanto ele ouvia tudo o que acontecia todas as noites. Uma noite, Fang Min chegou irado em casa. Não me lembro do que o tinha importunado tanto; talvez tivesse perdido dinheiro no jogo, ou uma de suas amantes tivesse brigado com ele. O fato é que ele decidiu descontar em mim. Começou a quebrar todos os móveis do apartamento. Quando ele quebrou uma cadeira e começou a me perseguir brandindo uma das pernas de madeira lascada, eu saí correndo de casa. Estava morrendo de medo de que, na fúria de sua bebedeira, sem querer, ele acabasse me matando. Kao Wei me ouviu sair de casa e então, quando eu estava descendo as escadas, ele abriu a porta e me puxou para dentro de seu apartamento, enquanto Fang Min saía correndo do prédio, berrando no meio da rua. Foi assim que eu e Kao Wei nos conhecemos.

"Nos meses seguintes, ele passou a me consolar depois de cada briga com Fang Min e até me ajudou a inventar táticas para evitar meu marido. Eu comprava remédio para dormir, esmagava os comprimidos e os colocava no vinho dele, para que dormisse antes de ficar violento. Eu convidava os amigos dele para jantar e fazia de tudo para que ficassem até tarde, até ele desmaiar de tão bêbado. Kao Wei chegou até a colocar uma fechadura mais forte na porta do banheiro para que Fang Min tivesse mais dificuldade para quebrá--la. Aos poucos, eu e Kao Wei nos apaixonamos. Ele era meu único amigo no prédio; aliás, para falar a verdade, na cidade inteira. E, sim, começamos a ter um caso. Mas um dia quase fomos pegos. Então eu me obriguei a terminar tudo pelo bem dele mesmo, porque tinha medo de que Fang Min o matasse, se descobrisse. Algumas semanas depois, porém, percebi que estava grávida de você e soube que Kao Wei era o pai."

— Espere um pouco. Como você sabia com certeza que ele era o pai? — perguntou Rachel, descruzando os braços e se recostando no janelão.

— Confie em mim, Rachel. Eu sabia.

— Mas como? Isso foi antes do teste de DNA.

Kerry se remexeu na cadeira, meio desconfortável, procurando as palavras certas para explicar.

— Um dos motivos pelos quais eu tinha tanta dificuldade para engravidar era que Fang Min tinha hábitos peculiares, Rachel. Graças à bebida, ele tinha dificuldade em ter ereção, e, quando conseguia, só gostava de fazer um tipo de sexo. E eu sabia que daquele jeito era impossível ficar grávida.

— Ah... *aaaah* — disse Rachel, ficando muito vermelha quando percebeu o que sua mãe queria dizer.

— Enfim, além disso, você se parece tanto com Kao Wei que não há a menor dúvida de que ele seja seu pai. Kao Wei tinha um rosto lindo e longo, exatamente como o seu. E você tem os lábios finos dele.

— Então, se você estava apaixonada por Kao Wei, por que simplesmente não se separou de Fang Min e se casou com ele? Por que precisou apelar para o sequestro? — Rachel se inclinou para a frente agora, com o queixo entre as mãos, completamente paralisada com aquela história angustiante de sua mãe.

— Me deixe terminar de contar tudo, Rachel, que você logo vai entender. Ali estava eu, com 18 anos, casada com um bêbado violento e grávida de outro homem. Eu sentia tanto medo de que Fang Min de alguma maneira descobrisse que o filho não era dele, que acabasse matando Kao Wei e a mim, que tentei esconder a gravidez pelo máximo de tempo possível. Porém, minha sogra conservadora reconheceu todos os sinais e foi ela quem me disse, algumas semanas depois, que achava que eu estava grávida. No início, fiquei aterrorizada, mas, sabe de uma coisa? Aconteceu a coisa mais inesperada do mundo. Meus sogros ficaram tão felizes por finalmente lhes darmos seu primeiro neto que a minha sogra malvada de repente se transformou na pessoa mais carinhosa que se podia imaginar. Insistiu para que eu me mudasse de novo para a mansão, para que os criados cuidassem de mim. Eu me senti muito aliviada; era como se tivessem me resgatado do inferno. Embora não fosse preciso, ela me obrigava a ficar de cama quase o dia inteiro e me fazia tomar umas beberagens tradicionais para garantir a saúde do bebê. Eu era obrigada a tomar três tipos de ginseng por dia e caldo de frango. Tenho certeza de que foi por isso que você foi um bebê tão saudável, Rachel. Você nunca adoecia como as outras crianças. Não tinha infecção de ouvido, febre alta, nada. Naquela época, não existia ultrassom em Xiamen ainda, então minha sogra chamou uma vidente famosa que previu que eu teria um menino, e que o menino seria um grande político. Isso deixou meus sogros ainda mais animados. Eles contrataram uma criada especial para cuidar de mim, uma garota com pálpebras duplas naturais e olhos grandes, porque minha sogra acreditava que, se eu ficasse olhando para a garota durante o dia inteiro, meu bebê iria nascer com pálpebras duplas e olhos grandes. Isso era o que todas as mães da China queriam naquele tempo, filhos com olhos grandes ao estilo ocidental. Pintaram um quarto todo de azul-claro e o encheram de móveis de bebê, roupas e brinquedos de menino. Havia aviõezinhos, trenzinhos, soldadinhos... eu nunca tinha visto tanto brinquedo junto na vida.

"Certa noite, minha bolsa se rompeu, e eu entrei em trabalho de parto. Eles me levaram correndo para o hospital, e você nasceu poucas horas depois. Foi um parto fácil, eu sempre lhe disse isso, e, no começo, tive medo de que eles descobrissem que você não se parecia em nada com o filho deles, mas isso, no fim das contas, tornou-se o menor dos meus problemas. Você era uma menina, e meus sogros ficaram extremamente chocados. Ficaram irados com a vidente, porém ainda mais irados comigo. Eu havia falhado com eles. Havia falhado em meu dever. Fang Min também ficou muito chateado e, se eu não estivesse morando com os meus sogros, tenho certeza de que teria me espancado quase até a morte. Bem, por causa da política chinesa de filho único, todos os casais estavam proibidos de ter um segundo filho. Segundo a lei, eu não poderia ter outro bebê, mas meus sogros estavam desesperados atrás de um menino, um herdeiro macho que levasse o nome da família adiante. Se morássemos no interior, talvez tivessem simplesmente abandonado ou afogado você. Não fique chocada, Rachel, isso acontecia o tempo todo, mas nós morávamos em Xiamen, e os Zhous eram uma família importante da região. As pessoas já estavam sabendo que havia nascido uma menina, e seria muito desonroso para eles rejeitar você. Entretanto, havia uma saída na regra do filho único: se o seu bebê nascesse com alguma espécie de deficiência, era permitido ter outro filho. Eu não sabia, mas, antes mesmo de voltar do hospital, meus sogros malvados já estavam arquitetando um plano. Minha sogra decidiu que o melhor seria derramar ácido no seu olho..."

— O QUÊÊÊ? — berrou Rachel.

Kerry engoliu em seco e continuou.

— Sim, eles queriam deixar você cega de um olho e, se fizessem isso enquanto você ainda era recém-nascida, a causa da cegueira podia ser disfarçada como um problema de nascença.

— Meu Deus! — Rachel levou a mão à boca, horrorizada.

— Portanto, ela começou a tramar um esquema com algumas das criadas mais antigas, que lhe eram muito fiéis, porém a criada especial que tinha sido contratada para cuidar de mim durante a gravidez não compartilhava da mesma lealdade ferrenha das outras. Tínhamos ficado amigas e, quando ela ficou sabendo daquele plano, me contou tudo assim que cheguei do hospital. Fiquei muito chocada. Não conseguia acreditar que alguém pudesse pensar em machucar você dessa maneira, muito menos seus próprios avós! Fiquei completamente enlouquecida de raiva, e, mesmo ainda fraca por causa do parto, estava determinada a não deixar ninguém cegar você, não deixaria ninguém machucar você. Você era a minha filhinha linda, a filha do homem que havia me salvado. Do homem que eu amava de verdade.

"Assim, dois dias depois, durante o almoço, pedi licença para me retirar. Segui pelo corredor em direção ao banheiro do andar de baixo, que ficava em frente aos aposentos dos criados, onde você estava em um berço enquanto a família almoçava. Todos os criados estavam almoçando na cozinha, portanto entrei no seu quarto, apanhei você e saí direto pela porta dos fundos. Fui andando sem parar até chegar a um ponto de ônibus e entrei no primeiro coletivo que passou. Eu não conhecia as rotas dos ônibus nem nada, só queria me afastar o máximo possível da casa dos Zhous. Quando achei que estava longe o bastante, saltei do ônibus e procurei um telefone para ligar para Kao Wei. Contei que eu havia acabado de ter uma filha e que estava fugindo do meu marido, e ele veio me socorrer imediatamente. Ele contratou um táxi. Naquela época, era caríssimo fazer isso, mas ele deu um jeito e veio me apanhar.

"Durante todo o trajeto, ele veio bolando um plano para me tirar de Xiamen. Sabia que meus sogros já teriam alertado a polícia àquela altura, assim que descobrissem que o bebê havia desaparecido, e que a polícia estaria em busca de uma mulher com um bebê de colo. Por isso, insistiu em me acompanhar, para que a gente fingisse ser um casal. Compramos duas passagens para o trem das seis horas, que era a linha mais movimentada, e ficamos sentados no vagão mais cheio, tentando nos misturar com todas as outras famílias. Graças a Deus, nenhum policial entrou naquele trem. Kao Wei me levou até minha cidade natal na província de Guangdong e me deixou a salvo com meus pais antes de partir. Esse era o tipo de homem que ele era. Serei eternamente grata pelo seu verdadeiro pai ter nos resgatado e por ele ter tido a chance de passar pelo menos alguns dias com você."

— Mas ele não se incomodou em me abandonar? — perguntou Rachel, com os olhos cheios de lágrimas.

— Ele não sabia que você era filha dele, Rachel.
Rachel olhou, chocada, para a mãe.
— Por que você não contou para ele?
Kerry suspirou.
— Kao Wei já estava envolvido demais nos meus problemas, os problemas da mulher de outro homem. Eu não queria passar para ele o peso de ser pai de uma criança. Sabia que ele era o tipo de homem que iria querer fazer a coisa certa, que teria desejado cuidar de nós duas, não importava de que jeito fosse. Mas ele tinha um futuro brilhante pela frente. Era muito inteligente e estava indo bem na escola de ciências. Eu sabia que ele iria conseguir entrar na universidade e não queria arruinar seu futuro.
— Você não acha que ele desconfiava de que era meu pai?
— Acho que não. Ele tinha só 18 anos, não se esqueça, e acho que nessa idade ser pai é a última coisa que passa pela cabeça de um garoto. Além disso, eu passei a ser uma criminosa, uma sequestradora. Portanto, Kao Wei estava mais preocupado em não sermos apanhados. Meu marido horrível e meus sogros se aproveitaram daquela situação para me culpar por tudo e estampar meu nome em todos os jornais. Acho que, na verdade, eles não se importavam muito com você... Estavam felizes pelo fato de a bebê estar fora de suas vidas, mas queriam me castigar. Em geral, a polícia não se envolvia em questões familiares como essa, porém o tio de Fang Min que era político pressionou os policiais e eles foram me procurar no vilarejo dos meus pais.
— E o que aconteceu, então?
— Bem, decretaram prisão domiciliar para meus pobres pais e os submeteram a semanas de interrogatório. Enquanto isso, eu já estava escondida. Seus avós haviam me mandado para a casa de uma prima distante deles que morava em Shenzhen, uma Chu, e foi por causa dela que surgiu a oportunidade de eu levar você para os Estados Unidos. Um primo Chu da Califórnia soube o que tinha acontecido comigo, seu tio Walt, e se ofereceu para pagar nossa viagem para os Estados Unidos. Foi ele quem nos financiou, e foi por isso que eu mudei meu nome e o seu para Chu.

— O que aconteceu com os seus pais? Meus verdadeiros avós? Eles ainda estão em Guangdong? — perguntou Rachel, nervosa, sem saber se desejava ouvir a resposta.

— Não, os dois morreram bem jovens, com 60 e poucos anos. A família Zhou usou toda a sua influência para destruir a carreira do seu avô, e isso arruinou a saúde dele também, pelo que eu soube. Jamais pude revê-los, porque nunca me arrisquei a voltar para a China ou tentar fazer contato com eles. Se você tivesse viajado para a China essa manhã para se encontrar com Zhou Fang Min, eu não teria me atrevido a ir atrás. Foi por isso que, quando Nick soube dos seus planos de ir até a China e me contou, eu vim direto para Cingapura.

— E o que aconteceu com Kao Wei?

O rosto de Kerry ficou sombrio.

— Não tenho ideia do que aconteceu com Kao Wei. Nos primeiros anos depois da minha chegada aos Estados Unidos, eu lhe enviava cartas e cartões-postais com o máximo de frequência possível, de cada cidade onde morei. Sempre usava um nome secreto que inventamos juntos, mas nunca recebi uma única resposta. Não sei se essas cartas chegaram a ele.

— Não sente vontade de vê-lo de novo? — perguntou Rachel, com a voz embargada de emoção.

— Eu me esforcei ao máximo para não olhar para trás, filha. Assim que embarquei naquele avião com você para os Estados Unidos, entendi que precisava deixar meu passado para trás.

Rachel se virou para olhar pela janela, soluçando involuntariamente. Kerry se levantou da cadeira e caminhou lentamente em direção à filha. Estendeu a mão para pousá-la sobre o seu ombro, mas, antes que pudesse fazer isso, Rachel deu um salto e abraçou a mãe.

— Ah, mamãe — disse Rachel, chorando —, desculpe. Desculpe mesmo por tudo... por todas as coisas horríveis que eu falei com você pelo telefone.

— Tudo bem, Rachel.

— Eu não sabia... nunca poderia imaginar o que você foi obrigada a passar.

Kerry olhou para a filha com carinho, enquanto as lágrimas escorriam pelo seu rosto.

— Desculpe por nunca ter contado a verdade para você. Eu não queria incomodá-la com o peso dos meus próprios erros.

— Ah, mamãe — soluçou Rachel, abraçando Kerry com ainda mais força.

O sol estava se pondo sobre Bukit Timah quando Rachel entrou no jardim, de braços dados com a mãe. Eles seguiram devagar na direção do bar na beira da piscina, mas fizeram um desvio para Kerry admirar todas as estátuas douradas.

— Pelo visto, as duas se reconciliaram, não acha? — perguntou Peik Lin a Nick.

— Está parecendo. Não estou vendo sangue nem roupas rasgadas.

— Melhor assim. Rachel está usando Lanvin. Me custou uns 7 mil dólares.

— Bem, que bom que eu não sou o único por aqui que pode ser acusado de ser extravagante com ela. Agora ela não pode mais jogar a culpa só em mim.

— Vou contar um segredo a você, Nick. Por mais que uma garota proteste, você jamais vai errar se comprar um vestido de grife para ela ou um sapato matador.

— Vou tentar me lembrar disso — disse Nick, sorrindo. — Bom, é melhor eu ir embora.

— Ah, pare com isso, Nick. Tenho certeza de que a Rachel quer ver você. Além do mais, você não está morrendo de vontade de saber o que essas duas ficaram conversando por tanto tempo?

Rachel e a mãe se aproximaram do bar.

— Peik Lin, você está tão fofa aí atrás do balcão! Pode me preparar um Singapore Sling? — pediu Kerry.

Peik Lin sorriu, meio constrangida.

— Hã... acho que eu não sei como preparar isso. Nunca tomei um.

— O quê? Mas não é o coquetel mais popular de Cingapura?

— Acho que sim, se você for turista.

— Ora, eu *sou* turista!

— Bem, então, Sra. Chu, posso levá-la a algum lugar para tomar um Singapore Sling?

— Certo, por que não? — respondeu Kerry, animada, pousando a mão no ombro de Nick. — Você vem, Nick?

— Hã, acho que não, Sra. Chu... — Nick começou a dizer, olhando para Rachel, meio nervoso.

Ela hesitou por um instante e, então, respondeu:

— Vamos, sim, vamos todos.

O rosto de Nick se iluminou.

— Sério? Eu conheço um ótimo lugar para a gente ir.

Logo os quatro estavam no carro de Nick, chegando ao ponto turístico arquitetônico mais famoso da ilha.

— Nossa, que prédio impressionante! — disse Kerry Chu, olhando maravilhada para as três torres altíssimas unidas no alto pelo que parecia ser um parque enorme.

— É para lá que nós vamos. Lá em cima fica o maior parque artificial do mundo, a 57 andares de altura — explicou Nick.

— Você não está *mesmo* pensando em nos levar para o SkyBar no Marina Bay Sands, está? — perguntou Peik Lin com uma careta.

— E por que não?

— Achei que íamos para o Raffles Hotel, onde o Singapore Sling foi inventado.

— Ah, o Raffles é turístico demais.

— E isso aqui não? Você vai ver, só haverá chineses do continente e turistas europeus lá em cima.

— Confie em mim, o bartender deles é brilhante — declarou Nick, cheio de autoridade.

Dez minutos depois, os quatro estavam sentados sob uma tenda branca no centro de um terraço de 12 mil metros quadrados, bem no meio das nuvens. Um samba tocava ao fundo e, a alguns metros de distância, uma imensa piscina de borda infinita se estendia ao longo de todo o parque.

— Viva o Nick! — declarou a mãe de Rachel. — Obrigada por nos trazer até aqui.

— Que bom que gostou, Sra. Chu! — disse Nick, olhando para as mulheres.

— Bem, eu sou obrigada a admitir que esse tal de Singapore Sling é melhor do que eu havia imaginado — confessou Peik Lin, tomando outro gole de seu coquetel espumoso vermelho.

— Quer dizer que você não vai mais estremecer de pavor quando algum *turista* ao seu lado pedir um? — provocou Nick, dando uma piscadela para ela.

— Depende de como ele estiver vestido — retrucou Peik Lin.

Por alguns instantes, eles ficaram ali sentados, apreciando a vista. Do outro lado da baía, a tarde azul ia caindo, e a multidão de arranha-céus que ladeava a marina parecia cintilar no ar fragrante. Nick se virou para Rachel, em busca de seu olhar. Ela não tinha falado nada desde que eles saíram da casa de Peik Lin. Seus olhos se encontraram por um momento muito breve, antes de Rachel virar o rosto.

Nick saltou de seu banquinho de bar e deu alguns passos em direção à piscina de borda infinita. Enquanto caminhava pela margem, apenas uma silhueta contra o céu que escurecia, as mulheres o observavam em silêncio.

— Ele é um bom rapaz, esse Nick — disse Kerry, por fim, à sua filha.

— Eu sei — falou Rachel, com a voz baixa.

— Fico tão feliz por ele ter ido me buscar — disse Kerry.

— Ido buscar você? — Rachel não entendeu.

— Claro. Ele apareceu na porta da minha casa em Cupertino, há dois dias.

Rachel ficou olhando para a mãe, com os olhos arregalados de espanto. Então, saltou de seu banquinho e foi atrás de Nick. Ele se virou para olhá-la justamente quando ela se aproximou. Rachel desacelerou o passo e virou-se para olhar um casal de nadadores dando voltas disciplinadas ao redor da piscina.

— Parece que esses dois vão cair pela borda — comentou ela.

— É mesmo, não é?

Rachel respirou fundo.

— Obrigada por trazer a minha mãe para cá.

— Não foi nada, ela precisava de um drinque.

— Para Cingapura, eu quis dizer.

— Ah, era o mínimo que eu podia fazer.

Rachel olhou para Nick com ternura.

— Não acredito que você fez isso. Não acredito que cruzou meio mundo e voltou por mim, em dois dias. O que deu em você para fazer uma coisa dessas?

Nick abriu o sorriso que era sua marca registrada.

— Bom, pode agradecer a um passarinho por isso.

— Um passarinho?

— Sim, um pequeno gaio azul que odeia Damien Hirst.

No bar, Kerry estava mordiscando a fatia de abacaxi do seu terceiro coquetel quando Peik Lin sussurrou, toda animada:

— Sra. Chu, não olhe agora, mas eu acabei de ver o Nick dando um beijo bem demorado na Rachel!

Kerry se virou no mesmo instante, cheia de alegria, e suspirou.

— Aaaaah, que romântico!

— *Alamak, não olhe*! Eu disse para a senhora não olhar! — repreendeu-a Peik Lin.

Quando Nick e Rachel voltaram, Kerry deu uma rápida olhada de alto a baixo em Nick e ajeitou sua camisa amassada de linho.

— Ora essa, como você emagreceu. Seu rosto está encovado. Deixe eu engordar você um pouquinho. Será que podemos ir a um desses lugares de comida ao ar livre que fazem a fama de Cingapura? Eu quero comer centenas de *satays* enquanto estiver aqui.

— Certo, vamos para o mercado de Chinatown, na Smith Street — disse Nick.

— *Alamak*, Nick, a Smith Street fica tão lotada na sexta à noite que nunca tem lugar para sentar — reclamou Peik Lin. — Por que a gente não vai para Gluttons Bay?

— *Eu sabia* que você ia sugerir isso. Todas vocês, princesas, adoram ir lá!

— Não, não, acontece que por acaso eu acho que é lá que eles fazem o melhor *satay*, só isso — defendeu-se Peik Lin.

— Besteira! O *satay* é igual em todo lugar. Acho que a mãe da Rachel vai achar a Smith Street bem mais colorida e autêntica — retrucou ele.

— Autêntica uma ova, *lah!* Se você realmente quer uma coisa autêntica... — Peik Lin começou a dizer.

Rachel olhou para sua mãe.

— Eles que discutam quanto quiserem... a gente vai só se sentar e comer.

— Mas por que estão discutindo tanto por causa disso? — perguntou Kerry, impressionada.

Rachel revirou os olhos e sorriu.

— Deixe, mamãe. Deixe. Todos eles são assim.

Agradecimentos

A seu modo inimitável e maravilhoso, cada um de vocês foi fundamental para me ajudar a trazer este livro à vida. Sou eternamente grato a:

Deb Aaronson
Carol Brewer
Linda Casto
Deborah Davis
David Elliott
John Fontana
Simone Gers
Aaron Goldberg
Lara Harris
Philip Hu
Jenny Jackson
Jennifer Jenkins
Michael Korda
Mary Kwan
Jack Lee
Joanne Lim
Alexandra Machinist
Pia Massie
Robin Mina
David Sangalli
Lief Anne Stiles
Rosemary Yeap
Jackie Zirkman

Este livro foi composto na tipografia Sabon
LT Std, em corpo 11,5/15, e impresso em
papel off-white no Sistema Cameron da
Divisão Gráfica da Distribuidora Record.